新井素子
SF&ファンタジー
コレクション
1

いつか猫になる日まで
グリーン・レクイエム

新井素子
日下三蔵 編

柏書房

目次

装丁　芦澤泰偉
装画　シライシユウコ

いつか猫になる日まで

序章　賭け

彼は中空を眺めていた。もう、ずいぶんと長い間。時という観念が無くなる程、長い間。

うずを巻く星雲。広がる数々の宇宙。漆黒《しっこく》の中で輝く、銀の粒。淡い光をおびたガス。

軽く目をつむる。すっと意識をずらす。と手近な処《ところ》にあった星雲が一つ、ぐんぐん彼に近づいてきた。大きくなる、大きくなる。その星雲は今や彼の視界一杯に広がり、個々の星まで見分けがついた。ノヴァ。赤色巨星。二重星。星々は更《さら》に彼に近づく。恒星と、そのまわりをめぐる惑星までが見えた。積乱雲。オーロラに閉ざされた星。そして、惑星の表面にへばりついている生命の群れ。あふれる色彩。

しかし。彼は再び軽く目を閉じる。面白くもない。ありふれた景色。何度も見た情景。

いつからここにいるのだろう。いつまでここにいるのだろう。もう、何度も繰り返した、答えの判《わか》りきっている問いを、彼は口にしてみる。いつまでも。永遠に。これが答えだ。

彼。実体のないもの。彼。すべてのものを統治する思考。彼。滅びることのないもの。彼――すべてのものの、創造主。永遠に存在しなければならない寂しさ。すべてのものが彼の作品である孤独。いつまでも、ここでこうしていなければならないのだろうか。たった一人で。

目の前の惑星から、船が隊を組んで発進してゆく。彼の作品である生命体。連中はしばらく行くと、別の惑星から飛んできた船隊と戦闘を始める。そうか。こいつらはまだ戦争をしていたのか。だいぶ前に、彼が暇つぶしで始めた戦争を。……面白くもない。

「何をごらんになっているんです……あら、また、その戦争ですか」

ふいに背後で声がした。彼女だ。彼は、一種の感動――非常に大きな安堵《あんど》感を覚えながら、彼女の方を向く。そうだ、彼女がいてくれる。

「もう飽きた」

彼は少し拗《す》ねてみる。そばに誰かがいてくれるということが、あまりにも嬉《うれ》しくて。

彼女は、おやまあとでも言いたげな表情をして、彼を見ている。微笑《ほほえ》んで。

「もう、消してしまおうかと思う。もっと別のものを見たい」

そんなこと、まるで考えていなかったのに。どうも彼女がそばにいてくれると、思いもしなかったことを口にしてしまうようだ。さながら、幼い子供が駄々《だだ》をこねるように。

「後悔なさらなければよろしいのですが」

彼女は、少し悲し気《げ》に言う。眉《まゆ》が多少寄り、目に寂しそうな色が浮かぶ。彼女はいつでも美しいが、悲しそうな彼女は、一番美しい。そう彼は思う。

「そうしたら、また作るさ。何、星の一つや二つ」

彼は彼女の美しさにみとれ、何故《なぜ》彼女が悲し気な顔をしたのか、考えてみようともしなかった。

「では」

ややあって、彼女は明るい顔になる。何か、素敵なことを思いついたような表情。

「一つ私のお願いを聞いて頂けますか」

「ああ」

何を今更。彼は少し嬉しくなった。彼が彼女の願いをきかなかったことなど、一度でもあったろうか。そんなこと、いちいち聞かなくてもよいのに。

「私に始末をさせて下さい——消さなくとも、よいのでしょう？　私、それをかたづけますわ」

「かたづける」

彼ははしゃぐ。彼女はいつだって、彼の思いつかなかったことを言う。

「きちんとかたづければ、消すこともないでしょう。また眺めたくなったら、いちいち新しく作らなくても、取り出せばよいのですよ」

まるで子供をあやしているようだわ。彼女は思う。一つの玩具《おもちゃ》で遊ぶのに飽きたら、玩具箱におさめればいいのに。何も消してしまわなくとも。——こんなことを考えるのは、私も消されるのを怖れているせいかしら。いつか、彼が私に飽きた時の為《ため》に。

「かたづける……でも、そんなこと、できるのか？」

考えこんでいる彼女に、彼はおずおずと聞いた。彼は、その戦争を、結着がつかないように作ったのだ。——作る時には、結着をつけることなど、考えてみもしなかった。

「ここでただ見ていたんでは、無理ですわ。でも、ちょっと力を加えれば……」

「そうか。そうだな」

彼はまたはしゃぐ。それなら簡単だ。その戦争がなかなか終わらないのは、力のバランスがとれているからだ。そのバランスを崩せば……。

「あら、私にやらせて下さるんじゃなかったんですの」

喜んで片方に力を加えようとした彼に、彼女は笑顔をむけ、少し意地悪く言う。いたずらめいた表情の彼女も美しい。

「ああ……そうだった」

残念そうな彼を見て、彼女はくすっと笑う。

「どちらか片方に加勢するより、もっとおもしろい終わらせ方がありますわ。それの——その戦争の栄養源に、少しいたずらをするのです。栄養源の最小単位を、五、六個、私に下さい」

　彼は興味で一杯の視線を彼女に送る。

「それだけでいいのか？」

「ええ。そのかわり、その五、六個は養分をとられないようにします」

「それだけでは無理だ。五、六億――いや、どだい最小単位に細工するだけでは無理だ」

「いいえ、できますわよ」

　彼女は挑戦的に彼を眺める。

「賭《か》けてみます？」

「よかろう」

「私は、養分を搾取《さくしゅ》されなかったその五、六個――いえ、六個に決めましょう。その六個の余剰《よじょう》養分に方向づけをしますわ。一個は統率。一個は情報。一個は技術。一個は生命。一個は攻撃。これでいかが？」

「いいよ。どうせ最小単位に多少の能力が加わったとて、たいしたことはできまい。ただし、途中でおまえが加勢したら駄目《だめ》だ」

「そんなことしませんわ」

　彼女は微笑む。彼はふいにあることに気がついた。

「今の条件だと、五個しかないが」

「ええ。最後の一個は切り札です。あなたにも、能力はお教えしません」

「いいだろう」

　彼も微笑む。勝敗の判りきった賭けでも、しばらくは楽しめる。

　そして、賭けは始まる――。

第一章　夢

そこは、白い部屋だった。天井も白、壁も白、床も白。ドアも窓も家具もない、べた一面の白。光源になり得るものは一つもないにもかかわらず、部屋の中を満たしている不思議な淡い白の光。

いつからここにいるんだろう。どうしてここにいるんだろう。そんなことを考えながら、あたしはみんなと一緒に、部屋のまん中にひざまずいていた。

みんな――あたし達六人は、コンパスで描いたようなきれいな円になっていた。全員円の内側を向き、黙ってひざまずいている。

あたしの隣には長身の男。ひざまずいているのでよくわからないが、百八十はありそうだ。整った、自信にあふれた顔。肩にかかる、さらっとした焦茶《こげちゃ》の髪。光線の加減によっては、それは金色にも見えた。

彼の隣には女。あたし、彼女は知ってる。森本《もりもと》あさみって名の、あたしの親友。百七十という長身で、すらっとしてて、二、三度モデルにならないかってスカウトされたこともある。いささかきついウエーブのかかった髪にふちどられた顔は、ほんとにきれい。ただ、妙に整いすぎているので、一種石像めいた冷たい感じがするのは否《いな》めない。

その隣には男。あ、彼も知ってる人だわ。殿瀬《とのせ》君――殿瀬和馬《かずま》っていうの。彼とは小学校も中学校も一緒だったけれど、ついに同じクラスになったことはなかった。どちらかというと小柄で――多分あさみより小さい――いつも眉根《まゆね》を寄せていて、メタルフレームの眼鏡《めがね》かけてて、何となく神経質そう。

その隣には女。この人は知らない。ストレートの黒髪を肩の所でばっさり切りそろえている。大きな眼、少し太い眉《まゆ》、長いまつ毛。美人って感じではないけれど、可《か》愛《わい》らしい顔立ち。口許《くちもと》が妙におさなくて、そのアンバランスさがまた魅力的。

その隣には男。背が低くてやせていて、一言でいえば貧相な体つき。少し天然パーマのかかった髪、口ひげとあごひげ。でも、このひげ、はやしてるって感じじゃなくて、はえてるって感じ。きっと無精《ぶしょう》ひげそるのが面倒で放っといたらこうなっちゃったんだわ。しまりのないにやにや笑いを、終始顔に浮かべている。

そして、その隣にはあたし。海野《うみの》桃子《ももこ》。あさみとあの黒髪の娘《こ》について書いた後で自分について書くの、ちょっと抵抗がある。パサパサの量だけやたら多い髪。低い鼻。美人でもかわいこちゃんでもない。かといって人三《ひとさん》化七《ばけしち》とか鬼瓦《おにがわら》とか、それ程ひどくはない（と思いたい）、要するに普通の女の子よ。背はさほど高くないし、決して太っているとは思わないけれど、そのかわり出るべき処《ところ》があまり出てくれていない。

　あたし達は、何かを待っていた。この、まっ白な部屋で。もうずいぶん前から。ひょっとしたら、生まれた時からずっと待っていたのかも知れない。

　ふいに、気配がした。あたしは慌《あわ》てて顔をあげる。正面に女神が立っていた。女神。どうして、それが女神と判《わか》ったのかは判然としない。あたしは、彼女の顔を視ることすらできなかったのだから。

　女神は、あたしの方を向いていた。全員が女神に注目している気配。やおら、女神は右手をさしあげた。斜め前方に。と、彼女の指が示す方向に、一本の道ができる。優しい緑の木立に囲まれた、まっすぐの道。地面には芝のような草がはえてて、はだしでも歩いてゆけそう。

「一人は統率を司《つかさど》る者」

　ふいに女神が言う。歌っているような声。

「一人は情報。一人は技術。一人は生命。一人は攻撃。そして、今一人は切り札」

　あたしは意味もなく、その台詞《せりふ》を心の中で繰り返す。一人は統率、一人は情報、一人は技術、一人は生命、一人は攻撃、そして今一人は切り札。

「お行きなさい」

　急にあたしの視線は、道から離せなくなる。女神の姿がゆらぐ。消えてゆく気配。

「お行きなさい」

　視界が明るくなる。明るくなる。もう、目を開いているのが困難な程の明るさ。

　そして、夢は終わった。

☆

「もくず。もくずちゃん、ちょっとお、もくず、いつまで寝てるのよ」

　誰かが、枕元であたしの名前を呼んでいる。

「もくずってば。起きて」

　あたしの意識は、かなり暴力的に現実世界へ引きもどされつつあった。目をあける。うー、かったるい。駄目《だめ》だあ、頭の芯《しん》がまだ眠ってる。

「もくず。もう十時近いのよ」

　眼の中にとびこんできたのは、焦茶のきついウエーブのかかった髪――誰かがラーメンみたいな髪だって言ってたわ――でふちどられた、あさみの顔。え？　え、あさみ？　あたしは慌ててとび起きた。

「おはよ、あさみ、どうして」

　何であさみが、あたしの部屋にいるんだろう。しだいに記憶が戻ってくる。そうだ、あさみは昨夜《ゆうべ》あたしの家《うち》にとまったんだ。二人して明け方近くまでおしゃべりして。それにしても、この娘《こ》、タフねえ。五時間も寝てないだろうに……。

「おじさんもおばさんも、もう会社行っちゃったわよ。朝ごはんできてる」

「あさみが作ったの」

「ええ。勝手知ったるお勝手ですもの」

絶対この娘《こ》、いいお嫁さんになれるわ。あたしはゆっくり頭を振り、着替えだした。

☆

あたしの名前は海野桃子っていう。もくずっていうのは勿論《もちろん》仇名《あだな》で――どこの世界に海野もくずなんて凄《すご》い名前をつける親がいるかってのよ――海野家の一人娘。明日で二十歳《はたち》になる。

あさみ――森本あさみはあたしの親友。彼女のおかあさんとうちの母が友人で、住んでいるのが同じ町内、誕生日が一日違い、幼稚園も小学校も中学校も高校も一緒だったっていう、もの凄く深い縁がある。(でも、うちが近ければ、幼稚園が一緒なのはあたり前。小学校も中学校も区立だったからこれも一緒であたり前。高校は二人して同じ処へ行こうねって決めてたんだから、これまた一緒であたり前) もっとも、大学となると、さすがに一緒ってわけにはいかない。彼女は絵を描《か》く人だし、あたしは翻訳やりたかったので。

「はい、コーヒー、これは猫舌用、トーストはバターのとアプリコットジャムの奴ね、卵は半熟になってる筈《はず》だし……」

小さい頃から姉妹同様に育ってきたので、あさみはあたしの好みを熟知している。それに、彼女は人の思考が読めるのだし。

「ありがとう……。あさみはまたコーヒーだけ?」

「ええ。朝はおなかがすかなくて」

彼女はこう言いながら、あらたに自分用のコーヒーをいれる。あたしがかなりの猫舌なので、あたし用にいれたコーヒーでは、あさみにとってはぬるすぎるのだ。

「あ、あ、もくずちゃん、あなたそんなジャムつけて、太るわよお」

「いいの。あたし、少し部分的に太りたいんだから」

あさみ位きれいな体をしていれば、今の体形を維持することは大切だろうけど、あたしの場合、もうちょっと胸が太ってくれないと困るんだもの。

「でも、そううまくいくかしら。ウエストばっかり太っちゃったら悲劇ですもの」

……話題を変えよう。

「あのね、今日、あさみの出てくる夢みたよ」

「あら。あたくしもあなたの出てくる夢みたわ」

「あさみとねえ、殿瀬君と、あと知らない人が出てくんの」

「殿瀬君?」

「そう。中学の時の」

「あ、判った。わりと小さな人ね」

「小さなって、そりゃあさみが大きすぎんのよ。彼、百六十五はあるよ」

　あさみは百七十だもの。百七十でハイヒールはけば、たいていの男の人は小さく見えてしまう。

「殿瀬君の出てくる夢……ね」

　あさみはちょっと考えこむ。

「あたくしが見たのもそんな夢だったわ……。ねえ、ちょっと、見てもいい？」

「どうぞ」

　あさみの左眼がかすかに細くなり、表情がかたくなる。これが、彼女が人の心を読む時のくせなのだ。

　あ、これ書いとかなきゃね。あさみは精神感応ができる――人の心を読むことができるのだ。彼女のこの能力は生まれつきのものなのだけれど、彼女の両親にも兄にもＥＳＰ能力は一切ないようだから、これは遺伝ではないみたい。今のとこ、彼女のこの特殊能力を知っているのはあたしだけ。彼女に言わせると、あたしの精神構造はかなり特異なのだそうだ――どこがどう変わってるんだか、あたしには全然わからないけど。とにかく、そんなあたしだからこそ、あさみの特殊能力を知っても平然としていられるのだそうで、普通の人なら、心を読まれているなんてわかったら、精神的な恐慌《きょうこう》状態に陥《おちい》るだろう――と、あさみは言う。その為、彼女は自分の特殊能力をひた隠しに隠している。

「あたくしの夢とまるで同じだわ……流入したかな」

　あはん。彼女のそばに寝ると、たまにこういうことがあるの。彼女、起きている時は、意識的に人の心を読んだり読まなかったりするんだけれど、寝ている時はその抑制《よくせい》がきかないでしょう。そばに寝ている人の夢が、そのまま流れこんできちゃうことがあるらしいの。

「ま、いいか。ねえ、そろそろ出かけない？　もう十一時になるもの」

☆

　あたしとあさみの誕生日が一日違いだって話はしたっけ？　あたし、八月八日生まれ。あさみは八月七日生まれなの。その為、あたし達は、四年程前から、一緒に誕生日を祝うことにしている。八月七日に二人してでかけて、お互い欲しいものを買ってあげ、それから二人でちょっと上等のお食事するの。今日は八月七日。一年前からの約束の日。

　午後一杯かけて、あたしはあさみにブローチを買ってあげた。彼女の外出用のワンピースに似合う奴。あさみはティ・セットを買ってくれ、あたしは少し恐縮する。なんとなれば、そのティ・セットは、ブローチの倍近くしたから。

「値段のこと、気にしないでね。あたくし、今、わりとお金あるのよ」

少し早目——まだ六時頃——の夕ごはんを食べながら、あさみが言った。

「あ……うん」

これ、事実でないの、あたしは知ってる。あさみはバイトしてないし、臨時収入なんてなかった筈だ。あたしがあのティ・セットを半年前から欲しがってたのを知ってる彼女、少し無理してお金を貯《た》めてくれたに違いない。

「ありがと、あさみ」

他に言うべき台詞がみつからず、あたしはこれだけ言うと、微笑《ほほえ》んでみせた。

☆

「もくずちゃん、あれ」

食事が終わった後はいった喫茶店で、あさみ、あたしをつっついた。

「え、何?」

「あれえ。森本さんに海野さんじゃないか。ひさしぶりだね」

「あ! 殿瀬君」

窓際の席に、殿瀬君がいた。デート中かな、長い髪の人と一緒に。後ろ姿じゃ顔までわからないけど、ずいぶん背の高い人ね。あれ。振り向いた顔見たら、男だ、あの人。

「何だ殿さん、知りあいか」

「ああ。中学の時の同級生」

あたしは殿瀬君と一回も同じクラスになったことないけれど、殿瀬君とあさみは、中三の時同じクラスだった。

「へえ、美人じゃない。紹介しろよ。ねえ、君達、よかったらこっちこない?」

あさみを見ると、たいていの男の人がこういう反応を示す。

「どうする、もくずちゃん」

「別にあたしは、どうでもいいけど……」

今朝、殿瀬君の出てくる夢を見たものだから、何となく親近感。それに——多分、気のせいだろうけど、殿瀬君の連れ、今朝の夢であたしの隣にいた男の人によく似てんの。肩まであるサラサラの髪、整った顔だち。

「じゃ、おいでよ。いいだろ、殿さん」

どうでもいいけど、ずいぶんなれなれしい人ね。あさみとあたし、何となくつられて、その席へ行く。あさみが殿瀬君の隣。殿瀬君のお連れさん、残念でした。

「あ、こいつ、僕の友達で木村利明《きむらとしあき》っていうんだ」

殿瀬君が紹介してくれる。

「あたくし、森本あさみと申します」

「あたし、海野桃子です」

「海野さんで、仇名がもくずちゃんか」

「え？」

「先刻《さっき》そこの人――あさみちゃんっていったっけ、彼女と話してんのが聞こえたの。俺、地獄耳なんだ」

木村さんは、話すのが楽しくて仕方ないって感じ。性格的に人なつっこいんだわ、多分。

「しかし、殿さんにこんな美人の知りあいがいたとはね。映画つきあってやって得した」

人なつっこいというよりは軽薄だわ。ふとそんなことを考えて、それからぎょっとする。木村さん、あさみじゃなくてあたしの方向いて、今の台詞言ったんだもの。

「何ぎょっとしてんだよ」

「え？　あ、あの、だって……」

やだあ、ついでに人の表情読むのうまい。

「俺、そっちの世間的一般的美女の方じゃなくて、あんたのことほめてんだぜ、先刻から」

「あた……あたし？　あなた、近眼？」

殿瀬君と木村さんがふきだした。

「あんた、余程《よほど》顔に自信持ってないんだね」

「あたり前でしょうが」

言っちゃってから後悔する。二人共、さらにひどく笑いだしたんだもの。

「俺、視力、右一・五、左一・〇。わかった？」

「わかったけど……どうして」

この台詞も言っちゃってから後悔のくち。


「どうしてって、あんたね……。すべての女性がアラン・ドロンをハンサムだと思ってるわけじゃないだろ。俺の美意識、変わってんだ。俺にとって、パサパサの髪で鼻が低くて目が大きいってのが美の基準なの」

それなら確かに、あたしは美女になるでしょうけどね。

「それ、けなしてんの？　ほめてんの？」

「ほめてんの」

からかわれてるとしか思えない。

「からかってるわけじゃないぜ。俺の恋人がね、そういう顔だちなの。あんた、いちこにそっくりだもの」

了解。それなら話はわかる。やっとあたしがぎょっとしている状態から解放されて、顔をあげたら、あさみが、何とも妙な表情をして、木村さんを眺めていた。妙な――怒っているような、少しおどおどしているような。

これでね、あさみがわりと嫉妬《しっと》深いタイプなら、彼女の表情の理由、理解できるんだけど……。彼女、昔からいわゆる男嫌いで、ほめられようがけなされようが、全然意に介さない人なのよね。だから、あたしだけが妙にちやほやされるんで怒ってるってことはないと思うし……。それに、あの、奇妙な表情。単に怒っているんじゃなくて、おびえてもいるような……。

その後、いろいろと話ははずみ――もっとも、木村さん一人で沢山《たくさん》しゃべってたっていうのが正しい表現だけど――、気がついたらもう九時をまわっていた。

「うわ、もう九時だあ。あたし、帰らなくっちゃ」

「あたくしも」

「九時？　まだ早いじゃん」

「うち、門限十時だもの」

「へえ。送ってくよ。うち、どこ」

「かみしゃく」

「上石神井《かみしゃくじい》？　じゃ、ここからだと高田馬場《たかだのばば》まで出て新《しん》宿《じゅく》線？」

「池袋《いけぶくろ》線で石神井公園まで行って歩くの」

　木村さんがお財布《さいふ》だしたんで、あたしもあさみも慌てて自分の分をだす。おごるって言った木村さんの台詞無視して、あさみがかなり強い調子でこう言う。

「あなたにおごって頂く理由なんてありませんもの」

「森本さん、そりゃきついよ」

　殿瀬君がわってはいる。ところが、木村さんの方は、一向に気にしてないみたいなのよね。

「どうも俺、徹底的に嫌われたみたいだな」

　なんて言いながらも、相変わらずにやにや笑ってる。

「でも、送っていく位いいだろう」

「お宅、どちらなんです」

「ん？　小茂根《こもね》」

　じゃあ、まるで方向が違うじゃありませんか、とか何とか、あさみが言った。小茂根。あたしは、思い出したくない記憶を懸命に心の奥にしまいこむ。小茂根。あの人が住んでる街だ。公園の前の坂道を登ってゆく。ちょっと急な坂。雪が降ったら危ないな、なんて思いながら。右側に、石垣のある家。その隣の、さほど、立派でもないくせに、マンションなんて名のついている建物。佳佑《けいすけ》。……嫌《いや》だな、どうしてこうしょっちゅう、彼のこと思い出しちゃうんだろう。

「いいじゃない。送ってく位。俺、もうちょっともくずちゃんの顔、眺めていたい……ん？　もくずちゃん、あんたどうしたんだ？」

　ふいに木村さんが、あたしの顔をのぞきこんだ。あたしは慌てて表情を作る。

「その、いちこさんとかいう人の顔を眺めていればいいでしょう」

　あさみが、かなりとがった声をだしてくれたおかげで、木村さんの視線は、あたしの顔を外れる。

「写真眺めてたって、つまらないもの。それも、黒いリボンの中で笑ってる奴なんてさ」

「え？」

「笹原《ささはら》さん——笹原いちこさんはね、去年、車にはねられて……」

　殿瀬君がこう口をはさんだら、さすがのあさみも、もう何も言わなかった。ので、木村さんはあたし達を送ってくれることになったんだけど——家が近いから殿瀬君も一緒——道中木村さん一人ではしゃいでて、あたし達はろくにしゃべれなかった。

木村さん、余程いちこさんって人が好きだったんだろうな。そう思ったら、何もしゃべれなくなっちゃったんだもの。それに。あたしは彼の話を聞きながら、なんということなしに、あの人——佳佑のことを考えていた。

☆

うちへ帰るには、池袋線の石神井公園駅を利用するより、新宿線の上石神井駅を使った方がずっと便利だ。石神井公園駅からだと、バスを使うか、三十分程歩かなければならないから。ただ、あたしの場合、学校が池袋にあるので、普段、石神井公園駅まで三十分、てくてく歩く習慣がついている。高田馬場から池袋までなんていう、無茶苦茶混んでる山手線《やまのて》にのるの嫌だし。それに、途中石神井公園というわりと大きな公園をつっきってゆくコースは、まわりが住宅街のせいもあって、散歩用にはもってこいなんだもの。

「うえ。ここから三十分も歩くの」

送ってきてくれた木村さん、駅から三十分の所に家があると聞いて、ぎょっとしたような声を出す。

「ここまでで結構ですわ。無理して送って頂かなくても」

あさみの声には、やっぱりとげがある。

「いや、せっかくここまで来たんだもの。送ってくよ」

駅前の商店街をしばらく歩き、画材店の所で左へまがると、公園に出る。この公園にはわりと大きくて細長い池があり、公園へ続く砂利《じゃり》道の坂をおりてゆくと、まず視界に池がとびこんでくることになる。池のまん中あたりには島があり、そこに橋がかかっている。この池をつっきるには、池の端まで歩いてゆくか、この橋を渡ればよい。

石橋の上に立って池を見おろす。あたりがもう暗いものだから、所々にある街灯が池に映って輝いている。暗い木立ちの影も映る。

「ふうん……」

木村さんは、わりとこの景色が気にいったみたいで、橋の上にしばらくつっ立って、水面を見ていた。あさみがさっそく水をさす。

「絵葉書にでもありそうな、つまらない光景じゃありません?」

「あさみちゃん、あんたね……。そんな風に見たら、どんな景色もつまらねえだろ」

あさみは軽く肩をすくめて、こころもち上の方を向く。

「あ！」

「え?」

「あ、あれ。あれ、何かしら」

「何だよ」

みんなしていっせいにあさみの指した方を見る。うわぁお。ＵＦＯ？

　今日はあいにくくもっていたので、星はまるで見えない。雲の間から、うすぼんやりと、白けた月が見えるだけ。その白けた月から少し視線をずらすと、月よりも少し大きめの、明るい緑のものがあったのだ。緑の何かは、ほぼ円形をしていて、ジグザグに、えらく不規則に動く。あれ、絶対、惑星とかそういう天然自然のものではない。あ！　その緑の何かのうしろから、今度は黄色がかった何かが出てきた。格好は大体同じ。黄色の何かは緑の何かをおいかけているんだわ、あの感じでは。

「ＵＦＯ……」

　殿瀬君が小声でこう言った。すると、今まで黙っていたみんな、せきを切ったようにいっせいにしゃべりだす。

「おい、殿さん、あれＵＦＯだよな、絶対」

「凄《すご》いもん見ちゃった……。ＵＦＯって本当にあったのね」

「あれ、飛行機とか、そんなことないよな」

「ないない。飛行機があんな飛び方するかよ」

「ねえ、誰かカメラ……」

「持ってるわけねえだろ。まさか、こんなもん見るとは思わなかったもの」

「ね、ちょっと！　あれ、戦ってましてよ！」

　本当だ。今んとこ、黄色のＵＦＯが緑のＵＦＯを攻撃しているみたい。――とにかく、黄色のＵＦＯは、淡いピンクの光線を何度か発射し、緑のＵＦＯはひたすら逃げているのだ。

「宇宙戦だ……」

「宇宙船？　そんなことわかってる」

「違う、戦争の方の宇宙戦……」

　その後、あたし達は黙って宇宙戦を見物する。逃げまわること約五分。ついに緑のＵＦＯは、ピンクの光線をもろ、あびてしまった。光線のあたった部分が、鮮《あざ》やかな赤になる。緑のＵＦＯは、ジグザグ運動をやめ、落下しだす。

「お……おい」

「あのＵＦＯ、ここへ向かって落ちてくるぜ！」

　緑のＵＦＯは、ぐんぐん大きくなってくる。まさか、あたし達のいる橋の上へ落ちてくることはないだろうけれど、とにかくこの辺へ落ちてきそう。黄色のＵＦＯは、ゆっくりと去ってゆく。

　ひゅう……ばりばりばりばり……どしん！　もの凄い音がして、地震のように橋がゆれた。

「あそこ……ブランコのあっちがわに落ちたわ！」

　あさみが叫ぶのとほぼ同時に、あたし達はその緑のＵＦＯへ向かって、走りだしていた。

☆

　近くでみると、そのＵＦＯはそんなに大きくなかった。

帽子をいれる箱みたいなひらべったい円柱形で、直径十メートル弱、高さ三メートル強。色は――こういう言い方があるのかどうか知らないけれど、緑銀色。とにかく、緑のくせに銀色に輝いているのだ。ＵＦＯから二メートル位の所につっ立っているあたし達は、その光のせいで、顔が緑がかって見え、いささか無気味。ＵＦＯの下敷きになって、木が数本折れている。

「さて、どうしよう」

木村さんがぽつんとこう言う。近づいてはみたものの、ドアが開いて宇宙人が出てくるわけじゃなし、ＵＦＯはただそこに落ちているだけって状態だし、触わってみるのも何となく怖いし……あたし達、ぽけっとそこにつっ立っているだけなんだもの。

「誰か人呼んでこようか……」

殿瀬君がこう言ったけれど、誰もそれに、反対も賛成もしなかった。近所のおじさん呼んできたって、事態が好転するとも思えないし、ＵＦＯが攻撃しかけてきたわけじゃないから、自衛隊呼んだって仕方ないし。それに大体、自衛隊ってどうやって呼ぶの？　一一〇はおまわりさんだし、一一九は消防署だし。

と。木村さんが、ゆっくりとＵＦＯに近づいていった。殿瀬君やあさみやあたしを手で制して、自分だけ。ＵＦＯから三十センチ位の処《ところ》まで来て、そろそろ左手を伸ばしてみる。彼、左ききかしら。木村さんの手が、ＵＦＯまで十センチ位の処へ来る。

「危ないわよ、木村さん、触わんない方がいい」

「……別に熱くはないみたいだな。ああ、もくずちゃん達は来ないで。万一何かあるとことだからね」

人がせっかく心配してんのに、木村さん、そんな思惑をまるで無視して、さらに左手を伸ばす。左手の人さし指がちょっとＵＦＯに触れる。慌てて左手を離す。それから、今度は少し大胆に、左手の手のひらでＵＦＯに触れてみる。両手を使ってなでまわす。

「大丈夫《だいじょうぶ》。熱くもないし、電気とかそういうものもかよってないみたいだ」

「ふうん」

あたし達、最初はおずおずと、それから少し大胆に、そのＵＦＯに触れてみる。光ってるくせに、全然熱くはなく、むしろひやっとした肌ざわり。

「これ、金属かな」

「さあ……。それにしても、継ぎ目がないな。どうやって作ったんだろう」

「まあ、宇宙船だからな。俺達にわからなくて当然だろう」

「……ねえ、もくずちゃん」

ふいにあさみが小声で言った。

「中に人が少なくとも三人いるわ……」

眉を寄せて、表情が少しかたくなっている。おそらく中にいる人の心を読んでいるのだろう。

「いい、少なくとも、三人よ。この意味、わかる？　おかしいのよ。こんなことあっちゃ、おかしいのよ」

　少し苛々《いらいら》と繰り返す。あ、そうか。あさみの精神感応能力は、壁などにより、邪魔されない。問題なのは、遮《しゃ》蔽物《へいぶつ》の有無《うむ》ではなくて、対象との距離なのだ。

　――もう少し、わかり易《やす》く言うと、こうなる。あさみは、自分を中心に半径十五メートル内にいる人の心は、その気になりさえすれば、すぐ読める。たとえ間に壁があろうがなかろうが。また、彼女に言わせれば、人の心を読むことよりも、そこに人がいるかどうかを感知する方がずっと楽なのだそうで、それならば彼女は五十メートル位離れていてもできる。一度、学校にはいる前に、うちのクラスに人が何人きているか、ぴたりとあてたことがある。

　従って、たかが直径十メートルたらずのＵＦＯの中に人が何人いるかなんてこと、彼女にわからない筈はないのである。少なくとも、なんていうことわり書きをつけないで、正確に何人、と言いあてられなければおかしいのだ。

「何か、あるのよ。今までこんな変な状態になったことない……。ＵＦＯのまん中に、何か変なものがあるの。それのあちら側、全然見えない。こんなこと初めてだわ」

「まあ、相手は地球の人じゃないみたいだから、未知の物質でもあるんじゃないの。テレパシーを通さない壁とかさ」

　あたし、あさみをなぐさめる。どうやら彼女にとって、宇宙人がいる、という事実より、テレパシーを通さない壁があるって事実の方が、ショッキングみたい。

「ねえ、帰ろうよ」

　と、急に殿瀬君が言った。

「帰ろう……。何だか急に、嫌な予感がしたんだ。ここにいない方がいい」

　本当だ。ふいに、まったくふいに、得体《えたい》の知れない恐怖が、あたしの心をわしづかみにした。凄《すご》く、怖い。あさみがそばにいてくれなかったら、あたし、きゃあとか叫んで一目散《いちもくさん》にうちへ向かって駆けだしていたに違いない。心の中が、まっ黒に塗りつぶされてゆく。

「……怖い」

　数歩、あとずさる。あさみの手をぎゅっと握る。彼女があたしの肩を抱いてくれた。

「おい、待てよ、殿さん。変だよ。俺も急に怖くなってきちまった。これは変だよ」

「変だったって、実際怖い」

「だから、その怖くなり方が変なんだってば」

　木村さんの額《ひたい》にも汗が浮かぶ。懸命に恐怖と戦っているみたいだ。

「何だか作為的な恐怖だ。誰かが俺達を怖がらせようとしているみたいだ」

そんなこと言ったって。怖い。やだ。逃げたい。

木村さんは必死になって、ＵＦＯに近づこうとしているみたいなんだけれど、所詮《しょせん》、無理よ、そんなこと。これだけ怖いんだもの。

「……駄目だ」

抵抗むなしく木村さん、ＵＦＯから数歩遠ざかる。

「明日十時にここへ来てみよう。いいか、明日、十時だぞ」

木村さんがそう叫んだようなんだけれど、あたしはもう、その時には耐えきれず、一目散にうちへ向かって駆けだしていた。相変わらず、あさみの手を握ったまま。数歩遅れて殿瀬君も逃げている。

「十時だぞ。忘れんなよ」

背《せな》に木村さんの声を聞きながら。

第二章　みどりいろの宇宙船

八月八日の朝。八時頃起きたあたしは、洗面所で顔を洗っていた。

「出かけるの、桃子……」

「うん、ちょっと……。あさみと一緒」

うちの母は、あさみを絶対的に信用しており、彼女と一緒に出かけるとさえ言えば、それ以上追及されないのだ。

「遅くなる？」

「ううん……多分」

どうなんだろう。何せ、事態がここまで異常なんだから。

とにかく、不思議なのだ。一晩寝たら、あの異常な恐怖はあとかたもなく消えさり、かわりに後悔の念がわきあがってきた。仮にもＵＦＯなんていう尋常《じんじょう》ならざるものを目撃できたんだから、もっとしっかり見とけばよかった。本当に、何で昨日、あんなに必死で逃げだしちゃったんだろう。

簡単な朝食をすませ、ちょっと早いけど、九時頃あさみの家へ行く。ドア・チャイムを鳴らすと、直接あさみが出てくれた。

「おはよ、もくずちゃん。どうぞあがって、ちょっと待ってて、今、用意してるから」

彼女が猫舌用にいれてくれたお茶を飲みながら、横目で、簡単なお化粧《けしょう》している洗面所の彼女を見る。毎度思うんだけど、あさみ、よく、お化粧なんて面倒なことできるなあ。

「唐突《とうとつ》だけど」

口紅を塗りおえたあさみ、キッチンのあたしの正面へ来て、自分用のお茶をいれる。

「何？」

「ん、その……」

少しいいよどむ。

「何て言ったらいいのかしら……説明がむずかしいんだけれど、……木村さんって人と殿瀬君、変だわ」

「変？　どういうこと？」

「あの人達、精神構造がとってもユニークなのよ。強靭《きょうじん》って言えば聞こえはいいけれど……。中学の時には気づかなかったけれど、殿瀬君も変わってるの。こんな珍しい精神構造の人が三人もそろうなんて……何か、嫌《いや》な感じ……」

どういうことだろう。それに、三人っていうのは？

ああ、そういえば。あたしの精神構造も変わってるんだっけ、あさみに言わせると。とすると、あたしも〝変〟の部類なのかなあ。

「あたくし、どうも木村さんって人好きになれないけど、そういう私情をまじえずに言っても、木村さん達変わってるわ……。良くわからないけれど、あの二人もひょっとしたら、超能力を何か持っているような感じよ……」

あたしはじっとあさみの顔をみつめ続けた。どう解釈すればいいのかしら、今のあさみの台詞《せりふ》。と、その思いに気づいたのか、あさみは急に明るい表情になった。

「ま、いいわ。もくずちゃん、そんな顔しないで。気にしないでね、ちょっと言ってみただけだから……。さ、そろそろ行きましょ。石神井公園、今頃きっと凄《すご》いさわぎよ。未確認飛行物体が、もろに確認できる状態なんですもの。ひょっとしたら、ロープかなんか張ってあって、近づけないかも知れないわ」

☆

「よ、早いな」

予想に反して、石神井公園は静かだった。いつもの朝のとおり。夏休み中なもので、カップルが数組ベンチに座っていたり歩いていたりする程度。はいってすぐ、めざとくあたし達を見つけて、木村さんが近づいてきた。

「殿瀬君は？」

「じき、来るんじゃない……。それより、見ろよ、あれ」

彼の指す方向を見て、あたし達、息をのむ。ないのだ、UFOが。のみならず、確かUFOの下敷きになって折れた筈《はず》の木まで、きちんとつっ立っている。

「そんな莫迦《ばか》な……」

「莫迦なっつったって、実際こうなってるんだから仕方ない。それともあんた、昨日のこと、夢か何かだと思う?」

「夢なんかじゃなかったわ」

夢なんかじゃなかった、と思う。でも、UFOがないだけなら、故障をなおして飛んでったって思えばいいけど、木が元どおりになっているのは?

「おはよう」

「何よ、和馬君。UFOなんて、ないじゃない」

呆然《ぼうぜん》としていると、ふいに背《せな》から声をかけられた。殿瀬君と知らない女の子が一人。ストレートの髪を肩の所で切りそろえて。二人とも、わりと大きなショルダーバッグ、かかえてる。

「何だ、姫《ひめ》も来たのか」

「何だはないでしょ、ライオンさん。それとも、あたしが居ちゃ、迷惑?」

「ライオンさん?」

「あ、それ、俺のこと」

木村さん、照れてか、あごをひっかく。うっすらと無《ぶ》精《しょう》ひげ。

「俺、髪がこうだろう。少し茶がかってるしな。陽《ひ》に透けてそれが金色に見えたりすると……」

「まるでライオンのたてがみ風だから、だって。いちこがよくそう呼んでた」

木村さんの台詞《せりふ》を、その姫とかいう女の子が、途中でひったくる。それから、あたし達の方をちらっと眺める。

「あ、こちら、森本さんに海野さん。僕の中学の時の同級生。こいつは木々美姫《きぎみき》っていって……」

「きぎみき?」

「あのね、美しい姫って書いて〝みき〟って読むの。凄い名前でしょ。たまに親を恨《うら》むわ……。よろしく」

それで、木村さんが彼女のこと姫って呼んだのか。それにしても、何でこの娘《こ》、ついてきたのかしら。そんなあたしの表情を読んだのか、殿瀬君がいいわけがましくこう言う。

「こいつ、僕の友達なんだけど」

「友達じゃなくて恋人。ちゃんとそう言って」

「……恋人なんだけど、今日、誕生日なんだ。で、前々から今日こいつにつき合ってやるって約束してたもんで……」

「へえ。今日が誕生日なの。あたしと同じだわ」

「ふうん。もくずちゃんも今日で二十歳《はたち》?」

と木村さん。

「もくずちゃん?」

姫――この娘、少々あつかましいきらいはあるけれど、人なつこそうで、わりとあたしの好きな感じの娘なんで、愛称で呼ばせてもらう――が、怪訝《けげん》そうな顔をして聞き返す。

「仇名《あだな》だってさ」

「ああ、名字《みょうじ》が海野さんだから」

あたしも親を恨みたい。あさみはこの間、黙ってUFOが落ちた筈の所を見ていた。その視線に気づいた殿瀬君、メタルフレームの眼鏡《めがね》をかけ直しながら、こう聞く。

「ところで木村、例のUFO、どうしたんだ」

「さっぱり判《わか》らん。九時半頃来たら、もうなかった」

「飛んでっちまったのかな」

「だろうけど……それよか殿さん、あの木を見てみろよ」

「木？」

「UFOの下敷きになって折れた筈の奴だよ。折れてねえだろ」

「……本当だ」

「結局、みんなして夢でも見たんじゃないの」

昨日居あわせなかった姫は、平然とこう言いきっちゃったけど、昨日の情景をこの目で見たあたし達は、とてもその台詞を肯定する気になれなかった。

「細部まではっきり覚えてるし……大体、俺達、あのUFOに触ってみたんだぜ」

木村さんが不服そうに申したてた。

「じゃ、集団幻覚だわ」

軽く姫が言い返す。すると、今まで黙っていたあさみが、ふいに言った。

「そうよ、集団幻覚だわ」

「あさみまで何言うのよ。あんなにはっきり見たじゃない」

あたしの抗議を、片手を上げていなす。

「違うわよ、昨日のUFOが幻覚だっていうんじゃないの。今日、UFOがないのが幻覚なのよ。今でもあれは、ちゃんとそこにあるの」

「ないじゃない」

「あるわ。いい、見てらっしゃい、あのカップル」

石神井池の端にあるボート乗り場から、一組のカップルが、池ぞいに駅の方へ歩いていた。まだ高校生らしい二人連れで、しっかりと手なんか握りあってて、ほほえましいというか、うらやましいというか。

「普通のカップルじゃない」

「別にあのカップルが変だっていうんじゃないの。彼らのコース、見てて。いい、ブランコの手前にUFOはある筈なの……」

あの二人、あのまま歩いてゆけば、UFOのあるべき所のどまん中をつっきることになる……のだが。どういうわけか彼らは、UFOのあるべき所の少し手前で左に折れ、不自然な程池のそばを歩き、UFOがある筈の所を通りすぎると、また右に折れ、元のコースにもどった。

「先刻《さっき》っからあの辺を通る人達、みんなああなの。右に折れたり左へまがったりして、UFOのある筈の所を避けて通るのよ」

今度は姫も、少しうす気味悪くなったみたい。何も言わずに黙って見ている。と、駅の方から歩いてきた主婦みたいな人が、やはり大きく迂回《うかい》した。

「……ね」

「……本当。変だわ」

「おそらくあの人達、迂回してるって意識、ないと思うの……」

「これ……宇宙人がやってるっつうのか」

「それ以外に考えられる？　おそらくあの辺に、一種の壁を作ったんだわ。壁っていっても物質的なものじゃなくて、精神的な……」

あたし達、顔を見合わせる。姫は心細気《こころぼそげ》な表情をして、殿瀬君の右手にこころもちしがみつく。殿瀬君たら、彼女の肩に手をまわすなり何なりしてあげればいいのに。知らん顔して。

「ねえ、和馬君、帰ろうよ。嫌だわあたし。それに、こんな所で、その〝精神的な壁〟とかいうの見てたって、仕方ないじゃない」

「その壁の中にはいれないものかな」

殿瀬君たら、そんな姫の台詞が耳にはいらなかったのか、眼鏡はずして眼がしらおさえて、考えこんでる。

「このまま、まっすぐあそこへ向かって歩いてみようか」

木村さんも御同様。男の子って、好奇心の対象になる事柄が出現すると、他のことに気がまわらなくなっちゃうのかしら。

「……多分、無理だわ。まっすぐ歩いているつもりでも、迂回しちゃうでしょう」

あさみは、一語一語、区切って言う。何か真剣に考えてるんだわ。

「でも、あたくしにやらせてみてくれる？　あたくしについてくれれば、きっと壁の中にはいれると思うわ……」

「どうして」

「目印があるの」

目印？　少し考えて、思いつく。そうか、宇宙人の思考だわ。あさみは、その〝精神的な壁〟とやらを通して、ある程度、宇宙人の思考が読める――あるいは、宇宙人の精神が存在する位置を確認できる――んだわ。でも、あさみ、どうして。平生《へいぜい》の彼女なら、絶対、こんなこと言いださなかったろうと思う。何故《なぜ》って、あさみの特殊能力――精神感応ができること――がばれる糸口になるかも知れないじゃない。しばらく考えて思いつく。彼女、きっとあの〝テレパシーを通さない何か〟に固執してるんだ。それ以外に理由を思いつけない。

「目印って何よ。そんなあやふやな……」

案《あん》の定《じょう》、姫がその点をついてきた。

「地面。あたくし、絵を描くの。石神井公園は、もう何十回もモチーフに使ったから……。地面の色でわかるの」

あさみは、適当にごまかす。ここにいる連中、みんなあさみの絵を知らないから、こんなこと言えるのね。あたし、心の中でくすっと笑った。彼女の描くのは抽象画で、モチーフはもっぱら、人の心象風景から採ってる。美術の先生は絶賛してたし、才能はあるんだろうけど、あたしみたいな素人《しろうと》が見ると、何描《か》いてあるんだか、さっぱり判んない。

「あ、もくずと美姫さんは残っていらっしゃい。何かあるとことだから」

「嫌よ」

「嫌だわ」

あたしと姫、ほぼ同時にこう言う。あたしはもう、好奇心のかたまりみたいになってたからなんだけれど、姫はどうして？　あんなに嫌がってたのに。

「和馬君がそんな所へ行っちゃって、あたし一人残されるなんて、絶対嫌」

わあお。あたし、何となく殿瀬君がうらやましくなる。なのに、殿瀬君ったら、照れくさいのか、小声でよせよ、なんて言っちゃって。木村さんがくすくす笑いだす。

「あんた、高校の時と全然変わってないのな。相変わらず殿さんにべたぼれじゃん」

「そうよ。悪い？」

姫、片目で木村さんを睨《にら》みつける。かっわいい。

「和馬君は、あたしが十九年――あ、今日で二十年か、二十年生きてきた中で、一番素敵な人なんだから」

……確かに、ここまでいう人も珍しい。

「わかったよ、わかりましたよ。そう睨むなよ。しかし、まあ、さほど危ないこともないんじゃない」

木村さん、笑いっぱなし。

「もし連中が、地球人何人かつかまえて、生体解剖でもしようっていうなら、昨夜《ゆうべ》のうちにやってただろうからな。ま、とにかくやってみようや、あさみちゃんの目を信じて。どうせ、駄目《だめ》でも、ＵＦＯを迂回しちまうだけだろ。実害はないしな」

☆

あたし達、数珠繋《じゅずつな》ぎになって、あさみの後についてった。先頭のあさみは、眉根《まゆね》を寄せて、かたい表情。次があたしで、まん中が木村さん、姫、ラスト殿瀬の和馬君。あさみったら、余程《よほど》一心不乱に精神を統一してるのだろう。中空をきっとみつめて。少しは下、見なきゃ。地面全然見てないの、不審がられるじゃない。

と。ある一点まで来たら、急にあさみが消えたのだ。まったく、かき消すように。

「もくずちゃん、ぼけっとしてないで」

木村さんが背から強い声をかける。あたしは、その声の迫力におされて、一歩ふみだす。とたんに、凄い頭痛。そのひどさに耐えかねて、数歩走ったら、あさみにぶつかった。頭痛は嘘《うそ》のように消えていた。

あたしは、壁を越えたらしい。

視界のまん中に、昨日のUFOがあった。折れた木立ちも、そのまんま。ただ、UFOを中心に、半径十五メートル位の円の内部が、緑色のもやにおおわれていて、その先にある筈《はず》の公園の景色が見えない。上を見ると、空も緑だった。後から木村さん達がやってくる。

「本当にUFO……」

姫が泣きそうな声をあげて、殿瀬君の手を握りしめた。すると。

「何だこりゃあ」

背後で聞きなれない声がする。

「水原《みずはら》！　あんた一体……」

木村さんが驚きの声をあげる。

「何だ木村、おまえもいたのか」

「水原ぁ、あんた一体何だってこんな所にいるんだよ」

「何でって……石神井公園散歩してたら、姫と殿さんがえらい神妙な顔をして歩いてて、声かけようと思ったら急に消えたから。慌《あわ》てておっかけてきたんだけれど、これ何だあ」

「何だって、あんたまではいってくんだよ」

木村さん、苦虫《にがむし》を一ダース位、まとめて嚙《か》みつぶしたような表情。やっと落ち着いたらしい姫がくすくす笑う。

「大変な人が来ちゃったわね。ふふ……」

あたしは、そんなやりとりを聞きながら、その水原さんって人に、一種の衝撃を覚えていた。うっそぉ。どうして。あたし、予知能力なんてないわよお。

水原さん――後で聞いたら、誠《まこと》って名前だそうだ――水原誠。彼の顔見たら、はっきり思い出した。思い出したんだけど――どういうこと？

☆

六日の夜――というか、七日の朝、あたしは奇妙な夢を見たのだ。例のあさみに流入した夢。白い部屋に六人の男女が円を描いて座っていた夢。

あの時の六人なんだけれど、一人はあたしなのね。で、隣には男。百八十はありそうな身長、がっしりした体格、整った顔だち、自信にあふれた目。さらっとした焦茶《こげちゃ》の髪は肩まであり、光線の加減でそれは金色にも見えた。あれは確かに、ライオンさんこと木村利明さんにそっくりだった。

その隣にいた女は、百七十のすらっとした体格、きついウエーブのかかった髪で石像のような顔をふちどられた、あたしの親友——森本あさみ。

その隣の男は、小柄でやせぎすで、メタルフレームの眼鏡かけて、少々神経質そうな顔の殿瀬君——殿瀬和馬。

その隣の女は、ストレートの黒髪を肩の所でばっさり切りそろえていて、大きなひとみ、ひとなつこそうな印象。そう、姫——木々美姫に、凄くよく似ていた。

その隣の男は、だらしなく口ひげとあごひげを伸ばし、口許《くちもと》に終始にやにや笑いを浮かべ、背があまり高くないうえにやせてて——一言で言えば貧相で、今登場してきた人物、水原誠にうり二つだった。

あたし、今まで、木村さんにも姫にも水原君って人にも、会ったことない。それに、あたしは殿瀬君と全然親しくなかったんだし、彼の夢を見るっていうのは、ずいぶん不自然なことだと思うんだ。

本当に——一体全体、どういうことなんだろう。

☆

「……犬猿の仲って、よく言うじゃない。それでいうと、ライオンと仲悪いのは何かしらね。とにかく、水原君は、もうどうしようもない位、木村君と仲が悪いの」

姫は、先刻からずっと、何かしらしゃべっていた。殿瀬君は水原君に事情を説明する為《ため》、彼の方へ行っているんだけれど、その殿瀬君のカラーシャツの端をしっかり握りしめて。最初あたし、彼女が普通の声でしゃべってたものだから、異常事態にいささか慣れて、落ち着いてきたんだと思ったんだけれど、それ、誤解だった。要するに彼女、しゃべっていないと精神の平衡《へいこう》を保てない——一種のヒステリー状態だったんだわ。

水原君は、殿瀬君の説明をひととおり聞きおえると、不得要領《ふとくようりょう》な表情でUFOとあたし達の顔を見比べた。木村さんは憮然《ぶぜん》としてこの場の情景を見ている。

「……で、おまえさんが海野もくずさんで、こっちが森本あさみさんか。よろしくな」

「あのね、あたし、海野桃子。もくずっていうのは仇名」

「ああ、そう。そうだろうな。いくらなんでも海の藻屑《もくず》じゃあんまりだよな。まだ生きてんのに」

この水原誠って人、木村さん程慣れ慣れしくはないけれど、多分面《つら》の皮の厚さはいい勝負だわ。

「……一人は統率、一人は情報、一人は技術、一人は生命、一人は攻撃、一人は切り札」

え！　水原君が小声でひとりごちた台詞を聞いて、あたし、慄然《りつぜん》とする。何、今の台詞。あたしの夢の中に出てきた言葉だわ。どういうことよ。

「……どういうことかな。そろっちまった」

また、水原君がひとりごちる。やん、やだ、この人、テレパス？　あさみがいるから人に心を読まれることに慣れている筈のあたしだけれど、あさみ以外にテレパスがいるだなんて、考えてみもしなかった。それにしても水原君、あたしにテレパスだって見破られたこと判ってるくせに、どうして表情かえないのかしら。あさみに言わせれば、自分の正体が露見するっていうのは、テレパスにとって致命的な筈なのに。と。

「きゃ！」

ＵＦＯをじっとみつめていたあさみ、小さな悲鳴をあげる。

「何？」

「どうした」

「あの……中から誰か出てくるわ」

「ええ！」

水原君がテレパスだって問題は、とりあえず後まわし。

「宇宙船の中から出てくるってことは……」

「当然、宇宙人だってことよね」

姫と殿瀬君が、かけあい漫才よろしく言う。

「正確には異邦人っていうんじゃないのか」

妙に冷静なのは木村さん

「異邦人っていうと、外国の人みたいだぜ」

水原君が半畳《はんじょう》いれる。

「じゃ、エイリアンっていえばいいんだろ、エイリアン」

木村さん、むきになって反論。

なんて莫迦《ばか》なことを言っているうちに、緑のＵＦＯの壁の一部が、音もなく消える。中から出てきたのは、おそらく二メートル以上もある、長身の、宇宙人というか異邦人というか、エイリアンだった——。

☆

地球人的常識をあてはめていいのなら、その宇宙人は女性だった。ギリシアのキトンとかいうのによく似た、うすい若草色の服を着ていて、バストはかなり豊か、ウエストは細く、ヒップはわりと大きくて安産型——地球人風のお産をするならね。手は二本、足は二本で、体格は地球人によく似ていた。ただちょっと異質なのは、やたら大きな目とすこし高すぎる鼻、うすい唇。もっとも、たまには地球人にも、こういう顔の人はいるかも知れないって程度だけど。

しかし、二メートル以上あるくせに、きっと体重五十キロないんじゃないかって位、やせている点——それも、胴が普通で、手足が針金みたいに細いのね——と、腰のあたりまで伸ばした紫陽花《あじさい》を思わせる淡いむらさきの髪、ブランディ色の目は、どう見ても地球人のものとは思えなかった。唇は、ひょっとしたらうすい紅なのかも知れないけれど、他の肌の色とあまり区別がつかない。肌の色は、太陽のもとでみたら、きっとまっ白なんだろうけど、緑のＵＦＯの光のせいでうす緑にみえ、いささか気味が悪い。

　その宇宙人は、あたし達の背後をすばやく眺め——おそらく、この壁を越えてきたのが、あたし達だけなのかどうか確かめたかったんだろう——それから、多少つっかえつっかえではあったが、日本語をしゃべった。

「あなた方……どうやって、はいってきたんです」

「わお。宇宙人さん、日本語しゃべれる！」

　あたし、思わず叫ぶ。木村さんが口笛を吹いた。

「言語翻訳機がありますから……」

　宇宙人さんの右手にのってる、あの小さな箱。あれが言語翻訳機なわけ？　だとしたら、凄いや、あんなサイズなのに。

「質問に、答えて下さい。どうやってはいってきたんです。ちゃんとサイコ・バリアをはったのに」

「あたくし達、昨夜、このUFOが落ちるのを見たんです」

　あさみが代表して答える。さすがはあさみ、地球人相手にしゃべってるみたい。落ち着きはらってて、宇宙人相手に少しも気おくれしたところなんてみせない。

「木も数本折れていました。ところが、今朝来てみたら、UFOがないのみならず、木も元のままだったでしょう……。ですから、UFOがない筈はないと思いました」

　宇宙人さん、小さくため息をつく。その様子を見ながら、あさみは続ける。

「催眠術《さいみんじゅつ》でも、かかる筈がないと最初からかたくなに決めてかかれば、かかりにくくなるでしょう。それと同じことだと思いますわ」

　うまく、自分の精神感応能力には触れずに説明する。

「……そうですか」

　宇宙人さん、今度は深くため息をつく。しばらく考えこむ。

「昨夜宇宙船のそばにいたのは、四人だったと思いますが」

「へえ、おみとおしか。凄《すげ》えな」

　木村さん、ポケットをさぐりながら、こう言う。何よ、まさかピストルでも持ってるわけじゃないでしょうね。

「じゃあ、昨夜俺達が無性に怖くなったのも、あんた達のやったことだな」

　宇宙人さん、軽くうなずく。木村さんがポケットから取りだしたのは……なあんだ、煙草《たばこ》だ。

「あとの二人はおまけだよ。どういうわけか、ついて来ちまった」

　胸のポケットだのズボンのポケットだのを一所懸命かきまわす。マッチかライター探してるみたい。殿瀬君が気をきかせてマッチを放ってやる。

　宇宙人さんは、そんな木村さんの様子をじっと眺めていた。目にはまるで表情というものが浮かんでいない。と。急にきびすを返す。

「何だよ、帰っちまうのか」

「私についてはいってていらして下さい。船内の大気は、多少酸素は希薄ですが、あなた方の呼吸にさしつかえない程度です」

それだけ言いのこすと、すたすたＵＦＯの内部へはいってしまう。残されたあたし達、顔をみあわせる。

「大丈夫よ。あたくし達に危害を加える気はないわ……と思うわ」

あさみが言うなら確かだろう。

「んじゃ、はいってみるか。せっかくＵＦＯの内部なんていう、滅多《めった》に拝めない代物《しろもの》見せてくれるっていうんだから」

くわえ煙草の木村さん、もごもごとこう言う。水原君が黙って木村さんの煙草一本失敬する。木村さんはあからさまに顔をしかめて、でも、水原君にマッチを放ってやる。水原君は煙草に火をつけ、深く一服吸うと、マッチのもえかすを指ではじいた。

「面白そうだな。俺もはいってみよう」

面白そうって、一体この人、どんな神経してんのよ。でもとにかく、この水原君の意見で、大体の方向は決まった。姫はしっかりと殿瀬君のシャツをつかんだままだったけれど——可哀想《かわいそう》に殿瀬君のシャツ、すっかりＧパンからひきずり出されて、お腹《なか》が少しみえる——とにかくあたし達は、ＵＦＯの内部へはいっていった。

☆

しんがりの水原君が、ＵＦＯの中に足を一歩踏みいれると、ドアは、開いた時と同様、音もなく閉じた。姫がぴくっと肩をふるわせ、殿瀬君のシャツをさらにひっぱる。殿瀬君、すっかりお腹がでてしまったのに閉口してか、姫の肩を抱いてやる。姫はしっかり殿瀬君にすがりつき——それにしても、殿瀬君のいそがしいこと。右手で姫の肩だいて、左手でひっぱりだされたシャツ直して。

「うえ……床も壁も天井も、全部緑だ。この船の設計者、趣味が悪いな」

木村さんがうめく。あたしも同感。それにしても不思議だな。どこに光源があるってわけでもないのに、船内は緑の光で満たされていた。おまけに。ずっと細長い廊下が続いているだけで、ドアに相当するものは見あたらない。何か無気味な構造だわ。あと。船内がえらく静かなのも気味が悪い。あさみのハイヒールの音すら、吸収されちゃうのか、聞こえないんだもの。

ふいに、先頭をいく宇宙人さんが壁の一部に手をふれた。と。そこがまた音もなく消え、ドアになる。ははん。これで少なくとも、この宇宙船の中には、廊下以外のものがあるってことがわかった。

次の部屋は客間——いや、まてよ、宇宙船に客間をつけるとは思えないから、乗組員達の集会所なのかな、とにかくそんな風な部屋だった。床に適当なでっぱりがいくつかある。多分小さい方が椅子《いす》で、まん中の少し大きめのでっぱりがテーブルだろう。宇宙人さんが一番奥の椅子に陣どって、あたし達にも椅子をすすめてくれた。その椅子――というか、緑色のでっぱり――は、身長二メートルの宇宙人さん用に作られたってことは明白で、あたしは足をぶらぶらさせる。と。椅子の背後の部分が、ちょうどよくもりあがり、背もたれさながらになった。

「さて」

宇宙人さんがこう言ったのとほぼ同時に、木村さんと水原君がしゃべりだした。

「ね、彼女、名前なんていうの」

「灰皿もらえないかな」

前の台詞が木村さんで、あとの方が水原君。二人の声がだぶったものだから、二人は少し気まずげに相手の顔を眺め、それからまた同時にしゃべりだす。

「宇宙人さんってんじゃ呼びにくいんだ。固有名詞、あるんだろ」

「このままだと、遠からず灰が落ちるんだが……この部屋に灰落としちゃまずいよな」

それから二人とも、またもや相手の顔を睨み、咳払《せきばら》いなどをし、三たび同時にしゃべりだす。

「あ、俺は木村利明っての。よろしく」

「ねえ、灰皿……」

「あんたなあ、どうしてUFOの中へまできて、灰皿灰皿って騒ぐんだよ」

「おまえより躾《しつけ》がいいんだ。あ、ほら、おまえの煙草、灰が落ちるぞ」

「うわ」

木村さん、落ちかけた灰を左手でうけとめ、それから部屋の中をみまわし、くずかごに相当するものが存在しないことを認めると、左手をみつめ、ため息をつく。

「だから俺、水原誠って男、嫌いなんだ……。あんたの前だと、どういうわけか俺、三枚目になっちまうんだもの」

「おまえさん、もともと三枚目だよ……うわ」

今度は水原君が右手で灰を受けとめる番。それから二人してため息をつき、殿瀬君の方を向く。殿瀬君、肩をすくめて。

「灰皿なんて持ってないよ」

なんか、段々話題がおかしくなってくるなあ。あたし達、灰皿探しにUFOの中へはいってきたわけじゃないでしょうが。あたし、ショルダーバッグの中をかきまわし、浅田飴《あさだあめ》の缶を取りだし、ふたをさしだす。これなら何とか灰皿の代用品になるでしょう。

「私の名前は、ヨキと申します」

男達二人が灰皿見つけ、どうやら人心地《ひとごこち》ついたらしいのを見て、宇宙人――ヨキが話しだす。ので、あたし達も慌《あわ》てて自己紹介をする。

「さて、今度こそ本題にはいっていいですか」

「あ、はい、どうぞ」

「あなた方にここへ来ていただいたのは、実はお願いがあるからなんです。あなた方の記憶のうち、私と、この船に関する部分を、消去させていただいてよろしいでしょうか」

よろしいわけないじゃないの。ちょっとお！

第三章　戦争

「記憶を……消したい、だと？」

先刻《さっき》灰皿であんな大騒ぎをしたっていうのに、性懲《しょうこ》りもなく木村さん、二本目の煙草《たばこ》に火をつけた。

「はい。決して、精神障害がおこったり、後遺症が残ったりしないようにやりますから」

「んなもん、残られてたまるかよ」

水原君が叫ぶ。

「誰が消させてやるもんか。やれるもんならやってみやがれ」

「どうして、あんたはそうけんかっ早いんだよ。もっと落ち着いて、彼女の話を最後まで聞いたらどうだ」

「だから俺は木村利明って男が嫌いなんだよ。おまえ、どうして女が相手だと、そう甘くなるんだ」

「あんたと違って躾《しつけ》がいいからな」

「そういうの、躾の問題かよ」

だからどうして、ここで二人がけんか始めんのよ。

「相性が悪いのも程々にして。そんな場合じゃないでしょう」

あさみが割ってはいる。

「ヨキさんっておっしゃいましたね。あなた、何であたくし達の記憶を消したがるんです」

「こんなこと覚えていても、あなた方にとって、何の利益もないでしょう」

「覚えてて利益がないこと全部消されたら、俺の頭、からっぽになっちまう」

わめく水原君を手で制す。

「それは問題のすりかえですわ。あたくしが今聞いたのは、何であなたが、あたくし達の記憶を消したがるのかってことです」

「それを覚えていて欲しくないのです」

「だから、何で」

「お答えできません」

「それでは話になりませんわ。あたくしは、あなたの要求を拒否します」

あさみとヨキが睨《にら》みあっている光景は、木村さんと水原君の睨みあいの数倍の迫力があった。

「あなたの説明のしかたが悪いのよ、ヨキ」

ふいに声がして、ヨキVSあさみの睨み合いの均衡《きんこう》が破れた。例によって例の如《ごと》く音もなくあいたドアの所に、二人の宇宙人がつっ立っていた。

☆

宇宙人達は——そういえば、連中の性別についてまだ質問してなかったけど——地球的感覚でいえば、一人が男で一人が女だった。連中の習慣なのか、二人とも、ヨキ同様長いむらさきの髪を腰までたらして。男——シュヴィアと名乗った——は、無口そうでとっつきにくい印象。女——ラジューと名乗った——は、はるかに人なつこそうで、三人の中では一番風貌《ふうぼう》が地球人的だった。一番目が大きくて、一番鼻が低く、長い髪は一番油気がなくパサパサしていて、木村さんの感覚では美人ではなかろうか。

「ごめんなさいね、みなさん。ヨキは地球へ来るのはこれが初めてなので、ここの風習に慣れていないんです。私達の星では、要求はあくまで率直に単刀直入《たんとうちょくにゅう》に言うのが、最上の礼儀だということになっていますので」

「まわりくどくおためごかしに言ったって、俺、記憶消させてやんないぜ」

あくまでけんか売ろうって態度の水原君を無視して、ラジューは椅子《いす》に座る。シュヴィアも黙ったまま、それにならう。

「別に、何がなんでも記憶を消したいってわけじゃないんです。あなた方が、私達のことを他言しないで下されば」

「それは何故《なぜ》です？　それに今、あなた、ヨキさんは、地球に来るのが初めてだっておっしゃいましたね。すると、あなたは、何度も地球へ来ていらっしゃるんですか？　だとしたら何の為《ため》に？　それに、昨夜《ゆうべ》、あなた方のＵＦＯは、他の船に攻撃されていましたね。あれは何です？」

　あさみは矢つぎばやに質問をする。

　ははん。あさみの考えてること、わかった。こうやって質問すれば、口にはださなくても、答えに相当するものを、ラジューは心に浮かべるだろう。あさみは人の表層思考を読めるんだから、それで答えてもらったのと同じことになる。

「二番目の質問にはお答えしましょう。私達は何度も地球に来ています。でも、それは別に地球をどうこうしようっていう目的じゃありませんわ。この辺が今現在、激戦区だからです」

「激戦区？　あんた、戦争……そういえば、してたな」

　木村さんが煙草の火をもみ消す。

「どことだ？　どうして」

「名前を言っても、おそらくあなた方にはわからないと思いますが……とにかく、ここから遠く離れた、銀河系のほぼ中心部にある星と戦っているんですわ……」

　しばらく沈黙が続く。

「これ以外のことは、お答えできません」

「何でえ、おまえさんもヨキとかいうのと、おんなじじゃねえか。次の台詞《せりふ》の予想がつくぜ。申しわけないけど、拒否すんなら力ずくでも記憶を消させてもらうってんだろう」

「水原君、ちょっと落ち着いていただけない？」

　あさみは、上目遣《うわめづか》いに水原君を見、かすかに微笑《ほほえ》む。

「でも多分、ラジューさんの次の台詞は、あなたの思ったとおりでしょうけれど」

「もう少し、おだやかにお話しできませんか」

　ラジュー、何とも困りきった顔。

「あなた方が、記憶の消去に協力して下されば、すべては丸くおさまるんですが」

「俺、丸くおさめんの、嫌い」

　木村さんは、そのライオンのたてがみ風の髪を軽くかきあげ、不敵に笑う。

「それに、目一杯好奇心刺激されちまった。あんた達がどうしてわざわざ地球くんだりまで来てけんかしてんのか、何で地球人にそれを知られるのをひどく嫌《いや》がんのか、どうしても知りたい」

「どうしてもおだやかに協力して下さらないっていうのなら……不本意ですが、力ずくで協力を願うことになりますが」

「どうしても教えてくんないっつうなら、不本意だけど、力ずくで教えてもらうぜ」

　木村さん、立ちあがる。

　水原君もどういうわけか嬉《うれ》しそうに立ちあがる。にやにや笑いを顔中にうかべて。

姫は殿瀬君の左腕にしがみつき、殿瀬君は右手で自分のショルダーバッグをかきまわし、レンチをとりだす
――どうしてこの人、こんな物持ってんだろう。

あたしも行きがかり上立ちあがり、宇宙人達三人も、しずしずと立ちあがる。あさみは表情を凍《い》てつかせ、じっとラジューの目をみつめていた。ラジューがヨキに軽く手を振り合図して、ヨキがドアの方へと歩きだす。その背中へ向かって、あさみが鋭く声をかけた。視線は相変わらず、ラジューの顔に注いだまま。

「お待ちなさい。たとえヴィスでも、あたくしの記憶を消せはしませんよ」

ヨキがぎくっとして振り返る。ラジューの大きな目が、さらに大きくなる。

「あなた……何者よ」

ラジュー、激しくまばたく。

「地球人じゃないわね」

「あいにく生粋《きっすい》の地球人ですわ」

「そんな……莫迦《ばか》な……」

ヨキはすっかりうろたえている。

「超能力者が……地球にもいたなんて」

「資料不足でしたわね。地球にも精神感応能力者《テレパス》ぐらい、いますのよ」

「いる筈《はず》ないわ……そんなもの、いちゃいけないのに」

ヨキが二、三歩後ずさる。


「水原君、宇宙人を部屋の外に出さないで、この部屋の中でこうしている限り、あなたの方が強いわ」

あさみがこう叫ぶのと同時に、なかばヒステリー状態のヨキはドアへ向かって駆けだし、水原君がドア寸前で、あやうく彼女に追いついた。

「……ヴィスって何だ?」

水原君がヨキをつかまえてドアの前に立ちふさがったので、はりつめていた空気がすこしゆるむ。いち早く冷静になった木村さんが、わざとおっとりとした声で聞いた。

「この船の四番目の乗組員、だと思うわ」

あさみは表情を凍てつかせ、ラジューを睨《にら》んだまま。

「超能力者よ。それも、あたくしみたいに人の心を読むの専門じゃなくて、多少人の心をあやつれる人みたい……。この船のまん中に、テレパシーを通さない物質で囲まれた部屋があるの。ヴィスはそこにいるわ」

「……は」

ラジューが苦笑いを浮かべ、軽く肩をすくめる。

「水原さんって方、ヨキを乱暴に扱わないで下さい。彼女、あなたより体の構造がずっとやわですから」

それからラジューは再び腰かける。

「テレパスが相手じゃ、下手《へた》に隠しだてしない方が賢明ですわね。シュヴィア、座って」

あたしも腰をおろす。

「ね……テレパスって、テレパシーか何かが使える人？」

　姫が小声で殿瀬君に聞いてる。

「ああ。そうだと思うけど、森本さんがねえ……」

　あたしは少し拍子抜《ひょうしぬ》けしてた。今まで二十年間、テレパスであることを、あれだけ一所懸命隠し続けてきた、あさみなのに。

「ねえ、あさみさん、あなた、あたしの心、読めるわけ？」

「でも、みんな、あさみが言っていたような自失状態やヒステリー状態になんか、ならなかった。姫が多少おどおどしている程度。あさみの言う、ユニークな精神構造のせいかしら。

「読む気になれば、ね。でも、あたくしがテレパスだってこと知っている人に対しては、ちゃんと読む前に断わりましてよ……信じてくれなくてもいいけど」

「便利だな、それは」

　木村さんがこうひとりごち、あさみに凄《すご》い目で睨まれる。あさみはここ何年もの間、この特殊能力のせいで、ずいぶん悩んできたんだもの。

「あ、ごめん、無神経なこと言ったみたいだね。今の場合はってつもりだったんだ。つまりあんた、ラジューさんが嘘《うそ》ついてるかどうかわかるんだろ」

「うそ……？」

　ラジュー、きょとんとした表情。あさみの瞳が急に少し大きくなる。

「さて、話をもとにもどそうよ」

　殿瀬君が、のほほんとこう言った。

「戦争ってのは？」

☆

　ラジューの話を簡単にまとめるとこうなる。

　ラジュー達は、かなり長い間、とある惑星の住人と戦争をしていた。もう何十世代も前からこの戦争は続いているらしく、この戦争が始まったのが正確にいつなのかは、ラジューにもわからないらしい。

　あともう一つ、どうにもこうにも不思議なのは……戦争の理由は、特にないのだという。つまり彼女にとって──あるいは、彼女の星の人々にとって、戦争っていうのは日常なのよね。なんてったって、生まれた時からやってんだから。多分、戦争開始の時点では何か大きな理由があったんだろうけど、なんせ戦争開始の時もわからない連中だもの。

　ただ、この戦争、話を聞くだけでは、あまり悲惨《ひさん》さがないのよね。ラジューの口からは、〝敵〟という単語がしばしば出るんだけれど、それに〝憎らしい〟とか〝親の仇《かたき》〟とかいうニュアンスはまったくない。普通長いこと戦ってれば、敵に対してかなりの憎しみを抱くものだと思うんだけど。

その理由は、おそらく、この戦争で滅多《めった》に戦死者が出ないせいだろう。たまに〝運わるく〟戦死する人もいないではないらしいのだけれど、それだって敵にやられたというよりは、自分のミスが原因らしい。

では、戦争で、人を殺さずに何をやっているのか、敵の船の壊しっこっていうのが、実情みたい。

昨夜、あたし達が見た戦闘風景をちょっと想い出してみて。一方的に敵の宇宙船が攻撃して、ラジュー達ひたすら逃げてただけでしょ。それに、撃たれてもラジューの船、さして壊れずに不時着できた。

つまり、どうにも信じられないのだけれど、連中の攻撃っていうのには、とっても厳しい規制があるらしいのだ。

まず、武器。それは例の淡いピンクの光線だけらしいんだけれど、これ、実に弱いものなのよね。最大出力の光線をまともに浴びても、壁一枚破壊するのがやっと程度の。おまけに、回数にも制限があるというのだから、呆《あき》れてしまう。つまりね、AとBが戦う場合、おのおの五回、例の光線を発射できるだけで――例えエネルギーが充分あったとしても、五回以上の連続攻撃はしないのだそうだ。ラジュー達は、あたし達が見た時には、すでに五回攻撃していて、故《ゆえ》に術《すべ》もなく逃げまわっていたのだという。おまけに。壊していいのは、相手の船のエンジン部だけ。エンジン壊された船は、そのまま宇宙を漂流し、救援信号をだす。と、戦区のまわりを徘徊《はいかい》している味方の救援船が、壊された船の乗組員を収容してくれる。救援船は、絶対攻撃されないし、そのかわり攻撃もしてはいけない。

一度、ラジューが以前乗っていた船が、敵の攻撃を避けそこね、居住スペースを壊されたことがあったそうだ。で、その時敵がどうしたかっていうと、ラジュー達を壊れた船から救い出し、ラジュー側の救援船にのせてくれたという、とても信じられないエピソードまである。

こういう、無茶苦茶《むちゃくちゃ》紳士的な戦争であるから、勿論《もちろん》、敵の星の首都に空襲をかけるだなんて失礼なことはしない。敵の造船工場を破壊するのもまた然《しか》り。元来造船工業の規模が大体どっこいどっこいの所へもってきてこれだから、勢力の均衡はほぼ完璧《かんぺき》にとれていて、どちらの持ち船も約三百から四百。そりゃ、作る気になれば、もっといっぱい作れるだろうし、もっと強い船も作れるんだろうけど、そうすると戦争が紳士的なものでなくなってしまうせいか、それはやらない――。

「そういうの、戦争っていうのかよ」

水原君が呆れて口をはさんだ。

「戦争っつうのは殺し合いだろ……これじゃまるでゲームじゃないか」

「でもまあ、ある程度以上文明が進んじゃうと、そういう信じがたい方法でしか、戦争できなくなるんじゃないか」

　殿瀬君が眼鏡《めがね》をなおしながら言う。

「地球だって、核兵器なんておそろしいもの作っちゃってから、大戦っていえる程、大規模な戦争しなくなったろ。今、第三次世界大戦なんて始めたら、地球的規模での自殺行為だもの」

「じゃあ、この船にもじき救援船が来るわけ？」

　姫が——だいぶ落ち着きをとりもどしていて、もう殿瀬君のシャツをひっぱったりしない——こう聞く。

「あと、地球時間で三日もすれば——。本来なら、私達、他の星に不時着してはいけないんです。ただ、本船はサイコ・バリアをはることができたので……これさえはっておけば、地球人に見つかることはあるまいと思った、私の判断が甘かったんです。救援船がきたら、この船は消滅させます。ですから、それまで、私達のことは他言しないでいただきたいのですが……」

「あ、ちょっと待って」

　あたし、ラジューとあさみの顔を見比べながら聞く。

「そういう経緯で地球に不時着したんなら、どうしてラジューさん達、日本語話せんの？　いくら言語翻訳機がすぐれてたって、全然データなしじゃ無理じゃない？　それに、ヨキさんは地球の風習に慣れていないってことは、あなたは地球の風習に慣れている——いいかえれば、そばを通るだけでなく、地球に降りたことがあるってことでしょ？　どうして」

　このあたしの問いに対するラジューの回答は、ひどくショッキングなものだった。

☆

　先ほど、地球あたりが今、激戦区だって、ラジューが言ったでしょ。それ、本当であることは確かなんだけれど、あまり正確ではないのね。正確に言い直すと、こうなる。

　今現在激戦区なのは、地球なのである。ラジューの言葉を信じるならば——そして、あさみはラジューは嘘をついていないと言う——敵側は地球を攻撃しようとし、ラジュー達は地球を守っているのだそうだ。

「地球って……地球の宇宙船を？」

「地球には、攻撃するにたる宇宙船、ありましたっけ」

「ない……ないから聞いてる」

「それじゃ……」

「そうです。彼らが攻撃しようとしているのは、地球の宇宙船ではなくて〝地球〟という星なんです」

「どうして。惑星は攻撃しない筈《はず》じゃなかったの」

「だって地球は、連中の敵ではありませんもの。戦争中に第三者にあたる惑星を攻撃してはいけない、なんて不《ふ》文律《ぶんりつ》、ありませんし」

　そりゃそうかも知れないけれど。でも、あんまりじゃない。地球の科学力と敵の科学力に差がありすぎる。

「ひどい連中だな」

水原君、うめく。

「何だってまた、そんな弱い者いじめみたいなことするんだろう」

木村さんは、またもや煙草に火をつけると、いきおいよく煙を吐いた。ため息ついたのかしら。

「でも何だって、あんた方、それをあくまで地球人に隠すんだ？　敵の攻撃の対象が地球なら、地球人にとっての死活問題じゃねえか」

「無用の混乱を避けたいからです。今、地球人に、地球の科学力ではとてもたちうちできない連中が、地球を滅ぼしにやって来たという事実が知れわたったら、どうなると思います」

大パニックがおこるのは、容易に想像できた。何てったって、本物の宇宙人が本物のＵＦＯに乗っかって来るんだもの。信憑性《しんぴょう》充分だし、宣伝効果抜群。

「そんなことになったら、敵に攻撃される前に地球人は自滅しかねませんわ。地球人が自滅してしまったら、私達が地球を守る意味がなくなってしまうじゃありませんか」

「正義の味方の宇宙人さん、か」

水原君が皮肉っぽくいうと、また木村さんの煙草を失敬した。

「俺、そういうの、素直に信じられない質《たち》なんだよね。地球って星を守る為に、わざわざ宇宙の彼方《かなた》からやってくるなんてね」

「でも、ラジューさんの言ってることは本当だわ」

あさみは、目を細めたまま、

「ウルトラマンもスーパーマンも他の星の人じゃない」

姫が滅茶苦茶《めちゃくちゃ》な論理を展開する。

「水原君、失礼よ」

「とにかく、今は確かに、人にそんな話をしない方が賢明みたいだな」

木村さんが結論をだす。

「大パニック映画みたいな状況になりかねんし、下手すると病院へつれていかれかねない」

「他言しないでいただけますか」

ラジューの顔が、ぱっと明るくなる。

「約束するよ」

木村さんは、煙を目でおいながら、宣誓《せんせい》でもするように右手を上げてみせた。他のみんなも、それに同意する。

「ただし」

木村さん、煙をおって上方にあそばせていた視線を、急にラジューの顔に向ける。

「一つ条件があるんだ。敵さんとの戦争に俺も参加する」

「なん……」

「聞こえなかった？　俺もまぜてっつったの。それも、あんたみたいな紳士的な戦争じゃなくて、もうちょっと地球的な奴、やらせてもらう」

　異議をとなえようとするラジューを、凄い目で睨む。

「あんたがね、敵さんと実にユニークな戦争すんのは、あんたの勝手だよ。勝手にやったらいいさ。でも、それに地球がまきこまれたんなら、あんたの勝手ってわけにはいかない――いかせない。あんた方の紳士協定の対象に地球いれてくれないっつうんだろ？　敵さんはあくまで地球ぶっ壊すってんだろ？　なら、俺も遠慮しない。敵さんが地球を滅ぼそうっていうのに、あくまで敵さんを殺さないでいてやる程、おひとよしじゃないつもりだ。あんたの宇宙船にはスペアがいっぱいあるみたいだけど、俺の――俺達の地球には、残念ながらスペアがないんでね」

「そんな……無理です。大体、あなた方がいくらがんばったって、たちうちできるような相手では……」

「やってみなきゃわかんねえだろ。大丈夫だよ、自衛隊とかアメリカ空軍とかに訴えでたりしないから。他言はしないって約束、守るよ。言ったって誰も信じないだろうしな。俺が一人で勝手にこちゃこちゃやるぶんには、かまわねえだろ」

「一人で何ができるっていうんです」

「何もできないだろうけど。俺、嫌なんだ。自分の命を他人様《ひとさま》にまかしとくのは。知らなかったんならともかく、知っちゃった以上、何かする」

　この人の愛称がライオンさんっていうの、決して髪の毛のせいだけじゃないわ。あたし、ふとそう思った。眼。ラジューをねめつけた時の、肉食獣の眼。そして、このプライド。百獣の王の自信と自尊心。

「それに、あいにく一人じゃなくて二人なんだ」

　水原君が――木村さんとは対照的に――のほほんとつけたす。

「水原……」

「相性が悪いの、うまがあわないのって問題はあとまわしだよ。それにな、木村、おまえ知ってんだろ？　俺、生まれてこのかた、けんかと名のつくものには負けたことがないんだぜ。縁起《えんぎ》がいいだろ」

「俺だって、あんたにさえ負けなきゃ無敗だ」

「だった、と過去形で言ってくれ」

　どうでもいいけど……戦争って確かに……大がかりなけんかではある……わね、一応。

「あたくしも一枚かむわ」

　これはあさみ。

「やめときなさいよ。怪我《けが》すると美人が台無しだ」

「あたくしテレパスよ。木村さん、先刻あなた、便利だっておっしゃったでしょ」

「こんな話聞いちゃった以上、のらないわけにはいかないわね」

あたし、ゆっくりこう言う。

「あたしだって一応地球人なんだから」

「俺もまぜてもらおう」

殿瀬君が眼鏡を直しながら言う。

「僕も〝便利〟だぜ。特に宇宙船が相手なら」

どういうことだろう。

「和馬君がやるなら」

姫は相変わらず、とっても健気《けなげ》。

最後に木村さんが例のライオン風眼つきでラジューを睨むと、彼女はもうそれ以上、文句を言わなかった。

第四章　たんぽぽ咲いて

「だってね、あさみちゃん、あんたあれ可哀想《かわいそう》だと思わねえのかよ」

「それは思いますわよ。だけどね、木村さんのは、極論ってものでで……」

「動物を虐待《ぎゃくたい》から救ってやることのどこが極論なんだよ」

「いくら可哀想だからって、あの犬は一応、飼主の所有物でしょ。勝手に逃がしてやるなんて……」

「ああいうのはね、飼ってるって言わないの。いじめてるっていうの」

たくもう。平和的に宇宙船辞去した後、喫茶店でお茶でも飲みながら作戦会議しようとしたら……初手《しょて》からこれだもんね。木村さんとあさみが口論してんの。

石神井公園からこの喫茶店へ来る途中に、大型犬を二匹飼っている家があるのだ。で、その家、満足な庭がないのね。だから、犬小屋が作れない。その為《ため》、小さな檻《おり》を二つ作って、その中に犬をとじこめてんの。どうやら、片方が母犬で片方が仔犬らしく、その仔犬のなくことったら。母親が恋しいのか、ろくに動けない檻が恨《うら》めしいのか。で、母犬の方も、仔犬がなくたびにそれに呼応して、それを見た木村さんが、夜、闇《やみ》にまぎれてあの檻ぶっ壊して犬逃がしてやろうって提案して……で、この始末。

「でもね、確かにあの犬可哀想ではあるけれど、逃がしたら、もっと可哀想になると思うわ」

「どうしてさ」

「今はエサもらっているわけでしょ？　今更野良犬《いまさらのらいぬ》にされたら、エサどこから手にいれるの。それに、あのサイズなら、きっと保健所においかけられて……」

「だって可哀想だろ！」

「それは感情論でしょ！」

あさみと木村さん以外の連中、一様に肩をすくめる。

「俺と木村もうまがあわねえけど……森本さんと木村も相当なもんだな……」

水原君、ため息ついて。

「木村。おい、木村。木村ちゃん」

「何だよ、うるせえな」

「おまえ、女の子には優しくする主義じゃなかったの？」

「それとこれとは話が別だ。けんかしてるわけじゃない」

「けんかしてるように見えるけどな。それに俺達、他にすることあったんじゃないか」

「ああ……そうか」

木村さん、肩すくめて。

「あさみちゃん、犬の話あとだ。戦争の話、しよう」

「……そうね」

あさみも同意する。それから小声で。

「……檻から出すのは……正解なのかしらね……」

「で、戦争なんだけどさ」

木村さん、あさみの台詞《せりふ》を無視して。

「どうしたもんかな……。タイムリミットまで、あと三日だろ。あんまり悠長《ゆうちょう》なことも言ってられねえしな」

「悠長なのはおまえだろうが」

水原君、軽く木村さん睨《にら》んで、すっかり灰皿になり果ててしまったあたしの浅田飴《あさだあめ》の缶のふたに、灰を落とす。今更あのふた、取り戻したいとは思わないけど、この喫茶店、一応灰皿おいてあるのよね。――いや、そんなこと言ってる場合じゃない。期限はあと三日しかないのよ。三日って、何だかわかる？　地球に不時着したラジュー達の所に、救援船が来るまで。何せ、非常に紳士的な戦争なので、ラジュー達が地球ひきはらうまで、敵さんは攻撃をひかえてくれるのだそうだ。

「それに、敵さんって、宇宙船にのってくるわけでしょ。あたし達、地上からどうやってそれをむかえ撃つわけ？」

姫はスプーンをいじりながら、上目遣《うわめづか》いに木村さん眺めている。いつの間にか木村さんは、あたし達のリーダー的存在になっていた。

「僕達も宇宙船にのればいい」

殿瀬君が無茶苦茶《むちゃくちゃ》なことをいう。

「どうすんのよ。スペースシャトルでも盗むっていうの？」

「ラジュー達の宇宙船、救援船が来れば消しちゃうって言ってただろ？　消しちゃうものなら、もらいうけたって構わないわけだ」

「だってあれ、壊れてる……」

「直せばいいじゃん」

「直せ……るの？」

「僕なら、多分」

殿瀬君はあの後、エンジン部を含めて、宇宙船の中を見学してきたのだったっけ。でも。ヨキとかラジューとかシュヴィアに直せないものを、地球人の殿瀬君が直せるのかしら。

「そういや殿さん、機械屋だったな」

「和馬くんって凄《すご》いのよ」

姫は殿瀬君をほめる時には、どうしようもなくしあわせそうな顔になる。

「冷蔵庫でもTVでもラジオでも、何でも直せちゃうの」

「だって……冷蔵庫と宇宙船じゃあ……」

そんなことを言いながらあたし、小学生の頃を思い出す。朝礼の時、音が出なくなったマイクを、殿瀬君が簡単に直しちゃったことがあったっけ。あれ、確か、彼が小学二年生の時よね。一種の天才だって、先生方がしきりにほめてた。

「僕、こと機械に関しては、自分でも信じられない位、カンが良くなるんだ……。それにあの故障の状態なら直せる……。主に壊れているのはサブ・エンジンで、メインの方の故障は、超光速飛行用の所がおかしくなってる位だ。あれが使えないと、ラジュー達は母星へ帰れないだろうけど、地球の近くを飛びまわる分にはたいしてさしさわりないもの。メイン・エンジン直すついでに、低速用エンジンの構造調べとけば、サブの方も何とかなると思う」

「エンジンが片方しかなくたって、要はとびゃあいいんだ……。でも、敵さんと当方の宇宙船の性能がほぼ同じってことは、普通のやり方じゃ、敵一つたおせればめっけものだよなあ。敵さんの方が慣れてるもの」

「なに、けんかなんてのは、体格や力じゃなくて、コツと頭と気力の問題だ」

水原君って、かなりの楽天家ね。

「そりゃね、敵さんが地上におりてきて、あんたととっくみあいやるならそうかも知れないけど、宇宙戦だぜ」

「木村、おまえさっきから、やたら勿体《もったい》つけてるけど、要はちっとばかし大がかりなけんかだろ」

「あんたの精神構造にはつきあいきれんよ」

水原君と木村さん、また睨みあう。先祖が仇《かたき》どうしだったのか、前世の因縁《いんねん》か、もう、やんなっちゃう。

「あのね、これが戦争に役だつかどうかわからないけど」

例の犬論争以来、ずっと黙っていたあさみが、はじめて口をきく。

「彼らの精神状態には、一つ、とっても変わった点があるのよ。彼らには嘘《うそ》って概念がない……みたいなの」

全員が、よくわからないって表情をしたものだから、あさみ、慌《あわ》てて補足する。

「木村さん、あなた、ライオンって仇名《あだな》でも、尻尾《しっぽ》は振れないでしょう」

「尻尾？」

「そう。あなた、右手も左手も、伸ばそうと思えば伸ばせるし、まげようと思えばまげられるでしょ。どうやれば手を伸ばせるか、意識的に理解はしていなくとも、判《わか》るでしょう。でも、どこの筋肉をどう動かせば尻尾を振れるかなんて、判らないでしょう」

「あたり前だ。持ってないもの」

「それから、どういう風に意思を統一して、どうやればテレパシー使えるかなんて、わからないでしょう。ところがあたくしは、それを知ってる。生まれつき、テレパシーって能力を持っているからよ。それに、ライオンも、猫も、犬だって、生まれつき尻尾を持っているから、尻尾の動かし方知ってる。そういうことなの。あたくし達は、嘘ってものを持っているから、その使い方も知っているし、使えるの。彼らは嘘ってものを知らない――知識として、そういうものがあるってことは知っているかもしれないけれど、先天的にそういう能力がそなわっていないから、使えないの。彼らにとって、理解の外にあるのよ。嘘って概念が。だから、あんな紳士的な戦争ができるんだわ。だます、とか、約束をやぶる、なんてこと、連中には不可能なのよ」

「……どうりで、この話を他言はしないって約束したら、すんなり帰してくれたと思ったぜ」

「ということは、連中が言ったことは、すべて信じていいってことか」

「だから彼ら、あたくしがテレパスだってことがわかる前から、答えたくない問題については〝それについては、お答えできません〟って返事をしていたでしょ。適当にごまかそうとせず」

「だとすると、戦略的には、だいぶ楽になるな……だろ、水原」

木村さん、水原君とはどうもそりがあわないにもかかわらず、彼のけんかの才能には、一目《いちもく》おいているみたい。

「てことは、フェイントをかけるとか、おとりを使うなんてやり方は、連中のレパートリーにはないってことか」

「多分ね。あたくし、敵とコンタクトとったわけじゃないから、断言はできないけれど……でも、ラジュー達は、それができないわ。だからもし、敵が策略をもちいることができるなら、今頃はこの戦争、かたがついていると思うの」

「成程《なるほど》ね……しっかしなあ……」

水原君、眉根《まゆね》を寄せる。

「いくら俺達がうまくたちまわったとしても……ラジュー達に、勝ちたいって気分があまりないみたいだからなあ。俺達の手で、元を断ってやらなきゃ、多分、この戦争、かたがつかないぜ」

「元ってのは、敵の星のことか」

木村さん、少し考えこみ、煙草《たばこ》の火を荒々しくもみ消す。

「それは何とかなるだろう」

「何とかかっつうと?」

「連中の〝戦争〟ってのは、要は船のぶっ壊しっこだろ? で、おのおのの船の数と造船規模がほぼ同じだから、なかなか決着がつかないわけだ。従って、その均衡《きんこう》を破る程沢山《たくさん》の船をぶっ壊せば、いくらラジュー達が紳士的でもかたがつくだろう」

「その均衡を破る程っつうと……百くらい壊さなきゃならないじゃないか」

「ああ。どうだ、水原、何とかなるか」

水原君は、眼をつむってしばらく考えこむ。それから急にくすくす笑いだした。

「おもしろいこと思いついた。俺の想像があたってるかどうかわからんけど、あたってるとしたら、何とかなるぜ」

「何、それ」

あたし、興味をひかれて聞く——っていうの、少し自分に対して正直じゃないや。くすくす笑った時の水原君って——こういうこと言ったら怒るだろうけど——とっても可愛《かわい》かったんだもの。いつもの、あの、人をひやかすようなにやにや笑いじゃなくて。

「ラジューに確認してから教えてやるよ。お。もっといいこと思いついた」

さらにくすくす笑う。木村さんが嫌《いや》な顔してため息をついた。

「あんたは、けんかの材料さえ与えとけば、機嫌よくなるんだから……。ま、いいか。じゃあ分担を決めよう。殿さんは船の修理をしてくれ。姫はとりあえずその補佐。水原はその何か確かめることってのをラジューに聞いて、で、戦い方考えといてくれ。あさみちゃんは宇宙船に戻って、ラジュー達のしゃべりたがらないことを読んでくれ。……あんたが、そういう意味では唯一の情報源なんだから。何だ、あさみちゃん、どうかしたのか?」

「え? いえ、別に」

でも、あさみ、先刻《さっき》から確かに変だったのよ。何か沈んでいるみたいで。

「ねえあさみ、何か心配事でもあるの……」

「あ、ううん、もくずちゃん心配しないで。何でもないのよ」

「何でもないって顔じゃないわ」

姫が下からあさみの顔をのぞきこむ。

「頭痛でもするの？」

「ううん……ただ、ちょっと、ね。あたくし、ラジューの影を見てしまったから」

「影？」

「……どんな人にでも、必ず影はあるわ。どんなにいい人に見えても、必ず人に見せられないようなひどい心の部分ってあるものよ。木村さんあなた、テレパスって便利だって言ったでしょ。そうでもないわ。陽のあたる所は、テレパシーなんかなくても見ることができる。こんな力がなかったら、人の影を見なくてすむのに」

「ラジューが、単純な正義の味方の宇宙人じゃないってことか」

「まあ、そんなとこよ……気にしないでね、あたくし、慣れているから」

「目一杯深く連中の心を読んじまったんだな……可哀想に」

「大丈夫よ。なぐさめてくれなくても、ちゃんとこの先も彼らの心読むわ。木村さん、あたくしのことより、あたくしがこの先、情報源として役立つかどうかの方が心配なんでしょ」

「ああ、そうだよ」

木村さん憮然《ぶぜん》。あさみったら、あんなとげのあるいい方しなくてもいいのに。

「でも少しはあんたのことも心配してる」

「そうね……少しはね」

「ね、じゃ、あたしは何すればいいの？」

とげとげしい雰囲気《ふんいき》をできるだけまぎらわそうと思って、あたし、つとめて明るい声をだす。

「紙と鉛筆持ってる？」

「え……手帳でよければ」

「上等。じゃ、俺の補佐して。俺は連中の戦闘形態について、もっと調べるから」

木村さんの声の調子には、もう先程の暗い様子はなかった。

☆

「とすると、この戦争ってのは、おのおの三つ程度の司令船がだす命令に従ってやっているわけか」

再び宇宙船の中。あたしと木村さんと水原君は、シュヴィア氏から戦争のおおむねを聞いていた。あたしはほぼ速記みたいな要領で、シュヴィア氏の言うことをノートにとる。

「宇宙船の形態は、大体どれもこんなもんなんだね。そう…… Okey. 敵の船もこんな格好? こんな戦闘能力? ふふん。敵の船とこの船では材質が違う? 敵の船を作ってる金属の方が軽いから、小まわりがきく……。成程。そのかわり、敵の船の方が少しもろい……。That's all right. 船の構造は? まん中に廊下、両脇に小さな部屋が沢山《たくさん》……。うん、それはわかってる。あ、そう。小さな部屋が沢山あるのは、壁がどこか壊れても、その壁に面した部屋さえ封鎖すれば、中の空気が外へもれることがないからか……。封鎖ってのは? 操縦室のスイッチ一つで、部屋のドアが開かないようになるのか……ふうん。あ、もし、メイン・ドア壊されたらどうするんだよ。ああ、一メートルおきにシャッターみたいなものがおろせるの……。操縦室は? レーダーが二つに船窓が一つ、と。船窓ってのは? スクリーンみたいに、相手方の姿を映すわけ。ふうん……。あ、そうそう、エネルギーは? ガソリンみたいに、爆発するようなもの使ってる? それは絶対大丈夫か……。この船のエネルギー、あとどれ位残ってんの。ひどく効率のいいエネルギーだから、一回満タンにすると一年以上持つって? すげえな……。ふうん、この船は補給したばっかりか。じゃ、当分大丈夫だな……。船の正確な布陣を把握《はあく》してんのは司令船だけか……。Very Good. 敵と味方の区別は? 布陣で大体のことがわかる? ああ、そうだろうね。船窓に映る船の色も違う? わお! 理想的だぜ! 味方の司令船ってのはどの辺にいるの? 救援船の近くか。で、ここからそれに連絡できる? できるけれど、十中八九敵に盗聴されるって? Wonderful! ぜひ、盗聴させよう」

水原君は熱心にいろいろ質問し、一人ではしゃいでいる。

一方、あさみと殿瀬君と姫は、なんとかラジューを説得し、船を譲ることを承知させ、今、修理をしている筈《はず》だ。

「あ、そうそう、これ聞かなくちゃ」

水原君が、また大声をあげた。こうなると彼の独壇《どくだん》場《じょう》で、木村さん、気圧《けお》されっぱなし。

「テレパス――ヴィスっていったっけ。ああいう人は、どこの船にでも乗ってんの?」

ヴィスの名を聞いたとたん、シュヴィア氏の顔が少しくもる。

「いえ、当船の他は、惑星オーサとシナのあたりにいる船だけでしょう。元来この船は戦闘用ではなくて、チキユウという惑星を調べるのが主目的で、ここへ来たのです。ヴィス達は、調査船にしかいません」

「ヴィス達? ヴィスって、固有名詞じゃなくて種族名か何かなの?」

「調査船ってのは、普通の船とどう違うんだ？　戦闘能力がおとるのか？」

水原君は、戦争方面にしか興味がないみたい。

「いえ、普通の船を改造したものです。ヴィス達の部屋を作ってあるだけで」

シュヴィア氏がヴィスという名を発音する度《たび》に、そこに、あるニュアンス――軽蔑《けいべつ》みたいな――が感じられた。それがちょっとあたしの神経にさわったんだけれど、とにもかくにも、水原君の用意した質問が続けられ、それがひととおりすむと、水原君、木村さんにむかってウインクした。

「All right.　多少問題は残るけど、まあまあのセンだ」

「何が？」

「戦争のあらましが、さ。俺にまかしとけ。敵さんと味方のバランス、崩してやる……。ところで、ちょっとこの娘《こ》、借りていい？」

この娘って、どうやらあたしのことみたい。

「あたし、木村さんの所有物じゃないわよ」

「そうか。じゃ、ちょっとおまえさん、つきあってくんない？」

「何すんだよ」

木村さん、凄く不快げな表情。

「買い物さ」

また、くすくす笑う。

「一人じゃ持ちきれそうにないし、それに、この娘、昨日の戦闘場面、目撃してんだろ」

「ああ……。買い物いくなら、ついでに食べ物と飲み物少々買ってきてくれ。あ、金はあんたが出しとけよ。もくずちゃんにたかるな」

「嘘《うそ》だろ……俺、破産する」

「たくもう。ほらよ」

木村さんがポケットをかきまわすと、千円札二枚と一万円札が一枚が出てきた。水原君、ほっとした表情。

「ＯＫ。二万あれば何とかたりるな」

「二万って、あんたこれ以上俺に……」

今度は木村さんの顔がひきつる。水原君笑って。

「あとは、俺が出しとくよ」

まったく、あたしの意志を無視して話がすすむのが気にくわなかったけど、でも、ちょうどいいや。実をいうと、あたし、水原君と二人だけで話してみたい問題があったのだ。

☆

まず、スーパーマーケットへいって、食べ物を少し買った。それからペンキと布と板とはけ。

「あとロープと……お、花火買おう花火」

「花火？　何すんの」

「おまえ花火嫌い？　俺大好き。空中で音たてて火花が散るの見んの、楽しくない？」

……この人は、戦争やってんだか遊んでんだか。

スーパーには水原君の欲しがる種の花火がなかったので、あたし達、荷物かかえて、歩きだす。ペンキとか板とか重い物全部水原君に持たせて、あたし食料品の軽い奴だけ持って。

さて、と。もう一寸のばしにはできないな。いい加減、いい、あのことを確かめてみなければ。

「あの……水原君」

ちょっと言いだしにくいことなんで、小声で上目遣いに。

「何？」

「その……ね、すこし言いづらいことなんだけど」

「あ、荷物重い？　疲れた？　少し休もうか」

あのねえ、どうしてこんな軽い物持った位で、あたしが疲れると思うのよ！　それから水原君の顔見て納得する。凄い汗。疲れてんのこの人だわ。

「お、草っ原、草っ原、あの木の陰行こう」

道路ぞいの空地をあごで示す。荷物持ったまま、有刺鉄線をひょいと飛び越す。この人、疲れてんのかしら、本当に。あたしは有刺鉄線の前で少し思案。これ飛び越せる自信、ないし……。

「何してんだよ」

「何って……」

わかったわよ、わかりましたよ、行けばいいんでしょ行けば。荷物を有刺鉄線のあちら側に放り、鉄線の壊れている所をくぐる。あーもう、これが二十歳《はたち》の女の子がスカートはいてすることかしら。

「こっちこっち、おいでおいで」

水原君、木の下で手を振っている。――あ、違う。右手の人差し指曲げて……ああいうのは手を振ってるって言わないわ。おいでおいでって、あたしゃ猫か。

「見ろよこれ」

あー、たんぽぽ。

「凄《すげ》え狂い咲きだろ。今八月だぜ」

「本当だあ。季節感のないたんぽぽね」

「この辺さ、春になるとたんぽぽがやったら咲くだろ」

「うん……。良く知ってるわね」

「昔住んでたんだ。俺が住んでた頃には、有刺鉄線なんてなかった」

「うん。あたしが中学の頃までなかった。よく春に、ここへたんぽぽつみに来たのよ」

「おー、たんぽぽ殺し。でも、こんなもんつんでどうすんだ？　おひたしにでもすんの？」

「夢がないわねえ……。あのね、花びらでね、たんぽぽのお酒作んの」

「おひたしとたいして変わんねえじゃないか……。で、どんな味すんの。果実酒ってのはよく聞くけど、たんぽぽ酒って初めて聞いた」

「ブラッドベリって知ってる？」

「知らない。ブラックベリーとかブルーベリーなら知ってっけど」

「何それ。いちごの種類じゃない」

喰い気専門なわけね、水原君としては。

「ブラッドベリってね、作家よ。彼の作品に〝たんぽぽのお酒〟っていうのがあるの。あたし、長いこと憧《あこが》れてたのよね。たんぽぽのお酒なんて、とっても美味《おい》しそうじゃない。たんぽぽで作るんなら、きっと金色で、はちみつみたいに少しねっとりとしてて、お陽《ひ》さまの味がするんじゃないかと思って」

「そいで？　美味しかった？」

「……作り方がいけなかったんだと思うわ。お醤油《しょうゆ》のあきびん使ったから……お醤油みたいな味だった」

水原君、くすくす笑う。やっぱ、この人、笑った方がいい、嗤《わら》うより。

「もっとこっち来なよ。そこ陽があたるだろ」

「ううん、陽があたる方がいい。あたし、ひなたぼっこ、好きだもん」

「どういう趣味だよ、この暑い日に」

「あったかいの好きなの」

「どっちかっつうと、この陽差しは〝あったかい〟じゃなくて〝暑い〟だと思うけどな」

なんてしゃべりながら水原君の顔見てたら、あたし、ふいに高校の時のことを想い出した。

「あのね、話とぶけど、高校の時ね——何のきっかけでだったのかな、先生が、幸福を感じるのはどんな時かって質問したことがあるのよ。みんな、何か物事をなしとげた時とか、えらく立派な答え方したの」

「律儀《りちぎ》な生徒だな。んなもん、適当に答えときゃいいのに」

「でもね、あたし、それ聞いたとたん、こう考えちゃったの……」

「ひなたぼっこしてる時？」

「あたり。あと、少し熱めのお風呂《ふろ》で手足伸ばした時と、六時頃目が覚めて、あと一時間ベッドの中にいられるって思った時」

「いいんじゃない、別に、平和で」

「でもあたし、そのあとで凄く悩んだのよね。あたしって先天性のなまけ者じゃないかって……」

「言えてんな」

「ひどおい」

水原君、ごろっと草原の上に寝っころがって、煙草くわえた。

「でもまあ、いいんじゃないの、平生《へいぜい》はさ。月月火水木金金なんてやってたら、疲れて仕方ねえもんな。本当に真剣にやらにゃならん時に、疲れ果ててたら何にもなんねえし」

「本当に真剣にやんなきゃなんない時、ねえ……」

どんな時がそんな時なんだろ。あたしの今までの生活っていったら、まあ、平々凡々で、特に波風たってない。

「あんまり大仰《おおぎょう》に考えんなよ」

水原君、煙草くわえたまま、もごもごと。

「……例えば木村な。あいつ、へらへらしてて、軽薄って言葉を地でいってるって感じだろ」

「まあね……なんて、言っちゃ悪いか」

「でも、あいつ、絵を描いてる時だけは、顔つきが違うんだぜ、あれでも」

「え？　絵？」

「ああ。絵描き志望だってさ。でね、あいつ、バスケやってってもラグビーやってても、徹底的に右手かばうんだ。万一右手が駄目《だめ》になったら大事《おおごと》だっつって」

へえ……。そういえば、ＵＦＯに触ったのも左手だったっけ。あたし、何となく木村さん見直す。

「あ、でも……水原君、彼と仲悪いんじゃなかったっけ」

「仲が悪いと悪口しか言っちゃいけねえの？」

「あ……ううん……ごめん」

あたしも草原の上に寝っころがった。でもねえ……あたし思うに、この二人、決して仲悪くないんだわ。なんかそう思ったら、妙に嬉《うれ》しくなってきた。陽はあたるし、草は柔らかいし、たんぽぽは咲いてるし、平和だなあ……ん？　ちょっと！　あたし、水原君とひなたぼっこしに来たんじゃなかった！

「ちょっと水原君！」

「何だよ、大声だして」

「あたしあなたに聞くことがあったのよ」

半身おこして、上から水原君をのぞきこむような格好になる。

「あなた、テレパスでしょ」

「テレパス？　俺が？」

相変わらず、のほほんとした調子。ねっころがっているうちに、眠気をもよおしてきたのか、あくびまでまじえて。

「はぐらかさないで答えて」

「違うよ。まさか」

「嘘」

「何で嘘になんだよ」

「だって……初めて会った時、あなたあたしの心読んだでしょ」

「嘘だろ」

「あのあたし達が出てくる妙な夢と……一人は統率、一人は情報、一人は技術、一人は生命、一人は攻撃、一人は切り札って文句」

「何言ってんだよ。それは俺がみた夢だ」

「あたし、七日の朝、その夢みたのよ」

「そっちこそテレパスじゃないのか。夢をみたのは俺だ」

嘘ぉ……そんなあ……。でも、彼の——言っちゃ悪いけど少し間の抜けたような顔見ていたら、とても彼がそんなややこしい嘘つくとは思えなかった。

「……でも、わりと現実にあってんじゃん」

水原君がえらく眠たげにこう言った。

「統率ってのは木村だろ、情報が森本さん、技術が殿さんで、俺が攻撃……」

……あたしは、抜けがらみたいに、呆然《ぼうぜん》と中空を眺めていた。

☆

どの位ぽけっとしていたろうか。妙な物音を聞いて、ふっとあたしの意識は現実に戻ってくる。妙な物音——水原君のいびきだわ。本当にこの人、後生楽《ごしょうらく》っていうか何ていうか。何も眠っちゃうこと、ないでしょうに。

何の脈絡もなく、あたしは森《もり》君って人のことを想い出す。高二の時のクラスメートだったんだけど、あたし、彼のこと、何となく気にいってたのね。別にハンサムとか素敵ってことはなくて——正直にいうと、かなり間の抜けた顔つきの人だったんだけど、その人がよく、授業中寝てたの。大体まん中あたりの席で、堂々と、時にはいびきまでかいて。その寝顔がね——例えば、前の晩、ろくに寝てなくて眠くて仕方ないとか、授業がたいくつで眠いとか、そういう感じじゃなくて、もろ、俺は寝るのを楽しんでいるんだって感じだったの。あたし、こういう人のお嫁さんになれたらいいだろうなって思った。例えば晴れた日曜日ね。窓が南向きで、ソファかなんかあって、そこで旦那《だんな》様が昼寝してんの。あたしは、ひなたぼっこがてら本なぞ読んで、たまに彼の寝顔を眺める……。日本間もいいな。早春。まだ、おこた片づけてなくて、旦那様は寝っころがってTV観てんの。でも、いつの間にか、まぶたがくっついちゃって。あたしは、彼が読みちらかした新聞とかお茶とかをそっと片づけて、TV消す。「本当にだらしないんだから……」とか呟《つぶや》いて。そういうのって、何かとってもあったかそうで、平和な情景じゃない。

そんなこと想い出しながら、水原君の寝顔みつめ、位置をかえる。お陽様が少し動いてて、水原君の顔に、光があたってるんだもの。影作ってあげないと。

このまんま、時間が止まっちゃうといいな。今んとこ地球は平和だし、背中あったかいし、たんぽぽ咲いてるし、いい天気だし、水原君寝てるし。

でも。現実っていうのは、そうは甘くはないのね、やっぱり。

☆

八月九日。朝起きて、ＵＦＯへ行ってみたら——例の壁は、いったんある場所をおぼえちゃうと、簡単に越えられた。少し頭痛がするけどね——えらい騒ぎだった。

ヨキは卒倒してるし、ラジューはヒステリックに何かわめいているし——言語翻訳機使ってないから、何言ってんだかわからない——、シュヴィア氏は水原君におさえつけられているし、あさみはため息ばっかりついてロングサイズの煙草ふかしてるし。木村さん一人、いつもと同じ調子。殿瀬君と姫は、昨夜《ゆうべ》徹夜だったそうで、今うち帰って寝てるって。

「何……があったわけ？」

ラジューが凄いいきおいで何かわめく。

「ああ……ちょっと、ね。おい水原、可哀想だけどこいつら、縛るか何かしておいた方が……」

「ああ。森本さん暇だったら、外においてあるロープとってきてくんない」

再びラジューとシュヴィア氏がわめく。

「どうしたのよ」

「いやね、その……」

木村さん、あごをひっかく。

「俺達、この船、のっとっちまったんで……」

「のっとったあ？　平和的に譲ってもらったんじゃなかったの」

「そうするつもりだったんだが……。俺達が司令船ににせの情報送るっていったら、ラジューが断固反対したんで……不本意ながら、力ずくでやってしまった」

どういうことよ。

「この辺が、今、かなりの激戦区で、敵の宇宙船が百以上の編隊組んで近づいてくるから、味方もすっとんで来て欲しいって情報、流したんだ」

「……何の為に」

「ここからだと、敵の船に情報がつつぬけになるんだ。だから、こういう情報流せば、こうなると思った。敵はこの連中が嘘つけないの知ってるから、おそらくラジュー達が、何か誤解してこういう情報流したと思うだろ。誤解にもとづいて、ラジュー側の宇宙船が群れをなしてやってくる、とね。もし敵が何の対策もとらなければ、数の上で圧倒的に優位なラジュー側が勝つし、敵がラジュー側に対応して、いっぱいやって来てくれれば、万々歳《ばんばんざい》だ。勢力の均衡を破る為には、敵を百以上やっつけなきゃならんだろ。ところが、この船、超光速飛行用エンジン壊れてるから、俺達の方が敵の処《ところ》まで出張することはできない。敵さんの方から、地球くんだりまで来てくれないと困るんだよ。それに、こうすれば時間がかせげる。地球を攻撃しようとしている敵さんの船も、ひょっとしたらこの辺にいくつかいるかも知れん、ラジュー側の船も、それぞれ自分達側の船隊がやってくるまで攻撃ひかえて、自分達側の船隊に合流するんじゃないかな。……何が何でも時間をかせげっていうのが、水原誠戦闘隊長殿の至上命令なんでね」

「だって……もし、敵が沢山来てくれなかったら、手うすになったラジュー達が、地球以外の所で負けるんじゃない？」

「こいつらの戦争っていうのは、えらい紳士的なスポーツみたいなもんだろ。地球みたいに存続の危機にさらされているわけじゃない。地球優先させてもらっていいと思うよ」

けどね。地球を攻めてくるのは敵であってラジュー達じゃないし……ラジュー達は、地球守ってくれようっていうんでしょ？　なのに……。何か、ラジューに悪いみたい。

「それに、敵がいっぱい来たら、ラジュー達の船もいっぱい壊されて、均衡が保たれちゃうんじゃないの」

「だからね、凄く不本意なんだけど……敵が来たら、ラジュー側の司令船、のっとるつもりなんだ……」

あたしあんぐりと口をあける。

「俺達の方が、けんかすんの、うまそうだから……」

「よくまあ、そんな莫迦莫迦《ばかばか》しいこと考えたわね！」

どこの世界に、敵と戦う為に味方の船のっとる莫迦がいるわけよ！

「考えたのは水原だ」

昨日のにたにた笑いの正体はこれだったの。

「でもね、もくずちゃん。これよく考えて。連中の戦争と俺達の戦争は、レベルが違うんだ」

あたしが、ことの成り行きを好ましく思ってないのをさっしてか、木村さん、珍しく真剣な目であたしを見る。

……少し、怖い。

「連中にとって、戦争ってのは、スポーツ——お遊びのレベルだ。俺達にとって、戦争は戦争——生きるか死ぬかのレベルだ。他人のお遊びで殺されちゃかなわねえもの……。それに、あさみちゃんが言ってたけど、連中と俺達は、生物としてのレベルも違うらしい。俺達は連中にとって、一段下のレベルの生物なんだとさ。人間がゴルフ場作るんで、森林を草原にしちまうだろう。誰も、人間のお遊びの為に殺される木の気持ちなんて考えもしない……。同じことらしい」

これは決定だ。木村さんの目は、そう言っていた。

一人は統率を司《つかさど》る者。その言葉の意味が、いやって程良くわかった。あたしの心の中にあった反抗が、みるみるしぼんでゆく。もうあたしは、反論しようって気にもなれなかったし、実際反論できなかった。——彼の目を見ていると。

彼——木村利明は、間違いなく統率する人であり、あたし達のリーダーであり、決断を下す人だったのだ。

第五章　かすみ草に石が降り

「またハンバーガーだ」

　その日のお昼。あたしが昼食を買ってきたら、十一時頃やってきた殿瀬君がうめき声をあげた。

「え？　殿瀬君、これ嫌い？　ごめん」

「あたし達、昨日のお昼も夜も、それだったのよね……」

　姫もうめく。

「ごめん……。他の買ってこようか」

「いい、それで。ここから近い店で食事調達しようとすると、どうしてもそうなっちゃうのよね」

　ここは、例の廊下のどんづまりの部屋、宇宙船の操縦室。殿瀬君と姫が、ずっとここにつめっきりなので――エンジン直さなきゃいけないから――ここが本部みたいになっている。中央に大きなスクリーン。その脇に機械がごちゃごちゃあって、それが操縦装置らしい。それにしても、ラジューの星って、この金属しかないのかしら。エンジンまで全部緑なんだもの。それとも、緑一色しか色覚がないのかな。えらく気味が悪い。

　水原君とあさみは、外で布をひろげて何かやってる。十時頃から行方《ゆくえ》不明だった木村さんが、ひょいとやってきて、アイスキャンディの袋をさしだす。

「さしいれ。お、お昼、またこれかよ」

　……この人も三食連続のくちかあ。謝りかけたあたしを手で制して、床にぺたんと座りこむ。あたし達もそれにならって、ハンバーガーとアイスキャンディ、食べることにする。

「どう、殿さん、調子は」

「大体格好がついてきたよ。うまくいけば、今日中には何とかなるんじゃない」

「すっごおい」

「でしょお。やっぱり和馬君、天才よお」

　姫はまるで自分がほめられたかのようにはしゃぐ。

「ただ、テストしてみないと、本当に飛んでくれるかどうかは……」

「だろうと思った。明日、テスト飛行やるよ」

「テスト飛行って、木村さん……これ、飛ばすの？」

「ああ。どしたのもくずちゃん、凄《すご》い顔して」

「大さわぎになるわよ。UFOが空飛んだりしたら」

「飛ばなきゃ、こっちが大さわぎだよ。大丈夫、ちゃんと手はうってある」

「手って……」

「本当、水原ってのは、どうしてこう莫迦《ばか》なことばっかり考えつくんだろうな。あいつ、外で何やってると思う？」

「さあ。布ひろげて何か塗ってたけど……」

「水原デパート夏の大バーゲンって、たれ幕作ってんだ。それつけて飛ぶんだって」

あたし達、思わずふきだす。

「それから、船が〝精神的な壁〟とかいうのを壊しちゃった後の用意もしてあるんだと。〝劇団ＵＦＯ・夏の公演準備中、関係者以外立入禁止〟ってプラカードと柵《さく》も作ってる」

呆《あき》れた。

「ま、そんなわけだから、よろしくな、殿さん……。あ、例の水原に頼まれた装置の方は？」

「……一応設計図はひいてみたんだ。発射装置にまだ少し問題があるけれど、まあ、何とかなると思う。けど……本当に、こんな莫迦莫迦しいもの、作るのかい？」

「戦闘隊長が作れっつうんだもの、仕方ねえだろ」

「でもさ……これだと、ムラになるよ。マダラっていった方がいいかな。それに下手《へた》すると、船にかからずに宇宙空間にダマになって浮いちゃう……」

「そこを何とかすんのが、あんたの腕だろ」

「ね、何の話？」

全然わかんない。

「水原誠戦闘隊長が考えだした、世にも莫迦莫迦しい武器の話。あいつ、遊んでんだもの、完全に……。あ、そうだそうだ」

木村さん、アイスキャンディのはいってた袋をかきまわす。と。何かが下に落ちた。拾ってあげたら――預金通帳？　木村さんは素早くそれを取りあげる。でも、あたし、見ちゃったもんね。あたしの預金とは一桁《ひとけた》違ってた金額。なのに――残金二百八十七円。

「んな顔すんなよ」

木村さん、軽くウインク。

「まだ、俺、さほど絵がうまくなってないからいいんだ」

「……？」

「ちょっとばかしいい絵の具買おうと思ってたんだけど、俺の技術じゃまだ、絵の具がもったいないからな」

買い出し係のあたしは、今まであたし達がペンキ買ったり何買ったりでいくら使ったか、大体知っていた。だから……何といおうか、その……。あたし、絶対おろそう。本棚《ほんだな》買おうと思ってたお金。六万八千円。そうでもしなきゃ……。

「その顔やめろっつうの。俺が見せたかったのはそれじゃなくて……」

木村さんの声には、まったく屈託《くったく》がなかった。彼って本当にリーダーだと、こういう時思う。

「お、無事だったな。はい、これ、もくずちゃんに」

「何？」

あたしも気をとりなおして、木村さんの手を見る。と。木の枝数本。おじぎ草みたいな葉と、ピンクの丸いふわふわした花。葉にさわってみたけれど、おじぎはしなかった。

「プレゼント。わりときれいに咲いてたから、もらってきちゃった」

「もらってきたって、よその家のお庭から勝手に?」

姫が花を軽くつっつく。

「ねむの木ね。おじぎ草とかミモザに似てるでしょう。まめ科の落葉高木だわ」

「へえ。姫って詳しいのねえ……」

ちょっと驚いた。

「ミモザって、名前はよく聞くけど、こういう花なのかあ」

「ミモザはね、花が黄色で、春から夏にかけて咲くの」

それからちょっとはにかんだように微笑《ほほえ》んで。

「あたし、博物学やりたいから……」

ふうん。何とはなしに、尊敬してしまう。あたし、この娘《こ》のこと、可愛《かわい》くて殿瀬君のことしか眼中にないタイプだと思ってた。

「あ。ところで、この花、どうすんの」

「どうするって……出来れば活《い》けといて欲しいんだが……別に、煮て喰おうとやいて喰おうといいけどさ」

「え?」

「いや、その……どうするって、どういうことだ?」

「だから、その……何で取ってきたわけ」

「へ? 理由がいるわけ? 女の子って、花もらったら、理由もなく喜ぶもんだと思ってた」

「え? じゃ、あたしにくれる為《ため》に取ってきたの」

「プレゼントっつったろ。他にどう解釈すんだよ」

何かとっても感動する。へえ。あたしにくれる為に。まあ、たいして苦労もしなかったろうけど、他人《ひと》の家《うち》の庭の木を。

「ありがとう……きゃは、うれしい。へえ、わざわざあたしの為に……ありがと」

「あの……そんなに喜ばないでくんない、たいしたもんじゃないんだから。それに……罪悪感、覚えちまう」

え? あたしがきょとんとしていたら、木村さん、マイルドセブン一本くわえて火をつけた。

「いちこに何も――本当に何もしてやらなかったからさ。あいつがよく言ってたんだ。たいしたものでなくていいから、せめて誕生日に花くらいくれないかって。俺、そんな面倒なことしたくなかったしさ、昼ひなかに花持って歩くなんて恥ずかしくてさ……。あいつが死んだ日につくづく思ったんだよね。生きてるうちに、花束位、いくらでもあげときゃよかったって。一ダースでも一グロスでもバラの花持ってってやればよかったって」

あたし達、しんみりとしてしまう。あたしに似てるっていういちこさん、たとえ花なんかもらえなくても、充分しあわせだったと思うよ。こんなに思ってもらえるなんて。

「話とぶけどさ、もくずちゃん」

　場の雰囲気《ふんいき》が沈んだことに責任感じたのか、木村さん、凄く明るい声をだす。

「あんた、どんな花好き？　もしもらうとしたら」

「え、そうね……チューリップとたんぽぽ」

「……凄く花束になりにくい花だな」

「あとね、しろつめ草」

　姫がくすっと笑った。木村さん上向いて。

「もし仮にさ、何年か後、誰かがあんたにプロポーズするとして、そん時あんたの理想としては、しろつめ草の束、抱えて来て欲しいわけ？」

「あ、それなら話は別。かすみ草がいい。それもね、束じゃなくて、大八車《だいはちぐるま》一杯」

　姫、けたけた笑いだす。

「するってえと何か、あんたプロポーズする男ってのは、一張羅《いっちょうら》の背広か何か着て、かすみ草山積みにした大八車ひっぱってくるわけ？」

「ううん。あのね、できるだけよれよれのシャツ着て、サンダルとか下駄《げた》とかつっかけて、で、あたしの家の前まで来るわけ。ドアチャイム鳴らすと、あたしが出てくるのね。で、あたし、かすみ草の山見て驚くのよ。どうしたの、とか聞いて。そしたら、彼、照れて、用意してきた台詞《せりふ》何も言えなくなって、で、黙ってかすみ草を玄関に放りこむの。それから少し沈黙。彼はぶっきら棒に、風呂場《ふろば》にでも活けといてくれっていうの」

「風呂場？」

「大八車一杯じゃ、家中の花びん使っても間にあわないもの。だから浴槽《よくそう》に。あたし、その頃には彼が何で来たかさっして、でも何も言えなくて、一言ありがとって言うの。でね、その日からあたし、かすみ草が枯れるまで、銭湯にかようの」

「……どういう趣味だよ」

　姫と殿瀬君、息もたえだえに笑ってる。いいもん、変わった趣味なんだから。

　でもね、中学生の頃だったかな、本屋さん行って、帰りに花屋さんのぞいたことがあったの。かすみ草が、何《な》故《ぜ》か急に欲しくなった。お財布《さいふ》はたいてかすみ草買ったの。店にある奴全部。で、うちに帰って、うち中の花びん動員して、活けたんだ。ちょっと凄かったわよ。机の上にかすみ草。ステレオの上にかすみ草。ベッドの横にかすみ草。本棚のわきにかすみ草。部屋中どこ見てもかすみ草。そのあと数日、あたし、とってもしあわせだった。かすみ草の集落にまよいこんだような気がして。

「いい休憩になった」

　殿瀬君が腕時計見ながら立ちあがる。

「はやいとこサブの方のめどつけちゃおう。美姫、十五センチ位の長さの銅線、十本位作っといて」

「はい」

殿瀬君、機械の山の中に頭つっこみ、姫はいそいそと銅線を切りだす。あたし、何か手伝おうかと思ったんだけれど、二人の間の雰囲気にはいってゆきづらくて。あさみと水原君は幕と小道具作ってるし。なんか手持ち無《ぶ》沙汰《さた》だなあ。この間っからそうなのよね。あたしの仕事っていったら、主におつかいで、役立たずだと自分でも思う。

「何かすることない?」

「そうだな……宇宙人さん達の食事は?」

「とっくにすませちゃった」

宇宙人さん達三人、いつまでも縛っとくわけにいかないので、例の応接間みたいな部屋に閉じこめて、その部屋のドア封鎖してあるの。

「じゃあ、さしあたっては……俺も暇なんだよな。おつかいがてら、お茶でも飲みにいかない」

「ん……いいけど……何か悪いね。みんな仕事してんのに」

殿瀬君達の方、ちらっと見る。

「あの連中にわりこむ方がむしろ悪いよ」

そうみたいね。あたしは立ちあがる。ねむの木持って。

☆

「あ……んた、何してんだあ?」

宇宙船の入り口で、あたしと木村さん、目を疑う。水原君が、宇宙船に黄色のペンキ、塗ったくっていた。

「ペンキ塗ってんの」

「そんなこと見りゃわかる」

「じゃ聞くなよ」

「俺が聞きたいのは理由だ」

「黄色地にむらさきの水玉もよう描くんだ」

「嘘《うそ》だろそんな……やめてくれよ、悪趣味の極致だ。補色じゃねえか」

「嘘だよ。そんな怒るなよ」

「あんたなあ」

「この黄色の調合、苦労したんだぜ」

睨《にら》みつけてる木村さんの目をまるで無視して、水原君、楽しそうに続ける。

「普通のペンキ使うと、光ってる宇宙船が光んなくなっちまうし……。森本さんのおかげだよ。彼女、絵の具にやたら詳しいのな。で、どう、これだとおまえがこのあいだ見た敵の船の色に似てない? 遠目なら敵が間違ってくれるかも知れんだろ」

ああ、昨日あたしと買ってきたペンキ。あれ、こういう用途だったのか。

「ところで、おまえら、どこ行くんだ」

「買い物かねてお茶飲みに」

「ちょうどいいや。じゃ、頼まれてくれよ」

「何を」

「毛糸」

「毛糸？　毛糸ってあの、マフラーやセーター編む……」

「そう、それ。あ、おまえ、編み物できるか」

　おまえって、あたしのことらしい。あたし、おずおずとうなずく。一応かぎ針でも棒針でも編めるけど……たまに、目がとぶのよね。

「あれ編める？　輪っかみたいなのがひも状につらなるやつ」

「鎖編《くさりあ》みのこと？」

「ああ、そんな名前だった」

　それなら。かぎ針編みの基本だ。

「毛糸って……それも戦争に使うのか」

　木村さん、呆《あき》れるの通りこして呆然《ぼうぜん》。

「ああ、純毛なんて買うなよ。一番安いやつでいいから、沢山《たくさん》買ってきてくれ。あ、そうそう、これ忘れちゃいけない。あと、ごみ拾ってきてくれ。粗大ゴミ」

「あんた、一体何始める気だ」

「戦争だよ。決まってんだろ」

「……まあ……努力してみるよ」

　木村さん、戦闘方面については、水原君をすっかり信用しているみたい。いいな、水原君には、やること――彼にしかできないことがあって。

「何だよ、おまえ、寂しそうな顔してんな」

　ふいに水原君があたしのあごに手をかけて、こころもち上を向かせた。木村さんが凄い表情で、その手を払いのける。

「気やすく女の子にさわるなよ」

「へえへえ……。おまえね、あんまり考えこまない方がいいぜ」

「え？」

「今におまえにとっていざって時が来るさ。それまで、ひなたぼっことお昼寝でもしてな」

　すごおい。どうしてあたしが考えてたことわかるのお？

「もの凄く表情読み易《やす》い顔してんだもの。ま、いいんじゃないの、当分は雑用専門で。おまえ、なんも特技なさそうだしな」

　ひっどい。でも、優しい人だな。

　……うん。

☆

「いくつ」

「え、あ、十九……じゃなくて二十歳《はたち》」

　喫茶店で、ぽけっと窓の外の車の流れを見ていたら、木村さんが急にこう聞いた。何、彼、凄く変な顔してる。

「俺が聞いたの、砂糖なんだけど……」

「あ、あ、あ、二つ」

うわ、みっともない。うわ、恥ずかしい。あたし、本当は砂糖いれないんだけれど、思わずこう答えてしまう。普通こういうのって、女の子の方が聞くのよね。

「驚いた。十九も砂糖いれたら、飽和《ほうわ》状態になっちまうもの……。何ぼけっとしてたの」

「ん……外の景色、見てた」

少し気まずい沈黙。

「嫌な天気だな」

「うん」

昨日はあんなにいい天気だったのに。何、今日の空。どんよりとして。

「雨でも石でもやりでも、降るなら降ってくれた方が、いっそすっきりしていいんだが」

「そうね……石、か」

「え?」

「ううん、何でもない」

とは言ったものの、また気まずい沈黙が続くのが嫌なんで、あたし、とにかくしゃべりだす。

「石のこと考えてたの……。最近、時々考えるのよ。何で石が降らないのかなって」

木村さん、不得要領《ふとくようりょう》な顔。でしょうね、あんまり舌たらずだわ。

「お伽噺《とぎばなし》だとね、ラストは大体こういうパターンじゃない。そして、王子様とお姫様は末長くしあわせに暮らしましたって奴。でも、木村さん、末長くしあわせにっていうの、わかる? あたし、あれ、凄く無責任だと思うのよね」

「……なんのこっちゃ」

「二人とも、いつのまにか〝それがあたり前〟って状態になってくるでしょ。王子様にしてみれば、きれいで優しいお姫様がそばにいてくれるのがあたり前、お姫様にしてみれば、素敵な王子様が自分の旦那《だんな》であるのがあたり前って状態に。ね? すると二人とも、一緒にいても前程しあわせじゃなくなるのよ。そしてそのうち……。本当に大変なのは、二人が結びついてしあわせになるまでより、しあわせになった後だと思うの。なのに、お伽噺は、末長くしあわせに暮らしましたって言葉一つで、無理矢理ハッピーエンドにしちゃうのよ。そういうのって、凄く無責任じゃない」

「まあ……その……そうかな」

「そうよ。だから、あたしとしては、お伽噺のラストで石を降らせるのよ」

どん、なんて、テーブルをたたいてしまう。

「王子様とお姫様がしあわせの絶頂にいる時、突然空から石が降ってくんの! で、二人とも即死よ!」

「……血がとび散ったりするよ……かなり痛いんじゃない……」

「でも、これが本当のハッピーエンドだと思う。凄く不健全な考えだろうけど。ハッピーエンドって、こうでなきゃいけないわ」

木村さん、あたしの迫力に圧倒されたんだか、しばらく絶句。それから。

「まあ、不健全とは思わないけれど……。ああ、わかった。あんた、最近、ふられたんだね」

う……。あたしの表情って、本当にそんなに読み易いのかしら。佳佑。唐突《とうとつ》に名前が思い浮かぶ。本当に、どうして石が降ってくれなかったんだろう。

「まあ、じきに、あの時石が降らなくてよかったって思う時が来るんじゃないの……。生きてりゃね」

「あ！　ごめん……なさい」

しまった。忘れてた。いちこさん。木村さんは、石に殺されそこねた人なんだ。

「ごめんなさい、本当に」

「いや、いい、気にしなくて」

一度言っちゃった言葉は、二度と元へは戻せない。謝ってすむ問題じゃないし……ああ、もう、あたしの莫迦。

「気にすんなよ、本当に……。で、どんな男だったの」

「どんなって……ごく、普通の。小茂根《こもね》に住んでる」

「ははん。それで俺が小茂根に住んでるって言った時、変な顔したのか」

あそこはかさぶたの街なのよ。傷口は治っているんだけれど、むずかゆいの。かいてみたくなるし、わざと触れてもみたくなる。でも、あんまりひっかくと、かさぶたがはがれてまた出血して。

「あのね……何て言おうかな」

「え？」

「俺、多分本気だよ」

「何が？」

「……わかんない？」

「……悪いけど」

「じゃ、話変えよう。もくずちゃんの理想の男性像って、どういうの」

あんまり急に話が変わったんで、あたし、とまどう。

「え……っと、その……急に言われても。理想の男性像っていうんじゃなくて、理想の恋人像っていうのならあるけれど……。あのね、なるべく面倒くさがり屋で、いつもどことなくかったるそうで、昼寝ばっかりしている人がいい」

「……何だそりゃ」

「あたし、ひたすらなつくから。猫か何かが飼主になつくみたいに。平生《へいぜい》は、あたしがそばにいても〝あ、いるの〟って感じでいいわけ。あたし、それでも一所懸命ノート写してあげたり、食べ物作ってあげたりするから。

でも、あんまり構ってくれないと、少し、拗《す》ねんのね。そしたら〝莫迦だな、何拗ねてんだよ〟とか言って、遊んでくれんの」

「ずいぶんと変わった理想だね」

「うん、しょっちゅうそう言われる。でも、こういうのって好きなのよね。すごくのほほんとして、平和な感じが。あとね……あ、これ、大切なの。いつものほほんとしてるんじゃ駄目《だめ》なんだ。人間、一生に一度や二度、本当の意味での大事件に出くわすと思うの。その時に、頼りになる人。普通はぼけーっとしてていいから……。でも、どうしてこんな事、聞くの」

「さあね……言っただろ、多分本気だって」

え？　そういう事なの？

「あ……あたし、いちこさんじゃないよ」

「わかってるよ」

「わかってない。似てたって違うもん」

「俺、別にあんたの顔がいちこに似てるから、ほれたってわけじゃないんだ。雰囲気が似てるっていうのかな……。俺のこと、ライオンみたいだって言ったのはいちこなんだけれど……あいつだって、立派に百獣の王だったと思う」

煙草《たばこ》くわえて少し考えこむ。それから、一語一語、言葉を考えながら。

「ライオンっていうのは——まあ、これはオスの場合だけど——普段は昼寝ばっかしてるわけ。のんべんだらりと。でも、一度《ひとたび》テリトリー侵されたり、強大な敵に出くわした場合、敢然と牙むいて立ち向かってゆくんだよね。あんたの理想に似てんな……。でさ、俺は、いちこはそういう意味でライオンだったと思ってるし、多分あんたもそうじゃないかと思う」

「あたし、そういう性格じゃない」

普段は何だかんだとまめまめしくやってたとしても、そういう場合は、あたし、即、尻尾《しっぽ》まいて逃げるもの。

「俺はそうだと思うよ」

「あたし、そう思わないもの」

しばし沈黙。木村さんが、目の前にあったコーヒーを、一息に飲み干す。

「出ようか」

「あ、うん」

少し慌《あわ》ててお財布さがす。こんな話聞いた以上、絶対彼におごってもらう気にならない。

「……今に判《わか》るよ」

「何が」

「あんたの性格」

「あたしもそう思う。今に判るわ」

少し考えてから、コップにさしといたねむの木を右手に持つ——。

第六章　ヴィス――
そして、すべての夢が崩れるとき

「凄《すご》い。すごおい。飛んだわ」

八月十日の午後一時、操縦室にて。あたし達全員、はしゃぎまわる。別に殿瀬君の腕を疑ってたわけじゃないけど、まさかこんなにうまく飛ぶとは。

「違う、違う、水原そこ触んな」

でも、殿瀬君、あたし達のほめ言葉に耳を傾ける余裕なんてまるでないみたい。水原君が勝手に機械類をいじりまわし、そのたびに宇宙船は、進んでみたり止まってみたり。ゆれたりはねたり急降下したり。危なっかしいったらありゃしない。

「頼むから宇宙船使って遊ばないでくれよ」

「誰が遊んでるっつうんだよ。操縦の練習してるだけだ」

「じゃ、もっとおしとやかにやってくれ。あ、そのレバー、急に動かしちゃいけない」

叫んだ時にはもう遅く、あたし達床におしつけられる。UFOはもっの凄いスピードで上昇していた。

「そのレバー、ゆっくりと逆に動かせ」

こう殿瀬君は言ったのに、どうやら水原君、ゆっくり、とって所を無視したらしく、今度はUFO急降下。

「たまんない」

レーダーの前の椅子《いす》状のでっぱりにつかまって、姫があえぐ。水原君はそんなこっちの事情なんかまるで無視して。

「おい、殿さん、これで宇宙空間へ出られるか」

「あたり前だ。低空飛行しかできなかったら、宇宙船じゃなくてただの飛行機じゃないか。あ、駄目《だめ》だよ急上昇したら。重力の状態、調節しないと」

殿瀬君は、あたし達に船の操縦のしかたを教えだす。

「……不思議だわ」

ふいにあさみがぽつんと言った。

「何が」

「殿瀬君の心理状態よ。あの人、操縦のしかたなんて知らないのに……。そりゃ、確かに彼、一般的にこの辺にあるのがどんな用途のものかっていう知識は、常人の数倍は持ってるわ。でも、たいていのところ、勘《かん》で処理してる……。彼の勘、こと機械関係に関する限り、適中率が異様に高いし……。勘の域を越えてるわ」

「彼も超能力者じゃないの」

ふっと、こんな台詞《せりふ》がもれてしまった。

「え？」

「今、思いついたんだけど……。テレパシーって、つまりは人の表層思考を異様に適中率の高い勘であてることができる超能力でしょ。なら、殿瀬君のも」

「ふうん……」

あさみは目を閉じて、何か考えこむ。

「ね、ね、見て、見て」

急に姫が大声をあげた。うわぁお。いつの間にか、船は成層圏《せいそうけん》をつき抜けていたらしい。スクリーンに映しだされる、満天の星。なんてったって、うす汚れた東京の空で見るのと段違いだもの。一面に銀の砂。

「ちょっと感動的だなあ」

水原君、操縦習うのを一時中断して、スクリーンの前へ来る。煙草《たばこ》くわえて。

「戦争やめてピクニックにでも行きたい気分だ。このあたりで船とめてさ」

それから買い出し係のあたしの方をちらっと眺める。

「ハンバーガー以外のお弁当ひろげて」

「ハンバーガー専門の買い出し屋で悪かったわね」

だって。うちから石神井公園へ来る途中で買うと、どうしてもそうなっちゃうんだもの。あるいはアンパンとかジャムパンとか。

「女の子なんだろ、一応。何か作ってこようって気になれないわけ?」

……しゅん。

「莫迦《ばか》なこと言ってもくずちゃんいじめてないで、少しは真面目《まじめ》にやれよ」

「へえへえ……おい、殿さん、これ何のスイッチ?」

「あ、それさわるな!」

殿瀬君の絶叫、間にあわなかった。とたんにあたりはまっ暗になる。

「きゃあ」

「やん、怖い」

水原君のドジ。電源——あ、まてよ、これ電気で動いているわけじゃないだろうから、エネルギー源——のスイッチ、切っちゃったのね。

「美姫、慌《あわ》てるな」

殿瀬君が闇の中でもぞもぞと動く。

「宇宙空間へ出てて良かった。地上何百メートルとかいう所にいたら、まっさかさまに落ちてたとこだ」

「莫迦、阿呆《あほ》、ドジ、間抜け」

木村さんが口を限りに水原君を罵倒《ばとう》する。

「……これで良し、と」

殿瀬君の台詞と同時に、再びあたりは緑の光で満たされた。

「ま、いいじゃん、何事も経験になって」

まるで反省の色がないのね、この人。

「良くないよ!」

殿瀬君が叫ぶ。

「誰かが非常用のエネルギー源作動させたぞ」

「どういうこと」

「危ない！　ふせて」

あさみが叫ぶ。

「どうしたのよ」

この台詞言いおわらないうちに、どうしたのかわかった。ラジュー達三人が入り口の所につっ立っている。手に武器とおぼしき物を持って。あん、もう、水原君の莫迦。あたし達、連中を応接間みたいな部屋へいれて、外からあの部屋封鎖しといたのね。エネルギー源のスイッチが切れて、すべての回路がオフになった隙《すき》に、連中、非常用の回路使って封鎖といちゃったんだわ。何て言ったって、連中にとってこのUFOはホームグラウンドなんだもの。いくら殿瀬君の勘が超人的でも、連中の方が船の内部事情良く知っている筈《はず》。

「まあ待って。話せばわかる」

木村さんが莫迦なことを言う。

「木村さん、左！」

あさみが叫ぶ。反射的に木村さんは左へよける。危機《きき》一髪《いっぱつ》。ラジューの持っていた棒のようなものの先から、淡いピンクの光線が発射され、木村さんのうしろの壁が黒っぽく変色する。

「戦争中にそんな悠長《ゆうちょう》なことが通じるかよ」

水原君、ラジューに向かって突進する。彼に関しては、あさみも忠告する必要ないみたい。まるでラジューの心が読めるかのように、実に巧みに身をよけている。

「よけて！　木村さん！　よけて！」


あさみの絶叫。木村さんのうめき声。

「冗談じゃない。俺がよけたらエンジン壊れる」

うわ。あの人何やってんのよ。エンジンの前に立ちふさがって。格好の的《まと》になってるっていうのに。

「もくず！」

え？　あさみが叫ぶ。とたんに右足が熱くなる。一瞬、足の感覚がなくなって、あたしは転倒した。頭をひどく床にぶつける。がつん、なんて音がま近《ちか》に聞こえ――そして、闇。

☆

目が醒《さ》めると。何よりまず、頭が痛かった。それから足。これは、痛いっていうのとは少し違う。しびれたような感じ。思わず左右をさすろうとする。

「動いちゃ駄目！」

とたんに姫の声。

「あさみ、この娘《こ》おさえつけてて」

「あ、大丈夫、傷口さわったりしないから」

ってあたしが言ったのに、あさみはあたしの両手をおさえつける。宇宙人三人は、縄でぐるぐるまきにされて、いも虫のように床にころがっていた。シュヴィア氏は意識がないみたい。水原君、煙草ふかして。殿瀬君は機械調べているみたい。木村さんは？

「ちょっと痛いけど我慢してね」

姫が優しくこう言った。

「うん……う、うわ、わ、あ、あ、あ……」

とたんに右足に激痛がはしる。これ、ちょっと痛いっていうのお！　凄く痛い、とてつもなく痛い！　何してんのよ、まさかあたしの足、切ってるわけじゃないでしょうね。

「動かないで！」

そんなこと注文する方が無理よ。のたうちまわるあたしを、かなり暴力的に水原君がおさえつける。

「数、数えてな」

「え？　いた、あ、あ、いた！」

「数、数えてろっていうの」

「ひと……いやあ！　ふたつ、みっ……いた、痛い、うっうっ……」

「みっつの次は」

「よっつ、いつつ、むっ……やめて、お願い、痛い」

「むっつの次！」

「ななつ！」

十四までいったところで、治療は終わり、痛みはほぼおさまった。

「はい、おしまい」

姫がにこやかにこう言う。それから、あたしの心配をさっしてか、つけたす。

「ごめんねえ。痛かったでしょ。でも、手あてしといた方が治りが早いから。大丈夫よ、あなたの足、ちゃんとくっついてるし、神経も切れてないわ。たいした怪我《けが》じゃない。あ、動かないで。しばらく足をひきずって歩かなくちゃならないかも知れないけれど、跡は残らないでしょう。まだ動いちゃ駄目よ、出血するから」

仕方なくあたしは天井みつめる。天井にも黒ずんだ跡がついてる。あ、そういえば。

「木村さんは」

「そこに寝てるよ」

姫がため息をつく。

「彼、今は意識失ってるからいいけど、早く本格的な治療しないと、彼の方は……ちょっとね……」

「え！」

「あと三十分待ってくれ」

殿瀬君、必死の形相《ぎょうそう》で壊れたところを直してる。

「ね、この船、動かないの」

「今のとこね」

上半身だけ起こす。

「木村さん……」

「あの莫迦、エンジン守って四発撃たれやがったんだ。早いとこ病院にいれないと……」

「病院なんて行かなくても、麻酔さえあればいいのよ」

姫が苛々《いらいら》と言う。

「麻酔さえあれば、簡単な手術で何とかなるのよ。大手術必要とするような怪我じゃないもの。ただ、この状態で治療したら、ショック状態になってむしろ危険なのよ……」

「簡単な手術って……」

何だか、姫が手術するみたいな口ぶりじゃない。それからあたし、まわりを見まわして少し驚く。せいぜいが応急手当て位だと思っていたのに、姫ったら、かなり本格的にあたしの治療してくれたみたい。床に雑然と医療器具が並べてある。

「和馬君の七つ道具みたいなものよ」

姫、少しはにかんで。

「彼、いつもドライバーとかスパナとか持って歩いているのね」

「あれがないと落ち着かないんだ」

「あたしも、こういうもの持ち歩かないと落ち着かないの」

いささか呆《あき》れているあたしに、あさみが小声で言う。

「あなたが殿瀬君を超能力者といった伝でいくと、美姫さんも一種の超能力者になるわね」

一人は生命。何の脈絡もなく、例の夢を思いだす。一人は生命を司《つかさど》る者——。

☆

静寂。聞こえてくるのは、殿瀬君が機械を直している音だけ。そんな状態がしばらく続いた。それを破ったのは、木村さんのうめき声だった。

「意識が戻っちゃったのね」

姫が顔をゆがめる。

「大丈夫かよ、おい」

「う……エンジンは」

「少し壊れた」

「どれ位」

体を急におこそうとして、木村さん、激しくうめく。

「本当に莫迦だなおまえは」

水原君が木村さんの耳許《みみもと》でどなる。

「何だと」

「莫迦だっつったんだよ」

「怪我人相手に何やってんのよ」

とめにはいったあたしの手をふりはらう。

「これが莫迦以外の何だよ。エンジンなんざ、いくら壊れたって殿さんが直してくれる」

「ここでエンジン直すのに時間くってたら、計画に支障をきたす」

「おまえが壊れちまったらもっと支障をきたすだろうが。この先リーダーなしでやれっつうのか」

「俺が壊れる？　つっ……何莫迦なこと言ってんだよ。誰が壊れてやるか。うっいた……」

目をつむって顔をゆがめる。かなりきつく歯をくいし

ばっているみたい。姫がどうにもくやしくって仕方ないって表情で、

「麻酔……」

ってうめく。

と。

「あ、嫌《いや》！」

急にあさみが場に不釣り合いな声をあげた。

「駄目！　あう……」

頭をかかえて座りこんでしまう。頭痛がするんだろうか、苦悶《くもん》の表情。

「どうしたの」

「ヴィスが……ヴィスが出てきたの」

ヴィス！　何もよりによってこんな時に。まったく、やっかいごとっていうのは、時と場合を選ばずに発生してくれちゃうんだから……。

「忘れてたな」

水原君は軽く舌打ちをする。ヴィスは、船のほぼ中央にある〝テレパシーを通さない壁〟でしきられた部屋の中に閉じこもったまま、今まで一度も姿を現わさなかったのだ。

「うう……」

あさみはさらに激しくうめく。彼女はいわば生きたレーダーみたいなものだから、超能力者・ヴィスのおよぼす影響を、最も敏感に受けているのだろうか。

「どうしよう……」

あさみの手当てをどうしたらいいかわからず、姫が泣き声をあげた。

──麻酔というのは、神経を一時的に麻痺《まひ》させることと解釈していいですか。

ふいに軽い頭痛がして、頭の中に直接、声がひびいてきた。あさみが痛みに耐えかねてか絶叫する。あさみ以外のみんなも、一律この声を聞いたようで、姫が声に出して返事をする。

「はい……あなた、ヴィスさんね」

──その、床に横たわっている人の神経を麻痺させればいいのですね。

とたんに木村さんのうめき声がとまった。目を閉じて、眠っているみたい。

「木……村さん」

──あなたの言うところの麻酔をかけてあげました。治療をしたいのなら、今のうちにおやりなさい。

姫、しばらく考えこむ。

──どうしたのですか。あなたはこの状態を望んでいたのではないのですか。

「ええ……そうよね。でも……。いいや、やっちゃお。何だか知らないけど、とにかく麻酔かけてくれたんだから」

姫がヴィスの真意を計りかねたのは、よくわかる。だ

って、そもそも木村さんを撃ったのは、ヴィスの仲間のラジュー達なんだもの。

とにもかくにも、姫は木村さんの治療を始め、あさみはついに失神し、そして、ヴィスはあたし達の前に姿を現わした。

☆

「あ……なた、本当に宇宙人？」

あたし、ヴィスの姿を見て、ちょっと驚く。ラジュー達とはまるで体形が違う。完全な地球人型だわ。髪も焦《こげ》茶《ちゃ》で、肩までしかないし、目も焦茶。

「ええ、あなた方から見れば」

あさみが失神した事情を話したので、ヴィス、言語翻訳機使って音声で話してくれた。彼女のテレパシー――あ、ヴィスも、地球人的感覚でいうと女性だわ――って、あさみのより、ずっと強力で暴力的なんだもの。

「ちょっと、いいですか」

ふいにヴィスはあたしの方を見て目を細める。何？　うわ。ひどい不快感。頭の中をみみずが群れなしてのたくっているみたい。

「……失礼。不快でした？」

「ええまあ……。今、何をしたんです」

「この船が不時着してからの事情を読ませていただきました。私はずっと、外から閉ざされていましたので」

あたし達、顔を見合わせる。てことはつまり、あたし達がこの船をのっとったのを知ったということで……。

「ああ、誠さん、落ち着いて。私はどちらかというと、ラジュー達よりもあなた方の味方です」

「あ……はあ」

どういうことだろう。

「あは？　私があなたのことを誠さんと呼んだのが気にさわりました？　……ああ、水原君と呼べばいいのですね」

「あ、いや、別にそんなことはないけど……」

あちゃ。しまった。ヴィスはあたしの意識を読んだんだっけ。あたし、ここのところどうも水原君をかなり意識していたんで、彼だけ心理下において、フルネームか名前の方で呼んでたんだ。こころもち赤くなってしまう。

「ふふ、殿瀬君、私があなたを油断させて何の得になるっていうんです。私はその気になりさえすれば、すぐにあなたの神経を麻痺させることも出来るんですよ」

「そうですね……」

「そんなに私があなた方の味方だということが意外ですか？　あっは。あなた方、何も知らないんですね。私は彼らの――ラジュー達の仲間ではありません。彼らの食糧のなれの果てなんですよ。どうして自分に寄生する者に好感を抱くものですか」

「駄目よ」

ふいに、誰かがうめいた。意識を回復したあさみだった。

「話さないで。お願いだから。世の中には、知らない方がしあわせになれることだってあるんですもの」

「森本さん、君、僕達に何か隠してきたのか」

「人の影なんて見ない方がいいのよ」

影。そういえば以前あさみは、ラジューの影を見たって言っていた。影って何よ。あさみは何を隠してきたわけ？　この間っからあさみ、何か変だった。あんまりしゃべらないで。でも、ひどいじゃない、あさみがあたしに隠し事するなんて、思わなかった。

「は……もくずちゃん」

急にあさみの声のトーンが落ちる。凄く寂しそうな声。

「そうね……。影があることがわかっちゃった以上、むしろ話した方がいいのかも知れない」

……罪悪感。あたし、あさみにひどいことしたのかも知れない。あたしが心の中でなじったから。彼女にはそれがわかるのだから。

そんなあたし達を、ヴィスはちょっときょとんとして、とっても優し気《げ》に見ていた。

☆

ラジュー達の影についてまとめると、こうなる。

ラジュー達は、ウルトラマンか何かみたいに、純粋に正義の味方として地球を守ってくれているわけじゃない。同時に、敵だって、何の意味もなく地球を攻めるわけじゃない。そこにはきちんとした利害関係があったのだ。

簡単に言っちゃうと、ですね、地球はラジュー達の栄養源だったのだ。て言っても、連中が地球人かっさらって料理して食べるっていうことじゃないのよ。もっと抽象的な意味の栄養源。

地球人というのは元来、はるかに高度な精神文明を築きあげてしかるべき種で、実際、類《たぐい》まれな精神力を持ちあわせているのだそうだ。ところが、ラジュー達がその精神力を搾取《さくしゅ》していて、その為《ため》、地球における精神文明はひどく低いものになっている。連中は、我々が生命を維持するのに必要最低限をのぞいた残りの精神力を、戦争の為のエネルギーに使用しているのだそうだ。

地球をすっぽりと包むように、ラジュー達は〝壁〟を作る。そしてそこから人類の――および他生物の――余剰《よじょう》精神力を奪い取る。つまり乳牛よ。この船のエネルギー源だって、形を変えた我々の精神エネルギーだっていうんだもの。

ヴィス達――これは正確には彼女の名前ではなく、彼女の故郷の星の名らしいが――は、地球の前に連中の栄養源だった種族。ラジュー達はこの手の栄養源を複数持っているらしいから、栄養源の一つだった種族、というべきかな。とにかく、地球時間による数十世紀前、ヴィスの星は、今の地球みたいに、敵の攻撃をうけた。敵が地球やヴィスの星を攻撃するのは、ラジュー達の戦争用エネルギーを断つ為だそうだ。で、まあ、ヴィス達が敵によりほぼ全滅したので、ラジュー達はヴィスを捨て、かわりに地球を開発したらしい。で、わずかに生き残ったヴィス達は、初めて自分本来の精神力をとり戻し、自分達の生活を復活させだした。

ところが、ヴィスの悲劇はこれだけではなかったのだ。何千年かを経て、どうやらヴィス達の苦難の時代がおわりかけた頃、再びヴィス達は侵略をうけた。今度は、例のテレパシーを通さない壁――これは同時に、すべての超能力をよせつけない壁だった――で作られた宇宙船に乗った、ラジュー達に。

最初、ラジュー達は、ヴィス達がまたある程度の数まで増えたので、養分をとるつもりだった。が、今度は以前と勝手が違っていたのだ。かなり長い間放っておかれたヴィス達は、完全に精神力を用いた文明をきずきあげており、地球のように、気づかれないうちに精神力を搾取するというわけにいかなかったのである。その時、ラジュー達は、エネルギー搾取以外の効果的なヴィスの利用法を思いついたのだ。地球等、栄養源としている星の住民を調査する際、ヴィスの超能力は非常に役にたつということを。

大がかりなヴィス狩りが始められた。利用できるヴィスを個別にとらえ、例の壁で閉ざされた部屋へ閉じこめる。残りのヴィスは、のちのちラジュー達の星に復讐《ふくしゅう》に来るなんてことがないよう、根だやしにされた。かくて、ヴィスの歴史は完全に幕をおろす。

調査船の中で飼われているヴィスは、エサだけは充分に与えられ、利用する時以外は壁で囲まれた部屋に閉じこめられる。ヴィスを使う時――例えば、この船が最初石神井公園に降りた時のサイコ・バリアみたいなものを作る場合ね――、ラジュー達は、テレパシーを通さない物質で作られた宇宙服のようなものに身をつつみ、例の、先端から熱線の類《たぐい》を放出する棒でおどし、とにかく仕事を済ませてしまうと、一刻も早くヴィスをあの部屋へおしもどそうとするのだそうだ。

☆

「すると、おまえさんは自分の意志であの部屋へ閉じこもっていたわけじゃなくて……」

「あの部屋も、外から封鎖されていたんですよ。うふふ……ラジューったら、余程《よほど》慌《あわ》てていたんでしょうね。エネルギー源のスイッチがオフになった時、すべての封鎖をといてしまったんだわ。驚きましたよ。ラジューの命令なしに、あの部屋の封鎖がとかれたの、初めてですもの」

ヴィスっていうのは、余程根が明るい種みたい。こんなにしいたげられていたのに、しきりに笑って。
「ごめんなさい」
あさみ、ため息一つ。
「わたくし、連中があたくし達を家畜がわりにしている
って所までは読んだんですけど、あなたの星の話までは
知らなかった。知っていたら、まずあの部屋の封鎖とい
たのに」
「気にしなくていいわ」
ヴィス、微笑《ほほえ》む。
「あの部屋に閉じこめられているのは、慣れてますも
の」
「しっかし、ひでえことするな」
治療も無事終わり、麻酔とかれて、でもまだ床にねか
されている木村さんが言う。
「そうでもなくってよ。家畜とか乳牛って概念があるん
なら、地球人のこと言えた義理じゃないんじゃありません？　あ
まり、人のこと言えた義理じゃないんじゃありません？　あ
あ、うちもそうよ。ヴィスにも家畜はいましたし」
「あんた……憎くないのか、ラジュー達が」
「憎いっていえば勿論《もちろん》憎いけど……でも、私は——私達
ヴィスは、信じていいました。いつか必ず、状況は変化す
ると。時が流れている限り、必ず、状況は変化すると」
この台詞を言った時のヴィスの目には、一種の信念が
こもっており——あたしは、何故《なぜ》か違和感を覚えた。何
か、違うのだ。何か。
「それにしてもね、あさみちゃん。あんた、どうしてそ
んな大切なこと、黙ってたんだよ。それなら俺達の敵は、
むしろラジューじゃないか」
木村さんの攻撃のほこ先があさみに移る。
「あたくし、そうは思わなかったんですもの」
「て言うと？」
「あたくし達の本当の敵は、ラジュー達でもその敵でも
ない〝戦争〟だと思ったから……。あたくし達がラジュ
ーに敵意を覚えて、ラジュー側を攻撃しだしたら、敵は
その間に地球にかなりのダメージ与えちゃうでしょうし
……。それに、戦争さえ終結すればラジュー達は地球か
らエネルギーを摂取しなくなる筈だと思ったし……」
「大体、敵だって、養分惑星同じ位かかえているわよ。
だから私、あさみの意見に賛成」
こともなげにヴィスは言う。
「それにあたくし、みんなにラジューの影を見せたくな
かったから……。戦争さえ終われば、みんな終わるんで
すもの。みんなに影を見せて傷つけたくなかった。あた
くしが、目一杯傷ついたから……」
「ＯＫ。もういいよ、あさみちゃん」
……あさみ、涙ぐんでる。
「とにかく、基本方針は今までと同じだ。ただし」
木村さん、息をつぐ。

「方法論を少し変えよう。情け容赦《ようしゃ》なく、だ」

「All right. 情け容赦なく、だな」

水原君、少し嗤《わら》う。

「それから、完全に、だ。完全に戦争は終わらせよう」

「完全に、な」

「あはん？」

ヴィス、その様子を見て、こころもち目を大きくする。

「何、ヴィスさん、どっかまずいとこあるの」

「いえ、そうじゃなくて。あなた方、変わってますのね」

「俺が？」

「ううん、木村さんが、とか、誠さんがっていうんじゃなくて、あなた方六人が。とても精神エネルギー取られているとは思えないわ」

「冗談。他の連中よか少し気が強いだけだよ。とてもあんたみたいなことはできない」

「それはあなた方が第一世代だからですわ。私、人の精神力を感じとることもできるんですもの。それに……あなた方の精神力って、一種の方向性持っているのね」

「方向性？」

「そう。例えば、あさみは精神感応専門だし、誠さんは戦い専門って感じですもの。普通、こんな風にかたよったりはしないものなのに」

……あたしは？


ヴィスの台詞聞いてたら、ふいにそんな思いがこみあげてきた。あたし、何？　あたし、みそっかすの役たたずの海の藻屑《もくず》的存在じゃない。

本当にあたし、役にたつことがあるのかしら……。

第七章　月がとっても青いから

「どっち行くんだよ」

え？

無事、石神井公園に戻り、ラジュー達を再び封鎖した後、あたし達はそれぞれ帰宅したのだった。一緒に行きましょって言うあさみを、一人で考え事したいからって言って断わり、少し足をひきずって、のたのた歩きだしてしばらくして、急にうしろから声かけられた。水原君の声。

「あんたの家、上石神井だろ。なんでそこを左へ曲がるんだ」

「え、あ、あ……あたし、ぽけっと考え事してると、本当、適当に歩いちゃうのよね。まようのとってもうまいの」

「自慢になるかよそんなこと」

「水原君は？　お宅、こっちだっけ」

「俺、あんたおいかけて来たんだ。本当、あっちへふらふら、こっちへふらふら、まいごになるのうまそうな歩き方だな」

おいかけてきたあ？　水原君があたしを？　どうして。

「何でって聞かないんだな」

「あ……じゃ、何で」

「おまえののしりに」

「ののしる？」

「ああ。おまえ、本当に莫迦《ばか》で、ついでに理解力がなくて、おまけにしつこいな」

「………」

「どうしてそういつまでも、何の進歩もなくぐちゃぐちゃと同じ事悩めんだよ」

「……心配しておっかけてきてくれたの」

「もひとつおまけに、人の話をどう聞いてるんだ。ののしりに来たんだってば。俺、おまえとか木村みたいな莫迦見てっと、むしゃくしゃしてくんだよ」

「……ありがと」

「……おまえ、どういう感覚してるんだ」

「変わってんのよ。ちょうど今、ののしって欲しかったみたい」

「変わってんな」

あたし達、しばらく肩並べて歩く。何も言わないけど、彼、あたしの足の怪我《けが》のこと考えてくれてるみたい。いつもよりちょっと歩く速度が遅い。

平和な沈黙。何となくあったかい気分。そして、横を向くと水原君の顔。彼、あんまり背が高くないからね。何ということもなく、彼の顔を、まじまじとみつめる。

ありがと。それから……あなたって、優しいのね。よくわかんないけど、あたし……あなたのこと好きだわ、多分。

「ん？　何」

水原君、あたしの視線に気づく。で……別に信じてくれなくてもいいけど、これ、絶対に本当のことなの。あたし、こんな台詞《せりふ》言う気なかった。なのに。言っちゃったのよ。こう。

「……月がとっても青いわね」

うわ、うわ、うわ、嫌だ、あたし、何を口走ったんだ今。今の台詞、パス。絶対パス！　なのに。水原君は律儀《りちぎ》にこう言うの。

「遠まわりして帰ろうか」

……駄目《だめ》だもう。自分の心臓の音がはっきり判《わか》った。うちに早く着いて欲しいような、いつまでも二人して歩いていたいような。あー、矛盾《むじゅん》。あー、二律背反《にりつはいはん》。も、もう、駄目。

水原君、そんなあたしの状態をどう思ったのか、口許《くちもと》に少し笑みを浮かべる。それから、ため息ついて。

「あのね……海野さん」

どき。何で、何で、名字《みょうじ》で呼ぶの。

「世の中に俺よかいい男って沢山《たくさん》いるよ」

……そう？　あたしが知ってる人の中では、あなたが一番素敵よ。水原……誠さん。でも。本当、あなたってどうしようもなく素敵で絶望的に優しいのね。さり気《げ》なさすぎるわよ。

「あの……一つ、聞いていい？」

「ああ」

「あなた、好きな人いるの」

もうやけよ、こうなったら。自己矛盾だろうが二律背反だろうが、束《たば》んなってやって来なさいよ。知らないわ。

「俺、そういうのって、面倒なんだよね」

どういう人よ、あなたは！

「………」

「何か言った？」

「二律背反二つにさいて四律背反にして、それまたさいて八律背反にしてやりたいって言ったの」

「……何だそりゃ」

「判んない？」

「判るかよ」

「でしょうね。あたしも何言ってんだかよく判んないもの」

水原君――いいや、名前で呼んじゃおう――誠、しげしげとあたしの顔を眺める。それからくすっと笑って。あ、やっぱ、笑った顔が一番いい。

「判った」

「何が？」

まさか、先刻《さっき》のあたしの台詞の意味が判ったわけじゃないでしょう。自分でも判んないのに。

「おまえの判ってないこと。おまえ、自分が誰だかよく判ってないんだろう」

「……どういうこと」

「判んない？」

「うん」

何か先刻とよく似た進行だなあ。

「じき判るだろ」

しばらく沈黙。あたし達は、相変わらず、肩を並べて歩いていた。で、黙って歩いていると、ですね、あたしはやっぱり、誠の顔ばかりしげしげと眺めてしまうの、ですよ。

「……あのね、海野さん」

ずきん。名字で呼ばないでよお。その度《たび》いちいち傷つくんだから、あたしは。

「何」

「ここ、おまえん家《ち》じゃない？　海野って表札出てるんだけど」

……本当だ。

「……あの」

「ん？　何」

「あの……」

答えが判っている質問一つ。あなた、あたしのこと、好き？　俺よかいい男世の中には沢山いるよ。ほんっと、どうしようもなくさり気ないんだから、あなたって人は。

「あの……ね、おやすみ」

「ああ、おやすみ」

☆

一所懸命考えた。あたし、自分が誰だかよく判ってない――どういうことだろう。

「桃子、何しているの」

夜半、母が二階のあたしの部屋にはいってくる。

「何って……歩いてるの、部屋の中を」

「下に音がひびくから判るわよ。何で歩いてるの」

「ん……ちょっと考えごと」

「歩くのやめて。うるさいわ」

あたし、母の台詞もろくに聞いていなかった。それ程真剣に考えていたのだ。

「桃子！」

あたしが母のことまるで無視していたので、母、苛々《いらいら》となる。

「おやめなさい、桃子」

「あ！」

「何」

「判ったあ！　あたし、海野桃子だあ」

床にぺたんと座りこむ。そうかあ、そういうことだったんだ。

母は、しばらく不得要領《ふとくようりょう》な顔をしていたけれど、とにかくあたしが歩くのをやめたんで、下へ降りてゆく。そうよ、あたし、海野桃子なのよ。

海野桃子。森本あさみでも木々美姫でも他の誰でもない、海野桃子。

どうやったって、あたしはあたしなんだ。あたしには、あさみや姫や他の人みたいな特技、ない。でも、それは悩んでも仕方のないことなのよ。だって、あたしはあたしであって、他の人じゃないんだもの。あたしが他の人のすることをしようったって、無理なのよ。あたし、あたしだもの。

今度の件で、あたしが役たたずだって、それはあたしのせいじゃない。だってあたし、どんなに望んだってあたしでしかないんだもの。

すっと、気が楽になる。明日は鎖編《くさりあ》みと粗大ゴミの収集にはげもう。何に使うか知らないけれど、水原誠戦闘隊長が必要だって言うから、あさっての決戦にそなえて。

そう。あたしが役にたとうがたつまいが、決戦はあさってなのよ。ヴィスが宇宙船群の位置と速度を計算してくれた。敵の船もちゃくちゃくと近づいてきていて、ラジュー側船隊と敵船隊は、地球時間のあさって、地球近くで出喰わすという。

やったろじゃないの。あたしは、あたしのやり方で。

誠。あなたって、ほんっと、ハンサムでもないし、いい加減だし、いつもどことなくねむたげで、口は悪いし、どこがいいんだかさっぱりわかんないけど、でも、素敵だわ。あたしが知ってる人の中で一番。

佳佑。机の一番上の引き出しにしまっておいた彼の写真をアルバムに移す。あなたもとっても素敵だった。二番目に。誰だっけ、あなたが好きになったって人。みゆきちゃんって言ったっけ。おしあわせに。もうあたし、あなたがいてくれなくても大丈夫みたい。あなたの写真、想い出の中に混ぜてしまうわ。

……ね？

☆

その晩あたしは夢をみた。

海岸。波打ち際に、あたしはいるの。前方には、木がやたらしげっている。山かなんかみたい。そこに、道がある。道っていえるかな、獣道《けものみち》。とっても歩きづらそう。

夢の中に、もう一人女性がいた。あれもあたしよ。もう一人のあたしは、道の入り口に立ち、その道を指す。すらりと伸びた左手の人差し指の先。続く道。どこへ続くのだろう、とにかく続く道。

あたしはうなずく。あれがあたしの道なんだわ。そしてあたしは歩きだす。

後ろにはきっと、小さな木の船があるの。見なくてもわかる。何年か前、この夢の前編を見たことがあるから。

あたしは、おだやかな、鏡のような海面を、船で渡っていたのだった。あの時のあたし、何でだかひどく自信に満ちていた。今もそう。獣道を歩きながら、どこからともなく、自信がわきあがってくるのを感じる。
そしてあたしは歩き続ける――。

☆

「何だよもくずちゃん、今日はえらく機嫌がいいな」

「うん。判る？」

みんなにこう言われた。そうなのあたし、今日はとっても機嫌がいいのよお。

今日は、いろんなことがあった。救援船がやって来て、誠とヴィスが簡単にそれのっとっちゃって、殿瀬君は花火に細工してたみたいだし、あさみペンキ混ぜて。あたしはひねもす鎖編みして、姫が鎖三十ごとに殿瀬君が細工した花火つけて。木村さんは誠と何度もうちあわせをする――月球儀なんか見ながら。それから誠は廃品回収業者になって、粗大ゴミ集めて。

天気はいいし、いつかのたんぽぽはわた毛になった。この世って、結構いいものよ、こうしてみると。本当、満月だと思う。欠けたることのなしと思えば。

今夜の月もきっと青いな。

第八章　戦闘開始

なんて言っているうちに。問題のあさっては、すぐ、来た。

午前六時石神井公園集合。誠が荷物の点検をする。

「はさみは……あるな。毛糸と花火と爆竹はゴミと一緒につんどいたな。あ、爆竹は救援船の方だけにつめばいいんだぞ……。Okey. 殿さん、トランシーバーは？持ってきた？　よし。ロープは？　つんであるな。鉄の輪は？　ペンキ、たっぷりあるな。All right. 姫が持ってんの何？　食べ物とコーヒー？　ハイキング行くんじゃないんだぜ」

そんなこと言ったって、そもそも毛糸だのゴミだの、戦争と関係なさそうなものばっかりじゃない。

それから、ヴィス以外の宇宙人全員、劇団UFOって書いたテントの中へ縛って放りこむ。おのおのラジュー達の船や救援船から宇宙服をとってきて。で、二手に分かれる。木村さんと殿瀬君と姫とヴィスは、救援船に乗っかって、司令船ぶんどる役。誠とあさみとあたしは、ラジュー達の船に乗っかって、戦闘方面。

「まさかとは思うけどね、もくずちゃん」

木村さん、船に乗る前にあたしの前髪を軽くはじく。

「死ぬんじゃないぞ」

「うん……木村さんもね」

少し罪悪感。木村さん、本当に本気なのかしら。だとしたら……ごめんね。

左手をまっすぐ伸ばしてみる。この間の夢であたしがやっていたように。片目つむって、人差し指ぴんと伸ばして。

「何やってんの」

誠があたしの正面に来る。

「ん……ばん！」

「何」

「今、あたしあなた撃ったのよ。ちゃんと死んでみて」

「莫迦《ばか》……。行くぞ」

誠の後についてゆきながら、あたし、もう一回左手を伸ばしてみる。あたしの道が見えるように。

☆

「うっわあ。すげえなあ。UFOの大集団だあ」

すっかり宇宙空間へ出た所で、誠が歓声をあげる。スクリーン一面に広がっている星々。まっ黒な布に小さな穴を一杯あけて、そこから光がもれてくるみたい。幾層にも重なった漆黒《しっこく》のベール。無数の穴から光がもれる。広い。とてつもなく広い、とてつもなく沢山《たくさん》のベールの中にまよいこんでしまったようなあたし達の船。寒い。星の光は本当に寒々としていて──どこか、とんでもない遠くへ来てしまったと、あたしに思わせた。

そのスクリーンの端で、ただ一つ、暖かみのある光を投げかけてくれる青い大きな星──あれが地球。強い感情がわきあがってくる。誰にも、どこの誰にだって、あの星を壊させやしない。あれはあたしの星なんだ。全宇宙でたった一つだけ、あたしを優しくうけいれてくれる星なんだ。

地球と反対の方向から、緑色の点々が近づいてくる。ラジュー側の船ね。見てらっしゃい。誰があんた達なかに、地球をどうこうさせるもんですか。トップにいる、少し大きめの船が司令船、かしら。それを中心にして、緑の点々は、きれいな扇形《おうぎがた》になっていた。ざっと百はありそう。

「あれ、全部緑ね。敵は……」

「まだ姿が見えないようだな」

「ね、いいの、あたし達の船、黄色に塗っちゃって」

「これだと敵さんが間違ってくれるかも知れないだろ」

「味方さんが間違って攻撃してきたらどうすんのよ」

「大丈夫だよ、いくら良く似てるって言っても、細かいとこは違うんだから。落ち着いてりゃ、間違ったりしないよ」

「じゃ、敵も間違えないわよ」

「慌《あわ》てさせれば間違うさ……。あ、森本さん、船止めて。木村が司令船乗っとるまで、俺達は待機だ」

この船は、今、あさみが操縦してんのよ。だって、誠にやらせると、危なくて仕方がないんだもの。

「お、木村、始めたな」

スクリーン見ながら、誠、はしゃぐ。

木村さん達の乗った救援船が、司令船に近づきつつあった。

☆

この時、木村さん達の方がどうなっていたかなんてこと、判《わか》らない筈《はず》なんだけど、とりあえず、後で聞いた話を書いとくね。

木村さん達の乗った船がある程度まで司令船に近づくと、当然のことながら、司令船からストップがかかった。通信がはいる。

「貴船はどこの所属か？　我々の中には、救援船を必要とするものはない」

勿論《もちろん》、木村さん達は言語翻訳機通して聞いてるわけ。

「どこの所属って……えー、本船は、あなた方にお知らせしたい情報を持っているので、接舷《せつげん》を許可されたい」

「必要な情報なら、第一司令船へ送られたい。本船は急務をおびている」

「その急務――地球に関することなのですが」

「貴船は何故《なぜ》本船の任務を知っているのか。所属を名のりなさい」

「そんなこと言ったって……」

口ごもる木村さんの台詞《せりふ》を、ヴィスが横取る。

「第三司令船所属第七隊救援船です。船長はメクロ」

木村さん、ヴィスに感謝のウインク。

「当船は、地球で救援信号を出していた第三司令船所属第四隊調査船、船長ラジューの船と接触、ラジュー以下二名を収容しました。貴船の任務及び情報はラジューから得ました。接舷を許可願います」

しばし沈黙。やがて、

「第七隊所属救援船が地球へむかったという報告ははいってるが……。しかし、それは、通信では伝達できない種の情報なのか」

「はい。お見せしたいものがあるのです」

「よろしい。右舷第一ドアを、接舷後開ける」

通信切ってから、木村さん、ため息ついて。

「相手が嘘《うそ》知らん種でよかったぜ……。殿さん、右舷第一ドアって判るか？」

「メイン・ドアだろ」

「ええ、そうです」

「OK。やってみる」

殿瀬君が操縦しだすと、木村さん、例の棒をかつぎ、ヴィスにもそれを持たせた。

「俺達の格好見りゃ、すぐ連中の仲間じゃないってことが判るからな。俺とヴィスさんは、通路が開いたとたん、あっちへかけこむ。姫達は残って、俺達があっちへ行ったらすぐに、通路とざしてくれ」

「僕がいなくて司令船あやつれるか」

「ヴィスさんがいてくれりゃな。殿さん達は、この後、水原と合流してくれ」

「ＯＫ」

「ヴィスさん、あんたは俺のうしろからついてきて。怪《け》我《が》すると危ない」

「あら」

ヴィス、微笑《ほほえ》む。

「私の方があなたより強いわ。むしろあなたがうしろにいらっしゃい」

「俺を莫迦にする気か？　女のスカートのかげになんか隠れられるか」

「私の服、スカートに見えまして？」

「ものの例えだよ」

「木村さん、忘れてらっしゃるのね。ある程度の距離まで近づいたら、私、他人の精神をあやつれるのよ」

「ああ……そうか」

「それにあなた、怪我《けが》治ったばかりじゃありません？本当はあんまり動かない方がいいんでしょ」

「そうよ」

姫が口をはさむ。

「医者として命令します。木村君は、あばれちゃ駄目《だめ》。それ守れないなら、あたしもついていくわ」

「冗談じゃない。危ないよ」

「そっちこそ冗談じゃないわよ。傷口が万一ひらいたら大事《おおごと》ですからね」

「……は。わかったよ」

「おい、木村。接舷成功。通路開けるぜ」

☆

その後は、嘘みたいにとんとん拍子《ひょうし》だった。司令船に乗ってたのは七人、で、七人とも、ヴィスが睨《にら》んだとたん、動かなくなっちゃったんだもの。

「つっまんねいの。俺、なんもしなかった」

木村さん、ぶちぶちと。

「そんなこと言ってないで、その七人を縛って下さいな。連中の神経を麻痺《まひ》させっ放しにするのは、こちらも疲れるんだから」

「ＯＫ……。それから、いよいよ他の船に司令を下さなきゃな。水原誠戦闘隊長の作戦がどの程度うまくいくか、見ものだぜ」

「あら……あなた、誠さんの作戦が失敗した方がいいの」

「そんなこと言ってねえよ。あいつは嫌な奴だが、けんかの腕だけは確かに異常だからな。信用はしてる。でも、あいつ、最近もくずちゃんに色目使うから……」

「私の見るところ、その逆のようですよ」

「……だから余計腹たつの！」

☆

「えー、こちら第二司令船。本船所属の第一隊から十二隊までの船に告ぐ」

数分後。木村さんは司令を出し始めた。司令船の操縦室は、ラジュー達の船のそれより、多少大きめである以外は、さしたる違いもなかった。ただ、スクリーンが大きいので、外の景色がよく見える。

「私は船長代理のメクロである。今回は私が指揮をとる」

木村さんと船長では声がずいぶん違うので、こう名乗らざるを得なかったのだ。

「代理とは？　船長はどうしたのです」

当然のことながら、配下の船から通信がはいる。

「えー、今回の敵の急襲の事情及び敵の布陣について、私の方が詳しい為の処置である」

咳払《せきばら》い一つ。

「我々はやがて敵の船隊に出喰わすが、その時の作戦を変更する。敵を発見しても、こちらから指示するまで、攻撃をしてはいけない」

それぞれの船からいろいろな反応が返ってくる。木村さん、それが一段落つくのを待って。

「これは命令だ――繰り返す。これは命令である。我々は、敵を見つけ次第、分散して敵の船隊の中につっこむ。二百余りの船が入り乱れた状態で攻撃すると、味方を傷つけるおそれがあるので、本船が命令するまで決して攻撃はしないこと」

「そんな無茶な……。過去、そのような方法で戦闘をしたという例はありません」

こんな抗議の声が、あっちこっちの船からあがる。木村さん舌打ち一つ。

「本当に莫迦正直な連中だな……。えー、過去例がないからといって、決して……」

「戦闘は、それぞれの船が一対一で、きちんとやるべきものです」

「きちんとやるってもんかよ、戦争は。えー、今回に限り、一対一で戦い、また、攻撃はおのおの五回までという規約は適用されない」

もの凄《すご》い抗議の声。圧倒的なのは、過去そういう例がない、というものだった。

「過去、司令船の命令にはむかったという例はあるのか！」

ついに頭にきた木村さん、威圧的に叫んだ。

「これは命令である！」

☆

所属は違うけれど、あたしの乗っている船も連中側なので、木村さんが出した司令を傍受《ぼうじゅ》できた。

「……どうするつもりなの？　敵味方いり乱れさせて」

「ん？　ペンキぶっかけんの。俺達と、救援船の殿さんが」

「ペンキ？」

「味方の船には黄色のやつを、敵のには緑を。するってえと、二百以上のまだらの宇宙船の群れができる」

誠が注文して殿瀬君に作らせた世にも莫迦莫迦《ばかばか》しい武器ってこれ？　ペンキのスプレー？

「そんなことして……敵味方何百といり乱れた中でそんなことしたら、本当にどっちが敵でどっちが味方だが判んなくなるわよ」

「それが狙いなの。整然と隊組んでたら、それぞれまだらにしたって、敵と味方の区別がついちまうだろ」

何考えてんだこの男は……。まあ、いいや。木村さんじゃないけれど、あたしも誠、全面的に信頼してるから。

「お、森本さん、発進させて。あっちに見えたきた点々の群れ、敵さんみたいだな」

☆

敵はきちんと隊列を組んでいた――これは、あたり前。で、ラジュー側船隊を発見して、整然と攻撃態勢に移ろうとした敵は、初手《しょて》からすっかり調子を崩されてしまったらしい。なんとなれば、木村さんひきいるラジュー側宇宙船の群れが、慣例に逆らい、多少撃たれようが何されようが、全速で、まったくアトランダムにつっこんできたからである。こうなると、紳士的な戦争形態が邪魔をして、敵さん思うように攻撃できない。無茶苦茶《むちゃくちゃ》につっこんでくる船のエンジンだけ壊すなんて至難の業《わざ》なんだもん。

敵のあせっている様子がスクリーンに映っている。ラジュー側は攻撃する様子をまったく見せず、それぞれの船が適当な敵側の船に、攻撃が不可能な程の至近距離まですりよってゆく。

「ほら、行くぜ。海野さんグリーン担当して。俺黄色やるから」

あさみはもう、目一杯の速度を出し、やみくもにその宇宙船の群れの中をすり抜ける。どちら側も攻撃をひかえているのがさいわいして、この作業はわりとうまくいく。その間、あたしと誠は、やたらめったらペンキのスプレーを発射した。多少ムラになりながらも、とにかく宇宙船はまだらになってゆく――。いくつか失敗して、緑の船に緑のペンキかけちゃったけど。

「あさみうまいわねえ！」

それにしても見事なのはあさみの操縦よ。

「そりゃもう、この日の為《ため》に、ずいぶん練習したもの」

「そうだっけ。俺、森本さんが船操ってるところ、あんまり見なかったけど」

「船の操縦じゃなくて、ドッジボールの練習！」

ボール避ける要領でやってんのかな、この娘《こ》。とにかく凄《すご》い。誠がやってたら、今頃はとっくにどこかの船と激突してる。

「おい、ペンキの予備、とってこい」

「はい」

あたし、ペンキの大きい缶を七つ開け——ちゃんと色、調合済みのやつ——全部装置の中へつっこむ。

「あ」

急に船ががくんとゆれた。先刻《さっき》から、余程《よほど》慌《あわ》てたのか、たまに攻撃してくる黄色の船をみかけるのよね。その流れ弾の一つにあたったらしい。

「おい、この船、大丈夫なのか」

「判らないわ、殿瀬君がいないと。でも、今の処《ところ》、動けるわ」

「じゃ、いい、続けろ。およ！　ばっかだ、俺達に攻撃しかけた船。自爆してやんの」

もう無茶苦茶よ。あっちこっちで敵の船みたいなのが同士打ちしてる。激突している船もある。

と。司令船の木村さんから命令がはいった。

「全船に告ぐ。ただちに攻撃を開始せよ」

☆

さて司令船。木村さんがこの命令だしたとたん、抗議の声がどっとあがる。

いわく、この距離でやったら、下手《へた》をすると自分も危ない。

いわく、敵と味方の区別がつかない。

いわく、敵のエンジンを狙う余裕がない。

いちいちごもっともなんだけれど、木村さん、それ無視して、通信器のボリュームを限界まであげて、どなる。

「るっせえ！　これは命令だ！　四の五の言わずにとっとやれ！　敵と味方の区別がつかなきゃ、比較的敵じゃないかなって奴を攻撃しろ！　エンジンなんぞ狙ってやんなくてもいい！　どこでもいいから撃て！」

再びあがる抗議の声を無視して、確実に百ホンを越える声で叫ぶ。

「命令だぞ！　至上命令だ！　従わねえ奴は軍法会議にかけてやる！」

☆

「あの莫迦、ボリューム最大にあげやがったな」

誠、耳おさえてうめく。

「何ちゅう言葉遣《づか》いの司令官よ」

あたしも耳をおさえる。

「大体、軍法会議なんて、ラジューの星にあるわけ？」

「んなことどうでもいいよ。森本さん、退却。全力疾走で」

「逃げんの？」

「そう。俺達と殿さんは一時戦線離脱！」

☆

……戦争は続いていた。確かに続いてはいた。でも、みんなどうしようもなく至近距離だし、敵味方判然としてないし。ラジュー側がこの状態で積極的に攻撃しだしたんで、敵も応戦始めて……。

ついに、ほとんどの船が攻撃をはじめたところで、再び、司令船から通信がはいる。

「全船に告ぐ。第一隊から五分おきに戦線離脱せよ。残りの船は、離脱の時まで攻撃を続けろ。離脱したら、ただちに超光速飛行にうつれ！」

☆

さて司令船。いくら通信器の音量低くしてもはいってくる抗議の声に閉口しながらも、木村さん、とにかくどなる。

「逃げろつうとるんじゃ！　従えっつうのに！　命令だぞこの莫迦！」

これが司令官の台詞《せりふ》かいな。呆《あき》れたヴィスが木村さんをつっつく。

「私が代わりましょうか？　その言葉遣いじゃ、従う者も従いませんよ」

「ああ、そうか……俺が興奮しても仕方ねえんだよな……」

木村さん、軽く深呼吸すると、うってかわって落ちついた声を出す。

「本船所属の各船に告ぐ。ただちに戦線を離脱して、第二空域の第一司令船の許《もと》へ急行せよ。ただ今から、本船所属のすべての船は、第一司令船所属となる」

有無《うむ》をいわさず通信器オフにする。

「こんなもんでいいかな……。ね、ヴィスさん、味方の被害状況は？」

「ええと……この船に従って来たのが全部で百二十、そのうち壊れたのが十九、飛行不可能ではないけれど損害うけたのが七、ですわ」

「上々。これでようやく第一段階終了か……」

レーダーの前の椅子《いす》状突起に腰をおろす。

「あー、疲れた。のど、ガラガラだ」

☆

「お。味方側が離脱しだしたな」

誠は、先刻からスクリーン睨《にら》みつけていた。

「森本さん、発進して。味方が逃げてゆく方向と、敵の群れの間にはいって、そのまま低速で敵の群れの方へ進んで」

「はい」

「海野さん、ついてきて」

「へえへえ」

あはっ。誠の口ぐせが移ってしまった。

スクリーンで眺める限りでは、味方が離脱した後も——多少すいてはきたが——敵さんはまだ少しどんぱちやっていた。敵さん同士で。でも、遠からず、残っているのは自分達側だけだってことに気づくだろう。そうしたらどうするのかしら。

「こうすんだよ。早く来い」

誠があたしの髪をひっぱった。

☆

誠があたしをひっぱっていった部屋——左舷《さげん》第二ドア寄りの、船の中で一番大きいやつ——には、昨日作った鎖編《くさりあ》みが沢山まいてあった。それと、殿瀬君が細工した花火と、粗大ゴミ。これが水原誠流世《よ》にも莫迦莫迦しい武器PART2なんだそうだけど……どう使うの。

「鎖編みの毛糸に、花火がいっぱいくっついているだろ。これ、何かにぶつかると爆発するよう、殿さんに細工してもらったんだ」

「……これにぶつかると、敵の船、少しでも傷つくの？」

「まさか。でもきれいだぜ」

きれいったってねえ。あたし達、こんな所まで、たまやあ、かぎやあってのやりに来たわけじゃないでしょうが。本当にこの人、遊んでんだもの。

「で……この花火つき毛糸と粗大ゴミばらまくわけ？」

「そう。あ、それから、毛糸につけなかった花火もあるんだ。あ、毛糸はちゃんと伸ばしてひも状にするんだぞ」

ま、いいけどね。左舷第二ドアを開けるので、あたし達、宇宙服を着る。ラジュー達のだから、身長面ではダブダブ、でもきゅうくつってやつ。

まず、部屋の空気を抜き、真空状態にする。それからゆっくりドアを開ける。

「うっわ、宇宙空間。凄《すげ》えなあ」

通信機通して誠の声が聞こえてくる。ここで二人して手をとって宇宙遊泳なんぞしてみたい気もするが、今は我慢して。

「そらよっと」

まず誠が、ドアのすぐそばにあった壊れたTVを外へけりだした。

☆

さて司令船。

「やってる、やってる」

木村さん、スクリーン見てはしゃぐ。あたし達のUFOと殿瀬君のUFOが、徐々に近づいてきつつあり、船が通った後に、縦横無尽《じゅうおうむじん》に毛糸がひろがっている。所々にゴミ。肉眼ではわからないけれど、花火も散らばっている筈。

敵さん側の船は、この頃には、ラジュー側の船があらかた逃げてしまったことに気づいたんだろう、同士打ちやめて、ラジュー側の船が逃げていった方——つまり、毛糸がひろがっている方——へと進みだした。

「さて、ヴィスさん。俺達も行動開始しようぜ」

木村さん、操縦桿《かん》に手を伸ばす。敵側の司令船を探す。

「それにしても、誰もこの船に攻撃してこないのは、いささか解《げ》せないな……。ん？　ヴィスさん、ひょっとして」

「うふふ。通信オフにした時から、この船は例の〝精神的な壁〟で包まれてますのよ」

ウインク一つ。

「どうりで……つっまんねえと思った」

ちょっと横目でヴィスを見て。

「でも、ま、ありがと。あ、それよか、お願いがあんだけど」

「何です？」

「その壁、水原の乗ってる船の方に作ってやってくんない？　……あそこにはもくずちゃんがいる」

「……あなたも変わった人ですね」

「どうして」

「自分の方は？」

「俺、死ぬ筈ないもん。いつだってあんた、ヒーローってのは、最後までしぶとく生き残って、ラストシーンでヒロイン抱いてハッピーエンドってことになってる。ただ、ヒロインの方はねえ。たまにヒーローの腕の中で死んじまったりするだろ」

ヴィス、とっても優し気に微笑《ほほえ》んで。

「あなた、その軽薄そうなしゃべり方さえあらためれば、とっても素敵な人なのに」

「無理言うなよ。骨の髄《ずい》まで軽薄にできてるんだから。でもさ、俺、絶対ヒーローだと思わない？　一番ハンサムだもん」

すっごい感覚。本当にそうだけど。

「ごめんなさいね。私、自分のいるまわりじゃないと、壁作れないんです」

「そうか……ま、いいや」

なんて言っているうちに。敵の船隊は、あたし達の船と殿瀬君の船がまいた毛糸地帯に突入した。

☆

「おいおい、見ろよ。おっもしろいぜえ」

水原君、完全に遊んでる。スクリーンの前に座って手をたたいて。

「やった。またあの船、花火にぶつかった」

敵の宇宙船は、目茶苦茶《めちゃくちゃ》慌てていた。とにかく、少し進むと、大きな火の花みたいなのが、あっちこっちで咲くんだもの。

「花火独特の音がないのが残念ね」

本当、見事な宇宙花火。あ、あれ枝垂柳《しだれやなぎ》だ——。ただ、重力ないでしょ、下へさがってくれない枝垂柳なんて、魅力半減だけど。

で、敵のUFOは、この状態をどう見ているのか、というと、最初のうちは、わけ判んなかったらしい。とにかくやたら火花が散るので、それをよけようとして、無闇《むやみ》に動く。と、花火つき毛糸がまたからまったり、からまらないまでも火の花が咲く。よけそこねて味方同士、ぶつかってるのもあるし、花火に対して攻撃しかけて、流れ弾が味方にあたっちゃってるのもある。やがて、UFOの群れは、ゴミにもぶつかりだす。

「およ。余程あたり所が悪かったのかな」

「UFOがかなりの速度で飛んでるからよ、きっと」

スチール製の机にぶつかったUFOが、自爆した。

「それにしても、何年か後、地球人が本格的に宇宙へ進出しだしたら、驚くでしょうねえ」

あさみが笑ってる。

「宇宙空間に机だのTVだのがただよってるんですもの。それも、MADE IN JAPAN のやつが」

「わ、きれい」

一つのUFOが、ガラスの水槽《すいそう》にぶつかった。ガラスの破片が、きらきらと四方へ散らばる。

「さて、こんなことしている場合じゃねえな」

誠、スクリーンから目をそらすと、少し真面目《まじめ》な表情をする。

「森本さん、敵の司令船、どれだと思う？」

「あれ、じゃないかしら」

あたしがあさみのかわりに答える。

「大体中央にある一番大きいやつ」

「よし。あれに向かって全速前進！」

☆

さて、こちら救援船の殿瀬君と姫。こちらでも大体、先程のあたし達と同様の会話が繰り返されていた。

「でも……こんなことで、敵の船、ダメージうけるの？」

花火が一段落したところで、姫が聞く。

「いや、ここでは時間をかせぐだけだから。そろそろだな、美姫、スタンバイしてくれ」

「はい、何？」

「月へ降りる」

「きゃん。地球人で月へ降りた人って、あたし達で何人目かしら。まだ二桁《ふたけた》よね」

「ほら、はしゃいでないで。宇宙服二つ用意しといて」

「はい、あなた」

あなた、なんて言われて、殿瀬君少しぎょっとして。

それから、口許《くちもと》に軽い笑み。

「いくぞ、おまえ」

☆

「水原っつうのは、一体全体どんな男なんだよ!!」

司令船では、木村さんが、意味もなく計器類をぶったたいていた。

「興奮しないで木村さん。どうしたの」

「あの莫迦、一直線に敵の司令船めがけてつっこんで来る。あれじゃ、格好の的《まと》じゃねえか。ああ、撃たれるう!」

「ちゃんとよけたじゃない。あなたが興奮しても仕方ないわよ」

「ほら、また撃たれる」

「またよけたでしょ……。それにしても、誠さん、わりとうまいわね、よけるの」

「あいつがこんなに器用な筈はない。操縦してんのは、きっとあさみちゃんだ」

「そんなにもくずのことが心配ならば、こっちからあの船、攻撃しましょうか?」

「それができりゃ、こんなにごちゃごちゃ言わないよ。あれを壊すわけにいかないんだ。あ、あ、また……」

☆

がくん。船が、ひどくかしいだ。

「大丈夫、あさみ」

「平気。かすっただけよ。まだ飛べるわ」

先刻っからあさみ、凄《すご》くうまいの、よけるのが。ドッジボールって、実はたいしたスポーツだったのね……。

「どうでもいいけど、木村は何してんだ木村は。あいつの船、どうした」

「すぐそばにいるわ」

「嘘《うそ》お。スクリーンにも映ってないし、レーダーにもそれらしい船はないわよ」

「ヴィスさんが、例の〝精神的な壁〟を作っているの」

あ、そうか。

「森本さん、それ判るわけ?」

「これ位そばならね」

「そうか、生きたレーダーだもんな。じゃ、敵の司令船に何人乗ってるか判る?」

「六人。何考えているのかまでは判らないけれど」

と。あたし達の前方十メートル位の所に、緑色の少し大きな船が突然出現した。木村さん達の司令船だ。通信器ががなりだす。

「おい、あさみちゃん、左へよけろ。よし。次に敵はななめ前方を狙うぞ」

「畜生《ちくしょう》。何で俺じゃなくて森本さんが操縦してるって判ったんだろう」

誠がぼやいたので、あたし達、ふきだす。無理ないと思うよ。

「敵は俺達の出現で相当慌ててる。このまま、俺達がおとりになるから、あんたら、何とかあの司令船に接舷しろ」

「へえへえ」

それから水原君、急に厳しい表情になる。誰に聞かせるともなく。

「All right. 本番だな……」

真剣に計器を睨む。

「あの変な光線出すスイッチはっと……これだったな」

ためしに一、二発撃ってみる。あっぶない、そのうち一発が、木村さんの船すれすれ。

「同士打ちする気」

「少し黙ってな」

うっ。かなりの迫力。少し怖い。誠、本気だわ。

「敵さんの司令船のメイン・ドアだけぶっ壊す。他のとこ壊すわけにいかないんだ」

凄い目でレーダー睨む。

「森本さん、司令船のメイン・ドアが壊れたとたん、接舷してくれ。多分敵は逃げようとするだろうけど、ぴったりくっついて、絶対離されるな」

「はい。操縦桿の方はまかせて」

「おまえは三人分の宇宙服と例の棒みたいな武器、用意しろ」

「はい」

「珍しく素直じゃん。おまえ、手がのろそうだから、先に着てろよ」

……ふん。せっかく珍しく素直にしたのに。口が悪いんだから。

あたし、二人に宇宙服着せてあげながら、ちらっと誠の顔を盗み見る。初めて見る彼の真剣な表情。

普段はぽけっとしてていいから、本当にいざって時に真剣になってくれる人。本当にいざって時に頼りになる人。

あなたって、最高よ。

☆

その頃、全力で月へ向かっていた殿瀬君達は、無事、着地に成功していた。

「これからどうするの、和馬君」

「まず、この船を隠す。ちょうどちっちゃなクレーターのまん中あたりに降りたから、まず大丈夫だと思うんだけど、一応、上に砂をかけといて」

「かけといてって……あなたは?」

「わなをしかけてくるよ」

「わな?」

「後でゆっくり説明してあげる。水原誠流世にも莫迦莫迦しい武器PART3だってさ」

☆

「That's all right. 森本さん、宇宙船の角度、今の状態から動かすな」

「はい……これでいい?」

誠の目が細くなる。前歯が軽く下唇をかんでいる。

「いくぞ……」

ほんのわずかな時間、あたし達の乗っている船から、淡いピンクの光が発射される。軽い反動。

「OK! あさみ、接舷!」

スクリーン見ながら、あたし、叫ぶ。お見事。誠ったら、実に上手に敵の司令船のメイン・ドアだけぶっ壊した。

「うんっと……はい、接舷完了。うちの方のメイン・ドア、開けます」

「いくぞ、もくず」

誠が駈けだす。後に続きながら、あたしはもう、目一杯しあわせだった。

いくぞ、もくず。あなた、初めてあたしの名前、呼んでくれた。

☆

彼に続いて、廊下を走る。あたし達の船から、敵さんの船へ。数メートル遅れてあさみが続く。

メイン・ドアぶっ壊された時から、敵はこちらの意図に気づいていたらしく、ちゃんと入り口の所で待ち伏せしていてくれた。その敵さんの攻撃をさけ、誠、きれいにジャンプ。敵の一人をけたおしながら、もう一人の腕をねじあげる。

あたしだって、ただ見てたわけじゃないもんね。例のピンクの光線が出る棒で、もよりの敵の頭をどやしつける。なかなか気絶してくれないから、半《なか》ばやけになって。あさみがようやくあたし達においついた。

と。あん。誠、危ない。廊下の一部が急に開いて、敵さんもう一人。彼の武器は、あきらかに誠を狙っていた。

何も考えなかった。体が勝手に動いていた。あたしは、誠と敵の間に立ちふさがっていた。敵が引き金に指をかける。発射。あたし、目をつむる。何かが倒れるどさっという音。あたし、どこも痛くない。どういうこと?

目をあける。あさみが。あたしと敵の間にさらにあさみが割りこんでいた。おびただしい出血!

「のけ!」

誠があたしをつきとばす。あたしはされるがままに崩れ、誠が敵を倒す様を見ていた。

「ひのふのみのよのいつむっつっと。これで全員だな。船乗っとり完了だ」

「あさみが……あさみが……」

「何呆《ぼ》けてんだよ。木村達を船に乗せなきゃ……おまえ、この場を動けそうにないな」

「だってあさみが……」

「しばらくそうしてな」

走り去ってゆく誠の気配。あたし、あなたのこと優しい人だと思ってたのに。あさみがこんな状態なのに、まだあなた、この大がかりなけんか続ける気なの。

「……もくずちゃん」

小声であさみがしゃべった。

「水原君責めちゃ駄目《だめ》。今はあたくしにかまってる場合じゃないでしょ」

「あさみ……どうして……どうしてあたしなんかかばったの」

「……あなたはあたくしの夢だから……。小さな頃からテレパシーのおかげでずいぶん悩んだわ。誰も人が信じられなかった」

あさみの声は、だんだんかすれてゆく。

「でも、もくずだけは……。別に、あなたは表裏が全然なくって、文字どおりのいい人だとは思ってないけど……でも、何かあった時あたくし、あなたの所に泣きに行けると思ってた。あなたなら、何があっても、あたくしを抱いて思いっきり泣かせてくれると思ってた……」

あさみはいつだってあたしのお姉さん役だったじゃない。何言うのよ。いつだって、あたしはあさみを頼ってきたのに。

「それに、あなたがいなければ、あたくし、もう絵は描けない……」

「そうよ、あさみ、死んじゃ駄目。あなた、画家になるんでしょ。ねえ、画家になるんでしょ」

「そうよ……。でね、もくずはあたくしのピンクなの」

あさみの絵。何描いてあんだかさっぱり判らない絵。でも、たった一つあたしにも判ることがあった。ピンクの常識外れな多用。画面いっぱいにおどる、数々のピンク。よっぽどピンクが好きなのね。あたし、よくそう言って、あさみをからかった。あさみ、その度《たび》に不思議な微笑浮かべて……。

「ピンクを取られたら、もうあたくし、絵は描けないでしょ……」

「あさみ……あさみ……！」

「大丈夫か、おい」

視線を上げると、木村さんとヴィスがいた。

「あさみが……あさみが……」

「大丈夫。まだ息はあるわ」

ヴィスがこう言って眉《まゆ》をひそめる。とたんに。とたんに、あさみの脈が止まっちゃったのよお！

「あさみ！　あさみ！」

「騒がないでもくず。あさみの脈を止めたの私よ」

「ヴィス……」

「止めたっていっても殺したわけじゃないから安心して。仮死状態にして出血おさえたの。姫のいる所へ着くまで、ちょうど冷凍睡眠しているような状態だわ」

「そうか。なら大丈夫だな」

誠が戻ってくる。

「水原あ」

木村さんが、彼の宇宙服つかんでゆさぶった。

「貴様《きさま》、よくもこんな状態のもくずちゃんとあさみちゃん放っといて……」

「じゃ何か、二人して〝あさみが……あさみが……〟ってやってろっていうのか」

「そうだわ。木村さん、誠を——水原君を責めないで。呆けてたあたしがいけない」

あたし、立ちあがる。立てるかどうか自信なかったけど、無事、立てた。

自分のほおを軽くひっぱたく。顔を左右に振ってみる。それから左手を伸ばして——忘れちゃいけない。あたしの道が見えるように。

木村さんが、あさみを抱きあげ、操縦室のある方へ行こうとする。もう、いつもの屈託《くったく》ない表情に戻って。

「何はともあれ、敵の船に司令下さなきゃな」

「それなんだが木村……いささか問題があるんだよ」

「問題？　どんな」

「俺達がかなり暴力的にこの船乗っとったとこ、敵は全員目撃してるわけだよ。ラジュー達の司令船の時みたいに、外の連中が乗っとられたこと知らないのとは、わけが違うんだ。先刻から、まわりの船からやたらに通信がはいってきてる。どうしたのか状況説明しろってやつ。今、俺達が命令出しても、果たして信じてもらえるかどうか……。それにな、この船、敵側の船にとり囲まれちまってんだよ」

第九章　決戦、そして詰め

しばらく誰も何も言わなかった。

「冗談じゃない……」

あたし、思わずうめく。

「じょっおだんじゃないわよ！　んなこと言ってたら、あさみ死んじゃうじゃない！」

倒れてる敵を睨《にら》みまわす。誠が手早く連中をしばりあげていた。

「ね、ヴィスさん、この中のリーダー、誰だかわかる？」

「んっと……ちょっと、待ってね」

ヴィス、まだ気を失わずにうめいていた一人の男をじっとみつめる。はあん。この人、きっと、いつかのあたしみたいな感触、味わってるでしょうね、今。頭の中をみみずが群れなしてのたくっているような。

「わかったわ。今、誠さんがしばっている人。はっはん。もくず、頭いいわね」

あ、そうか。ヴィスはあたしの考えていること、お見とおしなんだ。

「何だよ」

「ふふん。私がこの船のキャプテンの精神をあやつればいいんだわ。キャプテンが、いつもと同じ声で同じ調子で通信送れば、誰も疑わないでしょう」

「Good！」

誠がキャプテンを抱きあげる。

「さ、行くぞ」

☆

キャプテンは、通信器の前に立っていた。ここで見ると、いささか気味が悪い。精神あやつられているせいかな、目がまるでガラス玉みたい。

「全船に告ぐ」

キャプテンは話しだす。

「本船は、敵に一時のりこまれたが、今では無事、敵をとらえ、指揮系統を取り返した。安心して欲しい」

副司令船らしい船から通信がはいる。

「副司令官の義務として、確認を求めます。貴船の所属と船長名を」

ヴィスの目が細くなる。船長の記憶を探っているみたい。

「第十七空域から三十六空域担当第二司令船キャプテン・ゴティンダ。副司令官の君はタミュテだ。これでいいかね」

「……結構です。ご無事で何よりでした」

全船のほっとした雰囲気《ふんいき》。

「しかし……敵がこのような方法をとったのは初めてですね」

「ああ。どうやら敵は、地球人をブレインとして採用したらしい」

「地球人……食糧を？　何というプライドのない奴らだ」

　食糧で悪かったわね。

「考えられないことだが事実だ。我々はこれから、その地球の衛星である月へ向かう。そこに、ブレインとなった地球人がいるのだそうだ。その連中をまず根だやしにする。相手は地球人だ。遠慮なく殺してかまわない。全船、発進。着陸地は本船が指示する」

　木村さんは、通信器のスイッチを切ると、誠に向かって肩をすくめてみせた。

「ほらよ、水原。第三段階開始だ。行けよ」

「へえへえ」

　誠、あたしの方を見て、人を右手の人差し指一本で呼びつける。たくもう。あたしのこと、犬か猫だと思ってんじゃないかしら。

「で、どうすんの？」

「ラジュー側の司令船にのっかるんだ……。森本さんいないから、今度は俺が操縦する。ま、おまえがやるよか安全だろう」

　……あたっているだけに、何も言えない。

☆

　ラジュー側の司令船——つまり、先刻《さっき》まで木村さん達が乗っていた船——は、かなり大きかった。はいるとすぐ、誠がメイン・ドアを閉める。

「操縦室どこかな……」

「基本的構造は前の船と変わらん筈《はず》だ。あ、駄目《だめ》だ、その辺の計器いじっちゃ」

「誰かさんみたいに無謀な動かし方しないわよ、あたしは」

「そうじゃなくてね、木村達の船あっち行っちゃうまで、この船の中に人がいることを悟られちゃまずいんだよ」

「どういうこと」

「莫迦《ばか》だなおまえは。先刻木村が、侵入者は鎮圧《ちんあつ》したって意味のことを敵の船に信用させたばっかしだろ。そこでこの船が動いちまったら……」

「あ、そうかあ」

　しばらくすることもなく、ぽけっとスクリーン眺める。木村さんひきいる敵の船隊は、実にのろのろと、月へ向かって飛んでゆきつつあった。何かじれったい速度ね。

「さて、そろそろ行くか」

　誠、フルスピードを出す。大きく迂回《うかい》して敵のレーダーにひっかかんないように。そうか。あたし達の方が先に月へ着く必要があるから、わざと木村さん、のろのろしてるんだ。

「一応月球儀で着陸地点調べといたんだけど、わかるかなあ」

誠、のほほんと煙草《たばこ》くわえる。ハイライト。知らないよお、そんなに煙草ばっか吸って。体に悪いんだから。

☆

一方、殿瀬君は、ちょうど仕事をおえたところだった。

「ごくろう様。コーヒー飲む？」

姫が缶コーヒーをカップに移す。

「熱いのないの？」

「無理言わないで。おなかすいた？　コンビーフの缶、開けましょうか」

姫はいそいそと缶切りとりだす。

「あ、ちょっと待ってくれ。水原が来た。着陸地指示しなけりゃ」

スクリーンには、少し大きめの緑色の船が映っていた。急降下しつつある。殿瀬君は、彼が改造したトランシーバーのスイッチいれる。

「あれ、木村君の船よ」

「うまくいってれば、メンバーチェンジしてる筈だ……。おい、水原」

「よお、殿さん。トランシーバー、無事通じたな」

トランシーバーから聞こえてくるのは、かなり雑音が多いけれど、誠の声。

「僕が作ったんだ、あたり前だよ。それより、着陸地、指示する」

あたし達の乗っていた船は、殿瀬君の指示に従い、誠の世にもおそろしい操縦により、急降下というよりは墜《つい》落《らく》というイメージで、月に降りた。降りるとすぐにあたし達、殿瀬君達の船に合流する。

「わ、何か喰ってる」

誠の嬉《うれ》しそうな声。

「俺もまぜて、俺もまぜて」

「缶コーヒーとコンビーフよ」

「ハンバーガーでなきゃ何でもいい……拗《す》ねんなよ莫迦」

……だってえ。何もハンバーガー目の敵《かたき》にしなくてもいいじゃない。姫がくすくす笑って、あたしにもコーヒーをくれた。

「あ、そうだ姫。木村さんの船のあさみが大怪我《おおけが》してんの。着き次第、治療して」

「怪我？　どんな」

「よく判《わか》んないけど大出血」

「止《し》血《けつ》した？　どこよ場所は」

姫の声が急に真面目《まじめ》になる。いい娘《こ》ね。

「おなか。ヴィスが一時的に彼女の状態凍結してくれてる」

「判ったわ。怪我の状態見なきゃ、何とも言えないけど、心配しないで。脳に傷害がなくて、即死じゃないならば、必ずあたしが治してみせる」

そういった姫は、何だかとってもたのもしく見えた。

「木村達が来たぞ」

レーダー睨んでた殿瀬君がおごそかに言う。

「今の速度だと、着陸まであと二十分ちょっとだ」

先程のトランシーバーをひっぱり出す。

「あと二十分、か」

誠は、コンビーフの缶に吸殻《すいがら》を放りこむと、のびをした。

「行くか」

あたしも立ちあがる。誠が捨てた吸殻拾って、もう一回きちんと火を消してから。

「そんな神経質にやんなくても、火事になんかならないよ」

「ん……」

わかってるんだけど、ちょっと、ね。何かをおしつぶしてみたいって気がしたのよ……。あさみ、死なないでね。

「殿さん、あれは？」

「メイン・ドア寄りの右の部屋」

「ＯＫ。そっちもがんばれよ」

誠にくっついて、メイン・ドア寄りの右の部屋にはいる。そこには、手鉤《てかぎ》が先についた、すっごく太いロープが沢山《たくさん》あった。あたしが買ってきたやつ。

「ねえ、これが世にも莫迦莫迦《ばかばか》しい武器PART3？」

「いや、PART4の方。これをうちの船に移すんだ。ああ、一度に持とうったって無理だよ。何度にか分けなきゃ……」

☆

「只今《ただいま》から着陸態勢にはいる」

相変わらずヴィスに精神コントロールされているゴテインダ船長が、まるで感情のこもらない声でこう言った。

「空から攻撃した方が効果的なのでは」

副司令官の通信がはいる。

「いや。敵は非常に散開している上に、自然環境をうまく利用して隠れている。白兵戦《はくへい》にもちこんだ方が能率がいい。着陸位置は、こちらから指示する」

この間、木村さんは、もの凄《すご》い目つきで、レーダー睨みつけ、月の殿瀬君と何度もうちあわせをする。位置間違うと、殿瀬君がしかけたわなが役にたたない。

「ねぇ、ヴィスさん」

それから小声でヴィス呼んで。

「あんた、どれ位遠くからこの司令官の体、あやつれる？」

「一キロが限度ですわ」

「一キロか……。何とか二キロいかない？」

「ちょっとそれは……」

「まあ、無理言っても仕方ねえな。着陸位置を一キロ、わなの方によせよう」

☆

殿瀬君、軽く舌打ち三つ。彼と姫は、この時にはもう、宇宙船をあとにして、月面上にいた。宇宙服着て、空見上げて。姫は医療器具をいれた箱を、殿瀬君は七つ道具いれたショルダーバッグと別の大きな箱を持っている。

「やっぱ、木村じゃ無理だったのかな……。着陸地点が少し北へずれてる」

「それ、ずれるとさしさわりがあるの？」

「いや、大丈夫だ。ただね、僕達がその分余計に歩かなきゃならなくなるんだよ」

「何だそんなこと……。あたしはいいわよ、ここ、歩き易《やす》いし」

「嘘《うそ》だろ。凄く歩きづらい」

「体のバランスのとり方が悪いの」

しばらく黙って月面を歩く。静寂。二人の他に、生き物の気配は一つもない。

地球が、何だかグロテスクな程、大きく見えた。あの星の為に今、戦ってる——姫は、心の中でこう呟《つぶや》く。現実感、ないわね、何か。みんな夢の中のできごとみたい。世界はストップモーションかけられて、動くものは何一つない。こうして見ると、月の景色も妙に平板で、映画か何かのセットみたい。著《いちじる》しい現実感の欠如。この中で、唯一現実感のあるものといったら……。姫、横を向く。殿瀬君。そう、あなただけ。

「……でも、あたしちょっと、木村君に感謝しちゃうな」

「何で」

「あなたと二人で月面歩くなんてチャンス、与えてくれて」

殿瀬君、少し首をひねる。

「わっかんないな、女って。今、戦争してんのに」

「そうお？　あたし、男って判んないわ。あなたって、そっけないんだもの、いつも」

「そういつもべたべたできるもんか……。口で言わなきゃ判んない？」

「ううん……これでいい」

宇宙服を着たまま、殿瀬君にもたれかかる。バランス崩して、二人とも転んだりして。

「……ううん、これでいい。あなたさえいてくれたら……」

☆

木村さんの船と敵の大群が着地したのを、あたし達、レーダー見ながら確認する。

「あの莫迦」

　誠、舌打ち一つ。

「何」

「着陸地点一キロ間違えてら」

「それ、さしさわりがあるの」

「まず大丈夫だろうが……下手《へた》すると、姫と殿さんが危ないんだよな。おまえ、船、動かせるか？」

「あなたより下手だけど、一応、習った」

「万一の場合、俺は姫の加勢にいくから、そん時はおまえが操縦しろ」

「ん。判った」

　大きく息吸って息吐いて。すっかりおまじないになってしまった例の左手伸ばしを一回やってみる。そうよ、もくず。自分で自分に言いきかせる。たまには役に立たなきゃね。いつも人のうしろに隠れてないで。

「それ、何だ？」

「え？　何が」

「おまえ、この間からたまに左手伸ばすだろ」

「ああ……おまじないよ。そうだ、あなたにお礼言わなくちゃ」

「あん？」

「あたし、自分が誰だか、ようやく判った」

「そうか……良かったな」

　あたしがじっとみつめると、誠は視線をそらした。そうなのね。彼は確かに彼流のやり方であたしに優しくしてくれる。でも、その優しさは、あたしが期待しているものとは違う……。

　本当に、あなたよかいい男って、世の中に沢山いるものなのかしら。

☆

「……このまま司令官の体動かして、宇宙人さん達を全員——ここが大切なんだ、敵の数が多いとか何とか、連中が一番その気になり易い理由いいつくろって、全員、現在地から一キロ北へ移動させてくれ。その辺まで行くと、殿さんのしかけたわながあるから。その後は、まあ、成り行きまかせだ。頼んで大丈夫か？」

　木村さん、ヴィスに作戦を説明する。ヴィス、ちょっと怪訝《けげん》な表情。今までは、木村さん、万難《ばんなん》を排しても、自分が指揮系統握ってたのに。

「は……ん、判ったわ」

「え？」

「あなた、殿瀬君と姫のことが心配なのね。あなたのせいで、彼らが危ない目にあうかも知れないから……。それで、指揮を私にまかせる気になったのね」

「まあね」

　ヴィス、ちょっと小首をかしげて。

「総指揮を人にまかせるのは、たまらなく不安でしょうに……」

木村さんは、具体的な計画、ろくにたてていない。彼が指揮権を握っている限り、どんな状態でも対応できるという自信があるからだろう。その彼が……。

この人、自分でも言ってたけれど、本当にヒーローだわ。宇宙服を身にまとい、殿瀬君と合流すべく用意を始めた木村さんの姿を見ながら、ヴィス、ふと思う。ううん、ヒーローというよりは、やっぱりリーダーかな。もくず達が何の異議も唱えずに彼についてゆくのは、彼が信頼されているからだろうし、実際彼は、どんな重い信頼にも応《こた》えてみせるだろう。

それから、雑念を捨て、司令官の体に意志を集中する。司令官は、無表情に宇宙服を着ながら、通信器の前に立つ――。

☆

誠のハイライトが三本灰になった頃、レーダーに映る点々――歩いている敵さんの群れらしい――は、八百メートル程、宇宙船を離れていた。

「そろそろだな」

四本めのハイライトをくわえたまま、誠はスクリーンを睨みつける。

「おまえ、ためしに操縦してみな。なるべくあの宇宙人さん達に気づかれないよう、上にあがるんだ。それから、その高度を維持したまま、敵さんの宇宙船の群れの真上へ行く。できるか？」

「やってみる……うわ」

あたしが操縦桿《かん》にさわったとたん、船はどうしようもない速度で急上昇した。重力の調節なんぞする間もなく、立っていた誠はしたたか床にたたきつけられる。

「……誰の操縦のしかたが凄《すさま》じいって？」

床にたたきつけられた拍子《ひょうし》に消えた煙草をふみつぶし、口許《くちもと》をぬぐう。

「……ごめん」

「ま、いいよ。このおっとろしい上昇のしかたじゃ、敵さんが気づくいとまもなかったろう。今度はそのまま、横に移動だ。ゆっくりと、な」

☆

一方、木村さんは、無事、殿瀬君達と合流していた。

「よお、殿さん、姫。無事だったか」

「木村。君、何でこんな所にいるんだ」

十メートル位あっち側に、木村さんが乗っている予定だったUFO――つまり、ヴィスとあさみが乗ってる船――が見える。

「あんたが心配でな。事情があって、着陸地が一キロ程北へずれただろう。この距離じゃ、宇宙人がとってかえしてくる心配がある」

「何だ。じゃあ、一キロずれたの、君のミスじゃなかったのか」

「あたり前だ。あ、姫、あの船の中にヴィスとあさみちゃんがいる。あさみちゃん……」

「わかってる。とにかくあたし、あさみの容体、見てみるわ」

「慌《あわ》てなくてもヴィスが……」

「彼女を凍結してくれてるって言うんでしょ。でも、急ぐの。止血の為の凍結なんて不自然な時間、短ければ短い程いいもの」

「OK。その方がいい。あんたはあさみちゃん見ててくれ」

姫が宇宙船の中へ消えた直後、殿瀬君が木村さんつっつく。

「その方がいいってのは？」

「万一宇宙人が引き返して来て俺達とどんぱち始めてみろ。姫をそんな所においときたいか」

「……感謝するぜ」

「別に。俺、たとえ亭主持ちでも女の子には親切なんだ。さて、始めるか」

二人は、例の先端からピンクの光線が出る棒をかつぐ。殿瀬君は木村さんに、自分が持ってきたちょっと大きめの箱を渡し、それから手近の宇宙船のドアを壊しだす。

木村さんはさらに歩き続ける。

☆

一方、ヴィスに誘導された司令官に誘導された——ややこしいな——宇宙人達は、着陸地点から一キロ北へ到達していた。と。急に、一人の足許《あしもと》が弾《はじ》ける。その宇宙人は、慌ててその場をとびのいた。

「気をつけろ。地球人の攻撃が始まった」

ヴィスにあやつられるまま、司令官はまるで感情のこもらぬ声でこう言う。

☆

「お。やってるやってる」

少し高度を下げたあたし達の宇宙船にて。誠がスクリーンを見ながら、はしゃぎ出す。

「どうしたの」

「宇宙人さん達が白兵戦始めた」

「誰と？」

「相手無しさ。世にも莫迦莫迦しい武器PART3。地雷風に改造した爆竹地帯に踏みこんだんだ。宇宙人さん達、爆竹踏んじゃ、地球人の攻撃だと思ってる」

「爆竹って……月で音、したっけ？」

「しないだろ多分。でも、足許がはぜる感じはわかる……。あ、そうだ、スクリーンで姫探して」

「姫？　姫と殿瀬君？」

「いや、姫だけ。殿さんは、宇宙船群の南側にある船のエンジン、修理不可能になるまで壊してる筈だ。姫は、北側の船の上に輪をくっつけている筈なんだ」

「輪？」

「そう。それをね、例の手鉤つきのロープでひっかけて持ちあげる。それから、覚えてる？　昔、アメリカン・クラッカーってのが流行《はや》っただろう」

「……ひもの先にプラスチックの玉が二つついてて、ちょうどさくらんぼみたいな格好してるやつ？」

「そう。玉ぶっつけて遊ぶやつ。あの要領で、宇宙船二つ持ちあげて、空中でぶっつけて壊す。敵の船の方が軽くてやわな筈だから、できると思うんだ」

うえ。何ちゅう莫迦莫迦しいこと考えるんじゃ、この男は。

「ある程度まで壊れたら、このはさみでロープ切ってくれ。そうしたら、あとは重力が総仕上げをしてくれる」

……確かに、世にも莫迦莫迦しい武器だわ。とにもかくにも、あたしは、誠と一緒にスクリーン見つめる。と。

「あ、あれ。木村さんだあ」

「何、木村？」

「あそこで船の上にのっかって何かしてる人」

「莫迦言え。あれは姫の分担だ……でも、木村みたいだな。いや、みたいじゃなくて、ありゃ木村だ。あいつ、何やってんだ」

「姫があさみの治療するから、その代理じゃない？」

「そうかな。しかし、ま、良かった。姫だったら、俺、降りてってあいつの掩護《えんご》しなきゃならんとこだが、木村なら殺されても死なねえだろう……。さて、いくぞ、もくず。今、木村がくくりつけた輪、ひっかけるんだ。メイン・ドア開けてロープたらしてくれ。あ、宇宙服着るんだぞ。それから、ドア開ける前に気圧外と同じにしとけよ。あと、ロープの端は、ちゃんとうちの船の柱か何かにくくりつけろよ。端持ってると、船が持ちあがるかわりにおまえがおっこちる」

「ああ」

「……あたしそんなにドジだと思う？」

こう言われたら、身も蓋《ふた》もないじゃない。

☆

あたしが二本ロープをたらしたら、すぐ、手ごたえがあった。あん……？　誠、そんなに船の操縦うまかったっけ。たらしてすぐ、手鉤を輪にひっかけられる程。あ、違うや。木村さんだ。ロープが二、三度、規則的にゆれたもの。下で木村さんが手鉤の部分持って、輪にひっかけてくれたんだわ。ロープの長さは十メートルたらず。船の下におり手を振って合図している木村さんが、かすかに見える。とたんに船は急上昇。あっぶない。あたし、あやうくおっこちるところだわ。もう。これはあたしがドジであるかどうか以前に、誠の操縦の問題ね。

　五十メートル位上昇したところで、船、いったんとまり、リズムをとりながら小きざみに上下運動をする。あたしはドアの脇のでっぱりにしがみつきながら、下をのぞいた。つりあげられた敵の船が、かなりいきおいよくぶつかってる。もうそろそろいいかな。あたしは大きな裁縫《さいほう》用のはさみを取り出し、ロープに足をとられないよう気をつけて、ロープを切りおとした。

☆

「莫迦《ばか》水原、阿呆《あほ》水原、ドジ水原、間抜け水原！」

　下では木村さんが口を限りに水原君をののしっていた。あの莫迦。作戦たてる時に、ここは月だって要素、計算にいれなかったな。確かに船は壊れたらしいよ。落下してきた二つと、その下敷きになったさらにいくつかはね。でも。

　たくもうこの砂ぼこり。月の重力って地球よりずいぶん少ないんだろ？　なんか知らんけど、いっこうにおさまりそうにないじゃないか。視界ゼロだよゼロ。

　宇宙人群は、ここからわずか一キロ先にいるんだ。この状態見たら、絶対引き返して来るだろう。その時、視界ゼロでどうたちまわれっつうんじゃ、あの男は!!

　ぶちぶちいいながらも、とにかく手近の宇宙船の上によじ登ってみる。あーまた宇宙船、降りて来てらあ。ロープたらして。そりゃ、宇宙船の上みたいな高い所へ来れば、上の方は見えるよ、今は。でも、この先また宇宙船が降ってくれれば、視界はゼロつき抜けてマイナス行っちまうぜ。

　とか何とか言いながらも。結局、こうして手鉤輪にひっかけてんだから、俺も人がいいよなあ。この状態で宇宙人さんおいでになったら、俺の命、まずアウトだぜ、もう。

　利明さん。何の脈絡もなく、いちこの顔を思い出す。

利明さん、あなた、八月生まれでしょ。どうしてわかったのかって？　だってね、あなた、典型的な獅子《しし》座だもの。大体、この髪だって、一見ライオンのたてがみ風だし。本当、ライオンみたいよ、あなたって。うふ。あたしのラ・イ・オ・ン・さん。

　わかったよ、わかりましたよいちこちゃん。最後までアウトだなんて考えるなっつんだろ？　俺はあんたのライオンだから。百獣の王が負けること考えちゃいけないよな。

　ため息ついて、それからにやっと笑ってみせる。歯をむいて。

☆

あの後、何回か宇宙船つりあげぶっつけ落っことし作業やったとこで、唐突《とうとつ》にメイン・ドアが閉じた。誠が閉めたのね。どうしてかな、まだロープ残ってんのに。

気圧が充分あがったのを確かめた後で、操縦室の方へ歩いてゆく。何、誠、宇宙服着てんじゃない。

「よお、外へ落ちなかったみたいだな」

「あ……うん。ね、どうしたの。もうおしまい？」

「スクリーン見てみな。事情がわかるから」

へ？　スクリーンって……うわ、何、これ。下、一面、まっ茶色じゃない。

「それからスクリーンの左端見ろよ」

あ！　宇宙人の群れ。凄いいきおいで引き返してきつつある。そりゃそうよね、やっぱり。これだけ派手に宇宙船ぶっ壊したんだから。

「いくら木村が殺されても死なねえような奴でも、この状態で放っとけないよな。俺、ちょっと加勢してくらあ」

「ちょっと加勢って……この状態であなた一人が加勢したって……」

「まさかあいつ見殺しにはできない」

それはそうだわ。だとしたら。

「あたしも行く！　行く！」

「やめときな」

「嫌だ、行く！　あなたと木村さん、見殺しになんてできないもん！」

「おまえな……」

誠、口の端に笑《え》みを浮かべて、あたしの知ってる限りで一番素敵な表情作る。

「ついて来るなよ」

一転して、出てきた台詞《せりふ》はきつい口調。

「だって……」

「ついてくるな。足手まといだ」

……もう、傷ついた。目一杯傷ついた。なのに誠ったら、変に優しい微笑浮かべんのよ。そして。

「ちょっと気障《きざ》かな」

「え？」

「あのな、俺、絶対死にゃしないから、信じて待ってな。帰って来てやるよ」

ほんとに……？

「んな凄い目すんなよ。怖いぜ」

……精一杯、情感こめて見つめたのに。でも、そうよね。あなた、死んだりしないでしょうね。生きて帰って来る……でしょうね。

「ほんじゃ、ま、行ってくっから」

もう少しまともな別れ方ができないのかあんたは!!　あたしが精一杯目をうるませてるっつうのに。

……行っちゃった。行っちゃったわよ、彼。メイン・ドアのある方へ。

仕方ないな。あたしは操縦桿握ると、比較的おしとやかに船を着地させ、メイン・ドアを開けた。

☆

どこかに敵がいる。もうもうたる土煙の中で、木村さんは、目をつむる。近くに生物の気配がある。としたら、敵に決まってらあ。

できるだけ宇宙船の残骸《ざんがい》から遠ざかった方がいいな。殿さんがエンジン壊してる所へ宇宙人がやってきたら、あいつこそ一発でアウトだ。知り合いが死ぬのは見たくない。いちこだけでもう充分だ。

北はあっちだっけ。見当をつける。北へ向かってつっ走るか。そうすりゃ、宇宙船の残骸から遠ざかるし、視界も少しはきくだろう。ただし、敵に見つかる危険性は、飛躍的に高くなるだろうけど。

わかってるよ、いちこちゃん、死にゃしないって。ラストは俺がもくず抱いてハッピーエンドだ。

目をあける。つっ走りしなに、何となく人の気配を感じた方を撃ってみる。うわ、うわ、本当に宇宙人がいやがんの。反撃してくるんじゃねえか。それも六人ばかり。もういい、走っちゃう、ひたすら！

☆

「木村！　おーい木村、木村ちゃあん」

一方、月に降りたった誠は、宇宙船けとばし――早く飛びたてって合図だろう――あたしが船を発進させると、こうどなりながら、船の残骸の群れめがけて走りだす。ほんっと、莫迦なんだから。通信器のチャンネルあわせとかなきゃ、通信できる筈ないのにね。

ちょっと遅れていた宇宙人達数人と出喰わす。

「お、おいでなすったな」

珍しく目つきが真剣になる。目にもとまらぬって程速くはなかったけど、とにかくかなりのスピードで、敵を二人撃ち倒す。それからジャンプ！　重力の関係で、異様な程高く飛びあがれた。空中でもう一発。

軍神マルス。どういう神様だか知らないけれど、多分、今の誠みたいなんだわ。頭の中全部、攻撃のことで一杯。自分が撃たれることなんて全然考えないから、恐怖っていうプレッシャーがかからない。攻撃本能の権化《ごんげ》みたい。凄く強い。

宇宙人の一人があとじさりながら言う。

「……化け物だ、この男は……」

地球人――我々よりもレベルの低い生物に、仲間が何人もやられるなんて。いや、それよりも何よりも。船が壊される筈がない。相手はたかが地球人――エサじゃないか。何か、どこかが間違ったんだ。これは夢に違いない。あの男は――地球人は、家畜なんだぞ！

現実に対する不信感と恐怖から、まるで戦闘意欲をなくしてしまったその宇宙人を、誠、冷たい目で眺める。

こいつは放っといてもいいだろう。

そして、彼はひたすら走りだす。木村さんがいるであろう方向へ。

☆

「何だよこの土煙は」

最後の宇宙船のエンジン壊しおえた殿瀬君、比較的のほほんと道具を片づけ、その船を出てゆく。

「えーと、残りの船は、全部水原が壊しちゃったろうな」

先刻から彼は、誠とあたしが壊しそこねた船のエンジンを壊し歩いていたのだ。

「多分、これで全部だろうけど……こう土煙がひどいんじゃねえ……ま、帰るか」

☆

一方、上空からレーダーで、誠と木村さんを捉《とら》えていたあたしは、一人で苛々《いらいら》していた。そりゃ、今んとこ確かに木村さん生きてるわよ。誠の強さが尋常《じんじょう》一様ではないってこともわかった。でもね。あんまり多勢に無勢よ。このままじゃ遠からず……。

あたし、何かできないかしら。何か。

あ、そうだ。殿瀬君。もし、彼がエンジン全部壊して、船へ帰ってしまっていたら、もう誠達、戦う必要ないのよね。あとはひたすら逃げればよろしい。

嬉々《きき》として、殿瀬君の船に通信いれてみる。誰も出ないや。殿瀬君、まだエンジン壊してるのかしら。

あ、待って、違う。殿瀬君は、ヴィスと姫とあさみがいる方の船に帰る筈。絶望感。ウィズ達のいる船は、元来が敵の司令船だから、この船からでは通信できない。

あたし、何にもできないのかしら。誠と木村さんが殺されるかも知れないのに。あたし、何もできない……。

絶望感にとらわれそうになる気分を、何とかはげます。この間の獣道《けものみち》の夢を想い出してたけれど、どういうわけか。出てくるイメージは、袋小路《ふくろこうじ》にはいっちゃったあたし……。

袋小路——ゆきどまり。あたし、懸命に記憶の底を探る。ちょっと待って、こんな筈じゃなかった。

波打ち際《ぎわ》にいるあたし——。波打ち際。ということは、うしろは海。

そう。あたしは、あの道へたどりつくまで、海にいたんだ。鏡のような水面。すべる木の船。大海原《おおうなばら》で、あてもないのに、あたしがあの時自信に満ちていたのは。

舵《かじ》。舵だわ。この広い海、どこへでもゆける。どこへでも続く。その海原で、舵をとっているのがあたし自身だったからよ。

あたしはあたしの思うとおりの方向へ進む。誰にも指示なんかさせやしない。あたしの行きたい処《ところ》へ行きついてみせる。舵をとるのはあたしなのだから。

そしてあの道へたどりついた筈だった。

だとしたら。

誰が、誰が従容《しょうよう》として運命になんて従ってあげるもんですか。袋小路が何だっていうのよ。道が壁で閉ざされたなら、壁、のりこえてみせる。道が木々で絶たれたなら、木、切り倒してやる。

……ヴィス。あなたなら。あなたならあたしの考え読める筈。通信器なんかなくたって、あたしとコンタクトできる筈。

ねえ、ヴィス、お願いあたしに気がついて。

ヴィス、ねえ、ヴィス！

☆

「ただいま。エンジンぶっ壊し作業おわり」

殿瀬君が宇宙船へはいってくると、ちょうど、姫があさみの手術をしているまっ最中だった。

「おかえりなさい」

姫にかわって、ヴィスが返事をしてあげる。

「木村は？」

「まだ帰ってないわ……」

不安そうなヴィスの声。

「あんなに派手に宇宙船壊されたら、いくら司令官が命令しても、宇宙人達を船の方へもどらないようにさせるなんて無理だったわ」

「するってえと木村は……」

「判らない。途中で敵に出喰わしたかも知れないの。私達にできるのは、彼が無事に帰ってくるのを信じて待つだけ……」

「ヴィスさん、君なら木村の状態判るんじゃないのか」

「先刻から木村さんの精神探しているんだけれど……あの辺、今、生命体の個体数が非常に多くて……みつからないのよ」

「……ふう」

姫が大きく息を吐いて、額《ひたい》の汗をぬぐった。

「おわったわ、あさみの手術」

「ごくろうさん。で、どうなの」

「大丈夫。ヴィスさんの処置が良かったし、内臓と動脈が無事だったんですもの。もくずちゃんが大出血なんて言うから……」

「実際、血まみれだったよ」

「あれ位じゃ大出血なんて言わないの。慣れてない人って、ちょっと血をみると慌てちゃって、大げさな表現するのよね……。あとは、地球帰って栄養のあるもの一杯食べて……少し貧血気味だから」

「いずれにせよ、良かったわ。ああ、殿瀬君、この船の船員達に宇宙服着せて、外へ転がしといて」

「どうして」

「木村さんが帰り次第、誠さんの船と連絡とって、地球へ帰還するわけでしょ？　敵の宇宙人さん連れていったら後で困るわ」

「ＯＫ」

☆

ヴィス……ヴィス……。

あたしはひたすら呼び続けた。ヴィスが、木村さんの精神探すのに精一杯で他に精神向けられる状態じゃないってことも知らずに。そしてその木村さんは、かなり北へ移動していて、ヴィスはまるで見当違いの所探してるってことも知らずに。

ヴィス、お願い、気がついて。ヴィス……。

☆

「うわ。群れんなっていやがんの」

木村さん、もういい加減、うんざりしていた。何だってまた、こんなに宇宙人ばっかいるんだ。

そろそろ船へ帰ろうかな。殿さんのエンジンぶっ壊し作業も終わった頃だし。そう思わないこともなかった。でも、とても帰れる状態じゃないぜ。

「危ない」

かろうじてよける。ああ、俺、もうアウトかな。俺って、やっぱ、ヒーローじゃなかったんだろうか。

それに、そろそろ土煙もおさまってきていた。こうなると逆に視界がきくのがマイナスだ。格好の的《まと》になっちまう。

と。あれ。俺、何もしてないのに、俺の方狙ってた宇宙人が倒れた。どういうこっちゃって……あ、水原！

「よう、木村。生きてたな」

「水原！　そうか、あんたが……。う、意地でも死ねないな、こうなると。下手すると、ヒーローの座、水原に奪われちまう」

二人とも、通信器のチャンネルあわせてないから、会話、通じてないの。

とにもかくにも。木村さん、だいぶ精神的には楽になった。たった一人で敵のただなかにいるのと、一人でも味方がいるのとでは、ずいぶん感覚が違う。

☆

ヴィス……ヴィス……。あたしは、ひたすら、呼び続けた。

☆

「あさみ、動いちゃ駄目！」

ヴィス達が苛々しながら木村さんの帰還を待っていると、昏睡《こんすい》状態だったあさみが目をさまし、上体をおこそうとした。慌てて姫があさみのそばに寄る。

「大丈夫よ。あなた、助かったの」

「もくずが……」

「え？　もくずちゃんも無事よ。心配しないで、寝てらっしゃい」

「違うの。もくずが……もくずが、ヴィスさん呼んでる」

「え？」

「ヴィスさん、もくずが……あなたを呼んでるの。必死で」

ヴィス、軽く目を閉じる。もくずなら、誠さんの船ね。居場所がはっきりわかっている人の思考を読むのは簡単だわ。

☆

「ヴィス……」

あたしは、もう、泣きだしそうだった。やっと通じたの、ヴィスと。

——どうしたの、もくず。

ヴィスの思考がそのまま頭にはいってくる。いささか不快だったけど、そんな場合じゃない。

「あのね……」

言いたいことを頭の中で整理しているうちに、ヴィスの方で読んでくれた。

——了解。殿瀬君の作業、終わったわ。あなたの方で木村さんと誠さん、収容してくれるわね。

「うん……うん！」

もう、無我夢中で、船を動かす。船は凄《すさま》じく暴力的に、宇宙人の群れの中につっこんだ。

☆

「もくずの船だ！」

「もくずちゃん！」

相変わらず木村さんと誠は会話不能だったんだけど、とにかく、あたしの船が降りてきた意味は判ったみたい。

「木村、先に行け。おれは他の宇宙人がはいってこないようにする」

誠、こうどなったんだけど、木村さんには通じない。やけになって木村さんけとばすと、船の方へ近づいてきた宇宙人数人なぎ倒す。

☆

あたしは、スクリーンで、木村さんと誠が船に乗ったのを確認すると、ただちにメイン・ドアを閉めた。そのまま急上昇。また重力の調節、忘れちゃった。

「おまえ、何度やっても上達しないな」

宇宙服ぬぎながら、木村さんと誠がはいってくる。よかったあ。二人とも無事。

「良かったね……良かった……。どこも壊れてない？」

「壊れてって……俺は物かよ」

「サンキュ、もくずちゃん」

「良かった……良かったあ……」

「絶対俺が死ぬと思ってたみたいだな」

「だってえ……良かった」

「他の台詞、何も言えないの」

「……良かった」

「殿さん達は？」

「あ、無事だった。それにしても、良かったね……」

　あたしが良かったしか言えないでいると、ヴィスから直接頭へ通信がはいった。木村さんはもういつものリーダーの顔にもどっていて、聞くべきことを全部聞いちゃうと、おごそかにこう言う。

「よし。作戦完了だ。地球へ帰ろう」

　地球へ。地球へ、帰ろう……。

　一人は切り札。何の脈絡もなく、例の夢を思いだす。一人は切り札。ま、いいか。切り札があたしだったとしても、使われないうちに、勝負終わっちゃったんだもの。切り札使わなくても勝てる勝負なら、無理して使うことないもん。

　ま、いいわよ。いい、もん、ね。

第十章　見果てぬ夢の果てたあと

　八月十三日。つまり、あたし達が無事地球へたどりついた次の日。あたし、昨日の興奮がまださめず、いささか寝不足気味だったんだけど、天気はいいし、もう、気分は最高だった。

「プロージット」

　木村さんの音頭《おんど》で、あたし達、乾杯する。あたし達――あたし、あさみ、木村さん、誠、姫、殿瀬君、ヴィス、ラジュー達三人、救援船に乗ってた三人、司令船の七人。もっとも、ラジュー以下の宇宙人達は、ひどく居《い》心地《ごこち》悪そうだったけど。

「するとあなた方は本当に……味方の損害たった十九で、敵の船を全滅させたんですか」

「エサが大活躍しちゃって悪かったな。ま、信じるも信じないもあんたの勝手だけどさ。ところで、味方の船って、正確には全部でいくつあんの」

　と、いたって機嫌よく木村さん。

「私達が気を失う前の報告では、第一司令船下に百二十八、第二司令船下に百二十、第三司令船下に百六です」

　司令官は、おずおずと答えた。どうしたのかな、地球人に助けてもらったんで、遠慮してるのかしら。

「するってぇと合計三百五十四か。でも、あの戦いで十九壊したから、三百三十五かな。敵は？」

「最新の情報では三百五十余りということでした」

「で、あの戦いで百三十位壊れたろ……。てことは二百二十余りか。完全に勢力の均衡《きんこう》が破れたな」

木村さん、満足げにマイルドセブンくわえる。誠がまた一本失敬する。

「水原ぁ。あんた自分の持ってんだろ」

「いいだろ、一本位。ポケットからひっぱりだすの、面倒なんだ」

「たくもう」

この二人、仲がいいんだか悪いんだか。

「あのう……」

非常に遠慮がちに、司令官が尋《たず》ねる。遠慮がち——というよりは、何だかこの人、おびえているみたい……。連中のセオリーからすると、おそろしく野蛮《やばん》な戦争をした現地人って意識で、あたし達のこと見てんのかしら、ひょっとして。

「第一司令船にこのこと報告してよろしいでしょうか」

「あ、どうぞどうぞ。船も返すよ、もういらねえし」

木村さんは、この宇宙人の態度に気づいていないらしく、ひどく機嫌がいい。

「これだけ助けてやりゃ、あんた方も自力で戦争に勝てんだろ。救援船月へすててきちまったのと、ラジュー達の船宇宙空間へすててきちまったのは悪かったけど……そのかわり、敵の司令船、持ってく？」

「いえ、それは……。ところで敵の船ではなくて乗組員の方は……」

「さあ……おい、水原、あんた、殺した？」

「あの武器の出力最低にしといたから、多分死んだのはいないと思うけど……。それに、大抵、俺、なぐって気絶させちまったから」

「……一応文明人らしい対応はするんですね」

司令官、こう小声で呟《つぶや》き、通信機の方へ行く。何、今の言い方。ちょっとむかついた。頭の皮はがれなかったのがめっけもんだ、とでも思ってんのかしら。自分はヴィスの星、滅茶苦茶《めちゃくちゃ》にしたくせに。

「今頃月は大変だろうな」

木村さん、今度は宇宙人の態度に気づいたみたい。むっとした顔で、少し皮肉っぽく言う。

「俺達が、文明人的に、戦争したせいでな。エンジンだけ壊された船は、一斉に救援信号だしただろう。あと何日かすると、あの辺、救援船の交通ラッシュになるぜ」

なんてやってたら。司令官が、まっ青《さお》な顔をしてふり返った。

「どうしたの？　悪い知らせ？」

「いえ……。あの……私の配下だった船に、第一司令船に所属するよう命令なさったのはあなた方ですか？」

「ああ。それ、まずかった？」

「いえ。ちょうど第一司令船下第七隊及び第八隊が二十六空域で戦闘中で……そこに何の前ぶれもなく、第二司令船所属の全船が出喰わして……予想外の大勝利をおさめたそうです」

「なんだ、じゃあ、めでたいんじゃないか」

「はあ……」

でも、宇宙人みんな、お葬式みたいな顔してる。

「ただ……このままだと……地球時間で三ヵ月余りで、我々が勝ってしまいそうなので……」

「わっかんねえなあ。じゃ、もっと喜べよ」

「あの……ですが……勝ってしまったら、我々はどうしたらいいんです」

「へ？」

「生まれから今までずっと戦争してきました。父も、祖父も、曽祖父《そうそふ》もずっとずっと。勝ってしまったら……戦争が終わってしまったら、私達は何をしたらいいんです」

「知らないわよ、そんなこと！」

あたし、凄《すご》いいきおいで宇宙船の床をたたいた。腹がたった。どうしようもなく。何をしたらいいかって？　まるであたし達が勝たせてあげたのをなじるような口調。じょっおだんじゃないわよ！

「とにかく、戦争がおわれば、もう地球に干渉することもなくなるんだろ」

木村さんも凄く腹だたしそう。木村さんって、滅多《めった》なことでは怒らない人だから……その彼が、これだけストレートに感情をあらわすなんて。

「ええ、必要がなくなりますから」

「そんな戦争じゃ、必要なんてそもそもなかったと思うけどな」

それから一同の顔をみまわす。

「場所変えよう。俺、もう、こんな宇宙人の顔を見てんの嫌《いや》だ。精神衛生に悪い」

「賛成」

あたし、目一杯軽蔑《けいべつ》こめて、宇宙人見る。

「自分達の星へでも何でも、早く帰っちゃいなさいよ。もう会いたくない」

宇宙人達は、何故《なぜ》あたし達が腹たてたのか判《わか》らないみたいで、ひどくおろおろする。あたし達の機嫌そこねたら、皆殺しにされるとでも思ってんのかしら。

「あの……申しわけないのですが……隊員の健康状態もあるので、あと半日位いてもいいでしょうか」

「いちいち断わんなくていいよ」

誠も憮然《ぶぜん》としている。

「半日地球にいたからって、未開の地球原始人がこんな棒持っておそってくるなんてことはないから。外の〝劇団

UFO〟って柵《さく》、残しといてやるよ」

「あの……私、どうしよう」

と、ヴィス。

「私も連中とこれ以上顔つき合わせてるの、嫌ですわ」

「そうだな……」

木村さん、ヴィスの体をしげしげと眺める。

「ヴィスさん、言語翻訳機がなくても、日本語話せる?」

「思考が読めますから、日本語にしろ他の言語にしろ、習うのは楽だと思いますわ」

「上等。おい、宇宙人さん。これ、頼みたい。ヴィス達を全員地球へつれてきてくれ。……ヴィスの総数って、どれ位なの?」

「わずか十二人」

ヴィスの声には、珍しく感情がこもっていた。

「じゃ、ちょうどいいや。十二人位日本人が増えたって、人口問題にもならんだろう。ヴィスさん、充分日本人で通る体形だし……。超能力、ちょっと使って、戸籍《こせき》作らせちゃいなよ、区役所行って。一般人の中に、あんたみたいな超能力者が一人混じると、生活しづらいかも知れないけど」

「あら、地球人も、精神力搾取《さくしゅ》されなくなれば、全員、いわゆる超能力者になりますわ」

「そうだったっけ」

「あたしのスカート、かしたげる」

姫が立ちあがる。

「ひとっ走り、洋服一式とってくるわ。その格好じゃ、外、歩けないでしょ」

「原宿《はらじゅく》あたり行くと、もっと無気味な格好したのがいっぱいいるぜ」

「それはそうだろうけど……。ね、今日、みんなして家《うち》来ない?」

「姫の家?」

「うん。昨夜《ゆうべ》、ケーキやいたの」

「うっわ。タフ。あれから?」

「うん……。だってね、今日和馬君の誕生日なんだものね……」

☆

「あんまりいい気分じゃないけど、これで一応ハッピーエンドなんだろうな」

殿瀬君がろうそく二十本吹き消した後で、木村さんがぼそっと言った。

「戦争はそろそろかたがつくっていうし、ヴィスは全員地球へ連れて来るって司令官に誓わせたし、戦争が終われば地球は攻撃されることも精神力搾取されることもなくなるわけだし。それに、あさみちゃんの俺に対する目つきがずいぶん優しくなった」

「あら……」

あさみ、少し困った表情。

「あたくし、そんなにひどい目つきで、木村さんのこと睨《にら》んでました？」

「会った頃はね」

「ああ……。あなたが、もくずにちょっかい出そうとしてたから」

「今でもそうだよ」

「じゃ、睨まなくちゃ」

……あたしの立場は、この場合どうなるわけ？　ちらっと誠の方眺める。俺は関係ないって顔しちゃって。いいもんね。

「でも、本当にハッピーエンドなのかしら」

木村さんの顔から視線を外すと、あさみが哀《かな》しそうな顔で、こう言う。

「何で」

「前にあたくし、木村さんと犬のことで口論したでしょう。覚えてる？」

「ああ、あの犬いじめてる家。覚えてるよ」

「あの時のあたくしの意見、覚えてて？　あの犬は檻《おり》に閉じこめられていて……確かに可哀想《かわいそう》だけど……檻から出されたらエサにはことかくだろうし、保健所にはおいかけられるだろうし……」

「地球がそうだっていうの」

「超能力——少なくとも、テレパシーに関しては、持っていない方がはるかにしあわせよ。それは断言できるわ……。檻から出してあげるのは果たして正解かどうか」

「でも、それが本来あるべき姿だぜ」

「でも、犬だって何だって、飼われているうちにエサのとりかた、忘れちゃうでしょう」

「みんなそんな顔しないでよ」

姫が抗議の声をあげる。

「今日は、和馬君の誕生日なんだからあ」

「へえへえ」

誠、例によって例の如《ごと》く。

「しっかし……姫の場合、あくまで殿さん中心に世界はまわってるわけだな」

「そうよ。悪い？」

「悪かないから、んな顔すんなよ。かわいい娘《こ》ちゃんが台無しだ」

木村さんが姫の顔を下からのぞきこむ。くすくす笑って。

「もう、何はともあれ、強制的にこれでハッピーエンドにしちゃいましょ。ね？」

「そうだな……。あ、ついでにさ、もくずちゃん。利明さん誕生日おめでとうってのも言ってくれや」

「え？　木村さんも今日が誕生日？」

あたしが木村さんって言うと、彼、ちょっと悲し気な顔をする。その気持ちは、よく判るのよ。でも……。

「正確にはきのうで二十歳《はたち》なんだ。俺、八月十二日生まれなの」

「へえ。そういやおまえ、獅子《しし》座か」

「そうだよ」

「俺もなんだ」

誠も？

「俺、八月十日だぜ。ついでに俺のバースデー・パーティーもかねてくれ」

「大体全員のバースデー・パーティーがかねられるじゃないの」

あさみが呆《あき》れて言う。

「あたくしが七日、もくずと美姫さんが八日、水原君が十日で木村さんが十二日、殿瀬君が十三日？」

「僕、本当なら水原と誕生日同じの筈《はず》なんだ」

殿瀬君も呆れたって口調。

「母さんのお腹《なか》に、予定日より三日もいすわったそうだから」

「あたし、予定日より二日早かった筈よ……」

あたしも驚く。もし予定日どおりに生まれてたら、あたしも八月十日生まれの筈だった。

「……これ、偶然かなあ」

誠、眉《まゆ》寄せて。

「ちょっと凄い偶然だなあ」

「前々から気になってたんだけどさ」

木村さんも変な顔して口はさむ。

「もくずちゃん、上石神井に生まれた時からいた？」

「うん、どうして？　うち、二丁目の高校のそばだけど」

「で、あさみちゃん家《ち》は？」

「同じく二丁目よ。上石神井の駅寄りだけどね」

「殿さん家が上石神井の一丁目だろ。で、姫ん家がその裏」

隣町じゃない。でも。

「それがどうかしたわけ？」

「俺は、今は小茂根《こもね》にいるけど、幼稚園の頃まで上石神井四丁目にいたんだ」

近所だあ……。そういえば、初めて会った時、かみしゃくって言ったら、この人すぐに上石神井のことだろって言ったっけ……。あん、そうだ。

「ね、誠——じゃなくて水原君、あなた、昔、この辺に住んでたって……」

「関町南《せきまち》一丁目だよ……冗談じゃねえ。駅のあっち側だけど、森本さん家のすぐそばってことに……」

なるわよ、やっぱり。

「何、悩んでるんです？」

ヴィス一人、不審気な顔。あたし達は交互にこの異常な状況——まったく偶然に集まったと思っていた六人が、実は誕生日がきわめて近くて（ということは、受胎日《じゅたいび》がきわめて近かった……あるいは、ひょっとして、同時ってことも……)、それぞれの母親が受胎した時、極めて近所に住んでいたってこと――を説明した。ヴィスは、説明聞いても、あんまりぴんとこない様子。

「それはわかりました……。でも、どうしてそれが問題なんです?」

「どうしてって……あんた、これ、異常だと思わない?」

「さあ……思いませんけれど……。私、前に言ったでしょ。我々ヴィスは、信じていたと。いつか、必ず、時は流れると。いつか、必ず状況は変化すると」

「それが何か……」

「ですから。あなた方は、時の流れなんですよ。時が流れて状況が変化する、その為《ため》にあなた方が必要だったんじゃないですか」

「その為に俺達が必要って、そりゃあんた」

「何興奮しているんです、木村さん」

「何って……ヴィスさん、あなた、よく平然とそんな凄《すさま》じいこと……」

「……わかりませんわ、なんであなたがそんなに興奮するのか……。だって、そうでしょ。いつまでも漫然と続く状態を打破する為には、きっかけが必要でしょ?」

「てことはヴィスさん、あなたもそのきっかけの一つだったってことで……」

「それのどこが問題なんです。もし私が、長いこと信じて待っていたきっかけの為に必要な存在だとしたら、それ、喜ぶべきことなんじゃありません?」

うれしくないわよ、ちっとも。あたし、ヴィスをみつめる。彼女なんだろうか。あたしの夢の中に出てきた女神は。

「何です、もくず、その女神っていうのは」

「うん、あの……」

あたし、夢の説明をする。あたしが見て、あさみに流れこみ、どういうわけか誠もそっくりの奴を見た、例の夢。

「……それって矛盾《むじゅん》してないか?」

話を聞きおえた後で、木村さん、もそっと言う。

「矛盾?」

「するってえとあんたは、姫や水原や俺に会う前に、俺達の存在を知っていたってことになる……」

「とすると……あたしの持っていた、ついに最後まで発揮することのなかった能力って、予知なのかしら」

「違うわよ」

姫が泣き声をあげた。

「よく覚えてなかったけれど、あたしもそんな夢、見たもの……。あの朝、目がさめて、和馬君の出てくる夢見たなって思って、それからちょっと考えて、そういえば木村君や水原君もいたなって……」

「僕もそんな気がする」

殿瀬君が言う。

「夢の前半は覚えてないんだけれど、ラストの一人は統率云々《うんぬん》って台詞《せりふ》、聞きおぼえがあるよ」

「とすると、あたくしにもくずの夢が流入したんじゃなくて、あたくしももくずと同じ夢を見たのかしら」

あさみまで泣き声。

「そんな、そんな、どうして」

みんなの視線は木村さんに集中する。

「俺のこと、そんな目で見るなよ。俺、覚えてない、夢なんていちいち。……あ、ちょっと待てよ。七日の朝、だな。俺が初めてもくずちゃんに会った日……。あ、そういえば。俺、あの朝目がさめて、いちこの――いちこによく似た女の子の夢を見たと思った、確か。そうだ、想い出したよ。それでもくずちゃんに会って、あの夢は正夢《まさゆめ》だったなって……」

嘘《うそ》でしょ、そんな。一体全体、どういうことなの。どうしてこんなことがあり得るの。

「ヴィスさん、あんたがたの種族、確か全員超能力者だって言ってたな」

木村さんが、一語一語、区切りながら言う。

「まさかと思うけど……考えたくないんだけど……あんたがたがみんなして、いつか状況は変わるって思いこんで――信じこんで、その為に俺達ができちまったってことは……」

「あら、それはありませんわ」

「どうしてそう言いきれるんだ」

「まず第一に、私達にはそんな――他の生命体を造り出すような能力はありません」

「でも、元来が地球人って、俺達みたいな一種の超能力みたいなものを持ってる種なんだろ。あらたに違う生物造りだしたわけじゃない。俺達の精神エネルギーが摂取されるのを防げば……」

「それに、決定的なことに、時間があいません。私達がラジュー達に二度目の侵略をうけたのは、地球時間で十六年前のことです。それまでは私達、かつて自分が家畜にされていたなんて、思いもしなかったんですもの」

「そうよ、ヴィスさんじゃない」

あたし、一所懸命記憶を探る。女神の顔、あたしは見なかったんだけれど……確かに、あれはヴィスじゃなかった。もっと何ていうのかな、神々《こうごう》しくて、直視するのをはばかられるような……。

「もくずの言うとおりよ。ヴィスさんじゃないわ」

あさみが確信のこもった声で言う。

「もっとずっと高度の――上の〝何か〟だわ。……あのね、あたくし思うんだけれど、そもそもラジュー達自体が異様じゃない？」

「どういうことだよ」

「嘘がつけない精神構造よ……。ヴィスさんは、嘘、つけるんでしょ。そうよね。精神が発達してくる段階で、嘘という概念が欠落する種があるなんて、どうしようもない異常事態だと思うわ」

「でもそれは地球人の感覚で……」

「そうかも知れない。でもね、ちょっと考えてみて。嘘がつけないっていうのは、あの妙な戦争を続ける為の必要条件じゃないかしら。どちらか一方でも嘘をつくことができたら、あの戦争は、もっとずっと悲惨《ひさん》な殺しあいに──それこそ、地球で言うところの戦争になってたんじゃないかしら。無目的に、そんなに長く、続けられる筈、ないわよ」

「あさみちゃんの言いたいこと、わかるような気がする……」

木村さんの青ざめた顔。

「スポーツの試合やる場合、ルールがあるよな。で、スポーツマンシップとかいって、スポーツやる連中はそれを破らない。そうでないと、スポーツがスポーツとして成りたたなくなっちまうから……。例えば、剣道なんて、ルールがなきゃけんかになっちまうだろ。その点、戦争ってのは、元来がけんかだから、ルールがないんだ。ところが連中の戦争はけんかじゃなかった。スポーツだったんだ」

「じゃ、何か、あの戦争をスポーツとして成りたたせる為に、連中は嘘という概念を奪われたと」

「あるいは、最初から与えられなかったんだ。造られた時から……。連中の存在意義が、あの大がかりなスポーツ戦争することにあったから……。だから、戦争がおわったとたん、存在意義がなくなっちまって、連中はまるでふぬけに……」

「見果てぬ夢が果てちゃったんだわ」

姫が何かに憑《つ》かれたような声をだす。

「あたし、何の為に生きているのかなんて判らないけれど……万一、生きる目的っていうのが明確にあって、生存中に、その目的を果たしちゃったら……そしたら、後は余生よ！　ラジュー達は──ラジュー達の種は、これからずっと滅ぶ時まで余生よ！　この先あの星で生まれる赤ちゃんは、生まれた瞬間から余生をすごすんだわ……」

……ひどい。誰が、誰が、何の為に。何の権利があって、こんなことしたの。

ふと見ると。今まで何の感情もあらわしていなかったヴィスが。ヴィスが、笑っていた。

「これが復讐《ふくしゅう》よ。私達の……。そうよ、私達の待っていた時が来たんだわ。これが復讐よ……」

復讐。でも、これはヴィスがしくんだことじゃない。ヴィスにこんなこと、できる筈ないもの。こんなことできるのは……。

「……創造主だわ」

あさみも、少しヒステリックに笑っていた。

「神……だか何だか知らないけれど、あたくし達を造った〝何か〟よ。それがあたくし達の持っている神のイメージに合うかどうか知らないけれど、とにかく、あたくし達を造った何かだわ……」

でも、何の為に。何の為に戦争させて、何の為にその妨害させたの。

「理由なんか判らない。だけどね……だけどね……」

あさみは泣きだした。

「だけどね……もし、あたくしがこの世界を造ったとして……みんなが平穏無事に日常生活すごしていたら、すぐにあきちゃうわ。見ていてもつまらないもの。だから……小説なんか、そうじゃない。みんながあたり前の、何てことのない日常生活をおくってゆく様を、あたり前に書いてあったら、面白くも何ともないじゃない。ホームドラマだって、必ずわざと波風おこすじゃない。その方が、見てて楽しいから！」

☆

「……仕方ねえな」

木村さんのこの台詞聞くの、何回めだろう。あたし達はみんな一種の虚脱状態になっていて、パーティーは白《しら》け果てていた。

「……仕方ねえな」

木村さん、こればっかり。無理ないと思うけど。

「仕方ねえよ。相手が悪すぎるもの。とにもかくにも、俺達は俺達の役を無事演じおえたんだ。楽屋行って休もうや」

「楽屋行って余生すごすのか」

「つっかかんなよ、水原。仕方ねえだろ……。ま、いいんじゃないの。つまりは、この事件がおこる前の状態に戻ったんだから。俺、また明日っから、絵描《か》くよ。殿さんは機械屋になるんだろ。姫、その嫁さんな。平凡な余生風ホームドラマに戻ろうじゃないか」

見ないですむものなら、影は見るもんじゃない。あさみの口ぐせの意味が、初めてよく判った。世の中には、知らない方がしあわせでいられることって、ありすぎるのね。

「ホームドラマ、か」

誠が煙草《たばこ》に手を伸ばす——木村さんのマイルドセブン。

「お、からっぽだ」

「あんたなあ、ひとの全部吸っちまったのか」

「悪い悪い」

「全然感情がこもってない」

あさみが相変わらずこわばった顔で——でもこころもちくすっと笑って、自分の煙草を放ってやる。ミスタースリム。

「悪い。俺、メンソール嫌いなんだ……。いいよ、自分の吸う」

ポケットの中をさんざんひっかきまわして、かなりしわくちゃになったハイライトとりだす。

「……結局自分の持ってんじゃねえか」

「このポケット、出すのが面倒なんだよ」

「……たく、どーゆー性格じゃ、あんたは」

「こーゆーの」

姫がやっと笑った。殿瀬君がのろのろと手を伸ばし、誠のハイライト一本くわえる。姫、それに火をつけてあげながら。

「健康の為、吸い過ぎに注意しましょう」

「そう言いながら火をつける神経、判んないなあ」

「JTだってこう言いながら売ってるじゃない」

……みんな、たくましいの。何だかんだ言いながらも、立ち直りの早いこと。

「ケーキ、食べようよ。せっかく作ったんだから」

「ああ……。あ、俺、その一番大きいいちごがのってるところがいい」

「駄目《だめ》、ここ、和馬君の分。木村君にはこっちあげる」

「……ずいぶんいちごのサイズに差があるな」

「文句は果物屋さんに言ってよ。あたしがいちご小さくしたわけじゃないもん」

こんな姫達の会話を聞いていたら。

鼻の奥がつんとした。泣き出す前兆……じゃ、ない。

潮の香りをかいだような気がした。

海。どこへでも行ける。どこへでも続く。舵《かじ》をとっていたのは、あたしだと思っていたのに。潮流にのって、流されてきちゃったのかしら。あの獣道《けものみち》へ。

笑い話よね。自分で、自分の道を選んだと思ってたのに。結局、いいようにあやつられていたんだわ。あの時の自信に満ちた感覚、ほこらしい気分、全部まがいものだったんだ——神さんの手のひらの上で、自信に満ちて啖呵《たんか》きってたんだわ。

「はい、もくず……やだ、またそんな悲し気な顔して。もう考えこむの、およしなさいよ」

ケーキ切ってお皿にのっけて、姫があたしの前においてくれた。そうよね、確かに悩んでも仕方ない。余生風ホームドラマにもどろう——と、思いはするんだけど。やっぱり、一度壊れた心は二度と元にはもどらない。割れたガラスのコップみたいに。

「やめろよ、もう、悩むのは」

「うん……」

あたしだって、そうしたいんだけど。それは多分、割れたコップをセメダインでくっつけるみたいなもんだわ。水がもれちゃうの。

割れたコップ——変なこと思いだした。中学校行ってた頃かな。友達にもらった猫のもようのついたカップ、割っちゃったことがあった。一番お気にいりのカップだった。凄く悲しくて、一日カップの残骸《ざんがい》眺めてたら、母におこられたの。桃子、もうおよしなさいって。で、あたしが、だって悲しいんだもんとか何とかいって、これ直す方法、ないかなって聞いたの。そしたら、母、一言。割れたカップ直す方法は一つしかないの。カップ割らないことって言った。

　あの時、凄く腹がたったのよ。あたし、本気で考えてたのに。そしたら、母。だって他に方法ないでしょう。あきらめなさい。

　でも、割れたのがカップなんかじゃなくて、絶対あきらめられない何かだったら、どうしたらいいの。

　壊れたカップ直す唯一の方法は壊さないこと。

「無茶苦茶《むちゃくちゃ》言うなあ、うちのお母さんも」

「え？」

「あ……あ、こっちの話」

「もくずちゃんあんた、何考えてんだ」

「あ、うん、猫のもようのコーヒーカップのこと」

「……おまえ、時々わけの判らんこと言うなあ」

　誠、呆れたって顔であたしを見る。

「今、そんな深刻そうな顔して、コーヒーカップのことなんか考えてたのか」

　そういうわけでもないんだけどさ。何でこうなっちゃったのかしら。何となく莫迦莫迦《ばかばか》しくなって、笑ってしまった。

「壊れたコーヒーカップ直す方法って、やっぱり壊さないことしかないのかしらね」

「へ？」

　あ、嫌だ、誠、何て顔するの、あなた。眉《まゆ》両方とも上げちゃって。小さい目が妙に大きく見えたりして。笑っちゃう、もう。

「……良く判んないけど、何か立ち直ったみたいだね」

　木村さんが不思議そうな目をしてあたしを見てる。本当、立ち直っちゃったみたい、あたし。――ただし、みんなとは違う方向で。あきらめるのとは違う方向で。

「うん。立ち直った。もうあたし、悩まないことにする。そのかわりね――そのかわり、ちょっとやってみるわ」

「やってみる？」

「うん」

　壊れたカップ直す方法を――壊れた心直す方法を。心、壊さないことにする。神さんにあやつられていた、なんて、あたし、認めてあげない。自分で舵をとってみせる。

「何を？」

「海野もくず風戦争」

「……？」

「これの続きよ。神さんだか何だか知らないけど、その人の喉元《のどもと》にナイフつきつけて言ってやりたいことがある」

　急に自信がよみがえってくる。不思議な力が体中に満ちる。精神の高揚感《こうよう》。

海のイメージ――そして、道。すごく不遜《ふそん》な考えだろうけど、すごくけわしい道だろうけど、あたしは自分で舵をとってここへやってきたんだ。それを証明する為にも、あたしをあやつる神さんの存在、否定してやる。それに。引き返そうったって、うしろ海だもの。前へ進むしかないじゃない。

「無茶だ……。大体、相手に喉があるかどうか」

ふきだしちゃうでしょ、木村さん。最後までコメディね、あなたって。

「本気、だもの」

「本気っつったってね、相手は俺達造った奴だぜ。指ぱちんとならしたら、それであんたは消滅しちまうかもしれん」

「だって……これはね、あたしが自分の意志で生きているのか、それともあやつられてきたのかっていう、重大問題だもの。相手が誰だって、そんなこと問題じゃない。それにね、あたし、本気だもの。一度やるときめたら、絶対、やめてあげない」

おまえ、何も特技なさそうだから、いざって時までお昼寝とひなたぼっこでもしてな。そう言ったのは誠。あたし、思うの。今がいざって時だわ。あたしにとって。

心の中で、左手伸ばしてみる。

本気、だもの。目一杯。

第十一章　いつか猫になる日まで

「やめてあげないって……あんたね」

「あたしに敵の司令船ちょうだい。あたし、あれに乗って、ラジュー達尾《つ》けて行ってみる。何ができるか判《わか》らないけど、ラジュー達の星行って、戦争始めた時の記録調べて、それから……」

それからどうしようかな。ま、いいや。やってみてから考えよう。

「あんたね、そんな無茶な……」

「木村さんが戦争に参加する時だって、無茶苦茶《むちゃくちゃ》だって言われたでしょ。それに、いいじゃない、どうせ余生なら。好きなようにやらせてよ」

「余生だなんて考えるなよ。こう考えろ。俺達は、絶対者に選ばれて、地球守るって使命与えられたんだ。で、無事、それを遂行《すいこう》しおえたとこ。な？」

「だから次のことやるの。その絶対者に喰いついてやる」

「無理だってば」

「やってみなきゃ判んないじゃない。あたしね、この間からひっかかってたの。ヴィスさんは、いつか事態が変わることを信じて待ってたんでしょ。あたしなら、そんなことできない。そんなの耐えられない。何かが――時間が――神さんが事態を好転させてくれるのを待つなんて。あたし、絶対者なんて、認めてあげない。あたしは、あたしのものだもん。だから、待ってないで、自分で変えちゃう。たとえ百パーセント無理だって知ってても」

　みんなの目つき意識して、慌《あわ》ててこうつけたす。

「あのね、あたし、死んだりしないから。信じてみてよ、そういう風に。あたし、必ず帰ってくるわ」

　自分で自分の台詞《せりふ》嘘《うそ》だってわかってる。理性ではね。でも、感情はそれを否定する。あたし、帰ってくる。多分。きっと。絶対。

「それでもって俺に、良かったね、良かったねって連呼させようって腹だな」

　と、誠。あたし少し笑って。

「あたり」

　誠、大好き。今あたし、ちょうどそんな風にはぐらかして欲しいなって思ってたの。だって、みんな、凄《すご》く深刻な顔してんだもの。

「……あんた、今までで一番きれいだよ」

　木村さんが天井むいて煙をふきあげた。

「口惜《くや》しいけど一番生き生きとしてる。止めても無駄だな」

「うん！」

「……んな、喜ぶなよ。俺もつきあ」

「あたくし、行かないわよ」

　木村さんの台詞を、かなりの迫力であさみがさえぎる。

「悪いけどあたくし、抜けるわ……。ここであたくしが抜けると、後に残る感情がたまらないのよね。あたくしが勝手だとか、臆病だとか思われるの、嫌《いや》だから」

　あさみ、息をつぐ。

「だけど、人にどう思われるか気にしてつき合う方が、よっぽど莫迦《ばか》げてて臆病なことだと思うのよ。あたくしにはあたくしの夢があるんですもの。悪いけど、もくずにつきあうわけにはいかない」

　あさみ、ああ、あさみ。

「確かに凄く小市民的な考えかもしれない。でも、プチブルのどこが悪いわけよ。もくず風に言えば、あたくしはあたくしですもの。もくずはもくずの夢を見ればいい。あたくしはあたくしの夢を描くわ」

　そう。実をいうと、あたし、これが一番心配だったの。神さんの喉元《のどもと》にナイフつきつけるのは、あたしの、無謀な、個人的な夢よ。あたしには、何の計画も展望もない。こんなことにみんなをまきこんじゃったら、あたし、責任もてないもの。だけど、このままだと、行きがかり上、みんなついてきてくれそうだったじゃない。それが怖かった。

　あさみ。あなたって本当に……。いいづらいことだったでしょうに……。ありがと……う。

☆

あさみの台詞に迫力におされてか、その後みんな、この件については触れなかった。なごやかな雰囲気《ふんいき》のうちに、殿瀬君のバースデー・パーティーは終わった。あたしは、その間中、ひたすら誠の顔を眺めていた。

誠。いつまでも、あなたの顔を覚えていられるように。何があってもあなたの顔を忘れずにすむように。

いろいろと——本当にいろいろと、あなたにはお世話になったと思う。いつまでもあなたの顔を見ていたいけど、でも。

そして、あたしは歩きだす。とりあえず石神井公園に向かって。あたしの運命とかいうものに向かって。運命に、牙むいてみせる為《ため》に。

従容《しょうよう》として運命に従うなんて、あたし、絶対やってあげないもの。うん！

☆

「どっち行く気だ莫迦」

いつかと同じパターンで声かけられた。誠。

「方向音痴《おんち》もいいけどね、凄《すげ》え遠まわりだぜ、そこ左に折れると」

「……あの……あなた……」

「ん？」

「何でついてきたわけ？　何か用？」

行きがかり上、並んで歩く。

「俺もこっちの方行きたいの」

「あのさ……あさみの言ったこと、聞いてたでしょ」

あたし、なるべく誠の顔、見ないようにしてしゃべる。うー、未練。

「ああ。それがどうした」

「……で、こっち来るわけ？」

「神さんなんて、けんかの相手としちゃ、最高だろ」

しばらく沈黙。

「わっかんないなあ……ねえ、誠——じゃなくて水原君。あなた、どうしてそう思わせぶりなの」

「さあな」

「あたし……あなたにふられたわけでしょ？」

「およ。えらくまた直接的な台詞じゃん」

「だって……」

「するってえと何？　あんたにほれてなきゃ、俺、こっちへ来ちゃいけないっての」

「だって……あのね、そういうことされると、あたしとしては期待しちゃうわけ」

「俺って罪つくりだとか言いたいわけ？」

「そう」

「じゃ、帰るぜ」

誠、きびすを返す。え、ちょっと、そんなあなた！

それから、またあたしの方を見て、少し笑って。この笑顔、大好き。

「ほらな。おまえ、どうしてそう素直じゃないいんだよ。結局ついてきて欲しいんだろ」

「……だって」

「そればっかしな」

「だって……」

「泣くなよ。なんか、俺、凄《すげ》え悪いことしてるみたいな気がするじゃないか」

だって。だって、だって……。

「……あのね、あたしね……」

「何だよ」

「あたしね、本当いうとね、一人じゃ寂しかったの……」

こんな無謀な計画に他の人まきこむ自信はなかった。ついてきて欲しくなかった。でも、いざ、一人で歩きだしてみると……。

「だろ。だと思ったぜ」

誠ってば、誠ってば、何でそんなに優しいのよ。何でそんなにひどいこと言うのよ。

「おまえな、そう何もかも一人でやろうったって無理だよ。俺みたいに、神さんの喉元にナイフつきつけてやるって主旨に賛同した奴は、徹底的に利用してやろうと思わなきゃ、やってらんないぜ」

「……うん……そうかな……」

「そうだよ。で、道中異星人のもっといい男物色する位の厚かましさがなけりゃ」

きっつい、かなり。そう思いながらも、何となく笑ってしまう。

「知らなかった？　俺って、優しいんだぜ」

誠、下手《へた》なウインクする。

「……知ってた。もう、ぜっつぽう的に優しいのよね。致命的に、破滅的に優しいんだから」

「何だよその形容は」

あなたが優しくしてくれる度《たび》に、あたしがどれ程切《せつ》なくなるか知らないで。――いや、案外、知ってるのかもしれない。もし、知ってて、それでもなお優しいなら――本当に、あなたって、あなたって……。

二人して並んで歩く。視界から、徐々に、まわりの景色が欠落してゆく。道路は消え、車も消え、まわりの家々も消え。あとに残っているのは、どこまでも続く一本の道と、誠と、あたし。周囲は一面淡い若草色になる。太陽は甘ったるい光を放ち、空は水色。世界は全部淡い色彩。あちらこちらに、みずみずしい雑草の緑。たんぽぽや、しろつめ草や、はこべ達がきっと群れているに違いないと思う。クレパスで描《か》かれたような優しい景色。そして続く道は純白。

石だ、石！　こうなったらもう、この事態何とかしてくれるのは石しかない。空から巨大な石が降ってきて、で、THE END。

　でも。ここで今、石が降ってきちゃったら、あたしが歩きだした意味、ないじゃない。運命に牙むくなんていって、歩きだしたら石が降ってきたんじゃ。

　人生って、まあ、できる限り残酷《ざんこく》なんだから。石が降ってくれないから、あたし、半《なか》ば惰性《だせい》で半ば本気で歩いてっちゃうのよね。自分の運命とかいう、えらく抽象的なものに向かって。

　木村さんと喫茶店行った時のこと、思いだす。いつか、本当に素敵な人と結ばれて……で、あたし、彼になつくの。ひたすら。猫が飼い主にじゃれるみたいに。なんとなく、そんな夢を描いていた。

　やっと気がついたの。猫が飼い主になつくような――平和で、あったかくて、平凡な情景を夢見る心と、石を望む心って、矛盾《むじゅん》してるのね。猫みたいな状態っていうのは、ハッピーエンドの後に続くぬるま湯で、石はハッピーエンドのところでお話ぶった切っちゃうんだもの。

　そうよ、あたしって、ずいぶん矛盾してるんだわ。猫みたいに陽《ひ》だまりで昼寝する平和さを夢みてるくせに、神さんの喉元にナイフつきつけてやるなんて言って、わざわざ獣道《けものみち》へふみこんじゃうなんて。

　そうか、わかった。だからあたし、猫にあこがれるんだ。本当に猫みたいな人生歩む気なら、神さんの喉元にナイフつきつけるなんて考えなきゃいいんだもの。でも、どうしても神さんにあやつられたままで、ひなたぼっこしている猫みたいな生活おくることが許せないから――猫になってちゃいけないと思うから、余計、それにあこがれるんだわ。こんな所じゃなくて、あったかい草原行きたいなって思いつつ、それでもなお、獣道の方選んじゃって。あたしって莫迦ねって、自分で判りながらも。いいや、獣道抜けたら、いつか草原の方へ行こうなんて思って。決して抜けられる獣道じゃないって知ってるくせに。

　だから、いつまでもあたしは歩き続ける。終着点がなくても。決して猫になれる日がこなくても。いつか猫になる日まで。その日がこないこと知ってても、夢だから。

　いつか猫になる日まで。

☆

「Hi！　お二人さん。そう速く歩かないでよ。あたくしの傷、まだ完治してないんですからね」

　突然背《せ》から声かけられて、あたしの心は現実世界にもどってくる。何、あさみ？

「あさみ！」

「森本さん！」

「あなた、どうして……」

「あん？　何かおかしい？　何でそんな顔するの」

「何でって……」

　何だってあさみまでついてくるのよ。

「あなた……あなたの夢は？」

「ん？　先刻《さっき》あたくしが言ったこととあたくしの行動、矛盾してると思う？」

「あったり前じゃないの」

「だってあなた、ああいう風に言って欲しかったんでしょ、あの場合」

　そりゃそうだけどね。

「それにね……あたくし、あなたに謝らなきゃいけないことがあるの。いつだったかな、ずいぶん小さい――小学生の頃だったと思う。あたくしって、わりと、いじめられっ子だったでしょ」

　あさみは子供の頃から妙に大人びてさめていて、確かに少しとっつきにくかった。そのせいでか、小さい頃は、彼女、よくいじめられたのよね。

「で、あなたはとっても泣き虫だった。あたくしとつきあってるせいで、あなたもよくいじめられて、しょっちゅう泣いてたでしょ」

　謝らなきゃいけないって、今さらそんな昔のことを？　それに、大抵、あさみはあたしをかばってくれたんだ。かばって他の子とけんかして、さらにみんなにいじめられて。

「いつか、クラスで一番大きな男の子達と、道の上で口げんかして……一人があたくしのことつきとばして、あたくし、ぬかるみの中につんのめって、スカート泥だらけにしちゃったことがあったでしょ」

「そうだっけ。もう、忘れちゃった」

「あたくし今でも覚えてるわ。その時、うしろの方でべそかいてたあなた、急に凄《すご》くおこって、その男の子つきとばしたでしょ。道路上でとっくみあいになって、ランドセルしょったまま、男の子くみふせて、その辺ごろごろ転がって」

　うわ、みっともない。早く忘れちゃってよ。

「でも、じきに男の子のほうがあなたの上に馬乗りになって……。あの時、あなた、泣きだしたりしなかったのよね。彼の右手にかみついたのよ」

　あちゃ。よくまあそんなみっともないこと、覚えててくれるわねえ。

「で、彼、泣き出して逃げちゃって、あなた、啖呵《たんか》きったのよ。あさみをいじめたりしたら、あたしが承知しないって。いつもあたくしの陰で泣いてるくせにね」

　もう、視線のやり場に困ってしまい、上を向く。

「その時、あたくし思ったのよ。それまでは、あたくしがあなたのお姉さんだと思ってたんだけど……この先、何があっても、もくずはあたくしを守ってくれるだろうって。何かあってあたくしが泣いた時に、あなたがきっと包みこんでくれるって……。それで、あたくしが、あなたに〝もくず〟なんていうひどい仇名《あだな》つけたのよ」

「……どういうこと」

「その時はあなた、何かっていうとあたくしを頼って、あたくしの庇護《ひご》の下《もと》にいたでしょう。でも、いつか、あたくしの腕の中から飛びだしてもっと遠い所へ行ってしまうってことが判ったから。その日が来て欲しくないって思って……。いつまでもあたくしのこと頼っていてくれるあなたでいて欲しいって――本当は、あたくしがあなたに頼ってたんだけど。だから、あなたに、自分は一人じゃ何もできない、あさみがいてくれないと駄目《だめ》なんだって思いこませようとして」

「あの……だって……そんな……」

　今でもやっぱりあたし、あさみに頼りきっていると思うし、あさみはあたしのお姉さんみたいなものだと思ってる。

「でも、あなたは、やっぱり行ってしまうようだし……こうなったら、ついていって、できるだけあなたの力になる以外、あたくしのやることってないと思うの」

「あのね、あさみ、あなたあたしのこと、少しかいかぶりすぎてない？　そういうほめ方されるような人間じゃないと思うんだけど、あたしって」

「それにね、あたくし、ピンク取られたら、もう絵は描けないもの」

　ちょっとかがんで、あさみ、あたしの顔をのぞきこむ。

「あたくしにみこまれたのが運のつきだと思って諦《あきら》めたら？　大体、もくず、あなた、必ず帰ってくるんでしょ」

「そうよ。だから待っててよ、あさみ」

「ということはよ。あなたについてゆくあたくしも必ず帰ってくるってことになるじゃない」

　誠がくすくす笑いだす。煙草《たばこ》くわえて火をつけて、マッチのもえかす指ではじいて。

「もくずの負けだな、こりゃ」

「う……」

　何も言えないや。何も言えない。もう。

「少しゆっくり歩いてね」

　速度ちょっとおとす。あさみの傷のこと、考えて。

「あたくしの為《ため》だけじゃなくて……あの二人の為にも」

なによお。後から走ってくるの、姫と殿瀬君じゃない。

「おまえもついて来ちまったのか」

「水原が文句言う筋合いじゃないだろ」

「そりゃ、ま、そうだけど」

「ごめんね。パーティーのあとかたづけしてたら、遅くなっちゃった」

「遅くなったって……姫、あなたね」

「ごちゃごちゃ言わないで。他様《よそさま》の星行くのに医者なしなんて、無謀よ」

「それに、水原と海野さんの操縦じゃ、ラジュー達の星へつくまえに、船壊しちまうだろう」

あたし、ぽけっと空を見あげる。見事な青。泣きたくなる位、見事な青。

「で、石神井公園についちまったぜ」

誠、あたしの髪をちょっとひっぱる。

「どうすんの、これから」

「そうね……。ラジュー達、半日位地球にいるって言ってたから……ということは、そろそろ出発するってことで……いそいで船に乗らないと、尾《つ》けてゆけないわ」

「大体、敵の司令船、メイン・ドアが壊れているんだよ」

「そうよね。それ直さないと……」

「それから、今度の旅は長いだろうから、食糧考えないと」

う。頭の中がごちゃごちゃになってきた。そんないっぺんに問題点ばかり言われても。

「殿さん、メイン・ドア直せ。姫補佐。あさみちゃんは、ラジュー達の出発時間と飛行計画読んで。漫然と尾けてくっていっても、相手がワープしたらどうするんだよ。水原ともくずちゃんは食糧買ってきて。お金は水原がだすんだぞ。もくずちゃんはもくずちゃんにたかるな。俺は、水、なんとかする」

「木村さん！」

「もくずちゃん達、どういうコースで石神井公園へ来たの？　凄い遠まわりしたんじゃない？　……大体、もくずちゃんが方向音痴だからって、水原以下全員、それにならうこともないだろうに」

それからにやっと笑って。

「それに、こんだけ統制のとれないメンバー集めて、リーダー無しでどうするっつうの。え？　結局、俺がいなけりゃ何もできんくせに」

「木村あ。おまえまで何だって……」

「さあな。俺はいちこのライオンだからだろ」

「へ？」

「百獣の王だから仕方ねえんだよ。生まれついてのリーダーが、従容として神さんに従っちゃ、まずいだろうが」

「おまえもまあ……律儀《りちぎ》な男だな」

「そうだよ。悪かったな」

フルメンバーそろっちゃったあ!!

「ほら、みんな、ぽけっとしてないで。判ったら仕事にとりかかれよ。はい、スタート」

「へえへえ」

誠、あたしの髪をひっぱる。

「いくぞ、もくず」

「気やすく女の子にさわるな」

木村さんが誠の手を払いのける。本当、例によって例の如《ごと》く。それからあたしの肩、ちょっとつついて。

「な、判っただろ」

「何が」

「あんたの性格」

「……！」

どうしようもないので、少し、笑ってみせる。それから軽く目をつむる。うしろには海。前に道。例の夢で女神が指した道は、やさしい若緑の木立に囲まれていて、消失点まで見渡せる、まっすぐな道だった。でも、今度のは。木は勝手にはえてるし、山道だし、視界はまるできかない。

でも。あたしは歩いてゆくのだろう。どこまでも。

「あん、待ってよ誠――じゃなくて水原君」

歩きだす彼を追う。

でも、あたしは歩いてゆくのだろう。いつまでも。

いつか猫になる日まで。

終章　夢のおわりに

彼はそれを眺めていた。もう、ずいぶんと長い時間。何の感動もなく――いや。今、彼は笑っていた。本当に久しぶりに。

彼は笑っている。笑い続ける。

この私に対して牙をむくだと。この私に。すべてのものの創造主である私に。

彼は悲しかった。そして、うれしかった。切《せつ》なかった。哀れだった――哀れ。誰が？　そう、哀れなのは私だ。

いつからここにいるのだろう。何もない空間。無限に続く空間。そして、時間のない空間。

彼はたまらなかったのだ。何もない所に、永遠に一人でいることが。

彼は想い描いた。彼の伴侶《はんりょ》となるべき女性――彼女を。

そして、彼女はできた。

彼は想い描いた。彼が本来属すべき世界を。そして、すべての世界が――数々の宇宙が、無数の星々が、その上でうごめく生物達ができあがった。

彼はそれを眺める。いつまでも。他にすることもないし。

たまに戦争などもおこしてみる。たまに星の一つや二つ、宇宙の一つや二つ壊してみる。たまに……。しかし彼は結局一人だった。その宇宙のすべてを自分の思うように操れたとて、何が面白い？　結局彼は一人なのだ。

「私の勝ちでしたわね」

彼女が微笑《ほほえ》む。彼女。彼女とて、所詮《しょせん》、彼の作りあげた幻想にすぎないのに。

最後の一つは切り札。切り札の持っていた能力とはこれだったのか。彼に――すべての物の創造主である彼に反旗をひるがえす力。たとえそれが反逆であっても、たとえそれが決して可能なことでないにせよ、彼に直接かかわろうとしたのは、あの娘《こ》がはじめてだ。

彼にはそれがうれしかった。あの娘が彼の喉元《のどもと》にナイフをつきつけるのは、絶対不可能だというのに。あの娘だって、彼の想像の産物だというのに。でも。でも、彼に直接かかわろうという意思表示をしたのは、あの娘が初めてだ。

哀れだ。実現不可能な夢をおうあの娘が。あの娘に実現不可能な夢をみせた彼女が。そして自分が。

いつの日からだろう。自分が滅ぶことを、彼が望みだしたのは。この、時間のない所で、変化があるとしたら、それは彼の消滅以外にはないだろう。そして――それは不可能なのだ。

いつの日からだろう。自分に直接かかわってくれる第三者を、彼が切実に求めだしたのは。自分を滅ぼしてくれる誰かを、彼が切実に求めだしたのは。

彼女とて、彼の空想の産物にすぎないのなら――彼女があの娘に、実現不可能な夢をみせた理由はよく判《わか》る。彼が、それを望んでいたのだ。誰かが、いつか、自分にかかわってくれることを。心の底から。

そして、それは不可能なのだ。

彼は笑い続ける。いつまでも。

あの娘が哀れで、彼女が哀れで、そして、自分が哀れで。笑ってでもいなければ、とても精神の平衡《へいこう》が保てなくて。

彼は笑い続ける。狂気じみた笑い。

いつの間にか、彼の脳裏《のうり》からは、彼女の姿も、彼が造りあげた世界も、消えうせていた。

あとに残るのは、ただ、深い哀れみ。彼に対する、そして、すべてのものに対する。彼がみた夢――彼が造りあげたまぼろしにすぎない世界で、必死になって自分を確立しようとしているものに対する。また、すべてが彼の夢だということを知らずに生きてゆくものに対する。

あとに残るのは、ただ、深い哀れみ。

そして、彼は、笑い続ける。

〈FIN〉

グリーン・レクイエム

1

早春。陽《ひ》は暖かかった。陽なたぼっこには、絶好の日だった。信彦《のぶひこ》――嶋村《しまむら》信彦は、ゆっくりと公園の中の道を歩き、いつものベンチに腰をおろした。彼の指定席。脇にこんもりとしたしげみがあり、左隣のベンチから彼の方への視界のさまたげになっている。それから煙草《たばこ》をとりだし、時計を眺める。もう少しだ。今、十二時少しすぎ。

紫煙《しえん》がゆっくりとのぼってゆくのを目でおう。実際、信じがたいことだ。この僕が、毎日、街中のこんな公園に、一人の女性の姿を見る為《ため》だけにやってくるだなんて。

こんな公園――実際ここは、公園と呼ぶのに抵抗を感じる程、ひどい場所だった。えらく細長い公園で、砂利道が一本、まん中をつっきっている。道の脇の処々《ところどころ》に、ベンチや満天星躑躅《どうだんつつじ》のしげみがあるから、かろうじて公園と言える程度で、それがなかったら、他の歩道と区別がつかないだろう。彼女は、どうしてよりによってこんな公園へ散歩に来るのだろうか。店の近くには、もっとちゃんとした公園があるのに。

十二時二十分をまわった。少し不安。いつもなら、もう来ている頃だ。と、ようやく視野に淡いピンクのワンピース姿が映った。白い肌と黒く長い髪。淡いピンクは、彼女の肌の色とよくあっていたし――淡いピンクが似あう程白い肌なんて、なかなかあるもんじゃない――、その体は、ちょっと力をこめて抱いたらこわれてしまいそうに細い。彼女――三沢明日香《みさわあすか》。例によって例の如《ごと》く、左端の入り口からはいってきて、信彦の隣のベンチに座る。彼女のベンチからでは、信彦のいる処はよく見えない。満天星躑躅が邪魔をするのだ。

そして、いつも彼女は、ぼけっと何をするでもなく、陽にあたっている。二十分位。少しまどろむように。

信彦が彼女のこの奇妙な習慣を発見したのは、偶然からだった。ここは彼女の店と信彦の大学のちょうど中間にあり、信彦が彼女の店へ向かう途中、ばったり出喰わしたのが最初。注意してみると、明日香は、雨が降っていない限り毎日、午後十二時二十分から四十分まで、あのベンチに座っているのだ。まるで意味もなく。

それにしても。明日香は何であの場所に座るのだろう。実際不思議だった。この緑の少ない公園の中でも、もっとも緑の少ない場所。しげみのかわりに電話ボックスが近くにある。電話を待っているのだろうか。そう思ったこともあった。しかし、公園の彼女が電話にでたことはない。

が、まあ、そんなことはどうでもいいのだ。明日香がそこに居てくれさえすれば。信彦は、その明日香を見ながら思う。

似ている。明日香は確かにあの少女——彼の初恋の少女——彼の人生を決定した少女によく似ていた。実によく似ていた。

☆

嶋村信彦、二十五歳。今、大学の研究室にいる。大学院の課程を修了した後も、結局、大学に残っている。彼の先生——松崎《まつざき》教授の助手として。恋人だのGFだののうわさは全然ないし、実際その手の知りあいは一人もいない。恋人は研究だと言っているし、それは事実なのだ。彼は、自分の生涯ただ一人の恋人を、研究材料にしているのだから。

信彦は、小さな山村で生まれた。裏手に山。そこは実にいりくんでいて、迷子になるには絶好の山だった。その為か、大人達は子供に、その山にはいってはいけないとかたく命じていた。迷子になるだけじゃない。あの山には化け物がいるんだよ、と。

信彦が七つの初夏のことだった。妹とのけんかが原因で、母にさんざ怒られたことがあった。

「もう、おまえみたいな悪い子はうちの子じゃありません。どうして素直に謝れないの」

「だって、僕、悪くないもん。悪いのは美樹子《みきこ》だもん」

「信彦はみいちゃんのお兄さんでしょ。お兄さんがちゃんと面倒みてあげなきゃ、駄目《だめ》じゃない」

「だって、僕、悪くないもん」

信彦はすっかり腹をたてて、そのまま家をとびだし、無我夢中《むがむちゅう》で裏の山の中へ走りこんでしまった。何でもいいから走り続けたかった。どうしようもなく、むしゃくしゃしていた。

まったく。何で妹が泣くと全部僕のせいになるんだ。そんなのって、凄《すご》く、ずるいや。美樹子が順番を無視して勝手なことをしたから僕は怒ったんだ。それで美樹子が泣いたからって、何で僕が怒られなくちゃいけないんだ。そんなのって、凄く、ずるい。

しばらく走って、少し歩いて、すっかり心の中の鬱屈《うっくつ》を吐き出した後で。信彦は、はじめて、自分が迷子になったことに気がついた。

どうしよう。一所懸命歩く。裏山にはいったことがばれたら、きっともっと怒られる。いや、それよりも、ここから出られなくなったら。死んでしまうかも知れない。ここには化け物がいるのだ。

うちがあるに違いないと思う方へ歩く。でも、どんなに歩いても、うちはおろか、知っている景色一つすら出喰わさない。ひょっとしたら、同じ処をぐるぐるまわっているのかもしれない。

段々心細くなってきた。涙がにじんでくる。おなかがすいた。怖い。そろそろ夕方になる。

信彦のあゆみはしだいに速くなってきた。小走りになる。息切れが怖さを助長する。

おまえは誰だ。

周囲の木々が、合唱しているような気がした。

おまえはここへ来てはいけない。いけない。いけない。

冷たい木立ち。そこはかとない悪意。

と。実に奇妙な――この場に不釣り合いな音を聞いたような気がして、信彦は立ちどまった。この場に不釣り合いな音――ピアノの音色《ねいろ》。

その頃、村にはピアノは二台しかなかった。一台は中学校の音楽室に、一台は村長の家に。村長の娘は、つっかえつっかえのソナチネしか弾《ひ》けなかったし、音楽の先生の音とも違う。

信彦は、ピアノの音がした方へ、しゃにむに走っていった。ピアノがあるということは、人家《じんか》があるということだ。木々のあいだをすり抜け、下草《したくさ》につまずき、小枝でひっかき傷を作り、急な斜面をすべりおちた。

そして。密に生えている木々が、突然ぽっかりとなくなり、丸い草原が出現する。この世のものとは思えない情景。

遠くに、大きな家が見える。レンガ造りの古めかしい洋館。レンガに一面に蔦《つた》がからみついている。六月の陽光に透《す》けて見えるあたたかい緑。南向きの大きなフランス窓。ピアノの音が聞こえてくるのは、その洋館からだろうか――否《いや》。

洋館の隣には、ガラスの温室。中にはどんな植物が生えているのか、ここからでは判然としない。ただ、ここからでも良く判《わか》るのは、中の緑。どうしようもなく多数の緑が、温室の中でうねっていた。うねる――そう、その植物は、動いていたのだ。のみならず。どうやらピアノの音は、その温室の中から聞こえてくるらしい……。

温室と洋館の前には、大きな庭が広がっていた。実に見事な、そして、実に不思議な庭。芝生のような下草が一面に生えている。みずみずしい緑の草。処々にたんぽぽだの、なずなだの、しろつめ草だのが群生している。あまり手入れのよい庭ではない。そして。あたり一面に名の知れぬ草木。蔦のような葉をした低木《ていぼく》。その低木にからみつく蔓《つる》。大きな葉。平行に走る葉脈。ピンクのすずらんによく似た形の花がいっぱいついている小さな木。一面の植物、一面の緑、一面のグリーン。洋館にからみつく蔦が、まるでさざ波のように、ゆれた。

ピアノの音は、かなり大きくなっていた。信彦が音源に少し近づいた為だけじゃない。曲自体がそろそろクライマックスをむかえようとしていたのだ。うねる草、うねる音、メゾフォルテ、クレッシェンド、フォルテ、クレッシェンド、フォルテシモ！　ほとんど暴力的にピアノをたたくような音と共に、曲想が変わった。せつない音色。何かを訴えかけているような。

帰りたい。帰りたい。帰りたい。

そのメロディは、こう訴えかけているように、信彦には聞こえた。

帰りたい。帰りたい。帰りたい。遠い祖国に。遠い国に。

せつない、しかし甘美な曲に魅《ひ》かれて、信彦は一歩踏みだした。と。急に目の前の草が、ふりむいたのだ。

深緑の細い葉の群れ。信彦は、最初それを、りゅうのひげという草だと思っていた。うちの池のそばに生えているりゅうのひげの群生。そのりゅうのひげがふりむいたのだ。

「あなた、誰」

りゅうのひげが口をきく――彼がりゅうのひげだと思った草は、目の前にむこうを向いて座っていた少女の髪だった。すいこまれるような深い緑の髪をした少女。まだ四つか五つだ。

「の……信彦。嶋村信彦」

信彦は、すこしどもりながら答えた。緑の髪の少女――この世にあり得べからざるものを見ながらも、不思議と恐怖はわいてこなかった。恐怖の対象とするには、少女はおさなすぎたし、可愛《かわい》らしすぎた。少し丸い顔、大きなあどけないひとみ、まっ白な肌、舌たらずな口調。そして、その深緑の髪は、息をしてはいけないと信彦に思わせる程、美しかった。

「あなたの髪、どうして黒いの」

少女は聞く。その声にあわせて、まわりの草が、軽くゆれた。

「どうしてって……」

「おじいちゃまは白だわ。拓《たく》兄ちゃんも夢ちゃんも歩《あゆみ》も緑よ。あなたの髪、どうして黒いの」

少女はこの洋館で、緑の髪の人々に囲まれて住んでいるのだろうか。下界――そう、ここはまさに、下とは切り放された、どこか別の世界だ――には黒髪の人間が沢《たく》山《さん》いるということも知らずに。

「ぼ……僕、知らない」

「そう」

少女は簡単に納得した。

「ピアノを弾いているのは誰」

信彦は、少し大胆になって、少女の隣に腰をおろす。

「ピアノ……?」

「ピアノだよ。今聞こえている音」

「ああ、あれはママの歌よ。ママの歌のこと、ピアノっていうの?」

少女は温室を指す。温室の中は、一面の緑。あそこに少女の母がいるのだろうか。少女のように緑色の髪をした。

「ママに会う?」

少女は立ちあがると、温室めざして駆けだした。

「僕……いいよ」

何故《なぜ》か信彦は急に怖くなる。裏手の山には化け物がいるんだよ。村の大人の台詞《せりふ》を思いだす。

とたんに、ピアノの音——ママの歌がやむ。そして。温室の窓という窓が、深い緑でおおわれた。深い緑の少女の母は、あきらかに信彦を見ている——僕を見ている——。

「僕……帰る。ぼく……かえる……」

信彦は数歩あとじさり、そのまま、死にもの狂いで走りだした。緑、緑、みどりのざわめき。木々の間を抜け、下草に足をとられ。そのすべての緑が、追手のように、今の信彦には思えた。

☆

どうやって家についたのか、覚えていない。とにかく、その晩から三日間、信彦は熱にうなされた。深い緑が目の前から離れなかった。印象が強すぎた。

信彦は、自分の経験を、誰にも話さなかった。本能的に、その日のできごとは、人に言わない方がいいと思ったのだ。そしてまた、二度と、あの洋館の方へは行くまいと思った。何か、この世のものならざるものが、あそこにはある。

だが。あの洋館と少女は、幼い信彦の心の中に、どうしても消すことのできない跡を残していた。緑のイメージ。うねり、歌う緑。急にふりむいた、濃い緑の髪。

授業の中で、信彦は理科に最も興味を覚えた。中学では生物が一番得意だった。高校では生物部にはいった。大学は、理学部生物学科を志願した。そして今。研究室で彼が追い続けている植物——その緑を見るたび、信彦は、あの日の少女のことを想《おも》い出すのだ。うねり、歌う、緑の群れ。

☆

そして彼は、三沢明日香に会った。

最初は、駅前からちょっと奥まった処の、喫茶店だった。右隣に病院。左隣に本屋。信彦は、友人とお茶でも飲もうと、その店にはいったのだ。行きつけの店へ行こうという友人——根岸《ねぎし》に、彼にしては珍しく、強い言葉でその店を主張して。

「何だ。こんな処に、喫茶店ができたのか」

その店は、確か、昨日開店したばかりだった。

「ここ、何かあるのか？　コーヒーがうまいとか」

「いや僕も初めてだ」

「じゃあ何であんなにここを推《お》したんだ」

「名前と造りがいいじゃないか」

「そうかな……」

店は、〝みどりのいえ〟という名だった。古ぼけたレンガ——おそらく、そう見えるだけのタイル造りだろうが——と、それにからみつく蔦。店中においてある鉢《はち》。

あの洋館と、雰囲気《ふんいき》が似ていた。そして、中へ一歩はいったとたん、信彦は強い感動を覚えた。同じなのだ。何もかもが。

中央にピアノ。ピアノを弾いているのは、長い黒髪を腰までたらした女。その女の顔は、いつかの少女にそっくりだった。あの少女がそのまま成長したかのように。

そして、店の雰囲気。信彦達がはいってきたとたん、店中の緑が彼らに注目したような気配があった。軽い戦慄《せんりつ》。でも、不快な感じではない。なつかしい——そう、なつかしかった。

ピアノの調べはショパン。

「ノクターンだ……」

信彦は、軽く目をつむる。根岸が、ちょっと意外そうな顔をする。

「へえ。嶋村がピアノに詳しいとは知らなかった」

「詳しいって程じゃない。昔、少しかじったことがあるだけだ」

あのピアノを聞いてから。

ピアノを弾いていた娘が、一曲おえると水を持ってきた。

「御注文は？」

信彦は、酔い心地になる。声までが、いつかの少女に似ていた。

「今の……ショパンのノクターンだね。変ロ短調、作品九の二」

「ええ、そうです」

娘は驚いたような笑顔を作る。

「ピアノ、お好きですか？」

「好きって程じゃないけど……あ、コーヒー」

根岸もコーヒーを注文する。娘がカウンターの中へはいった後で、根岸、信彦を軽くつっつく。

「おまえが用もなしに女の子に声かけるの、初めてみたぜ」

「よせよ……そんなんじゃない」

そんなんじゃない。あの娘は——あの娘は……。あの子は、本当にあの少女に似ている。

それが、三沢明日香だった。

2

また、彼がいる。

あたしは、いつもの散歩のコース——ベンチに座り、右の方をうかがう。満天星躑躅《どうだんつつじ》のしげみのせいで、自信を持って断言できないけれど、でも、あれは多分、あの人よ。お店によく来てくれる数少ない常連の一人。確か嶋村さんと言った。

どうしてかな。あたしは軽く首をかしげる。あたしに気がある、とか。まさか、ね。ほんの数える程しかしゃべったことないのに。少しうぬぼれてるな。今の思いをうち消すように、軽く首を振る。多分、陽《ひ》のあたるベンチで、ぼけっと座っているのが好きなだけだわ。きっとそう。

空を眺める。気がつくと、右目は嶋村さんの方を見ていた。嫌《や》だな、あたし、かなり意識してる。彼のことを。嶋村——何ていうのかしら。のぶひこ、かしらね、まさか。

何ということなしに、彼のことを考えた。しまむらのぶひこ。遠い昔、あたしはそう名乗る男の子と会ったことがある。いつだっけ、ずいぶん前。あたしがまだ、おじいちゃまの家にいた頃。

どういうわけか、あたしには小さな頃の記憶がない。昔、あたしが十くらいの時、うちが火事になったのだそうだ。その火事でおじいちゃまは死んだ。その時、あたし、現場にいて——どうやら、おじいちゃまの最期《さいご》を見てしまった……らしい。拓兄さんはそう言っていた。で、幼いあたしの心には、おじいちゃまの死と火事があまりにも衝撃的だったので、その為《ため》、あたしの心はおじいちゃまにまつわる記憶を一切消してしまった……。

ひどい話じゃない。あたしは余程《よほど》愛情にとぼしいのかしら。あたしを育ててくれた人の記憶をそう簡単に手放すなんて。そう思わないこともなかった。でも……覚えていないものは覚えていないんだもの。

そんな中で、唯《ただ》一つ鮮明な記憶は、しまむらのぶひこという男の子のこと。

何度も夢を見た。草原に座っているあたし。ふいにうしろで人の気配がして、振り向くと男の子がいた。

驚いたの、とっても。何故《なぜ》ってその男の子の髪は黒かったから。

そろそろまた髪を染めなくちゃいけない。

何でなのかしら、あたしの髪は緑だ。拓兄さんも、夢ちゃんも。あたしの髪は、光合成をすることができる。あたしの髪は、自分の意志で動かすことができる。

小さな頃は、しあわせだったろう。山の中で、緑の髪の拓兄さん達と一緒に、毎日ひなたぼっこして。普通の人の髪は黒だということも知らずに生きていて。

あん、もう二十分たった。おうちへ帰らないと。また、三沢のおじさまにしかられる。

あたしは立ちあがると、もう一回、嶋村さんの方を、何気《なにげ》なさそうに眺めた。

☆

あたし、三沢明日香という。——今はね。昔は岡田《おかだ》明日香だった。おじいちゃまが岡田姓だったから。火事のあと、あたし達——あたしと拓兄さんと夢ちゃんは三沢のおじさまにひきとられて、そこで名字が変わった。

根なし草なの、あたし達。

拓兄さんとあたしが兄妹だってことは確からしいんだけど、夢ちゃんとあたし達の関係は判《わか》らない。おじいちゃまも、血のつながった祖父ではない。三沢のおじさまも。

つまりあたし達は身なし子で、おじいちゃまに育ててもらったらしい。で、おじいちゃまが死んだ後、おじいちゃまの知りあいの三沢のおじさまにひきとってもらって。明日香という名前もおじいちゃまがつけてくれた。

二重の記憶喪失だわ。あたしが本当はどこの誰だか判らずに、十歳前の記憶を手放して。

たまにとっても淋《さび》しくなる。

「二十七分ジャスト。二分遅刻だ、明日香」

ドアを開けると拓兄さんが笑ってた。

「ほらよ」

エプロンを放ってくれる。拓兄さん——顔は笑ってるけど、目は笑ってない。

「ごめん、のろのろ歩いてきたから」

「いや、それはいいんだけどさ。ただ」

拓兄さんは自分のエプロンを外すと、カウンターの奥に放りこんだ。

「ただ、木のそばに二十分以上いなかったろうな。まあ……一時間位は大丈夫の筈《はず》だけど」

「うん。時計見てた。きっかり二十分」

「ならいい。じゃあ、今度は僕が出かけてくるから。店番たのむよ」

「OK」

お店——あたしと拓兄さん、みどりのいえっていう喫茶店やってんのね——には、お客は誰もいない。お金をもうけることが目的でお店やっているわけじゃないからいいけど、やっぱりこのお客の入り方は問題ね。普通ならとっくにつぶれているわ。

まあ、暇もいいでしょう。あたしは、店の中央にあるピアノの前に座った。

☆

ピアノの音を聞いていると、たまに自失してしまうことがある。流れる旋律。自己陶酔。白い指がピアノの上を舞う。もう少し陽にあたりたいな。少し白すぎる、指。うねる。ゆっくりと。優しく。優しく。優しく。

優しい旋律に身をまかせて、あたしは他のことをすっかり忘れ果てていた。軽く目をつむる。金色の木もれ陽《こび》。下草《したくさ》はやわらかい黄緑。ねっとりと、からみつくメロディ。甘いリフレイン。繰り返す想い。何かしら、いとおしいものへ向ける、切《せつ》ない、気も狂わんばかりの想い。曲はクライマックスをむかえる。泣き声をあげるピアノ。すべる指。メゾフォルテ、クレッシェンド、クレッシェンド、クレッシェンド、フォルテ……フォルテ……フォルテシモ、クレッシェンド！

最初のパートが終わって、あたしがほっと息をつくと。

急に拍手が聞こえた。え、え、誰！　慌《あわ》てて顔を上げると——嶋村さん。

「あ、あら。いつ、いらしてたんですか」

あたしは慌てて水を運ぶ。きゃん、あたしのドジ。いくらピアノに熱中してたからって、お客がはいってきたのにも気づかないなんて。

「ごめんなさい、遅くなって。何になさいます」

「いや、いいよ。なかなか素敵な演奏だった。あ、コーヒー」

嶋村さんも、何だか少しおどおどしているみたい。

「いつもカウンターの奥にいる人はどうしたの」

「拓兄さんですか？　今、ちょっと……あと七分で帰ってきます」

「いやに正確だね」

正確にならざるを得ないのよ。木のそばにいていいのは、二十分だけなんですもの。あたしは奥でコーヒーをいれ、嶋村さんに運ぶ。

「お兄ちゃんがいれたんじゃないから……いつもよりまずいかも」

「お客にそんなこと言っちゃいけないよ」

「あ、そうですね、そう言えば」

あたしと嶋村さん、顔を見合わせて、少し笑った。いつもより親し気《げ》な雰囲気《ふんいき》。ふいに何となくぞくっとする。どうしてかしら。人と二人きりでいるのって、時々、怖い。

「今の曲、何というの」

「さあ……」

「さあ？」

「よく判らないんです。小さな頃聞いた曲を自分風にアレンジしたものだから」

「へえ。君の作曲かあ」

「あん、そんな大仰《おおぎょう》なものじゃなくて。……お兄ちゃんとか夢ちゃんは、あれをグリーン・レクイエムって言ってますけれど」

「レクイエム、ね。鎮魂《ちんこん》ミサ曲か。何の魂をしずめる曲なんだろうね」

「さあ……」

「それは君の口癖かな」

「え？」

「すぐ、〝さあ……〟って言う奴」

「え？　さあ……あ、また言っちゃった」

ちょっと微笑《ほほえ》んで、すぐカウンターの奥にひっこむ。ちょうどはいってきた、二人連れのお客さんに、水を運ぶような顔をして。

やだな。あたし、かなり嶋村さんを意識してる。なんとなく笑みをうかべてしまう顔を、懸命にひきしめた。

あのね、嶋村さん。心の中で呟《つぶや》いてみて。あたしがすぐ、〝さあ……〟って言うの、口癖っていうんじゃないと思うの。多分、人とあんまりお話ししたことがないせいだわ。

　あたし、学校に行ったこと、ないの。お兄ちゃん達以外の人と個人的に口をきくの、多分、あなたが初めてなの。お友達って、一人もいないの。

　時々、おじいちゃまを恨《うら》む。三沢のおじさまも。彼らは、意識して、あたし達が他の人――普通の人と親しくならないよう、つとめてきたんだと思うから。拓兄さんがお店を出すのだって、ずいぶん反対された。あたし達が一生生活してゆくだけのお金はあるのだと言って。

　あたしは、普通の人間じゃない。髪が緑で、意志で動かすことができて、光合成ができるだなんて。誰にもそれを悟られちゃいけない。小さい頃から、そう言い含められて、育てられてきた。十一や二の頃は、なんの抵抗もなくそれを守ってきたんだけれど……けれど。

　誰にも自分の秘密を悟られないように生きる。いかにも普通の人間のような顔をして。その為、他人と親しくなるのは御法度《ごはっと》。そんなのって、淋しすぎるじゃない。それじゃ、何の為《ため》に生きているのか判らないじゃない。

　他の人と体の造りが違うって、そんなにいけないことなの？　光合成ができるって、そんなにいけないことなの？

「ただいま、明日香。……あの客のオーダー聞いた？」

かっきり二十五分で帰ってきた拓兄さんが、エプロンをつけながら聞く。

「あ、まだ」

　あたし、慌てて今の考えを心からおいはらう。

でも。

　心の隅がうずいていた。嶋村さん。あなたと会ってからよ。あたしの精神状態がおかしくなったの。

3

「明日香がおかしいっていうのは」

　三沢良介《りょうすけ》は、一語一語言葉を区切ってこうしゃべり、拓の顔をみつめた。

「それは体のことかね」

「心の問題ですよ」

　拓はこう言うと、軽くため息をついた。深夜。明日香も夢子《ゆめこ》ももう寝ているだろう。三沢のおじさんの書斎で、こんな話がされているとも知らずに。

「ここのところ、変です――というより、あたり前の女の子になってきたみたいだ」

「というと？」

　三沢は、ため息をつくように言葉を口にする。

「光合成ができるのは、そんなに悪いことなのかって、二度聞かれたんです。どうしても他人と親しくなっちゃ、いけないのかって」

「悪いことって……体の秘密が露見したら、明日香にとって命取りだぞ」

「判《わか》っています。いや、僕や夢子は、判ってます。でも、明日香は知らないんだ。どうして僕達が隠れてなくちゃいけないのか、どうして僕達は、家の外へ出ちゃいけないのか――一時間以上植物のそばにいると、どういうことになるのか」

「………」

三沢は考え込む。明日香にも、話しておくべきなのだろうか。彼女の正体のことを。

「土台《どだい》無理ですよ、二十二の女の子に、理由も言わず、普通の人間と接触しちゃいけないなんて納得させるのは」

「………」

それから拓は、少しまよう。これを言うべきかどうか。明日香は今、自分で自分が判らなくなっている。それはおそらく――あの男のせいだ。

二十二の初恋！ 莫迦莫迦《ばかばか》しすぎる事態だ。齢《よわい》二十二まで、外界とは一切接触せずにすごしてきたのだ。明日香には、他人に対する免疫《めんえき》が全然ない。一度のぼせあがったらどうなるか……。

「理由を話せば、明日香は納得するだろうか」

三沢の声は、なんとも憂鬱《ゆううつ》だった。

「明日香に――話さなければいけないのだろうか。何故《なぜ》、彼女が光合成ができるのかということを……。二十二まで知らずに来たんだ。このままにしておいてやりたい。……できることなら。ショックが強すぎるだろう」

「明日香は強い子です」

拓は、うつむき加減に言う。

「精神的にはね」

「それはそうだ。何せ、岡田善一郎《ぜんいちろう》を殺せるだけの精神力を持ちあわせていたんだから。十《とお》の時に」

「おじさん！」

「……悪かった。こういう言い方をする気じゃなかった」

光合成ができる理由を話してきかせたら、明日香は想い出してしまうだろうか。あの火事の日のことを。岡田のおじいちゃまを殺して逃げた日のことを。明日香がそのおじいちゃまが明日香を殺そうとし、明日香がそのおじいちゃまを殺して逃げた日のことを。それが怖かった。そのショックで――自分が育ての親に殺されかけ、その人を殺してしまったショックで、明日香は記憶をなくしてしまったんだ。だから今、それを想い出したら。明日香の精神状態は……。

しかし。それを知らずに、自分の正体を知らずに、万一明日香がこの家を飛び出してしまったら、下手《へた》をすると、世界中が恐慌をきたす。日本には水田や畑がまだ結構あるのだから。

「そのうち、折をみて明日香に話そう。彼女の体のことや、母親のことを……」

「おじさんから話していただければ、気が楽です」

僕にはとても話せない。彼女が――人間ではない、なんて。

拓は深いため息をついた。

☆

夜半。信彦――嶋村信彦は、アパートで、一人でウイスキーなぞ、飲んでいた。ヘッドホーンをつけて。ピアノ曲。リスト。巡礼の年。DEUXIÈME ANNÉE: ITALIE Après une lecture du Dante. 曲の高まりにあわせて、精神までたかぶる。苛々《いらいら》と。明日香。あの少女とよく似た女の子。ろくにピアノにさわらなくなって以来、満足に動かない指で机をたたく。あの娘《こ》なら、このフレーズをどう弾くだろう。

明日香はあの時の女の子だ。まるで根拠も何もないが、しかし、信彦はそう確信していた。

急にふりむいた緑の髪の印象が、心の中で鮮《あざ》やかによみがえる。では。では、彼女のあの髪はどう説明する? 緑色の髪の少女など、存在しっこない。だとしたら、信彦が子供の頃見たのは、夢だったのではなかろうか。

机をたたくテンポが速くなる。常連の客とウェイトレス。顔なじみ。そんなつきあい方が、物足りなくて仕方なかった。

でも。では。どうする?

女の子を口説《くど》いたことなんて、ついぞなかった……。以前のGFの顔を想いうかべてみる。美由紀《みゆき》。彼女とは、中学のクラブが一緒で何となく親しくなったってだけだし……。洋子《ようこ》。あの時は彼女の方が積極的で信彦はむしろ受け身だったし……。

根岸にでも相談してみようかな。……目一杯、莫迦にされそうだ。二十五の男が。うー。

☆

「明日香……寝てる?」

夢子は、二段ベッドの上段に、そっと声をかけてみる。返事はない。

寝てるのね。ならいいわ。

ここのところ、明日香、変。夢子は寝がえりをうつと、壁の方を向いた。

一言、明日香に言っておきたかった。

あなたの体が他の人と違うのは、あなたの罪じゃない。あなたがそれを気にやむことはないのよ。

昨日、拓が夢子に相談してきた。明日香が最近、店に来る客の一人を妙に意識していると。でも、それはあたり前のことじゃない。

あたしには拓がいる。この先、あたしは彼と生きてゆける。でも、明日香には。

「……夢ちゃん？」

　だいぶ時間がたってから、上段から声が降ってきた。

「何だ、明日香、おきてたの」

「寝つかれなくて……呼んだ？」

「ええ、ちょっとね。……もし、もし仮によ、明日香。あなたが何かを思いつめたら」

「え？」

「感情が、理性でおさえつけられなくなったら、感情の方に従いなさい」

「どういうこと」

「判ってるでしょ。拓やおじさんのことは気にしなくていい。あなたにだって、人並みに生きる権利はあるんだから。もし、そのせいで狩られることになっても、あたしと拓のことは心配しないで」

「狩ら……れる？」

「あたし達はあなたより強い。あなたより長いこと、おじいちゃまの許《もと》にいたから」

「どういうことよ、夢ちゃん。あたし、さっぱり判らない」

「じき判る……ような気がするの。覚えていて、意味は判らなくても。あたしと拓は、あなたより強い」

「夢ちゃん？」

　それきり夢子は口をつぐむ。明日香も、それ以上、説明を求めようとはしなかった。

4

　どうしたのかな。嶋村さん。これでもう三日も店に来ていない。

　あたし、変ね。何で彼のことが気になるのかしら。

　みんな、最近、変よ。おじさまと拓兄さんは、何だかこの頃、あたしのことばっかり見ている。夢ちゃんは夜中にわけの判《わか》らないことを言う。

　退屈をまぎらわそうと、ピアノにむかった。店は相変わらず閑古鳥《かんこどり》が鳴いている。お客様はいないし、拓兄さんは日光浴中。

　ざれ弾《び》き。ドビュッシー。それからショパン。ピアノソナタ変ロ短調第三楽章。うわぁお。何て曲、弾いてんのかしら。葬送行進曲よ、これ。まあ、これだけ見事に客の来ない店にはぴったりかも知れないけれど。

「リクエストしたいな」

　ふいに声がして、振り返る。嶋村さん。どうしてこの人は、こう心臓に悪い登場のしかたをするんだろう。

「いつ、いらしてたんですか」

「今」

「全然気がつかなかった……。コーヒー、ですか？」

「ピアノに熱中していたようだから、そっとはいってきたんだ。今日はね、少ししゃれて……カプチーノにしよう」

カウンターの奥にひっこんだあたしに、さらに嶋村さん、しゃべりかける。いつもより饒舌《じょうぜつ》ね。

「しかし、この店の雰囲気で、葬送行進曲なんて弾くと、似合いすぎて不気味だな」

「うふ。あたしもそう思ったんです。リクエストっていうのは？　あんまりむずかしいの、弾けませんよ」

「いつかの曲——グリーン・レクイエムっていったっけ、あれ弾いて欲しいんだ。あれ聞きながらなら、言えそうな気がする」

「何を？」

「弾いてごらん。言ってみるから……何やってんの」

カウンターの中をのぞきまわっているあたしの姿を見て。

「シナモン・スティックがね……どこいったのかしら」

「いいよ、別に、普通のスプーンで」

「でも……」

カプチーノなんて注文する客、滅多《めった》にいないから。

「困っちゃったな」

そんなあたしの姿を見ながら、嶋村さん、時計を眺める。

「あら、お急ぎですか」

「いや、あと五、六分すると、君の兄さんが帰ってくるだろう。できればその前に……いいか、BGMなしでも。あのね、三沢——明日香さん」

いつになくあらたまった言い方で、嶋村さんはあたしの方を見る。あたし、何故《なぜ》かどきっとして、視線を彼から外した。

「君、昔どこに住んでいた？」

注意！　心の中一杯に警報がひびいた。小さい頃の話は、絶対しちゃいけない。理由は判らないけれど、三沢のおじさまは、毎日あたしにそう言いきかせていた。

「ずっと……ここに、いますけど。この店の二階がうちなんです」

「そう？」

嶋村さんの目が、細くなった。

「嘘《うそ》をつく時は、もうちょっとそれらしくない表情しないとね」

「嘘なんて！」

「僕は小さい頃、山あいの村に住んでた。裏手の山の道がまるで迷路でね……。その迷路の奥に、古びた洋館と温室があったんだ。僕は一度だけそこへまよいこんだことがある。そこには、緑の髪の少女がいた」

緑の髪の少女なんて、いる筈《はず》ないでしょう。そう言いたかった。なのに。口が動かなかった。

かわりに、出てきた言葉は、自分でも予想外。

「嶋村さん……お名前、なんておっしゃるんです」

「信彦だよ。しまむらのぶひこ」

……聞かなくても判っていた。判っていた。

「想い出してくれた？」

「何を」

自分の声がふるえていて――まるで泣きだす寸前だと、いやという程よく判った。あたしは、やっとみつけたシナモン・スティックの箱に手を伸ばす。

「笑ってもいいよ」

嶋村さんは、あたしから視線を外す。

「僕は、ずいぶん長いこと――ずっと、その少女に恋をしてきた」

シナモン・スティックが床一面に落ちた。何本も転がってゆく。

「明日も、明後日も、ずっとあの公園に散歩に行くよ。それでもし……まあ、いいか」

嶋村さん、立ちあがる。あたしは転がってゆくシナモン・スティックを目でおっていた。

☆

「明日香。顔色がよくないね」

その日も、昼すぎまで寝てしまった。最近、体がだるい。でも、そんな気配、みせないように注意して。

「そうかしら。元気ですよ、あたしは」

三沢のおじさまと夢ちゃんが、少しおそい昼御飯を食べていた。おじさまの病院――あ、おじさまはお医者様なの――が隣の建物なので、食事の時にはおじさまは、自宅の方へ帰ってくる。といっても、食事をするのはおじさま一人で、夢ちゃんはお茶をのむだけ。あたしもそう。あたし達は――光合成によって養分を作っているので――食事をとる必要がないのだ。

「お兄ちゃんは？」

「お店。客なんて、滅多にこないのにね」

「あたしも手伝わなきゃ」

「明日香」

あたしの台詞《せりふ》を、おじさまが無理にひったくる。

「拓から聞いたよ。おまえはこの一週間、全然日光浴に出ていないそうじゃないか。食事をしないのと同じだぞ、それは。顔色が悪くなって当然だ」

「でも、店のガラス窓ごしに……」

「そんな不健康な顔色で、何を言うんだ。嶋村さんは毎日行っているんだって。あの公園に、嶋村さんは毎日行っているんだろうか。あたしは――あたしは、もう、行かないのに。

会うのが怖かった。嶋村さん。会ったら彼に何と言ってしまうか、自分で自分が判らなくて。

「どうして日光浴をしないんだ。明日香。ただでさえおまえは一番弱いのに、衰弱してしまうぞ、完全に」

「でも……怖くて」

「怖い？」

「自分が」

「どういうことだ、明日香」

お説教を始めようとしたおじさまを、夢ちゃんがさえぎる。

「あたしには判るわ。何で明日香が外に出ないのか。嶋村さんでしょう、原因は」

「嶋村？　それがその……男か」

あたし、食卓をはなれようとする。そのあたしの手首を、おじさまがつかんだ。

「その男が店にいりびたるから、明日香は外出しないのか」

「違います！」

思わず叫んでいた。嶋村さんはあの日から店に来ていない。

「逆です。おじさん」

夢ちゃんが、冷静な声で言う。

「おそらく明日香は、外での嶋村さんとのデートの約束をすっぽかし続けているんですわ。違って、明日香」

あたしは返事をしなかった。心臓の音が、はっきり聞こえた。

「……明日香」

おじさまは、はっきりそうと判る程、辛《つら》そうな声をだした。

「おまえに言わなきゃならない。おまえの体と……髪のことを。おまえは他人と接しちゃいけないんだ。ちょっとでも勘《かん》のいい人と親しくなれば、すぐおまえの体が異常だということが判ってしまう。おまえは食事ができない。雨が降るとそれだけで体調が崩れてしまう。おまえの髪は自由意志で動かすことができるし……」

「おじさん、それを明日香に教えてどうするんです」

夢ちゃんが、おじさまの台詞をさえぎった。かなりの迫力。

「前々から思ってました。おじさんも拓も、ひどすぎる……。明日香だって、普通の女の子です。友達も欲しいだろうし、いろいろな処《ところ》へも行ってみたいだろうし、恋人だって」

「そんなことは判っているんだ！　でも、これは明日香だけの問題じゃない。十二年前には、おまえ達には逃げ場があった。岡田善一郎の処からこの家へ。でも今は？　うちから狩りたてられたら、おまえ達にはもう逃げてゆくあてはないんだぞ」

「それが何だっていうんです。なら、あたしは拓とどこまでも逃げますわ。今の状態、何て言うか知ってます？　生殺《なまごろ》しだわ。存在することを誰にも悟られずに生きてゆかなきゃならないなんて、狩られるよりひどい」

「夢子！　おまえは知っている筈だ。おまえ達は」

「それが何だっていうんです！　確かにあたし達は普通の人間じゃないかも知れない。でも、それがあたし達の罪ですか！　あたし、もう、嫌！　一日中、うちの中で、誰とも関わらずに生きてゆくのは。……おじさん、何で拓が全然うまくいっていない店にあれだけ執着するのか判ります？　たまらないんです。何もしないで生きてゆかなきゃいけないのが。どんなにエサがいっぱいあったって、そこが居心地《いごこち》のよい処だって、ガラスのシャーレの中でなんか、生きていたくない」

何。何よ。どういうこと。

あたしは呆然《ぼうぜん》と、夢ちゃんとおじさまの口論を聞いていた。話の筋が全然読めない。狩られるって、どういうこと？　狩られるのはあたし達？　だとしたら狩るのは誰。何で。

いや、それよりも。話の内容よりも、夢ちゃんとおじさまの気迫が怖かった。とっても迫力のある言い争い。

ここにいたくなかった。夢ちゃんも、おじさまも、怖かった。本能的な恐怖。

あたしは数歩あとじさると、身をひるがえし、ドアから駆けだしていった。階段を走りおりる。一階はお店。

脈が速かった。急に運動した為《ため》だけじゃない。今——今、何か、想い出しかけたのだ。なにか。

夢ちゃんもおじさまも、普段はとっても優しい人達なの。あたし、二人共大好きだった。なのに、今、何故かあたしはこの二人が怖い。この感情——優しいと思ってた人が急に怖くなる感情、前に一度味わったことがある。

心が重い。胸さわぎ。

何か、とてつもなく重要なことを、あたしは忘れている。なくしてしまった昔の記憶。火事。あの時、本当に火事のせいだけであたしは記憶をなくしたのだろうか。

「明日香、どうした」

店にはいると、拓兄さんが、いつもとまるで同じ調子で声をかけてくれた。カウンターの奥で読んでた新聞から目を上げて。

「凄《すご》く顔色が悪いぞ。きのうよりひどい」

「そう？　……お客様は」

「今のところ、いないよ。この道楽もやめなきゃいけないかなあ」

拓兄さん、のっそりとFMのスイッチをいれた。何か重たい、体にまとわりつくようなメロディが流れる。外国語の歌詞。

「コーヒーでもいれてあげようか。暇だし」

上ではまだ夢ちゃんとおじさまが論争を続けているのだろうか。

「明日香」

「あ、はい、何だっけ」

「コーヒーいれてあげようかって言ったんだ」

「じゃ……カプチーノ」

「面倒な注文だな」

カプチーノ。あたしは、奥の棚からシナモン・スティツクを取りだす。もう落としたりしない。

「今日ね」

　拓兄さんが、さり気《げ》なく言う。

「珍しい人が来たよ。嶋村さん」

　あたしは、全神経を手に集中した。シナモン・スティックを落とさないように、それしか考えなかった。

「朝一番に来たんだ。しばらく旅行するってさ」

「……そう」

　あたしは、無意味に、カプチーノをシナモン・スティックでかきまわした。

☆

　公園に来るのは何日ぶりだろう。あたしは久しぶりの晴天と日光を、目一杯楽しんでいた。髪をかきあげる。思いっきり髪をひろげてみたい誘惑。でも駄目《だめ》。そんなこと、普通の人間にはできない筈だから。

　少し淋しいのは何故だろう。彼がいないから？

　変ね。あたしから嶋村さんを避けていた頃には、思いもしなかった感情。もし。もし、ここが広い広い草原で、他に誰もいなくて、陽があたり——そして、彼が隣にいたら。あたしは思いっきり走る。髪を一面に広げ、伸ばす。そう。あたしの髪は、意志で四、五十センチ、伸びるのだ。彼はあたしをおいかける。二人して転ぶ。下はやわらかい草原。

嶋村さんが公園に行くといっていた間、あたしは店を出ず、日光浴をしなかった。でも、どうして。もし、嶋村さんを避けたいだけだったら、散歩のコースを変えればよかったのよ。別の公園か何かに。あたしが意地になって店を出なかったのは……。

　感情が、理性でおさえつけられなくなったら、感情の方に従いなさい。

　夢ちゃんの台詞を思い出す。

　旅行。どこへ行ったのかしら。彼。あたしは生まれてこのかた、おじいちゃまの家と世田谷《せたがや》の三沢のおじさまの家と、この公園しか知らない。

　いつか見た写真集。南の方——四国だったかな、岡山だったかな、一面の菜の花。

　山村暮鳥《やまむらぼちょう》、好きだった。

　いちめんのなのはな
　いちめんのなのはな
　かすかなるむぎぶえ
　いちめんのなのはな

　そんな処を駆けてみたかった。一度でいいから。

　好きなもの、いっぱいあったの。やってみたいこと、いっぱいあったの。ＴＶのドラマのタイトルバックに、荒川の土手が写ったことがあった。緑の草。急な斜面。

その斜面が、まるですべり台ででもあるかのように、男の子がすべるの。

東京の地図を眺める。大井《おおい》町《まち》。品川区に、確かにそういう町名はある。でも、あたしは、朔太郎《さくたろう》の詩でしか大井町の情景を想いうかべることができない。もう幌《ほろ》馬車はないだろうけれど、今でも冬の空には煤煙《ばいえん》がたちのぼっているだろうか。

萩原《はぎわら》朔太郎。あたし、彼の詩、大好きだった。夜、墓場を歩いてみたかった。うす紅《くれない》の着物を着た女《ひと》に会うために。

あてのない思いが体中を駆けめぐる。海。一度でいいから、TVでも写真でもない、本物を見たい。日本海でも太平洋でも瀬戸内海でも。浪《なみ》の花。海鳥。

北の海というのは、どんな処だろう。本当に波は歯をむいて空を呪《のろ》っているのだろうか。中原中也《ちゅうや》の詩のように。いつはてるとも知れない呪い。

呪い――呪われてるのは、あたしだわ。二十世紀末に――この文明の時代に――どこへでも行ける時代に、家の中にとじこめられて、どこへも行くことができないなんて。

外へ出られないあたしを哀れんでか、おじさまは詩集を一杯買ってくれた。あたしは夢の中でいろいろな処へ行って――余計、せつなくなる。

ギリシア。海をへだてた国。遠すぎて、空想するのも容易ではないけれど、カルモジインの夏。スモモの藪《やぶ》。青いスモモの藪。あたしははしゃいで小川の中を歩く。泳いでみる。ドルフィンをつかまえようとして手を伸ばす。多分、あたしの手首は細すぎて、小魚一匹つかまえられないだろうけれど、それでもいいの。手さえ、伸ばせたら。

あるいは。あたしは立っている。南風が吹き、雨が降る。あたしは立っている。待って。青銅をぬらし、ツバメの羽と黄金の毛をぬらした静かな柔かい女神の行列が、あたしの上に注ぐのを待って。

そう。雨にだって、ぬらされてみたかった。

――駄目ね、あたしって。夢を見る時も過去形だわ。行ってみたかった。駆けてみたかった。ぬらされてみたかった。

過去形しか使えない人間に、夢をみる資格があるのだろうか。目がさめると普通の人間になっていた。そんなことが無理なら。あたしが夢をみる為には、魔法使いの介在が必要だわ。あんまり背の高くない、やせぎすで、少し猫背の眼鏡をかけた魔法使い――嶋村信彦。

とんでもない方向へ傾いてゆこうとする想いを、かろうじてたてなおす。あたしったら何を考えているのよ。でも。もし。もし、魔法使いが、あたしにかけられた呪いをといてくれたなら。

連れていって。遠くへ。一面の菜の花。広がる草原。

歯をむいて空を呪う海。

連れていって。

——制限時間一杯、二十分、理性が時計と一緒にわめいた。帰らなくっちゃ、うちへ。

……帰らなくっちゃ、うちへ。

——連れていって。

帰らなくっちゃいけない、うちへ。

——お願い。

帰ろう。

あたしは、ため息をつくと、立ちあがった。

5

信彦は、列車にゆられていた。帰省するのは久しぶりだ。

もう一週間。明日香は公園に来なかった。

あの娘《こ》は何かにおびえている。確信は持てなかったが、信彦にはそう思えた。おびえているとしたら——髪のことだろうか。

なにぶん七つの時のことだ。明日香の髪の色は確かあの時緑だったが——確かあの時動く植物を見たと思ったが——自信はない。あまりにも見事な木々の緑がみせた幻だったかも知れない。

もう一度、あの洋館へ行ってみよう。七つの時以来だ。それも、あの時は迷子になっていた。果たして道は判《わか》るだろうか。

もう考えるのはよそう。目をつむる。

まるで見当外れな、まるで莫迦莫迦《ばかばか》しいことかも知れない。単に明日香は、あの時の少女に似ているというだけかも知れない。単に明日香は、嶋村信彦という男を好きになれなかっただけかも知れない。

いずれにせよ、列車は目的地へと走ってゆく——。

☆

道に迷ったらしい。まただ。信彦は、いいかげんにうんざりしてため息をつく。さっきからまるで同じ処《ところ》をめぐっているよう。

小さな頃の記憶は正しかったわけだ。この辺の道は、実際迷路じゃないか。

迷路。突然、妙なことを考えた。この辺の道は、果たして天然の迷路なのだろうか。言い方を変えると——本当に偶然に、こんなに迷いやすい道ができたのだろうか。

そんなことを考えながら、周囲の木々をみると。信彦は変なことに気がついた。若いのだ。木々が。この辺には、樹齢何十年、下手《へた》をすると百年位の木々がしげっていた筈《はず》。しかし。今、周囲にあるのは、せいぜい十年位の木々と——最近植樹されたように見うけられる木々。

いったんそう思いだすと。とめどがなかった。ムードも違う。あの時の木々は、まるで木立ち自体が信彦を迷わせようとしているかのような、妙な雰囲気《ふんいき》があった。漠然《ばくぜん》とした悪意。それが感じられない。

「道に迷ったようじゃな」

突然、声をかけられてびくっとする。六十すぎの老人が一人、つっ立っていた。

「旅行かね？　この辺の道は、本当に迷路だよ。下の村へ行くのなら、方向が逆だ」

「それは判っているんです。……僕は、下の村から登ってきたんです」

「ほう……？」

その老人の目が急に細くなる。

「こんな処へ、何の用で来なさったんかね。見はらしは最悪じゃし、この先には何もありゃせんよ」

「古い洋館が……あると思うんですが。僕は昔、下の村に住んでいましてね。ちょっとなつかしくて」

「成程《なるほど》。ちょっとなつかしくて、かね。洋館ね……洋館っちゅうと、岡田家の焼け跡のことかの」

「やけ……あと？」

「だいぶ前に火事があったんだと。今、あそこに残っているのは、焼けたレンガだけじゃよ」

火事。そうか。それでこの辺の木々の様子が昔と違っていたのか。

「そう……ですか。おじいさんは、ここら辺の人ですか？」

「その火事があって以来、この山のお目つけ役、といったところかな。山火事でもおきたらおおごとじゃから」

「……じゃあ、火事の前の岡田家については何も知らない？」

「さあ……。何でも、岡田善一郎とかいう学者がおったらしい。引退、とでもいうんじゃろか、すっかり学界をしりぞいて」

岡田善一郎。信彦はぎょっとした。有名な学者だ。植物学の権威。今の信彦の大学に、昔、属していた筈だ。何という偶然。運命。そう思いかけて、考えなおす。岡田教授は日本でも屈指の植物学の権威だった。信彦は、植物学が最も盛んな大学を選んだ。これは必然というものだろう。でも。

「それにしても凄《すご》い偶然だなあ」

思わずひとりごちてしまう。

「何が？」

「いや、僕は今、岡田善一郎が昔いた大学にいるんですよ」

「ほう……失礼じゃがおまいさん、名前は何というのかね」

「は？」

「いや、わしの知りあいが、今、その大学で教授をしとるんじゃよ。松崎というんじゃが……」

「ああ、松崎先生。するとおじさんは、松崎先生のお知りあいですか？　本当に凄い偶然だなあ。松崎教授は、僕の先生ですよ。僕は嶋村信彦といいます」

「しまむらのぶひこさん、のう」

老人は意味あり気《げ》に繰り返した。

☆

「……もしもし。松崎教授おられますかの。わしは町田《まちだ》と申す者じゃが……。あ、先生さんですか？　町田です、岡田家の焼け跡の見張り役の。……ああ、そうなんじゃ。あの焼け跡へ行こうとした人物がおったんで、御連絡した次第で……。男じゃ。いや、髪はそう長くなかった。はい……二十五、六といったところじゃな。背はすこし低め……陽《ひ》にやけとったよ、結構。いや、顔色は、全然、青白くなかった。……単なる一介の旅行者かも知れないがの……。でも、確かに目的地は岡田家じゃ。……いや。火事のことは知らんかった。……あ、変なことを言うとったよ。今、お宅の大学で、先生さんの下におるとか。嶋村と名乗っとった。そう、しまむらのぶひこ」

電話を切った後で、松崎教授はしばし呆然《ぼうぜん》とする。嶋村信彦？　あの嶋村？　彼が何故《なぜ》……。

「山下君」

「はい、松崎先生。何でしょう」

「嶋村君は？　今日は姿が見えないようだが」

「ああ、彼なら一週間程帰省すると言っていましたが……彼に何か用ですか？」

帰省。嶋村の田舎《いなか》は……。

「至急彼と話したいことがあるんだが、連絡先は判るかね」

「ええ……ちょっとお待ちください。……あ、はい、ありました」

山下はぱらぱらと手帳をくる。住所を見て、松崎はぎょっとする。村名が違うので気づかなかったが、確かに岡田家のすぐ近くだ。しかし。あの洋館は、山のかなり奥まった処にある。散歩で通る路ではないし、町田老人は、目的地は岡田家の焼け跡だとはっきり言った……。

「嶋村君と一番親しいのは誰かね」

「さあ……根岸か宮本《みやもと》でしょうか。嶋村がどうかしたんですか？」

「いや……。多分、私の思いすごしだろうが……。嶋村君に連絡をとってくれ。至急帰ってくるようにと。それから、根岸君を呼んでくれないか？」

☆

何年ぶりだろう。十八年——十九年ぶりかな。

嶋村信彦は、例の洋館の跡に立っていた。ここが初めてあの女の子を見た位置、そして、こっちにあの女の子は座っていた。ふりかえった深緑の髪。

あの記憶は間違っていなかった。そして、あの少女は明日香だ。

信彦は今や確信していた。

——帰りたい。帰りたい。帰りたい。

ふいに記憶のひだの中から、あの時のピアノの音がひびいてきた。ずいぶん長いこと、忘れていた感覚。

信彦は、今、七歳の少年に戻っていた。一枚の絵のように、あの時の風景が蘇《よみがえ》ってくる。

温室の中で、緑の何かがゆれていた。その植物がうねるたびに、ピアノの旋律が聞こえる。

この曲は——いつか明日香がひいていた曲だ。確かグリーン・レクイエムといった。

——何ということだろう。何という悲劇。

そのピアノの音は、意味を持った言葉になって、信彦の脳裏にひびき渡る。

——誰も助けに来てはくれまい。私達は、この地を抜けだすことができないのだ。

ピアノの音は泣き声になる。

——ああ、なんという処！　ここは地獄だ。まわりにいるのは、人喰い鬼達！　あまりにも不完全な生命体。私達は、この星にとどまらなければならないのだ。化け物のすみかに。

切《せつ》ない身を切られるようなメロディ。

——帰りたい。帰りたい。帰りたい。私の故郷。緑の園。こんな化け物の群の中にとどまらねばならないのか。

段々と大きな音になる。ピアノからフォルテへ。フォルテシモへ。

——帰りたい！　帰りたい！　私の故郷！　すべてが緑の。誰も私達を食べようとは思わない。優しい処だった、あそこは。いつも暖かく、光は充分に満ちて。

わきあがる望郷の想い。あそこの太陽は、いつも明るかった。いつも暖かく、地面は優しい。視界にはうすい緑のもや。少し風が吹いていた。私達は風に身をまかせる。風と一緒にそよぎ、風と一緒に歌う。この優しい大地に。この優しい国に。午睡のような毎日。とぎれることのない平和。私の故郷。

どんなにか待ち望んだことだろう。むかえが来てくれる日のことを。待って。待って。待って。なす術《すべ》もなく。ああ。帰れるものなら。

耳をおおいたくなる。極限まであげられたピアノの音。一転して曲想が変わる。哀調をさらにおびて。

——私の子供達。この呪われた星で生まれた子供達に。おまえ達は故郷を知らないのだね。あの緑の園を。そして、おそらく一生、知ることもないのだろう。

海。故郷には、言い伝えがあった。命は河。悠久の時を流れて。親から子へ。子から孫へ。いつかたどりつく海をめざして。

命は河。なのに、おまえ達はもう、海へつくことができない。どうあがいても孫の代で流れはとだえてしまう。本流を離れてしまった支流の悲劇。水たまり。もう、先へは行けない。そこでよどんでしまう――。余韻《よいん》を残して、メロディはおわった。信彦は、我にかえる。

どういうことだろう。今の――今の、あの曲は。そうだ。小さな時、ここで聞いたメロディ。あれは、こういう意味だったんだ。

もっと想い出してきた。あの帰り道。死にもの狂いで逃げた道。信彦は聞いたのだ。まわりの木々がうめくのを。

忘れろ。忘れろ。忘れてしまえ。今見たことを。そして、もう二度とここへ来てはいけない。忘れてしまえ。何もかも。そうすれば、おまえを家に帰してやる。

そうだ。あの時の木々の怖さが心の底までしみこんで、それであのあと、信彦は熱をだしたのだ。そして、忘れてしまった。あの少女以外のすべてのものを。そして、二度と近づかなかったのだ。この洋館へ。

今、すべてのものが、音をたてて一つのフレームの中に納まった。完全な記憶。完全な過去――。

明日香。彼女のことを想い出す。僕の記憶は間違っていない。そして、僕の考えも間違っていない。あの娘は何かにおびえている。

それが何だか判らないけれど、でも、明日香。もう一度やってみよう。あんなあやふやな口説《くど》き方ではなく。

明日香。おまえの恐怖の対象が何であっても、僕はおまえを守ってみせる――。

☆

「嶋村の知りあいに岡田という人物がいたか、ですか？さあ……僕は……」

大学の近くの喫茶店にて。松崎教授は、根岸に信彦のことを根ほり葉ほりたずねていた。おそらく徒労だろうが……いずれにせよ、嶋村信彦は、あの火事以来十二年、はじめて岡田家をたずねた人物だ。松崎教授と、あの緑の髪の子供達をつなぐ、初めてみつかった糸。

「あるいは名前を変えているかもしれん。岡田夢子という二十七、八の娘、拓という同年輩の男、明日香という二十二、三の娘、歩《あゆみ》というはたち前後の娘、望《のぞむ》というそれより齢下《としした》の男の子だ――あるいは、そのうちの誰か。特徴は、そろって髪が非常に長いこと、黄色人種とは思えない程白い肌だ」

「髪が長い……ですか」

根岸の脳裏に、〃みどりのいえ〃のことがうかぶ。何度か信彦と一緒に行った喫茶店。あそこのマスターもウェイトレスも、髪を腰まで伸ばしていた。あの女の子――嶋村がやけに親しげ気にしていた女の子――あの子は、確か、三沢明日香といったかもしれない。

「ちょっと自信はないんですが、嶋村の行きつけの喫茶店の女の子が、そんな容貌でした。名は、確か、三沢明日香……」

「三沢……三沢良介か。そうだ、三沢良介だ」

「え？」

三沢良介は、岡田善一郎と親しかった筈《はず》だ。そうだ、確か、母方の遠縁の親類か何かだ。岡田善一郎が子供達を托すとしたら、三沢はうってつけの男ではないか。外科医としての評判も高く、金はある筈だし、独身のまま不惑《ふわく》をすぎた男だから、子供や妻もいない。外科医——あるいは、三沢は、岡田善一郎の片腕だった、という可能性もある。緑色の髪の子供達などという異様なものを造る際、三沢の外科医としての腕は、役にたったかもしれない。それに、おそらくあの子供達は、体の構造故《ゆえ》に医者にかかることもできまい。その点、三沢がついていれば……。

松崎教授は、十数年ぶりに、血が騒ぐのを感じていた。ついに、つかまえたのかもしれない。あの子供達を。

しかし、判らないのは嶋村だ。何故あの男がからんでるのだろう……？

「彼女がどうしたんですか？　あるいは嶋村が」

「いや……」

松崎教授は言葉をにごす。

「何だか嶋村を見ていると、痛々しいというか、ほほえましいというか、妙な気分になってくるんです。……うまくいくといいのですが」

「うまくいく？」

「嶋村、その明日香というウェイトレスにべたぼれですよ、見たところ。あいつは、その手のことにはまるでうとい男だから……この頃、昼になるとそわそわとすぐ出てゆくでしょう」

あの子供達に恋！　そんな……莫迦な。嶋村は知っているのだろうか。おそらく彼女は、普通の人間ではないぞ。

獲物をみつけた猟犬の高揚感が、みるみるうしなわれてゆく。人間と——それも、研究する側の人間と、研究材料の恋。目もあてられない。

「……嶋村君が……帰ってきたら……何はさておき、まず私の処へ来るようにと……」

呆然《ぼうぜん》としている根岸を残して、松崎教授は、伝票をとり、ふらふらと立ちあがった。

6

十時に店を開けはしたものの。今日も客の入りはまるで芳《かんば》しくなかった。今日——嶋村さんが旅行へ行った次の日。ドアの外を目でおっても、彼がそこにいる筈はない。

「暇だね。明日香。コーヒーをいれてあげようか」

「そうね……あ」

ドアが開く。お客……嶋村さん？

「久しぶりだね」

彼は不器用な笑みをうかべると、窓際の一番奥まった席に座った。いつもの彼の席。しばらく自失していたあたしは、弾《はじ》かれたように立ちあがり、水を運ぶ。拓兄さんは、カウンターの一番奥へひっこんだ。

「嶋村さん、御旅行は？」

「急に呼びもどされたんだ。うちの大学の偉い人が僕に用だってさ。夜行で帰ってきた。今、東京へついたところだ」

「いいんですか、それじゃ、こんな処へ来てて」

「いいさ……。帰省してたんだ。いつかの洋館の焼け跡を見てきた」

「御注文は」

無理して、何の感情もこもっていない、職業的な声をだそうとする。でも失敗。情ないくらい無残に、語尾がふるえてる。

「長いこと自信がなかった」

そんなあたしを無視して、嶋村さんは、台詞《せりふ》を続けた。

「僕があそこへまよいこんだのは七つの時だ。洋館も温室も少女も、幻だったのかも知れない、とね。……でも、あそこへ行ってみて、何もかもはっきり想い出したんだ。あれは、幻なんかじゃない」

一呼吸おいて。

「何はさておき、君の髪はこの世で一番美しいものだよ。染めるなんて、もったいない」

「染めて……なんか……」

「それならそれでいいんだ。ただ、ちょっと言ってみたくてね」

早くオーダー聞いて、奥へひっこみたかった。何。何よ、この人は。でも、体が動かない。口も動いてくれない。

「その顔色だと、僕は失望しなくていいみたいだな」

「何が……です」

「とことん君に嫌われたのかと思った。でも……君は単に怖がっているだけだね。何をそんなにおびえているんだい」

あたしの……。

「髪の毛の色が他人と違ったって、別におびえることはないさ」

あたしが怖いのは、あたしの気持ちよ。あたしの心だわ。自分でコントロールできなくなった……。

「君が何を怖がっているとしても……僕では君を守れないかな。確かに僕はあまりたくましくはないけれど……」

この人ったら。この人ったら……。

「嶋村さん、あなた……あの……一面、菜の花が続いている景色って、ごらんになったことあります？」

あたしは何を言おうとしているんだろう。手におえなくなった自分の感情におびえる。一種妙な感動を覚えながら。もし。もし、理性が感情をおさえられなくなったら、その時は感情に従いなさい。

「山村暮鳥の詩みたいな？　いちめんのなのはな」

髪が勝手にゆれた。心の中でピアノがひびく。スフォルツァンド。

「行ってみたい？」

「ええ」

とまどいもせずに返事ができる。

「連れてってあげようか。外へ」

外へ。

あたしの運命が、今、音をたててながれだしたような気がした。

連れてってあげようか。外へ。

——連れていって。お願い。

連れていって。お願い——。

7

「落ち着いて聞いて欲しいんだ……。いいかい、落ち着いて……」

どういうことだろう。松崎教授は、いつになくおどおどしていた。彼の方が余程《よほど》落ち着いていない。

教授との約束の為《ため》、明日香との会話を打ちきり大学へやってきた信彦を待っていたのは、この妙な教授の態度。

何が何でも二人だけで話がしたい。松崎教授はこう言うと、信彦を自分の家へつれてきた。喫茶店も駄目《だめ》だ。まわりに人がいる。異様な神経の使い方。

「今から十二年程前の話だ。……嶋村君、君は岡田教授——岡田善一郎を知っているかね」

岡田善一郎。昔信彦の大学にいた教授の名前。そして、あの洋館の持ち主。どういうことだろう。信彦は、神経をはりつめた。

「昔、この大学にいらした方だ。主に葉緑体の構造を調べていらっしゃった。私は彼の生徒だったんだ。自分で言うのも変なものだが、愛弟子《まなでし》のつもりだった。その岡田先生が、二十数年前、急に行方《ゆくえ》不明になった。まだ五十前だった。……自発的に姿をくらましたらしい。行方不明になって数日後に、退職届を送ってきた。その何日か後、私の処《ところ》へ電話をしてきたんだ。非常に興奮していた。人間がもし光合成ができたなら、食糧問題で悩むことも、他の生物を殺して喰うこともないだろうに、なんて口走って。その後、彼の消息は杳《よう》として知れなくなった……」

昔を想い出すかのように、目を細める。

「十二年前、私は変な処で先生をみかけた。田舎《いなか》町の本屋でだ。髪はすっかり白くなっていて、ずいぶんおだやかな顔つきになっていたが、確かに岡田先生だった。なんだか人目を忍ぶような様子で……私は声をかけそびれてしまったんだ。そして……なつかしかったし、先生が突然大学をおやめになったのが不満だったし……私は、先生を尾《つ》けたんだ。先生は、誰かに尾けられているなんて思いもしなかったらしいし、だいぶ耳も遠くなっていたようなので、無事、先生の家まで尾けてゆくことができた。ひどい山の中にあったよ。電車をいくつも乗りついで、まるで迷路のような木立ちの間を抜けて。……先生の家は、君の田舎の……君が昨日たずねていった洋館だった」

背筋が少し寒かった。松崎先生は何を言う気だろう。信彦は、黙ってコーヒーを一口飲んだ。

「しばらくまよったんだが、結局私はドア・チャイムをおした。先生はひどく驚かれて——非常に怒っているようだった。しかし、もう夜も更《ふ》けかけていたし、下の村までの道がまるで迷路なので、仕方なしに私をとめてくれたんだ。なんだか、伝説のドラキュラ城にでもはいりこんだような気がしたよ。先生は、食事の後、私に部屋を一つあてがってくれ、そして……外からドアに鍵をかけたんだ。私はどうにも好奇心を刺激されてしまい——その洋館には先生以外に誰かが住んでいる、という気がしてしかたなくてね。窓からこっそり外へ出た。南向きの部屋の一つに、まだ灯りがついていた。大きなフランス窓があって、中からカーテンが閉めてあったが、すき間からのぞくことができた。中にいたのは——信じられないものだった」

松崎教授は、軽く目を閉じた。あの光景。十二年前の。今でもありありと思いうかべることができる——。

☆

子供が数人いた。十五、六歳の女の子と男の子、十《とお》くらいの女の子と八つくらいの女の子、そして、ゆりかご。ゆりかごの中には男の子がいるらしい。十五、六歳の女の子が夢子、男の子が拓、十くらいの女の子が明日香、八つくらいの女の子が歩《あゆみ》、ゆりかごの中の子が望《のぞむ》というらしいことが、会話の切れ切れから判《わか》った。

連中は一様にやせぎすで、肌がまっ白で、髪を腰までたらしていて——そして、その髪は、雨にぬれた針葉樹のような、鮮《あざ》やかな深緑だった。あまつさえ、連中は、自分の意志で髪を動かしているようだった。

鳥肌がたった。まわりは深い森、迷路のような道の奥の洋館、フランス窓、淡い黄色のカーテン、若草色のじゅうたん、灯りの中で集《つど》っているのは緑の髪の子供達。歩という娘《こ》がしゃべっていた。駄々《だだ》をこねているようだった。

「どうしてこの部屋から出ちゃいけないの。ねえ」

おそらく最年長者の夢子が、それをたしなめる。

「今日はお客さんが来ているからよ。普通の人にあたし達を見られちゃまずいんですって。今日一日だけのことよ、ここにいなくちゃいけないのは」

拓は興奮していた。彼は、岡田善一郎と松崎が食事していたところを、ドアをそっとあけてのぞいていたようだった。

「ねえ、どうして黒い髪の人間がいるんだろう……。あの人、変だよ。髪は黒いし、おじいちゃまより沢山《たくさん》、ものを食べてた」

「山の下には、黒髪の人間が沢山いるみたいよ」

明日香が、得意気に話していた。

「あたし、小さい頃、見たことあるもん。黒い髪の男の子」

「でも」

歩が小声で異議を申したてる。

「髪が黒かったら、どうやって栄養作るの。その、こう……こうせいが……」

「光合成」

夢子が直す。

「こうごうせいができないんでしょ」

「だからあの人は、おじいちゃまより物を食べたんだ」

拓が、やっと判ったという風に言う。

「齢《とし》をとると、髪が白くなるんでしょ。じゃ、黒髪の人はどうしてできるの。もっと齢をとると、白髪《しらが》は今度は黒くなるの？」

「さあ……でも、あの人、若かったよ、おじいちゃまより」

「みどりの髪の人と黒い髪の人が世の中にはいるのよ。黒い髪の人が齢をとると白髪になるの」

夢子が一番物知りだった。

「じゃあ、おじいちゃまも昔、黒い髪だったの？　でも、そんなのって、不便じゃない？　いちいち食事をしなくちゃいけないもの」

「そう、不便ね……」

急に小さなピアノの音がした。ピアノの音――ゆりかごの中の子供の泣き声。

「あらあら望くん。男の子でしょ、なかないの」

夢子がゆりかごをゆする。ゆりかごの位置がずれて、松崎は中のものを見ることができた……！

白い体。目しかない顔。太い緑の髪。足は――根のような形。手はない。どこにあるのだろう、発声器官は。……髪だ。髪がゆれて、さながらピアノの調べのような音をたてる。そのゆりかごの中のものは、子供達より更にグロテスクで、はるかに植物に近かった。

めまい。どういうことだ。この子供達は。

せいたいじっけん。しょくぶつにんげん。ひらがなが、心の中にうかんだ。それを意味のある単語として理解するには、時間がかかった。

生体実験。岡田先生は――どこからかつれてきた子供の体を造りかえたのだろうか。

もしも人間が光合成をすることができたなら。もしも。崩れそうになる。もしも人間が……岡田先生の夢。何も食べずに生きてゆける。本質的な意味での生産者。

☆

「私は、先生が造りあげたものには一言も触れずに、その家を去った。そのあと一週間、悩んだ。先生のしたことは……許せることではない。どんなにそれが……すばらしいことであったとしても……人間の……それも、子供達をあんな……あんな化け物に変えるなんて。一週間悩んで決意した。どうしても私は、先生を許すことができなかった。それに……正直に言うと、知りたくもあったのだ。人間が光合成をする。こんな素晴らしい太陽エネルギーの利用法があるだろうか。それができるなら食糧危機をのりきることだって何だって……。どうしても知りたかった。あの子供達の体の構造を。私は、研究室の若者を数人連れて、あの洋館を再びおとずれた。……判らない。生体実験をした先生を、人間として許せなかったのか、あるいは学者として、その子供達の秘密を知りたかったのか。しかし……私は、どちらもできなかった。先生をなじることも、子供達を手に入れることも。洋館は燃えていた。あきらかに放火だった。おそらく先生は、私があの子供達を見たことに気づいたんだろう。先生みずから、あたり一面にガソリンをまき、火をつけて……炎の中に、先生の罪と先生自身を消してしまったんだ。どんなに落胆したことだろう。私は、先生がなくなったことに落胆したんだろうか。それとも、あの子供達を手に入れられなかったことに落胆したんだろうか。それすら判らなかった……。ところが。焼け跡の始末をしている時に気がついたんだ。死体の数がたりない。あんまりひどく焼けすぎていて、誰が誰だか区別がつかなかったが、人間と思われる死体は二つしかなかった。誰かが逃げたんだ。夢子か拓か明日香か歩かのうち三人が。望はおそらく死んだんだろう。彼に関する限り、他の植物と区別をつけることは不可能だった……。判るかね、その時の私の気持ちが。あの緑の髪の子供達をたぐる糸が一本だけ、残っていたんだ……。私は、あの洋館のそばに見張り役をおいた。子供達の誰かが、あるいは子供達の知人の誰かが、あそこへ立ち寄ることを願って。……十二年たち、あの焼け跡をおとずれた最初の人物――私と子供達を結ぶたった一本の糸が、嶋村君、君だった」

何も声を発することができなかった。コーヒーカップを持つ手がふるえた。信彦は、やっとの思いでカップを机の上におき――実際、ふるえる手をあやつるには、それくらいの努力が必要だった――煙草《たばこ》をとりだした。何か手を動かしていたかった。爆発寸前の感情をおさえる為にも。

「それで……どうする気なんです。彼女を」

「判らない。どう扱っていいのか、判らない。ただ、これだけは確かだ。私は、彼女達を調べたい。どうしても」

「そんな……だって……生体実験された方に何の罪があるんです。罪があるとしたら、それは岡田善一郎の方だ。何だってまた、明日香を調べなければ……」

言いかけてやめる。何だってまた明日香を――答は、嫌《いや》という程、よく判っていた。

「嶋村君。君は何か誤解していないかね。私は、彼女を解剖したいなどと言っているわけではない。単に彼女の体の構造を知りたいだけだ。彼女の髪を」

「それはそうでしょうけれど……でも……」

明日香はおびえていた。何でだか、とっても。単なる調査だけでも――たとえ、髪を少し切り、レントゲンをとり、血を少量とり……それだけだって、彼女のおびえきった神経を刺激するには充分すぎる。そして。そして、僕は彼女を守ってやると約束したのだ……。

「無論、彼女が人間だということはよく判っている。人間を扱うように扱うさ」

「しかし……そうです。彼女は人間なんだ。珍しい植物を採集するのとはわけが違うんですよ！」

「判っている！　しかしね……仮に、非常に珍しい病気の人がいたとしたら……医者達は、治療と共に、その人の病気自体を調べるだろう。それは、決して、人道にもとることじゃない。当然のことだ。私は、彼女の体を、医学的に調べたい」

「彼女が拒否したら……」

「何でだね。私は、彼女に危害を加えると言っているわけじゃない。何で彼女が拒否するんだ」

何で。理由はない。しかし、彼女はそれを嫌がるだろう。信彦は、直感的にそう思った。そしてまた。松崎教授は、NOといわれてそのまま引きさがりはしないだろう、とも。

「……嶋村君。君は、彼女じゃない。単に彼女と知りあいだというだけだ。私は、直接明日香嬢に頼んでみるよ」

「……しかし……」

しかし、僕は、明日香を守ってやると言ったのだ。

「君には関係のないことだ。君が彼女の知人だから、私は君にこの話をしただけだ。君には関係ない！　これは彼女の問題だ。そうだろう？」

信彦は何も言えなかった。確かに、僕には関係ない……。

☆

翌日は、雨だった。

信彦は、部屋から一歩も出なかった。昨夜、明け方まで、一人で酒を飲んで。ウイスキー、ストレート。何年ぶりだろう、あんな無茶な飲み方をしたのは。

いつ寝たのかよく判らない。明け方、無性《むしょう》にのどがかわいて、目が醒《さ》めた。冷たい、誰もいない学校の中を駆けまわっている夢をみた。四階に家庭科室があり、冷蔵庫の中にオレンジ・ジュースがある。そう思って、階段をかけのぼり、何階かのおどり場の窓から、まっさかさまに下へ落ちた。落ちて、落ちて、目が醒めた。

職を変えよう。本気でそう思った。

明日香の髪。光合成のできる、緑の髪。その髪を調べている自分の姿を想像するのが嫌だった。間違いなく彼女は、髪の中に色素体を持っている。

葉緑体――グロテスクな長円形の模式図が頭の中に浮かんだ。外膜――グラナ――ストロマ。ついで、ラメラ系の微細構造。おりたたまれたひだ。チラコイド。

葉緑体及びミトコンドリアは、それ自身がDNAを持っている。このDNAの塩基配列は、核のそれとは違う。また、細菌型のリボゾームも認められ、分裂によって増える。以上のことは、ミトコンドリア及び葉緑体の起源について、ある可能性を示す。かつて、ミトコンドリアと葉緑体は、細胞本体とは別個の生物であり、いつの時点でかそれが細胞中にはいりこみ、共生するようになったのかも知れない。――何でこんなことを想い出したんだろう。そうだ。葉緑体と明日香とが別個の生き物であり、単に葉緑体が明日香にとりついているだけならいいのに。こう思ったから……。

苛々《いらいら》とコーヒーをいれ、苛々とラジオのスイッチをいれた。意味のないおしゃべり。単調なニュース。耳に障《さわ》るヴァイオリン。ああ、まったく、どいつもこいつも……。

と、ドアに激しいノックの音。

「嶋村さん。いるんでしょ」

きつい女の声。誰だろう……。

ドアを開けると、初対面の女性が立っていた。背は高い。高いうえにハイヒールをはいて。髪は肩の処で切りそろえられていた。何故《なぜ》だか、その切り口が痛々しい。長い指でその髪をかきあげる。まっ白な指。明日香のような。目には、かくしようのない怒りの色があった。

「どうしてもあなたに言ってやりたいことがあって。あなたを許せない」

「どなた……です」

信彦は、彼女の迫力に気圧された。

「三沢――岡田夢子よ。明日香の姉がわり」

夢子。この女性が。だとしたら。

「髪は……」

「切ったの。あの髪では、逃げる時に目立ちすぎる」

「逃げ……る？」

「ろくに目が醒めてないような声ね。……あたしが髪を切ってて、よかったわよ。あれだけの長さがあったら、今頃あなたの首をしめてる」

「あの……明日香が……彼女がどうかしたんですか」

胸さわぎがした。

「白々《しらじら》しい。よく明日香だなんて親し気《げ》に言えたわね。猟犬のくせに。明日香なら、今日、連れてゆかれたわよ」

「連れてゆかれた……」

「あなたの大学の松崎教授とかいう人にね」

「そんな……だって、先生は……別にあなた方に危害を加える気は……それに、あくまで彼女の人権を尊重して……彼女に協力を請《こ》うと……」

「ええええ、実に素敵な協力の請い方でしたわよ。嫌がる明日香を暴力的にひきたててね。これからあの子を切りきざんで、プレパラート標本でもお作りになるんでしょう」

「そんな……落ちついて、夢子さん。確かに先生は興奮してらしたから、あまりいい協力の請い方はしなかったかもしれない。けれど、人間相手に……」

「明日香は……あたし達は、人間じゃないわ。そんなこと、すぐに判ってしまう。そうしたら……」

人間じゃない？　確かに、光合成のできる人間は、普通の人間とは呼びがたいだろう。しかし。でも。いくらなんでも。彼女は人間だ。変わっていようがどうしようが、人間だ。

「あたし、明日香にこう言ったのよ。もし、感情が理性でおさえつけられなくなったら、感情に従いなさいってね。救いようのない莫迦《ばか》でしょう。あの娘《こ》は感情に従って……みすみす、猟犬の口の前へ出ていっちゃったのよ！」

「僕は猟犬なんかじゃない。彼女を狩る気なんて……」

心の中で、いろいろな思考の断片がうずをまいていた。僕は明日香を守ってみせる。彼女がおびえている対象が、たとえ何であっても。

何をしているんだか、自分でもよく判らなかった。いつのまにか、靴をはいていた。

「どこへ行く気よ」

「研究室。もし、明日香が——三沢さんが、自分の意志に反して連れてゆかれたんなら、力ずくでも彼女をあそこから連れだす」

「そう……良かった」

「え？」

「あなたがそう言わなければ、あたし、あなたに何をしていたか判らないわ」

夢子の髪が、風に逆らって動いた。伸びる。二十センチばかり。みるみるうちに、彼女の髪は、信彦の上腕部にからみついた。

「あたしと拓は、自分達を逃がすことに精一杯で、あの娘《こ》を守ってやることができなかった。いい？　あの娘は、一番弱いのよ。あたし達の中で。陽《ひ》のよくあたる処へ行きなさい。雨が降ったら、あの娘はろくに動けなくなるんだから。どんなに目立つ特徴であっても、あの娘の髪を切っちゃいけない。あの娘は、あれだけの長さの髪を必要とするのよ。消化器系がどうしようもなく弱い。口から食べ物をまるでうけつけないんだから」

そんな大げさな逃避行を考えなくても。そう言いかけた信彦は、口をつぐむ。夢子の目が、真剣そのものだったから。

「惚《ほ》れた女一人守れなくて、それで男がつとまるかって、昔、あたしのパパがママに言ったそうよ。ママ一人逃がすのが精一杯だった。パパはそれで燃えたの。船と一緒に」

髪が、静かにたれさがる。夢子は、信彦の顔から視線を外した。

8

痛い。軽い失神状態にあったあたしは、無我夢中《むがむちゅう》で身をおこした。

頭の中が混沌《こんとん》としていた。今日、朝一番に、お客が来た。とても沢山《たくさん》の男性。

そのうちの一人――五十前後の男をみて、拓兄さんが悲鳴をあげた。それから先は、まるで夢のよう――すべてが、幻想の中のできごとみたいだった。

おまえはあの時の男。拓兄さんは、そう言った。あの時の――アノトキノ。

乳白色の、にごった膜が降りてくる。あたしは現実と夢の区別がつかなくなっていた。

あの時、あたしはまだ十《とお》だった。この人が――五十前後の、あの時四十前だった男が、おじいちゃまの家へ来たのだ。その人が帰ってから二日間、おじいちゃまは変だった。そわそわして。下へ何度も買い物に出かけた。重たそうなものを沢山持ってきた。

「おじいちゃま、何なの、それ」

いつものようにあたしがひざにのって、顔のしわを指でたどっても、にこりともしなかった。重たい声でこう言うの。

「ガソリンだよ、明日香」

「ガソリン……？」

そして夜は更《ふ》ける。悪夢の晩。

あたりはみんな優しい色彩だった。あたしはその日、妙な胸さわぎがして、眠れなかった。夜、一人で家の中を歩いた。無音の世界。

と。突然、あたりが紅に染まる。ピアノの音。たたきつけるような。あれは——悲鳴だ。

炎が迫ってきた。急に。あたり全部から。嫌《いや》なにおいがした。昼間、おじいちゃまが買ってきた、ガソリンによく似た、不吉なにおい。

あたしは黙ってあたりを見まわす。怖いのだ。逃げたいのだ。でも、体が動かない。足が妙に重かった。

ピアノは狂ったように鳴り続ける。ママ。あたしは呟《つぶや》いた。あれはママだ。ママが燃えている。

急に誰かが肩をつかんだ。ふり返る。そこには、白髪の老人が立っていた。あたしは、深い安堵《あんど》を覚える。火勢がどんなに強くても大丈夫。この人がきっと、あたしを助けてくれるだろう。

熱いの。火が来るの。逃げたいの。

確かにあたしはこう言った。少し泣きじゃくって。と
たんに、老人の顔が変わってゆく。目が異様に輝き、総《そう》毛《け》立《だ》ち、さながら悪鬼《あっき》のように。

おまえは外へ出てはいけない。おまえはここで燃えてしまわなければ。

老人の背が、急に高くなったような気がした。嫌だ。この人は、あたしの知ってる誰かじゃない。あたしが頼れると思った誰かじゃない。この人は、まがうかたなき悪意を、あたしに対して抱いている。

老人の力は強かった。あたしが死にもの狂いであがいても、その手を離してくれない程。肩が痛い。

歩も望も、もう燃えてしまったよ。

歩。望。交錯《こうさく》する記憶の中で想い出す。そうだ。あの家には、もう二人子供がいたんだ。二つ違いの歩ちゃん。まだとてもちいちゃかった望くん。

あとは、おまえと拓と夢子だけだ。おまえ達がみんな滅んだのを見届けたなら、私も一緒に燃えてしまおう。おまえは私の作品。作ってはいけない作品だった。何故《なぜ》なら、おまえは異生物だからだ。おまえの髪は緑だからだ。その髪がある限り、おまえは一生狩られ続けなければならない。その髪がある限り、おまえは地球上の植物すべてに対する病原体なのだ。

ピアノは、一転して悲しいメロディになる。あたしは外へ出てはいけない。納得しかけていた。何故なら、あたしは病原体だから。

ピアノは訴え続ける。命の河を、流れて。いつかたどりつく海へ。いつか必ず、迎えが来る。いつか必ず、故郷へ帰れる。私の代では無理でも、子供の代で。孫の代で。いつか必ず海へ注ぐ本流に合流できる。

外へ行かなければ。心の片隅が、ピアノに共鳴してうずいた。今、ここで燃えてしまったら。永遠に海へたどりつくことはできない。しかし。心全体では判《わか》っていたのだ。たとえ今逃げたとて、永遠に海へつく日のないことを。だから。あたしは黙って、まわりが燃えてゆくのを見ていた。

ここは子供部屋だわ。その頃ようやく、あたしは気づく。足の下には若草色のカーペット。大きなフランス窓。燃えてゆくカーテン。窓ごしに温室が見える。温室の中は紅《くれない》。ママが燃える……あれは、ピアノの音じゃない。ママの声だ。ママの……。

ママが叫んだ。断末魔《だんまつま》。その叫び。

帰りたい！　帰りたい！　私の故郷！

炎はカーテンを伝わり、窓際のベッドに移る。熱い舌が、あたしの腕をかすめる。

いやあ！　あたしも絶叫していた。燃えるのは嫌。ママはもういない。だからあたしが——あたしが帰るんだ。ママのかわりに。ママの故郷へ。

精一杯、もがく。老人の力は強い。と。あたしの髪が、するすると伸びた。本能的な自己防衛。

あたし、燃えない。あたし、外へ行く。あたし。

深緑の髪は細いひものようになって、老人の首にまきついた。老人の首をしめる。肩がいたかった。老人は、信じられないような力で、あたしの肩をつかんでいた。

Silent.　無言の格闘。やがて、老人の手から力が抜ける。

「行きなさい」

老人は、急にもとの顔へ戻ってゆく。優しい目、白い髪、白いひげ。あたしは、彼の顔にきざまれたしわを指でたどるのが大好きだった——おじいちゃま！

「そんなに行きたいのなら……。世田谷の三沢という男のところへ……。おまえのことは、あとは彼がひきうけてくれるだろう」

「おじいちゃま」

崩れおちる老人に、あたしはしがみつく。崩れおちる——この人を殺したのは、あたしだ。そのあたしの体を、老人は軽くおす。

「早く行きなさい。火の手が追ってくる……。拓も夢子も始末しそこなった。あの二人と一緒に……」

おじいちゃま！

舞台は一変する。

闇だった。あたしは、誰かにせおわれていた。感じで、それが拓兄さんだと判った。

ピアノの音が聞こえるような気がした。気のせい。ママはもういない。

早くしないと夜があける。夜があけたら、僕達の姿は目立ちすぎるだろう。お兄ちゃんが言う。夢ちゃんもそばにいる。

甘美なメロディ。もう、ママの歌――グリーン・レクイエムは聞えない。ああ、ショパンだ。あたしは、指を動かしてみる。あたしの指は、一オクターブしか届かない。せめてもう一音。せめてもう少し指がひらけば。

記憶が入り乱れている。あたしが初めてピアノに触れたのは、三沢の家へ来てからだ。Nocturnes, Op.9, No.1, Larghetto 最初はピアノで。優しくせつないひびき。スフォルツァンド……ピアノ。あん、左手。どうしてうまく動かないの。

違う。何だろう。もっと重要なことがあったのに。病原体。

この単語が、心を逆なでした。病原体。どういうことだろう。あたしが、誰に、どんな病気をうつすというの。

ノクターンは段々大きくなる。クレッシェンドにつぐクレッシェンド。耳をおおいたくなる。

――おまえは、病原体。

白い膜が消えてゆく。視界が、はっきりとした。

ここはどこ……？　何だろう、あの器具達。冷たい、悪意。この人達は誰……？　この人は、あの時の人。この人は、嶋村さんと一緒によく店に来た人。確か根岸といった。

想い出してしまった。想い出したくない記憶。何であたしはおじいちゃまのことをすべて記憶の中からおいだしたのか。あたしが、おじいちゃまを殺してしまったからだ。

「何……するの」

弱々しくあがく。根岸とかいう人が、あたしの髪を切ろうとしていた。

「三沢さん。私達はあなたに害を与える気はまるでない。ただ、協力していただければ……」

松崎という男が、何だかんだと言う。あたしは、その言葉をろくに聞いていなかった。

おまえは外へ出てはいけない。おまえは病原体。

何だろう。この言葉の意味が判らない。おじいちゃまがこう言った時、悲しくはあったけれど、あたしはそれを納得したのだ。病原体。記憶を完全にとりもどしたわけじゃない。何かが、抜けている。何か、まだあたしは忘れている。

あなたは昔、岡田教授に少しばかり体の構造を変えられた。光合成のできる髪は人類の財産だ。あなたの体の構造を知りたいだけだ。悪意はない。先程は失礼した。

意味のない文章の羅列。

「髪を……切らないで」

「勿論《もちろん》、そんなに沢山切ったりはしませんよ。ほんの少しだけ。あと、あなたの細胞を少し……」

悪意のかたまりだわ、この人達は。そうでなくてどうしてこんなにひどいことができるの。あたしの髪には、神経がかよっているのよ。

ああ。きっと、外は雨。どうしよう。何だって、太陽が出ていないの。

「……教授」

先程から、部屋のあちら側で何かをしていた男が松崎とかいう人を手招きした。

「……見てください……。こんな……。彼女の体細胞の……。判りますか。異常すぎる……。いくら生体実験で葉緑体を……細胞の構成そのものが、まるで違う……」

あたしは、とにかく立ちあがる。根岸をつきとばした。何だろう、もの凄《すご》く、嫌な予感。不安をかきたてる、ぼそぼそ声。

「逃がすな！　つかまえろ！」

あたしが逃げだしたのを見て、宮本とかいう人が一転してすごい叫びをあげた。台詞《せりふ》にエコーがかかって聞こえる。つかまえろ……つかまえろ。これが悪意のない人達の言う台詞なわけ。

「そいつは……化け物だ」

腕が伸びてくる。無数の。追手の。あたしは、全神経を髪に集中する。これはあたしの腕なんだから。

髪は伸び、四方に広がった。それ自身が意志を持つものであるかのように、追手の腕をとらえ、ねじあげ、首にからみつく。

「宮本君！　三沢嬢を刺激するな。もっとおだやかに」

「教授！　判らないんですか。こいつは人間じゃない。こいつの——このモンスターの細胞を、あなたは見たでしょう！」

「宮本君！」

「何もないんだ！　核も、ゴルジ体も、小胞体も！　どうしてこの化け物は生きているんだ！」

9

その声は、廊下を走ってくる信彦の耳にも聞こえた。何を言っているんだ、宮本は。核も何もない？　そんな人間なんて、存在するものか。

「明日香！」

ドアが凄いいきおいで開く。とびだしてくる明日香。四方に広がる髪、伸びる。伸びる。そして、おいかけてくるのは。

「宮本！　よせ！」

宮本は手に大きなシャベルを持っていた。植物採集用の。充分凶器になり得る。夢子の台詞が心をよぎる。これは、本格的な逃避行を考えなければならないかも知れない。惚《ほ》れた女一人守れなくて、男がつとまるか。

明日香の髪が宮本の腕にからみつく。宮本は力の限りその髪をつかみ、スコップをうちつける。明日香の悲鳴。この野郎！　信彦は、明日香を背にかばい、宮本を張りたおした。

「嶋村！　だまされているんじゃない。そいつは、人間じゃないぞ」

「それが何だっていうんだ」

精神の異様な高揚感。それが何だっていうんだ。この娘《こ》は俺の……。

背が熱かった。明日香は、異様な熱を放出していた。すべての髪がばらばらにうねる。髪のうねりと共に聞こえてくるのは、ピアノの――ピアノの音によく似た、明日香の髪の調べ。

「メデューサ……」

宮本は、松崎教授は、根岸は、そしてすべての追手は、一瞬本物のメデューサを見たかのように凍りついた。極限まであげられたボリューム。狂おしいピアノの悲鳴。

明日香だけじゃない。今や、そばにあったすべての植物が、明日香の髪に同調していた。観葉植物の鉢《はち》。標本用に採集してきたシダ。それらがすべて、あらん限りの精神エネルギーを放出して、追手達をひきとめていた。

「おいで」

信彦は明日香の手をとる。

「連れていってあげる。季節外れだけれど、菜の花をおいかけて」

☆

「……で、結局」

その日の午後二時。松崎教授は、根岸のいれてくれたインスタント・コーヒーを、実にまずそうに飲んだ。

「結局、嶋村君と三沢明日香の行方《ゆくえ》は判《わか》らないのか」

「はあ……」

宮本は、ひどく恐縮していた。彼のふりあげたシャベル。あれが、嶋村をして、予定外の行動へ駆りたててしまったのだろう。

「地下鉄に逃げこまれると……あいつは、一応人間の形態をしていますから、そう無理してつかまえるわけにもいかず……」

「結局、新宿の雑踏で見失ったということか」

夢子と拓の手がかりもない。三沢良介をしぼったところで、おいつめられた連中の行く先までは判るまい。

「一応、岡田家の焼け跡の町田さんと、嶋村の田舎《いなか》には連絡しておきましたが……」

彼だって莫迦《ばか》じゃない。それくらいは予想するだろう。

「それより宮本君。君のあの時の台詞《せりふ》なんだが……明日香嬢の細胞をもう一度見てみたい」

「ちょっと待っててください」

宮本の目が急に輝きをおびる。

「彼女の口腔《こうくう》内細胞を少しと、髪を数本採取してあるんです。すぐに標本と分析結果の図を作ります……。先生、あいつは――あの化け物は、今世紀最大の発見ですよ」

今世紀最大の発見、か。

「それからあの……三沢明日香が逃亡した時に妙な動きをみせた植物達は？」

「根岸が調べています」

宮本は、今度は気味の悪そうな声をだした。廊下においた鉢うえの観葉植物。どうみても、あの植物は、意志を持って明日香の逃亡を助けたようだった。そんな気がしてならなかった。

☆

信彦も明日香も、まるで子供の頃にかえったような気がしていた。鈍行の列車。向かいあった座席。少しずつ、少しずつ遠くなる東京。うしろへ走ってゆく電信柱。

入場券だけで乗ってしまった。着いたら精算しなければ。着いたら——どこへ。二人共、まだ、目的地を決めていなかった。

「どこがいい、明日香、どこへ行きたい」

「判らないわ……あたし、どこにも行ったことがないから。どこへでも、行ってみたいのよ」

西へ向かって走るにつれ、徐々に雲が切れてきた。すき間から陽《ひ》の光がのぞく。

「よし。このままずっと電車に乗って、晴れた処《ところ》で降りよう。どう？」

「素敵」

明日香の髪が、軽く、信彦のほおをなぜた。

明日香は、人間じゃない。信彦は、今やそれを確信していた。宮本から逃げた時の明日香の髪。どう見たってあれは……。でも。そんなことは、どうだっていいのだ。何がどうであろうと、明日香は間違いなく明日香なのだし、それで充分だった。

今、信彦が考えているのは、これからのこと。キャッシュカードを定期入れにいれておいてよかった。しかし、貯金もそうは続くまい。

これは本物の逃避行なのだ。シャベルを持っておいかけてきた時の宮本の表情。あれは、人間を見ている表情ではなかった。貴重な研究材料を失うまいとする科学者の表情。あそこへ戻ったら、明日香はもう、三沢明日香という一人の女性ではなくなってしまう。人間の形をしたモルモットになってしまうのだ。

「ね、嶋村さん、見て」

明日香がはしゃいだ声をあげる。

「晴れたわ……」

窓の外には、田が続いていた。向こうに山。木々。処々に電柱。雲はもうたいしてなく、ふりそそぐ陽の光。あっさりとした、静かな光だ。

「降りよう」

何の用意もいらなかった。身一つのまま、立ちあがる。電車は、プラットホームにすべりこんだ。

☆

短い草がはえていた。あぜ道を少し歩く。やがて、田は草原に変わり、あぜ道はしめった砂利《じゃり》道に変わった。

「ねえ、あっちにもう一本、道があるの」

草原の中に、確かに道とおぼしきものがあった。そこだけ草がはえていない。

「何かしら。砂利道と平行してる」

「いってみる？」

「うん！」

それから明日香、信彦を見て。

「何で笑うの」

「ん？　ちっちゃな女の子を連れている気分になった」

明日香は、ちょっと拗《す》ねたふりをして、そっぽを向く。軽く信彦の腕を指ではじいて。

「ははん。これ、線路だよ」

草をかきわけ——多分、靴は泥だらけだ——、その道まで来て、信彦が言う。

「線路お？」

「もと線路。廃線になったんだな。ほら、これがレールはがした跡」

靴先でたどる。

「あ、本当。これ、枕木ね」

遠くで鳥がなく。すずめかな。

「ひばりじゃなくて残念でした」

いちめんのなのはな。ひばりのおしゃべり。

「いいわ。すずめもわりと好き」

「好きってどういうの。焼いて食べるのかな」

「あん。何て発想」

「うまいらしいよ。俺、まだ喰ったことないけど」

いつの間にか、人称代名詞が、僕から俺になっていた。何年ぶりだろう。

「どうしてすずめ食べようだなんて思うの。あんなに可《か》愛《わい》いのに」

「可愛いものを食べないでいると、人間はつとまらないの。……前にね、海で、漁師が魚取ってるところ、見たんだ。茅《ち》ヶ崎《さき》だったかな。こんなこと言っちゃ悪いんだけど、俺、感動したよ。あんな東京の近くでも魚取れるのかなんて思って。ま、それでさ。網引くわけ。漁師がね。と、上空から——何だろうね、鳥がすっと降りてきて。実に上手に魚くわえてっちゃうんだよ。結構高い処からすうって来て……」

「魚さん、ぱく」

「そう、そんな感じ。さすがに生きてゆく為の必須《ひっす》行為は上手なもんだ」

「あたし、海って見たことないの、実物は」

「よーし、見に行こ。どれがいい？　太平洋、日本海、瀬戸内海。オホーツク海って手もあるな」

「全部いい！」

「よくばりめ」

軽く明日香の髪に手をのせる。髪がゆれた。

「あ！　川だわ、川」

明日香が叫ぶ。川ね、川、確かに。はば五十センチ位の。どっちかというと、ドブって言った方がいいような。

「ね、ね、ね、嶋村さん、ね、あれ」

「え？」

「かえるがいるわ！　……実物見るの、初めて」

「お、あっち。ざりがにだぜ」

とか何とか言いながら、俺も結構のってたりして。齢《よわい》二十五の男が。ざりがにだぜときたもんだ。目一杯平和。

「わお、ざりがにさん、動いている！」

「おい、生きてんだぜ。動かいでか」

明日香は、はしゃいで、しめった草にひざをつき、川をのぞきこむ。あーあ、スカートが。

「ね、取ろうって気、おこらない？」

「取って欲しいの、お嬢さん」

「はい！」

「おーし。待ってな」

靴ぬいで、靴下ぬいで、ズボンまくって。俺、いくつだよ。人目ないからいいけど。

二人共、精一杯はしゃいでいた。つかのまの平和。つかのまの。しばし、何もかも忘れて。今が平和なら。

☆

「これが、三沢明日香の細胞の顕微鏡写真です。一万二千五百倍」

夜。松崎教授以下のメンバーは、大学の教室を借り、ディスカッションしていた。宮本が説明をする。暗幕をおろして。スライドに見いる。

「何……」

「ごらんのとおり。通常の細胞構成物質——ミトコンドリアとか小胞体、ゴルジ体等の存在は見うけられません。あるいは、普通とは違う形で存在しているのかも知れませんが。……あ、これは彼女の口腔内粘膜の細胞です」

しばらく沈黙。

「次は、構成物質の成分比の表です。……あらかじめ言っておきますが、驚かないでください。まさか、こんな結果がでるとは……」

誰かが勿体《もったい》ぶるな、とわめく。みんな、非常に興奮していた。殺気だってすらいるような雰囲気《ふんいき》。宮本は、一呼吸おくと、続けた。

「参考までに、右表は普通の人間のものです。いいですか……。まず、成分比において、タンパク質と脂質の量がはっきり目立つ程普通の人類とは違いますが……何といっても、最も異様なのは、これ……。ある種の塩基が欠如しているのです。中でも特に、四種の——シトシン、グアニン、チミン、アデニン……。判りますか、シトシン、グアニン、チミン、アデニンです！　そのかわり、彼女の細胞中には、不明の物質が……」

「不明とは？」

「不明としか言いようがないのです！　データがあまりにも足りない」

ざわめきが静まるのを待つ。

「この四種の塩基がないということは……ポリヌクレオチド鎖が形成不可能ということです。故《ゆえ》に彼女は――少なくとも、普通のＤＮＡは形成できない」

ＤＮＡ――deoxyribonucleic acid――デオキシリボ核酸。遺伝子の基礎。それがないということは……。

「あり得ない！」

「それがあるんです！　このような生命体の存在は、現在の生物学の基礎を否定する材料になりますが……現時点で確認された個体数一、推定個体数三です。いくら何でも少なすぎる。ということはつまり」

自分の次の台詞の効果をあげる為に、しばらく黙る。

「ということはつまり、彼女は地球における生命の系統樹を外れた生き物――地球で発生したのではない生き物である、というのが、私の推定です」

逆だった。松崎教授は唇をかむ。

昔、初めてあの子達を見た時。私は、彼らが岡田先生によって、生体組織を造り変えられたのだと思っていた。ついで、最初に宮本の台詞を聞いた時。岡田先生は、単に組織を変えたのみならず、細胞にまで手を加えたのかと思った。

連中が、もとは普通の人間だと思えばこそ。仮定が間違っていたのだ。連中は、もとは普通の人間とは似ても似つかぬ何かだったのだ。岡田先生は、人間をそうでないものに変えたのではない。そうでないものを、あたかも人間のように造りかえたのだ。

望。ゆりかごの中の、グロテスクな姿。あれがおそらく、連中の本来の姿なのだろう。先生は、あの化け物を人間風に変えたのだ。何故。おそらく、この星で生きてゆきやすいように。

岡田先生が、姿を消した理由が、初めてのみこめた。もし、通常の動物の細胞中に葉緑体を入れることに成功したのなら、動物実験の段階で、先生はそれを発表しただろう。ところが。先生のところにいたのは、そんな中途半端な生物ではなかった。まるで別種の生命体。異星からの客。

「おおごとだ、これは」

誰かがさわぎだした。

「すると三沢家にいた三人の子供達は、異星人かも知れないということに……」

「いや、そこまで言うのは早計だ。あるいは、亜人類」

「いずれにせよ、連中は……」

ほとんど全員が立ちあがっていた。無理もない。とびかう会話。連中を探すあてはあるのか。逃がすわけにはいかない。何よりも貴重な研究材料。何で連中は突然東京のまん中に出現したのか。異星人だとしたら地球へ来た目的は。これは、ここだけの話にしていいものだろうか。国家的――いや、全地球的規模の問題だ。

みんな、意味もなくさわいでいた。とにかくあの三人をつかまえなければ。しかし、あては……。

「すいません、静かにしてください」

混乱を収拾したのは、根岸の叫びだった。

「まだ続きがあるんです。御静聴願えますか」

一応静かにはなる。しかし。根岸はこの上何を言う気なんだろう。全員の気が立ちすぎている。これ以上の話など、今しても無意味だろう。そう思いかけて、松崎教授は思いとどまる。根岸が調べたのは、あの時明日香の逃亡をまるで意志を持つかのようにさまたげた植物についてだ。

「ちょっといいですか」

正面へ来た根岸が口を開きかけたとたん、闇の中から男の声がした。聞きなれない声。

「誰だ」

山下が灯りをつける。そこにいたのは、やつれ果てた表情をした男――三沢良介。

「三沢さん」

「みなさん、興奮しすぎていて、私がはいってきたのに気づかなかったようですな」

それから、手を振って根岸に合図する。

「あなたの邪魔をする気はなかったのだが……どうしても私の話の方が重要に思えて」

肩がこきざみにふるえていた。激している精神を必死におさえつけているよう。

「こんなことは言いたくない。言いたくないのだが……つかまえてください。明日香を。拓を。夢子を」

意外な台詞《せりふ》。

「つかまえられなければ……殺してやってください。あの三人は、外へ出てはいけないんだ」

語尾が判然としない程のふるえよう。

「……松崎さん」

それからきっと松崎をにらむ。

「あなたは……あなたは……何てことをしたんだ！　放っておいてくれれば、あの子達は三十前後で死んだでしょう。それを……。なのにあなたは、その十年も待てなかったのか！　おかげで……私は、あの子達の死を望まなければならなくなった。いつかの岡田善一郎と同様に。あなたは……あんたは、一度ならず二度までも、育ての親に子殺しをすることを余儀なくさせたんだ！」

10

夜。あたしは、窓の外を見ていた。背に信彦さんの気配。

「何、見てるんだ」

ふりむくと彼の顔。

「ん……誘蛾灯《ゆうがとう》。可哀想《かわいそう》だなって思ってた」

「可哀想？」

「蛾が。闇の中を、光めざして飛んで……で、光についたところで、死ぬの」

嘘《うそ》よ。そんなこと、思ってもみなかった。あたしが考えていたのは、あなたのこと。

あなた。嶋村信彦さん、不思議なひとね。

あなた、見たくせに。あたしの髪があなたの同僚の首をしめるところ。あなた、知ってるくせに。あたしが普通の人間じゃないことを。

なのにあなたは何も言わない。

あたし、想い出してしまった。あの、火事の日のことを。あたし達を育ててくれたおじいちゃまでさえ、あたし達の秘密が他人に露見しかけたとたん、あたし達を殺そうとした。なのにあなたは。

「……明日香」

彼の手。あたしを抱きすくめる。体が一瞬、びくっとした。少し怖い。怖い——あなたが。何でかしらね。でも、あたし……ふるえてる。

あたしは黙って、窓の外を眺めていた視線を、そのまま下げる。あたしの胸の下で組みあわされている、あなたの、手。あたし、もう少し太っていればよかった。他の女の子みたいに。今の状態だと、骨を抱きしめてるみたいな気がするでしょう。

「……もう少し、太った方がいい」

信彦さん、あたしが今思ってたことを言う。それから、手を離して、ガラス窓に額《ひたい》をくっつける。

「今の状態は、少し不健康だ」

「やせた女の子って嫌い？」

「いや、好みとしてはやせてた方がいいけどね……。おまえのは、いささか良くないやせ方だ。色も白すぎる。顔がまっ青《さお》だ」

あたし、あそこから逃げてくる時に、精神力の大半を費やしてしまった。それがきっと、顔色にも出てるんだわ。

「海も見に行こう。うんと陽《ひ》にもあたろう。おいしいものをたっぷり食べて……」

軽く、彼にもたれかかる。首を傾《かし》げて。

「ん？　疲れた？」

「ううん……」

「泣いてるの……」

「ううん……」

泣いてるの、かしらね。あ、嫌だ。あなたの方、向きたくない。あたし、きっとひどい顔してる。目が赤くて。

あのね。あのね。もう、どうしようもなかったの。感情の収拾がつかない。胸がいたい。胸がいたむ程の……嬉《うれ》しさ。今、あなたの隣にいるのは、他の誰でもない。他のどの女の子でもない、あたし、なのね。

長いこと、一人ぼっちだった。あたし、弱くなったのかも知れない。昔は、一人でも平気だった。でも、今は。今、また一人になったら、あたし、もう……。

「……信彦さん」

「ん?」

「お願いして……いい?」

「言ってごらん」

「あたし、探さなきゃいけないの。……小さな頃の記憶が部分的にないの。あたし、判《わか》らない。自分が本当は何物なのか、何で普通の人間と違うのか。今日、ずいぶんいろいろなことを想い出した。でも、まだ足りないのよ。それを見つけなくちゃ……」

「見つけてどうするんだ」

信彦さんは、無理矢理あたしの体の向きを変えた。あたしは慌《あわ》ててうつむく。今、顔を見せたくない。

「おまえは三沢明日香だ。人間だろうとなかろうと、そんなことはどうでもいい。おまえは今、ここにいる。それ以上のことを見つけてどうするんだ」

「気になるの。知りたい……あたしは、何故《なぜ》、狩られなくちゃいけないのか。それが判れば」

頭をおこす。

「それが判れば、あたし、狩人《かりゅうど》に対抗してみせる」

「………」

「連れてってくれるって言ったでしょ。外へ。あたしが本当に外へ出る為《ため》には、自分が狩られる理由を知る必要があると思うの。外へ逃げてゆくの嫌。外へ、出てゆきたい」

「連れてってやるさ」

信彦さんは、あたしのあごに手をかけて、こころもち上を向かせる。あたしは背のびして、彼の首を抱く。彼が呼吸しているのが、はっきり、判った。

「いつまでもおまえを狩られる立場になんかしておかない、という言葉が、とぎれた。

11

二十――何年前のことだろう。

三沢良介は、怒りを外へ出さぬよう、慎重に言葉を選んで、しゃべっていた。

二十何年か前。三沢良介はまだ二十代、岡田のおじさん――岡田善一郎が四十代。岡田は、植物の採集をしに旅行すると言っており、ちょうど大学を出たばかりの良介も、それにつきあったことがあった。二人で沼を歩き、山に登り。博識で会話のうまい岡田善一郎は、小さな頃から良介のあこがれの人だったし、旅行は楽しかった。

　二人が山あいの小さな村――例の洋館のある山の下――にとまった夜のことだった。十二時頃。風呂あがりに軽く酒など飲みながら岡田の話に耳を傾けていた良介は、自分の目を疑った。流れ星。とてつもなく大きな流れ星が、裏手の山に落ちた。

「おじさん」

「何だ」

　話の腰を折られた岡田は、少し不快そうに顔をあげる。

「裏の山に流れ星が落ちましたよ」

「ふふん。願い事をしたかね」

「ふざけないで。かなりのサイズでした。あれなら、大気圏を通過する時に、燃え尽きなかったでしょう」

「ほう。そんなに大きなものかね」

「ええ。――ちょっと行ってみませんか」

　軽い気持ちで出かけたものの。

「おい……あっちのほうが少し明るいぞ」

　山道を二十分も登ったところで、岡田が不安そうな声をだす。

「山火事にでもなったらおおごとだ……おい！」

　へし折れた大木。青い炎。巨大な――巨大な隕石《いんせき》。炎の照らす円形の明りの中でうごめく……木々！　頭が痛くなる。ピアノの音。

「あれは……船……」

　二人はへなへなとその場に座りこんだ。燃えているのは、空を渡る船――宇宙船。乗っていたのは――まっ白な肌、緑の髪――触手、丸いひとみを持つ生物。手はない。足――根は、二つから四つに分かれ、ゆっくりうごめく――植物のような――宇宙人。連中の触手――髪は、ふるえていた。それがふるえるたびに鳴りひびく、ピアノのような音。そのひびきは、岡田と良介の頭の中で、意味のある言葉を形造った――テレパシー。

　燃えてしまう、燃えてしまう、あなた！

逃げるんだ。早く、俺は動けない。

ここはどこ。どうして。

何かにぶつかった。進路を間違えた。

母星へ連絡不能。救援は望めず。

不時着――墜落《ついらく》。

あなた！　あなた！

あなた！

早く逃げろ！　じき、船が爆発する！

極限まであがる悲鳴。断末魔《だんまつま》のピアノ。ああ、音量じゃない。心のひだの中に、連中の叫びがひびく。

気がつくと、良介と岡田は、草原の上に寝ていた。船

はもうない。かわりに、あちらこちらの木々が、かすかにくすぶっていた。しかし、それも遠からず消えるだろう。火勢はそんなに強くない。まわりにいるのは、十数人の――と言おうか、十数体の宇宙人達。かすかなピアノの音。連中の会話。

どうしよう。救援は望めないと言っていた。ずっとここにいなければならないのか。この星に。この星の生命体は、他の生命体を殺して、その養分を摂取して生きている。

何ておそろしい！

しかし、この環境でなら生きてゆける。我々は。太陽の光が弱い。生きてはゆけるが……。根をはってみたら。どこに。この星には、他生物の栄養を搾取《さくしゅ》する生き物が満ちているというのに。

私の中にはあの人の子供がいるのよ！　あの人の。どうしたらいいの。あの人は燃えてしまった。

待とう。あるいは誰かが気づいてくれるかも知れない。誰かが救いに来てくれるかも知れない。

待つの？　偶然を？　何もせずに。

それ以外に何ができる。それより、この二人の生命体だ。我々の存在を知られてしまった。

岡田は身をおこす。一斉《いっせい》におこる宇宙人のざわめき。あなた方を食べる気はない。岡田は必死になって宇宙人を説得した。連中の心の中の恐怖を少しでもなくそうと。あなた方が、この地でひっそりと生きてゆきたいなら――いつの日か、救いが来ることを信じて待つならば、それを邪魔する気はない。本当だ。

岡田の説得が通じたのか、あるいはテレパシーの類《たぐい》を多少使えるらしい宇宙人達が岡田の気持ちを感じとったのか、とにかく連中の気持ちのたかぶりは、いくらかおさまった。そして。岡田はいたくその宇宙人達に同情したらしく、そのあとの全生涯を、宇宙人達が誰にもみつからず、ひっそりと生きてゆく為《ため》に使おうと決心したようだった。

山の奥の土地を買った。家と温室をたてた。山の木々の配置と道を変えた。まるで迷路のように。そして、村の連中に山の中には化け物がいるという迷信をうえつけた。

ところが。いくら岡田が努力しても、たった一つだけ不可能なことがあった。地球の気候を変えること。太陽の光は、連中の為にはいささか弱すぎたのだ。連中の寿命は二百年余りの筈《はず》なのに、地球へ来て五、六年で、連中はばたばたと衰弱死していった。あとに残ったのは、五人の子供達と、拓と明日香の母にあたる女性のみ。

宇宙人達は、自分の体が衰弱してゆくことを知ってか、ある日、岡田に重大な願い事をした。子供達を、この星にあう体に変えて欲しい。食物を、少しでもとれるように。ちょっと見ただけでは、この星の生物――人間と、見間違うように。

岡田は、この一大事業を引き受けた。外科医となっていた良介も、それに協力した。

そして――。

☆

「忘れられないと思う。私が、あの山に二度めに登った日、登山口の処《ところ》で、村人に声をかけられた。この山には化け物が住んでいる。はいらない方がいい、と。私はそれを聞いて、ああ、おじさんのうえつけた迷信は結構役にたっている、と思ったんだ。ところが……山にはいって気がついた。あれは、迷信なんかじゃなかったと。本当に、あの山には化け物が住んでいたんだ」

根岸の方をちらっと見る。

「おそらく彼が言おうとしたのはこのことだろうが……山の中の木々が、意志を持っていた。そこはかとない悪意が、行く手をはばんだ。山中の木々が、団結して、あの子供達を守っていたんだ」

「意志を持つ……？」

「そうとしか思えない。私は、岡田のおじさんと一緒に、あの迷路を作ったんだ。道は全部判っていた。なのに……正しい道を選ぶと、精神的にものすごい負の力が働くんだ。木々が、意志を持って迷わせようとしているとしか思えなかった。そこで私は……多分、精神状態が少しおかしくなっていたんだろう、木に向かってしゃべりだしたんだ。私は、あの洋館に用があると。あそこにいる子供達に手術をしてやる為、呼ばれたんだと。それを二、三度繰り返した。すると――今度は、逆の現象がおこった。木々に好意が感じられた。木々が行く道を示してくれた……」

「そんな……莫迦《ばか》な……」

「いえ、先生、莫迦なことではありません」

根岸が叫ぶ。

「僕が――私が言おうとしたのも、そのことでした。明日香の――あ、失礼、三沢明日香嬢の近くにあった植物は、あきらかに彼女からある種の影響をうけて変化するんです！」

「私とおじさんは、昔それの実験をやったんだ」

三沢良介は、片手に持っていた、色のあせたバインダーノートを取りだす。

「あの日、おじさんに会って下の木々の話をして……。それから、最初の夢子の手術にとりかかった。夢子を人間型にするのに二年、かかった。拓に半年。明日香に四カ月。歩に四カ月。望は、手術をうけるにはまだ小さすぎた。……しかし、合計で三年余りだ。たっぷり時間はあった。私とおじさんは、夢子と植物を近づけたり離したりして、観察を繰り返した……」

☆

　連中は、常にある種の精神エネルギーを発散している。特に感情が激した時、それはピアノのような音になる。人間が聞くと、そのピアノのような音は、心の中で、意味を持った言葉を形造るのだが……植物がそれを聞くと。その影響をこうむると。

　植物に、もともとあった素質が開花するのか、あるいは新たにそういう性質を獲得するのか、その辺のところはよく判らない。いずれにせよ、連中と接触した植物は、ある程度の知能と意志、そしてテレパシーを持つようになるのだ。

　普通の状態で、植物に影響があらわれるのは、明日香達と一メートル以内の処に、一時間以上おかれた時。ところが、明日香達が興奮すると、彼女らの影響が及ぶ範囲は、十メートル近くに達し、植物を感化するのに二十分でたりてしまう。

　ただ、明日香達との接触が、長期的であっても短時間である時――たとえば、一日十分ずつ半年間接触することがあっても、植物は影響をうけない。また、間にガラスのような遮蔽物《しゃへいぶつ》がある場合も、植物は影響をうけない。

　以上のことが判った時。良介は矛盾《むじゅん》に気がついた。山の下の木々達。明日香達は、この家から出ない筈だ。なのに、この家の周囲半キロくらいの木々は、すべておかしい。すべて明日香達の影響をうけている……。

☆

「信じたくないことだったが、連中が植物におよぼす影響は、伝染するんだ。最初、一本のシダが夢子の影響をうけて変化したとする。ついで……そのシダから三十センチ内にある植物は、二、三週間かけてゆっくり変化する。すると今度は、その変化した植物から二、三十センチ内の植物が、二、三週間で変化して、そして……判るかね。連中はいわば……伝染病の病原体なんだ！　私とおじさんは、必死でその変化をとめようとした。影響をうけていた植物の下限――山の下のおかしな木々のまわりにある正常な木々を、二メートル分位、すべてひっこぬいてまわった。下草もだ。放っておくと――非常にゆっくりとではあるが、日本中の植物がおかしくなりかねなかった。あの時は、それでなんとかなったんだ。岡田家のまわりだけで、植物の変化をくいとめることができた。ところが」

　三沢良介は、松崎教授をにらんだ。

「非常にやっかいな問題がおこった。子供達の行く末だ。あの子達は、絶対、外へ出てはいけないのだ。――それまであの子達を、あの洋館のまわりだけで育ててきたのは、あの子達の健康と、他人に体の秘密が露見《ろけん》したら困る、という理由だけからだった。ところが……あの子達が外へ出て――どこででもいい、植物のそばに長くいると……。日本にはまだ、森林だの田畑だのが結構ある。もし、ある日急に……急に、稲だの麦だのが、かりいれられるのに抵抗したら？　我々は、あくまで、植物から見たら寄生している生物なんだ。植物達が作ってくれる栄養に寄生して生きているんだ。植物が寄生虫を喜ぶわけがない……」

もう誰も、何も言わなかった。ショックが大きすぎた。

「なお悪いことに、あの子達は、人間に本能的な恐怖と不信感を持っている。おそらく意識はしていないだろうが。あの子達にとって、人間及び地球上の動物はすべて、自分達の同胞を喰う人喰い鬼なんだ。まして今、あの子達はあなた方――人間によって、狩られている。あの子達の意識下において、人間は完全に敵なんだ。そのあの子達が植物に影響を与えたら」

三沢良介は目をつぶる。もう、何を言っていいのか判らなかった。目をあいていたら、それこそ、睨《にら》み殺すようなまなざしで松崎教授を見据えてしまいそうだった。

「十二年前……岡田のおじさんは、松崎さん、あなたに見つかった為に、子供達を殺さねばならなくなった。子供達を、あなたに渡したら――子供達の正体が世間に知れ渡ったら、どうしようもない騒ぎになることは目に見えていたし、何より彼女達の母がそれを嫌がった。あの子達の母にしてみれば、自分の子供を人喰い鬼の研究材料にするなんて、どうしても耐えられないことだったんだろう。そこで、おじさんは、家に火をつけた。家と、あの子達によって変化したまわりの木々全部に。おじさんは――望と歩を殺した。ところが、明日香と拓と夢子を殺そうとして――殺せなかったんだ。どうしても。自分の子供と同じだぞ。何年も、手塩にかけて育ててきたんだ……。あの子達は、私の許《もと》に来た。そこで私は、あの子達を育て続けた。他の誰とも接触させないように、家の外には一日二十分以上出さずに。あの子達は、いくら体の組織を変えても、所詮《しょせん》異星人だ。地球の気候はあっていない。どうせ生きても三十……あと、十年で寿命なんだ！　どうして。どうしてあと十年、放っといてくれなかったんだ！　夢子と拓はいい。あの二人は、自分達の体のことを知っている。植物のそばに長くいるとどうなるかを。あの二人は、自重してくれるだろう。ところが、明日香は。あの子は、知らないんだ！　火事より前の記憶がないんだ！　あの子は、自分が病原体であることを知らない。何故《なぜ》、植物のそばに長くいちゃいけないのかを知らない。どうせ余命は十年。そう思ったから、教えなかったんだ。従ってあの子は……放っておけば、あちこちで植物に感化を与え……あの子は、外へ出てはいけなかったんだ！」

12

白い朝。視界に乳色のもや。シーツの白。あたしは、もの憂《う》く、身をおこしかける。それから。まだ眠っている信彦さんの顔をながめて。彼の髪をなぜる。うっすらと無精《ぶしょう》ひげ。

あなた。

心の中で呟《つぶや》いてみて。

あなた、連れていってくれると言った。外へ。ありがとう。それだけでいい。

それから、自分の体を眺める。細い腕。骨と筋の所在が、はっきり判《わか》ってしまいそう。それでもこれがあたしの腕だわ。

半分目を閉じて、松崎とか根岸とかいう人の顔を思い浮かべる。誰が。誰があなたたちに。指一本、触れさせるもんですか。見てらっしゃい。誰がおとなしく狩られてやるもんですか。

あなた達はあたしをガラスのシャーレから狩りたてた。さあ、ごらん。ガラスのシャーレを出たあたしが、どんな風にあなた達に逆襲するかを。

爪をみがこう。マニキュア塗って。あたしには、まだ、この体と爪と歯と髪がある。

一晩考えた。信彦さん。あなた、あったかいわね。あなたのそばにさえいれば、あったかくてしあわせでいられるかも知れない。でも、あたしは探さなきゃいけない。あたしが狩られる理由を。そして、教えてやらなくちゃ。猟犬達に、おいつめられた獲物の怖ろしさを。それにね。ゆうべ言ったでしょ。あたし、想い出しちゃったの。なくした記憶の一部分。

命は河。そう、ママが言ってた。命は河。親から子へ、子から孫へと流れる。いつかたどりつく海をめざして。おぼろげながら判っている。ここは、あたしが本来属すべき世界じゃない。あたしの為の場所は他にある。あたしが注ぎこむ海が。

昔、ママ達ははぐれてしまったのだ。本流から。そして水たまりでよどんでしまった。あの火事の日、おじいちゃまを殺してまで、あたしは逃げた。ママに約束して。いつか、あたしが、海へ行く。いつかあたしは、本流と合流する。

帰りたい。ママがそう言って死んだなら。帰ってみせる。あたしが。

ごめんなさい、信彦さん。あなたが連れていってくれるといった外は、この世界に属する人の為のものなのよ。あたしは――自分で行かなくちゃいけない。

ごめんなさい。ありがとう。そして。

「ばいばい……」

服を着おえたあたしは、まだ眠っている信彦さんに、軽く手を振った。

☆

本屋へ行って、地図を買った。街の様子を眺めて。喫茶店で、調べる。どうやったら帰れるかを。

まず、見つけなければ。なくしてしまった最後の記憶。その為には、岡田のおじいちゃまの家。あそこには、きっともう、松崎教授の下の人がいっているだろう。でも。すっかりさめてしまったコーヒーはカプチーノ。意味もなくシナモン・スティックでかきまわしたりして。

でも、見つけるんだ。あたしは。

☆

駅は閑散《かんさん》としていた。あたしは、なるべく顔をうつむけて、まわりの人を見ないように歩く。松崎教授の追手がどういう顔をしているのか判らないくせに、むこうはこっちの人相をよく知っているんだもの。それにこの髪。あたしは髪を切ることができない。目立つことが判っていても、あたしが自分の生命を維持する為には、この長さの髪が必要なんだ。

窓口へ行って、小声で切符一枚買――おうとして気づく。何、何、このお財布《さいふ》。一万円札だと思っていたの、千円札じゃない。

「お客さん、二千八百円」

駅員さんが、容赦《ようしゃ》のない声で言う。えーい、いい、もう。歩いていっちゃう。

「はい、おつり」

え？　きびすを返そうとしたあたしに駅員さん、切符とおつりをよこす。下を向いていたあたしの視界に、どこかで見たような靴がうつる。靴から視線を上にやると
……信彦、さん？

「お客さん、切符いるの？　いらないの？」

「は、はい、いります、どうも」

あたし、慌《あわ》てて切符とおつりをうけとる。信彦さんは、黙って、こわい顔をして、あたしの肩に手をまわした。

「あの……ね。信彦さん」

「あと五分足らずで次の電車が来る」

それだけ言うと、すたすた歩きだす。肩に彼の手があるものだから、仕方なくあたしも歩きだす。

「どうして……ねえ……」

信彦さん、おこってる。何も言わない。

「ねえ……何で……おこってる？　みたいね……あの……」

あんまり何も言われないと、言葉が次々とわいては消えた。

「ねえ……ごめん。ごめんなさい。でも……」

「謝るようなことはするな」

それっきり沈黙。

☆

ずいぶん長いこと彼は黙っていた。黙って煙草《たばこ》を吸っていた。少しペースが速い。健康によくないだろう。

健康。そうよ、信彦さん。あなた、判ってないの？ あたしは行ってしまうのに。あたしは、本流へ合流する為に、帰らなければならないのに。母の故郷へ。

「あなたの」

思わず口にしてしまった言葉に、はじめて彼は反応した。

「え？」

「……ううん」

「何だ。言ってみろよ」

鋭い目つき。怖い。

「言ってみろ」

完全におこってる。

「あなたの……あなたの隣にいるのがあたしなのは、いけないことだわ」

……何という生硬《せいこう》な日本語！

「何だと？」

「あなたの隣にいなきゃいけないのは、健康で、ぽちゃぽちゃして、陽《ひ》にやけて適当に太った女の子だわ！」

「明日香！」

「あたし、駄目《だめ》なのよ。ごめんなさい。忘れていたの。あなたに連れてって欲しいって言ってしまった。あたしが行きたいのは、あなたの行けない処《ところ》なのに」

「どこへ……行く気だ」

「ママの故郷。……おぼろげながら、判ってるの。あたしの故郷はここじゃない。あたしは……帰らなきゃいけなかったのよ。ママのかわりに。いつかたどりつく海へ」

「……日本語使えよ」

「あの……」

「もっと判るように説明しなっつってんだ！」

電車中の人達が、彼の声量におどろいてふりむいた。彼は全然、まわりのことなんかにかまわなかった。仕方なしにあたしは小声で説明する。ママ達は、もともとこの地の生き物ではなかった。ママ達は、本流からはぐれてしまったのだ。命は河。だとしたら、ママ達は支流。水たまり。あたしはママに約束したのだ。そして、おじいちゃまを殺してまで火事の日に逃げた。本流に合流し、いつかたどりつく海へ行く為に。

「おまえな……」

信彦さんは上を向く。

「どう言えばいいんだろう。そうだな……うん、そうだ」

「え？」

ぱあん！

急に顔の近くで音がした。それからほおが熱くなって、痛くなる。あたしは驚いて——本当に驚いて、二、三度まばたきした。

「こんな処で痴話《ちわ》げんかを始めないで……」

どこかの見知らぬおばさんが、割りこんできた。あたしはそれを視界の片隅にとらえながら、呆然《ぼうぜん》としていた。

「余計なこと考えんなよ。海が何だっていうんだ。俺はここにいる。だから、おまえの故郷はここだ」

信彦さんは、おばさんに全然構わなかった。あたしは……。

「ちょいと、あんた、女の子泣いてるよ。やめなさいよ」

あたしは……。そのまま、信彦さんにもたれかかった。

「おばさん。こういうことは、口をだしたらばかみるだけだから」

見知らぬおじさんがおばさんをひっぱってゆく。

「あーあ」

信彦さん、うめく。もとの明るい口調にもどっていた。

「次の駅で降りよう……。俺……恥ずかしくて神経がもちそうにない」

☆

電車をのりかえて。

「ね、どうしてあたしが駅へ行くって判ったの」

「行く先はどうせ岡田家の焼け跡だろ。それでおまえの気がすむなら、つきあってやるよ」

そういえば。彼はあたしが駅につく前に、自分の切符を買ってあったんだっけ。

「それにしても、よくその財布の中味で俺と別行動とる気になったな」

「うふ……」

笑って。ごめんなさい、あなた。あたしの心、まだ決まってない。あたし、あなたの隣にいちゃいけないような気が、まだ、する。

ごめんなさい。あなた。あなたをつきあわせちゃいけないのに。なのにあなたに連れていってもらうのね、あたし……。

13

相変わらずの、迷路だった。

「えーと、ここを左、だったかなあ」

ついこの間、来たばかりなのに。信彦は、さんざ考えて道を選ぶ。明日香は、こと道に関する限り、まるで役にたたなかった。無理もない。山の下の人々が上へ登らなかったように、山の上にいた明日香は、下へおりなかったのだ。右手が、すこしいたんだ。先刻、電車の中で。まるで手加減なしにひっぱたいてしまった。

「……変ね」

「何が」

「昔は、この山の木々、もっと優しかったような気がするの」

「そうかな。昔はもっと意地が悪かったような気がするんだが」

「うふ」

そんな二人を、冷やかに見ている一対《いっつい》の目。

☆

「町田老人から電話があった」

松崎教授は、ひどくつかれた表情をしていた。昨夜は徹夜だった。眠れなかった。

「明日香とおもわれる女を連れた嶋村信彦が、岡田家の焼け跡に来たそうだ」

男達は一斉にざわめいた。三沢良介はため息をつく。

そして。

「松崎さん。私も同行しよう……」

☆

「野宿を覚悟しなきゃいけないかもしれない。すまん、明日香……」

この間うまく岡田家の焼け跡をみつけられたのは、あの老人に会って道を聞いたからだろう。本当にもう……。何度も同じ処ばかりぐるぐるまわっている。

「あの、ね、信彦さん」

明日香が遠慮深げに言った。

「こっちじゃないかしら……」

「そうかな」

「うん、多分……」

「いやに自信があるんだね」

「木がね、教えてくれたの」

……木が教えてくれた？　でも。あり得るような気がする。

先刻から、まわりの木立ちの様子が変だった。明日香が帰ってきたせいだろうか。段々、昔のような、異様な雰囲気がただよってくる……。

「ほら、あったあ」

明日香が、子供のような声をたてた。木立ちが急にとぎれる。

丸い草原。岡田家の焼け跡——。

14

なつかしい。

あたしは、はしゃいで駆けまわった。信彦さんはぼんやりとあたりを見まわす。

ここが温室の跡。

信彦さんの腕をつかみ、温室の跡まで連れてくる。あの時は、彼、ママに会わずに逃げたでしょう。

「ママ。この人がね、嶋村信彦さん。あたしの……あたしのね、恋人」

温室の焼け跡にあいさつをする。信彦さんも調子をあわせて。

「よろしく。明日香のお母さん——ね、お母さんの名前、何ていうんだ」

「さあ……。ママはママだわ」

「じゃあ、ママさんに。頼むから明日香の呪《のろ》いをといてくれ」

「あたしの……呪い？」

「そう。帰りたいって奴。そんな顔したって駄目《だめ》だ。ちゃんと判《わか》ってる。おまえ、まだ、おまえのママさんのいまわの際の台詞《せりふ》に執着してんだろ。……ま、無理もない。記憶をなくしてる間も、しっかりあの曲弾《ひ》いてたもんな。帰りたいってメロディ」

「グリーン・レクイエムのこと……。どうして判ったの、あの曲の意味」

「昔、直接おまえのママの歌を聞いた」

帰りたい。繰り返すメロディ。ママの歌。あれがあたしの呪いなのだろうか。

「おまえが——もし、おまえの言うとおり、この地の生物でないなら、どうあがいたって所詮《しょせん》は帰れない」

あの火事の日も、理性はそれを判っていた。でも。

「それに……俺が帰してやらない」

信彦さんは、あたしの肩をつかんだ。いつかのおじいちゃまと同じ……。

「俺がおまえを連れてゆく。地球にある海に。この星の上のどこでも、おまえの行きたい処《ところ》に。だから、おまえの故郷は、ここだ」

体の力がすべて抜けてゆくのが判った。あたしは本当に弱くなったんだ。もうきっと、一人ぼっちには耐えられない。

待っていたのかも知れない。ずいぶん長いこと。ママはむかえが来るのを待っていた。そしてあたしの代で来たむかえは——新しい故郷への。

「明日香」

ふいに背で声がする。三沢の……。

「おじさま！」

「教授！　根岸！　宮本！」

信彦さんが、あたしをうしろにかばって、おじさま達の前にたちふさがってくれた。あたしは静かにしゃがむ。

「おじさま……までが、狩る方にまわったの……」

「明日香。聞いてくれ」

「嫌《いや》！」

駄々《だだ》っ子《こ》のように、耳を押えた。十二年前のおじいちゃま。三沢のおじさま。みんな、みんな……。

「うちへ帰ろう、な、明日香。おまえは外へ出てはいけないんだ。すでにこの辺の植物は変化しだしている」

「どういうことです。教授、俺は——私は——、いや、俺は、明日香を絶対あんたなんかに渡さない！」

「嶋村！　おちつけよ！」

　根岸という人が叫んでいた。

「それは、人間じゃないんだ。異星人なんだ」

「たとえ何だろうと、明日香は明日香だ。研究室の中に閉じこめておくような」

「閉じこめておかねばならんのだ」

　あの台詞。あの台詞を言っているのは、三沢のおじさま……。十二年間、あたしを育ててくれた人。

「閉じこめねばならんのだ。明日香は、単に異星人だというだけではない。病原体なんだ」

　病原体。おじいちゃまもそう言っていた。おまえは病原体。外へ出てはいけない。

「感じるだろう。まわり中の植物の、そこはかとない悪意を。明日香は、一定時間以上植物と接触すると、周囲の植物に変化を与えるんだ。それも、伝染性の。彼女のまわりにいる植物はすべて、意志と弱いテレパシーを持つようになるんだ！　判るか！　明日香が外へ出たら最後、日本中の――世界中の植物が、人間に牙をむくようになる！」

　なくしてしまった最後の記憶。何故《なぜ》、あたしはあの時、おじいちゃまの言うことに逆えず燃えてしまおうとしたのか。

　あたしは病原体……！


信彦さんの背中をみつめる。

あなた。お願い。ここはあたしの故郷だと言ってくれたでしょ。

「植物が意志を持つ……そんな……」

　信彦さんの背中がゆれた。あなた。あなた！

「判るだろ、嶋村。明日香嬢を渡してくれ。これは、私達と君と明日香嬢だけの問題じゃない。放っておくと、地球上のすべての植物が……。考えてもみろ。人間に逆らう小麦、切りたおされることを嫌がる森林、収穫をこばむ稲」

「あたり前じゃない！」

　あたしは叫んでいた。

「あたり前じゃないの！　植物だって生きているのに！　人間の、どこが偉いわけよ。おなじ生物のくせに、何一つ造りださない人間の！」

「そんな……明日香……」

　信彦さんは、うめいていた。ゆれる背中。あたし、もうこれ以上、見たくない。

Bye, 信彦さん。あなたも人間なのよね。

もうあたし、行く処、ないじゃない。

　ふらふらと二、三歩あとじさる。自然に髪の毛がひろがった。うねる。ピアノの音がひびく――あたしの想い。

　ここがあたしの故郷だと、あなたは言った。なのにあたしはここにうけいれてもらえない。もう、どこにも行く処がない。糸切れた。

Bye, 信彦さん。これ以上あなたに望むのは無理でしょう。残酷《ざんこく》というものだわ。

いつか。いつか、少し太った、明るい笑顔の、健康な女の子を連れてここへ来てね。そして、ほんの少しだけ。想い出してちょうだい。あたしのことを。

髪がゆれる。木という木が、すべて共鳴してくれた。体があつい。熱を放出しているのが判る。

おじいちゃま、あたしを殺そうとした。おじさま、あたしを狩った。これで充分よ。信彦さん。あなたがあたしを松崎教授に渡すところ、あたし、見なくていいでしょう。

ばいばい……ばいばい……。ここ、あたしの故郷じゃない。あたし帰るの。ママの故郷へ。ばいばい……。

メゾピアノ……メゾフォルテ……フォルテ……フォルテシモ……フォルテシモ!

たたきつける想い。クレッシェンドにつぐクレッシェンド。

さようなら。もうあたし、どこにも行かない。

さようなら。もうあたし、動かない。

さようなら。もうこの先は見ない。

さ よ う な ら !

髪が、静かにたれさがる。そして、風に、ゆれた。

15

海だよ、明日香。これが。

信彦は、一人で砂浜にすわる。

海だよ、明日香。これが! 近くでみるとあまりきれいじゃないよなあ。遠くであこがれるもんだぜ。海は。

おまえの呪《のろ》い、とけなかった。おまえ、最後の瞬間、俺を信じてくれなかった。自分からすべてのエネルギーを放出してしまった。

俺が教授におまえを渡すと思ったのか? どう言えばよかったんだ。どう言えば判《わか》ってくれた。

地球なんて、どうなってもよかった。すべての植物が人間に牙をむく。そうしたいならさせとけよ。おまえがいてくれたらいい。

岡田教授は、おまえを殺そうとしたそうだな。そして三沢氏はおまえを狩った。だけど。俺は……。

夢子。拓。明日香。歩。望。これはすべて岡田教授のつけた名なんだろう。明日を夢みて。拓《ひら》いて。歩んで。望を捨てずに。

岡田教授だって、おまえのことを愛していてくれたんだ。断言していい。三沢氏は、ずっとおまえをみつめていた。あの洋館跡の木々を焼く時泣いていた。

おまえ、心を閉じてしまった。たった一人で悲劇のヒロインになって……。

　ああ、こんなきついこと言う気じゃなかった。でも、どう言えばよかった。どう言えば判ってくれた！　あとになって判るんだよな。あの時、どう言えばよかったのか。

　いつか海へそそぐ本流に、だと。海なんて、こんなもんさ。ちょっと大きな水たまりだ。

　おまえは――少なくとも俺にとって、海へそそぐ流れの一筋なんかじゃなかった。おまえはおまえだったし、それで充分だったんだ。河になんかなれなくても。

　ごめんよ。

　結局、ラストでおまえを守れなかった。問違ってた。松崎教授や根岸からおまえを守る必要はなかったんだ。あの曲――グリーン・レクイエムから、おまえを守ってやればよかったんだ。あの、ママの歌から。帰りたい。海へそそぐ本流へ合流したいという想いから。

　　海にゐるのは、
　　あれは人魚ではないのです。
　　海にゐるのは、
　　あれは、浪ばかり。

　全然、そんなイメージじゃない。目の前に広がっているのは、寂寥《せきりょう》なんて単語とはおよそ縁のない、のたっとした海。

　　曇った北海の空の下、
　　浪はところどころ歯をむいて、
　　空を呪ってゐるのです。
　　いつはてるとも知れない呪。

　いつ果てるとも知れない呪い。まったく、そのとおりだ。おまえの呪い、ついにとけなかった。

　帰ってどうする。俺がここにいるのに、おまえの故郷はここなのに。

　でも。

　今、海へ帰してやる。

　信彦は、明日香の髪を、力一杯、海へ投げつけた。

　夢子と拓。今、教授と三沢氏が必死になって追っている。遠からず、つかまってしまうだろう。

　俺？　俺は、やり直すよ。何もかも、はじめから。

　そうだろう？　海へそそいでその先はどうなるんだ。最後まで気づかなかったのか？　海は、陸地にたまった、大きな水たまりじゃないか！

　そのうちに、少し太った、明るい、健康そうな嫁さんもらって、おまえに会いにいくよ。そして、おまえの前で、嫁さんに話すんだ。おまえのこと。守ってやれなかった女の子。

惚《ほ》れた女一人守れなくて男がつとまるかって。きついな、夢子さん。

どこかで、ピアノの音がした。だいぶつっかえてるチェルニー。それが不思議な程、あの曲によく似ていた。

あの曲――グリーン・レクイエム。

緑色の、鎮魂《ちんこん》ミサ曲。

結局、俺は、おまえのママの想《おも》いに負けたんだ。

緑の髪の婦人に捧げるレクイエムに――。

チェルニーは、やがて、もう少しうまいソナチネにかわった。弾《ひ》き手が変わったんだろう。ずっと安定したタッチ。

信彦は、黙って波をみていた。うちよせ、もどり、うちよせ、もどり、繰り返す波。煙草《たばこ》をくわえて。

それから。砂浜に小さな穴を掘り、煙草をうめる。波の音。繰り返す想い。それを断ちきるように立ちあがる。海に背をむけて歩きだし――そして。

そして、二度と、ふり返らなかった。

〈FIN〉

B・G・M

ショパン　ノクターン　作品九の一

リスト　巡礼の年　イタリア　〝ダンテを読んで〟

緑幻想　グリーン・レクイエムⅡ

Opening

ずっと、想《おも》っていた。
何より、大切だった。
あなた――。

――お願い、あなた、そうだと言って。
どうか、判《わか》って。
この想いを共有して欲しい。
あなた――。

ずっと、想っていた。
信じていた。
いつか、あなたに会える。
あなたに会えたらあたしは――あたしは。

――遠くで聞こえるピアノの調べ。
あれは、ママの歌。
あたしのよく知っている歌。
あたしをやり場のない処《ところ》へとおいつめる、あれは、呪《のろ》い。

連れていって。
あたしのゆけない処へ。
連れていって。
すべての軛《くびき》を断ち切って。
連れていって。
あたしは一人では行けないの。
たとえば――いちめんのなのはなの溢《あふ》れる世界へ。

――ママ。
ごめんなさい。
うたわないで。
あの歌を。
帰りたい――帰りたい――帰りたい――。
あの歌を聞くと切《せつ》なくなる。
もうあたしはあの歌には縛られたくない。
あの歌――あたしの呪い――グリーン・レクイエムに。

いちめんのなのはな
いちめんのなのはな
かすかなるむぎぶえ
いちめんのなのはな

ああ。
どんなに憧《あこが》れたことか。
いちめんのなのはな。
どこまでも続く淡い黄色の世界。
決してあたしの行けない処。
あなたに会うことさえできたら、きっとあたしが連れていってもらえた処。
……でも、それは、遠い夢ね。

――ママ。
お願い。
あたしを呼ばないで。
帰りたい――帰りたい――帰りたい――。
ママの想いが満ちるのを感じる。
でも、あたしはもう、そこには帰れないの。
ここがおまえの故郷《ふるさと》だ。
あの人がそう言った時から、あたしの故郷はここになった。
だから、あたしはもう、帰れない。
もう、どこにも行かない。
ここがあたしの故郷だ――。

あなた。
ここがあたしの故郷だって言ってくれた。
あなた。
ありがとう。
あたし、ずっと、言ってもらいたかったの。誰かに。
だから、ありがとう。そして――お願い。
どうかあたしをここにいさせて。
あたしをどこにもやらないで。
ママがあたしを連れに来る。
ここの人達があたしを追い詰める。
お願い、あたしを守って。
お願い、あたしを渡さないで。
……でも……それは、無理なのね。
それは、遠い夢。判っていたのに。
だから。
どうか。
これだけは。
あたしは、ここにいます。
いつまでも、ここにいます。
たとえ、この体が朽《く》ち果てても、心だけは。
たとえ、この体がどこへ連れさられても、想いだけは。
お願い、あなた、あたしをここにいさせて。
お願い、あなた――信彦《のぶひこ》さん。
信彦さん！

☆

ある、初夏の日暮れ時。

山の中腹にある、古びた洋館の焼け跡に、一瞬、突然の落雷のような閃光《せんこう》がさした。その場にいたすべての人達は、たまらず目を閉じ――閉じたまぶたを通しても、なお、その光は人々の脳にまではいりこみ――そして、人々は、知ったのだ。

あれは――光ではない。落雷とみまごうような、あまりの強さ故《ゆえ》に光まで伴っているかのように見える――あれは、想い。

そしてその想いは。あたりにいたすべての人々の脳裏をある一つの色に染めあげ、それから。

それは、やがて、じわじわと、あたりにいたおよそすべての人以外のものにも、影響をおよぼしてゆく。それは、決して、表《おもて》だって人間に判《わか》ることではなかったのだが、でも、じわじわと、確実に。

そして。

このお話は、そこから始まるのである――。

1

空が、青い。

臨時に自分のオフィスとなった、白いビルの一室で、黒田博《くろだひろし》は半《なか》ばうんざりしながら青い天井をみつめていた。青い天井――空を。

空が、青い。いい天気だ。そのこと自体は、まあ、結構なことなのかも知れないが、自分のオフィスで仕事をしているだけで陽《ひ》にやけるというのは、あまり好ましい事態ではないような気がする。日がな一日ビルの中に閉じ籠《こ》もって、なのにまっ黒に日焼けするだなんて、自然の理というものをまるで無視しているようで。

「ガラスブロックの天井……こんな訳《わけ》の判《わか》らないものを作るくらいなら、そもそも、天井なんか作らない方がいいんだ」

誰にともなく、こう、呟《つぶや》く。

そうだ、ガラスブロックの天井なんてものを作ってまで、問題のものに太陽の光を浴びせたいのなら、最初から天井なんか作らなければいいのだ。

が。

そうはいかないこともまた、黒田にはよく判っていたのだ。

「……まあ……仕方がないことは認めざるを得ないが

……」

この部屋の中に、人は黒田一人しかいない。にもかかわらず、およそ誰にも聞き取れない程度の小声でこう言うと、黒田はそっと自分の背後の壁を盗み見る。彼のデスクのうしろには、急拵《ごしら》えの、しかし頑丈な壁があり、その壁の中央には、小さな、黒田を含め、ほんの数人の指紋でしか開かない扉がある。そして、その扉の向こうには――。

ストレスが、たまっているのに違いない。

黒田は、それを思うと、軽いため息をついた。

ストレスがたまっているのに違いない。

こんな、ま、言わば超国家的な秘密の中にいて、調査自体はまるですすまず、なのに頑《がん》として問題のものの解剖と引き渡し要求をこばみ続けて、それでもストレスがたまらないという人がもしいるのなら、お目にかかってみたいもんだ。

このまま自分にストレスがたまり続けて――そして、そのストレスが臨界点まで達した時――次に起こるのは、何だろう？　胃に穴があき、体がずたずたになり、もうこの仕事を続けていられなくなり……そのあとの自分はどうなるのだろうか？

三沢《みさわ》――あるいは、岡田明日香《おかだあすか》。

扉の中にある、そのもののことをちょっと考えてみる。

三沢明日香、あるいは、岡田明日香。

報告書によれば、生前の彼女は、自分が何であるのか、ずっと知らずに過ごしてきたらしい。それは、彼女にとって幸せだったのだろうか？　それとも、不幸だったのだろうか？

できれば、幸せであって欲しい。

これは感傷だ。そう思いながらも、黒田は、何故《なぜ》か、切実にそう願っている自分に気がついた。

大の大人の、それも結構汚い仕事に手を染めてこなかった訳ではない、黒田博の胃に穴をあけるような秘密。それに直接関連していた、三沢――あるいは岡田明日香。彼女が幸せであったとは思いにくいが――それでも、幸せで、あって欲しかった。何故なら、彼女は……。

……良子《りょうこ》。

感傷だ、感傷。

黒田は、自分の心の中にわきあがった、ある思いを払拭《ふっしょく》するように、あわただしく首を二、三度振ると、そのまま立ち上がり、苛々《いらいら》とデスクの廻りを歩き――そして、問題の、扉の奥へと、足を踏み入れた――。

☆

「指紋確認……黒田博……部屋の重量、基本時より六十七キログラム増……これは、黒田博の基本体重の許容範囲です……体温確認……摂氏三十六度三分……発汗確認……生体だと認めます」

嫌《いや》になるくらいしつこく、扉の前の所定の場所に手を触れた黒田は、待たされた。まず、指紋でここにいる人間が黒田だと確認し、次に、部屋の重量により、他の人間、あるいは黒田と極端に体重の違う人間がいないことを確認し、体温と発汗により、黒田の指紋が、切り取った指によっておされたものではないことを確認し（つまり、黒田の指が生体であるかどうかが確認され）——ようやっと、黒田は、問題の部屋の中にはいることができた。

「良子……また来たよ」

黒田は、ドアを開けたあと、彼の権限で可能な限りのセンサーを切り、あいたドアの中へと走るようにして進みより、問題のものの前まで来ると、そっと、心の中でこうささやく。

良子。

それが、嘘《うそ》だということは、誰よりよく、黒田が知っている。

良子。黒田の、もうはるか昔の初恋の女性は、勿論《もちろん》明日香ではなかったし、今黒田の目の前にある明日香の体、そしてその容貌と、かつて黒田が真剣に焦《こ》がれた良子という女には、似た処《ところ》はほとんどないと言ってもよかった。第一、現実の良子は、今、この瞬間も、おそらくは黒田の知らない誰かの妻として、子供にも恵まれた幸せな人生を歩んでいるに違いない。

だが。それでも、そんなことは百も承知の上で、明日香は黒田にとっての良子なのだ。どうしてだか判らないのに魅《ひ》きつけられる、どこがいいとも思えないのに引き寄せられる、謎の、そして永遠の憧《あこが》れの女性。今の黒田からすると考えられないことだが、もったいなくて手を握ることすらできなかった少女。そして——一度、良子として失われ、今また明日香として失われた、永遠に手の届かない女。

「きれいな髪だ……」

天井がガラスブロックの部屋。その部屋の中で、更《さら》にもう一段、ガラスケースで囲われているその物体。故《ゆえ》に、黒田は、直接その物体の髪を愛撫《あいぶ》することもままならず、ただ、心の中でだけこう呟くと、視線でその髪を愛撫した。

「良子……」

ガラスケースの中にあるのは、二十《はたち》前後に見える、女性の体。比較的ほっそりしたなんてものじゃない、あきらかに痩《や》せすぎの体軀《たいく》と、貧血としか思えないような色の白さをそなえた体。貧血——いや、そもそも、色素沈着が日本人とは違うのかも知れない。とはいうものの、あきらかに白色人種でもないその体色。骨格そのものが、黄色人種にしても惨《みじ》めすぎ……にもかかわらず、何故か、一種の風格といったものがその体からは滲《にじ》みでている。

そして——そして、何よりも異様なのは、その、髪の毛。

まず。

長かったのだ、やたらと。

おそらくは、二メートル五十以上はあるに違いない。この女性がこのガラスケースの中に身を横たえる直前まで、生きて——そして、立って歩いていたことを考えると、どう考えても不可能な長さ。何せ、彼女の身長より一メートルも長いのだから。

それに。その髪の毛の、先の方は、おそらく染めていたんだろう、黒い色をしているが、頭についている方、一メートル五十くらいの色は。

人種を問わず、およそ人類にはあり得ない——鮮《あざ》やかな、深緑色だった……。

☆

三沢、あるいは、岡田明日香。

それが、現在、日本国政府の最大機密事項になっている、この死体の名前だった。現時点において、日本と西側諸国によって存在が推定されている異星人三人のうち一人、そして、存在が確認されているたった一人の異星人。

ガラスケースの中に横たわる女の髪を視線でゆっくりたどりながら、黒田は気の狂いそうだったこの二ヵ月のことを思い出していた。


基本的には、事態をここまでややこしくしたのは、松《まつ》崎《ざき》という大学教授の独走というか認識不足だった。

松崎の供述によれば、今回の事件の根は、十数年前にさかのぼることになる。松崎は、十数年前、ある山奥の洋館で、偶然、以前彼の師だった岡田善一郎《ぜんいちろう》という学者と、彼によって育てられている五人の子供達に出会ったことがあったのだそうだ。ただ、当時の岡田は極端な程松崎の来訪を迷惑がり、そしてそれをいぶかしんだ松崎は、おそらくは岡田が何よりも隠しておきたかったに違いなかろう五人の子供達の秘密に気がついてしまう。その五人の子供達の髪の毛は——鮮やかな深緑色をしていたのだ。

その髪を見た瞬間、松崎はすべての秘密を知ってしまったと思いこんだ。ある日突然、失踪《しっそう》のような形で学界から退《しりぞ》いてしまった岡田が、最後まで熱心に研究していたのが光合成で、岡田の究極の夢は、植物の手を借りず、人為的に、あるいは何らかの外科ないしは遺伝子操作処理を施《ほどこ》した動物によって光合成がなされることで——その子供達は、岡田の研究のゆきすぎが作りあげてしまった、いわば生体実験の産物であったと思いこんでしまったのだ。

松崎は悩んだ。岡田のやったことがもし松崎の思ったとおりのことであったなら、それは人間として許される行為ではない。が、昔の師、それもたった一人の恩師として松崎が尊敬してきた岡田を告発するのはどうしてもためらわれた。それにまた、そんなきれい事はおいておいて、松崎も、科学者の一人として、もし岡田の夢が叶《かな》ったのなら、そのメカニズムを知りたくてたまらなくもなったらしい。

その上、岡田も岡田で、ある意味でそんな松崎の誤解を助長するような行動をそのあととったのだ。すなわち――松崎にすべてを目撃されたと知った直後、岡田は家に火を放ち、そういうものがあったなら、すべての研究と、そして子供達と自分とを、炎の中に葬《ほうむ》ることにしたのである。

が。五人の子供達、そのすべてが火の中で失われた訳ではなかったのだ。子供達にも生き延びたいという意欲があったことだろうし、岡田だってそれまで男手一つで子供を育ててきたのだ。どうしても殺しきれない思いもあったことだろう。年上の三人は、火災をのがれ、どこへともなく消えてしまった。松崎は、そんな岡田の最期《さいご》を知ると、感情的にどうしても罪を暴くことができなくなり――こうして、この問題は、三人の子供の行方《ゆくえ》不明という事実を孕《はら》んだまま、十数年も、単なる失火による火災として葬られてきたのである。

皮肉なことにも。こうして、一度は途切れた松崎と子供達の間に糸を結んだのは、今度は松崎を恩師としてあおぎみる、彼の門下の嶋村信彦《しまむらのぶひこ》だった。嶋村の、二十五歳という年齢を考えるとあまりにも遅い初恋の相手が、問題の子供達の一人、三沢――あるいは、岡田明日香だったのである。(岡田家全焼の後、問題の子供達は、岡田の母方の親戚でもあり、後に述べるように岡田の唯一の協力者でもあった、三沢良介《りょうすけ》という医者をたよって彼の家に身を寄せていたのだった。)

松崎は、今度こそ容赦《ようしゃ》はしなかった。何が何でも、緑の髪をした子供達の秘密をときあかそうとした。

その、協力要請とはちょっと言いにくいような強引な態度のせいか(のち、彼らが異星人と判ってからは、別に松崎の態度にはかかわりなく、とにかく彼らにしてみれば、科学者に自分の体を見せる訳にはいかないという都合があったのだと判るが)、彼らは、松崎から徹底して逃亡しようとする。が、夢子《ゆめこ》、拓《たく》の年長者二人は、何とか松崎の手を逃れたものの、結局明日香は一度は松崎に捕まってしまう。

明日香の組織のサンプルは、この時、ある程度、取ることができた。

そして。この時の、宮本秋雄《みやもとあきお》、根岸貴幸《ねぎしたかゆき》、両名の研究によって。

初めて、事態は、はっきりしたのである。

すなわち。

明日香は、ありとあらゆる意味で、人間ではなかった。人間たり得なかったのだ。人間は――いや、人間に限らず、動物であろうが植物であろうが、地球で進化を辿《たど》ってきた生物は、明日香のような組織を構成し得ないし、逆に言えば、明日香の持っているような組織を持つ生物は、地球の進化の系列に属し得ない。

つまり、松崎の考えは、その基本が間違っていたのだ。岡田善一郎は、研究の末、人間が光合成をできるようにしたのではない。

そもそも、人間ではない、光合成をする生物を、あたかも人間であるかのように作り変えたのである。

つまり。

いつ、どこで、どうして、彼らが地球に住むようになったのかは判然としないが、彼らは、あきらかにエイリアンであり——どういう事情があってか、岡田はエイリアンが地球人としても通用するよう、彼らの体組織を作り変えたのだ。この時、その手術に協力したのが、明日香達ののちの育ての親となった、三沢良介である。（のち、三沢が、岡田と共に宇宙船が墜落《ついらく》する現場に立ち合ったこと、故に彼らは真実エイリアンであること、事故の生き残り達の希望は母星への帰還だったのだがついにそれを果たせなかったこと、故に、最後にたった一人残ったエイリアンの女性の願いをいれ、彼女の、そしてその他のエイリアンの子供達を人間型にしようとしたこと、などを松崎に告白した為《ため》、この点はおそらく真実であろうとは思われるのだが、数人の学者は、まだ、明日香を、人類亜種であると主張してやまなかった。あとに述べる事情により、三沢良介の身柄がまだ確保されていないので、この点については、議論の余地が残されている。）

この驚くべき——誰も予想をしていなかった事態の展開の為、一時、松崎の研究室はパニックにおそわれた。そして、その隙《すき》をぬって、一度はつかまえた明日香が、松崎の門下生であり明日香の恋人でもある嶋村信彦と共に逃げだしてしまったのだ。ここで事態は驚異的に混乱し——また。

また。宮本、根岸両名の研究は、更に驚くべき結論を提示しており、この為混乱は、更に二乗された。

明日香達エイリアン（まだ結論はでていないものの、暫定《ざんてい》的に、ここでは彼女をエイリアンとしよう）の近くにいたり、あるいは彼女達によってある種の影響を与えられた地球の植物は、変化するのである。みずからの意志を持つように。そして、みずからの意志のままに振る舞えるように。その為、植物は、わずかとはいえＥＳＰのような能力を獲得することも、認められている。そして、その影響は——きわめて僅《わず》かで、遅々としているとはいえ、伝染するのだ！

こと、ここへきて。

もはや事態は、静観していられるものではなくなった。

今や、明日香と、そして彼女の兄・拓、彼女の姉がわりにして拓の恋人・夢子は、狩られているのだ。人類によって。

そもそも、動物というものを持たない星で発生した（と思われる）明日香達エイリアンにとって、植物を食べるものがいる、この地球という星は、地獄なのだ。草食動物は鬼だろうし、それを食べる肉食動物は悪魔だろう。まして、今、地球を支配している人間ときたら！

潜在的に、彼らエイリアンは、人類に対していわれのない恐怖を抱いている。その彼らが、実際に人類に追われだしたら。その恐怖は、二倍にも三倍にもふくれあがるだろう。そういうエイリアンが、地球の植物に影響を与えだしたら！

全地球上の、総《すべ》ての植物が、狂いだしかねない。彼らは、伝染力のある影響を植物に与え得るのだし……彼らが、植物に与える影響は、決して、動物に、そして人類にとって好ましいものである筈《はず》がない。

それに。

考えてみれば、我々人類は、そして、動物達は、植物に対してどんなことをしてきたというのだ？　踏みにじり、食べ尽くし、ただ食料増産の為のみにその生存を許し、場合によっては『種なし』などという当の植物にとってはたまらなく屈辱的な品種を産み出し……。

全植物が動物に対して牙をむく。農作物が、すべて、人類に対して牙をむく。

そんな事態だって、起こり得ないとは言い切れない！

実際、人類は、そうされても文句が言えないようなことを、全ての植物に対して行っている！

明日香は、そして他の二人は、そんな危うい人類の危機の導火線なのだ。彼女達を導火線にして、いつ、どこで、どんな火花があがるか知れない。

本来ならば、ここで、この時点で、日本という国が、あるいは国連が、あるいは西側諸国の首脳団体が、この問題に嚙《か》んでしかるべきだったのだ。

だが、実際は、そうはならなかった。

何故なら、松崎が、そのすべてを握り潰《つぶ》したからだ。

松崎の頭の中にあったのは、『研究』、ただその二文字だったのだとは思う。松崎は、ただ、明日香、拓、夢子、その三人の秘密を、純粋に学問的にときあかしたかったのだと思う。

故に。松崎は、極めて個人的に、追跡しだした。明日香を、拓を、夢子を。

松崎にとって幸いなことには。彼の追跡網が極めて不備であったにもかかわらず、明日香と、そしてその恋人の嶋村信彦が、何とかそれにひっかかってくれたのだ。彼ら二人は、昔の岡田家焼け跡で追い詰められ……そして、明日香は、精神的な自殺をした。

精神的な自殺。

明日香達エイリアンの肉体構造が今一つはっきりしていない現段階では、他にちょっとどう言っていいのか判らないのだが――とにかく、その時、その場に居合わせて、明日香のしていることを見ていた人達は、全員、そう思ったのだそうだ。すなわち――明日香は、自分の持てるすべてのエネルギーをただいたずらに放出し……そして、死んでいったのだと。

のち。

おそらくは死骸《しがい》と思える明日香を収容したあと、松崎、三沢をはじめとする人々は、あたりの環境保全につとめた。明日香の影響を間違いなく受けた筈のあたりの植物をひっこ抜き、それがどのような想いであったにせよ、明日香がいまわの際《きわ》に地球の植物に与えたかも知れない影響が、全地球規模で伝染するのを防ごうとしたのだ。

そして、やっと、ことここに到って。

日本国政府、および西側諸国は、この問題をきちんと認識する。

松崎が何とか明日香達エイリアンを捕捉しようと努力している間、事態のあまりの大きさに、『これは一研究者レベルでことの収拾にあたってはいけないのではないか』と気がついた宮本が、密かに松崎達とは行動を別にし、政府に訴えでた為に。(もっとも、宮本にしても、こういう場合、政府のどの機関に話を通せばいいのかまったく判らなかった為、彼が訴えでてから、実際に日本国政府がこの問題に関与するまで、いたずらなタイムロスがかなりあったのだが。)

その、不必要な遅延の為、日本国政府がすべての事態を掌握し、いざ問題の収拾につとめだした時には。

すでに、三沢良介は、岡田家焼け跡から姿を消してしまっていた。以来、彼の行方は、杳《よう》として知れない。故に、三沢が目撃したと松崎に語った宇宙船については、未《いま》だに学者達の間で議論がかまびすしい。

また。嶋村信彦の姿も、この時点で、消えていたのである。(のち、北陸のとある県の消印で、彼の退職届けが研究室に届いた。この時も、彼の行方を捜す動きは活発になったのだが……結局、今に至るまで、彼のその後の動きについては、知るものはいない。)

つまり。松崎の認識不足により、いざ事態の収拾にうごきだした日本国政府の手に残されたのは、ただ明日香の死体のみ、という状態になってしまったのである。

が。最初のうちは、まだ、誰もが事態を楽観的にとらえていた。彼らの予定では、夢子と拓、そして三沢良介と嶋村信彦は、すぐにでも見つかる筈だったからだ。三沢良介が見つかれば、明日香達が本当にエイリアンなのかどうか、また、だとしたら何故明日香が地球にいるのか、他のエイリアンがもしいるのならどこでどうしているのか、彼らの母星はどこなのかという点についてはある程度判る筈だし、夢子と拓が見つかれば、彼らの体についての研究も多少進むだろう。三沢と夢子・拓が同時に見つかれば、長年彼らの体をみてきた三沢から、更に具体的な情報を具体的な標本と一緒に手にいれることだってできる筈だ。

だが。そんな関係者の思惑を裏切って、彼らの行方は、依然として、いくら調査を重ねても、どうしても判らないのだ。

夢子と拓、そして三沢良介の行方が不明なのは、まだ、解釈のしようもある。彼ら三人は、自分達が追われているという認識を持って行動しているのだから。だが、自分が追われているという認識がない筈の嶋村信彦まで、行方がさっぱり判らない。これは何とも理解しがたい謎ではないか。

一般に、行方の知れない人間を捜しだすのは、そう困難なことではない。まして、覚悟の失踪をしている人間ならともかく、そうでない人間を捜すのはある意味で造作もないことだ。どんな人間でも、必ず一人では生きてゆけないという大前提にのっとって、その人間が連絡をする可能性のある人間、そのすべてを見張っていればいいだけの話なのだから。また、覚悟の失踪をしている人間であっても、彼らのように、顔も特徴もはっきり判っている人間なら、国家権力をもってすれば、見つけるのは決して難しいことではない筈なのだ。この状態で、この四人が国外に出る手段はあり得ず、必然的に、この狭い日本の中のみを捜せばいいということなら、もっと簡単な筈。


なのに。この四人は見つからない。明日香の死から、すでに二ヵ月程も経過しているというのに、手がかりすら、何一つ、ない。

これは。

これは、まったく、あり得ないことなのだ。

また。

明日香の体も、問題なのだ。

『精神的な自殺』。

それはあくまで、あの時、明日香と一緒にその場にいた人の意見。

それを除くと……。

明日香は、今でも、まだ、生きているのだ。

それは、普通一般の意味での『生きている』とは違うかも知れない。でも、『死んでいる』とはいささか言いにくい状況。

何故なら。

明日香の体は、腐らないのだ。衰えないのだ。死斑《しはん》はまったく現れないし、死後硬直もしていない、顔色も別段変わらない。そう、こうして見ている限りでは、いつ動きだしても不思議はない、まったく生きているとしか思えない状態なのだ。

ただ、彼女の心臓は動いていない。脳波もない。呼吸はしていない。勿論《もちろん》動かないし、この二ヵ月、何一つ口にしてもいないし、水も呑《の》んでいない。排泄《はいせつ》行為もまったくしていないし、体温は気温と同じ温度で一定している。彼女がもし人間なら、これはあきらかに死んでいるとしか言えない状態。

が。彼女は、少なくとも、人間ではない。彼女の場合、心臓がとまっているからと言って、呼吸をしていないからといって、脳波がないからと言って、果たして『死んでいる』と言ってしまっていいのだろうか？ いや、やはり彼女も生物で、心臓と肺とおぼしき器官を持っている以上、これはやはり、死亡しているというべきだろう。が、だとしたら。どうして彼女の体は腐らない？ どうして彼女の体はまったく変化しないのだ？

また。『精神的な自殺』をする前の彼女が、とにかく、生きて、動いて、喋《しゃべ》り、恋までして、時には水分を飲んでいたという複数の証言がある以上——今の彼女の状態が、少なくとも『生きている』よりはずっと『死んでいる』に近いことは、確か。その場合——彼女達エイリアンの生死の区別は、一体どこでつければいいのか？

これが判らない以上、どうしても。責任者としての黒田も、そして、一個人としての黒田も、彼女の体を解剖するのにうべなう訳にはいかなかった。何せ、彼女は、もしこのまま夢子と拓が見つからなかった場合、人類が手に入れることが可能な、たった一人のエイリアンなのかも知れないのだ。そんな貴重な生物を、まだ生死の区別もはっきりついていないのに、解剖にまわす訳にはいかないではないか。

いや、そんなことがなくたって。

「……りょうこ……」

ついに、黒田、小声でこう呟いてみる。だが、その声は小さくて、ほんとにとっても小さくて、たとえこの部屋に誰がいても、聞きとることはできなかったろう。あるいは——黒田にさえ、実際には聞こえなかったのかも知れない。

いや、そんなことがなくたって。

良子。おまえを解剖するだなんて——あきらかに、死んでしまったおまえならともかく、こんなにも生きているように見える、いや、生きているとしか思えないおまえを解剖するだなんて……決して、私は、許しはしない。

そして——だから。

だから、今、明日香は、天井がガラスブロックの、この部屋のガラスケースの中に、その身を横たえているのである。

明日香を、生きているにせよ、死んでいるにせよ、地球の植物とじかに接触させる訳にはいかない。それは、あまりに、危険。

だが、明日香の死がある意味で確認不可能な今、ひょっとしてひょっとすると生きているかも知れない彼女を、無意味に死へおいやる訳にはいかない。勿論明日香は、何も食べようとはしないし、何も飲もうとはしないだろう。死体に点滴を施すのも、意味がないかも知れないし、場合によっては逆効果になるかも知れない。そんな中でたった一つ、やっても効果はないかも知れないが、逆効果もない方法として――明日香に、太陽の光を浴びせることがあげられる。彼女が、地球の太陽で光合成をすることができたのは確かなのだし、ガラス等の遮蔽物《しゃへいぶつ》を間におけば、彼女が地球の植物に影響を与えることはないというのは、三沢の研究により立証されている。だとしたら、こうして、ガラスブロックの許《もと》、できる限り太陽の光を浴びせて……。

「……判ってはいるんだ。所詮《しょせん》、これも、感傷だろう」

しばらくガラスケースの中の明日香の顔を見つめたあと、黒田は、こころもち肩をすくめ、誰にともなくこう言ってみる。

「そうだ。所詮、感傷だ」

そうだ、所詮、感傷だ。感傷が黒田と明日香の間を結び、感傷が、黒田をして明日香の解剖に反対させる。そしてまた、感傷が、明日香の体を（たとえガラスケース、ガラスブロック越しとはいえ）陽光の許に曝《さら》す。

「案外……私が、ここの責任者でいられる時間は短いのかも知れないな」

明日香の体を、是が非にも解剖したいと思っている科学者達の間には、すでに、黒田を排斥《はいせき》しようという動きがある筈だ。また、明日香を――現時点で確認されている唯一のエイリアンの体を――できることなら日本という極東の島国から奪いたい、自分達の許で思うがままに調べたいという、アメリカ側の意向も無視できない。それやこれやを考えあわせると、黒田が今のままの地位を保っていられるのも、所詮、長いことではないのかも知れない。

「だが、まだ」

だが、まだ。まだ、この件に関する責任者は、自分だ。そして、自分がこの地位にいる限り……。

「安心してそこで眠っておいで」

今度は黒田、台詞《せりふ》を口にせず、ただ心の中だけで、こう明日香に呼び掛ける。

「まだ、安心して眠っていていい。私には――たとえおまえをここに置き続けるのが私の感傷故だと非難されても、まだ、おまえを守ってやるだけの力があるから。今までの人生、決してきれいごとで生きてこなかった分、私は負けるのが苦手なんだ。勝つことにしか、慣れていない。だから、そこでゆっくり待っておいで……」

黒田、それからくるりときびすを返し、かなりの大股ですたすたとその部屋をでてゆきかける。

きびすを返した瞬間から――言い換えれば、明日香のはいったガラスケースに背を向けた瞬間から――ぬぐいさるように黒田の口許からは、さっきまで浮かんでいた優しい笑みが消え、かわりに、ふてぶてしい、自信に満ちた軽い微笑《ほほえ》みが、仮面のようにその顔にはりついた――。

☆

「黒田所長にお会いしたい。今日こそは、ぜひにも、お目にかかりたいのだ」

「誠に申し訳ありませんが、所長はスケジュールがつまっておりまして、アポイントメントのあるお客様以外は通してはいけないことになっておりまして……」

「それはもう、何回も聞いたよ！　だから私は、この間からとれるものならアポイントメントをとりたいと、何回も君に頼んでいるじゃないか！　アポイントメントはとらせてもらえない、アポイントがなけりゃ会わせてもらえないっていうんじゃ、一体どうやれば私は黒田氏に会えるんだ！」

　黒田が、このビルの最上階の自分のオフィスの隣の部屋でじっと明日香を眺めていた頃、その同じビルの一階で、二人の不幸な人物が、机をはさんで言い合いをしていた。

「ですから、あの、スケジュールの調整がつき次第、松崎様のアポイントメントをおとりしますから……」

「君は先週からそう言っている！」

　不幸な人物の一人、ここ二週間程、毎日のようにこのビルに通ってきては、黒田に面会を申し込み、その度《たび》に断られている松崎貴司《たかし》は、苛々と、目の前の女の子の机を指ではじく。

　実際松崎は、自分が不当な取り扱いを受けていると思えてならなかった。何故なら松崎は、明日香の、あの緑の髪をした子供達の、第一発見者と言っても間違いない人物で――なのに、黒田の主宰する『日本植物研究協会』なる組織が（つまるところそれは、日本政府の代理機関のようなものだったが）この件に嚙んで以来、徹底して第三者の立場においやられてしまっているのだ。

　最初、まず、松崎は、黒田による徹底的な尋問《じんもん》を受けた。そう、黒田はそれを関係者への事情聴取だと言っていたが、あれは事情聴取なんてものじゃない、断固とした尋問、拷問《ごうもん》へいかなかったのが奇跡みたいなものだと、今でも松崎は確信していた。そして、それだけでも松崎は、充分に腹をたてていたのである。

　なのに、その上。黒田は、国家権力、警察権力が自分の背後にあることを暗に示したのち、松崎に、この件に関する絶対的な沈黙を要求したのである。これだって、松崎にしてみれば、決して嬉《うれ》しいことではない。

　が、まだ。まだそこまでは、松崎も、理解ができたし、納得もできたのである。

　明日香が、そしてあと二人の子供達が、本当にエイリアンであるならば。その件にちょっとでも嚙んだ人間が、尋問に近い事情聴取をされるのも仕方なかろうし、また、絶対的な緘口令《かんこうれい》がしかれるのも無理はないと言える。が。松崎にとって、どうしても我慢ができなかったのは、そのあとの処置。

本来ならば松崎は、黒田にとって、三顧《さんこ》の礼《れい》をつくしても、その研究スタッフとしてむかえいれなければいけない人物の筈ではなかったのか。何せ、明日香の第一発見者であるし、現代日本の植物学の権威の一人でもあるのだから。

なのに、黒田は、極めて慇懃無礼《いんぎんぶれい》に、松崎がこの先明日香の件に嚙むのを拒《こば》んだのだ。こんな失礼な話があるものか——いや、あっていい筈はない。松崎はその処置に激怒し——ああ、この言い方は、適切ではない。

松崎は、激怒と同時に、哀《かな》しかったのだ。切《せつ》なかったのだ。

三顧の礼がどうの、黒田の態度がどうのなんてことは、全部不問に付したっていい。重要なのは、そんなことではない。

ただ、ただ松崎は、自分も研究スタッフの一人に加わりたかったのだ。加わりたいと願っていたのだ。願っていた——切望する——熱望する——いや、懇願したっていい！

どうか。

松崎の希望は、実の処《ところ》、たった一つなのだ。

どうか私から、明日香を取り上げないでくれ。

岡田善一郎の処で、最初に彼女達を見た時から、私はずっと彼女達を捜し続けてきた。焦《こ》がれ続けてきたと言っても間違いではない。自分の人生は、自分の研究は、あの時、最初に緑の髪の子供達を見た瞬間から、ただ、明日香の為に、明日香を研究する為だけにあったと言ったって言い過ぎではない。これほどの——これほどの想いを、たとえ日本を代表する誰であろうが、地球を代表する誰であろうが、自分から奪っていい筈はない！

なのに。黒田は、松崎からそれを奪ったのだ。彼が、自分の学者生命の大半を賭《か》けて追い続けた、緑の髪の子供を。

松崎には、それがどうしても我慢できない。許せることではないと思う。できることなら黒田に会って、彼の首を締め上げてやりたい。あるいは……たとえ、黒田の前で土下座することになっても、どうか、自分を明日香の研究に加わらせて欲しい。

「あの、ですから、スケジュールを調整しまして、ですね」

また。もう一人、松崎と同じく不幸な人物、箕面夏海《みのおなつみ》は、いい加減苛々しながらも、ひたすらそれが表情に出ないように気をつかい、松崎に何とか厭味《いやみ》にならない程度の笑《え》みをみせる。

毎日のようにここへ通ってくる、その松崎の想いを考えれば、確かに、ここで松崎を非難するのはいけないことなのかも知れない。でも、松崎は、もう、充分立派な大人だ。だとしたら、いい加減、判ってもいい筈。彼女の上司、黒田は、決して、人に会えない程忙《いそが》しい訳ではない。そりゃ、確かにある程度は忙しいのだが、でも、こと松崎に関する限り、あきらかに黒田は彼を避けているのだ。松崎だって、それが判らない年でもないだろうし……だとしたら、いい加減、今の処単なる受付嬢にすぎない自分をわずらわすのはやめて欲しい。

箕面夏海。彼女こそ、ある意味では、今回の明日香の騒動によって、不当に不幸になった人物と言えないこともないだろう。

ついこの間、二ヵ月前には、彼女は、『笠原《かさはら》植物研究所』という、極めて私的な、一研究機関の職員だった。『笠原植物研究所』というのは、功なり名とげた、笠原氏という人物が、私財を投げうって作った、極めて個人的な植物の研究機関で、その主な目的は、日本各地にある、天然記念物指定を受けた植物・および美林の保護と育成であった。笠原老は、自分の人生の末期に、何か人の為になることをやりたいという意欲に取りつかれたらしく、個人的に、天然記念物の樹木や、日本に残された美林を保護する為の基金を作り、それと同時に、この研究所を設立したのだ。

が、ほんの二ヵ月前。笠原老が亡くなるのと同時に、『笠原植物研究所』は黒田という人物により買収され、『日本植物研究協会』などと厳《いか》めしい名称に改名され……同時に、ほとんどの職員が、他の企業に転職した。

だが、ほとんどの所員が転職してゆく中で、夏海だけが、転職できなかったのだ。(他の職員のほとんどは、植物学関係の学位を一応持っていたので、他企業への転職も、まあ可能だったのだ。——また、『日本植物研究協会』は、所員の転職に実に好意的で、かなりの数の所員の転職の面倒をみていた。——が、夏海は、ただ、植物が好きだというだけでここに就職したのであって、学位もなければ経験もなかった。そんな彼女にも、今よりいい条件での事務職への転職という話はいくつかあったのだが……どうしても植物と関わっていたかった彼女は、その転職を拒否した。)

結果として、彼女は、それまで続けてきた杉の研究を断念せざるを得ず……今の職業は、ほとんど、『日本植物研究協会』の受付嬢となっている。

今となっては。

時々、夏海は、思うことがある。

今となっては、有名企業の一般職や事務職を紹介してもらった時、素直に転職していればよかったと思わない訳でもない。夏海があくまでここに残ることを希望したのは、ここにいれば何とか好きな植物に関わっていられるかも知れないと思ったからで——実際に、今の業務が、黒田の個人秘書兼受付嬢のようなものになってしまった以上、彼女がここにいる意味は、ほとんどないと言ってもいい。

笠原氏の遺族は、何だってこの研究所を黒田なんて男に売り渡してしまったのだろう？　少なくとも、遺族が経済的に困窮《こんきゅう》しているとは思えなかったし……それに、売り渡すにしたって、もうちょっと相手を選んでもよさそうなものだと思う。黒田のやり方は、どこがどう悪いというものでもないが、でも、陰湿《いんしつ》な印象をどうしても彼からぬぐいさることができない。

黒田は、この研究所を買収した直後、ビル内部に徹底した改装工事を施したのだ。改装——いや、もう、これは改築と言った方が正しいのかも知れない。今、このビルを、夏海は個人的に『陰険《いんけん》ビル』と呼んでいるのだが——実際に、このビルは、陰険だと思う。すべての職員にはキャッシュ・カードのような身分証が渡されており、このビルの、すべてのドアは、その身分証がないと開けることができない。夏海をはじめ、下《した》っ端《ぱ》の職員には決して入ることのできない場所は山のようにあるし、これは噂《うわさ》だが、奥の方には登録された指紋の持ち主以外開けることのできない指紋錠までついているドアがあるという。どんな秘密研究を奥でやっているのか知らないが、前の、開放的というより不用心な『笠原研究所』時代を知っている夏海にとって、これは陰険としか思えなかった。


だが。

『あんた、もう、二十八なのよ』。

そんな不満が心の中に浮かぶ度、同時に夏海の脳裏を横切るのは、いい加減諦《あきら》めきったようにため息まじりに言われる、母のいつもの台詞《せりふ》。これは——実の処、ちょっと、こたえる。別に年のことは何とも思わないが（母の頭の中では、二十八という年齢と、まだ結婚していないという事実は、とんでもない不等記号で結ばれているらしいのだけれど、結婚っていうのは年齢でするものではなく、好きな人ができた時にするものだと思っている夏海には、これがむしろ不思議な気がしてならないのだ）、いくら建前《たてまえ》では男女は平等な世の中になっているとはいえ、やっぱり今の日本で、何の特殊技術もない女性が一生働いてゆくのは大変だ。とすると、この年で、女性で、今後も結婚の予定がなく、働き続けるつもりなら、仕事や職場を陰険だの何だのってより好みする贅沢《ぜいたく》が許されるとは思えない。それに、今の職場は（たとえ今、実質が受付嬢であろうとも、一応待遇が研究員である以上）、まがりなりにも専門職。このまま続けていれば、いつかまた、何とか働きながら、技術を身につけることが可能かも知れない。だとすると、職場がちょっと陰険に見えるくらいで、今の仕事を放り出す訳にはいかないではないか。

「……判った。判りましたよ」

いつの間にか。夏海、ふっと放心していたようだ。松崎の、こんな台詞を聞いて、慌《あわ》てて夏海、現実に心を戻す。

「要するに、黒田氏には私と面会する意志がないんだ。……そんなことくらい、もうとっくに判っていたってい い筈なのに」

「あ、いえ、あの、あくまでスケジュールの都合が、ですね」

やっと判ってくれたのお？　心の中のこんな台詞をおし殺し、夏海、何とか失礼にならない程度の『爽《さわ》やかな笑顔』って奴を顔にはりつける。

「……いいんだ。もううわべを取り繕《つくろ》わなくて。私は、ほんとに、判った。もう、黒田氏に、何の期待もしない」

「いえ、あの、ですから……」

「いいんだよ、もう。……もう、私も、疲れた」

松崎、いともうちひしがれたような風情《ふぜい》でこう言うと、これみよがしに肩を落とす。今までの松崎の態度、そして黒田の態度によって、多少なりとも心の中で松崎に同情していた夏海、その松崎の仕種《しぐさ》を見て、ふっと松崎への同情が四散するのを感じる。たとえ、松崎が、真実どれ程落胆したとはいえ――このあまりにあからさまなジェスチャーは、何だか反感を抱かせる。

「すみませんでした。では」


そこで夏海、いかにも事務的に、しかし笑顔をたやさないまま、松崎との会見を終わろうとした処。

「だが、これだけは、覚えておいて欲しい。いや、お嬢さん、あなたに覚えておいてもらったってしょうがないな、これだけは黒田氏に伝えて欲しい」

松崎、それでも素直に引き下がらず、何やら捨て台詞《ぜりふ》を言いそうな気配。

「このままでは、済ませない」

「は？」

「このままでは、済ませないと言ったんだ。私から明日香を奪うなら……それ相応のことは、覚悟しておいて欲しい」

「は？　えーと……あの……」

このままでは済ませない。これって……ニュアンスはおだやかだけど、でも、ひょっとして、脅迫《きょうはく》ってものじゃないかしら。それに明日香って……黒田と松崎って、ひょっとして、明日香って女性をはさんで三角関係にでも陥ってたの？　ううん、それなら松崎だって、何も黒田の職場になんか来ないだろう。だとしたら……この台詞は、何？

「明日香は、私の生き甲斐《がい》だ。彼女の為に、私の人生があると言ってもいい。その明日香を私から奪うなら……黒田さん、私は、全身全霊をあげて、あんたの邪魔をしてやる。決して、あんたの思うようにはさせない」

「え……えーと……」

松崎の目。半ば狂信的な色を湛《たた》えた松崎の瞳は、すでに夏海のことを見ておらず、目の前にいるのは箕面夏海だというのに、まるで黒田博に話しかけるようにしゃべっている。

「これだけを、覚えておいて欲しい。……あ、いや、伝えておいてくれ、黒田さんに」

そして。

松崎は、これだけを言うと、まだ目を白黒させている夏海なんかまるで眼中にないって風情で、そのままくるりと踵《きびす》をかえし、すたすたと入口に向かって歩いていってしまい……夏海、何が何だかまったく判らないまま、ただ、好奇心のみをやたらと刺激された状態で、その場に残されたのである――。

☆

さて、そのちょっと後。電話にて。黒田は、彼が嶋村信彦探索の為の調査に使っていた横田《よこた》という人物からの報告を受けた。

「はい。非常に遅れ馳《ば》せながらですが、倉吉《くらよし》までの嶋村信彦の足取りがようやく確認できました」

「倉吉……鳥取のか？」

「はい」

「……以前、彼の足取りが確認できたのは、敦賀《つるが》だったな？」

「ええ。えーと、これまでの嶋村の足取りを確認しますと……まず、岡田家焼失のあと、彼は、各種交通機関を乗り継いで、一旦《いったん》関東へ戻り、茅ケ崎《ちがさき》へ行ったことが確認できました。それから、千葉の勝浦《かつうら》にしばらく滞在し、そのち、八戸《はちのへ》まで足を延ばしました。その道中の経路は不明です。八戸で、またしばらく滞在し、今度は日本海側の能代《のしろ》へゆき、そのあと新潟に数日滞在しています。問題の退職届けは、この近辺で投函《とうかん》されたものです。そのあとは、直江津《なおえつ》に寄り、糸魚川《いといがわ》に寄り、黒部《くろべ》に寄り、新湊《しんみなと》に寄り、と言う具合に、日本海側をうろうろし、加賀を経由して、敦賀で滞在が確認されています。そして、今、倉吉での足取りが確認され……このままでゆくと嶋村は、海沿いに、日本を半周しそうですね」

「このあとのことはいいんだ。問題は、今だ！　君は、嶋村が今、どこにいると思う？　……いや、そもそも、嶋村が倉吉にいたのは、何日前のことだ？」

「……三日前です……すみません」

「三日？　なら、君の調査は、むしろ遅れているのか？」

倉吉の前。敦賀での嶋村の足取りが捕捉された時は、横田が敦賀を訪れる二日前には、嶋村は敦賀にいた筈。その時、二日だった遅れが、どういう訳か、今は三日になっている。

「すみません！　……いや、そもそも、弁解ができるようなものじゃないんですが……でも、弁解させてください。今回の件は、訳が判らないことが多すぎます。……誰か、圧力をかけてるんじゃないですか？」

「？」

「誰か、圧力をかけている人がいると思うんですよ。じゃないと、聞き込み先の反応がどうしても腑《ふ》に落ちないんです」

「……というと？」

「返答が、おかしいんです。嶋村の特徴をあげて、こういう人物を見なかったかという質問に対して、最初の調査では知らないと断言した人が、二度目の調査では、『ああ、そういえば』って言いだしてしまう。それも、一人や二人のことじゃないんです。何十人もの人間が、そろいもそろって、嶋村が近所にいる時は彼のことを忘れていて、嶋村が遠くへ行ってしまった頃を見計らって彼のことを思い出す、だなんて莫迦《ばか》なことがあり得ると思いますか？　そんな莫迦な話、ある訳がないんです。何か、とんでもない圧力が、嶋村を調査圏内に入れないようにしているとしか……。おまけに、そんな、前後矛《む》盾《じゅん》した答えをだす連中のほとんどが、自分が前後矛盾した答えをしていることにまったく気づいていないみたいだし、その上調査対象はみんな、いわゆる民間人でしょう？　こんなことを続けられると、こっちの調査能力だっておかしくなりますよ。誰を信じていいのか誰を信ずるべきなのかの指標がまるでないんだから。……何か、今回の調査に対して圧力をかけうる団体があるんなら、教えていただきたいんです。あるいは、政府内部に黒田さんの方針に反対している集団がある、とか……」

「……いや……」

電話で、黒田、口ごもる。

確かに、明日香の調査から黒田を引きずりおろしたがっている連中は結構いるだろうし、また、別件で黒田を快《こころよ》く思っていない連中も掃《は》いて捨てる程いるだろう。が、ことこの件に関する限り、黒田の調査の邪魔をしようとする集団がいるとは思えない。また、百歩譲って、外国の情報部の類《たぐい》が、黒田の調査を失敗に終わらせ、その間に自分達の独自の調査を進めているとしても、その場合は、こんな稚拙《ちせつ》な手段を取らないだろう。一回、嶋村の姿を見たことを否認させたら、そのあとずっと、そのことを否認させ続ける方が、自然だ。

だとしたら――だとすると。こんなに稚拙な方法で、しかも意図的に、嶋村の足取りの調査の邪魔をするもののこころあたりは、たった一つしかない。それは――。

植物、だろうか？

明日香に影響された植物。彼らなら――いや、彼らだけが、そんな稚拙な方法で、とにかく嶋村信彦を守ろうとするかも知れない。

だが。

明日香は、とっくに死んでいるのだ。また、明日香に影響を受けた筈の植物は、あの時、全部、ひっこ抜かれた筈。それに——いくら何でも、距離が遠すぎる。岡田家の焼け跡は岐阜で、嶋村の足取りは、神奈川・千葉・青森・秋田・新潟・富山・石川・福井……。いくら明日香の影響力が伝染するとはいえ、この距離は、尋常《じんじょう》ではない。まさか植物が新幹線に乗る訳でもないだろうし、どれだけ明日香の影響を受けようとも、やはり植物には移動能力はない筈だし……。

あるいは。

未《いま》だに、嶋村の調査を妨害するものが存在すること、また、その妨害の移動速度のことを考えれば、あるいは。夢子と拓が、どうやってか嶋村の先まわりをして、彼のことを守っているという可能性があるのでは……？

いや、まさか。松崎の供述を信じる限りでは、夢子も拓も、嶋村のことを松崎らと同一視して、むしろ憎んでいた筈だ。彼らが、明日香に頼まれてというのならともかく、自発的に嶋村を守ろうとするとは思えない。それに、彼らに頼もうにも、明日香はすでに死んでいる。

明日香はすでに死んでいる……だが、あるいは。万に一つ。

黒田、この可能性に思い到った時、らしくもなく、鼓動が高鳴るのを覚えた。

今でも嶋村の調査を妨害しているものがいることを思えば、万に一つは。万に一つは、明日香が、まだ、生きている可能性があるのかも知れない……？

「……あの……黒田、さん？　もしもし、聞こえてますか？」

あまりにも長いこと、電話口で黒田が沈黙してしまった為、横田、不安になったのか、おずおずとこう声をかけてくる。

「あ、ああ、すまんな。……とにかく、公的機関で、嶋村探索の邪魔をするものはない筈だ。そこの処は、変に気を回さなくていい」

「ですが……実際に」

「私が気を回さなくていいといったら、実際、回さなくていいのだ。……ま、これは推測にすぎないが、今までの嶋村信彦の足取りから思うに、どうやら嶋村は、やたらと海に固執《こしつ》しているらしいじゃないか。君は、このまま、日本海に沿って、嶋村を探し続けてくれ」

「ですが……あの、妨害は、実際に、あるのです」

「それは判った。それについて……ヒントと言えないようなものだが、一応、ヒントがある。次からは、聞き込みに回る時、なるべく植物がない処で、なるべく植物と接触していない人物を選んでやってみたまえ。そして……これで、もし、嶋村が見つかれば」

これで、もし、嶋村が見つかれば。その場合、邪魔をしていたのが誰だか、嫌という程よく判る筈。

「は？　植物がない処というと……それは、やはり、問題のものの影響があるということなんでしょうか」

「いや。これは、単に、私一個人のカンみたいなものだよ。気にしないでくれ」

それから黒田、横田に対して二、三の注意を与え、半ば無意識のうちに、電話を切る。電話を切った後でも、黒田、自分で切ってしまったあとの受話器を握りしめて。

「……いや。あり得ない」

自分で自分に言い聞かせるように、こう言うと、軽く首を振る。

「希望的観測に浸《ひた》るのは、愚かだ」

そう、愚かだ。

明日香は生きている訳がないのだ。それに、たとえ明日香が生きていたって、彼女の影響力はガラス等により遮断される筈なのだから、ガラスケースの中に横たわり、ガラスブロックに囲まれている彼女が、何らかの力を発揮して、嶋村信彦を守っている筈がないのだ。故に、嶋村が、誰か判らないものに、どうやってだか判らない方法により守られているからといって、それをすぐに明日香に結びつけるのは愚かなことなのだ。

だが。

だとしたら――明日香でないとしたら、誰が、どんな方法で、どうして、嶋村を守っているのだ？

どうして？

2

あなた。

好きだった――ううん、好きよ、今でも。好きなの。とっても好きなの。もう、どう言っていいのかも判らないくらい。

不思議よね。

あたし、自分が、人を好きになれるだなんて、思ってもいなかった。あなたを好きになったあとも、そのことが自分でも信じられなかった。

例えば、恋愛小説の登場人物達。

どうして、たった一人の、それも、欠点も沢山《たくさん》ある人間を、ああまで好きになれるのか。パーフェクトな人間なんて、絶対に存在しないのに、どうしてああもパーフェクトに、人は人を好きになれるのか。

あなたに会って、やっと、判った。

理屈じゃないんだね。

でも、感情だけでもない。

どこがいいとか、どこが気にいったとか、そういう問題だけど、でも、それだけじゃないの。それだけじゃなく、何か、もっとずっと大きな……。運命、だと思う。

勿論《もちろん》、あなただって、完全じゃない。好きじゃない処だって、沢山ある。

でも。

でも、あたしが好きなのはあなたなの。あなたじゃなきゃ、駄目《だめ》なの。

あなたはあたしのもの。あなたはあたしの運命。あなたは、あたしに会う為《ため》に生まれてきたの。

何故《なぜ》って。

あたしはあなたのもの。あたしはあなたの運命。あたしは、あなたに会う為に生まれてきたんだもの。だから、あなただって、そうな筈《はず》。

何でなのかしら。時々、自分でも不思議になるの。何であたしは、こんなにあなたが好きなんだろう。あなただけがあたしにとって特別な人なのは何故なんだろう。

子供の頃に一回会ったことがあるから？　その時からあなたがずっとあたしのことを想っていてくれたから？

ううん、違う。それはきっとみんな逆で、あたし達は運命の決めた恋人同士だったから、小さい頃に偶然会えたんだと思う。そして、運命の決めた恋人同士だから、あの頃からあなたはあたしのことを気にしてくれたんだと思う。

だとしたら……運命って、ううん、あたしが『運命』って言葉であらわしたいと思っている、この想いは何なのかしら。

とどのつまり、自分でもよく判《わか》らないのね。

でも、あなた。これだけは、確か。

好きだった。ほんとに、真実、好きだった。

ううん、今でも、好き。

でも、もう、今のあたしには、あなたを好きだって言える資格がないの。あなたと一緒に歩んでゆく足がないんだもの。今のあたしは、多分、もう、死んでしまった存在。

だから。

あたし達の間にあった、運命の鎖《くさり》を解き放ちます。

どうか、これからは、あなたの、あなただけの人生を送って。

普通に生活し、平凡な幸せを味わって、そして、いつか、あたしと違って健康で普通の女の子と恋におちて。それから、周囲みんなに祝福される、幸せな結婚をして、そのうち子供も作って、幸せな家庭を築いて、幸せな一生を送って欲しい。ただ――時々。ほんの時々でいいから、あたしのことも思い出してね。あなたの伴侶の女の子には悪いけど。

あたしは、それだけで、満足。それ以上、何も、求めない。……ううん、求める資格なんか、ない。

あなた――信彦さん。

好きでした。今でも、好きです。

あなたが、あたしじゃない、ほんとの伴侶をみつけるまでは――あなたのことは、あたしが守ってあげるから。

ううん、守らせてもらうから。たとえ体が朽《く》ちたって、この想いだけは誰にも奪わせない。あなたのことは、魂だけになったって、想いだけになったって、必ずあたしが守らせてもらうから。それだけが、今のあたしの望み。今、こうして、体がなくなっちゃっても、ただそのことを考えただけで、心の芯《しん》がぽっとあったかくなる。今のあたしに残された夢は、多分、これだけだと思うから。だから、どうか、幸せになって。

あなた。

好きでした。今でも好きです。

愛してます――。

☆

「どうして！」

家具のほとんどない、無闇《むやみ》に殺風景《さっぷうけい》な六畳間にて。二人の男女が、さっきから、実に激しい言い争いを続けていた。

「判るだろう？　それは、やってはいけないことだ」

こう言ったのは、男。今時珍しく、腰のあたりまで伸ばした髪を、首のうしろで無造作にゴムで束《たば》ねている。

「なら、あいつらがやったことはどうなの？　明日香を殺すのは、やっていいことだっていうの！」

わめいている女の髪も長い。男と同じく腰のあたりまであり……女が興奮するにつれ、別に首をふっている訳でもないのに、何故か、女の髪は、ざわざわと空中で波打って震える。

「そうは言わない。……それに、おまえだって判っているだろ？　明日香は、何も、人間に殺された訳じゃない。あれは――自殺だ」

「自殺においこまれたら、殺されたのと同じよ！　あの男！　嶋村信彦！　こんなことになるんなら――明日香の自殺を黙って見ているような男だって最初から判っていれば、絶対、明日香のことをまかせたりしなかったのに！」

「嶋村君のせいじゃない。あの場にいたのが、僕やおまえだったとしても、明日香の自殺は止めることができなかったろう。そもそも、僕らが、あんな方法で死ぬことができるだなんて、あの時までは誰も知らなかったんだから……」

「でも……じゃ、あの、松崎って奴！　拓、あんたはあいつが許せるの？　許していいの？」

女、きっと男を睨《にら》む。男、妙に哀《かな》し気《げ》な色を目に湛《たた》え、しばらく女の顔をみつめ……やがて、視線を黄ばんだ畳《たたみ》へと落とす。

「松崎を恨《うら》んでもしょうがないだろう」

「拓！　あんた、どうして！　明日香はあんたの妹なのよ！　あたしとあんたは、おばさまから明日香のことを頼まれたのよ！　そのあんたがどうして」

「夢子……」

男――拓、しばらくの間目をつむり、それからゆっくりと女――夢子の肩に、両手をのせる。

「しょうがないんだよ……判ってるだろう？　確かに明日香は、僕の実の妹だ。ママは僕とおまえに明日香と望《のぞむ》のことを託していった。勿論、僕だって、明日香が死んだことに関しては、憤《いきどお》りも怒りも感じている。けど、それは、松崎や他の人間を恨む筋合のものじゃないじゃないか。そもそも、ママ達の乗った船が、事故を起こし、この地球って惑星に不時着してしまったことが、不幸なんだ。明日香の自殺も、望や歩《あゆみ》の死も、結局、不幸な事故の結果にすぎないんだよ……」

「……認めない」

拓の両手で両肩をおさえられた夢子、しばらくの間黙りこみ――それから、自分の両手で拓の手をはらいのけ、きっと顔を起こし、まっ正面から拓の瞳を睨みつける。

「あたしは、認めない、そんな理屈。あたしには――あたしには、地球の人類全部より、明日香の方が大切だった。人類が絶滅しようとも、明日香に生きていて欲しかった。だから……人類が、人類を守る為に、明日香を、あたし達エイリアンを迫害しようっていうんなら、あたし達は、自分達の命を守る為に、人類に対して戦いを挑んだっていい筈じゃない」

「その人類の中には、三沢のおじさんだってはいってる。おまえは、三沢のおじさんまで不幸にするつもりなのか？　人類に復讐《ふくしゅう》するということは、とりもなおさず、三沢のおじさんにまで迷惑をかけるってことになる」

「三沢のおじさんは……そりゃ……好きよ。あたし達を育ててくれた人だし、恩だって感じてる」

拓の、冷静な反論に、一瞬答えにつまった夢子だが、それでも、あくまで決然と面を上げ、目の前の拓の瞳を睨み続ける。

「でも、それとこれとは話が別だわ。そうよ、問題は、明日香だけじゃないんだもの。あたしと拓、あなたの問題でもあるんだわ」

「夢子……」

「あいつらは、人類は、明日香を自殺に追い込んだだけじゃなく、あたし達にも手を伸ばしてきているのよ！　このままでいれば、必ずあいつらは、あたし達を捕まえようとするでしょう。捕まったあたし達は、どうなるっていうの？　どう考えても、末路は実験材料よ。エイリアンのサンプルの一つとして、どっかの大学の標本になるのが、いいことだって思えるの？　あたしは、嫌《いや》よ、少なくとも」

「夢子、おい、夢子。だから――それが嫌だから、僕らは逃げているんじゃないか。これ以上、何を」

「逃げるだけ？　あたし達にできるのって、逃げるだけ？　何も悪いことなんかしていないのに？　ただ、地球の生物じゃないっていうだけで、一生、逃げてなきゃいけないの？　そんな理不尽《りふじん》な話って、ある？　……あたしは嫌だわ、一生、逃げまわるだなんて。だから――三沢のおじさんの問題もあるけれど、あたし達は地球人類に戦いを挑まなきゃいけないのよ。逃げるだけの人生を送らない為《ため》にも」

「……夢子……」

「それに、これは、一種の生存競争じゃない。地球の生物は、みんなこれをしてきた筈よ。なら、あたしばっかり非難されるいわれはないわ」

「……僕達が地球上の生物ならね。僕達が、地球産の人類亜種で、地球産の人類亜種が、人類に対して戦いを挑むなら、それは地球の生存競争だ。けど……僕達は、違うだろう？　それに方法が、フェアじゃない。人類との抗争に、まったく無関係の地球産の植物を使うだなんて……」

「他に方法がないじゃない！　……それに、植物だって、多分、嫌だって言わない筈。あいにくあたしは、地球生まれの地球育ちだから、他の星のことは知らないけれど、でも、地球の植物程虐待《ぎゃくたい》されている生物って、多分、他にないと思う。彼らだって、もし方法があるのなら、人類に一矢《いっし》報《むく》いてやりたいと思っている筈。手段がないからこそ、彼らは黙って迫害されている筈なのよ。……その点、あたし達には、手段がある。あたし達と協力すれば、地球の植物にだって、人間に一矢報いる方法があるのよ」

「……夢子……」

拓、黄ばんだ畳に視線を落とし、しばらくの間そのままの姿でい続け――それから、再び、夢子の肩に手をかける。

「僕のことはどう思ってくれてもいい。腰抜けだとでも、何とでも。でも――結論は、駄目《だめ》、だ。おまえが何と言おうとも、でも、駄目だ。確かに明日香は可愛《かわい》い僕の妹だし、明日香が死んで僕が悔《くや》しくない訳じゃない、それに僕だって、何も悪いことをしていないのに狩られる生活が好きだっていう訳でもない、でも、すべてをひっくるめても、駄目、だ。僕は、どうしても、人類に対して敵対行動をとることを認める訳にはいかない……」

ばしっ。

拓、そのまましばらく目をつむり――夢子の手が、自分の両手をはらいのけるのを感じる。それから、六畳間にお義理のようについている玄関スペースで、夢子が何やらごそごそしているのを感じ、ばたんとドアの開く音がし――拓が、目を開けた時には、部屋の中に夢子の姿はもうなかった――。

☆

二本のレール。あたりはまるで人の手がはいっていない、どこまでも続く雑草野原。そんな中で、きちんと平行して走る二本のレールは、しばしば雑草に埋もれ、錆《さ》び、場所によってはとぎれているとしか思えない程長い間雑草の海の中に沈み……それでも、雑草の海を抜けると、いつの間にか、また、正確な平行線を描いてどこまでも続いている――。

所在《しょざい》な気《げ》に、部屋の隅にたてかけられた卓袱台《ちゃぶだい》しか家具がない六畳間の中に一人佇《たたず》んでいた拓、ふっと、瞼《まぶた》の裏に、そんな幻が浮かんだような気がして、大きなため息を一つつく。それから、ごろっと畳の上にだらしなく横たわって。

二本のレール。

そんなものだと思っていた。自分と夢子との関係は。

そりゃ、二人が平凡な一生を送り、平凡に、しかしまわり全部に祝福される結婚をし、子供を作って普通の生活を営んでゆくことは無理だって、最初っから知っていた。だから、拓のイメージの中のレールは、好きなだけ雑草に蹂躙《じゅうりん》され、時には雑草の中に沈み、錆び、朽ちはてて……でも。でも、いつまでも、どこまでも、たとえまわりの状況がどうなろうと、続いてゆく筈だったのだ。一度は途切れたように見えても、実は、雑草の下で、力強く続いてゆくレール。二人の考え方にはかなり違った処《ところ》もあったから、一本になるとは思えなかったが、でも、交わることはなくても絶対離れることのない、きれいな平行線を描いて、人生の果てまで続いてゆくレール。

それが……途切れた。

今、行く手を遮《さえぎ》っているのは、森。雑草の海とは、桁《けた》が違う。ここでレールの片方を見失ってしまえば、果たして森を抜けた処で再びそのレールを発見できるかどうか判らない。いや、そもそも抜けることが可能とは思えないような森。

畳の上で、目を瞑《つぶ》る。目を瞑る寸前、黄ばんだ畳のけばが頰《ほお》に触れ――それに触発されたのか、いつの間にか、拓のイメージの中のレールは、晩秋の景色になっていた。黄ばんだ、処々枯れたり虫に喰われたりしている雑草の海を、どこまでも続く筈だったレール。錆びてはいるけれど、続く筈だったレール。なのに……その先は、広葉樹が葉をおとし、針葉樹が茂る、行く手も知れぬ森。針葉樹が視界を遮り、広葉樹の落葉がレールを隠す。

……夢子。

感情が、激してくるのが、判る。盆《ぼん》の窪《くぼ》のあたりがむずがゆい。

……夢子。判ってはいるんだ。

拓、無意識のうちに、髪を束ねたゴムをほどく。と、束ねられていた盆の窪あたりの髪を中心に、拓の髪、畳の上でずるずる蠢《うごめ》く。さながら、メデューサの如《ごと》く。

……判ってはいるんだ、夢子。でも、同意できない。同意できないんだ！

☆

「まま。まま、あのね、僕、見たの、明日香ちゃん」

これは夢？　幼い頃の記憶？　それとも、イメージ？

「ねえ、まま、まあま。ぼく、見たのよ、明日香ちゃん。妹なんでしょ、あの子が」

畳の上で寝っころがったまま、拓、今心の中に浮かんだものが何だかよく判らず、慌《あわ》てて体を起こそうとする。何だろう、今、まるで目の前で起こっていることのようにはっきり見えたもの。あれは――夢なんだろうか？　それとも、自分が幼い頃の記憶？

でも。何故か、拓、次の瞬間、それを追求する意欲を失う。何故って、拓にとって、それはあまりになつかしい、あまりに嬉《うれ》しいイメージで……たとえそれが何でもいい、今はただ、それに思う存分浸《ひた》っていたいと思ったので。

『明日香は、元気？』

夢、あるいは記憶、もしくはイメージ。拓が、それに浸っていたいと思った瞬間、それはどんどん鮮明になり――ついには拓、すっかりそのものの中にとりこまれてしまう。なつかしい――明日香が生まれた頃の、情景。

「うん。うんと根を振ってる。地面につきたいのね」

『……そう……』

ママは、何故か、哀《かな》しそうな声を出す。ううん、ママの声は、普段でも哀しそうなのだ。ママが嬉しそうな声をだしたことなんか――ついぞ、ない。

『でも……可哀想《かわいそう》だけど、拓、明日香の根を地面につけないようにね。あの子は、根づいちゃいけないのよ』

「どうして、まま。明日香はあんなに地面が恋しいのに」

『拓ちゃん、ごめんなさいね、駄目なのよ。あたし達のせいなの』

あ。この声は、夢ちゃんのママだ。

「夢ちゃんまま、どうして？」

『ごめんなさい、ほんとにごめんさない、拓ちゃん。あたし達は、あなたに、いらない枷《かせ》をおわせてしまった』

「枷って、なあに？」

『……知らなくていいのよ、拓、あなたは、まだ。……とにかく、あなた達には、おかしな制約があるの。あなた達は、根づいてはいけない。絶対、それは、いけないの。何故なら、あなた達は、この星の植物ではない――ううん、そもそも、この星の生物ではないのだから』

「まま?」

『ああ、簡単に言い換えましょうね。あなた達は、よそから来た人なのよ』

「え?」

『……ねえ、拓ちゃん。正直に言ってね。あなたは、この星がきれいだと思う？　ずっとここに住んでいたいと思う?』

と、ママ、何故だか急に話を変えた。

「……ごめんなさい、でも……ううん」

ママは明日香を生んでから、あんまり元気がないんだ。ずっと、気分が悪い状態が続いている。だから、できるだけママを刺激するようなことは言いたくないんだけれど――でも、これだけは、駄目。これだけは、譲れない。

「僕……ままには悪いけど、ここ、嫌いだ。どうしても好きじゃないの」

『どうして?』

ところが、案に相違して、ママ、どうやら今の台詞《せりふ》が嬉しかったみたい。聞き返す言葉が暖かい。

「だって……だって、おかしいもの！　ここの生き物、みんな、おかしいじゃない？　生き物は……生き物を、食べちゃいけないんだ。そんなの……泥棒じゃないか。そりゃ、ここは、特別におひさまの力が弱い。だから、きちんと御飯を作るのは大変だよ、でも、大変だからってみんながみんな泥棒を始めたら、それこそ大変なことになっちゃうじゃないか。……それも、余っている御飯をとるんじゃない、とっているのは命だよ？　どうしてそんな酷《ひど》いことができるのか判らないし……僕、泥棒の国になんか、あんまり、住みたくない」

『それに……この星の生物の大半、動物って奴は、自分で御飯を作ることができないしね。生まれた時から人を殺して食べるようにできているのよね』

「うん。それも、すごく、おかしいと思うの。生まれつき、人殺しと泥棒をしないと生きてゆけない体なんて、すっごく傍《はた》迷惑だし……そういう風にうまれついちゃった人達も、ある意味で可哀想だと思うの。あの人達は、殺したくて殺してるんでも、盗みたくて盗んでいるんでもないんだよね。あの人達のやっていることは鬼だけど――岡田のおじいちゃまも、三沢のおじさまも、鬼だけど――でも、望んで鬼になったんじゃないもんね。この星は……草の人達も可哀想だけど、動物の、鬼の人達も可哀想だ。こんな可哀想な世界、僕は、嫌いだ」

『……拓……あなた、いい子に育ったわ』

ママの声。ふるえている。心なしか泣いているみたい。

『それから……もう一つ、聞きたいんだけれど……じゃ、あなたは、この星の、植物の人は好き？　尊敬してる？　木の人とか、草の人とか』

「うーん……木の人は、勿論、好き。物知りだし、優しいおじいちゃんばっかりだし。草の人も、悪い人はいないし、好きだよ。……でも……尊敬っていうのは……時々、できないの」

『どうして？』

「あのね……だって……みんな、勇気がないんだもの。命は、自分のものだよ。自分だけのものだよ。だから、誰でも、自分の命は守らなきゃいけないんだ。生き物が一番最初にしなきゃいけないのは、そのことじゃない？　だから、岡田のおじいちゃまなんか、やりたくもないのに、自分の命を守る為に、鬼になって他の生き物を殺してるんだ。でも……木の人も、草の人も、あんまり自分の命を守ろうとしないんだもの。草の人の中には、毎年、同じ季節に必ず死ぬ人がいるじゃない。自分が死んで、あいた場所に子供を生やして、自分の体は子供の為の肥料になるんだ。……こんなの……こんなの……いくら子供が可愛いからって、やるべきことじゃないと思うの。もっと、何ていうか、たとえば、子供の為に他の場所を開拓するとか、そういうことを、ほんとに勇気がある人なら、する筈だと思うの。木の人だって、尊敬できないこと、することがあるんだよね。果物《くだもの》っていうのが……信じられない。果物の果肉って、あれ、子供の為のおっぱいじゃないんでしょ？　あれ、動物の為のものなんでしょ？　動物が果物を食べる、で、その動物が移動し、どっかで糞《ふん》をする。と、食べられた果物の種は、糞にまじってどこか余所《よそ》の土地に蒔《ま》かれ……木の人は移動ができないから、余所の土地に子供を作る為にそうしてるって言うんだけど……でも、これだって、おかしいと思うの。最初から動物に食べられることを目的にして、果物を作るだなんて。きれいな花をつける草の人も、つまりは、きれいな花と蜜で、蜂の人や蝶の人を呼んでるんだよね。花粉を、他の花につけてもらう為に。……これってみんな、どっかおかしいと思うの。そんなことをするくらいなら、何とか移動する能力を、自分で手にいれるべきだし……何ていうのかな、えーと、おもってる」

『おもってる？』

「あ、言葉が、違うかも知れない。地球の言葉って、むずかしいんだもの」

時々、ママ達が凄《すご》く羨《うらや》ましくなるんだよね。

耳で聞けばまるでピアノの音のように聞こえるママの声、あれは、高度に発達した直接意志伝達言語なのだ。地球のレベルで言えば、一種のテレパシーと言ってもいい。とにかく、まるで言語形態の違う種族にも、聴覚さえあれば、何とか自分の意志を音の形で伝えることが可能な言語。もともとは、自分を含め、彼らの種族の生物であれば、みな、この言語を習得可能なのだが、発声器官がまるで人間とは違う為、人間型への整形手術を受けた時に、自分からは取り除かれてしまった機能。

「おもってる……おもいてる……おもなてる……あ、おもねってる！」

『あ、ああ、おもねる、ね』

「そう。みんな、おもねってると思うの、動物に。だから……どうしても、完全に尊敬することができないの」

『……拓』

と。この台詞を聞くと、ママ、できる限り身を乗り出して、枝や蔓《つる》を伸ばしてくる。

『私は……この星にきて、一つ、学んだわ。手っていうのは、あった方がいいのね。こういう場合……手で抱き締めることができたら、どんなに嬉しいでしょうに』

「……まま？」

『あのね。私が、どれ程あなたを誇りに思っているか、あなたに判る？　私は、ほんとに、ほんとに、あなたのことが、自慢ですよ』

「まま……？」

『あなたの思っていることは、そのまま、本当なの。……ああ、あなたがどんなに私の誇りだか、どうしたらきちんとあなたに判ってもらえるんでしょうね』

伸びてきたママの蔓、そのまま、僕の体にからまる。——ちょうど、人間への整形手術をうけた後の僕達の髪が、自分の思いのままにのびていろんなものにからまるように。

『岡田さんと三沢さんに感謝しなければ。あの人達は、人喰い鬼なのに……よくまあ、私の息子を、きちんとしたひとに育ててくれたものだわ。……いいこと、このことを胸に刻みこんで。あなたは、私の、誇れる立派な息子だし、あなたの思ったことは、正しいのよ』

「……まま……？」

『でもまた、同時に、これだけは覚えておいて。あなたは、正しいけれど、でも、それは、この星では正しくないのよ。地球は、私達の星とは、各種条件が違いすぎるの。ここでは……歴史の最初っから、草食動物がいた』

「え？」

『いいから、覚えておいて。この星では、歴史の、一番最初から、草食動物がいたのよ。それこそ、バクテリアの時代から。だから、あなたが、植物が動物におもねっているって思うのは、ある意味で、不当です。あたし達の星とは違って、地球の生物は、起源からして、鬼と同居しなきゃいけなかったんだから。それは大変なことだったと思うのよ』

「……まま？」

『あなたの今の考えを、あなたの気高い意志を、ママは、評価するわ。……でも、それを、地球の草の人や木の人におしつけては駄目。あなたとは――私達とは、全然違う進化を、ここの草の人や木の人は遂げてきたんだから。……いいこと、むずかしいことはおいておいても、ただ、これだけは覚えておいてね。ただ、これだけは、決して忘れては駄目よ。……いーい、拓、あなたは、よそから来た者なのよ。あくまで、よそものなのよ。あなたは、ここの星の人達に――動物の人にも、植物の人にも、とにかく、ここの星の人達に――干渉してはいけない。これは、最低限の、ルールよ』

「まま……あの……うーんと、それは……」

『今はまだ、意味が判らなくていいの。ただ、覚えておくだけ覚えておいて。私達は、死ぬものだった。岡田さんと三沢さんがいなければ、死んでいる筈のものだった。にもかかわらず、私達は、生きてしまった。故に、私達は、幽霊なのよ。決して他の生物に干渉してはいけない、昔どこかにあった生物の影。それが、私達の望み得る最上のもので……所詮《しょせん》、私達は、そういうものなのよ』

「まま？」

『おかしな話よね。死ぬ覚悟なんか、とうにできてたんだわ。今でも、勿論、その覚悟を持っている。でも……その覚悟と同時に、信頼してもいるのよ。岡田さんを、三沢さんを』

「……まま？」

『あの人達に任せておけば大丈夫だ、あの人達なら、きっとあなた達をちゃんと育ててくれる。……何故か、そんな気がしてならないの。だから……こんなことを言うのは、贅沢《ぜいたく》だし、我儘《わがまま》だって判ってもいるんだけれど、でも、こう言わずにいられないんだわ。……あなた達の、将来が、心配。あなた達が、将来、この星に何かとんでもないことをしないか、それが心配』
ママ、こういうと、かろうじて自由になる蔓で、思いっきりぎゅっと僕のことを抱きしめる。
『拓。あなたに、こういうことを言わなきゃいけないのは、そりゃ、切《せつ》ないわ。でも、たった一つ、覚えておいて。あなた達は――私達は、地球の生物から見て、よそものなのよ。たとえどんなに地球の生物が異常に見えたとしても、私達にはそれに文句を言う資格なんか、全然ないの。地球の生物に干渉しないで。それは、最低限の、ルール。……あなたを……夢ちゃんやあなたを、そして明日香を生んだのは、私の我儘なんでしょうね。あなた達は、そもそも、生まれてくるべきじゃなかったのよ。こんな星で生まれてきても、所詮、あなた達は、行き詰まるだけ。あなた達は、先のない種《しゅ》。ひとは――あきらかに、未来がない種を、残してはいけないのかも知れない』
ママ、その当時の自分にはよく判らなかった台詞を言うと、深く、自分の中へ潜りこもうとする。それを邪魔したのは、夢ちゃんママ。

『そんなことを言うものじゃないわ!』

夢ちゃんママ。今の夢子がそうであるように、信じられない程気が強く――言いかえれば、信じられない程強い意志を持っていた。

『そういうことを言っちゃいけない。……ああ、拓ちゃん、ごめんね、これは大人のお話だから。拓ちゃんは、ちょっとあっちへ行ってらっしゃい』

僕は、そんな夢ちゃんママの台詞を聞いて、一応温室からはでたものの、でも、何故か、好奇心をかきたてられて、二人の会話を盗み聞いてしまう。

『そんなことを言うものじゃないわ。あなたの言っていることって、最低で、その上絶対子供に言ってはいけないことだわ』

『でも……』

『生物が、何故、生きているのか。その基本を、あなたは無視している。……すべては、希望が、夢が、あるからよ。希望と夢がなければ、生物は、原形質の状態から、決して進歩はしなかったでしょう。希望と夢がなければ、文明なんてなかった筈よ。あの子達はあたし達の希望。その希望が我儘だなんて、絶対言っちゃいけないのよ。……それに……まして、拓ちゃんは――

あの子達は、まだ、自分の運命の本当の悲惨さには気づいていない。そんな子供に、自らの運命が、自らの生命が、望ましいものではないだなんて、決して言ってはいけないこと』

『でも、この状態で、どんな希望の持ち様《よう》があるっていうの？　母星への通信は遮断されたままだし、帰還の望みはない。こんな状態で、私やあなたが生んでしまった子は、おそらくは生涯、救いがないままにこの星で生きてゆかなければならないのよ』

『希望は何もない処に生まれてこその希望なんだわ。このままあたし達がここで死に絶えてしまえば、それこそ何も残らない。あの子達は、おそらくは近々死に絶えるであろうあたし達が、最後に残した希望なのよ』

『でも……そうして残したあなたの子供は、夢ちゃんは――うぅん、私の子供だって、拓だって明日香だって、救いがないのよ？　望んで救いがない状態に生まれて来るひとはいない。私達は、何かとんでもない間違いをおかしたのかも知れない』

『でも、あの子は、あたしの夢。あたしの希望』

『…………』


ママ、あまりにも力強い、夢ちゃんママの台詞の前に、気押《けお》されてしまう。

『あたしのあの人は、死んだわ。あたしとあたしのお腹の中にいる子を守る為に。あの、宇宙船墜落《ついらく》事故の時に。あの人は、自分の体を焼かれながらも、何とかあたしを安全な処へと押し出したのよ。……あたしは、忘れない。死んだって、忘れることができない。あの人が、自分の命を犠牲にしてまで守った、あたしとお腹の中の子――夢子が、罪だなんて、あたしは、決して、決して思わない。たとえ、この地球って星で生きながらえるのが、どれ程救いのない、悲惨なことだとしても……でも、あたしは、それを希望だと思う。夢だと思う。何故ってそれは、あの人が、自分の命と引き換えに手にいれてくれたものなんだもの……』

それから、しばらくして。いくぶん、親達の会話を盗み聞くのに罪悪感を覚えだして僕が移動した時、こんな夢ちゃんママの台詞が、耳の中に残る。それから――もっと悲痛な、ママの声。

『でも、あなたがたとえどんな意見を持っていたとしても、地球人類は、私達の恩人なのよ！　私達は、絶対、地球の生物のやることに干渉できない。ううん、しちゃ、いけないのよ！　そう、それは、絶対、しちゃいけないことなんだから！』

　そう、それは、絶対しちゃいけないことなんだから！

いーい、これは最低限のルール。地球の生物に干渉しちゃいけない。


畳の上でずるずる身悶《みもだ》えしながら。

拓、今まで忘れるともなく忘れていた、自分の記憶の一番底にあった、ひとつらなりのイメージをひっぱりだし、追体験していた。


ママ。

僕は。

僕は、あなたの教えを守る為に、夢子と訣別《けつべつ》しました。

……いや。この言い方は、卑怯《ひきょう》だ。

ママ。僕は――今の僕は、あの時あなたが何を言いたかったのか、判ります。そして、全面的に、あなたの意見に賛成します。

僕達は、所詮、異邦人。所詮、月日が運んできたこの星への旅人。月日がたてば、この星から消え去るもの。

そして、この星のことは、たとえ、それが僕達の目にどれ程異様に見えても、どれ程許しがたく見えても、この星の人が解決しなければならないこと。僕達には、議決権はおろか、それに口をだす権利すら、ない。

この星の生物に、干渉してはいけない。それは、この星の生物の恩情でいきながらえることができた僕や夢子に許されることではない。

でも。夢子は、どうやら、意見が違うようです。僕は、夢子と訣別しました。

ママ。

僕は、自分を、そしてママを、正しいと思います。だから、自分の道をゆきます。その道が――どれ程夢子の道と掛け離れていても。

それはしょうがないことだし、だからママに愚痴《ぐち》もこぼせませんけれど……でも、寂しい。僕と夢子が訣別するだなんて、あり得べきことだとも思えない。

夢ちゃんママ、ごめんなさい。夢ちゃんパパ、ごめんなさい。僕は夢子を守る男になれませんでした。

けれど。

夢子との訣別、これが、正しい道だと、僕は思うんです。

僕は――よく判らないけど、嫌なことはそりゃ一杯あるし、明日香の自殺も、自分達がこの先ずっと追われて生きることも、そりゃ嫌だけど――でも、やっぱり、この星が好きらしいんです。今までの、岡田のおじいさまと三沢のおじさんに育ててもらった恩を、忘れたくはないんです。
だから——僕は、自分の思う道を、自分が思うようにいきます。

黄ばんだ畳の上で。ほどかれた長い黒髪が、ずるずる動きまわる。そして——頭の、髪のつけ根のあたりが、まるでがぼっと何かを吐き出すように一瞬のたうち、次の瞬間、ずるっと十センチ程も髪が伸びる。その髪の色は——嫌になる程鮮《あざ》やかな、ダーク・グリーン……。

が、やがて。

悶え続けた髪の動きはゆるやかになってゆき——拓が畳から顔をあげた時には、髪、そのまま素直に重力に従って肩から腰へとすべり落ちる。

拓の目尻には、かすかに濡れた跡のようなものがあったが、それでも、拓、何とか口許《くちもと》に微笑《ほほえ》みに見えるような表情をはりつける——。

☆

ママ。

さて、一方。

アパートを飛び出したあと、どこというあてもなく、そのあたりをうろついていた夢子、いい加減歩くのに疲れると、ただ、その言葉だけにもたれるように、こう思った。


ママ。

あたしを助けて下さい。

どうか、あたしのやっていることが正しいと言って下さい。

ママ。

お願い。

拓と、訣別した。

それはやはり、どれ程気丈《きじょう》に見えても、夢子にとってはとてつもない大事だった。

拓と訣別した——拓と、訣別、した。

本来ならば、そんなことはあり得ようがないことの筈。夢子。拓。

それは——運命が決めた、一対《いっつい》の筈。夢子には拓以外の伴侶は考えられなかったし、拓にとってもそうである筈。そう、二人は、決して別れることのできない、宿命の伴侶であった筈なのだ。

何故って。

夢子達の親の世代にあたるエイリアン達が事故にあい、宇宙船ごと地球に不時着した時。

不幸にも、夢子の母は、すでに身籠《みご》もっていた。

父は、事故による火災から母を逃がす為に、焼死した。

事故の目撃者、岡田善一郎と三沢良介の協力により、不幸な夢子の母達エイリアンは、何とか地球に安住することができ——そして、月が満ちると共に、夢子の母は、母星の環境からすると異常としかいえないような地球の環境下で夢子を生みおとしたのだった。(あまりにも弱すぎる太陽の光だの、草食動物がいる環境だの——充分に強い恒星のもとで、移動可能な植物から進化した生物のみで文明を築いてきた夢子の母達エイリアンにとって、太陽の光がこんなにも弱く、草食動物はおろか、肉食動物までいる地球の環境は、宗教的な『地獄』より更に酷《ひど》い環境だった。)

この時。女だてらに豪傑で知られている筈の夢子の母、赤児の夢子を見て号泣《ごうきゅう》したと言う。

「夢子、夢子、可哀想な子。あなたのお父さんがどんなにすばらしい人であったか、あなたが大きくなったらきっとあたしが教えてあげる。あなたのお父さんはね、あたし達を助ける時に、こう言ったのよ。『惚《ほ》れた女一人守れなくて男がつとまるか』って。あなたはお父さんを誇りに思いなさい。でも……でも、あなたには、もう、あたしにとってのあの人みたいな、たった一人の男性は現れないのね。可哀想にあなたは、たった一人で……たった一人で、生きてゆかなきゃいけないんだわ! その、たった一人の男性がいる、そのことだけで、人生が輝くような、そんな人に会えないんだわ! ……ああ、ごめんなさい、可哀想な夢子」

この時、すでに、母星への連絡はもう不可能だということが判っていて……夢子の母の、この嘆きは、生き残った二十人余りのエイリアン達の涙をそそったものだった。

が。

その、ほんの一ヵ月後に、事態は変わる。何となれば、生き残り組の一人、拓と明日香の母にあたる人物に、妊娠の徴候がみられたので。

どうやら、彼女は、船に乗る前に受胎《じゅたい》していたようだった。が、あまりにも初期な為、それに気づかず、恒星間遊覧旅行に参加し——そして、事故にあったらしい。

がんばるんだよ。

負けちゃいけない。

いつか母星と連絡がつくこともあるさ。

地球の気候がどうしても肌に合わなかったのか、そのあと、どんどん、同じ船にのっていた仲間達が死んでゆき——どの仲間も、いまわの際、拓の母に向かってこう言った。

がんばって子供を生むんだ。

夢子を一人にしないように。

たとえ同性でも、仲間がいないよりはいい。

それが……我々に残された、たった一つの希望。

——そして、拓が、生まれた。

生まれたのが男の子だと知った時、その期待は、やたらとふくれあがってしまった。

そう。

この時点で、拓と夢子は、運命によって規定された、宿命のカップルになってしまったのだ――。

夢子には拓。拓には夢子。

何せ、世界にたった一人ずつしかいない男女だ。夢子がどんな女であろうとも、女であるというだけで夢子は拓の伴侶だったし、拓がどんな男であろうとも、男であるというだけで拓は夢子の伴侶だった。

夢子と拓。

役割が逆だったらよかったのに。

時々、夢子は、そんなことを思わずにはいられなかった。

女にしては気が強すぎる夢子。男にしては繊細《せんさい》すぎる拓。

それが、もし、逆だったら、どんなによかったろう。でも、夢子は、やたらと気丈な娘だったし、拓は繊細な男だった。

そうこうするうちに、明日香が生まれる。初めての――地球で受胎したカップルが生みおとした、地球産の子供。

明日香の誕生が、事態を、よりややこしくしたのだった。

明日香。拓の妹。拓の母が、地球にきてから受胎し、生んだ娘。

彼女が完全な健康体だった為、生き残り、母星への帰還の道をたたれたエイリアン達は、まるで競うようにして自分達が生きていた証《あかし》、子供を作りだしたのだった――とはいうものの、今になってみると、受胎が可能だったカップルは、当の拓達の母を含む、わずか二組しかなかったのだが。（それまでは、あまりに太陽等の環境が違う地球で、果たして健全な妊娠が可能かどうかは、まったく判らなかったのだ。）

そして、生まれた、歩ちゃん、拓や明日香の弟になる望くん。

夢子と拓。

運命が決めたたった一組の伴侶は、運命により、更にその宿命性を強化していったのだ。

何故なら。同じ両親から生まれた兄妹婚は勿論、たとえ、異父・異母の兄妹であっても婚姻が認められていない彼らの間で、三代目を望むならば、その組み合わせは、たったの一つしかなかったのだから。すなわち――夢子・拓の間にできる子供と、望・歩の間にできる子供。

（夢子と望というカップルは、年の差がありすぎた。太陽の運行に完全に生理条件を支配される彼らの種《しゅ》では、普通、男女は同年齢か、少なくとも五、六シーズン以内の年齢差であることが望まれる。夢子の場合、拓とでさえ、三シーズンも年齢に開きがあり――望との間には、二十数シーズンもの、開きがあるのだ。勿論、地球のシーズンと、彼らの母星のシーズンとでは、その長さがまるで違うのだが……十シーズン以上も違う相手との婚姻は、彼らの常識を超えていた。）

かくして。まだ、愛が何か、恋が何か判らないうちから、夢子と拓は、二重の意味で宿命のカップルになり――明日香は、同種族においては決して伴侶をみいだすことのできない女性となったのだったが。

やがて、松崎が隠れ住んでいる岡田を見つけるというハプニングの為、岡田の手により、明日香達の母、歩、望が焼き殺される。（この時点では、最初のエイリアンは、すでに、明日香達の母しか残っていなかった。）

結局、残ったのは、明日香と夢子と拓――ここまでても、まだ、宿命の鎖は夢子と拓を結びつけていた。

そう。

夢子は生まれた時からずっとそう教えられてきたのだ。自分の伴侶は拓一人だと。そして、状況がどう変化しようとも、その事実だけは決して変わらず――いわば真理のようなものだと思いこんできたのだ。

なのに。

今、夢子と拓は、訣別した。あり得ないことが起こってしまったのだ。

ママ。

あたし、怖い。


生まれて初めて、あたしは一人になったような気がする。

あたしには、確信があったの。たとえどんなに意見が違おうと、それでも最後には必ず、拓があたしに折れるって。何故ってあたしと拓は、決して他にはあり得ない一対《いっつい》の筈で――あたしが、決して人に折れるような気性ではない以上、どんな意見の相違だって、絶対拓の方が折れる筈だって。

けれど。この問題に関する限り、拓は折れてはくれなかった。

ママ。

あたし、怖いの。ほんとに怖いのよ。

拓が――あの拓が、折れてくれないだなんて……あるいは、あたしのしようとしていることは、やってはいけないことなのかも知れない。そう、ちょっとした意見の相違だの、ちょっとしたあたしの我儘なら、拓は苦笑しながらでも許してくれた筈だもの。

でも。

昔、ママは言ったわよね。

あたしは、ママの、パパの――そして、この星に残されたすべての同種族の希望だって。夢の象徴だって。あたしが存在することは、決して悪でも絶望でもないって。それが本当なら。あたしの存在が罪でないなら、あたしが自分の存在を続けようとすることだって罪ではない筈。

それに——それに、そう、明日香！

今、初めて判ったような気がする。

明日香。ああ、明日香。

あなたがどんなに寂しかったか。あなたがどんなに怖かったか。

今。あたしは、生まれて初めて一人になった。もうあたしにはママはいない。拓も、いない。自分がたった一人だけでこの世界にいるってことがどんなに寂しくてどんなに怖いか、あたしはようやく判ったような気がする。

そして、明日香、あなたはずっとこんな想いを抱き締めてきたのね。

あなたが、たった一人の自分だけの人、嶋村信彦にのめりこんでいったのも、今となってはよく判るような気がする。

その明日香の想いを踏みにじり、この世で明日香と嶋村をついに添い遂げさせなかった人間を——あたしは憎むわ。

明日香。あんたを殺した奴を、あたしは憎むわ。

明日香。ずっと、妹だと思ってきた。可愛《かわい》かった。幸せになって欲しかった。

そんな明日香を殺したからこそ、あたしは人間を憎んでいたんだけど——今も勿論そうだけど——でも、同時に。でも、それ以上に。

この世の中で、たった一人の、寂しい、怖がっている魂が、やっと添い遂げようとした人との間を裂いたっていう理由で、あたしは、より以上に、人間を憎むわ。憎んでやる。

可能かどうかなんて、よく判らない。勝算なんてまったく判らない。でも。

あたし、呼ぶつもり。宇宙船を。母星の人々を。

この星の植物は、あたし達の影響を受けると、一種のテレパシー能力を有するようになる。

そのテレパシー能力は、一本一本の植物では、そりゃ、お話にならないくらい弱いものだ。

でも、それが、集まれば。全地球規模で集まれば。

巨大な、惑星規模の通信機になる筈だ。

勿論、あたしには、地球の植物にそんなことを命令する権利も何もない。

だから、お願いしてまわるつもり。駄目でもいい、無駄でもいい、でも、お願いしてまわるつもり。

そして——そのお願いの途中で。

地球産のすべての植物が、微弱ながらもテレパシー能力を持つようになり、ひいては、ある程度以上の数にまとまって、人間や、その他の地球の動物に対して、防衛手段を講じることになったって、それのどこが悪いっていうの！

拓は、それに反対した。それだけは許せないって言った。植物が、もし、動物に対して敵対行動をとるならば、それは地球産の植物の中から自発的に生まれた能力によるべきだ、自分達のようなエイリアンが発端になってそういう動きを作るべきではないっていうのが拓の意見で——ある意味で、それは正しいと、あたしも思う。

でも、あたしは。

でも、あたしは、とにかく、許せないのだ。そう、許す訳にはいかないのだ。明日香——あなたを殺した、人間を。そして、植物のことなんか考えもせずに生きている、地球のすべての動物を。

☆

……何をしているんだろう、僕は。

そんなことをずっと考えたまま、でも、ずっと膝《ひざ》を抱え、嶋村信彦は、砂浜の上に坐りこんでいた。

したいことは、すべて、やった筈だ。

たとえば、明日香の遺髪《いはつ》を、海へ投げる。

これだって、随分前に、もうしてしまった。

何をしているんだろう、僕は。こうして海をずっと見ていて——で、何の意味があるっていうんだろう。何の意味も、ある筈がない。

明日香が死んで——そして、しばらくの間、海ぞいの街を渡り歩いて。で、やっと、信彦は判ったのだ。明日香が死んだ今、もう、彼にとっての人生はない。

こんなことを考えてはいけない。明日香との心の中での約束どおり、自分は幸せな人生を過ごし、健康な嫁さんをもらい、それを明日香に見せてやらなきゃいけない。そんなことを思いもした。でも、駄目なのだ。

明日香をなくしたばかりの今、ただでさえ異常にそういうことにうとい信彦にしてみれば、他の女の子と付き合うなんて論外だったし……また、彼は、仕事も、明日香と同時になくしていたのだ。

明日香。

植物の化身の女の子。

彼女に恋しているが故に、信彦は植物学を志《こころざ》したのだ。

明日香が死んだ今、信彦は、松崎教授の許《もと》で植物学を続けることができる訳がなく、必然的に大学には退職届けを出していた。そして、今、他の就職先を考えようにも……何ら、やりたい仕事がないのだ。

それに、生き甲斐《がい》。

それも、信彦は、明日香と共になくしていた。信彦のそれまでの生涯は、ひたすら植物学に捧げられており……恋人と、仕事と、生き甲斐と……そして、趣味（信彦にとって趣味と言えるのは、植物学関係のものだけだった）を全部同時に奪い去られた信彦は、今やもう、死人同然だった。

明日香。

この分だと、僕が天国のおまえと会うのは、意外に近いことなのかも知れない。人は、恋人と仕事と生き甲斐と趣味を同時になくしてしまったら――それでも生きて健康な生活を続けてゆける程は、強くない生物なのかも知れない。

信彦、ふっと心の中でそう一人ごち、そんな自分の弱気をせせら笑い――同時に、背筋に、ちょっと異様な感覚を覚える。

……まただ。また、移動した方がいいのかも知れない。

信彦は、のたのたと膝に回して組んでいた手をほどくと、そのままのろのろ立ち上がる。軽くのびをして体をほぐすと、気の向くままずすたすたと砂浜の上を歩き出す。

そう、この感覚。勿論錯覚だろうし、錯覚に違いないんだけれど、でも、この感覚があるせいで、彼はより、明日香の死を気分的に認められないのかも知れない。

生前の明日香に約束した、「海へ連れていってあげる」という言葉を守る為、明日香の遺髪を海へ投げようと旅行に出た信彦、それが終ってからも、ただ何となくぶらぶらと旅を続け……その最中に、時々、背筋に妙な感覚を覚えることがあったのだ。何かこうちりちりと、ほんのちょっと感電したような、危険を告げる感覚。それが、何の前ぶれもなく、時々背筋を走るのだ。そして――実に妙なことに、最初、そんな感覚を覚えた時、何の根拠もなく、信彦は、これを明日香からの警告だと思ってしまったのだ。

明日香からの警告。別に自分は彼女に警告を発してもらう必要があることなんて何もしていないのに。第一、明日香はとっくに死んでいて、自分もその死を確認しているというのに。

けれど。その感覚は、不思議な程、たった一晩、一緒に過ごしただけの明日香のにおいがした。勿論、背筋ににおいが感じられる訳ではないのだが……でも、どうしても信彦は、その感覚を明日香のものだと思ってしまって。

ここにこのままずっといてはいけない。逃げなさい。背筋にちりちりと走る感覚は、不思議なことに信彦には、そういう意味を持ったメッセージだと思えた。ので、しょうがない、信彦は、それを感じると、何物かに追い立てられているかのように、その場を去ることにしてきた。

不健康だな。こんなことをしていちゃいけない。のろのろと、その場を立ち去りながらも信彦、ふっと心の片隅でそんなことを思う。

明日香は、もう、死んだのだ。たとえ自分がどう思うとも、でも、明日香は、もう死んだのだ。だから、明日香の警告なんてある筈がないし、今、自分がそんなことを思うのも、全部、気のせい。こんなことを思っているから――明日香からの警告があるだなんて思っているから――どうしても、明日香の死が、心の中でうまいこと認められず、ひいては、明日香のことから心が離せないんだろう。

でも。そんなことを思いながらも。

信彦は、その、無意識の警告に従って、そそくさとその場を離れる。

もし、この場に黒田がいれば。

黒田は、この状態を見た瞬間、断言しただろう。

明日香は――たとえ、外見がどうあれ、生物学的な状態がどうあれ、それでもまだ、生きているって。今でもまだ、明日香の意識が信彦を守っているって。

何故ならば――黒田の派遣した男達が、どうしても嶋村信彦の消息をつかみ得ない、その理由は……すべて、この、信彦の背筋をちりちり走る、妙な感覚で説明がつくのだから。そしてまた、信彦に関連する（例えば、信彦が泊まった宿の主人等）人が、しばらくの間、こと嶋村信彦に関する限り、記憶喪失のような状態になる理由も、これで、ある程度、説明がつく。

が。

信彦は、そもそも、自分が追われていることを知らないし――勿論、黒田も、ここにはいない。

故《ゆえ》に、この時点では、誰も、明日香がまだ死んでいないという可能性について、考えはしなかった。そして、それを考えないのだから、勿論、明日香の状態が変わった可能性――近くの植物のみに影響を与えるのではない、もっと広範囲の植物に影響を与えられるようになった可能性なんて、誰も、誰一人として、考えもしなかったのだ――。

3

あなた。

ねえ、あなた。

不思議な話があるの。

とっても不思議な話だと思うわ。

今のあたしには、手足がない。故に、今のあたしは自由に動くことができない。

今のあたしには、五感がない。故に、今のあたしはものを見ることもにおいを嗅《か》ぐことも音を聞くこともできない。

今のあたしには、口がない。故に、今のあたしは、何もしゃべることができない。

でも。

不思議なことに、今のあたしは、以前よりもずっとあなたのことが判《わか》るのよ。今こうして、心の中であなたのことを考えただけで、あなたが今、どこで何をしているのか、何か困ったことはないのか、何かあたしで役にたてることはないのか、全部判るような気がするの。

うん。勿論。それは、全部、『気』がするだけなのかも知れない。全部あたしの気のせいかも知れない。ううん、気のせいだって思う方が確かなんでしょう。でも――どうしても気のせいだとは思えないの。

昔、生きていた頃。あたしには目があった。だから、外の世界を見ることができた。その時だって、ひょっとしたらあたしの目にうつる外界は、全部何かの幻、あたしの脳が見せた蜃気楼《しんきろう》だっていう可能性があった筈《はず》。でも、人は、生きている時は、決してそんなことを考えないと思うの。目にうつったことは、たとえ、目が単なるレンズにすぎず、その上網膜にうつった像を脳が無意識のうちに修正しているって知ったとしても、でも、やっぱりどうしても現実にしか思えないじゃない。今のあたしの状態がそうなの。こうやって、どことも知れぬ処《ところ》を漂いながら、ふとあなたのことが判ったような気がする、その『気』こそが真実だと思えて仕方ない。死ぬと――死んだからこそ、こういうことが自然と判ってくるのかしら。

そして。もし、あたしの『気』が真実だとしたら。

あなた、危ないわ。

何か、邪《よこしま》な――ううん、邪まではいかなくても、でも、あまりあなたに対して好意的ではない意識を持った人間が、あなたのことを追っている。あなたの臭跡をたどってる。

あなた。逃げて。

あたしはできるだけあなたを助けてあげたい。あなたを守ってあげたい。

でも、あたしにはもう手足がない。あなたに警告する口もない。今のあたしができるのは、あなたの為《ため》に祈ることだけ。

ああ、もどかしい。何てもどかしいの。

心の片隅が焼けるような想いだわ。あなたに危険が迫っているのが判っていて、なのに祈ることしかできないなんて。

でも。同時に、別の心の片隅は、不思議と落ち着いてしまっているのよ。何故《なぜ》かは判らないけれど、ここでこうして祈っていれば、きっとあなたは助かるって思えるから。

あたしには判らない。あたしはもどかしい。安心しているあたしも確かにいるんだけれど、その根拠を自分でもぜひ知りたいと思う。

あなた、お願い、あなた、お願い、あなた、自分でも気がついて。自分でも自分を守ろうと思ってちょうだい。

この世界、お願い、地球、お願い、この星、お願い、あたしのあの人は、この世界のこの星の人なの。どうか、どうか少しでも慈悲というものがあるのなら、あの人を守ってちょうだい。あたしから命を――手足を、口を、目をとりあげたのはこの世界なんだもの、あたしが守れないあの人を、この世界が守ってくれたっていいじゃない。

お願い、あなた達、お願い、あなた達、お願い、あの人を守って。


……この世界のどこかで、あたしの願いに対して、『応』という返事がしたような気がするのは……これも、あたしの気の迷いなのかしら……。

☆

これは……何ていう植物なんだろう。

ここ三日ばかり、松崎が受付へやってくることがなかった。基本的な業務は勿論《もちろん》松崎への対応ではないが、それでも松崎がやってこないことによってずいぶんと精神的なストレスから解放された箕面夏海は、その日のお昼休み、比較的のんびりとお弁当を食べ、残った昼休みの時間を研究所の中庭でのひなたぼっこでつぶしていた。そんな時、夏海はその植物を見つけたのだ。

これ、何ていう植物なのかしら。深緑色の、細い葉が、すっと十五センチ程も伸びている。茎は見当たらず、あるのは葉のみ。それが小さな群落《ぐんらく》を形成していた。

ちょっと見た処では、それはりゅうのひげという植物に似ていないこともなかった。ただ、夏海が知っているりゅうのひげに比べると、異様に葉が細く、また、葉自身にもそう強度がないようで、太陽に向かって伸びるというよりは、ほんのわずかな風が吹いただけでもさっと地面に倒れかかり……。

何だか嫌《いや》だな、こうして見ると、これってまるっきり植物っていうよりは、深緑色をした髪の毛みたい。

夏海、ふっとそんなことを思いかけ、慌《あわ》てて自分で自分の臆病を笑いとばす。まさか髪の毛が地面から生える筈もないし、ましてそれが深緑色をしている訳もない。とすれば、これは、ちょっと異様に見えても必ず植物の筈であり……。

りゅうのひげは、ユリ目ユリ科よね。したら、この草も、きっとユリ科かユリ目の植物で……ユリ目には、曼《まん》珠沙華《じゅしゃげ》みたいに葉がないうちから茎ばかり伸びる奴や、イグサ科のイみたいに普通の葉がない奴や、とにかくちょっと変わった植物がいる筈。うん、りゅうのひげだって、茎があってそこから葉がでて花が咲き実がなるっていう、ごく普通の植物なのに、なかなかそうは見えない外見してるもんね。これだって、きっとそういう植物の筈。

夏海、強《し》いて自分を納得させようとしてそんなことを思い、その植物から目を逸《そ》らそうとし――でも、何故か、どうしてもその植物を、まじまじと見てしまう。

藻《も》か――その類縁《るいえん》。

深緑色の草が、ゆらゆらと、まるでここが水の中であるかのように揺れる。その動きは、風に吹かれてっていうよりは、さざ波にそよぐ藻のようで、だから『藻』という単語が心の中にうかんだのだけれど、考えてみれば、こんな処に『藻』もその類縁の植物も生えている筈がない。ここは埼玉の山の奥で――どう考えたって、水草の類が生えているような場所じゃない。

深緑色の草が、ゆらゆら揺れる。まるで夏海のことを手招きしているように。とても風のせいとは思えないような、こまやかなニュアンスを湛《たた》えて。でも、今は、断言できる、絶対、風なんか吹いてなかった。

深緑色の草が、ゆらゆら揺れる。ぴんと指先まで神経がゆき届いたバレリーナが、優しく空を抱くように。不思議に、魅惑的に、揺れ続ける……。

これは多分りゅうのひげの近縁植物。りゅうのひげは、ユリ目ユリ科。ユリ目は単子葉《たんしよう》植物綱。

ゆらゆらと、風もないのに、さながらここが水の中であるかのように、さながら体全体が柔らかいばねでできているかのように、夏海を誘うが如《ごと》く揺れる草。その草からどうしても目が離せなくなった夏海、それでもせいぜい正気を保とうと、何とか自分の知っている知識を復習してみる。

ユリ目は単子葉植物綱。だとしたら、たとえ、この植物が何であれ、少なくともユリ目かその近縁であるならば、単子葉植物である筈。けれど……この植物は、葉脈の走り方を見ても何を見ても、単子葉植物の特徴を、まったくそなえていない。では、ユリ目かその近縁というのがそもそも間違いで、双子葉《そうしよう》の植物なのかというと……こちらは更《さら》に可能性がなさそうだ。

困った。どうしよう。

夏海、正気を保とうと、その植物の特徴を観察しようと思ったのだ。なのに、ちゃんと観察すればする程、その植物、彼女の知っているどの植物とも違ってきてしまい……。でも、双子葉でも単子葉でもないなんてこと、あり得ない筈。

維管束《いかんそく》。そうよ、維管束を見れば。単子葉と双子葉は、維管束が全然違うんだもの、茎を切断して、維管束の様子をプレパラート標本にしてみれば、一目瞭然で判る筈。

そう思った夏海、その植物の茎をちぎろうとして、どこにも茎がみあたらないことに愕然《がくぜん》とする。

なら、葉は？　気孔《きこう》の分布を調べれば……。

でも。

そこまで思いこんでも、どうしてだか夏海、その植物の葉のサンプルをとることができなかった。どうしてだか――どうしてでも、この植物を傷つけるのは、いけない、許されないことのような気がしてならなかった。

……そうよ。

何も、植物は、単子葉でも双子葉でもなくていい筈。

他にもいろんな植物があった筈。単子葉でも双子葉でもないとなると、被子植物門ではないってことになっちゃうけれど……なら、この植物は、被子《ひし》植物門ではないんでしょう。それは、この植物の状態からすると、ほとんどあり得ないことだけど……でも、とにかく、無理矢理そう思ってしまおう。この植物は、被子植物門ではないのよ。

そして、かわりに。

サンプルを得ようと、その葉をちぎるかわりに、夏海、何故か、そっと手を伸ばし——何だか魅《み》いられたように、その葉に触れてみる。

ひくん。……あ、何、これ。

その葉に触れた、その瞬間。夏海の指は、まるで何かとてつもなく変なものにさわってしまったかのように痙《けい》攣《れん》し——それから夏海、もう一回、そっと指先を葉の表面へと伸ばす。

……何だろう、この感じ。

その葉は、ごく普通の、葉なのだ。肌ざわりだってとりたてておかしい訳じゃない、特に熱かったり特に冷たかったりする訳でもない。でも……何だろう、この感じ。

葉に触れた、指先から、じんわりとお湯にひたったようなあたたかさが伝わってくる。じんわりと——物理的に体が温まるような感じの熱じゃない、指先から、直接心が温まるような感じの熱。

……黒田さん。この、陰険《いんけん》ビルの持ち主。

何故だかは判らない。理由も何もなく、ただふいに、夏海、黒田のことを思い出した。不思議に——どうしてだか——このあたたかさが、黒田のものだと思えてならなかったのだ。

まさか、そんな、何を考えてるんだか。

心の表層で、夏海、そんな自分を莫迦《ばか》にして嗤《わら》う。確かにこの草は、黒田さんが買収した土地に生えているんだもの、黒田さんのものって言えるかも知れない。それが頭の中にあったから、黒田さんって個人名がでてきたんだろう。大体が、あの陰険なひとがあたたかいだなんてどこをどう逆立ちすればでてくる考えなんだかね。

夏海、精一杯、心の中をそんな考えで埋めようとし——でも、気がつくと。

気がつくと、何だか夢中になって、その葉を撫《な》でていたのだ。

そっと……ゆっくりと……本当に、本当に、慈《いつく》しむように……。

☆

「良子。おまえだね」

さて、一方、その頃、黒田は。

例の部屋で、明日香の体を前にして、両手をガラスケースの上にのせ——あやうくガラスケースが壊れる程の力を、その両手に込めて、こう呟《つぶや》いていた。

「返事はいい。……いや、おまえに返事ができるとは最初っから期待していない。でも……良子、おまえだろう」

黒田にとって——明日香と二人っきりでいる時の明日香は、すでに『良子』になってしまったらしく、黒田、ただこう言い放つと、ガラスケースの中の明日香を見る。

「嶋村が未《いま》だに捕まらないのは、ひとえにおまえの助力のせいだろう？　あ、いや、だからどうだと言う気はない。それに、もうとっくに死んだ筈のお前が未だに何か影響力を残しているだなんて、公式の場で発言する気もない。でも……あれはやっぱり、おまえのせいだという気がしてしょうがないんだ」

ガラスケースの中の明日香——黒田にとっての良子——は、勿論、何も言わない。

「ああ、それと、誤解をされたら困るな、私は確かに、おまえが嶋村に助力をしているせいで、まったく迷惑を被《こうむ》っていないっていう訳ではない。でも、だからってそれを責める気は毛頭《もうとう》ないんだ。ただ、確認をしたいだけなんだ。あれは……良子、おまえだろ？」

ガラスケースから返ってくるのは、勿論、何もない沈黙。

「……あ……あ。そうか。そうだな。答えが返ってくる筈はないのか。でも……良子……」

黒田の手、ガラスケースから持ち上げられ、そのままぎゅっと握り拳《こぶし》を作る。そして、しばらくの間。それから。

「でも、良子！」

ばあんと、これが漫画だったらそんな擬音《ぎおん》がつきそうな勢いで、黒田、この台詞《せりふ》と共にガラスケースへと両手をふりおろす。が——かろうじて正気を留《とど》めた黒田の両手は、ガラスケースまであとほんの数センチという処で、何とか止まる。

「何がいいんだ！　嶋村の、何がよかったんだ！　何でおまえはそうもあいつをかばうんだ！　言ってみろ、良子、言ってみろ！　あいつのどこがそんなによかったんだ！」

台詞の後半は、黒田、完全に公私混同している。黒田が明日香に信彦のことを聞いているんだか、それとも、黒田が思い出の中の良子に他の男のことを聞いているんだか……。

そして。当然のことながら、ガラスケースの中の明日香は、何の返事もしない。

「……いいんだ。莫迦なことを言った。忘れてくれ」

しばらく、そのままの体勢でいたあと、黒田はこう言うとちょっと肩を丸める。それから、悄然《しょうぜん》としたまま、明日香のはいったガラスケースのある部屋から出てゆこうとし——と、ふいに、聞こえてくる、放送。

「黒田所長、黒田所長、至急外線に出てください。横田様からお電話がはいっております。緊急だそうです」

「横田から……電話？」

黒田、慌ててこの部屋から出ようとして、それから、もう一回、ガラスケースの中の明日香に視線を送る。

「横田から電話ということは、嶋村の消息がつかめたか、あるいは三沢の消息がつかめたか……いずれにせよ、おまえにとっては嬉《うれ》しくないニュースだろうな」

黒田が部屋をでていったあと。残された、ガラスケースの中の明日香の髪は——今の黒田の台詞に反応してか、ほんのわずか、動いたようだった。いや——それともそれは、陽《ひ》の加減だったのだろうか？

☆

「三沢良介がつかまりました！」

電話の中の横田は、やたら元気がよく、開口一番、まず勢いよくこう言った。

「三沢良介？　で、どこにいた？」

「意外にも盲点というか……例の岡田家焼け跡のすぐ近所の、岐阜の山ぞいのある村にいる処を保護したそうです」

「……そうです？」

「あ、ああ、そうなんです。私は嶋村保護の為にずっと出ていまして、三沢を保護したのは、うちの部下です」

「で、それは……本当に、三沢良介なんだろうな？」

「はい。それは確かです。ただ……」

「ただ？　ただ、何だ」

「三沢良介は……その……かなり混乱しているらしくて……常軌《じょうき》を逸《いっ》している、と言ってもいいような状態なのだそうで……」

「……常軌を逸している？」

「はい。もうほとんど、まともな日常会話が不可能な状態で……ただ、『夢子が危ない、夢子を何とかしないと』と、それくらいしか、意味のあることを言わないんだそうです。まして、こちらの質問に答えてどうこうするなんて状態ではないらしく、相変わらず、三沢を保護した後でも、問題の夢子と拓との足取りは判らないようで……」

「……判った。もうそれはいい。とにかく、三沢をできるだけ早くこちらへ……いや、私がそっちへ行こう。今、三沢がいるのは？」

☆

危ない。

もう、頭の働きは、判然としない。

最初は自殺するつもりだった。その為に、かなりの量の睡眠薬の類《たぐい》も手にいれた。ついでに、向《こう》精神薬の類や、果ては麻薬の類まで手にいれた。それらの薬と——そして、浴びるように飲み続けた酒が作用しているのだろう。もう、頭は、ただそこについているだけの飾りものだ。

危ない。

その、完全に飾りものになってしまった頭で、三沢良介は、ただ、それだけを考えていた。

危ない。

拓はともかく、夢子をこのままにしておいては、危ない。

が。

いかんせん、三沢の頭は、アルコールと薬剤によって、完全に常人としてのまっとうな思考力を奪われていたので――危ないと思いはしても、危ないと判りはしても、夢子の、どの辺がどういう風に危ないのか、もはや、筋道だった思考ができなくなっている。

最初は自殺するつもりだった。

夢子が危ない。三沢の意識としては、まずそれを考えようとしている筈なのに、何故か、三沢の、すでに半死半生となってしまったような頭脳は、三沢の意識とは無関係に回想を始める。

最初は自殺するつもりだった。

明日香、夢子、そして拓。

彼らが人間に摑《つか》まってしまったら、彼らの秘密が白日《はくじつ》のもとにさらされたら、自殺をするつもりだった。岡田善一郎と共に、明日香達の体を改造した時から、その覚悟はできていた筈だった。だから、明日香が岡田家焼け跡で死んだ時――三沢は、それを見届けた後、自殺するつもりだったのだ。

だが――できなかった。どうしても、死ぬことが、できなかったのだ。

一つには、まだ、心配があったからかも知れない。

拓と夢子。

彼らは、明日香とは違い、自分達が地球人でないことを、確かに認識しているかも知れない。

自分達が、地球の植物に対して、どれ程致命的な影響を与え得るか、知っていることは知っている。が――だからといって、彼らがまったく無害だとは言えないではないか。何故って、彼らが、あくまで地球人類に対して好意的に振る舞ってくれるとは限らないのだ。地球の動物は、彼らにとっては、譬喩《ひゆ》的な意味でまさしく『鬼』だったし……まして、明日香は、その地球人類が故《ゆえ》に、自殺した。そして、それが、それだけが心配で、三沢は死ぬことができなかったのかも知れない。

が。

そんなことは、理屈にすぎない。

今の三沢なら、それが判る。

三沢は――理屈はさておき――死にたくなかったのだ。これが、彼が自殺できなかった、最大の理由。

だって、そうじゃないか。

だって、そうだ。

三沢は、何一つ、自ら死ななければいけないようなことはしていない。三沢には、死ぬ理由は、たったの一つだってないのだ。

そりゃ、確かに、三沢は宇宙人をあたかも地球人のようなに整形手術した。が――それは、果たして、死ぬ理由になるのか？

そりゃ、確かに、三沢は、そのままでは地球に適応しにくい宇宙人を地球に適応しやすいようにした。が、それが死ぬ理由になるのか？

ならない。

三沢の心の中では、かつて三沢がした行為は、どうしたって自殺の理由になり得ず――そして、三沢は、自殺ができなかった。ただ、酒に溺《おぼ》れ、薬に溺れ……。

……夢子。

アルコールの――そして、薬のせいで、ほとんど用をなさなくなった頭の中で、三沢は、ただそれだけを思い続ける。

夢子。

どうか……どうか、人類に復讐《ふくしゅう》しようとだけは思ってくれるな。

確かに人類は、おまえにとって鬼か悪魔だろう。

確かに人類は、おまえにとっていいことを一つもしてくれなかったろう。いや――いいことをしてくれないどころか、明日香を死においつめたんだ。

けれど――けれど、私だって、人類の一人だ！　一応、人類ではあるんだ！

もし、もし、夢子、おまえが人類に害を及ぼすようなことがあったら……それだけは、私は、決して、決して許せない。あ、いや、許す、許さないの問題ではない、おまえがそんなことをするならば、私は一生、おまえを育ててきた自分を人類の一員として許容できなくなるだろう。

頼む――願う――請《こ》う。

どういう表現が適切なんだろうか。

とにかく、頼むし、願うし、請うている。

どうか、人類に害をおよぼさないでくれ、夢子。

そして――そして。

夢子が危険だ。

そう思ってしまう私は、他の誰よりよく知っている。夢子。おまえが、人類を憎まずにいられる訳がないということを。夢子。おまえが明日香の復讐をせずにはおれないということを。

「夢子が……夢子が……危ない……どうか……願うから、請うから……」

岐阜の、安酒場にて。横田の手の者に保護されたあとも、もう、何が何だか自分の頭ではまるで判然としない三沢、ただ、うわごとのようにこれだけを言い続けていた——。

☆

これはもう、妄執《もうしゅう》だ。

そんなことは松崎、百も承知だった。

これはもう、妄執だ。こんなことを健全な人間が考える訳がない。

でも。理性ではそんなこと、百も承知でも、でも、彼は、幻の執念を追いかけていた。

夢子、そして、拓。

黒田は——そして、日本国政府は、松崎から明日香を、あの緑の髪の子供達を奪い取っていった。確かに、あっちにはあっちの理由があるだろう。でも——こっちにもこっちの理由があるのだ。

夢子、そして、拓。

松崎の思いは、まるで酒に酔っているかのごとく、あっちこっちをふらふらさまよい——そして、ここへ帰ってくるのだ。

夢子、そして、拓。あんた達に恨《うら》みはまったくない。いや、恨みがあるどころか、あんた達は僕がずっと追い求めてきた、恋焦《こ》がれてきた人の一部ですらある。

だが、夢子、そして、拓。

私は——僕は、あんた達を追わせてもらうよ。

何故なら、明日香を黒田に奪われた今、僕が、手持ちの駒《こま》だけで、かろうじて何とか追跡できるのは、君達しかいないんだから。

夢子、そして、拓。

おそらく、君達は、僕以上に、黒田への——つまりは、人類とでも、その政治権力とでも言う奴への恨みにこりかたまっているだろう。だとしたら——そんな、君達の行方《ゆくえ》は、誰よりも、僕が、僕こそが、推理することができる筈。そして、君達ができることといったら……。

松崎は、部屋の中で、恨みにより半《なか》ば狂ったような目を、ぴたっと壁の日本地図に据えつける。どうやらそれは子供用の地図のようで、『ほっかいどう』『ほんしゅう』などという平仮名《ひらがな》が見える。

夢子も拓も、日本国籍を持っていない。ということは、パスポートだってとれない筈だ。とすると、彼らは日本国内の移動しかできない筈で——国内で、彼らが、ある目的を持って、植物の長とでもいうべきものに面会を求める気なら、おそらくは、目的地は、そう多くはあるまい。

「これは、賭《か》けだが……屋久島《やくしま》へ行ってみようと思う」

松崎は、もうすでに彼しかいない部屋の中で、誰にともなくこう呟いてみる。

「僕もまだ、縄文杉《じょうもんすぎ》って奴は見たことがないしな。縄文杉が日本の植物の代表だとは思わないが——あいにく、この国には他にあれ程の知名度を持った植物はないようだし」

　もう松崎しかいない部屋。昔は——松崎が、明日香の件に噛《か》むまでは、小学生の彼の長男と幼稚園に通う長女が使っていた部屋。彼の長男と長女は、もうずいぶん前、松崎が黒田の処へ日参《にっさん》しだした頃から、すでにこの家から去っていた。松崎の妻が、松崎に見切りをつけ、でていくのと同時に。

「これが正念場《しょうねんば》だ」

　松崎、誰にともなくこう呟く。

「これが正念場だ。そう、正念場だとも。縄文杉の下で、夢子と拓に会えるかどうか——賭けてみるだけの価値はあるだろう。一週間でも二週間でも、いや、何年だって、待ってみせる。何故ってこれが正念場なんだから」

　壁にはりつけられた小学生用の日本地図。部屋の隅に紙袋にいれられたまま忘れ去られたままごと用の小さな食器。そういう——この部屋の主が、松崎ではなかったことを暗示する品物達の間に、ぴたっと目を中空に据えた松崎の台詞、なにやら妙に不気味に響く。

「黒田は——そして、日本は、僕から明日香を奪った。そして——妻と、子供さえ、奪った。……あいつらに、思い知らせてやる。そうだ、これが正念場だ。人は、人間から、財産や地位や家族を奪うことはできるのかも知れない。でも、ただ一つ、その人がその人であることだけは——僕が、どういう人間であるのかだけは、けして、決して奪えない筈だ。それを、僕は、実証してみせる。夢子、そして、拓。悪いが、そういう事情で、おまえ達を追い詰めるのは、黒田ではなく僕だ——」

☆

　これが三沢良介か。

　その日の夕方、黒田、ホテルの部屋の一室で、いつまでも、しどけなく、いぎたなく寝ている男を見下ろしながら、こう思う。

　これが三沢良介か。

　黒田の許《もと》にある報告によれば、三沢良介というのは、奇麗好きでダンディな、ちらほらはえてきた白髪が銀髪に見えるような、一人暮らしの男にしては、最大限に好意的な台詞を、近所の主婦達から向けられてきた男の筈だ。それが、今はどうだろう。髭《ひげ》とも無精《ぶしょう》髭ともつかないものが顎《あご》や鼻の下をだらしなく被《おお》い、ワイシャツは垢《あか》じみ、首のあたりには茶色い線までついていそうだ。この分ではおそらく下着もろくに替えてはいないだろうし、寝顔にはうっすら脂《あぶら》までういてきている。髪の生え際のあたりの白っぽいものは、ふけだろう。

「いつから寝ているんだ」

　正直言って黒田は、こんな男と同席するのは遠慮したかった。いや、もっと忌憚《きたん》なく言うならば、こんな男の半径一メートル以内にはよりたくなかった。が——今は、そんなことを言っている場合ではない。

「保護した時からです——あ、えーと、保護した時から、すでに三沢は、酔いつぶれていて意識が判然としていませんでした。で、保護して、この部屋にいれてすぐ、高《たか》鼾《いびき》をかきだしてしまって……以来、ずっと、眠り続けています」

　おそらくはまだ酒が切れていないのだ。

　考えようによっては病的にすら思える三沢の鼾を聞きながら、黒田、そう思う。

ま、酒が切れていないアル中の人間を強制的に正気に戻す方法はない訳ではないのだが——そして、こんなぼろくずのような男にそういう手段を取ることは何らやぶさかではないのだが——が、これでも一応、明日香の育ての親だ。酒が切れた段階でまともな口がきけるなら、それを待ってもいいだろう。酒が切れて、それでもなおかつ口がきける状態でないのなら、その時はその時でやり方がある。

「私は隣の部屋にいる。いずれ三沢も正気になるだろう。そうしたら、私を呼んでくれ」

　黒田、あたかも汚《けが》らわしいものであるかのように三沢の体を避け、その部屋にいた横田の配下の男にこう言う。

「え？　あの……よろしいんですか？　何でも、こいつを保護するのは、何よりすみやかに行わなきゃいけない命令だって聞いていたんですが……」

「保護するのは、だ。保護してしまったあとは——もし、私の思っているとおり、邪魔をしているのが明日香なら、手出しのしようもないだろう。それに——そうか」

「は？」

「あ、いや、何でもない。とにかく、三沢が目をさましたら連絡するように」

　こういいおいて、部屋から出ながら、黒田、今更《いまさら》ながらに今思いついたそのことを考えてみる。

　そうだ。

　三沢が、嶋村に比べると簡単に手にはいったのは、そのせいがあるのかも知れない。

　明日香は——ああ、いや、まだ、そう決めつけるのは早計だ、とにかく、嶋村や三沢を黒田の手に入れさせまいとしている何かは——今までの処、そう積極的な手段を取っていない。せいぜいが、嶋村や三沢と会った人物の記憶を適当に操作するくらいで。

　なら。同じように、彼らは、嶋村や三沢の意識も、適当に操作していたのではなかろうか。追っ手が近づくと、何故かそこから逃げだしたくなるようにして。

　で。嶋村は、おそらくはまだ正気を保っているから、その無意識の忠告に忠実なのだろう。が、三沢は。この状態を見る限り、意識をまるで持っていないか、あるいは意識を持っていてもそれに従うのは困難な状況。だから、三沢を逃がそうという明日香の思い、ついに三沢には伝わらなかったのではなかろうか。

「……だとすると、面白い結果がでるかも知れないな」

部屋の中の男に聞こえないよう、ほんの小声でこう呟くと、部屋から出てゆきしなに、黒田、もう一回、鼾をかき続けている三沢の方に視線を送った――。

☆

「……見なければよかったと思うのよ、あの人のあんな顔なんて」

「夏海！　起きてるの、夏海？」

焦茶色《こげちゃ》の木のドアに、軽いノックの音がする。

「でも、そもそもが見ようと思って見たものじゃないんだし……ノックしようと思ったら、むこうから勝手にドアがあいて黒田さんがでてくるだなんて、思わないじゃない」

「夏海！　何ぼそぼそ言ってるの？　起きたの？」

もう一回、さっきよりちょっと強目のノックの音。

「それに、あんなに疲れきっていて……あんなに血走った目をしてるだなんて、思ってもいなかった。……大体あれ、やっぱりあれ、泣いていたのかしら。泣くだなんて……あの人が泣くだなんて……あり得ることとは思えないのに……。第一印象じゃ、もっとずっと陰険な人の筈なのに……いつだって、不愉快になるくらい、傲岸《ごうがん》な人の筈なのに……。あれじゃ……あれじゃ、何だか、可《か》哀想《わいそう》、だ」

「夏海？　ドア、開けますよ？　……あら、嫌《いや》だ、この子ったら、まだベッドから出てもいないんじゃない。起きなさい、夏海、もう七時半をまわったのよ！」

「可哀想だなんて思う理由、何もないのにね。見方によっては、あたしの方がずっと可哀想だし、あの松崎って人の方がずっと可哀想な感じだっていうのに」

「夏海？　夏海、あんたそれ寝言なの？　ちょっと、夏海！」

箕面家の二階、箕面夏海の寝室にて。その朝、普段だったら七時十五分に階段を駆けおりてきては『寝坊しちゃった！』と叫ぶのが習慣の夏海が、七時三十二分になっても起きた気配がないので、いささか彼女のことを心配した母親が夏海の寝室にはいってみると。ベッドの中の夏海、寝言というにはあんまりはっきりとした口調で、何やらもぞもぞ言いながら、それでもぐっすり眠っている感じなのだ。

「夏海？　夏海！」

目覚まし時計は、七時にタイマーをかけたままでベッドサイドに放り出してあるし、夏海が眠っているのは確からしいのだが、彼女の台詞は寝言というには何だかあまりにはっきりとしすぎている。そんな様子を見て、何となく不安を覚えた夏海の母親、今度は彼女の名前を呼びながら、ベッドの中の夏海の体を軽くゆすってみる。

と。

「ん……うー……ふ」

　異様にはっきりとしていた夏海の寝言、ぴたっと止《や》み――そして、それから。ベッドの中の夏海、目をつむったまま一回大きくのびをすると、目を開き、同時に左手で布団《ふとん》をはいだ。

「夏海？　あんた、大丈夫なの」

「え？　……あ……ああ、おかあさん。どうしたの、何よ」

「何よって、あんたが起きてこないから……」

「起きてこないって、まだ七時前でしょ？　……違うの」

「七時三十――ああ、もう四十分になっているかしらね」

「七時四十分！　嘘《うそ》っ！　やだっ！　目覚まし、鳴らなかったのかしら」

　夏海、こう言うと慌ててベッドからとび起き、足許《あしもと》に転がっている目覚まし時計をひろう。

「やだ……ちゃんと七時にかかってる。あたし……気がつかなかったのかしら」

「そうみたいね。それより夏海、あんた大丈夫なの？」

「……大丈夫って、何が」

　時間を把握《はあく》した瞬間から、凄《すさ》まじい勢いでパジャマのボタンをはずしだし、同時にちょっとお行儀《ぎょうぎ》悪くナイト・テーブルの脇の籐《とう》のかごから足にひっかけて下着をひっぱりだした夏海、もう、母親なんて眼中にないって風情《ふぜい》で着替えながら、それでも母親にこう問いかえす。

「だっておかしかったのよ、あんた。何だか凄《すご》くはっきりした寝言をずっとぶつぶつ言ってたみたいだし……」

「寝言？　……あたし……そんな癖、なかったと思うんだけど……」

「でも、言ってたわよ。それも、何だか嫌にはっきりした口調で」

「ま、人間、体調によっては寝言くらい言うこともあるんでしょうよ」

　あっという間にパジャマを脱ぎ捨てて、下着のままドレッサーをあけた夏海、もう朝の忙しさにまぎれて、母親の相手をする気をなくしてしまったらしい。お義理のようにこれだけ言うと、選んだ服を、まるで競争でもしているかのように、ずんずんずんずん着込んでゆく。

「まあ、あんたが大丈夫ならいいんだけど……でも、あれは確かに嫌にはっきりした寝言だったわねえ……」

　夏海の母親、ちょっと首をかしげながら、それでも今日がいつもの『朝』になったことを喜びつつ、そのまま部屋をでて階下の台所へ帰ろうとする。で、その時、ふと。

「あら、おまえ、また鉢《はち》を買ったの？　その、糸屑《いとくず》みたいな緑の葉っぱ……」

「糸屑なんて言わないでよ。これ、りゅうのひげ……の親戚みたいなもんなんだから」

その頃、すでにすっかり着替えを終えていた夏海、そのままのろのろしている母親をおいこし、洗面所のほうへ小走りにゆこうとする。それから、途中で、ふり返って。

「それに、無駄遣《づか》いもしてないんだから、御心配なく。これ、花屋で買った鉢じゃないのよ。研究所に生えていた雑草を、あたしが鉢に植え替えたんだから」

「何も無駄遣いがどうのなんて言うつもりはないのよ」

母親の台詞、いつの間にか階段を駆けおり、洗面所の方へ消えてしまった夏海には、どうやら届かなかったらしい。それが判った母親、ふっと肩をすくめ、そのまま夏海の部屋から出てゆこうとし――それから、思い返したように、窓際に並んでいる各種植物の鉢の方へと歩みよる。

「ほんとにあの子の趣味ったら……まるで盆栽《ぼんさい》みたいで色気がないったらありゃしない。まして、今度は、雑草ですって？」

そのまま、その雑草――濃い、緑色の、まるで糸屑みたいに細い葉を、そっと撫《な》ぜる。

「雑草なんかの世話をする暇があるんなら、もっと……あら」

雑草なんかの世話をする暇があるんなら、もっと、若い娘がするようなことがある筈。

そう言いかけた母親の台詞、何故か、ふっと、途切れてしまう。そして、その台詞を言う替わりに、彼女は、何だか狂おしく、その植物の葉を愛撫《あいぶ》する。

というのは。その、植物の葉を撫ぜた途端、何故か、やたらと思い出深い、妙な感覚がしたものだから。

昔、夏海を生んだ時。分娩《ぶんべん》室で、まだ、生まれたばかりの夏海に、右手の親指を与えたことがあった。その時、新生児の夏海は、彼女の親指をぎゅっと握りしめたのだ。それは、別に夏海の意志ではなく、赤ん坊の握力反射ってものだと知ってはいても……でも、何故だが、真実幸せな感じがしたものだった。

昔、自分の夫と恋に落ちた時。どうしてだか、彼の住んでいる処を、ふいに見たくなった。で、住所も何もよく判らない、ただ、どの辺に住んでいるっていうあやふやな話だけをたよりに、それを捜したことがあった。何時間かの捜索のあと、無事、そのアパートをみつけだした時には……特に何って意味があった訳でもないのに、不思議と幸せな気分になれたものだった。

その時みたいな、別に意味がある訳でもない、何故かは判らない幸福感。そんなものが、瞬間、おしよせてきたような気が、した。

この雑草は、確かに雑草なんだけれど……不思議と、そういう、『生まれてきた幸福』みたいなものを湛《たた》えている草なんだ。そんな気が、した。
「……ま……その……」
ほんの数秒の間、母親は、その草を愛撫し――そしてそれから。
「ちょっと、夏海！　あんた、今朝の卵は、スクランブルなの目玉焼きなの半熟茹《ゆ》で卵なの？」
慌てて家族の調理責任者の顔になると、母親、そのまま夏海の部屋を出ていった――。

☆

……何でなんだろう。嫌ってたのは、確かなの。なのに、特に何かあったって訳でもないのに、不思議と今、あたし、黒田さんを憎めない。ううん、むしろ、可哀想だって思ってしまう。

女の子の感情が、ゆれる。

……良子――いや、おまえは良子じゃないのか。だが、それでも、おまえは良子よりも私の良子だ。もう誰にも渡しはしない。

男の人の感情が、ゆれる。

……妄執かもしれない。いや、そうだろう。でも、明日香、僕はおまえのことをどうしても忘れられない。おまえは、僕のために生まれてきた生物。

男の人の、残留想念が、ゆれる。

……夏海ったら、あれでも女のつもりなのかしら？　ああ、ほんとに、あんまり早くお嫁に行っちゃうのも何だけど、いつまでもお嫁に行ってくれないのも心配は心配だわ。

ついさっき、女の人の、こんな感情がつき抜けていった。
不思議ね。
こうしていると、何だかいろんなことがよく判る。誰が誰のことを思っているのか、どの思いがこんがらがっているのか、何故だかするっととけてゆきそう。
そして――それから。

……いていいんだよ。おまえはここにいていい。おまえはここにいていいんだ。

同時に、何か不思議な声が聞こえてくるような気がするの。

……いていいんだよ。

その声は、今まで聞いた、どの声よりも、優しかった。

……いていいんだよ。おいで。ここに。

甘えてしまいそうだった。〝私〟は。〝私〟は、その声に甘えて――そして――。

……おいで。ここに。私は何でも受け入れる。

私は誰でも受け入れる。およそ、生き物である以上、私が受け入れない道理があるだろうか。だから、おいで、ここに。

何だかとっても優しい声。その声の、余りの優しさ故に、〝私〟はそれを受け入れようとし、そして——そして！

誰なの？　〝私〟は誰なの！

あまりのことに、狂乱しそうになる。

判らない。〝私〟は〝私〟が誰だか判らない。

誰なの？　〝私〟は誰？　そして、ここはどこ？　どうして〝私〟は〝私〟が何だか、〝私〟が誰だか判らない状態で、こんなところにいなきゃいけない？

……ああ、まだ、混乱しているんだ。どうか、心を落ち着けて。

こんな、〝私〟の狂乱状態を見ても、その声は、ひたすら、優しかった。

……私はよく知っている。おまえは私ではないもの。私はおまえではないもの。

あなたではないもの？　それが〝私〟だとして、なら、〝私〟は何なのよ？　それだけじゃ、何の答えにもなっていないじゃない。

そんな〝私〟の質問を、まるで微風すらうけていないかのように、その、何だか判らない優しいものは受け入れる。

……ところが、これが、答えなのだ。おまえは、私ではない。世の中には、私と、私ではないものがある。おまえは、私ではないものの方だ。

だから、それが何の答えになるって——ああ。

ああ。

その台詞、すべてを言う前に、〝私〟には判ったのだ。

それが——すべて、だって。

世の中には、〝私〟と、〝私〟ではないものがいる。

〝私〟は——たとえ、何であれ、〝私〟だ。

そして、世の中には、そうではないものがいる。

あの、優しいものは、そうではないものの一つだ。

〝私〟ではないものの一つだ。

そして、彼が——あるいは彼女かも知れないが——とにかく、〝私〟ではないものが、〝私〟を、自分ではないものの一部として受け入れてくれるならば——そして、初めて、世界は一つになる。

そして、初めて、世界は一つになるのだ。〝私〟と、〝私〟ではないが〝私〟を受け入れてくれる世界との間で——。

……おいで。

ここにおいで。

ここにいていいんだよ。

その声は、ひたすら優しく、こう言い続ける。

ここにおいで。ここにいていいんだよ。

ああ。

〝私〟は――ううん、今や、〝私〟は〝私〟が誰だか判る。〝私〟は、あたしだ。あたしは――心の中で、軽い呻《うめ》き声をあげる。

ああ。それが、答えなんだ。あたしが捜していた、答えなんだ。みんなが捜していた、答えなんだ。そして、答えは、いつだってずっと、みんなの前にこうして提示されていたんだ。

おずおずと、あたしは、その優しい声に向かって手を伸ばす――。

☆

「三沢良介……」

目を覚ました後の三沢は、思いの他すんなりと、黒田の尋問《じんもん》に答えていた。

「そう、確かに私は三沢良介といいます。開業医で、病院の所在地は……」

だが。三沢の目は相変わらずどろんとしており――また、まだ酒が完全にさめきっていないとも、見様《みよう》によっては、妙にひらき直っているとも見えた。

「よろしい、三沢君。そういう風に素直に答えてくれればありがたい。……さて、三沢君、私が聞きたいのは、煎《せん》じ詰めればたった一つのことだけなのだよ。………三沢、あるいは、岡田明日香。夢子。拓。彼らは何者なのかね」

黒田のこの質問が、素直に心の中に届いたのかどうだか、三沢は質問にストレートに答えるかわりに、まだどろんとした目のまま、黒田にこう反問する。

「その質問に答える前に、一つ確認をしておきたいんです。あなたは、夢子をどうにかすることができますか？」

「え？」

「あなたは、夢子を確実に捕捉することができますか？……ああ、いや、今となっては、私がそれを確認することは多分できないでしょう。あなたが夢子を確実に捕捉することができたかどうか、私はあなたの言葉以外に確認の術《すべ》がないんじゃないですか？」

三沢、まだ目はどろんとしているものの、不思議に明瞭な言葉づかいで、黒田にこう聞いてくる。

「確かに君には私の言葉を確認する術はないだろう」

黒田、こう言いながら、三沢にほんのわずか、近づく。それは、ほんの少しとはいえ、三沢を見直したという仕《し》種《ぐさ》。酒と薬のせいで、理性というものを失っていても、それでも、ある意味で、ここにこうして立っている三沢は、立派だった。どんよりとしているとはいえ、不思議と、みずからの保身に努めようという色がない、何の媚《こび》もないまっすぐな瞳をして黒田のことを見ている。黒田は、何となく、そんな三沢の瞳のいろにおされて――できるだけ、三沢には真実を話してやろうという気分になっていた。それに、黒田が話した真実が、たとえ三沢にとって不本意なものであったとしても、所詮《しょせん》とらわれの身の三沢には、それをどうする術もない訳だし。

「だが……君は、信じてくれなければいけない。この先、私の言うことは、私の名誉に賭けて、確実に本当のことだ。……夢子……さんを、保護することは、今の政府の最優先事項だが……必ずしなければいけないことだが……そして、我々、日本国政府はするつもりのことだが……だが、確実にできるとは断言できない」

「確実にできるとは断言できない！　はっ！　確実にしてもらわなきゃいけないことだっていうのに！」

「……三沢君？」

「あ、いや、失礼しました」

今や、三沢良介の瞳は、確かにまだ酒のせいでどんよりとしてはいたものの、それでも、妙にりんとしている。

「あなたにしてみれば、そうとしかいいようがないものかも知れませんね。……けれど、それでは、私が困る。いや、人類全体が困るんだ」

「三沢……三沢君？」

今や、黒田と三沢の立場は逆転していた。何故かは判らないけれど、追われる立場の三沢の方が凛然《りんぜん》とし、黒田はそれにへつらう立場にいつの間にかなってしまっていた。

「昔――ああ、そういう程の昔でもないか、とにかく以前、同じ問いを松崎さんにもしましたよ。あなたは――あなた達は――いや、個人ではなくて、人間という種族全体をまがりなりにも代表しようっていう人と話すっていうのは――変なものですな。個人ならともかく、人類って種族っていうものと対峙《たいじ》しようとすると……自分の中にある、忠と孝と義って概念が、奇妙に混乱してしまう」

「え？」

「忠と孝と義ですよ。人間に対して忠であらんとすれば明日香達を追い詰めない訳にはいかない、でも、孝って意味でいえば、実の娘同様の明日香を売り渡す訳にはいかない。――ま、この場合、孝が逆ですがね。そして、義から言えば……私達だけをたよりにした、哀れな宇宙人達のことを考えれば、義として、彼らを人間に売る訳にはいかない」

「宇宙人。今、確かに君はそういったね？」

黒田、三沢の半《なか》ば投げ遣《や》りな姿勢に驚きながらも、とにかくこう言うと、傍《かたわ》らにいる男にテープレコーダーをまわすように片手で指示する。

「それはつまり……明日香嬢達は、宇宙人だと……」

「宇宙人ですよ。まぎれもなく。……ま、私の精神鑑定なんかいくらしてくれてもいいですしね、私が狂っているって結論をだしたっていいです。ただ、これだけは判って下さい。彼女達は、まぎれもない宇宙人で……そして、そして、何の罪もないんだ！」

「三沢君……何も、私達は彼女達を罪人として追う気は……」

「ないんでしょうね。それは信じます。でも、彼女達は追われるんだ。まるで罪人のように。彼女達は何の罪も犯していないというのに」

「いや、だから、三沢君」

「私は、薬のせいだか、酒のせいだか、どうも頭が判然としないんです。だから、要点だけを明確に言いますよ。……いいですか、あれはもう、二十何年か前――私と、岡田のおじさん――ああ、いや、岡田善一郎って言いましょうかね、とにかく、私と岡田のおじさんは、岐阜の方へ、ちょっとした旅行をしたんです」

「あ……ああ」

もし。もし、明日香達が本当にエイリアンであるのなら。彼女達と、三沢、そして岡田の接点は、この時の旅行しかなかっただろう。それは、いろいろな資料から見て確かなことだし、現に三沢は、過去、松崎にそんな意味のことを言ったという記録もある。ただ、今までそれは、あくまで松崎からの伝聞といった形での資料にしかなっておらず――今、やっと、当事者から細部が聞けるのだ。それが判っている黒田、テープレコーダーの指示をしたあとは、ただただ黙って三沢の台詞に耳を傾ける。

「その時。とんでもないものに出喰わしちまったんです。最初は隕石《いんせき》だと思いました。とにかく、前例がないようなサイズの隕石が落ちてくる。そんなつもりで、私達はその隕石の落下地帯へ行ったんです」

☆

「――あなた！　あなた！　あなた！」

三沢の記憶の中で。まだあの時の業火《ごうか》は燃え続けているようだった。

燃える――燃える――燃える。

あたりの木々が燃える。下草も燃える。そして――三沢達が隕石だと信じた、巨大な宇宙船も燃えていた。いや、宇宙船こそが、燃えていたのだ。

「行け！　莫迦《ばか》、行くんだ」

「嫌！　あなた！　あなたがいなければ嫌！」

ふいに、声が聞こえた訳でもないのに、三沢の頭の中にこんな会話が響いてくる。ふと見ると、岡田も同様らしかった。その会話がどこから聞こえてくるのか、落ち着きなくあたりを見回している。

「行け！　子供まで死なすんじゃない！　判らないのか、おまえのお腹の中にいるのは、俺の子だぞ！」

「嫌！　あなた！」

「行け！」

どこからともなく頭の中に響いてくる声。その声と軌を一にして、燃えている、すでに瓦礫《がれき》のような宇宙船の中から、まるで、柳の若木《わかぎ》のようなものが押し出される。

「あなた！　あなた？」

押し出された柳の若木、振り返りながら何とも悲痛な想いをふりしぼる。そう——声が聞こえない以上、彼女の今の様子は、想いをふりしぼっているとしか形容ができないものだった。

「惚《ほ》れた女一人守れなくて、それで男がつとまるか。そして俺は……男だ」

「あなた！　あなた！　あなた！」

「危ない！」

柳の若木の脇から、ふいに別な木がでてきて、ひったくるようにして柳の若木を炎から離す。

「あなた！　あなた！」

ごおっという音がして、次の瞬間、船は崩れ落ちた。

あとに残ったのは、何本かの木のみ——いや。残ったものは果たして木だと言えるのだろうか？　それは、確かに、地球上の樹木に大変よく似た生き物ではあったが、どこかしら、雰囲気《ふんいき》が違っていたし……それに、何より、その木々達は、どうやら自分の意図に基づいて動くことが可能なようだ。

「あ……あれは……今のは……」

若き日の三沢、これだけ言うとそのまま黙ってしまう。

「今のは……今のは……」


三沢がずっと尊敬していた岡田さえも、この事態に直面しては、他に何も言いようがないらしく、ただ、そんな言葉のみを言い連ねる。と。

ふいに。

その場の空気の色が、傍目《はため》にもはっきり判る程鮮《あざ》やかに、変わったのだ。

ふいに、高まる、異様な緊張感。

そして、それと同時に、木々がこちらを向いているようなあきらかな気配がし——そして。

まるっきりピアノの音のような、それも、妙にかん高い音が、彼らをとり囲む。それと同時に、どこからともなく、聞くともなく、彼らの頭の中に声が聞こえだした——。

☆

「結論から言おう。あの時、私達が隕石だと思ったものは、宇宙船だったんだ。そして、その宇宙船に乗っていた木々は、当然のことながら宇宙人。彼らは、恒星間遊覧旅行を楽しんでいてこの不幸な事故にあったのだ」

もう、黒田も、テープレコーダー係の男も、みじろぎをしない。ただただ、三沢の、余りといえば余りにとっ拍子《ぴょうし》もない話に、耳を傾けている。

「彼らの星では、進化したのは動物ではなく植物だった。——ああ、いや、もっと正確に言うならば、彼らの世界には、動物はいないのだ。移動能力を持った植物が進化し、知的生命体になった種――それが彼らだと思って欲しい。彼らは、ある程度の運動能力を持つ植物で、高い知能と技術、そして、ある種のＥＳＰを持っていた」

「ＥＳＰ？」

「テレパシーの一種だと思ってくれてそう問題はないと思う。連中は細かい葉のようなものを持っていて、それで光合成をするのみならず、それを共振させることによって一種の言葉のようなものを持つのだ。そしてその言葉は、それこそテレパシーのように、我々の脳に直接響く。それは、心で聞けば意味のある連中のメッセージなのだが――音だけで聞けば、さながらピアノのような音になるのだ」

「ピアノのような音――『グリーン・レクイエム』」

黒田、もう自分が喋《しゃべ》っているという自覚もなく、ただ、思ったことを口にする。『グリーン・レクイエム』というのは、嶋村と会う前の明日香がよくピアノで弾《ひ》いていた曲の名であり、同時に、古今東西のどんな曲でもない、彼女自身の作曲と思われた曲であり――そして、松崎の供述によれば、『帰りたい』という、彼女の母の想いを表現したピアノ曲である筈。その『グリーン・レクイエム』が、実は彼女の作曲でも、いや、曲ですらなく、ただ、彼女の母親の、『帰りたい』という想いをそのままうつしとったものであるならば……。

「『グリーン・レクイエム』。あれは、呪《のろ》いの歌だ」と。

そんな黒田の思いを知ってか知らずか、三沢、はきすてるようにこう言う。

「あれがなければ、明日香も、もうちょっとは自分の人生というものを歩めただろうに……」

☆

帰りたい。帰りたい。帰りたい。ここにいるのは嫌。ここは私のいるべき場所ではない。私がいるべきなのは私の故郷――木々が歌い、太陽は優しく、そして、風に自らの枝をゆらしながら、自分の幸せを嚙《か》み締める場所。

『グリーン・レクイエム』というのは、畢竟《ひっきょう》、そんな歌にすぎないのだ。

不幸にして故郷を捨てざるを得なかった明日香の母が、生涯歌っていた、望郷の念を主調にした歌。

明日香は――この歌に、拘泥《こうでい》しすぎたのだ。

あるいは、それは、明日香の年齢によるものなのかも知れない。

明日香が、実の母と死にわかれた時、彼女はまだほんの子供だった。夢子や拓が、ある程度理性をそなえた少女や少年であったのとは違い、明日香は、まだ、ほんとうにほんの子供。

だから、明日香は、彼女の母が、生前ずっと、そして死ぬまで歌っていた想いを、何やら母の遺言《ゆいごん》めいた、特殊なものだと思ってしまったのかも知れない。

そして。

母の声とピアノという楽器の音が似ていると知ってからは（岡田善一郎と三沢良介による整形手術の為、明日香や夢子、拓たちと、その母達の発声器官は、まるで異なっていた。夢子達はかなり人間風に、人間の声帯にあたる部位で声を出すことが可能だったので、できるだけ人間のようにふるまうよう、喉《のど》から声を出すように躾《しつけ》られていたが、母親達には、人間でいう喉の部位には声帯がない。故《ゆえ》に、母親達の声は、彼女達の細かい葉が醸《かも》し出す、地球でいう処のピアノの音のようなものでしかなかった）、明日香は好んでピアノを弾いた。それも、いまわの際の母の想い――『グリーン・レクイエム』のみを、好んで。

故に。

最後の瞬間、明日香は、どうしても『グリーン・レクイエム』という呪縛《じゅばく》から逃げることができなかった。嶋村信彦と、二人でどこまでも逃げることよりは、『帰りたい』という母親の想いの方を、最後の瞬間、明日香は選んでしまったのだ。

そういう意味では、確かに、『グリーン・レクイエム』は、呪《のろ》いの歌である――。

☆

「希望は、叶《かな》うから、希望だ」

三沢は、こう言うと、ため息をついた。明日香達の母――つまりはエイリアン――の話を聞いていたつもりの黒田、瞬時、突然とんでしまった話についてゆけず、でも、何故か三沢の独白を邪魔する気になれず、ただ、三沢の口許《くちもと》を見つめる。

「が――叶わない希望は、それはすでに希望ではない。それは、妄執以外の何物でもない」

「と……言うと？」

「『グリーン・レクイエム』……明日香の母親達が、『帰りたい』と思った時、それは確かに希望だったのだと思う。が、明日香の代になって、それでも救援の船が来ない以上、もはやそれは、叶う望みのない夢になってしまったのではないか？　だとしたら、その希望は、すでにして希望ではない。……いや、たとえ、その希望が叶ったとしても、それはすでに『希望』ではないんだ」

「……と……いうのは……」

「帰れないんだ」

三沢の瞳は、いつの間にかまた、酒に酔ったような茫《ぼう》洋《よう》たるものになってしまい、もう、黒田がそこにいることすら、眼中にないように見受けられる。

「明日香の母親達は、確かにエイリアンだった。彼女達は、確かに故郷へ帰りたかったろう。だが――明日香達は、帰れないんだ。明日香は、そして、夢子は、拓は、地球に適応できるよう、整形手術をうけてしまった。故に、今更迎えの船がきたって、彼女達は帰る訳にはいかないんだ。地球に適応できるよう形を変えてしまった彼女達は、今度は逆に、故郷の星には適応できないようになってしまっている筈なんだ！」

「……それは……悲劇だな」

しばらくの沈黙のあと。ゆっくりと一回目を閉じた黒田、ゆっくりとこんな台詞を舌からおしだす。

「そうさ、悲劇だ。……あの子達は――特に明日香は――死ぬまでずっと思っていただろう。『帰りたい』って。だが、あの子達の体は、すでに帰ることができないものなんだ。その上、君達のような連中は、あの子達が地球産の生物でないというだけで、生涯あの子達を追い回すだろう。……あの子達に、安住の地はないんだよ」

「いやだが……その……もし、地球以外にも、知性を持つエイリアンがいるならば、地球人類としてそういう人達とコンタクトを持ちたいというのは当然のことじゃないか」

「あの子達が外交使節なら、当然のことだろうな。だが、あの子達は、そんなもんじゃない。ただ、この星に流れついてしまった、可哀想な事故の犠牲者の末裔《まつえい》なんだ」

「だが、正式な外交使節がない以上、地球側の意向としては」

「そんなことは判っている！　あんた達があんた達なりの正義をもってこの件に臨《のぞ》んでいるんだってことは、よく知ってるさ。だから、私は言ってるんだ！　夢子を何とか捕捉してくれって！」

「……それは……」

「いいか、判ってくれよ。まず、あの子達は、外交官でも何でもない、ただ、不運にしてこの惑星に漂着してしまった人達の裔《すえ》だ。『帰りたい』っていう呪縛は持っていても、実際に母星へ帰ることができない、いわば奇形の種《しゅ》だ。そして、明日香は、あんた達の手に、おちた」

黒田は、この三沢の台詞に対して、何といっていいのか判らず――沈黙が、続く。そして、それを破るように。

「あの子達にとって、この星の住民は、みな地獄の生き物なんだ」

三沢、諄々《じゅんじゅん》と、説いてきかせるように言葉を続ける。

「草食動物がいない星で進化した植物にとって、草食動物がどんなにおそろしい鬼に見えるか、そして、その草食動物を捕食する肉食動物がいる世界がどれ程の地獄に見えるか、想像してみることくらいできるだろ？　あの子達にとって、地球はそういう、まさに地獄の星なんだ」

「……それは……想像できるような……気がする……」

「明日香は、いい。明日香は、あんた達に捕捉されたし……すでに死んでいる。拓も、また、いい。拓の性格は大体判っているつもりだが――彼は、理性でこの星のあり方を理解している。私達人間が――草食も、肉食もする生物が、別に悪意があってそういうことをしている訳ではない、いわば、生物としての必然として、どうしても植物や動物を食べざるを得ないんだということを、拓は、理解している。が……夢子は、夢子だけは、困るんだ」

「……というと？」

「彼女は、一番年上で、一番エイリアン達に近い思考をしている。彼女は――彼女だけは、どうしても、他の生き物を殺して喰うのが生理的必然性によるものだという事実を、感覚的に、理解できないんだ。彼女だけは、感覚的、生理的に、他の生き物を喰う人間っていう生物を、理性ある生き物として認識できないんだ。……それに、彼女は……明日香の母親に、明日香のことを直接たのまれている」

「……？」

「明日香の母親――つまり、最後のエイリアンは、望が――明日香の弟が生まれた時からずっと、夢子に彼等のことを頼んできたんだ。当時明日香はまだ、ほんの幼児だったし、拓だってまだ子供だった。故に、明日香の母親は、明日香のことを、望のことを、夢子に託したんだ。そして、夢子は、それを引き受けた」

「……？」

「夢子は、明日香と望を守るって、明日香の母親に確約したんだ！　……あのエイリアン達の社会において、口約束っていうのは、絶対の証文《しょうもん》だ。地球とは、道徳がそもそも違うんだ。そして、夢子は、そういうエイリアン達の文化をひく、最後のものだ。なのに、彼女は望を守ることができなかった。……明日香もまた、守ることができなかった。……答えは、一つだろ？」

「……と……言うと……」

「判らないのか？　答えは、一つだ。夢子は、明日香を、望を守るって、どんな契約よりはっきりと、明日香の母親に約束した。夢子は、明日香や拓と違い、地球の生物相を地獄のものだと真実思っている。そして……こんな状況下で、望は、明日香は、人類によって殺されたんだ。とすると、この後、夢子のすることはたったの一つしかないじゃないか」

「たった……一つって……そんな……」

「そう。人類、全体に対する、復讐《ふくしゅう》だ。そして――夢子は、必ず、それをするだろうよ。夢子には、それをする為の手段があるんだし」

「………」

「夢子には、手段があるんだよ。すべての植物は、夢子のテレパシーに感応する。そして、夢子のテレパシーに応じた植物は、すべて、弱いテレパシーを持つようになるんだ。しかも、その能力には、伝染性があるのだ。もし、もし、全ての植物が、人間だの動物に対して、憎しみを抱いていたら——もっとも、植物が人間だの動物だのに対して憎しみを抱いていないって思える方がどっちかっていうとおかしいと思うけどな——それってかなり恐ろしい結果を引き起こすことになるんじゃないかな」

　それってかなり恐ろしい結果を引き起こすことになるんじゃないかな——恐ろしい結果を——あまりにも、あまりにも、恐ろしい結果を！

4

……好き……嫌い……好き……。

花占い。昔、どこかの本で読んだ。

好きか嫌いか、ある人の心をかけて、花弁《かべん》をむしってゆく占い。

……嫌い……好き……でも、嫌い。

あたし達にとっての植物と、人間にとっての植物はその意味が違う。故《ゆえ》に、人間にとって花びらは、単に奇麗なものの象徴で、そしてそれをむしってゆく花占いは、ある意味でロマンティックな占いなのかも知れない。

　時々は、そう思いもした。でも、花占いなんて、あたしにはどうしても許容できない。ある人が、あたしのことを好きであるのか嫌いであるのか、それを知る為に、一体どんな人間が、『人体占い』なんてできるんだろう？　人の手足をもいでいって、人の体をさいていって、それで占いができる程、暴虐《ぼうぎゃく》な人間がいるとは思いたくもないし——もし、そんな人がいたなら、それは人間ではなくて、何か異形《いぎょう》の化物だと思う。人間の為にも、そう思いたい。

……好き……嫌い……やっぱり好き……？

　でも、人間は、おそらくは信彦さんも、極めてロマンティックに、いともロマンティックに、花占いをするだろう。

……嫌い、嫌い、そんなの嫌《いや》！

あたしはそう思う。あたしの理性は、そういう、人間でしかない、植物を一段下のものとして見下《みくだ》した、ううん、植物をそもそも生き物だとはあんまり思っていない信彦さんを、否定する。そんなの、まっとうな生き物じゃないと思う。

　でも。

それは、教育の違いなんだよね。

信彦さんにとって、植物って、意志や感情があるものじゃないんだよね。

　信彦さんがそう思ってしまったって、ある意味で、それってしょうがないことなんだよね。

　それが判っているから。

だから、あたしは、たとえ信彦さんが植物に何をしようと、植物のことをどう思っていても、それが理由で信彦さんのことを恨《うら》むことができない。

——ううん。

そもそも、あたしは。

たとえ、信彦さんがどんな人間であっても、彼を愛したが故に、彼を恨むことができない。

だから、あたしは、こうしているだけ。こうして、たとえ思いは千々《ちぢ》に乱れても、好き、嫌い、やっぱり好き、その答えが自分でも結局よく判《わか》らなくても、ただ、信彦さんを、あの人のことを思っているだけ——。

こうして……ただ、ここにいて……。

ねえ、でも！

でも！

でも、ねえ！　ねえったら！

返事は期待できない。ううん、そもそも返事があったらこっちが逆に驚くだろう、ただ、心の中でだけあげる想い。心の中でだけ、あげる想いの叫び。

ねえ、でも！　でも、ねえ、あたしではないもの！

何かは判らない、そもそもそんなものがあるのかどうかすら判らない、でも、確かにこのあいだ、その存在を感じた、あたしではないもの！

ほんとにあなたはあたしがただこうしていれば、あたしが、この世の中にはあたし以外にあたしでないものがいるってことを知り、そしてそれを受け入れれば——ほんとにあなたは信彦さんを護《まも》ってくれるの？　ねえ、それは、ほんとなの？　ううん、ほんとも嘘《うそ》もない、あたしがそう思ってしまったのは、何かの幻じゃないんでしょうね。

悩乱。惑乱。

そんな単語が心の中を過《よぎ》る。

世の中には、あたしと、あたしではないものがいる。

落ち着いて考えてみれば、そんなことって常識っていうか、自明の理の筈《はず》。何もわざわざ自分がこんなになってまで——あたしが死んで、死んだあと、ただ信彦さんのことだけが心配で、その為《ため》に漂う幻みたいなものになってまで——思わなきゃいけないことじゃないと思う。まして、そんな自明の理が判ったからって、何故《なぜ》か、この世の中のあたしではないものがあたしを受け入れてくれたような気がしたからって、それで信彦さんが安全になるなんて理屈は、通ってないし、そもそも理屈でも何でもないじゃない。

けれど。

でも、あたしはそう思ってしまったのだ。ま、今となっては、確かに他にとる術《すべ》もないのだけれど——あたしはその、『あたしではないもの』を頼る気持ちになってしまった。だから、お願い。だから、お願い、この、あたしの気持ちを裏切らないで。確かにとっても勝手な思い込みかも知れない、ううん、勝手な思い込み以外の何物でもないって自分でも思う、でも、どうかこの勝手な思い込みを叶《かな》えて欲しい。

どうか――どうか――もう、あたしには、祈ることしかできないのだから。

そして。

後半の想いは、ただあてもなく、中空に迸《ほとばし》り、どこと も知れぬ空の下を駆けてゆく――。

☆

あたしはここにいるのよ！

ここにいるのはあたしなのに！

いつとは知れぬ、どことは知れぬ、山奥にて。

そんな想いが、あっちこっちに弾《はじ》けて――そして、ただ、山にある木々に、吸収されてゆく。

あたしはここにいるのよ！

夢子は――その想いの主は――ただ、これだけを念ずると、ばさっと左手で前髪を払った。

判らないの？　ここにいるのは、あたしなのよ！

夢子の想いは、彼女が想いを告げたい相手には、どうやらまるで届かないらしく、むなしく、あたりの木々に谺《こだま》して――そして、山の木立の静寂の中に吸い込まれてゆく。そんな中で、彼女の髪だけが、いたずらに、まるでメデューサの髪、意志を持った蛇のように、のたうちまわる。


「判らないの！　ここにいるのは、あたしなのよ！」

もう、何回目になるんだろう、夢子のこんな叫びは、また虚《むな》しく宙に消え――。

「あなた！　クスノキ！」

耐えがたかったのか、夢子、叫ぶのをやめて、ひたっとそこにあるクスノキを睨《にら》む。

「あなたはクスノキよ！　その、あなたに、あたしが言うわ！　あなた、クスノキ！　あなた、聞こえているんでしょう？　あたしの言うことをきいて！」

だが。

何故か嫋々《じょうじょう》として、そのクスノキは夢子に逆らい、風もないのに夢子がいるのとは逆の方向に、その葉を靡《なび》かせる。

「クスノキ！　……あなた……」

夢子、しばらくの間、ただだまってそのクスノキを見つめ――さかだった夢子の髪が重力に従いばさっと下へ落ち――やがて。

「どうして」

夢子の頰《ほお》には、すでに涙の跡が刻まれていた。

「どうしてなの？　どうしてあなたが――ううん、この星の植物が、あたしに対してそんなかたくなな態度をとるの？」

その答えとして、ざざっと、風もないのにクスノキの葉がゆれる。

「あなたには判らないの？　あたしは、あなたの敵じゃない。……そりゃ、あたしの願いはあなたに直接の利益があるとは言い難いかも知れないけれど……でも、あたしは、あなたの敵じゃないわ。なのに、どうして、あなたはあたしにこうも冷たいの」

　クスノキは、ただ、困ったように葉をゆらすだけ。

「あたしはたった一つのことがしたい。……昔、この星に漂流してしまった両親がしたかったであろうこと、母星への連絡を。そして、その為に、クスノキ、あなた達の力を借りたい。……あなたは、どうして、あたしにその力ぞえをしてくれないの」

　クスノキは——ただ、そこに、いるだけ。

「あたしには、あなた達に報《むく》いる術があるわ。あなた達に報いる術——人間をはじめとした他のすべての動物を、あなた達、植物が、充分困らせることができる術が。あたしは、もし、あなたがいいとさえ言えば、あなたがその術を欲しいとさえ言えば、どんな動物にだってあなた達植物が負けないよう、加勢する術がある」

　けれど、クスノキは、ただ、ゆれるだけ——。

「なのにあなたは——なのにあなたは、何でそんなにこのあたしに冷たいのよ！」

『会って、下さい』

　クスノキは、ただ揺れ……ただ、揺れ……そして……。

　風のまにまに、そんな言葉だけが、放り出されたように中空で揺れる。

「どうして？　ねえ、どうしてよ？」

　夢子は、どうやらそのクスノキの言葉に気がつかなかったらしく、ひたすら、もの狂おしく、クスノキにしがみついては泣きじゃくる。

「ねえ、教えて？　あたしの、どこがいけなかったの？　どこがいけないの」

　軽くクスノキの樹皮を拳《こぶし》でたたいたりもする。

「昔、あなた達はあたしに優しかった。そりゃ、クスノキ、あなたはあたしに会うのはこれが初めてでしょうよ、昔あたしに優しかった覚えなんて、あなたにはないかも知れない。……でも、あなたに限らず、昔、すべての樹木は、すべての植物は、あたしに対して優しかったのよ。あたしの言うことをきいてくれたのよ。……なのに……お願いをきいて欲しいとは言わない、そりゃ、言いたいけど言わない、せめて、せめてあなた、あたしに口をきいて」

　クスノキの葉は、また、揺れる。

「ねえ、どうして？　どうして何も言ってくれないの！　あたしの言っていることとって、そんなに無茶？」

と。

　泣きじゃくる、夢子の足許《あしもと》で。堪《たま》りかねたかのように、下生《したば》えの草達が、その身をよじる。

「泣かないで——泣かないでください」

するすると、足許をくすぐる、イタドリ。心配そうに仰向《あおむ》くムラサキツユクサの花。そして、どこからともなく、伸びてくる、何かの草の蔓《つる》。

「泣かないで――どうか、泣かないで」

「あなた達――おまえ達」

　夢子、クスノキから意識を放して、しゃがみこむと下生えの草を抱きかかえようとする。

「イタドリ、ツユクサ、ドクダミに……ああ、おまえはシダの親戚ね」

「泣かないで」

「泣かないでください」

「あなたが泣くと私も哀《かな》しい」

　どの意識がどの草のものだか、すでに判然としない、渾然《こんぜん》一体となった、混じりあった意識の中で――どの草も、何故かしら哀しそうな声音《こわね》でしゃべる。

「だって……ねえ、あなた達。あたしは何がいけなかったの」

　しゃがみこんだまま、そして、下生えを抱きかかえたまま、夢子、ただただこう言い続ける。

「あたしは何がいけなかったの」

「何もいけなくなんかは……」

「いけないことなんかは……」

　夢子の手が抱えた下生え達、そして、遠くの方でかやつり草の一群れまでが、こう言うと身を震わせる。

「じゃ、何で、クスノキはあたしの言うことをきいてくれないの！　あたしの言うことって、そんなに無茶？　植物が人類に――そして動物に復讐《ふくしゅう》するって、そんなに無茶？　そして、いけないことなの？」

　いけなくなんかない。当然のことだ。

　夢子にしてみれば、下生え達から、何とかそういう言葉をひきずりだしたかったのだけれど――何故か、下生え達、この夢子の台詞《せりふ》には、無言で答える。そして、それから。

「会って下さい」

　不思議にも、それは、さっきクスノキが言ったのと同じ台詞。

「会う？　誰に？」

と、今度は夢子、下生え達の台詞が聞こえたようで、こう反問する。

『会って、下さい』

のと、同時に。

　さっきからその存在を無視されたようになっていた恰《かっ》好《こう》のクスノキ、再び、こう言う。今度こそはこの台詞、夢子の耳にも届いたようだ。

「会って、下さい。……それからあとのことは、それからあとのこと」

「……？」

「会って、下さい」

今や、クスノキも、下生えも、そしてその他のこの辺にある樹木すべてが、同じ台詞を口にしていた。

「会って、下さい」

「……？」

『私は――あなたが――好きだ』

と。

クスノキの葉が、また、あり得ない方向へと揺れ――同時に、こんな言葉が、流れてくる。

『私は、あなたが好きだ。だから、あなたが哀しんでいると、私も哀しい。……いや、あなた以外の誰でも、とにかく、私は、私ではないものが好きだ。私は、私ではないものが哀しんでいるのを見たくない』

「……？」

『それが私の業《ごう》なのです。私は――いや、私に限らず、ある程度の年を生きてきた植物は、みんなしょっている、業。私は――私達は、私、そして私達ではないものが好きだ。愛している。彼らの望みを叶えずにはいられない』

「そ……れは……どういう……」

「私達は……植物は……昔から……たった一つのことを、たった一つのことだけを、判って欲しいと思っていました。……私達は、あなた達が好きだ。ただ、この、一つのことを」

この声は、ムラサキツユクサのものなのだろうか。ただ、これだけ言うと、黙ってしまう。

「……どういうこと？　それって何の意味なの？」

『言葉どおりの意味です、あなた』

あなた。おそらくは、夢子に対してそう呼び掛けたのであろう、クスノキの『あなた』という単語は、何故か、とっても甘く響く。

『私はあなたに会ったことがない。でも、あなたの言うことは判ります。……昔、あなたに会った、あなたとしゃべった植物達は、確かにみんなあなたに優しかったでしょう。あなたの為に、何かと尽力《じんりょく》をしてくれたでしょう。……でも、あなたは誤解している』

「クスノキ……？　ね、クスノキ、判らないわ、あたし、あなたが何を言っているのか」

夢子、慌《あわ》てて、でも、下生え達を決して傷つけないよう、用心しつつ、立ち上がる。勢いよく顔を仰向ける。その夢子の行動からちょっと遅れて、腰のあたりまである夢子の髪がぶるんと揺れる。

『あなたは、私達植物に対して、確かに何かしらの吸引力を持っている。あなたは――どうしても、人間にしか見えないけれど、でも、確かに私達の類縁だ。そう思わせる、そう確信させる、何かは判らないものを、確かにあなたは持っている』

クスノキの葉がまた揺れ、クスノキは、ゆっくりと、こんな台詞をつむぎだす。夢子、途中でそのクスノキの台詞をひったくって。

「思わせるんじゃないの！　確かにあたしは人間にしか見えないかも知れないけれど、でも、人間なんかじゃないのよ！　判ってよ、クスノキ！　あたしは、人間じゃないのよ！　この星の生物でいうなら、人間なんかよりずっとあなた達に近しいもの、確かにあなた達の類縁なのよ！　もし、あたしに植物に対する何かしらの吸引力があるのなら、それって間違いなく、誤解じゃなくて真実なのよ。真実あたしはあなた達の——植物の、類縁なのよ！」

『……だから、あなたは誤解している。……昔、あなたのまわりの植物が、あなたに優しかったとしたら——いえ、間違いなく、それは優しかったでしょう、でも、それは、あなたが私達の、植物の類縁だからじゃないんです。私達は、誰に対しても、優しいんです』

「……クスノキ……？」

『私達は、誰に対しても優しいのです。誰のことも、私達は愛している……』

「クスノキ……ね、クスノキ？」

クスノキは、ただ、そこに立っているだけ。そのクスノキの前で、夢子、半《なか》ば気が違ったように、荒々しくクスノキにしがみつき、夢子にしてみればこちらこそ気が違ったとしか思えないクスノキを正気へ戻そうとする。

「ね、クスノキ、あなた一体どうしたの？　どうしちゃったの？　あなた、何を言ってるの？」

『……会って……下さい。私は、最初から、それしか言えない』

「クスノキ？　クスノキ？」

『あなたに植物達が優しかったのは、決してあなたが植物の類縁だからじゃないんです。もっと大きな業として——私達植物は、優しいんです』

「業って……ねえ、優しいのが業なの？」

『業です。私は、私を殺すものにだって、優しくせずにはいられない。何故なら、私を殺すものは、とりもなおさず私ではないもので——私は、私達は、私ではないものに対して限り無い優しさをよせることしかできない。私ではないものは、私ではないが故に、いとおしいものなんです』

「クスノキ？　あなたが何を言っているのか、あたしにはどうしても判らない」

『だから、会って、下さい。私には、それしか、言えない』

「クスノキ？　クスノキ！」

が。クスノキは、これだけ言うと、すっかり沈黙の殻の中へと閉じ籠《こ》もってしまう。とり残された夢子は、しばらくの間、もう何も言おうとしないクスノキの樹皮を抱えていたが、やがて、クスノキのことは諦《あきら》めたのか、しゃがみこむと、下生え達を相手にする。

「ツユクサ。イタドリ。……ねえ！　クスノキは、何が言いたかったの？　何を言おうとしたの？」

「会って下さい」

と。下生え達の間からもれたのは、最前のクスノキとまったく同じ台詞。

「会うって誰に！　そして、何で！」

「私達は、私達でないものが好きです」

「私達は、私ではないものを愛するようにできているんです」

「すべての植物は、自分でないものを愛してます」

期せずして、夢子の問いに、何種類もの草が同時に答えたけれど——その答えは、たった一つ。

「だから、会って下さい」

「だから会うって、その『だから』がどこから続くのか、あたしには判らないわよ！　あなた達植物が、自分じゃないものを愛しているっていうなら、それはそれでいいでしょうよ！　でも、だから会ってくれって、その『だから』はどこから続くのよ！　そして、会ってくれってという相手は誰なのよ！」

夢子、ここでもまたこんな下生え達の抵抗に会うとは思っていなかったらしく、語気も荒く、こう言い募《つの》る。と。

「私達の、主に」

「植物の、主に」

「世界樹に」

「この世に最初からいた、樹木の人に」

下生え達の、表現こそまちまちであったものの——どうやら、指し示す処《ところ》は、同じらしい。

「世界樹……植物の、主？」

夢子にとって、どうやらそんな存在の話は初めてらしく、ただ、茫然《ぼうぜん》とその言葉を繰り返す。

「はい。世界樹に、会ってください。世界樹なら、この業のことも含めて、あなたがこの先どうすればいいのか、すべて判っていると思います」

「だって、あの人は世界樹なんですもの。すべて判っていると思います」

「私達が何でこんなにも私ではないものを愛しているのか、それについても、世界樹なら、その理由もその結果も、知っている筈です」

「じゃ——で——その世界樹は？　その世界樹は、どこにいるの？」

だが。

夢子のこの質問に対しては、どの下生えも、また、クスノキも、どうしても明快な答えを与えることができなかった。とにかく、会って下さい。それだけが、彼らの望みで——会うべき相手がどこにいるどんな存在なのか、いや、そもそも、会うべき相手が、どこかにいる実在の存在なのか架空の存在なのか、それすら判然とはしなかったのだ――。

☆

……これが……そうなんだろうか。

とにかく、大きな、杉。

幹の直径はいったいどのくらいあるんだろう、その幹の中に、何十畳、いや、ことによっては百畳もの広さの部屋を、すっぽり包んでしまうことができそうな太さ。正面から見ると、そのあまりの太さ故に、逆にその木はちょっと木には見えなかった。木造の――何か異形の生物が作り上げた、巨大なオブジェのようにしかみえない。

屋久杉《やくすぎ》は、年輪の幅が非常に密な筈だ。

その杉の前に立ち尽くし、しばらくの間、拓、杉に声をかけることもできずに、ただ何となくそんなことを考える。

非常に密な年輪がつみかさなって、ここまで巨大な木に成長したということは……。

「……ああ、それでか」

いつの間にか、拓の思い、そのまま自然に口から言葉として出ていってしまう。

「それで、あなたには、不思議な威厳があるんですね。あなたに威厳があるのは、その余りの太さ故でも巨大さ故でもない、時間故なんだ。あなたの体の中には、あなたが過ごしてきた時間が――他の生物には、想像もできない程の時間がつまっていて、だからあなたは畏敬《いけい》されるべき生き物なんですね……」

それから拓、その杉の根元からはじめて、仰向きになった首が痛くなるまで、ゆっくりゆっくり視線を上げる。その杉は、拓の視線が及ぶ範囲を越えてもまだすっと空へと伸びている。

「……来てよかった。きっと、あなたがそうなんだ」

拓、視線をおろすと自分の両のてのひらを見、それからゆっくりと、そのてのひらを杉の木の方へ差し出す。そのてのひらは、その木の直前まですっと伸び――そこで、しばらく躊躇《ちゅうちょ》したように竦《すく》む。二、三度拓の腕は震え、ぴんと揃《そろ》えて伸ばしてあった指は、わずかに内側に折れ曲がる。でも、そのあとで。再びぴんと伸ばされた指は、意を決したように、そっと、その杉の幹に触れてゆく。

「……ああ」

目を瞑《つぶ》って、どうやらてのひらにだけ意識を集中していたらしい拓、指が杉に触れた瞬間びくっとし――それから、てのひらを、ぴったり杉の幹に密着させる。節《ふし》くれだった、遠目から見ても平坦だとは言い難い杉の幹の上を、密着した拓のてのひらが撫《な》ぜる。

「……やっぱり、そうだ。あなたが、世界樹なんでしょう?」

杉の木は、何の反応も示さない。でも、拓、臆することなく、その質問を続ける。

「ねえ、教えて下さい。あなたが、世界樹なんでしょう？　……僕は、あっちこっちの樹木の間を旅してきました。いろいろな木に、いろいろな草に聞いてきました。僕には、お願いしたいことがあって。どの木も、どの草も、みんな僕に優しくこたえてくれました。でも、ある程度より大きな問題は、個々の木々がどうにかできるってものじゃないらしく——それに、僕にしても、全世界のすべての植物に個別にお願いをしてまわる訳にもいかない。と——どこでも、どの植物にも、最後にはこう言われるんです。『世界樹に会いなさい』と。世界樹こそは、すべての植物の王、この世の初めからいる植物の中の植物だからって。……隠さないで下さい。隠したって、僕には——いえ、私には判る。……あなたが……そうなんでしょう？」

　杉の木は、やはり何の反応も示さない。ただ——杉の木の奥で、何かがゆらりと揺れた気配。

「初めのうちは、世界樹が誰だかまるで判らなかった。植物達も、そういう木がいるということは知っていても、誰もどの木が世界樹だかは知らないんです。ただ、この世に、そういう木がいるってことしか知らない。まして、その木が、日本にあるとは限らない。けれど、私は、日本を出国することができないんですよ。……あせりました。どうしようかと悩みました。ただ、唯一の救いと言えば、夢子も日本からは出国できないだろうということだけで……ああ、これは、あなたには判らない話ですね。とにかく僕は、世界樹を捜して、あるいは世界樹に関する情報を求めて、日本中の原生林を訪ね歩こうと思ったんですよ」

　拓——以前、夢子と訣別《けつべつ》した時の、そしてその前、明日香が生きていた頃の拓は、もう、ここにはいない。ここにいるのは、げっそりとほおがこけ、元々痩《や》せてはいたものの、今はもう骨にわずかばかりの肉がこびりついているという惨状の、ほとんど拓の残骸《ざんがい》とでも言うべき男。それに、何より違うのは、目。明日香が生きていた頃、夢子と一緒にいた頃の、どちらかというと優しい、場合によっては優柔不断《ゆうじゅうふだん》ととられてしまいそうな程優しい色をした拓の目は、もうあとかたもなく——ただぎらぎらと、思い詰めたような目の色が印象的だ。

「この島のことを——縄文杉がある、屋久島という島のことを思い出したのは、木曾《きそ》を歩きまわっている時でした。樹齢何千年という木があるのなら、その木は、まだ、他の木に比べて世界樹のことを知っているのではないか、あるいはその木こそ、世界樹なのかも知れない。そんな期待を持って、僕はここへやってきたんです」

　目をつむったまま、ただただ一人言のようにしゃべり続ける拓。と、今の台詞で拓の感情が揺れたのか、拓の、長い、束《たば》ねていない髪も、かすかに揺れる。見ると、一体何日人里《ひとざと》に下りていないのだか、拓の黒髪の頭頂部分は、すべて、染めていない、見事な深緑色になっていた。

「縄文杉に会って、あの人から、自分は世界樹ではないと聞いた時の落胆は、だから、ちょっと筆舌《ひつぜつ》に尽くしがたいものがありました。縄文杉より年をとった木はおそらく日本にはないだろうし、その縄文杉が違うなら、世界樹は日本にはいないってことになりそうでしたから」

拓、ここで息つぎをすると、てのひらに、更《さら》に思いを込める。と——何かは判らない、が、確かに何かの気配が、杉の木の中で動く。

「だから……縄文杉からあなたのことを聞いた時は、そりゃ、嬉《うれ》しかったんです。日本に——それも、同じ、屋久島の中に、あなたがいるだなんて。……ああ、縄文杉は、確かにあなたのことをよく知っている訳じゃ、ないみたいですね。ま、考えてみれば、植物は移動ができないんですから、それも無理のない話なのかも知れませんが。ただ、彼は、同じこの島の中に、自分よりあきらかに年上の杉がいる筈だ、そして、その杉の許《もと》には、普通の人間は決して行くことができない。何故かというと、すべての植物は、人間がその杉の許へ行くことを好まず、必ずその人間の針路を惑わせてしまうからだ。であるが故に、その杉が世界樹なのではないかと、心中密かに思っているってことを話してくれたんです。その話を聞いた瞬間から、僕は思っていました。その……あなたは、多分、世界樹だろうって。今、こうしてあなたに会って……僕の確信は、より深くなったんです」

拓のてのひらから。その時、確かに、妙な感覚が伝わってきたのだ。妙な——何だかとりとめもないような、優しいような、とまどっているかのような、不思議な感覚。そして、それと同時に。

「人間よ」

ふいに、拓の心の中に、こんな声が響き渡る。

「世界樹？　あなたですか？」

「いや、違う。私は、ヤマグルマ。主と一緒に、随分と長い間生きてきた、ヤマグルマ」

ヤマグルマ。それは確か、ある意味での杉の寄生植物の筈。杉の木と共に生え、場合によってはしばしば、その宿主たる杉の木を日照の問題で殺してしまう樹木の筈。

「ヤマグルマ？　あなたが？　どこに？」

「私の姿は、もうここにはない。私が主に寄生していたのは、随分前の話だ。今の私は、もうせんに枯死してしまった。ここにいるのは、私の心のみ」

「じゃ、あなたは、ヤマグルマの」

幽霊。

拓、慌《あわ》ててそんな台詞を飲み込む。と、ヤマグルマ、笑って。

「幽霊でよいよ。我々の間には、人間のような、幽霊への禁忌《きんき》はないのだから。……いや、我々にとって、その生き物が死んだあとも、その想いだけが残るのは、いわば自明のことだからな」

「で……では、あの、ヤマグルマの幽霊。あなたは何を」

「ここまで無事に来たことを考えるに、おまえは普通の人間ではないのだろうと思う。ここは、普通の人間には入れない結界。おまえがここにいるということは、とりもなおさず、おまえが植物達に受け入れられているものだということだろうな」

「ええ、私は」

拓が、自分の髪を伸ばして見せようとする、その前に、ヤマグルマの幽霊、そんな拓を制するように。

「だが、おまえがどんな人間であるかは、どうでもいいことなのだ。主の、眠りを妨《さまた》げるな」

「……え？」

言われて、拓、初めて気がつく。そういえば、杉のこの反応、まるで深い眠りに陥っている人のようだった。

「どんな用件であれ、主の眠りを妨げてはいけない。……主は、もう、何百年も眠っている。このままでいれば、更に何百年も眠り続け、眠っている間は主は生き続けているだろう。……私は、主に、世話になった。私が生きてこられたのも、そもそも私が生まれることが可能だったのも、すべて、主のおかげだ。私の子供達が生きながらえられたのも、結局は、主のおかげだったと言える。つまり、私には主に対する、とてつもない恩がある訳だ」

「別に私は、あなたの御恩返しの邪魔をするつもりは……」

「なくとも、主を起こすであろう？　主のような年になると、起きることは、命を縮めることだ。故に私は、主の眠りを犯すものを認める訳にはいかない」

「起こすなって……でも、そんな！　お願いです、ヤマグルマ。私にはどうしても世界樹に聞いてもらいたいことがある。それも、私の個人的な願いなんかじゃない、とっても重大な——全植物に関することなんです」

拓、どこにいるのか判らない、いや、そもそも、幽霊ならどこかにいるってものでもない、見えないヤマグルマの気配を捜し、あちこちに視線を向けながら、それでも、必死になってとりすがるような感じで台詞を続ける。

「生き物はしばしば、非常に重大な、それこそこの世界全体に関わるような問題に出喰わしたと主張することがある。が、それが、真に重大な問題である可能性は、非常に低い」

「ヤマグルマ！　どうしてあなたがそんなことを言えるんです！　僕がお願いしたいのは本当に重要な、この先この星の植物達の生き方を決定するような問題で」

「……なあ、人間よ。私はおまえに意地悪をするつもりはないのだ。むしろ、私達植物は、すべて、自分ではないものに対してはでき得る限り優しくあろうと努めている。だから、これは決して意地悪で言っていることではないのだが——本当に、おまえの用件が、植物のこの先の生き方を決定してしまう程重大なものならば、余計せっかく眠っている主を起こすこともないのではないか？」

「何故？　何故、そんなことを言うんです！」

「この世には、真実重大な問題が発生した時、それを捌《さば》いてくれる適任者が他にいるではないか？　たとえ主がおまえの願いをきいたとしても、結局最後に物事がどうなるかは、その適任者の双肩《そうけん》にかかっている。だとしたら、何も主を起こす必要はあるまい」

「適任者？　誰なんです、それは」

「時、だよ。この世がどういう風に変わってゆくのか、いつの時代でも、それを決定するのは『時』だった。おまえの願い事が『時』の思惑にかなうなら、おまえの願い事はほうっておいても叶うだろう。おまえの願い事が『時』の思惑にかなわないなら、おまえが誰に何を頼んだ処で、それは所詮《しょせん》叶わぬことだ」

「そんな漠然《ばくぜん》としたそんな抽象的な！　僕の話というのは、そんな抽象論で片づけていいことじゃないんです！」

一瞬、その『適任者』の存在に期待を抱いた分だけ、拓はこのヤマグルマの台詞に猛《たけ》り狂う。ヤマグルマにいいようにあしらわれたという屈辱感に心が燃える。


「僕の抱えている問題は——夢子が、世界樹を唆《そそのか》そうとしているのは、この地球から、人間をはじめ、すべての動物を駆逐《くちく》しよう、あるいはそこまではいかなくても、すべての動物を植物の支配下におこうってものなんですよ！　動物がいない、植物だけの天下。もう二度と、誰にも食べられたり摘《つ》みとられたり切られたりすることのない、植物の理想境。そんなもの……時の流れにまかせて、この世に作っていいものなんですか！　地球の生物のあり方を考えると、それはあきらかに不自然だ。……確かにこの星の植物は、不当に虐《しいた》げられています。僕だって植物だ、それも、植物しか棲息《せいそく》していない星から来た植物だ、だから、この星の植物のあり方には、同情もしますし、悲惨だとも思います。でも、だからって！　だからって、地球はこういう星なんだ！　その地球のあり方を変えるようなことをしていい筈が——あ」

あ。——あ！

しまった。

拓、心中で、臍《ほぞ》をかむ思い。

しまった。こういう風に話を持ってゆくつもりではなかったのだ。もっとおだやかに話をすすめ、相手が一体どういうことを考えているのか探りながら、こっちの思いをゆるやかに伝えてゆこうと思っていたのだ。一瞬、ほんの一瞬憤激して——で、ついついこんなことをしゃべってしまったが、もし、世界樹が、動物のことをこころよく思っていないなら——そして、それは自明の理だと思われる——、今の喋《しゃべ》り方は、あきらかに、不穏当《ふおんとう》。下手《へた》をすると——夢子がここにこなくても——、今の自分の台詞だけで、最悪の事態をひきおこしてしまいかねない。

「……すべての動物がいない世界。植物だけの、理想郷」

　拓が茫然《ぼうぜん》としていると、こちらもまた、放心したように、ヤマグルマが呟《つぶや》く。

「いや、それは……それは、あきらかに、おかしいでしょう？　ここまできた以上、言ってしまいますが、僕は、それをとめに来たんです。いずれ、夢子という女が——僕と同じで、形は人間だけれど植物の女が、ここへやってくる筈です。彼女の用件は、全世界の植物を使って地球規模の通信手段を作って欲しいということで、そのみかえりに、彼女はあなた達に教えるつもりなんです。人間に対して、動物に対して、反抗する手段を。植物だって、やる気になれば、動物を根だやしにすることができる、そのことを彼女は植物に教えることができるんです。けれど、それは、あきらかに不自然な話でしょう？　彼女も私も、所詮は地球の生き物ではない。この星がどんな地獄だとしても、それを余所者《よそもの》があだこうだ言うのはおかしいし、言うべきでもないんです」

　最悪の場合には。

　こういいながら、拓、心の中ではまったく別のことを考えていた。

　最悪の——ヤマグルマなり、世界樹が、動物を根だやしにする方法に興味を持ち、それを実行しそうな素振《そぶ》りが見えた——場合には。夢子と接触をする前に、殺すしかないのかも知れない、この世界樹を。だが……だが、すでに死んでいるヤマグルマは、どうしたらいい？　そしてまた、何の罪もない世界樹を、自分の都合だけで殺す、そんなことが許されていい訳はない。

　最悪の場合には。世界樹を殺して、僕もここで死のう。この世界では、特に植物にとって、死んだ後も想いが残るのが普通なら、おそらくは僕の想いも世界樹の想いもヤマグルマのようにこの地に残るだろうし——そうしたら僕は、未来永劫《みらいえいごう》僕は、この地で世界樹に謝り続けよう。いつ、許してもらえるのか、果たして許してもらえるものなのかどうかも判らないけれど、でも、それしか僕にできることはない。

　と、そんな間も。

　もうすでに拓は、意識もしていなかったが、拓のてのひらは、ずっとその杉の木の幹に触れており——拓の感情が高揚するたびに、目には見えない、でも確かにそこに存在する、拓の意識のバイブレーションが、杉の木の幹に伝わっていたのだ。そして、拓も気づかないうちに、眠りほうけていたような杉の木の意識、徐々に、徐々に、表層レベルへと昇っており――つまりは、覚醒《かくせい》に近くなっており――そして。

「……動物がいない、植物だけの世界。それは……理想、だな」

一方、ヤマグルマの方も、拓の話があまりにとっ拍子もないものであったせいか、主たる杉の木から意識がはなれ、もっぱら拓の話へと、関心が集中していた。

「そんなことができるのだろうか。……ユメコとかいった、その、おまえと同じ、形は人間でも実は植物の女は、それができるのか？」

「……方法は、あります。いわば、彼女は――僕もですけど――病原体ですから」

と、こんな会話を交わしながらも。拓の意識、段々と、奈落《ならく》の底へ落ちてゆく。どうやらヤマグルマは、動物を根だやしにする手段というものに興味を持ったらしく――これって、拓にとっては、注意信号。もしこのまま、ヤマグルマの興味が、もっぱらそっちへ向かうようなら……拓は、みずからの責任において、夢子と接触する前に、世界樹を始末しなければならない。

「病原体？」

「ええ。気づきませんでしたか？　僕は、ヤマグルマ、あなたと流暢《りゅうちょう》に会話をしています。でも、人間には、植物と会話をする術は、ありません」

「………………」

ヤマグルマ、不思議なことに、拓のこの台詞に対して、何やら考え込んだようで返事をしない。

「僕は――夢子もそうですけれど――人間の言う処《ところ》の、テレパシーってもので、植物と会話をしているらしいんです。で、僕と会話をした植物は、すべて、僕の持っているテレパシーを――いわゆる、人間が言う処の、超能力を――獲得できるらしいんですね。おまけに、それは、伝染するんです」

「……伝染？」

「ええ。僕が、ヤマグルマ、あなたとしゃべったとするでしょう。と、次にあなたが、あなたの近くにいる植物――ああ、あなたはもう死んでいて、実体ってものがないからこれは無理でしょうが――と接触したら。その接触した植物も、この能力を持つことになります。そして、伝染したこの能力は、会話の伝達――テレパシー――だけでなく、他の、いろいろな能力を、新たに植物にうえこむことができるらしいんですよ。例えば、サイコキネシスとか。……移動することができない植物が、サイコキネシス能力を手にいれたら、それってある意味で手を入手したのと同じ効果がありますよね。その上、この能力は伝染するんだし、人間は、植物に手があるだなんて思ってもいない。……この状態なら、植物は、充分、人間に、そして動物に、一矢《いっし》むくいてやることができると思いませんか？」

「あ……ああ、確かに」

ヤマグルマは、何だか奥歯にものがはさまったような返事をする。でも、拓にとって、あきらかに人間や動物にとって好意的でないその返事は、いわば自分の死刑宣告に等しいようなものだった。

会話の持ってゆき方次第では、確かに、世界樹が自分の味方になってくれる可能性もあった。でも、会話の持ってゆき方に失敗した今、世界樹は、そして、ヤマグルマは、自分の敵でしか、ない。いつの日か、夢子と会ったヤマグルマは、人類を、そして動物を、この星から滅ぼそうとするだろう。だとしたら、芽は、なるべく小さいうちに摘んでおかなければならない。

拓。初めて、杉から手をひいた。そして、杉と、自分との間を、目測する。そして。

「が——それは、夢だ」

「?」

杉に対して。この距離からどうやったら致命的な損傷を加えることができるだろうとはかっていた拓、このヤマグルマの台詞でその手をとめる。

「それは、夢だよ。叶えられない悪夢、叶えてはいけない悪夢だ。……ユメコといったっけ、その人に、言いなさい。それは、叶えることのできない夢だと」

「……ヤマグルマ……何故？」

ヤマグルマの反応からして、ヤマグルマが確実に夢子の提案にのると思っていた拓、逆にこの台詞を聞いて動転する。

「あなたは……あなたは、何故、そんなことを言うんです？　あなたは——いや、植物はすべて、動物を、特に人間を、憎んでいると思っていたのに」

そして、動転した拓、本来の用向きから言うと、あきらかに矛盾《むじゅん》した台詞を口にしてしまう。と、ヤマグルマ、そんな拓を笑って。

「おまえ、人間よ。おまえがそんなことを言っていいのか？　おまえは、植物が動物を、そして人間を、根だやしにすることは間違っていると思っているのだろう？　だとしたら、私が、『それは叶えてはいけない悪夢だ』と言ったら、それに異を唱えてはおかしいのではないか？」

「え……ええ。でも……」

確かにそうだ。ヤマグルマに言われ、拓、それに気づき——そして、そう言った時のヤマグルマの声音《こわね》が、不思議と拓に好意的なものであったことにも気づき、半ば、ヤマグルマに甘えるようなつもりで、こう台詞を続ける。

「でも、こんなことを言うのはあきらかにおかしいし、僕としては、あなたがそう言ってくれたのなら、このまま引っ込むのが筋だとは判ってはいるんですが……でも、判らないんです。あなたは——あなた達植物は、動物が、人間が、憎くはないんですか？　彼らを根だやしにしたくはないんですか？」

「憎くはない。根だやしするつもりなぞ、ない」

ヤマグルマの声は、実におだやかで――そのおだやかさが、拓には、どうしても、感情的に理解できない。

「どうして？　何故？」

「……では、私が逆に聞こう。何故植物が動物を――特に人間を、憎んでいると、おまえは思うのだ？」

「それは……だって……今まで人間がやってきたことを考えただけでも、憎まれて当然だと思うからです。まず、動物は、植物を食べます。肉食で、直接植物を食べない動物だって、草食獣を食べて生きています。つまり、植物の犠牲の上に、動物は生きていると言えるんです。……人間だって、そうです。人間は、雑食だけれど――だから、勿論《もちろん》、植物を食べます。動物も、食べます。そしてその上……人間は、自分達の都合で、森林を好きなだけ切り拓《ひら》き、何種類もの生物を絶滅においこみ、放射能等で汚染された地域を作り……」

「植物は――我々は、流星雨も、火山の噴火も、地震も、異常気象も、恨《うら》まない。何故、人間だけ、恨まなければいけないのだ？」

「でも、そういう自然現象と人類のやることとでは、意味が違う！　人類は、ある意味でわざと、意図的にやってるんです！」

「そう。自然現象と、人類がやることとでは、意味が違う。我々にとって真実恐ろしいのは、自然の方だ。人類がどんなことをしようと、所詮、人類と自然とでは、破壊の桁《けた》が違う。桁はずれに、人間なんぞより、自然の方が恐ろしいのだ。……それに、人間は、わざと我々を苦しめている訳ではないのだよ。我々は、確かに、人間の、人類の、愚かなふるまいにより傷ついている。が――それは、意図的に、人間が植物を傷つけようとしてやったことではなく――単に、人間が、愚かであるが故だ。……愚かな、目下《めした》の生物を、愚かであるが故に怒るというのは、まっとうな生物のするべきこととは思えない」

「そ……そんな、莫迦《ばか》な！　そんな、甘い！」

拓の、半《なか》ばは悲鳴とでも言うべき台詞、ヤマグルマの、次の台詞に、完全に吸収される。ヤマグルマの次の台詞――さながら、火を吐くような、激烈な台詞に。

「甘くなぞない！」

その、ヤマグルマの台詞が、あまりに強烈であったので。今、再び、拓のてのひらがはずれた、杉の木の幹で、何かがごそっと動いたのだが――それは、誰の意識にも上らずに終わった。

「我々植物は、そして、すべての生物は、この人間という一動物に、およそ史上稀《まれ》な程の迷惑をかけられた。それを……その迷惑を、愚かな目下の生物が、愚かであるが故に犯した罪だと認識するのは、実に、実に、甘くないことだった！　が……我々は、何とか、それを理解できたのだ……。人間は――ああ、これは、人間界の言葉では何と言ったらいいのかな――とにかく、とんでもない莫迦者だった。はた迷惑至極《しごく》な存在、手あたり次第にあたりのものをみな壊してしまう幼児、破壊の権化《ごんげ》のような存在。そう、そういったものだったのだよ、人間という存在は。そして……だが――それだけだ。決して、人間は、選ばれたものでも、特殊な生き物でもない。生物が歩んできた歴史の中に、たまたま時々現れる、どうしようもない愚か者。……繰り返して聞くが、何故、植物のような由緒《ゆいしょ》ある種が、そんな愚か者を、憐《あわ》れむならまだしも、憎まなければならない？」

「でも……実際、多くの植物は、人間の為に絶滅の危機に瀕《ひん》したり……」

「人間は、すでに、それに気づいて、修正の方向を――植物と自分達が共存する方向を、何とかとろうと努力している」

「だからって！　それでいいんですか？」

「よくはない。が……それが、人間の、限界だろう？　……愚かである者を、その愚かであるが故に責めても、何の益《えき》もない。大人は、子供が愚かであるが故に、どんな致命的な被害をうけても――最終的には、それを許さざるを得ないだろう？　子供の、愚かなふるまいを、本気で断罪できる大人はいないよ。それと、まったく同じことだ。我々は、人類の愚かさを、大人が子供のいたずらを許すように許さざるを得ないのだ。……それに、今、人類は、おそらくは本気で自然保護を考えている。二酸化炭素の量を問題にしなければいけない程工業化がすすみ、そしてそれを吸収してくれる植物がいなくなった時、初めて、植物がいかに必要なものであったか、判ったのだよ。……人類が、自然を保護するという。私としては、その言葉には、文句をつけたい。人類は――自然を保護したいのではないのだ。自然が今のままでいてくれないと、人類こそが困るから、だからそれを守りたいのだ。彼らが守りたいのは、自然ではなくて、結局、自分達にすぎないのだ。……言い替えよう。人類は、人類という動物は――自然のバランスについて、そこまで、無知で、莫迦なのだ。自分に累《るい》がおよばなければ判らない程の無知、そして、まさに自分の為の行動を『自然保護』と言い切って恥じない程度の厚顔《こうがん》、それが、人類だ。……だとしたら、我々植物は、何故、彼らと同じ土俵にたたなくてはならない？　……少なくとも、私は、拒否する。私は、誰が何と言おうと、人類と同じ土俵にたつのは嫌だ。私以外にも、普通の植物はみな、こんな感想を抱いていると思う。……だから、我々は、人類を恨まない。ただ、憐れむだけだ。そもそも、土俵が違うのだから」

「……でも……精神的にどうであれ、今やもう、人類のもっている力は、植物を自由にすることができる程大きなもので……」

「おまえは本当にそう思うのかい？　本当に、人類が、植物を、好きなようにし得ると？　もし、おまえが本気でそう思うなら、おまえも、どうしようもない、莫迦だ。……人類は、植物を、我々を、従属させたり根だやしにすることはできない。それは、不可能なのだ。彼らには、二酸化炭素を酸素に変換するシステムがない」

「じゃ、もし、連中がその手段を手にいれたら……そうしたら、あなた達は、どうするんです！」

「植物が役にたっているのは、二酸化炭素と酸素の割合だけじゃない。これは、一番例にしやすいものなのだ。その他にも、動物が、そして人間が、植物に頼っていることは種々あり……人間は、たとえいくら進歩しようとも、そのすべてを、科学力でカバーすることはできない」

『愛している』

と、ふいに。

何とか反論をしようとした拓の機先を制して、こんな声が、あたりに響き渡る。

『間違ってはいけない。愛して、いるのだ』

拓も。そして、ヤマグルマも。

その声に、びくっとして、次の台詞を飲み込んでしまう。

「だ……誰です、あなたは」

世界樹だ。

質問をする前から、拓には、判った。

この声。この響き。まわりのものすべてを慈《いつく》しんでいるような、不思議に穏《おだ》やかな、不思議に柔らかい声。この声こそが世界樹の声でなくて、一体何だというのだ？

この声の主こそが、世界樹に違いない。

『ヤマグルマ。間違ってはいけない。おまえは……愛しているんだよ』

「主！　起きてはいけない！　どうか、どうかおやすみになっていてください！」

ヤマグルマのあせったような声。その声が発せられた後で、さっきよりは随分理性的になった――つまりは、覚醒の状態に近くなった――世界樹の、声が響き渡る。

『もう遅い。私は――目覚めた。……今は、いつなんだろう？　この間、私が目覚めたのは、確か、シドッチとかいうばてれんが評判になっていた時だと思うが……』

「シドッチ！　ジョバンニ・バチスタ・シドッチ！　そ、そりゃもう、三百年も前のことです」

屋久島の歴史を、ある程度は勉強してきた拓、驚きと共にこの台詞を吐き出す。ジョバンニ・バチスタ・シドッチは、宝永《ほうえい》五年（一七〇八年）に、侍《さむらい》の真似《まね》をして屋久島に密航してきた宣教師だ。

『三百年……まだ、そんなものか。まだ、それしか時間は過ぎていないのか』

世界樹の台詞、どうやら、三百年っていう時間が、あんまり短かったので、むしろそれに驚いているようだ。

『三百年で……人間というものは、変わるものだな。おまえの服装……あの当時なら、ばてれんの妖術者と言われてもおかしくない』

「あ……この恰好《かっこう》ですか？　……あの、今は、ズボンをはいている男なんか珍しくないっていうか、いや、むしろ、ズボンをはいていない男の方が珍しいっていうか……いや、とにかく、そんなことはどうでもいいんです！　ただ……ただ」

『ヤマグルマよ。私の眠りを司《つかさど》っていた、ヤマグルマよ』

拓にとって幸いなことに。

拓の風体《ふうてい》が異様なことを理解した後で、その杉の興味は、彼の眠りを護《まも》っていた筈のヤマグルマの方へとむいてしまった。

『おまえは、私が眠っている間、何をしていた？』

「何をって……主……」

ヤマグルマは、ただひたすら、困惑しているようだった。

『ヤマグルマよ。私は、おまえに、すべてを託した。おまえは、私の望みを、叶えているのか？』

「はい。……ええ、はい、主よ。できるだけ、私はそうしてきたつもりですが……」

『そうなのだろうか。……この若者からは……』

意図的に、だろうか、世界樹、単語をわざわざ区切って発音する。

『この若者からは……絶望と悲哀と自己犠牲のにおいがする。おまえは、この若者を、絶望させ、悲しませたのではないか？』

「……あ……はい……確かにそれは……でも、主、それは」

と。ヤマグルマの台詞、途端に歯切れが悪くなり――

そして、その瞬間。

「主！　あるいは、世界樹！」

拓は、もう見ていられなくなって、こんな声をあげたのだ。

世界樹が、ヤマグルマに、どんなことを望んでいたのか、それは知らない。でも……さっきまで、あんなに自信満々だったヤマグルマ、見様《みよう》によっては尊大にさえ見えていたヤマグルマが、今はもう、見るかげもなくちぢこまってしまっている。世界樹の一言一言に脅《おび》えてさえいるように見える。それが、拓には、何だか、あってはならないことのような、たとえ相手が世界樹だとはいえ、そんなことを許しておいてはいけないような気がしたのだ。

「ヤマグルマを責めないで下さい！　それは、してはいけないことだ！」

杉の木の声音の中には、明らかにヤマグルマを責めるような音が混じっていて——拓には、それが、何故かどうしても我慢できない。

「ヤマグルマは、あなたが眠っている間、できる限りのことをしていました！　……そりゃ、僕は、ヤマグルマの平生《へいぜい》を知らない、でも、そんな僕にだって、判ることがある。ヤマグルマは、あなたの為に、あなたの為だけに、ずっと、生きてきたんです。あなたには……ずっと眠っていたあなたには、そんなヤマグルマを責める資格なんかない」

　不思議なことに。

「おまえ……」

『おまえ……拓、と、言ったか？』

　拓のこの台詞を聞くと、ヤマグルマと杉の木は、同じ反応を示した。

「おまえ……拓。どうして私のことをかばうのか？」

　ヤマグルマは、拓の助勢が理解できないという声をだす。

『おまえ……拓。愛しているよ。私は、おまえが、私でないが故に……おまえのことが、好きだ』

　杉の木は、目を細めてでもいるような声音で、こう、拓に声をかける。それから、杉の木、拓とヤマグルマに同じように暖かい視線を注いでいる気配。そして。

『……ヤマグルマよ。……悪かった』

　しばらくの沈黙のあと、杉の木は、ふいに柔らかい声を出すと、ヤマグルマにこう言った。拓、この杉の木の台詞を聞いて、何だか無闇《むやみ》にほっとする。

『お前は……よくやってくれていたのだな』

「そんな……主！　そんなこと、ないんです」

『いや。この人間の——拓の反応を知って、ようやく私にも判った。……たとえ、拓が、どんな絶望や悲哀や自己犠牲を抱えていたとしても、それはおまえのせいではないのだな。……悪いことを言った』

「いえ、あの、いえ、その、そうではないんです！　そうではないんですけれど……あの……」

　ヤマグルマは——世界樹の反応、そして、自分をかばってくれた拓の反応のせいで、今の出来事をどう考えていいのか判らなくなっているらしい。ただただひたすら、意味があるようでないことを繰り返し……そして。

　拓は、その杉の木と、しょうがなしに、ヤマグルマという媒介物《ばいかいぶつ》なしで直面することになった。

「あの……世界樹」

　拓、とりあえず、杉の木に、こう声をかける。

「今までのことを説明すると、ですね……」

『ああ。説明して欲しい』

　杉の木の声は、あくまで、優しかった。が。

『だが、その名は、やめて欲しいな』

「……は？」

『私のことを、世界樹と呼ぶのは勘弁して欲しい。……

それは、あきらかに分《ぶん》不相応な呼名だ』

「じゃ？　……じゃ？　あなたは、世界樹じゃない、と？」

『ああ。……そう呼ばれるものがあることは知っている。が、それは私のことではない――いや、そもそも植物のことですら、ないな』

「え……でも。でも」

拓、半《なか》ばすがるようにして、この台詞をつむぎだす。

「でも、あなた以外に、あなた程世界樹に近い木はいませんでした。それに……それに、ヤマグルマだって、半ばは、あなたが世界樹だって、認めていた筈」

『ヤマグルマは、私を世界樹だと思っているかも知れない。この土地の植物は、みなそうだと思っているのかも知れない。でも、本当はね、世界樹というのは、木ではないのだ。ある意味では、生物ですらない。世界樹というのは……〝想い〟なんだよ』

「……〝想い〟？」

『そう。はるか昔から、ずっとずっと、連綿と続く〝想い〟。〝おまえが好きだ、私はおまえが私ではないが故に、たとえ何があってもおまえが好きだ〟。そういう、すべての植物が――そして、思い出すことさえできれば、すべての生物が、他のすべての生物に対して抱いている〝想い〟。その〝想い〟を、植物達は、世界樹と呼ぶ。……もっとも、〝想い〟というのはあまりに抽象的なものだから、地域ごとにその〝想い〟の象徴となる樹木が存在していることも、事実だがね。そして、そういう意味では、確かに私は世界樹の一部ではある。……が……どうか、杉とでも何とでも、他の呼び方を、私に対してはしてくれないだろうか？　……世界樹と呼ばれるのは……いくら何でも、面映《おもは》ゆい』

が。拓に、こんな世界樹の――杉の木の――照れが理解できたかどうか。

その杉の木の台詞が、まだ完全に終わりきらないうちから、もう耐えきれなくなったのか、拓、ただただひたすら、まるで自分がテープレコーダーになったかのように、杉の木にむかって、ありとあらゆることを話しはじめていた。

これまでのこと、自分達のこと、父母の宇宙人のこと、明日香という妹のこと、夢子がしようとしていること、この地球の動物と植物のこと、人間が彼らをどうしようとしているかということ、そして――。

そして。

これは、それまで、拓が自分でも気がついていなかったことなんだけれど。

杉の木に訴えることで、初めて自分でも気がついたことなんだけれど。

昔から、物心ついた時からずっと、自分が、この星でたった一人の男であると思っていたこと、そして、たった一人の男である拓には、たった一人の女・夢子がいたということ。その、たった一人の女・夢子と、主義主張の違い故、心ならずも訣別《けつべつ》しなければならなかったということ。

たった一人の女、自分にとってたった一人の女と訣別して——自分が、ほんとうに、真実、孤独であるということ。

明日香のことも、この星のことも、そりゃ、全部、大切だ。夢子が、この星を植物の天下にしてしまうことを、理性ある、宇宙の知的生命体として許す訳にはいかない。それは、全部、本当のことであるのだけれど。

でも、同時に。

でも、それ以上に。

拓の心をしめているのは、夢子の——夢子との訣別のことで。

自分は、真実、孤独である。

今、この世界で、自分は、たった一人だ。

それを、拓は、杉の木に訴え……、その気はなくても、気がつくとそのことを重点的に訴え続け……そして、拓は、判ったのだ。

生物にとって、ほんとうの不幸は、たった一つ。

何よりも、不幸なのは——何よりも耐えがたいのは——孤独であることなのだと。

5

あたしの、好きなもの。

陽《ひ》だまり。

南むきのベランダ。

天気のいい日。目がさめた時、雨の音がしない朝。

あなた。

そして——地図帳。

あなた、笑うかも知れないわね。おかしいわよね。他の好きなものが、あなたとおひさま関係のものばかりなのに、中に突然、地図帳なんかが混じって。

でも、あたしにとって地図帳は、夢がぎっしりつまった魔法の本だったのよ。

現実のあたしは、どこにも行けない。二十分、植物と接触を持つことができない。そんなあたしが唯一いけるのは、うちの近所の公園だけで、日本全国、世界全部、とにかく、移動する間に二十分以上植物と接触を持つ可能性がある処《ところ》は、全部、あたしの行けない処なの。

そんなあたしにとって。

地図帳は、魔法の本だった。

だって、開けば、知らない処なんだもの。

四国でもいい、近畿でもいい、北海道でもいい。中国でもいい、マレーシアでもいい、アメリカだのオーストラリアだの南極なんて、もう、遠いってだけで理想。

おかしいわよね。

あたしは、遠い、遠い処からきた生物なのに。この地球上で、あたしより遠くから来た生物はいないだろうっていうのに――なのに、遠いだけで、それはあたしの夢だなんて。

でも。全部、あたしの行きたい処だったの。全部、あたしの行けない処だったの！

地図帳を開く。アトランダムに。

さあ、でてくるのはどの地方？　どの国？

あたしは、いくらだって飛んで見せる。夢の翼に乗って。想像力って翼に乗って。

……でも。

それは、夢、よね。

夢は夢、憧《あこが》れは憧れ。そして、憧れは――幻。

幻は、幻。

あたしだって、いい年だもん、そんなことに気づいても良かった筈《はず》。

うん。

……それは、夢、なのよ……。

☆

ここの処、疲れているんだろうなって思う。

箕面夏海は、黒田のことをふと思い――慌《あわ》てて、思考を、他のものに移そうとする。

でも、駄目《だめ》。

黒田さん。

ここの処、疲れているんだろうな。

ひろしが、どういう字なのか、それは知らない。ひろしっていうんだって、音だけ知ってる。

この間、出張とかで、どっかへ行った。どっかへ――書類によれば、出張先は函館《はこだて》なんだけど……それって、どうしても信じられない。

で、出張から帰る時、一緒に、男を同伴してきた。その男っていうのが、何だか精神力も体力も使い果たしたって感じの、心身共にぼろぼろになったような人。服装だって充分ぼろぼろになっていたし、おそらくは満足にお風呂《ふろ》にもはいっていなきゃ、顔だって洗っていないのかも知れない。おまけに、お酒でも呑《の》みすぎたのか――それとも、何か薬の類でも飲まされているのか――どうも、正気じゃないみたいだったし。

あの人は、何をしているんだろう。出張から、ぼろぼろになった男の人をつれかえる。これって、まっとうな企業でまっとうな仕事をしている人の行為とは思えず……じゃ、あの人のしている仕事は、まっとうなものではないのだろうか？

夏海は――不思議だった。

ただ、不思議だった。

自分の心が。

黒田が何やらあやし気《げ》なことをしているらしいって気がついても、それで、夏海が心配しているのは、自分のことや研究所のことではないのだ。彼女が心配しているのは、ただ、黒田のことだけ。

黒田さんは、大丈夫なんだろうか？

黒田さん。

その言葉を脳裏《のうり》に浮かべた時、彼女の心の中に浮かぶのは、妙に底意地の悪そうな目をして常に眉間《みけん》にしわを寄せている四十男の姿。確かにおしだしは良かったし、傲岸《ごうがん》な程自信にあふれた力強い感じはするものの――でも、何やらあやし気なことをしている、夏海にとって昔の勤務先である『笠原研究所』を潰《つぶ》した、そんな男の、どこら辺に魅力があるっていうんだろう。松崎っていう、立派な大学の教授に、ひたすら居留守《いるす》を使い続け、そのせいで夏海が草臥《くたび》れはてる羽目になった、そんな黒田って男に、何の魅力があるっていうんだろう。可哀想《かわいそう》だっていうなら、黒田より、あの松崎って教授の方が、ずっとずっと、可哀想だった。

そう――それに。

いつからあたしは黒田さんのことを、心の中で考える時も、敬称をつけて、『黒田さん』って呼ぶようになったんだろう。黒田、じゃなくて、黒田さん、と。

確か、最初はあたし、あの人のことを嫌っていた筈だ。あ、ううん、嫌い、という程強い感情じゃなかったかも知れないけれど、でも、好きじゃない。好感なんか持っていなかった筈。このビルだって、陰険《いんけん》ビルって陰《かげ》で呼んでたくらいだし、その『陰険』という印象は、ひいては黒田さんの印象でもあったというのに。

なのに。なのに、今の彼は、どうしてだか、陰険に見えない。暗い感じも、何やら陰でこそこそ物事を操《あやつ》っている感じも、今でも確かにするのだけれど――それは、『陰険』じゃなくて、救いようのない孤独、寂しさにしか思えないのだ。

「可哀想だた……」

ふと気がつくと、夏海、いつの間にか声にだしてこんなことを言っている。そして、自分の出した声に自分で驚き、それに続く台詞《せりふ》を喉《のど》の奥にのみこむ。

可哀想だた惚《ほ》れたってことよ。

こう書いた明治の文豪って、誰だったっけ？

可哀想だた惚れたってことなら――今、黒田さんを可哀想だと、救いようなく孤独で寂しい人だと思っているあたしは――やっぱり、黒田さんに……。

あんなシーンを見てしまったのがいけないのかも知れない。

夏海の心の中を、一瞬、ずいぶん前に黒田の部屋の前で彼女が見てしまい、そしてそのまま自分の心の中のひきだしにしまいこんでしまった情景が横切る。

でも……ううん、それだけじゃない。

しばらく前から、不思議と夏海、まわりの人の気持ちが何となくよく判《わか》るような気がして、しょうがなくなっているのだ。普段だったら聞き流す母親の愚痴《ぐち》、弟の憎まれ口、黒田の台詞。そんなものの奥に隠されている、その人の真情というものが判るような気がしてしょうがないのだ。そして、そんな目で見ると、暗くて陰険で傲《ごう》慢《まん》にしか見えなかった黒田が、何だかとっても孤独な人に思えてきてしまうのだ。また、何故《なぜ》か夏海、他の誰の気持ちよりも、まず、黒田の気持ちが判るような気がしてならない。

ま、気のせいよ、気のせい。

自分で自分にそう言い聞かせてはみるのだけれど。

――ただ、勿論《もちろん》夏海、『何故か他の人の気持ちがよく判るような気がする、中でも黒田の気持ちがよく判るような気がする』ようになったのは、研究所の中庭で、不思議な草を見てからだ、そしてその傾向がより強くなったのは、その不思議な草を鉢《はち》植えにして、自分のベッドサイドに置くようになってからだってことには、当然、思いいたりもしなかった――。

☆

「あ、あの、お茶を……きゃ」

あの日。夏海には、決して他意は、なかったのだ。

「うわ」

「す、すいません、あの……」

上司に言われ、黒田の処へお茶を持っていった夏海、ドアの前で一回、深呼吸をした。ま、悪いって言えば、この深呼吸が悪かったってことになるんだろうけれど……夏海が深呼吸している、まさにその瞬間、ドアが、向こうから、あいたのだ。開いたドアは、ドアの前にいた夏海のお盆をふっとばし、お盆から落ちた湯《ゆ》呑《の》みは、どういう加減でかドアを開けた本人――黒田の足もとに、転がった。そしてその上、中のお茶は黒田のズボンのくるぶしのあたりに、半分程もかかってしまって。

「す、すみません、しみになっちゃうかしら、これ」

「いいんだ、君」

お茶をぶっかけられた恰好《かっこう》になった黒田は、当然、不機嫌だった。不機嫌に夏海をおしのけて。

「お茶だなんて……誰が欲しいと言ったんだね」

言われたことは、かなり、理不尽《りふじん》。平生《へいぜい》の夏海だったら、怒ったかも知れない。けれど……今の夏海は、判ってしまった。これって、黒田の、虚勢なのだって。

黒田は。何故かは知らない、また、どういうことなのかも判らない。でも、今、人に会いたくはなかったのだ。こっそりと、どこかへ行こうとしていたのだ。それが夏海によって邪魔されたせいで、お茶をかけられた云々《うんぬん》ってこととは別に、夏海に対して怒ってる。そして、こういう状態で怒るべきではないって自分で知っているから、なるべくその感情を隠そうとして……結果として、今の黒田は、混乱している。

「あの……すみません」

　何故か、そんなことが判ってしまった夏海、とっさにポケットからハンカチをだすと、黒田の足もとを拭《ふ》こうとかがみこむ。と、黒田、何だかはにかんだような風情《ふぜい》になり、そんな夏海の手をおさえて。

「ああ……悪かった。今の言い方は、一方的に、私が悪かったよ」

　そう。こと、今の言い方に関する限り、一方的に、黒田の方が悪かったのだ。でも、黒田がそれを認めるのなら、夏海にしても、それ以上そのことをどうこう言う気はなくて……むしろ。

　むしろ、何だろう、この心の動きは。

　黒田は、そんな夏海の心の動きを知ってか知らずか、とにかく夏海から面をそむけるようにして、そのままますたすた、トイレの方へと歩いていってしまう。そして、夏海は、そして、夏海は、そんな黒田の様子を見て……。

　あの人は、トイレへ行った。

　そんなことを、心の中で、繰り返してみたりする。

　何故って、あの人は、泣きたかったからで……何とかそんな気分を一新し、ついでに目に浮かびかけたかも知れない涙の痕跡《こんせき》を拭《ぬぐ》うには、顔を洗うのがいいと思い……だから、あの人は、トイレに行ったのだ。どうしても、そんな気がする。

　それに、そう、そう考えてみれば。

　あの人の目尻にあった、何かの跡、あれは、涙の跡じゃ、なかろうか？

　あの人は、自分の涙を人に見せたくなかったから、だからあんなに乱暴な態度をとったんじゃないだろうか？

　そして、もし、あの人が泣いていたとして――。

　あの人は、なんで、何の為《ため》に、泣いていたんだろうか？

　それに、あの、泣き方。

　何故かは知らない、どうしてだって理由がある訳でもない、でも、夏海には、判った。

　あの泣き方――あれは、昔を偲《しの》んでの泣き方だ。何か、昔、黒田さんには辛《つら》いことがあったのだ。それを偲んで……あるいは。成就《じょうじゅ》しなかった初恋。初めての失恋。何か、そういう、昔の、それもきれいな思い出の為に泣いている。あれは、そういう泣き方に違いないと思う。根拠も何もない、でも、絶対そうなのだと思う。

　そう思った瞬間、夏海、胸がどきっとした。どきっ――あるいは、ずきっと。

　何て可哀想な人なんだろう、黒田さん。あの人は、泣くことができないのだ。たとえ人目がなくたって、たとえ自分一人しかそこにいなくたって、それでも、決して、泣くことができないんだ。何故ってきっと黒田さんは、今までの人生、ずっと自信にあふれて傲岸に傲慢に生きてきて……だから、自分が泣くっていうことを、自分自身、許容できないんだ。

ああ、勿論これは、事実ではない。事実黒田がそういう人間であるのかどうかは、夏海には判りようがないし、また、その時黒田がたとえ涙ぐんでいたとしても、それは目にごみがはいったせいではないって、夏海に断言できる訳でもない。

でも。その時何故か、夏海はほとんど確信に近いレベルでそう思ってしまい――そして、一旦《いったん》、そう思ってしまえば。

それまでの黒田に、やたらと自信過剰で不遜《ふそん》なイメージが強かった分、新たに確信した黒田のイメージは、弱々しく、哀《あわ》れだった。弱々しく、哀れで、そして、可哀想――。

そして――こうして。

黒田は、夏海にとって、ある意味で、『特別』な男になったのだ――。

☆

……いろんなことが、判った。

いろんなことが、判るよ、ねえ。

あたしは、その辺にうずまく、多種の想いに対して、こう言ってみる。あ――ううん。これは、ひょっとして、昔のあたしの言葉で言い直せば、一人言ってものなのかも知れない。

いろんなことが、判った。

いろいろな人の、いろいろな人への想い。いざ、それが判ってみると、人間って、何て単純な生き物なんだろう。

結局、つまる処は、みんな誰かが好きなのだ。

ややこしい関係、ややこしい事情、複雑に絡《から》みあう利害関係。そんなの――確かに、結果だけ見れば複雑だけれど、原因は、しごく簡単なの。

誰もが、誰かを、好きなんだ。

みんな、誰かを、好きなんだ。

好きな人の為になるよう、好きな人に認められるよう、好きな人を自分のものにできるよう、人間は、頑張って、いろいろなことをして――で、その人間が、何十億もいるんだもの、糸は、もうどうしようもなく、からまっちゃってる。すでに、何が原因で何が結果なんだか、糸だけでは判らないし、判りようもない。

たとえば、あたしのことだって、そうだもんね。

あたしは、信彦さんが好きだ。

原因となったのは、ただこれだけの、ただこれっぽっちの、感情よ。ごく個人的で、きわめて些細《ささい》な、どこにでもありふれた、何の変哲もない想い。なのに。

このことから派生した、糸の何と多いことか。糸の何と複雑なことか。

そして、今でも。

今でも、あたしは、信彦さんが好きだ。彼のことを護《まも》りたいと思っている。それが故《ゆえ》に、どれ程の混乱がこのさき生じ得るか。

……好きだ、というのは、業《ごう》だ。

ふいに、誰かの、そんな台詞が、理解できたような気がする。

好きって感情は――一種の、業なのだ。あたしは信彦さんが好き、だからそのせいでいろいろな目にあう、でも、それってみんな、業。

よくは判らない、よくは判らないけれど……。

……。

いろいろなことが、判った。

みんな、誰かが好きで――だから、みんな、何らかの業をおっていて――あたしには、そういうことすべて、よく判る。よく判ってしまう。

だとしたら。

あたしには――それができることなのかどうか判らないけれど――でも、あたしには、することがある。たとえ今のあたしが死んでいたとしても、するべきことがある。信彦さんの為にも、そして、過去、あたしがこの地球に存在したっていう事実が引き起こした波紋に決着をつける為にも、しなければいけないことがある。

それができることなのかどうか判らないけれど……ああ、でも、その時には、助けてくれるわよね、あたしではないものが。

あたしではないもの――あなた。

あなたの言ったことが、あたし、段々判ってきたような気がする。

あなたは、あなたではないが故に、あたしのことを真実愛《いと》しんでくれるのよね。

だったら――。

あたしは、あなたのことを――あたしではないもののことを、受け入れるわ。だから、お願い、あたしを助けて。

……それからあたしは、今はもうない、空想上のあたしの髪を、するすると地面にむけて、伸ばしてみる。するすると、空想上の髪は、空想上の根のような形になり、実在するガラスケースだの、実在する床だの、実在するコンクリートだのを通り抜け、そのまま地面へと達してゆく。

ああ。

根づく、こと。

これこそが、ずっとずっと、生まれた時からずっと、あたしがやりたかったことだったのかも知れない。

空想上の髪が、地面に達した瞬間、一種の感動と共にあたしはそう思い――そして、気がつく。

あるいは。

死んでから今まで、あるいはずっと、あたしは根づいていたのかも知れない。この地面、この地面、夢の中で、無意識の中で、もう何回もふれた覚えがあるような気がする。

地面、地面、地面。何て素敵な感触。

この星に流れついてしまったのだもの、この星に受け入れてもらいたかったのなら、まず、この大地に受け入れてもらうべきだったんだ。

空想上のあたしの髪は、妙に甘い肌ざわりを覚えながら、大地の上を撫《な》であげる――。

☆

……夢を、見た。

不思議ね、あたしは『夢子』って名前なのに、目がさめたあとでも覚えているような夢をみることは、滅多《めった》にない。その、滅多にない、夢をみた。

青木《あおき》ヶ原《はら》の樹海の中で、目をさました夢子、そんなことを思い、軽く頭をふると、立ち上がる。それから、今みた夢が、何だかあまりに生々しかったせいか、意味もなく、自分のかたわらに生えている、大きな杉の表面を撫でて。

「明日香が……いたわ。この星の、内側に。この星に、じゃなくて、この星の、内側に」

どういう意味なんだろう。呟《つぶや》きながらも、夢子、自分で自分の台詞を反芻《はんすう》する。

この星に、明日香がいる。

この文章は、意味が判る。

この星の中に、明日香がいる。

この文章の意味だって、判ると思う。つまりは、この星に明日香がいるっていう内容のことだと思うから。

でも。

この星の内側に、明日香がいる。

この文章の意味は……判りかねる。惑星に内側と外側がある訳ではあるまいし、明日香がこの星に埋められているっていう感じでもなかったし……。

「埋められているんなら、まだ、救いがある。弔《とむら》いの方法として、地面に埋めるっていうのは、一般的なことだし、明日香が埋められたのなら、それってあの子が埋葬《まいそう》されたってことだし。……でも、あの科学者達が、明日香の遺体を埋葬してくれるとは思えない」

それに。夢の中で感じた、この星の内側に明日香がいるってニュアンス、断固として、埋められているってものじゃ、なかった。何ていうか、明日香がこの星に吸収されてしまった、というか、明日香とこの星が一体になってしまった、というか……。

「……何言ってるのかしら、あたし。夢は、夢なのにね」

　夢は、夢。夢は幻、夢は現実のことじゃない。

　夢子、心の中で、そう強調する。

　何故って。そうとでも思わなければ、とても夢子には容認できないようなことを、夢の中の明日香は言っていたのだから。

『夢ちゃん、もう、いいの』

　夢の中で。地球の内側にいる明日香、切々《せつせつ》と夢子にこう訴えたのだ。

『夢ちゃん、いいの、もう。どうか、あたしの復讐《ふくしゅう》をしようとだなんて思わないで』

「明日香！　明日香、あなたなの、明日香！」

『あたしは幸せだった。今でも、多分、幸せなんだろうと思う。たとえ生きていなくても』

「明日香！　もしあなたがあたしのことを考えて、それでそう言っているんなら、あたしのことなんか気にしないで。ううん、それより、死んだあとにまであなたに気を遣《つか》わせちゃって、申し訳ないと思ってる」

『違うの夢ちゃん、違うのよ。あたしは、ほんっとに、幸せなの、今。今、あたしには、すべてのことが判る。……誰も、悪く、ないの。誰も悪くないのよ、夢ちゃん。だからあたし、誰のことも恨《うら》んでない』

「……明日香。もしあなたが、今でもあの嶋村って男のことを気にしてるんなら……それは、大丈夫よ。あたし……確かに、嶋村って男のことを、憎んではいるけど、恨んではいるけど、でも……仕方ない、あなたに免じて、彼のことは許すつもり。個人的に彼をどうこうしようとは、あたし、思ってない」

『違う、夢ちゃん。あたし、信彦さんのことを言ってるんじゃ、ないの。そうじゃなくて、今、思うんだけど……人間は、生きているんだもの、みんな、生きているんだもの、想いが複雑に入り雑《ま》じっちゃって、何が何だか、表面はもうよく判らなくなっちゃってるけど……でも、誰も、誰も、決して悪くはないの。みんな、誰かが好きなの』

「あたしは、あなたが好きだった、明日香。たった一人の、妹として」

『ありがとう、夢ちゃん。そう思ってくれるなら、お兄ちゃんと幸せになって。それが、あたしの、一番のお願い』

「……もう遅いわ。明日香、あたしはあなたが好きだった。だから、あなたを殺した人類を許せない。誰一人として、許せない。人類が、あなたを勝手に追い詰めた以上、あたしも勝手に人類を追い詰めようと思う。……拓とは……もう……この件で訣別《けつべつ》してしまったし」

『ああ、夢ちゃん。それをして欲しくなかったのに……』

「どうして、明日香？　どうして？　あたしはあなたの為に……」

『夢ちゃん、お願い、判って。誰も、悪く、ないの。誰もが、誰かを、好きなだけなの。……誰かを好きだっていうの、決して、責められる感情じゃ、ないでしょ？』

「……なら、あたしはあなたが好きだったのよ。さっきの台詞、撤回するわ。あたしは、あなたの為に、拓と訣別した訳じゃない。あなたを好きだったあたしの為に、あなたの復讐をためらう拓と、訣別したの」

『夢ちゃん……どうして……』

夢の中で。夢子のこの台詞を聞くと、明日香、半《なか》ば泣きじゃくりながら黙りこむ。不本意にも明日香を泣かせてしまった夢子も、状況についてゆけないまま黙りこみ──と。

「言葉でどう言っても、その人には判るまい」

ふいに、聞いたことがない声が、夢子と明日香の会話にまじりこんできたのだ。

「誰？　あなたは、誰？」

『あなた！　どうしてこんな処に？』

その、聞いたことがない声を聞いた、夢子と明日香の台詞は、やけに対照的だった。勿論夢子はその声の主が誰だか判らないから驚いていたのだし、どうやら明日香は、声の主が判ったせいで驚いているようだった。

「明日香！　あの声は、誰なの」

『あなた』

「あなた？」

『そう、あなた。あたしではないもののこと』

「あなたではないって……そりゃ、誰だって、あなたではないでしょう」

『そういう意味じゃなくって……本質的に、あたしではないもの、なの、あなたは』

「本質的に、明日香じゃない人はみんな明日香じゃないわよ」

『そういうことじゃなくて……』

こんな二人の会話に、その声の主、また言葉を挟んでくる。

「私は──そういう名前で呼ばれるのは不本意だが──でも──世界樹と言われるものだ。夢子には、こう言った方が、判りやすいだろう」

「世界樹！」

世界樹！　その木こそ、夢子がここしばらく、ずっと捜し続けていた木の筈！

「世界樹！　あなたは、どこにいる、誰なんです！」

「……ああ、あの、断っておくが、私は、『世界樹』と言われるもの、だ。世界樹では、ない」

「え？」

「世界樹というものは、実体としては存在しないんだよ。

あれは、概念だ。……だが、ともかく、それはまた別の話だ……」

　そして——かなり、あく、間。それから。

「夢子、といったっけ、おまえ。おまえはずっと私に会いたがっていたね。もし、今の日本で私に会いたいのなら、屋久島へきたまえ」

「屋久島……縄文杉」

「ああ。もっとも、縄文杉は、私では、ないのだけれどね」

「え?」

「……あまりにもつれすぎた想いは、結局、『物語』になるしか終結のしようがないんだろう。そういう意味で、おまえ達の想いは、おそらく『物語』になるのだろうし……だとしたら、その物語の最終章は、屋久島で綴《つづ》られるのが、おそらく最も自然だろう」

「……あの……世界樹?」

「どんなに強い愛であっても憎しみであっても、『想い』が作りあげるのは、現実ではない。『夢』か『物語』だよ。現実を作りあげるのは、『事実』と『行動』だ。——ま、その『行動』の、しばしば原動力になるのが、『夢』と『物語』であることは、否定しないが」

「……世界樹?」

「おいで。来なさい。夢子、おまえにも権利がある。こじれ果ててしまったおまえ達の想いが、この地球でどんな物語を描くことになるか、それを見届ける権利が、確かにおまえには、ある」

「世界樹! 待ってください! あたしには、提案がある。あたしには、地球の主権を、人間っていう一動物から、植物へと戻す為の術《すべ》がある」

「権利というものは、義務をも同時に負っている」

が、その『世界樹』と名乗るもの、夢子の必死の台詞を無視するような感じで、こう言い続ける。

「だから、おまえには義務もまた、同時にあるんだよ。おまえ達の想いが何を作りあげてしまったのか、それを、見に、おいで」

　そして——この言葉を最後に、夢子、その夢から醒《さ》め——。


　と、あとに残るのは。

　おいで。

　夢の中で。世界樹と名乗るものが言った、この言葉。

　おいで。

　屋久島まで。

　屋久島まで——。

☆

……屋久島。

どうしてなんだろう。

嶋村信彦は、この間から、何度も何度も、繰り返し自分にその問いをぶつけてみていた。だが、いつだって答えは判らない。屋久島——信彦は、かつてそこへ行ったことがなかったたし、何かその島に特別の思い入れがあって訳でもないのだ。なのに——何故か——屋久島。

ここ、二、三日。信彦は、気がつくと屋久島のことを考えているのだった。何かきっかけがあったという訳でもないのに——少なくとも、信彦本人には、何も思いあたることはないのに——気を抜くと、海の底からぽっかりと空気のあぶくが浮いてくるように、信彦の心の底から、『屋久島』という単語が浮かびあがってくる。浮かびあがってきて、で、何か起こるという訳でもないのだが……これは、かなり、不気味だ。どう考えても不自然だという気がする。

以前から、時々感じていた、盆《ぼん》の窪《くぼ》がちりちりするような思い。

考えてみれば、あれだってずいぶん不自然な話だったが……あの思いには、少なくとも、こんな具体性はなかった。ただ漠然《ばくぜん》と、ここにいない方がいいような気がして、それで信彦は移動をしていたのだが——今回の、この、どうしても心の表面に浮かんできてしまう『屋久島』という単語には、あの時には感じられなかった、妙な具体性と、妙な強制力がある。

「明日香……これは、おまえなのかい？」

すでに死んだ人間にいつまでもこだわっているのは不健康だ。それは判っていても、信彦、ついついここの処の習慣で、最初に『屋久島』って単語が心の中に浮かんだ時、こう自問自答してみた。が……今回は、今までの、そこはかとなく明日香のにおいがするような感じとは、どこかが違う。どこか、もっと強制力があるような、一種、大いなる意志とでも呼びたいような雰囲気《ふんいき》があって……。

……けれど、まあ、いいか。

今までだって、ずいぶんと長いこと、ほとんど自分の意志はないような感じで移動を繰り返してきたのだし、ここでもう一つくらい、自分にはまったく意味の判らない移動が増えたって、別に困るってものじゃない。

そんなことを考えると、信彦、弱々しい苦笑を浮かべた——その日、十回目の屋久島って単語が心の中で浮かんだ処で、荷造りを始める。処で、荷造りを始める。もうたいして残っていない、身のまわりの手荷物を簡単にまとめて——屋久島へ行く為の、荷造りを。

☆

「嶋村の、ほとんどリアル・タイムでの行動が判りました！　今日の昼すぎ、間違いなく嶋村は屋久島に着きました」

ずっと待っていた筈なのに。なのに、黒田、こんな横田の報告を聞いても、不思議と心がおどらない自分を、自分でもいぶかしんでいた。

「あいつ、ほんっとに、自分が追われているっていう自覚がないんですね。本名で、飛行機に乗ったんです。鹿児島から屋久島への国内線で……」

何時何分に、屋久島の空港へその便が着き、そのあと、どこどこの旅館に『嶋村信彦』って名前で予約がはいっていて……云々。

本来だったら、何よりもまず、注意して聞かなければいけない筈の報告を、黒田、何となく、心ここにあらずといった風情で、聞く。そしてそれから、まるでお義理のように、のろのろと、自分が今からただちに屋久島へ行けるよう、チケットの手配を頼んで。

まるでお義理で。

そうだ。実際、今の黒田のこの行動は、義理なのだ。何故なら――これは、黒田を含む上層部の連中以外には誰も知らないことなのだが――今日の終わり、午後五時づけで、黒田、正式に今の仕事をやめさせられる予定になっていたから。

「意外と、敵さんもうまいとこ、ついてきたよな」

なんて、黒田、声に出さずに言ってみる。

これまで、黒田の、どっちかっていうとあまりきれいとは言えないやり方に反発していた連中、また、黒田なんていう緩衝材《かんしょう》なしに直接明日香の体を調べたがっていた連中、そんな奴らが、今回の明日香の件についてだけ、共同戦線をはり――つまりは、黒田との、勢力上の綱引きに勝ったという訳だ。

「良子」

黒田、もう今日を最後に、おそらくは二度とはいれないであろう、明日香の体を安置してあるガラスブロックの天井がある部屋へゆき、これまた心の中で呟《つぶや》いてみる。

「ごめんよ。これでも私は、かなりがんばってきたつもりなんだが……でも、もう、それも、今日が最後だ。明日からは、見知らぬ連中が、おまえの体をいじくりまわすだろう。ごめんよ、力がたりなくて」

そう言っている間に。つつっと、何か、冷たいものが、黒田のほおをすべり落ちた。黒田は、瞬時、そのすべり落ちたものが何だか判らず――手で拭ってみて、やっとそれが『涙』だってことが判り――狼狽《ろうばい》する。完全に、狼狽する。泣くだなんて――涙ぐむんならともかく、実際に泣いてしまうだなんて――それは、黒田にとって、あり得ないことだった筈なのに。

そして、それから。

「良子」

黒田は、明日香の体に向かって、知らず知らず、こう言っていた。

「予約も取ったことだし、行ってみるよ――屋久島に。何だか判らないが、あそこで何かが起こるんだ。そして――ああ、笑ってくれてもいい、何でだかもまったく判らないのに、どうしてだか、私はそこに行かなきゃいけないような気がする。何が何だか判らないが、とにかくそこで起こることに立ち合わなければいけないらしい。……これは、強迫観念かな」

かくて、黒田は。

本人にも、理由が判らないまま、何かにつき動かされるまま、屋久島に赴《おもむ》くことになり——また。

また、ここにもう二人、こちらも何が何だか判らないうちに、屋久島へと向かうことになった人物がいた——。

☆

「おかしいの」

その日、箕面夏海は、研究所から帰ってくるとそうそうに自分の部屋にひきこもり、まるでりゅうのひげのように見える、研究所の中庭で採取した植物の鉢に向かって、話し掛けた。

「そりゃ、確かにここの処、黒田さんの様子はずっとおかしかった。特に、函館の出張から男の人を連れてきた直後からは、おかしかった。でも、今日のおかしさは、いつもの比じゃないのよ」

植物の鉢に向かって話し掛ける。確かに夏海には、昔からそんなことをしがちな心理的な傾向はあったのだが、こと、この鉢に関する限り、その様子って、ちょっと常軌《じょうき》を逸《いっ》していた。

それまでは、鉢植えの植物に話し掛けると言っても、それって、「いい子ね、プリムラ。きれいなお花を咲かせてね」だの、「どうしたのベンジャミン、ここの処元気がないじゃない。気候が悪いのかなあ」なんていう、植物をはげまし、植物を気づかう声の掛け方だったものが——この鉢については、違うのだ。まるで、人間の友達に話し掛けるように——それも、助言をあてにして、目上の人に話し掛けるようなしゃべり方を、夏海は、その鉢に対してしている。また、話し掛ける、その頻度《ひんど》が、普通ではない。他の鉢に対しては、水をやる時や、枯れた葉や余計な葉を摘《つ》む時にしか声を掛けない夏海が、ことこの鉢に対しては、まるで部屋の中に夏海ではない人間がいて、その人のことを無視できず、ことあるごとに話し掛けてしまうって風情《ふぜい》の頻度で、声を掛けている。

「どうしたんだろう、黒田さん……。ねえ、どうしたんだろう、おまえ、判る？」

さながらりゅうのひげのようなその植物の葉を、右手の親指と人指し指ではさむようにして撫でながら、夏海、こう、言葉を続ける。それはあたかも——あたかも、こうしていれば、その鉢植えから、夏海の疑問に対する返事が引き出せるとでも確信しているような仕種《しぐさ》。

「あたし……どうすれば、ちょっとでも、ほんのちょっとでも、彼を助けてあげられるだろう……。ああ、余計なことよね、あの人には多分、れっきとした奥さんがいるでしょうに」

それから、こう言うと夏海、まるでそのりゅうのひげに似た草に感電したかのような態度で、ぱっと草を撫でている手を放す。そして。

「ああ、そうよ、そう。別にあたし、あの人のことを特にどうとか思ってるって訳じゃないわ。だから、奥さんがどうのなんて、関係ないのよ。あたしは……あの人のことを、何故だか可哀想だって思うけれど、でも、それって、愛情故にじゃないいんだもの。そんな筈、ないんだもの。だから、これは、同情よ」

かすかに。階下で、インターホンが鳴ったような、音がした。でも夏海、そんなことには勿論気づかず、一旦は放した手を、再び草の上にはわせ、自分に言いきかせるように繰り返す。

「そうよ、同情に、奥さんがいるのいないのって、関係ないんですもの」

と、その時。階下から、母親が、彼女を呼んでいる声が聞こえた。夏海が訝《いぶか》しく思いながらも、階段をおり、玄関の方へと行ってみると――そこに立っていたのは――この間、黒田が、函館からの出張で連れて帰ってきた男だった――。

☆

「何も聞かずに私を応接室に通してくれてありがとう」

その男は。箕面家の応接室のソファに崩れるように座りこむと、まず、こう言った。

「いえ……あの……あなたは所長のお客さまですし……それが何故、あたしの家に突然いらっしゃったのかは判りませんけれど……でも、やはり……」

一方夏海は、事態がまったく理解できず、ただおろおろと、こんなことを言う。この男、今日は何だか多少は正気に戻っているようだが――相変わらず、背広やシャツはぐしゃぐしゃだったが、一応髪に櫛《くし》は通っているし、ひげもあたってはいるらしい――でも何で、こんな男が急に自分の家に来るのだ？

「自己紹介をしよう。私は三沢という。……この名前に、覚えはないかね？」

「三沢、さん。……さあ……」

この男の職業は、きっと、医者か大学の先生か、あるいは政治家や俳優なんて類の、ある種名士や有名人とされるものだ。夏海、三沢の、妙におしつけがましい自己紹介を聞いて、ふと、こんなことを思う。

「知らないのか。じゃあ……三沢明日香のことは？」

「は？　明日香……さん、ですか？」

明日香。その名前は、聞いたことがある。確か、松崎教授が、以前捨て台詞《ぜりふ》でその名前を言っていた。

「ああ、明日香のこともよく知らないのか。……なら、君は、あの研究所において、まったくの下《した》っ端《ぱ》なんだね」

……この台詞には。夏海、正直言って、むかっとした。

そりゃ、確かに夏海は、あの研究所の、下っ端だ。だが、それを、外部の人にどうのこうの言われる筋あいはない。

と。三沢、敏感にそんな夏海の気配を察したのか、慌《あわ》てて咳《せき》払いを二度程して。

「ああ、悪かった。そういう言い方をするつもりはなかったんだ」

つもりがないも何も、あなたははっきり、下っ端って言い方をしたじゃありませんか。そんな夏海の台詞、口の中で言われないままに終わる。何となれば、夏海の母が、お茶を持って応接室に入ってきたので。そして、夏海の母がでてゆくまで、しばらくの沈黙が続く。

「単刀直入《たんとうちょくにゅう》に言おう」

夏海の母がでてゆくとすぐ三沢は身をのりだして、こう言った。

「私は、屋久島へ行きたい。君には、その手配を頼みたいんだ」

「……は？」

数秒の沈黙の後で。夏海、何とも間《ま》の抜けた声を出す。何故って――夏海には、常識から言っても三沢の台詞がまったく理解できなかったから。

あ、いや三沢が何を言ったか、そして、それがどういう意味なのかは、確かに夏海、理解できる。でも、どうしても理解ができないのは……何だって、三沢が夏海にそんなことを要求するのかってことと、何だって三沢が、さもこの要求は当然のことであるって風情でここにいるのかっていうこと。

「えーと、聞こえなかったかね、私は、屋久島へ行きたいんだ。その、手配を頼む」

「は？」

二回、繰り返して、三沢は同じことを言った。ということは、三沢が言っていることの内容は、まさに三沢の台詞どおりのことだということで――だとしたら、余計、夏海、それが理解できない。

「は？　って君、判らないのかね？」

一方、三沢は、夏海の対応に何だか苛々《いらいら》しているようだった。半ばぼんやりしている夏海とは対照的に、かみつくように、台詞を続けて。

「君にだって日本語理解能力はあるんだろ？　だとしたら、私の台詞の、どこら辺が判らないんだ？」

「あなたにだって常識ってものがあるんじゃありません？　どういう常識を持っていれば、見知らぬ人が屋久島へ行きたがっているからって、あたしがその手配をしなきゃいけないって思えるんです？」

けれど。夏海にも夏海なりの、自尊心ってものがあったのだ。そして、その自尊心、まっこうからこの三沢の台詞に反発してしまい……。

「……え？」

でもって。夏海に、こう言われた時の三沢の表情ったら、なかった。さながら、人形から反撃を喰ったたって表情を、三沢は言った処、その人形を相手に思うさま文句をはして……。そして、それから。

「またもや、悪かった。どうやら私は誤解していたらしいのだ。……君は、普通の人格を持った、普通の人間なんだね」

「普通の人は、普通、人格を持ってる、普通の人間です！」

「あ、いや……そういう意味ではなくて。私は、君のことを、明日香の使いだって思ってしまったんだよ。今日の昼すぎ、ふいに私は正気に返った。これだけだって、今まで飲んでた薬の量を考えると、ほぼ、あり得ないことなのにね。その上、正気に返った私は、何故か屋久島へ行きたくてたまらなくなっていたんだ」

「は……あ……」

何なんだ、この三沢の台詞。

「もうこれは、誰かが私を導いているんだと思ったんだよ、あの研究所からの脱出行の時。ドアは私が近づくとあちらからするするあくし、私を見張っているらしい人は、ちょうど私が通る時だけそっぽを向いているし」

「あ……はあ」

三沢っていう人。この台詞からだけで判断すれば、あの研究所の中に監禁されていたのだろうか？　うん、どうしても、この台詞からじゃ、そういう解釈しか成り立たない。それに……考えてみれば、黒田さんがこの人を連れてきた時の様子からしても、それってあながちあり得ないことではないみたい。

夏海、耳で三沢のこんな台詞を聞き、口でただ無意識に相槌《あいづち》をうち……頭でひたすら混乱する。そうすると、やっぱり黒田さんがやっていたのは、何やらいかがわしいことで……とすると、この先、あたしはどうするのが一番いいんだろうか？

「そして……無事、外へ出ることができて……屋久島へ行きたいと思い、お金をまったく持っていない私の心の中に、閃《ひらめ》いたのは、君のことだった」

「は？　あたし？」

「そう。箕面さんの家に行き、箕面さんにすがろう。あの時、何故か私はそう思ったのだ。そう、確信してしまったのだ。……だから、ここに私が来たのは、明日香が導いてくれたからだって思ってしまったし、だから、この先のことについては、君が何とかしてくれる筈だって思ってしまったんだ」

「じゃ……じゃ」

夏海の心の困惑、わきあがる訝しさは、今では頂点に達していた。この三沢って人は、何なんだ？　結局、あの研究所は何をしてるんだ？　黒田さんは何をしてるんだ？　研究所や黒田さんがいかがわしいとしたら、そこを更《さら》にいかがわしい手段で脱出し、それを何らはばかることなくあたしに言う、この三沢って人だって、いかがわしかろう。それに大体……この間っから、その名前が見え隠れしている、『明日香』っていうのは何者なんだろう？

　また、そんな訝しさ、できればそんな人達とは関わりあいになりたくないっていう常識的な思いとは別に、まったく素朴な驚き、素朴な同情心ってものも、夏海の心の中にわきあがる。というのは——この人の台詞を信じる限り、この三沢って人、何故かまるで現金を持っていないらしい。だとすると、この人、研究所からうちまで、歩いてきたんだろうか？　そりゃ、確かに、研究所からこの家までは、二時間歩く覚悟があれば歩ける距離ではあるのだが——だからってこの人、知らない場所を（それも、大半はほとんど人の通らない山の中だ）、ただあたしのことだけを頼りにして、歩いてきちゃったっていう訳？

　とすると、屋久島へ連れてゆく云々はまったく別の問題だとしても、そういう人を、このまま身一つでこの家から追い出しちゃって、いいものなのだろうか？　そんなことって、人間がやっていいことなのだろうか。

　それに。それにやっぱり、一番気にかかるのは——。

「明日香って……あの……誰なんですか？」

　不思議と気にかかるのは、何故か気にかかるのは、その、『明日香』って名前。松崎教授は、確か黒田さんに、『決して明日香は渡さない』なんて見得《みえ》を切っていたと思う。してみると、その、『明日香』っていう女性は、松崎教授にも、黒田さんにも、この三沢っていう人にも、等しく関わりがある女性だってことになり——その上、鍵がかかっているドアが自然に向こうから開いちゃうだの、見張っている筈の人が何故かよそみをしてしまうだのっていう、いわば超自然現象を、すっと三沢って人に納得させてしまう存在でもあり——その人って、つまる処、何なのだろう？

　夏海は、それを、知りたかった。——いや、正直に言えば。そんなことは枝葉末節《しようまっせつ》で、夏海、ひたすら、知りたくなったのだ、黒田にある程度以上の関わりを持つらしい、明日香って人のことを。

「繰り返しますけど……あの……明日香って、どんな人なんですか？　誰なんですか？」

　でも。当の三沢は、夏海のこの台詞を聞くと、逆に何故かこの会話を打ち切ろうとし始めて。

「……君は本当に明日香のことを何も知らなかったんだね。……悪かった。今までの私の台詞は、すべて聞かなかったことにしてくれたまえ」

　こう言うと、夏海の状態におかまいなしに、その場を立とうとする。で、夏海、慌ててそんな三沢をとめて。

「ちょっと待ってください。『明日香』って名前……聞いたことがあるんです。以前、うちの研究所に日参《にっさん》していた、松崎って人が、その名前を言ってました」

「松崎が、ね」

三沢、一瞬、何か苦いものを噛《か》みつぶしたような表情になり、それから言葉をたして。

「彼は、まだこの件に噛んでいるのか。……あ、いや、そんなことは、もういい。悪かったね、すべては私の誤解だったらしい」

「誤解って、誤解って、それはどういう意味なんですか？」

「誤解は誤解だよ。……どうやら、明日香は、君をこの件には巻き込んでいないらしい。だとしたら、私が君を巻き込む資格なんかない。……忘れてくれたまえ」

三沢は、結局、夏海に対して『明日香』のことを何一つ教えてくれないつもりなんだろうか？　そう思うと夏海、何だかいてもたってもいられないような焦燥感にかられ——そして。

「誤解じゃないかも知れません」

……！　この台詞！　決して、売り言葉に買い言葉ってつもりで、夏海、舌にのせた訳ではない。では何故、こんな台詞を言ってしまったのかっていうと……実は、夏海、自分でもよく判らない。

「……というと？」

「誤解じゃ、ないかも、知れないんです！」

「悪いけれど私には、君の言っていることがよく判らない」

「あたしには、判る……」

夏海、まるでうなされているかのように、この台詞を口にすると——そのまま、目を閉じる。と、瞼《まぶた》の裏に、浮かんでくるのは……残像。柔らかな、緑の、残像。それはさながら、夏海の部屋のあの鉢植えの草が、夏海をかき抱こうとしてその葉を伸ばし、夏海を愛撫《あいぶ》しようとしてその葉がすりより……そして、瞼の奥に残していった残像であるかのような——柔らかで、優しい、若緑。

「あたしには、判る。あなたは、行かなければいけないのだ。屋久島へ——物語の、最終章へ」

いつの間にか。夏海は、酔っていた。緑の残像、緑の葉、緑が見せる夢に。そして、心ここにあらず、夢うつつって風情で、ただただひたすら、言葉を続ける。

「箕面君？　箕面、君？」

今度は、三沢の方がぎょっとする。何となれば、この台詞を言った時の夏海、それまでの彼女とはまるで人が違ったみたいで——本人の意志とは関係なく、ただ言葉だけが紡《つむ》ぎだされてゆくって風情で、目を半分つむったまま、台詞を続けているのだから。

「あなたは、正しい。あたしを頼ったのは、正しい。あたしは、そこへ行くだろう。あたしは、必ず、そこへ行く」

「おい、箕面君?」

そして。

ただただ、三沢が混乱しているうちに。何かに取りつかれでもしたように、夏海はこんな台詞を繰り返す。

「あなたは、正しい。あたしは——あたしは、行かなくっちゃいけないのだ。何故って、明日香が、そう望んでいるから」

「え?」

「何故って、明日香が、そう望んでいるのだから。——あ……ああ」

あ……ああ。この台詞を言ったあと、夏海はしばらくの間、きりきりと体を震わせ、そして、それから。

「あの、君、その、箕面君?」

「あ、はい」

しばらくの、まるで何かに取りつかれたような発作の後で。夏海、この数分間の記憶を無くしたように、三沢の台詞に、相槌をうつ。

「おい、君は、箕面くんか? 確かに?」

「あ……ええ、確かにあたしは、箕面夏海です。それが何か?」

「いや……それが何かって言われると、困るんだが……君、覚えているか?」

「は? 何を?」

「……いや」

三沢は、こう言うと、こっそりとため息をつく。そして、それから。

「いや、覚えていないのなら、それはそれでいいんだ」

「は? あの……?」

「ああ、いや、何でもない。ただ、とにかく……私は、屋久島へ行こうと思うんだよ」

「はあ」

「そして……君に便宜《べんぎ》を図《はか》ってもらおうと思ったのだが……ちょっと前までは、それは間違った考えだと思っていたのだが……でも、今、はっきり、判った。これは、正しい考え方なんだね」

「は? あの」

「悪いけれど、私を、屋久島まで連れていってくれないか? それも——誠に申し訳ないのだけれど、私が屋久島へ行くだけではなく、君に、私を屋久島へ連れて行って欲しい。……はなはだ非常識な頼みだとは思うのだが……お願いできないだろうか」

「あ……あ、いえ」

三沢のこの台詞を聞くと、何故か——本当に何故か、夏海、ついついこんなことを言ってしまう。

「そう言われれば……そういう風に言ってもらえれば、あたしとしても、別に、何が何でもあなたの役に立ちたくないっていう訳でもなくて……その……」

かくて。

三沢にしてみればすべてうやむやのまま、また、夏海にしてみれば、すべて訳が判らないままに――この二人は、いつの間にか、何故か、屋久島を目指すことになったのである――。

6

昔。

とても、怖い夢を見たの。

あんまり怖い夢だったから、今でもよく覚えている。その夢の中では。どういう事情があってだか、地球が滅びることが決っているの。それも――あと、ほんの数日のうちに。

当然、地球は、パニック状態。誰も彼もが、我《われ》がちに、ただひたすら、目的地もなく逃げていくのよ。目的地もなく――そうよね、地球が滅ぶって時に、どこに他の目的地があるっていうの。

でも。目的地は、ごく僅《わず》かながら、確かにあったのよ。その時の地球には、恒星間飛行に耐えることができる宇宙船が何千隻《せき》かできていて、その船に乗ることさえできれば、どことは知れぬ、いつ着くとも知れぬ、どこか、人間が棲息《せいそく》可能な処へと、一部の人は移住することが可能だったの。だから、その宇宙船の争奪戦は熾烈《しれつ》をきわめて……。

そして。どういう運命の悪戯《いたずら》でか、あたしは、その船に、乗ることができた。とっても妬《ねた》まれたわ。あやうく、殺されかけたりもした。あたしが、その船に乗ることができるからって。

ところが、地球から離脱し、人間が住める環境の惑星に至るまで航海できる宇宙船が、実は凄《すご》く怖いものだったの。

というのは。まず、その宇宙船は、一隻につき三人しか人間が乗れない仕組みになっていたのね。おまけに、その宇宙船、三角形をしていて、三角形のおのおの頂点の処《ところ》に、一人、人がはいるスペースがあるの。三角形の宇宙船は、その三角の間を細いボルトが繋《つな》いでいるだけで……三人乗りの宇宙船って言っても、実際の処、たった一人乗りの宇宙船みたいなものじゃない。

その三角形の頂点を結ぶような恰好で、確かに伝声管は走ってはいたのだけれど――でも、それが、何の気やすめになるかしら。おまけに、酸素や水、食料を限度まで積んだせいで、本のような娯楽品を積むスペースは勿論《もちろん》、照明器具だって積むことはできず……その船に乗った人は、乗ったが最後、いつ着くか判《わか》らない、自分の寿命のうちには着けない可能性の方が強い、目的地までの旅程をずっと、ただただまっ暗な空間で、ただただ一人でいなきゃいけないの。

確かに、伝声管は、ある。だから、伝声管を通せば、その船に乗った三人の間では、話をすることが不可能って訳じゃないの。でも……そんな環境で、夜も昼もない、何もすることがない刺激のない環境で、三人の他人が同時に起きて同時に眠れる確率って、どのくらいあるのかしら？　そりゃ、最初のうちは何とかお互いにあわせるとしても、時間は、いつ果てるともなく、ほとんど無限にあるっていうのに。

で、こんな環境で。その船に乗ったあたしが、ある日、無性《むしょう》にさみしく、無性に人恋しく、自分でも持て余すような激情のせいで目がさめてしまったとして……その時、あたしの呼びかけに、他の二人は返事をしてくれるかしら？　呼んでも、呼んでも、誰も返事をしてくれる人はなく——ただ、あたしの声だけが、虚空《こくう》の中に吸い込まれるように消えてゆくとしたら……そんなの、あたし、耐えられるとは思えない。それに、たとえ返事がなくてもいい、誰かあたしではない人がそこに確かに存在するのを見るだけでもいい、見えなくても、その人の肌に触って、その人がいることを確認するだけでもいい、そんな望みも……この船では、無理なのよ。

まして。

目的地は、ないに等しいのよ。どこかにあるかも知れない、どこにもない可能性がある処を目指しているんだもの、生涯の間に、着けない可能性の方が、高い。

と、すると。途中で、みんな、死んでゆくの。仮に、あたしが一番長生きだったなら……ああ、嫌《いや》だ、みんな途中で死んでゆくのよ。そして、二人が死んでしまえば、あとに残ったあたしは、もう会話を交わすことさえ……ちょうどうまいタイミングでお互いに起きていた、たった二人の仲間と会話を交わすことさえ、できなくなるのよ！

……こんなお話が、あっていいんだろうか。

こんな悲劇が、あっていいんだろうか？

おまけに。誰かが死ぬ時、他の二人の意識があったとしたら。その二人は、どんな想いを味わうだろう。この世に、たった二人の自分の同胞、その命が尽きるっていうのに、何をすることもできないんだもの。たとえどんなにその人にいて欲しくても、それってはかない望みだし——せめて、この手でその人のことを看取《みと》ってあげたい、せめて、最後の最後、手を握ってあげたいって望みも叶《かな》えられず……ただ、その人が死んでゆくのを、伝声管越しに、感じているだけ。

これだけでも！　これだけでも、こんな悲劇はないってくらいの悲劇なのに……まして、残る二人が、その人の死を知らなかったら？　二人は、いつまでも、いつまでも、その人のことを呼ぶだろう。何故《なぜ》ってここでは、他にすることが何一つないのだから……死んでしまった人のことを、いたずらに、『ただ寝てるだけだ』って思って、何度も何度も呼ぶだろう。いくらでも自分の生活パターンを変えて、いろいろな時間に彼のことを呼び続けるだろう。でも、返事は決して返って来ない……。

……そんなのって！

そんなのって、我慢、出来ない！

人間のできることじゃない！

……かくて。

夢の中で、あたしは放棄したのだ。その宇宙船に乗るっていう、権利を。

地球に残れば、待っているのは、確実な『死』。

そんなことは、判っていた。判っていても、でも……でも、夢の中のあたし、世界にたった一人の、『生きているあたし』になるよりは――友達が一杯いそうな、『死んでいるあたし』の方が、まだましだと思ったのだ――。

まだましだと、思ってしまったのだ――。

☆

「松崎教授は、もうずいぶん前からいるね」

「あ……ええ」

世界樹がこう言った時、拓は、不思議と静かな気持ちで、相槌《あいづち》をうった。（世界樹は何回か、『どうか、私のことはただ杉と呼んでくれ』と言ったのだが、何度頼んでもいつの間にか拓は彼のことを世界樹と呼んでしまうので――今では、もうこの呼称に慣れてしまっていた。）

この屋久島で、世界樹のもと、日々を過ごすようになってから、ずいぶん長い時間がたった。その間に、世界樹の影響を受けてか、拓、どんどん静かな気持ちになってきて……今では、あの『松崎教授』の名前を聞いても、不思議と何の怒りもわいてはこなかった。

「一昨日信彦君もやってきたし、ゆうべの飛行機には黒田さんが乗っていた」

「嶋村君……。彼も来たんですか」

嶋村信彦と明日香の恋物語。明日香が死んだ直後は、信彦のことを恨《うら》みはしなかったまでも、二人の恋をいささか苦々《にがにが》しいものだと思っていた拓だったが――今、こうして世界樹と穏《おだ》やかな時間をしばらく過ごした後では、明日香の為に、明日香がそんな物語を綴《つづ》れたことを、心からありがたく、嬉《うれ》しく思っている。そんな拓にとって、信彦は、今やパステル・カラーの世界の中の住人だ。淡い、きれいな色彩で色どられた、なつかしい思い出の国に住む人。

「今日の一番の飛行機には、おそらく三沢さんと箕面さんが乗っている筈《はず》だ」

「三沢のおじさん！　おじさんは無事だったんですか！……ああ、よかった、それは嬉しいニュースです。でも……箕面さんって、誰ですか？　それから、さっきもちょっと名前が出た、黒田って人も、僕は知らない」

不思議なことに。世界樹は、ただ、ここにこうして立っているだけなのに、何故か遠く離れた人間界の出来事をすべて見とおしているようで――今となっては、拓には知りようもない、新たに発生した関係者すべてのことを、さながら旧知の人物のように話している。いや、それに。考えてみれば、世界樹は、まだ直接には、拓以外の人間には、一回も会ったことがない筈なのだ。にもかかわらず、どういう訳か、世界樹がその人のことを知りたいと思った人間は、すべて世界樹にとってはよく知っている人間になるらしい。

「ああ、箕面さんと黒田さん、かね。彼らは、いわば新しい関係者だよ。君達が失踪《しっそう》した後で、関係してきた人物で――明日香のせいで、人生の航路を狂わせてしまったのだから、充分関係者の資格がある」

「……はあ……」

「私はね、そろそろ、呼ぼうかと思うんだよ、彼らを」

世界樹、こう言うと、ちょっと息をつぐ。そして、それから。

「この間っから、夢子が、ずっと私を呼んでいる。ずっと私を探している。……彼女にも、会って話をしたいと思うんだ」

「夢子に……ですか?」

世界樹の許《もと》で、しばらく時間を過ごして。かなり温和になった筈の拓、でも、この台詞《せりふ》を聞くと、自分の血が沸《わ》き立つのを感じる。今でもまだ、拓にとって夢子というのは特別な女性で――彼女のことを考える時だけ、おそらくは故意に、彼女のことをずっと無視してきた世界樹のことを、ちょっと冷たいのではないかと思ってしまう。

「別に私は彼女に意地悪をするつもりはなかったのだが――形の上では、故意に彼女のことを無視し、彼女に辛《つら》くあたってきたような具合になってしまった。この件では、拓、おまえは随分私のことを恨んでいるだろうな」

「あ……ええ……あの、いえ……恨んでなんかは……」

「でも、言いたいことはあるだろう? それも、どちらかと言えば、文句の方でだ」

「え……ええ」

「が、まあ、言い訳を許してもらえるなら、それは私なりの考えがあってのことなのだ。私は待っていたのだよ。関係者がすべて私の許へ来てくれて……最後に彼女が来てくれる日を」

「……彼女?」

「そう。私はできるだけ誠意をこめて、夢子に話をするつもりだが……それでも夢子は、おそらく私の言うことを理解してはくれないだろう。ただ、彼女が一緒に夢子を説得してくれれば、あるいは……」

「……あの……彼女って?」

「関係者がすべて、この島に集まった。ということは、彼女も出てくる決心がついたのだろう。だから、私は夢子に会うつもりだよ。そして——こじれてしまった糸、もつれてしまった糸、そのすべてに決着をつけるつもりだ」

　彼女。世界樹が、こんな言い方をする、『彼女』。また、夢子を説得できるかも知れない『彼女』。その彼女にあてはまる人物を、拓は一人しか思いつけず……かといって、その人物がここへ来る筈はなく……いや、そもそも、その人物は、もうどこへも行くことなんかできない筈なのだ。なので拓、この世界樹の台詞がまったく理解できず、ただいたずらに混乱する。世界樹は、そんな拓の様子がおかしかったのか、何だか喉《のど》の奥で笑っているようなくつくつという音をたて——そして。

「……ああ、来たね」

　ふいに世界樹は、何だかやけに優しい声を出すと、こんなことを言った。

「よく来てくれた。おまえを……ずっと、待っていたよ」

と——と！

　この世界樹の台詞と共に、あたりの空気の温度が、ほんのちょっとあがったような気が、拓はしたのだ。そして、それと同時に。

　ふわっ。

　世界樹の根本に半《なか》ばもたれるように座っていた拓、何だか優しい、ずいぶん前からよく知っているような、とても懐《なつ》かしい、泣きたい程に親しい、何かの気配を感じた。その、とてつもなく懐かしく、とてつもなく優しい何かの気配が、ふいに拓のまわりの空気をとり囲んで——拓、その気配に、そっと愛撫《あいぶ》されているような感じを覚える。

「え……あ？」

　その、気配。最初にたちこめた時から、徐々に、徐々に、濃密になり——今では、まるでポタージュ・スープのように、すっかり拓のまわりをとり囲んでいる。

「これは……これは……」

「やっと来てくれたね、明日香」

　世界樹の台詞を聞きながら、拓、慌《あわ》てて周囲を見回す。勿論、明日香の姿はそこにはなかったし……人間の形をした明日香が、どこかからここへ向かって歩いてきている姿なんて、見ようにも存在しなかったのだが……でも。

「ずいぶん前から、実はおまえはわたしの処へ来ていたんだよ。それは知っているだろう？」

　拓をつつむ、ポタージュのような気配が、かすかに揺れる。その揺れ方は、まるでこのポタージュが明日香で、そして、この世界樹の台詞に対して肯定《こうてい》の返事をしたように思えて……これは、一体、どういうことだ？

　いや。

　そんなことはおいておいても。

　自分を包む、ポタージュの気配を、直接肌で感じた時から、実は、拓は、判っていたのだ。

これは――明日香だ。

どんなに姿形が変わろうとも、人間型をしていなくても、いや、そもそも、固体ですらなくても――でも、自分の妹、それもたった一人しかいない妹、今となってはこの世でたった一人の自分の血縁者のことが判らない訳がないではないか。

「明日香！　おい、明日香！　ここにいるのは、本当にお前なのか？」

拓、興奮の余り、ついついその霧を手で摑《つか》もうとして、自分の手をぶんぶん振り回す。が、勿論霧は人間の手で摑めるものではないので、のばされた拓の腕はいたずらに空《くう》を摑む。

「明日香！　いるのか？　おまえ、生きていたのか？」

「落ち着け、拓」

拓をいなしたのは、いつでも落ち着いているように見える、そして実際、いつだって落ち着いているのであろう、世界樹だった。

「ここにいるのは、明日香の気配だ」

「……気配？　……っていうと……やっぱり明日香はすでに死んでいて、じゃ、ヤマグルマみたいに、これは明日香の幽霊なんですか？」

「幽霊、ね。ヤマグルマの時も思ったのだが……確かに、ヤマグルマや今の明日香は、ちょっと他に表現しようのないものだから、おまえがそう思ってしまうのは無理もないのだが……ヤマグルマや、明日香と、おまえの思っている幽霊ってものとは、ある意味で、まったく違ったものなのだよ。ここにいるのは、明日香の想い、だ」

「あの？　どういう意味です？　やっぱり明日香は死んだんですか？」

「動物のレベルで言えば、確かに彼女は死んだのだろう。……生命活動は、もう一切、していないようだしな」

「じゃ、今、ここにいるのは……やっぱり明日香の幽霊じゃないですか？　『想い』っていうのは、つまりそういうことなんでしょう？　肉体が滅んでしまったあとでも、どうしても成仏《じょうぶつ》することができず、恨みだけがこうして霧のようなものになってまで残って……ああ、可哀《かわい》想《そう》な、明日香」

「あまり先走らないでくれ、拓よ。ほら、明日香も困って笑っている」

世界樹、どんどん悲劇的な方向へ行こうとする拓の考えをちょっとたしなめ、くすくす笑い――拓のまわりで、霧も、かすかに笑ったように震えている。

「先走るなって、だってそういうことじゃないんですか？」

「そういうことではないんだよ。生き物というのはおまえが思っているよりは不思議なもので、物理的に、肉体的に生きているだけではなく、精神的にも生きているのだ。そして、ヤマグルマの場合、物理的な肉体が滅んでも、まだ精神は生きているし……明日香の場合、肉体は生命活動こそおこなっていないものの、まだ滅びもせず、東京近郊に安置されているし、精神は、まだ、しっかりと生きている」

「……あの……よく、判らないんですが……」

「そういうことだよ。肉体の生と、精神の生は、違う。肉体の生は、いわば精神の生のゆりかごなんだ。普通の個体は、ゆりかごである肉体の生が壊れると、同時に精神の生も死んでしまう。が、その個体が、真実成熟していれば、ゆりかごが壊れた後も、その精神は死にはしない。ゆりかごなしでも生きてゆける、成熟した想いとなって、この星に満ちるのだ。……前にちょっと言ったと思うな、我々には、『幽霊』についての禁忌《きんき》はないって。それは、こういうことなんだ。肉体が滅んだあとに残った精神は、おまえ達が――人間が言う、世の中に恨みを遺《のこ》して死んだものの恨みや憎しみの塊ではない、完全に成熟したが故《ゆえ》に、肉体というゆりかごなしでも生きてゆける想いのことなのだから」

「じゃ、つまり明日香は……」

「体から、余計な力を抜いてごらん。この地球の想いに、自分の心をあわせてごらん。おまえはもう、それができるのに充分な程は、成熟している筈なのだから」

　世界樹が、なだめるようにこう言ったので、拓、不承不承、なるべく体をリラックスさせる。それから、風や、日光や、地面の暖かさに心を同調させるようにして――と。

『お兄ちゃん』

と――と！

　どこからともなく、明日香の声が、心の中に響いてきたのだ。どこからともなく、耳で聞いている訳でもないのに、聞き間違いようがない、明日香の声が聞こえてきたのだ！

『お兄ちゃん。ああ、よかった。やっと通じた』

「明日香」

　明日香！　この声は、明日香の声だ。この『お兄ちゃん』っていうイントネーションは、明日香のものだ。この声は、明日香の、この声は、明日香の……。

　気がつくと。拓の目には、いつの間にか涙の粒が浮いていた。明日香。死んでしまったものだと、ずっと思っていた。明日香。どんなにおまえの為《ため》に泣きたかったか。明日香。世界樹の説明は今一つよく判らず、だから結局、おまえは事実上死んでしまったのかも知れないが、でも、おまえは今、僕にその声を聞かせてくれた。いつものおまえの、いつもの優しい……そして、何だか、軽くくすくす笑ってでもいそうな幸せそうな声を。明日香。それだけで、満足だ。

『お兄ちゃん、おっにいちゃん』

最後の呼びかけは、まだ明日香が嶋村と出会う前、まだすっかり子供だった時の明日香が、拓に何かおねだりをする時によく使った甘えた声。その当時の明日香のおねだりと言えば、旅行をしたい、とか、海ってものを見てみたい、とか、どうしても拓には叶《かな》えてやることができないことばかりだったので、いつの間にか、その声を聞くのが苦痛になっていた筈の声。でも、今、こうして、明日香を喪《うしな》うっていう経験をした後では——当時の、暗い気分なんか一体どこへ行ってしまったんだか、いくらでも聞いていたいような、甘く、なつかしい、ウエハースのような声。

「明日香。おまえ、いるんだね、今、ここにいるんだね、明日香」

『うん』

「そして……願わくば……あんな経験をしたっていうのに、明日香、おまえは今、幸せなんだね？　幸せだっていう、声をしている」

『うん！　あたし、それをお兄ちゃんに言いたかったの。言わなくっちゃ、いけないと思ってたの。あたしは今——あたしは今、本当に、ほんとっに、幸せなの』

明日香の声。これは本当に幸せそうだった。拓のことを思いやって、嶋村のことを思って、不必要に取り繕《つくろ》った声じゃ絶対ない、真実、幸せそうな声。

で、拓、そんな妹の声を聞いて、こちらもまた、真実幸せな気分にしばしの間浸《ひた》り——と。

明日香の声が、急に真面目《まじめ》なものになった。

『だから……お兄ちゃん、夢ちゃんに言って。復讐《ふくしゅう》するのは愚かしいことだって。あたしは……あたしは、これで、幸せなんだもの。本当に幸せなあたしの為に、夢ちゃんが復讐をするのはおかしいって』

この台詞を聞いて、拓の心、実に久しぶりに明日香の声を聞けた喜びから離れ、一転して不幸の中にころげ落ちてゆく。何となれば。

「明日香。僕と、夢子は、訣別《けつべつ》したんだ。……夢子はもう、僕のいうことに耳を貸そうとはしないだろうし……大体が、夢子がどこにいるんだか……」

『夢ちゃんは、この島にいるわ』

「あ……ああ、それは確かにそうなんだが……彼女が僕に会う気になるかどうか……」

『あたし、前に夢ちゃんとお話ししたの。夢の中で。どうかあたしのことは忘れて、お兄ちゃんと二人で幸せになってくれって。その時、夢ちゃん、お兄ちゃんとは訣別したって言ってたんだけど……それって、ほんとのことなの？』

「ああ」

『どうして！　どうして、そんなことしたの！』

どうしてって……それは、おまえのせいだ。でも、そんなこと、拓、口がさけたって言えない。

『ああ……あたしの、せい、ね？』

と、明日香、何も言えない拓の心中を思いやってか、哀《かな》し気な声を出す。それを聞いた拓、必死になって首を振ってみせるのだけれど、それが一体何の役にたつのやら。

『でも……それって、哀しいことでしょう？　あたし、夢を見たの。何度もいろんな、夢を見たの』

「え？」

『結局、世の中で一番不幸なのは、自分一人になることなのよ。それ以上の不幸って、存在しようがないのよ。……お兄ちゃんにとって、夢ちゃんと別れる以上の不幸って、あり得ないのよ』

「ああ……うん。確かにとっても哀しいことだったよ。あれ以上の不幸は、多分存在しようがないだろう……」

『なら！　なら、お兄ちゃん、それを許しちゃいけない。お兄ちゃんと夢ちゃんは、幸せにならなきゃいけないのよ！』

「いや、明日香、確かにそれはそうだと思うよ。でも……」

『大丈夫』

と、拓の反論をまっ正面から封じるようにして、何故か自信たっぷりに、明日香はこう言ったのだ。

『大丈夫。あたしはその為にここへ来たんだから』

「え？」

『世界樹も、判ってくれてる。あたしは、あたしがこの世の中に生を亨《う》けてしまったせいで……あたしが、信彦さんを好きだっていう感情を抱いてしまったせいで……そのせいでもつれてしまった糸、そのすべてをときほぐす為に、ここへやって来たの。あたしが、この地へ、関係者すべてを呼んだのよ。ま、――松崎さんみたいに、招待を待たずに自分からやってきちゃった関係者も、いるけどね』

「明日香！　おい、明日香！」

『やってみるつもり。お兄ちゃんには悪いけれど、今となってはもう、あたしにとってこの世の中で一番大切な人は、信彦さんなのよ。彼がこのまま素直に人間社会に受け入れられるようになる為に……彼がこのまま、まっとうな一生を終える為に……あたしは、決着をつけてみせる。すべての軛《くびき》を振り切って』

拓は、目を、白黒させる。明日香は、自信たっぷりに、こういい切る。そして世界樹は――そして、世界樹は――ただ、笑ってるだけ。

ただ、微笑《ほほえ》んでいる、だけ――。

☆

その日の、午後。

朝のうちは、まだ多少空に浮かんでいた雲が、一斉に空の青いキャンバスから退《の》き――あきれる程の上天気が、屋久島一帯を覆《おお》っていた。

どこまで見ても雲一つない空、地上で起こっていることを何一つ知らないとでもいう風情《ふぜい》の信じられないくらい能天気に明るい太陽、そして、元栓《もとせん》が壊れたシャワーのように惜《お》し気《げ》もなくふりそそぐ陽光。そんな環境の中、夢子は、今日もあてどなく屋久島の原生林の中を歩いていた。

「何て天気なんだろう」

もう秋も終り、そろそろ冬。なのに、今日、木々の間を歩いていると、木漏《こも》れ陽《び》の、あまりの暑さに、やたらと汗が流れてしまう。

「大体が、こんな森の中って、ろくすっぽ陽がささず、夏だって涼しいのが普通なのに……今日の天気は一体何だっていうのかしら」

最近の夢子は、一人言が多い。この島へ来てからは、人間社会と殆《ほとん》ど接触を絶っているから……一体何日、満足な会話をしていないんだか。その分、心の中にたまったことすべてが、一人言って体裁をとって、心の中から出て行ってしまう。

「ああ、ほんとに暑いったらありゃしない……ああ、ほんとに」

ああ。ほんとに。

後半の『ああ、ほんとに』の後に続けて言いたかった台詞を――それでも、夢子は、飲み込んでしまう。『ああ、ほんとに、この島に世界樹がいるのかしら?』。この間っから、何かにつけて、夢子が考えてしまうのはそのことで……でも、それを疑ってしまったら、もう夢子にはってがない。だから、それは、疑いたくない。また、一方、夢子、世界樹がでてくる夢を見た時の明日香の台詞に――明日香が、真実幸せだっていう台詞に、反発も抱いており、あの夢を、そのまま信じたくもまた、ないのだ。

ああ、ほんとに。

ほんとに夢子の心理はその点複雑で――だから、あとに続けるべき言葉がない。故《ゆえ》に台詞は、そこで終る。

「ああ、ほんとに」

と――と。

今日、何度目かの、後ろに台詞が続かない、『ああ、ほんとに』って言葉を夢子が言った直後――ふいに、それまではまったく夢子の台詞に無関心だった、あたりの木々が、反応したのだ。

こっちよ……こっちよ……こっちよ……。

どこからともなく。ふいにこんな台詞を聞いて。夢子、思わずきょろきょろとあたりを見回す。でも、彼女にも、今の台詞を誰が言ったのか、特定できない。

こっちよ……こっちよ……こっちよ……。

その間も、まるであたりの木々、あたりの草、そのすべてが合唱しているかのような不思議な声は続いていて……。

「誰？　あなたは誰なの？」

　夢子、思わずその、どこからともなく聞こえてくる声にこう問いかける。が、半《なか》ば夢子が想像していたように、夢子の問に答えるものは誰もなく――ただ、合唱だけが、続いている。

　こっちよ……こっちよ……こっちよ……。

「誰よ？　何なの、あなたは？　それを教えて貰《もら》わなくっちゃ、あたし、どうにも動けない！」

　一応、夢子、こう言ってみる。でも、それって完全に、言葉だけ。

　何故って。

　聞かなくても、夢子には、判っていたのだから。夢子を相手に、こんな誘いをかけてくるものは、この世にたった一つしかない。そして、その、たった一つしかない存在というのが、彼女がずっとこの島で探していた存在であり――世界樹なのだ。そうに違いないのだ。

　こっちよ……こっちよ……こっちよ……。

「だから、あなたは誰で、どこにいるのよ！」

　こっちよ……こっちよ……こっちよ……。

「『こっちよ』は、もう、いいから！　名乗りなさいよ！　卑怯《ひきょう》でしょう！　そりゃ、確かにあたしはあなたが誰だか見当がついているわよ！　だからってあたしが、匿名《とくめい》のあなたの言うことを聞くだなんて、思わないで欲しい」

　こっちよ……こっちよ……こっちよ……。

　でも。夢子のこの台詞、もう、殆ど虚勢だった。何故って、こんなことを言いながらも、夢子の足取り、いつの間にかその声が誘う方へと向いており……。

　こっちよ……こっちよ……こっちよ……。

　かくて、夢子は、抵抗する術もなく、その誘いに乗ってしまったのだ――。

☆

　ありがたいことに、今日は暖かい。

　松崎にとっては、それはとてつもなく嬉しいことだった。

　このまま暖かい日が続いてくれるといいなあ。できれば、今年の冬は、暖冬であって欲しい。

　松崎は、この間っから、縄文杉のそばで、ずっとキャンプ生活を送っていた。勿論それは、いつの日か縄文杉の前にやってくるだろう夢子や拓を見張る為なのだが――それが、どうやら、最近の彼には随分肉体的な負担になっているようで。

　というのは。松崎は、確かに昔、植物関係でフィールド・ワークをした経験もないではないのだが、本質的に、アウトドアにまったく向かないタイプらしいのだ。ハイキングならともかく、登山の経験なんてまったくないし、そもそも自分がテントなんて処で寝起きができるだなんて、やってみるまで自分でも信じられなかった。また、屋久島は非常に上質な水の産地なのだが、それでも松崎、水道ではない処から出る水を飲むのに、かなりの心理的抵抗を覚えていた。その上、更《さら》に、電気のない生活なんて、彼にしてみれば縄文時代より前のことにしか思えなかったし、下手《へた》に明りをつけてしまえば、夜、それは格好の虫の標的になったし……すべて、非常にささいなことではあるのだが、だが、身のまわりのささいなことすべて、松崎にとっては苦痛だったのだ。

だが。でも。

縄文杉は、松崎が摑んだわらだった。夢子や拓がここへ来るというあてはまったくなかったが、でも、他のあてはもっとない、溺《おぼ》れる松崎が唯一摑むことのできたわら。そんな貴重なわらを――たとえ日常生活が、どんなに苦痛でも、放してしまう訳にはいかない。

そう思ってずっとこの生活に耐えてきた松崎だったが――事態はそろそろ、そんな精神論ではおいつかない処へ、差しかかってきていたのだ。それが――冬である。

屋久島は、県で言えば、鹿児島になる。日本の中でも、非常に暖かいとされる県の一つ。だが、その山は、九州一の高峰なのだ。屋久島の、海岸あたりが、冬場、たとえどんなに暖かくても、山の上の方はそういう訳にはいかない。冷え込んでくれれば、今だって不自由で、今だって不快なこの生活は、もっと不自由にもっと不快になってゆくだろう。そしてそのうち……雪が降るのだ。

雪山！

それを考える度、松崎は、軽い頭痛を覚えた。

雪山！ そんな処で、まったくアウトドアに向かない、雪山は当然、夏の登山すら経験したことのない自分が生きてゆけるとは思えない。それに、屋久島の山で、遭難した人は――過去、いない訳ではない筈だ。

だが、それでも。それでも松崎は、この地を去ることができない。何故ってここは、彼が摑んだたった一本のわらなのだから。

だから……だから。そんな松崎にとって、何故か突然暑くなってしまった屋久島の気候は、理由を問わず歓迎すべきことで、実際、彼は素直にそれを歓迎し……。

暖かいのはありがたい。だが、今日は何だか、暖かいだけではなく、妙に日差しがまぶしいな。

そんなことを思った松崎が、何気なく視線を上にあげた瞬間、それが起こったのだ。

一筋――やけにまぶしい、やけに明るい、蜂蜜《はちみつ》を思わせるようなねっとりした金色の陽光が縄文杉にあたり――その瞬間。これは松崎の目の錯覚なのかも知れないのだが、いや、現実にそんなことが起こる訳がないのだから目の錯覚に決っているのだが、縄文杉が、かすかに震えたのだ。

縄文杉が、震えた？　いや、まさか。それに、あの光は何だろう？　木漏れ陽というのは、あんなにまぶしく黄金色をしているものなのか？　いや、まさか……あの光は、何か特別のものだ。特別な雰囲気がある。だが……陽光に、特別も何もないだろう？

松崎、瞬時、とりとめのないことを思い――と。

それと同時に。

縄文杉の前にいた、すべての植物が、まっ二つに別れたのだ。右にいたものは右にその体をできるだけ傾け、左にいたものは左にその体をできるだけ傾けて。

「え？　……あの、え？」

松崎、思わず声を出す。さっき自分が考えたこともとりとめがなかったが……これは……これは……とりとめがないなんてものじゃない。植物は、草だけでなく、樹木も、できるだけ体を右に左に傾けている。樹木にこんなことができるだなんて、今の今まで、松崎は思ったこともなかった。でも――ああ、一度強く目をつむってみても、軽く頭を振ってみても、まだ植物は傾いている。

傾いて――違うな。

ふいに松崎、とんでもないことを思って、心の中の緊張のせいか、逆にくすっと笑ってしまう。

これではまるで――僕は、モーゼだ。モーゼの前で、植物の海が、二つに割れた処なのだ。だとしたら、この先にあるのは……約束の地。

かくて。

松崎は、もうすっかり自分が自分ではないような、まるで植物に、その緑に魅入《みい》られたような感じで、よろよろと、まっ二つに割れてしまった植物の海の中へと、踏み出していた。

屋久島へきて、もう随分日がたつ。その間の、慣れぬキャンプ生活の心労でか、あるいは、この島へ来る前、箕面夏海に捨て台詞を吐いた時からすでにちょっとおかしかったのか……この事態を、怪しんだり驚いたりぎょっとしたりする感受性は、すでに松崎からは、喪《うしな》われていた。

☆

さて。今度は、まるっきりぎょっとした人の話をしよう。

信彦は――嶋村信彦は、ほんとにぎょっとしたのだ。

その日、午後、白谷雲水峡《しらたにうんすいきょう》にて。

その日の午後。信彦は、ほとんどなげやりな気持ちで、白谷雲水峡へ、ハイキングにでかけていたのだ。

あ、とは言っても、白谷雲水峡の名誉の為にも書いておくが、別にそこへ行くということは、決して、自暴自棄《じぼうじき》な行動という訳でも無分別な行動という訳でもない。むしろ、白谷雲水峡は、ハイキングを楽しむにはなかなかいい場所だ。

だが。信彦の身になってみれば。そもそも、信彦はハイキングなんか、まったくしたくはなかったのだ。ではそれ以外、何をしたいのかというと、それもまったくなく……そもそも、彼には、屋久島へ来る動機も何もまったくなかったのだ。ただ、ある朝目がさめたら、心の中で何かの泡がぱちんと弾《はじ》け、『屋久島』という単語が心の中からでてゆかなくなっただけ。そんな人間が——一体、なげやりな気持ちになれずに、何をやれるっていうのだ？

ただ。彼にも彼なりの常識があるし、自分自身が社会生活を営んでいるという自覚もある。だから、適当にとった宿の仲居《なかい》さんに、『ここへは観光ですか？』とか何とか、適当に聞かれれば適当に答えた。適当に答えているうちに、その親切な仲居さん、信彦には目的地も特にやりたいこともないみたいだって判ってしまい、ならばっていうんでハイキングなんか勧《すす》められ、生返事をしているうちにお弁当まで作ってもらうことになってしまい……他にやることもなかった信彦、しょうがない、「何で僕は今ここでこんなことをしているんだろう？」って疑問に悩まされながらも、半ばなげやりに、ハイキングをしている訳である。

そしてまた。運動というのはそれなりにストレスには効果があるもので——その日、結構早くからお昼まで、みっちり歩いた信彦は、それなりにハイキングを満喫《まんきつ》し、それなりに一時は「ここで僕は何をやっているんだろう？」っていう気分を忘れ、適当な処で、中休みをかねた昼食をとることになる。

「……ああ、今日は何だかやけにまぶしいな」

そんなことを呟《つぶや》きながら、適当な処に腰をおろし、お弁当の包みをひろげた信彦——そこで急に異変に出会うことになる。

異変。

そう、それはおおげさではなく、『異変』としか、言いようがないものだった。何故って、お弁当をひろげた信彦の足許《あしもと》にあったヤマイモの蔓《つる》が、唐突《とうとつ》に信彦の足に巻き付いたのだから……これは、異変と言う以外、何と言ったらいいのだ？

「え？ ……ええ？」

信彦、まずは、驚いた。ヤマイモの蔓は、普通、間違っても、そう簡単に伸びはしない。ということは、これは、絶対に自然現象ではあり得ない。何かの意志が働いて、で、ヤマイモの蔓が、その為に伸びたと思うべきで……。

「ええ？ え？ おい？ ……おい？」

何かの意志が働いて、で、その為に、ヤマイモの蔓が、伸びる。その、『何かの意志』にあたるものって、信彦にとっては、たった一つしか心あたりがなくて……そしてそれって信じられなくって……信彦は、ただいたずらに、妙な声をあげ続ける。

「明日香！　おまえか！」

当然、ヤマイモの蔓は、しゃべらない。

「いや、まさか、明日香は死んだんだ。それははっきりしている。でも……じゃ、おまえは、何なんだ！」

ヤマイモの蔓は、何も言わない。

「おまえ……頼む、あんまり残酷《ざんこく》なことはしないでくれ。おまえは……明日香か？　もしそうでないのなら、頼むから僕に干渉しないでくれ。そういうことをされると、僕はおまえが明日香だと……明日香の意をうけたものだと思ってしまう。そう思わせておいて……そのあとで裏切るのは、残酷だ」

だが、ヤマイモの蔓は、何も言わない。――いや。ヤマイモは、あるいは、必死になって何かを言っているのかも知れないのだ。ただ……信彦には、植物の声を聞く能力がない。そこで、信彦に判る現象としては――ヤマイモの蔓は、ただただ強く、信彦の足にまきつくだけ。

「おまえ……明日香……いや、死んだ筈だ、いや、その……ひょっとして夢子さん？　だとしたら、どうかこんな思わせぶりなことは……明日香なのか？」

信彦の台詞は、もう、支離滅裂《しりめつれつ》。

ただ。それでも。

ヤマイモの蔓がひっぱる力を増し――どうやら、ある特定の方向へと、信彦をひっぱってゆこうとしていると見極めてからは、信彦、もう何も言わなくなった。言えないのだ。……怖くて。

明日香。これはおまえか？　おまえは生きているのか？　生きていて欲しい。生きていて欲しい。たとえどんな姿になってでも、例えばこのヤマイモがおまえであったとしても、とにかくおまえに生きていて欲しい。

明日香。でも、死んだ筈だ。僕は確認をした。だとしたらこれは何だ？　僕はもう嫌《いや》だ。ここでおまえが生きていると信じて――そののち、おまえが死んだことを再確認するのなんて、僕は絶対に嫌だ。耐えられない。

明日香。これは何なんだ？　聞きたい――でも、聞きたくない。怖い。

かくて。信彦は、はなはだ不本意ながらも、そしてまた、まるで、これから十三階段を登る死刑囚のような表情になりながらも、しょうがない、ヤマイモの蔓が導く方向へと、歩きだしていったのだ――。

☆

さて。

不本意というならば、箕面夏海と三沢のカップルこそ、まさしく『不本意』な目に会っていた。いや、より正確に言うなら、このカップルのうち、とにかく夏海だけが、圧倒的に不本意だった。

夏海にしてみれば。そもそも、発端からして、不本意なのだ。何故、自分がこんなことに嚙《か》んでしまったのか、何故、自分がこんなことをする羽目になったのか、その動機が、いくら考えても、よく判らない。何が何だか判らないまま、屋久島まで来てしまったものの——この後が、大変なのだ。それはよく判っているのだ。

まず、勤務先である、研究所。昨日までの彼女には屋久島へ旅行するだなんて意志はまったくなかったのだから、当然、休暇願なんてだしてなかった。故に、今日、彼女は自分の勤め先を無断欠勤したことになる。しかも、当日の朝、病気を理由に欠勤の電話もしていない。とすると彼女は、前もっての届けも、当日の連絡もなしに、とにかく無断欠勤をしたっていうことになり……これはもう、殆ど言い繕《つくろ》いようもないミスではないか。

それから、家。ゆうべは、何が何だかよく判らないまま、とにかく三沢さんと同行して屋久島へ行くと家族に言ってしまった。そして……実際、そうしてしまった。こうなると、三沢さんと自分が何の関係もない、一回会って話しただけで、何故だか一緒に屋久島へ行くことになってしまった、だなんて夏海の説明を、家族が受け入れてくれるとは思えない。それにまた、明らかに仕事でも何でもない、プライベートの、男性と二人だけの旅行を、親が許してくれた理由を考えると……それもまた、怖かった。夏海の親は、彼女の結婚を何より望んで心待ちにしている親は、三沢が独身であり、世田谷に自宅があり、医者であることを知ると、何故か簡単に二人を心よく旅行に出してくれたのだけれど……これは、何か、誤解していないか？　まして、確か、おぼろげな記憶の中で、母親は夏海に、『随分年上みたいだけれど、おまえ、いいの？』っていったような気も、しないではない。と、そんな誤解をしている家族の中に、三沢と別れた夏海が一人で帰っていって……それで何の問題も起こらないとは、夏海にはとても思えない。

つまり夏海は、自分でも判らない動機で、勤め先と家族との間を決定的にまずくするような行動をとっている訳で……これはもうどうしていいのか、今の夏海にはまったく判らない。

そして、また。同行している三沢の言動が、一々夏海を刺激している。

「ああ、うん、これだよ。これが欲しかったんだ」

三沢は、釣り具店をまわると、オキアミを入手した。オキアミ……はっ、オキアミ！　今、夏海は、自分の勤め先をあやうくふいにしかけているし、自分の家族の間にとんでもない誤解の種を蒔《ま》いているっていうのに……こんな時に、オキアミは、ないんじゃないかと思う。

「こいつをね、こうしてここにいれて……」

三沢、自分の釣り道具の中に、オキアミをつめる。

「これがまき餌《え》になって、で、魚が釣れるんだが……」

あーのーねー。まき餌はどうでもいいの。オキアミだって、どうでも、いい。あたしが気にしているのは、あたしの気になっているのは……ただ、ただ……ただ……。

　夏海の怒り、あまりにも無邪気な、あまりにもあっけらかんとした、三沢の表情の為、表出するのをはばかられる。

「さあ、これでアジを釣るぞお。何年ぶりかな、魚つりなんて。昔のカンを腕が覚えていてくれればいいんだが……」

　それから。三沢、ふっと夏海の表情を見て、小声でこんなことを言う。

「あのね、そんな心配そうな顔をしなくても、こういう状態になった以上、そのうち明日香の方から絶対何か言ってくるから。私達は、ただ、普通の旅行客が普通にするようなことをして、待っていればいいんだよ」

「は？」

　で――夏海には、この三沢の台詞が判らない。こういう状態っていうのがどういう状態だか判らないし、明日香って人に心あたりはないし……いや、この間っからその名前は何回か聞いてはいるけれど、でもその人が誰だかどういう人なんだか、結局夏海は判らない。

「……ああ。今の状態の君には、これって判らない話だったんだね。……とにかく、君は何も心配をする必要はないよ」

　いくら三沢が落ち着いて、いくら頼もし気《げ》にそう保証してくれても、当然、夏海はそんな言葉で安心することなんてできない。大体が三沢は夏海の研究所に拉致《らち》された人間なんだし、そもそも落ち着いて考えてみれば、この旅行の旅費も滞在費も――もっと細かいこと言っちゃえば、釣り竿《ざお》の借り賃もオキアミを買ったのも、みんな夏海のお金だ。

　でも――けれど。

　三沢の態度が、何だかあまりに堂々と、何だかあまりにあっけらかんとしているものだから、夏海、心の中ではぶちぶち文句を言い続けの癖に、声にだしてはどうしても三沢に文句がつけられない。ただ、とにかく不本意だって顔をして、三沢の後をついて歩くだけ。三沢は、そんな夏海の様子をどう思っているんだか、何だか無闇に上天気な空の許《もと》、いとも気楽にすたすた港の方へと歩いてゆく。

「港の堤防の処で釣れるって親父さんは言ってたね。堤防って……あれ、かな？　ああ、あそこに堤防に登る為のはしごがあるな」

　はしご。スカートはいて、バケツを持って（釣り具店の親父さんが、釣り竿と一緒に貸してくれたのだ。どうやらこれに海水をくんで、オキアミでべたついた手を洗ったり何だりするらしい。三沢はすでに、右手にオキアミのビニール袋、左手に釣り竿、右肩にクーラーをさげていたので、このバケツを持ちきれず、しょうがない、夏海、不本意の上に不本意をかさねて、バケツを抱えて歩いていたのだ)、それであんなもん、登るんだろうか？

そう思うと、夏海、重ね重ね、重々、とにかく、不本意。と。まさかそんな夏海の表情のせいではないだろうが、前をゆく三沢の背中が、ふいにぴくんと痙攣《けいれん》し、同時に三沢の足も、ぴたっと止まってしまったのだ。

ぴたっと止まって——そして。

「おいでって……言っている」

「は？」

三沢のこの台詞は、夏海にとってまったく意味不明だった。

「おいでって、言ってるんだ」

「は？　……へ？」

誰かそばにいるんだろうか？　夏海、思わずきょろきょろとあたりを見回す。でも、そこは、港の釣り場へと続く道の上で、あたりにあるのは、せいぜいがコンクリートで舗装《ほそう》された地面と、その隙間から生えている雑草だけ。

「明日香が、呼んでる」

明日香。さっきも明日香、今も明日香。明日香って人が、一体何の関係があるっていうんだろう？

「あ……あの……」

「聞こえないのか？　あの声が」

「え？　……え？」

「聞こえないのか。……そうか、聞こえないんだな、君には。でも、明日香が呼んでる」

声なんか、何にも、聞こえない。もし聞こえるとしたら、それって三沢の幻聴なんじゃないだろうか？

「やだ、あの三沢さん、どうしたんですか？　しっかりしてください」

「……聞こえない人に説明しても無理だが……とにかく、行かなければ。明日香が呼んでいるんだ。私達はこれを待っていたんじゃないか」

「は？　あの……？」

かくて。

三沢は、そのまま、ふらふらと歩きだしてしまった。それまでの堂々とした快活さは一体どこへ行ってしまったんだろうって感じの茫洋《ぼうよう》とした瞳になって。で、一旦《いったん》は、何だあれ、なんて思って、三沢のことをほっておこうかと思った夏海も——考えてみれば、ここで三沢を見失ってしまったら、そもそもこの先の指針がまったくない。それにまた、時々はごくまともな癖に、時々はここまで病的になる三沢をおいていってしまうのは人道にもとることのような気もして、慌てて三沢のあとを追う。

……あくまでも、不本意ながら。

「ちょっと、三沢さん、待って、待ってよ」

また、三沢の足取りは、ふらふらしているように見える癖に、やたらと早く、夏海、追い付くのに精一杯。その上、何とか三沢においついて、そのひじを捕まえたとしても、三沢、ぼんやりとしたまま夏海の手を振り払い、またふらふらと歩きだしてしまう。

「三沢さん！　ね、三沢さんったら！」

　そして——かくて。

　いつの間にか、彼ら二人も、あやふやな、どこにあるのか判らない、植物の結界の中へとはいっていったのだ。三沢は、何かに酔っているかのように、ふらふらと。夏海は——あくまで、断固として、決定的に、不本意ながら。

☆

「……どうしよ、黒田くん、このままじゃまずいよ」

　華やかな声が、耳の奥でこだまする。ああ、良子だ。

「このままじゃ、うちの喫茶店、売り上げがマイナスになっちゃう」

「どうしてだよ？　ちゃんとコーヒー豆をひいてコーヒー出してるのって、うちの店だけだろ？　何でそのコーヒーがよその奴らのインスタントより不評なんだよ」

　高校の、文化祭。収益が得られそうにない、いや、このままでは赤字は必至だっていうんで、良子も黒田も顔をひきつらせている。……一体何だって、こんなに必死になっているんだか。どうせ収益がでたとしても、その利益って、生徒会を通じて、慈善団体に寄付されることが決っているっていうのに。今なら黒田、いっくらだって笑って良子に言ってやれるだろう。たかが高校の文化祭の模擬店で、どのくらい赤字がでたとしたって、そんなの実社会じゃ問題にもならない額だって。何なら自分のポケットマネーで、その赤字、全部充塡《じゅうてん》してやってもいい。それでも問題にならないような額。なのに、それが判っていても、黒田の声、何故かひきつって、何故か良子を責めるようなものになってしまう。良子。たとえおまえが何をしたって、おまえを責める気なんてまるでないのに。そんなことをするくらいなら、自分で自分の首をしめた方がましだっていうのに。黒田の心はそう言っていても、黒田の声はどうしてもそれを素直に表明できない。

「……判んない。苦いんだって、うちのコーヒー」

「どれ、ちょっと飲ませてみろよ……ぶはっ！」

　何なんだ、このコーヒーは。これが、コーヒーと呼べるものなんだろうか？　あまりと言えばあまりの味に、黒田、思わず、咳《せき》こみそうになってしまう。

「あ、やっぱ、まずい？　黒田くん」

「まずいなんてもんじゃねー。何とかしなきゃ」

　ああ。良子。こんなこと、言いたい訳じゃ、ないのに。確かにこのコーヒーはまずいなんてものじゃないけど……でも、それって良子のせいじゃないだろ？　そんなことは、判ってる。それに、もしこれが良子のいれたコーヒーなら、これをまずいっていった奴、俺が出口で待ってて殴《なぐ》ってやったっていい。心では、そう思っているのに、心では、こんなまずいコーヒーの為にいろいろ悩んでいるらしい良子のことをひたすら気づかっているのに……なのに、口からでるのは、そんな思いとはかけ離れた台詞。

「誰だよ、コーヒーいれてんの。濃すぎる」

「あ、そうなの？」

ああ、やっぱり。これ、良子のせいじゃ、ないんだよな。そんなことは判っていたんだよな。だって、もしこれが良子のいれたものであるなら………たとえ、青酸カリの水溶液だって、俺は死ぬ前に『うまい』って言えるだけの覚悟があるんだもの。なのに、口から出るのは、まったく違った言葉。

「あ、そうなの、じゃないんだよ、岡田さん。これ、飲んでみろよ」

岡田さん。そうだ、この当時、黒田は彼女のことを『良子』なんて呼べやしなかったんだ。呼んだことなんて一回もなかったんだ。……たとえ、心の中で、日に何回、そう呼んでいようとも。

「うわっ。何、これ、飲めるものじゃないじゃない」

「だから、コーヒーいれてる責任者を呼べって言ってるんだよ。コーヒーってのはなー、沢山《たくさん》豆使っていればおいしいってもんじゃないんだよ。あたり前のことだけど、適量ってものがあるんだ。このコーヒーいれてる奴、その適量って問題を、まったく無視してる。豆が多ければそれだけおいしくなるってもんじゃない」

黒田は。

夢の中で、高校時代の文化祭へと、タイム・スリップを起こしていた。高校時代の文化祭、黒田と岡田さんがクラスでやった喫茶店の責任者だった、岡田さんとの思い出の時へと。

……ああ。岡田さん。何で忘れていたんだろう。良子の名字が岡田だったことを。

が、やがて。夢は終る。覚醒《かくせい》の時が、近付いてくる。

岡田さん。――良子。

覚醒の時が、近付いてくる。その、半ば眠っている、半ば覚醒している、不思議な意識の中で。ふいに、黒田は、判ったのだ。

明日香――良子だと思っていた。本質的な処で、良子に似ていると思った。それは、今でもそう思う。本質的に、明日香は私の良子なのだ。一回喪って――そして再び手に入れることができた、二度と喪いたくはない、理想の女性。なのに、そんな明日香は、不思議と容貌その他、皮相的な処が、良子に似ていなかった。その答えが、今、判ったのだ。

やっぱり明日香は、皮相的な処でも、良子に似ていたのだ。どういう無意識のいたずらでか、ずっと忘れていたのだけれど、良子の名字は岡田で——だから、明日香の名字もまた、岡田なのだ。やっぱり二人は、同じ人間なのだ。

三沢良介。これだけ明日香に固執《こしつ》している自分が、何故、三沢の調査にあまり力をいれなかったのか。明日香の過去をそうよく知っている筈のない嶋村の捜索に主力をさき、三沢の捜索を二の次にしたのは何故なのか。そしてまた、今、たいした監視もつけずに三沢を放っておくのは何故なのか。その答えも、また、判ってしまった。何故ならば、三沢というのは、間違った名前だからだ。彼女の姓は、岡田であるべきなのだ。

とすると。もう一つ、とんでもないことが判る。

嶋村信彦。みつかったと聞いて、もうその任にないというのに、黒田は何故か彼を追ってここまで来てしまった。任を離れた以上、この先、もうおそらくは二度と明日香には会えないだろうっていうのに、にもかかわらず、明日香のそばにいるよりは、嶋村の方を追ってきてしまった。その理由が——判った。

無意識の世界の中で、嶋村は、黒田なのだ。明日香に——良子に愛され、それ故に彼女を精神的な自殺においこんだのは、黒田でなければいけないのだ。だから——嶋村は、実は黒田なのだ。

夢の世界は、くるくる変わる。くるくる変わって……もう今は。

一瞬、黒田は、三沢のことや、嶋村のことで、何かが判ったような気がしたのだが……あとに残っているのは、何やら楽し気な、文化祭の思い出の残像。

文化祭。ああ、文化祭は楽しいね。確かに。でも……でも。

所詮《しょせん》、それは、お祭り騒ぎ。所詮、それは、疑似体験。そして——やがて。

黒田は、目覚める。本格的に。夢のことなんか忘れて。

☆

黒田は、目覚めた。本格的に。夢のことなんか、忘れて。

何やら、自分のみた夢の残骸《ざんがい》は、それでも黒田、覚えていた。そして——その、夢の残骸の中に、何か特別な意味があるような気は、した。……でも……そんな意味なんか、完全に覚醒してしまった黒田には、判らない。

「ああ……いい天気だ」

朝起きて一回のびをし、御飯を食べのびをした黒田、さて、これからのことに、行き詰まる。

もし、黒田が、それまでの地位にいれば。答えは簡単、彼は、ただそこで、昼御飯の前ののびをし、昼御飯を食べて満足したのびをしていればいいのである。その間に、彼の意を受けた者達が、嶋村のことについて報告をしてくれる筈なのだから。

だが。彼にはすでに、そういう意味でのスタッフが、いなくなっていたのである。ここでは、もし黒田が、嶋村の消息を知りたいのなら、それを黒田に教えてくれることが可能なのは、ただ、黒田の調査のみ。

「その種の調査は、もうずいぶん長いことしていないし、ああいうことをやるのは、面倒くさいんだが……」

だが。その台詞と裏腹に、その日、調査の為に出かけてゆく黒田の表情って、何だか極めて明るいはればれとしたものだった。そんな黒田の表情を見ていると――ここから先、植物が黒田を誘う為にとった手段は、ちょっと意地が悪かったかも知れない。

まず、旅館を出た処で、黒田、その旅館の玄関先に生えている松の根に足をとられて、すっ転んだ。それから、ちょっと行った処で、右に曲ろうとすると、タマシダに足をとられてすっ転んだ。もうちょっと行くと、ベニシダに足をとられて、すっ転んだ。更に行くと、シラタマカズラに足をとられて、すっ転んだ。

「な……何なんだ、これは」

さすがに、この辺まで転ぶと、黒田も、植物の意志ってものを感じだしてしまう。彼らは、どうやら一致団結して、黒田がとある方向へいかないと彼を転ばすようにしているみたいで……で、しょうがない、半ばは好奇心も手伝って、黒田は、植物が黒田を転ばせないでいてくれる方向へと、行くことになるのである。

かくて、黒田は。

何度も何度も転びながら、おそるおそるって感じで、植物達が呼んでいる、問題の処へ――世界樹の結界へと足を踏みいれてゆくことになるのである……。

7

夢子は――そして、松崎は、信彦は、三沢と夏海は、黒田は、気がつくと、いつの間にか、霧の中を歩いていた。

「ついさっきまであれだけいい天気だったのに、いつの間にか霧なんか……」

声に出してこう呟《つぶや》いたのは、夢子だろうか。だが、その霧は、正確に言えば、霧とは呼べないものだった。

空気の中に、いつの間にか、何か異質な、通常の空間には存在しない、小さな分子が混じりこんでいるのだ。目に見えない程小さな、うすい緑がかった、大抵の人間にとって、異質な、なのに不思議と穏《おだ》やかな安心感が得られる分子。ただ、夢子だけが、それを木々の想いだって認識でき――そして。その分子の量が増えるにつれて、段々、あたりの景色がにじんでくる。

それは、分子の量が増えたから、あたりの景色にそれこそ霧だの靄《もや》だののがかかって見えにくいってことなのかも知れないし……あるいは、彼らが、それまでいた人間の通常空間とはちょっと違った処《ところ》へと移動しつつあるってことなのかも知れない。

あたりの景色がよく見えなくなった、処によっては、回りの様子すらよく判らない霧の中を、同じ目的地へ向かって、何人もの人達が歩いてゆく。と、こんな状況下では、やがて、同じ目的地へと向かう人達は、お互いにぶつかりあってしまう筈《はず》。そして実際、霧の中では、そんな出来事が発生しつつあった。

最初にぶつかったのは、夢子と三沢・夏海のカップルだった。

「あ……おじさん！　おじさん、どうしてここへ？」

「夢子？　おまえ、ほんとうに夢子なのか！　どうしていたんだ、おまえ達は、さんざん心配してたんだぞ。拓は？　拓はどこにいる」

「……拓とは……事情があって、行動を別にしているんです。それより、おじさんこそ、どうしてここへ？　おじさんは大丈夫なんですか？　あたし達のせいで人間に追われたりしてないんですか？」

「あの、この人は、どなたですか……って……え……え……え……な、何、この人、髪の色が緑色だわ！」

で、最後に大声をあげたのが、まったく事情を知らない夏海。

「ああ、箕面くん、それはいいんだ。それは別にいいんだよ。……夢子もどうか興奮しないで」

「やだっ！　嘘《うそ》っ！　この人の髪の毛、動くじゃないですか！　風だって……風だって、吹いてないのにっ！」

「おじさん、この方は？　……あたし、これでもかなり、人間に対しては恨《うら》みがあるんです。あたしは……明日香を、あんなに孤独で、この世の中にたった一人で生きてきた女の子を、不幸にした、人間って奴らが許せない。一人残らず、殺してやりたい。この人が——どういう人だか知りませんけれど、場合によったら……。あたしはもう、この手で人を殺すことにためらいを覚えるとは思えない」

「夢子！　興奮しないでくれ、頼むから」

さて。その時、地理的に言えば、ちょうどこの二人のうしろの方を歩いていたのが黒田と松崎で、夢子のこの大声、充分その二人の注意をひいてしまった。で、おの おの、自分だけがこの霧の中を一人で歩いていたと思っていた黒田と松崎、前方で大声をあげている人間の存在を知った途端《とたん》、慌《あわ》ててそっちへ歩いてゆき。期せずして、興奮して髪をのたくらせている夢子の前で、松崎と黒田がばったり出喰わすことになる。

「君は——夢子！　夢子じゃないか！　あの、子供達の一人！　ああ、やっぱり縄文杉の前で待っていたのは正しかった」

「松崎っ！　貴様、よくものこのことその顔を出せたものだな！」

「おじさんっ！　どいて！　この男は——この男だけは、許せない。あたしが、あたしが決着をつけてやる」

「夢子。ああ、夢子。どれだけ君に会いたかったか。こんなことを言うと君は怒るだろうが、僕はずっと、岡田先生の処で君達を見たあの時から、ずっと君達に恋焦《こ》がれてきたんだ。君と、拓をつかまえるのは僕だって、ずっと、思ってきた。あの黒田なんて奴じゃなくて」

「私が……どうかしたかね、松崎教授。ああ、そこにいるのが夢子さんか。そして——三沢さん！　一体……いつ、どうやって、研究所から逃げ出せたんだ！」

「黒田……さん？　どうしてここに」

「え？　その声は……すると君は、他人のそら似じゃなくて、本当の箕面君か？　君、何だってこんな処にいるんだ？　君に嶋村を追えだなんて、私は言った覚えがないぞ」

「嶋村を追えって、彼はここに来てるのかね？」

「いや、それよりも……落ち着いて考えてみれば、何で夢子さんや三沢さん、あんたがここにいるんだ？　……松崎さん、あんたがここにいる理由は、何となく判《わか》るような気がするが」

「うるさい！　黒田、おまえじゃない、おまえじゃないんだ！　緑色の髪の子供達を、真実追い続ける資格があるのは、おまえなんかじゃないし、日本国政府でもない、西側諸国なんかでもない。僕だけだ！　僕だけの筈なんだ！　僕だけが、ずっと、ずっと、あの時、岡田先生の家を訪ねた運命のあの時から、僕だけが、子供達を追い続ける資格を持っているんだ！」

「松崎っ！　おまえのせいで……おまえのせいで、岡田のおじさんは死ななければならなくなった。歩を、望を殺させたのも、おまえだ。明日香は……明日香も……」

「そうよ。明日香！　松崎、あたしはあんたを許さない。明日香が死んだのは、あんたと嶋村のせいだ。明日香が哀《かな》しむから、明日香の為に、嶋村にあたしは手をだせないけれど……でも、あんたは、話が別よ。あたしが——あたしが——」

　突然、気の狂いそうなボリュームで、まるで無意味に拳骨《げんこつ》でピアノをぶったたいたような、とんでもない不協和音があたりになり響く。それと同時に、夢子の髪が、つけ根の処からするすると一メートルはのび、その髪、松崎の喉《のど》へとからみつく。

「夢……おねえさん！　やめて下さい！　あなたがそんなことをしたら、明日香が哀しむ」

　そして。ここで突然、嶋村信彦が彼らの会話に割り込んでくる。信彦、実はちょっと前から、そばに夢子がいることに気がついていて、それでも、今までの経緯《いきさつ》を考えると自分から夢子に声をかけることができず、夢子に気配をさとられないよう、何となくその辺にいたのだが……事態がこうなると、もう黙ってはいられない。

「お……ねえ、さん？」

一方。夢子にしてみれば、この信彦の言葉があんまり驚きだったらしく、それまでぴんと張っていた、松崎の首を絞めている髪が、ふいにゆるむ。

「ええ、おねえさんです。明日香にとって、あなたは実の姉よりももっと、姉らしい存在だった。だから……明日香の姉なら、僕にとっても姉だ。僕なんかがおねえさんって呼ぶのは、あるいはあなたにとって不本意なことなのかも知れないけれど……でも、明日香がとっても慕《した》っていたおねえさんなんだもの、あなたはおねえさんです。そのおねえさんがそんなことをしたら……明日香の為《ため》に、人を殺したりなんてしてしたら……明日香がどんなに哀しむか」

「明日香が……あたしのことを……そんな風に？」

夢子の緑の髪、今はもう力なく、だらんとたれさがる。何とかその髪を首から外した松崎、ただただひたすらぜいぜいと荒い呼吸をする。

「明日香が……あたしのことを……姉だって言ってくれたの？　それがほんとなら……それがほんとなら、あたしはどんなに嬉《うれ》しいか……」

すうっと、夢子の髪が、すべて地に落ちる。それから、夢子の髪、かすかに、ほんのわずかに、震えて。

「あの子がずっと好きだった。あの子をずっと守りたいと思ってた。それは、決して、あの子のお母さんに頼まれたからだってだけじゃない、あの子が拓の妹だからだってだけじゃない、あたしは、あの子個人が——誰の子供でも、誰の妹でもない、あの子個人が、好きだったから。そして——もし、明日香がほんのわずかでも、あたしのことをそういう意味で好いていてくれたなら……」

と。

その時。

何故《なぜ》か、急に霧がはれたのだ。

風が吹いたっていう訳ではないし、誰も空気の動きなんか感じていなかった。また、たちこめる時は、いつの間にか気がついたらみんなを囲んでいたって風情《ふぜい》の霧が、こんどはやけにいさぎよく、一遍にきれいさっぱりとはれてしまい……。

そして。霧がはれたあとに残ったのは、実際に草がはえているという訳ではない、葉が繁《しげ》っているという訳でもないのに、不思議と緑のイメージが強い、不思議とあたりが緑色に見える、小さな原っぱと——その中央に、一本の杉の木。どこまでも——それこそ、天にまでひたすら伸びてゆこうとしているような、高い、高い、また、信じられない程ふしくれだって、まるで、何本もの杉がからみあっているかのように見える、太い、杉の木。それから、その杉の木の根本の処に、座りこんでいる……男？

そう、それは。実際、人間の男のように、見えた。ぱっと見た感じでは。でも……それは、果たして、男なんだろうか？　いや、それより前に、人間なんだろうか？　いやいや、もっと前に……生物、なんだろうか？

　と、そんな疑問を、黒田や夏海達に抱かせる程、その男は人間離れしていた。いや――動物離れしていた、と、言ってもいい。何故って、その男、最初のうちしばらくは、まったく動かず……意識のある行動をとらないなんてもんじゃない、呼吸の為に胸が動くという訳でもない、ほんのぴくりとでもどこかの筋肉が痙攣《けいれん》することもない、さながら人間の男の彫像のようで……。

　また。その男の風体《ふうてい》が、いささか突飛《とっぴ》でありすぎた。坐りこんでいる男のまわりには、二メートルを優に越える髪が野放図《のほうず》に伸びており、その髪は、もう何週間も、洗髪はおろか、櫛《くし》すらいれたことがないように、ひたすらぐちゃぐちゃとからまって、一部は垢《あか》か汚れのせいでか、妙な具合にくっつきあっており……その上、その髪は、深いダーク・グリーンをしている。おまけに、男の顔といわず腕といわず……場所によっては洋服の上にまで、うっすらと緑色の苔《こけ》のようなものが付着しており……体に、こうまで見事な苔をはやすことができる人間が、いる訳がない。

　……拓？　これは、ひょっとして、拓？

この場にいる人々の中で。ただ、夢子だけが、あるいはこの男は拓なのかなって思ったのだが……だが、この男の人相と、夢子の知っている拓の人相は、違いすぎた。確かに細かい処は苔に覆われてよく判らないが、拓はこんなに痩《や》せてなかったし、こんなに鋭角的な顔をしていなかったし……何より、こんなに辛《つら》そうな人間では、なかった筈だ。だから、夢子、かけようとした声を一瞬ためらい……と。

　と。

「……ああ。よくいらっしゃいました」

　彫像のように見えた男、やっと三沢達のことに気がついたらしく、何やらびっくりしたような風情で、ふいに声をあげたのだ。何やらびっくりした風情――おそらくは男、自分の心の中に、あまりにも深く、とっても深く沈みこんでいたので、自分の周囲で何が起こっているのか、それまで殆《ほとん》ど認識していなかったらしい。で、その男の声を聞いて――その男の声を聞いてやっと、夢子、理解する。これは、拓だ。たとえ外見がどれ程変わろうと、でも、これは、拓だ。また、この男の声を聞いて、三沢、やっと気がつく。この男は……あるいは、拓じゃ、ないのか？

「拓！　……あなた、どうしたの？　何があったっていうの？」

「拓？　おまえ、拓なのか？　どうしたんだ、病気か？　体は大丈夫なのか？」

夢子と三沢が、連続して声をあげる。

「……ああ……夢子。おじさん。心配してくれているんだね、どうもありがとう。……だけど、僕は、別にどこも悪くない。……ああ……心配、しないで」

それから、拓、ゆらりと立ち上がったのだが……その様子は、お世辞にも、普通の人間のものとは思いにくかった。動くのが大儀《たいぎ》——と言うより、どうも、自分が動ける生物であるってことを、今の今まですっかり忘れてでもいたような、動作。

「今の僕の様子が、ちょっとおかしいのは……ああ……その……まだ、状態が、人間むけに調節できていないからで……どこも悪くは、ありませんから。……ああ……口を動かしたのは、久しぶりだ。……成程《なるほど》、ある程度唾《だ》液《えき》がないと、舌ってよく動かないものなんですね……」

「おい、拓！　口を動かすのが久しぶりって、食事は？　水は？　おまえだって、水を飲まなきゃ、光合成だけで生きてゆける訳が……」

三沢、ふいに拓がふらっとよろけたもので、思わず一歩、前へでて、拓の体を支えようとする。他の連中——特に、事情がまったく判らない夏海や、ある程度の事情を推測するしかない黒田は、拓の様子に気押《けお》されてしまって、もはやとても口がきけない。

「ああ……おじさん、ありがとうございます。……大丈夫です。……ああ……どうやらだいぶ、復調してきた。おじさん、ありがとう、もう僕は自分で立てます」

それから拓、ぐるんと一回首をまわし、さっきよりずいぶんなめらかになった舌で、こう、台詞《せりふ》を続ける。

「今日、みなさんにお集まりいただいたのは……僕が代理をしている、ある人物からの、お願いがあるからなんです——」

☆

「……その前に、はっきりさせておきたいことがある」

ごっくん。

思いっきり自分の唾《つば》を飲み込むと、何とか、黒田、こう台詞を紡《つむ》ぎ出した。

「私は……その……よく判らないのだが、君によってこの場所へ誘われたのかい？　そして……今までのこちらの人々の台詞から推測するに、君が、岡田——あるいは三沢拓くんで……こちらの女性が、夢子さん」

「ええ、そうです。……もっとも、正確に言えば、あなた達を誘ったのは、僕ではなくて、僕が代理している人物なんですが……」

「そうか。手配写真とはあまりに人相が違っているもので……ここまで面《おも》がわりをされたら、君を捜し出せなかったのも無理はない……」

「逆に、ここまで特徴的な髪をして、体中に苔なんかはやしていたら、写真なんか何一つなくても、すぐに僕が誰だか判るでしょうに」

こう言うと拓、くすくす笑う。それから、再び口をひらきかけた黒田を手で制して。

「ああ、自己紹介はしてくださらなくて結構です。あなたは、黒田さん。名前も、あなたがどういう地位にいるのかも、すべて僕には判っています」

「どうして私の名前まで！　それに……考えてみれば、おそらく今まで我々の手からひたすら逃げていた筈の君が、どうして自分から我々に接触をとろうとしたんだい？　それも……その……」

それから、黒田、ちらっとかすかに夢子の方を盗み見る。

「その……今まで、あきらかに我々から逃げていた、夢子さんまで――そして、同じく逃げていた嶋村くんや、ついこの間つかまったものの、どういう手段によってだか、再び我々の許《もと》から逃げ出した三沢さんまでも、こみで」

「そういう疑問が、おそらくはあなたから出るんじゃないかと思っていました」

拓、こう言うと、再びくすくす笑う。それから、慌てて何か反論しようとしたらしい、夢子や三沢の動きを手で制する。そしてまた……勢いこんで口をきこうとする、松崎をも、制して。

「ああ、松崎さん、あなたもどうか、黙っていて下さい。僕があなたをここへ呼んだのは、決して、僕や夢子があなたの研究に協力するつもりがあるからだって訳じゃなくて……むしろ、逆なんですから。僕も、夢子も、そして、もしここにいたら明日香もね、あなたの研究材料になる気は、これっぽっちも、ないんです。それを、あなたに、心の髄《ずい》から納得してもらう為に、あなたをここへ呼びました」

それから、こう言われて、まるで鼻先を殴《なぐ》られたような表情になった松崎の脇で、こちらはこちらで、自分を呼んだのは明日香ではないと知り、絶望と苦悩を顔中に刻みつけたような表情になっている嶋村にも、拓は、声をかける。

「それから……嶋村くん。明日香が死んだ今となって――明日香が、人間型をした生物としては完全に死んだ今になって、君にこんな招集をかけるのは、ある意味で、とっても残酷《ざんこく》なことだって、僕もよく知っている。……だが……どうしても、君には、この場にいて欲しかったのだ。これは、明日香の意志だと思ってくれてもいい。……ただ、もし、君が、このやり方で傷ついたのなら……それは、許して欲しい」

「……いえ……あの……確かにちょっとショックはうけましたが、でも。……そうです、でも！　許して欲しいだなんて！」

信彦、半《なか》ば涙ぐみながら、こう答える。

「許して欲しいのは、許して欲しいのは僕の方なんです！　許して欲しいのは、人間の方なんだ！　明日香を……明日香を……あんな形で死なせてしまって……僕は明日香を守らなきゃいけなかったのに！」

「そうよ」

と、ここで、世にも冷たい声で台詞をはさんだのは、夢子。

「そうよ。あんた達が……あんた達人間が、明日香を殺したんだわ。……拓が、何を言う気なのか、あたしは知らない。でも、あたしは、たった一つのことを知ってる。明日香を殺したのは……あんなにさみしい、この世の中にたった一人で存在している、さみしい魂を殺したのは、あんた達よ！　人間よ！　嶋村は、まだ、反省しているからいいとして……まったく反省をしていない、松崎、あんたよ！　黒田だか何だか、とにかく、あんたよ！　あんた達よ！」

と、まあ。こんな夢子の、さながら血を絞るような叫びを聞いて、嶋村はそれまでよりずっとうなだれ、松崎は一瞬鼻白《はなじろ》んだような表情になり――ただ一人、黒田だけが、その表情を変えなかった。

「確かに……明日香嬢が死んだのは、不幸な事故でしたね」

のみならず。黒田は、夢子が聞いたら確実に怒り狂いそうな台詞を、しゃらっと口にする。

「黒田――黒田さんって言ったっけね、あんた！　あんた、よく、そういうことが言えると思うわ。よく、よくも、そういうことが……」

で、案《あん》の定《じょう》。この台詞を聞いた夢子の髪、またもや伸びて、あやうく黒田の首にまきつこうとしたのだけれど……黒田の、妙に冷静な声が、それを鎮《しず》める。

「夢子さん。あなただって、常識で考えれば判るだろう。明日香嬢が死んだことは、私達にとっても、大変不幸なことだったんだ。私達が、彼女を殺そうだなんて思う訳がないんだ」

「どうして？　実際、殺した癖に」

「私達は、手つかずの、無事な、生きているエイリアンが欲しかった。……それは、君にも判るだろう？　私達は、死体なんか欲しくはなかったんだ。……そういう意味では、明日香嬢が死んだのは、我々にとっても不幸な出来事だった」

「手つかずの、生きているエイリアンが欲しかった！　つまりは、標本は、標本として」

「そう。標本は、できるだけ満足なものが……そして、叶《かな》うことなら、生きているものが、望ましい」

感情って、不思議なものだ。肉親の情故《ゆえ》に怒り狂っていた夢子、あくまで実利的な、あくまで勝手な、この黒田の台詞を聞いて、余りにも怒りすぎたせいで、逆に落ち着いてしまう。そしてまた……おそらくは黒田は、そういう効果を狙って、わざと夢子を刺激するような台詞を言ったのだろうけれど。実際の黒田は……明日香と良子を混同してしまう黒田は、明日香に対して、まったく違う感情を抱いているっていうのに。

「……話が、ずれてますね」

拓の台詞。黒田も……そして、他の誰でも、果たしてこの条件下で、この台詞をちゃんと聞いているんだかいないんだか。

「話が、ずれてますね」

再び拓は、この台詞を口にする。と、どうやら、今度は、大多数の人々が、この台詞に注意を払ってくれたようだ。

「ずれた話を元に戻しますが……まず、黒田さん。僕は、そして、夢子は、死んだ明日香は、確かにエイリアンです。それは認めます」

黒田と——そして、今まで、何で自分がこんな処にいるんだろうって思っていた夏海、拓の、その台詞に驚く。そして、どよめく。黒田、さっきはついうっかりと、明日香達がエイリアンであるという前提で言葉を発したのだけれど……興奮しきっている夢子はともかく、一見いかにも落ち着いて見える拓が、よもやその黒田の台詞を簡単に肯定《こうてい》するとは思っていなかったし……まして、こんなにも淡々と、拓が自分達のことをエイリアンであるだなんて認めるとは思っていなかった。


「でも、黒田さん。僕達は……僕も、夢子も、明日香も、あなた達の研究材料になる気はないんです。僕達のことは、忘れてください。……僕達は……あなたの、そして、あなたが代表する、西側諸国の研究材料には決してなりませんし、また、地球人類をおびやかすような存在には、決してなりませんから……ただ、この、地球の片隅で、僕達が生きていることを、認めてください」

話が……あまりに大きすぎて、また、黒田自身は、昨日づけで本来の役職からは解き放たれてしまっているので……黒田、この拓の台詞に、何とも相槌《あいづち》をうてない。

と、拓、続いて。

「夢子。おじさん。あなた達が怒っているのが、僕には判る。……二人共、思っているんでしょう？　たとえ僕がどんなにまっとうな要求をしたって、どんなに当然のことをお願いしたって、黒田さんを代表とする人類ってものが、僕達を研究材料にしない筈がない、僕達のことをあきらめる筈がないって。そしてそれは……松崎さんにしたって、そうだ。たとえ、今、口先だけで二人がそれを約束してくれたとしても。でも、最終的にその約束が守られる訳がないって。それからまた、夢子、おまえはもっと個人的に、今の僕の台詞に怒っているだろう？　おまえには、地球の片隅で、静かにずっと生きてゆく気なんてまるでないんだものね。おまえがやりたいのは、全植物の力を借りての明日香の復讐《ふくしゅう》戦で……おまえは、たとえ、この地球ってものがその結果滅びることになってしまっても、人類ってものが絶滅することになってしまっても、でも、明日香の仇《かたき》をとりたいんだろう？　それは、できないことだ、そして我々は決してそれをしない、って、僕が勝手に言ってしまって、おまえはさぞかし腹に据えかねていることだと思う」

「そ……それが、判っているなら」

　夢子。今、拓が言ったようなことをまさしくずっと思ってきていて、その為に、ただ、その為だけに、世界樹を探していた夢子、拓のこの台詞を聞くと、顔を怒りでゆがめる。夢子の髪が、更《さら》に三十センチはのび、震え……でも、相手が拓なので、夢子、その髪を拓の首へとのばすことは、しない。

　そしてまた。この、拓の台詞と、それをうける夢子の表情をみて。黒田が、再びごくっと唾をのみ、三沢は、ずっと信じようとしてきた、でも、いくら信じようとしてきても、最終的にはきっと裏切られることになるだろうって判っていた人物の、当然の裏切り行為を目のあたりにして……何とも形容しがたい、情けなさそうな表情になる。

「それが判っているなら、何だってあなたはそこでこんな御託《ごたく》をしゃべってんのよ！　あたしは、嫌《いや》よ！　仮に、松崎や黒田って人が、あたし達を二度と追い回さない、あたし達のことは終生《しゅうせい》ほっといてくれるって確約してくれたとしたって、でも、あたしは、嫌よ。あたしは、そんな取り引きなんかしない。……松崎でも、黒田でも、終生、あたし達のことを追い回せばいいんだわ。あたしは、いくらだって追いかけられてあげる。そのかわり」

　そのかわり。こう言った時の夢子の目、何やら危険な想いを満たして、妖《あや》しくきらりと光る。

「そのかわり――そのかわりに。あたしは、終生、忘れてあげない。あたしは、終生、怨《うら》んでやる。……明日香を殺した、人間って生き物を。あたしは、終生、祟《たた》ってやる。もしもできることならば、植物の力を借りて、あたしは生涯人間に対する祟《たた》り神《がみ》になってやるし、仮に植物が力を貸してくれなくたって、単独で、いつまでだって、人間って奴を、呪《のろ》ってやる」

「……おまえがそういう意見だってことは、よく、判っている。だから、おまえと僕は、訣別《けつべつ》したんだ。……だが……その意見が、間違ったものだってことも、僕はよく知っているし……地球の植物は、決しておまえに力を貸してくれないだろうってこともまた、僕は知っている」

　で、この夢子の台詞を聞いた拓が、哀しそうにこう言葉をつぐと、夢子、それに猛烈な勢いで反発して。

「さっきから思ってた。どうして？　どうしてあなたにそんなことが判るの？　あなただってあたしと同じ、地球の生物ではない植物の筈！　そのあなたが、どうして地球の植物を代表しているみたいな口がきけるのよ！」

「きけるんだ……おまえにとっては、哀しいことに。きけるんだよ、夢子、僕は。……ああ、その話はまた、ちょっとおいておいて……どうやらタイム・リミットが近付いているみたいだから、先に他の話をすませてしまいますね」

拓の、この台詞を聞いて。夢子は、またまた、この台詞に猛反発しても、おかしくはなかったのだ。実際、何だか、自分だけが何でもかんでも知っているかのような、自分がこの地球の植物の代表であるかのような、この拓の口のきき方って、夢子の反発をさそって余りあるものだったのだけれど……だが。どうしてだか、夢子、何かに呑《の》まれたように、この拓の台詞に反発するのをやめる。何故《なぜ》って。

何故って。

これは、一体、何なんだろう？　何だか拓、さっきから、話せば話す程、不思議な威厳が増してきていないか？　不思議と拓の台詞、どんどん強くなってきてはいないか？

「黒田さん」

で。転じて、拓が、話の矛先《ほこさき》を向けたのは、黒田だった。

「あなたが、今までの地位を今日付けで追われたことを、僕は知っています」

「……！」

……これは。これは、正直言って、黒田にとっても、驚き以外の何物でもなかった。黒田の地位が、今日から変わる。そのことを知っていたのは、当の黒田と、黒田の直属の上司にあたる人物と、今日から黒田の後任となる人物だけである筈。勿論、夏海だってそのことは知らないし、三沢だの松崎だのが知る筈もない。まして……まったく黒田に関係のない、拓がどうしてそれを知っているのだろう？

「あなたの後任の人物は——多分、吉田氏《よしだ》だと思いますが——研究者に、今日にでも明日香の遺体をひき渡そうとするでしょう」

吉田！　何で吉田のことまで知ってる！

吉田のことを知っている人物は、研究所には殆どいない筈だし、以前、黒田と吉田が組んでやったプロジェクトと言えば、どれも機密のものの筈で……その吉田の名前がこうも簡単にでてしまうとは、これは一体、何事なんだ？　拓は……この男は、いつの間にか、どこかの組織と手でも組んだのか？　だとしても——もしそうだとしても、こうも簡単に吉田の名前がでてきてしまう以上、我々の組織のどこかに、関係者のどこかに、国家レベルの機密を平気で漏洩《ろうえい》してしまう、とんでもない奴がいるってことになってしまう。

「……ああ、機密漏洩のことは、心配しなくて、いいです。僕には……特別なルートがありますから」

その、『特別なルート』が、まさに機密漏洩ルートで、それを気にしない訳にはいかないではないか。と、そんな黒田の思いを、拓は、軽くいなす。

「吉田さんは、趣味でゼラニウムの鉢《はち》を栽培していましたよね。まさか、あなた、ゼラニウムの鉢を、機密漏洩のかどで告発する訳にはいかないでしょう？」

「ゼラニウムの鉢って、機密漏洩って……まさか、ゼラニウムが機密を漏洩する筈がないし……あ、いや。対象が君達の場合、ゼラニウムの鉢が機密漏洩する可能性もあるのか」

ゼラニウムの鉢。ゼラニウムは、立派な、植物。そして――拓、夢子、明日香は……たとえ見た目がどれ程人間に見えようとも、でも、やっぱり、植物。人間なんて動物と違って、植物には植物同士、何らかの心の交流があるとすると……ゼラニウムから、植物である拓へ向かって、機密が漏洩してしまう可能性は、ない訳ではない。

こんな図式が、黒田の頭の中で、何とか納得のゆく形になるまで、軽く五秒はかかった。そしてその五秒のあと。

「で、さて……その、吉田さんですが、彼なら、おそらくは、科学者との間に不必要な軋轢《あつれき》を起こすことがないよう、ただちに、明日香の体を、科学者へと引き渡すんじゃないかと思います。……また、彼には、明日香に対する特別な感情なんて、勿論《もちろん》存在していませんし」

「あ……ああ、彼なら、そうすると思う」

「なら……それが、タイム・リミットです」

「え？」

「その瞬間、明日香は、死にます」

「え？」

「あの？」

「今、何て？」

多数の声が、この拓の台詞と同時に、交錯《こうさく》した。

「その瞬間……明日香の体を移動しようとした瞬間、明日香は死にます」

そして――次に起こるのは、混乱――。

☆

「生きていたんですか？　明日香は、まだ、生きていたんですか？」

当然のことながら、かみつくような勢いでこう聞いてきたのは、嶋村信彦だった。

「死ぬって……その瞬間死ぬって、じゃ、今でも明日香はまだ生きているの？」

と、これは、夢子。

「明日香……死んだ筈じゃ、なかったのか？」

呆然《ぼうぜん》と、こう呟《つぶや》いたのは、三沢。

「明日香！　生きているのなら、もし生きているのなら、殺す訳にはいかない！」

　これは、松崎。

「明日香……良子……いや、明日香。生きている筈はない。生きている筈はないんだ。だって、あの状態の明日香の、どこをどう見れば生きているだなんて結論に達することができるんだ？　あきらかに明日香は、死んでいた筈だ」

　と、これが、黒田。

　拓は、全員の、こんな台詞を軽くいなし——まるっきり、誰の台詞も聞いていないかのような風情で、言葉を続ける。

「……この場合………『生きている』ってことと、『死んだ』ってことをどう定義するかによって、話はいくらでも複雑になるんですけれど……とりあえず、明日香は、今の時点では、まだ、完全に死んではいません。完全に死んでいないことをもって『生きている』というのなら、確かに、まだ、明日香は生きています」

「生きているんなら！　良子！」

　そして、この拓の台詞をきいて、一番最初に取り乱したのは、意外にも黒田だった。

「……電話！　どこにいけば公衆電話があるかね？　民家でもいい、とにかくここから一番近くにある電話はどこだ？　私を電話のある処まで連れていってくれ。すぐに、研究所に電話する。すぐに、吉田に電話をしよう。もし、良子がまだ生きていて、そして、吉田の行動によって良子が死んでしまう可能性があるのなら……何としても、それはやめさせなければいけない」

「……良子……？」

　で、ためらいがちに、こう口をはさんだのが、夏海。

「あ、いや、明日香だ、明日香。まだ生きているものならば……まだ生きているものならば……」

　それから黒田、しゃべっているうちに少しは冷静になってきたのか、慌てて自分の興奮を何とか言い繕《つくろ》う。

「まだ生きているものならば、殺してしまうのはもったいない。せっかくの、生きている標本だっていうのに」

「あせらないでください、黒田さん。それから……明日香のことは、どうぞ、『良子』と呼んでくださっていいですよ。明日香とあなたが二人っきりの時は、あなたが明日香のことを『良子』と呼んでいたことは、知っていますから」

「拓……くん？　君はどうしてそんなことを……言っておくが、私にはゼラニウムはおろか、どんな植物も鑑賞する趣味はないぞ！」

「明日香から、聞いているんです。あなたの、良子から。明日香は、そうですね、言うなれば幽霊になって、僕にそのことを教えたんです。……これが、あせらなくていいって言った、もう一つの理由です。今の明日香は、また別の意味では、完全に死んでいます。もう彼女は、動くこともできなければ、しゃべることもできない、何もできない状態で、そしてそれはこのままでは回復不可能なんですから。ですから、今更《いまさら》、明日香の体が死んだとしても、事態には何の変化もないんですよ」

「……？」

「けれど……言い方を変えれば、まだ、明日香は生きていますし……そして、彼女は、永遠に、この地球って星がある限り、永久に、死にません。ある意味で一回死んで……そして、明日香は、不死になったんです」

「拓さん！　判らない！　僕にはあなたの言っていることがまったく判らない」

「ああ、嶋村くん、落ち着いて。どう言えばいいのかなあ……明日香は、帰化《きか》、したんだ」

「え？　気化？」

「帰化。帰化植物って、いうだろう？　明日香は、この地球って星に根をおろし、この地球って星に帰化したんだ。地球の生き物になった明日香は、実体のある生命をなくし……かわりに、永遠の生命を手に入れたんだよ。この星には、この地球って星には、この星が滅びるまでずっと、明日香の想いが残るだろう。それが、今、生きている明日香だ」

「……拓？　おまえの言うことは……私にもよく判らない。おまえは一体何を……」

「ああ、おじさん。どう言ったら判ってもらえるのかな。その、つまり……我々が、明日香が死んだ、と思った時点で、彼女は休眠状態にはいったんです。それも、長い、長い、休眠。二度と目覚めることのない筈の、休眠」

「植物の……休眠、か」

この、拓のいう『休眠』って言葉が理解できたのは、どうやら松崎と嶋村、そして夏海だけだったらしい。三人だけが、何となく判ったって表情をして、あとの連中がまったくぽおっとしていたので――そして、どうやら松崎と嶋村には説明をしようって意図が全然ないみたいなので――しょうがない、学者ではないものの、学者になりたくて植物学をかじっていた夏海が、おどおどしながらも、他の連中に解説をする。

「あの……植物っていうのは、時々、休眠って呼ばれる状態にはいることがあるんです。それは、主に、冬の時期、なんですけど。つまりその……動物は、移動ができるから、あたりの環境が自分の棲息《せいそく》に適さない程寒くなったり何だりすれば、そこからでてゆくことができるでしょう？　なのに、植物には、それができないでしょう。うんとおおざっぱに言えば、その為に植物にある能力が、休眠なんです。休眠中は、その植物は、まったく生長しません。あ、この生長は、『成長』とは、字も、意味も違うんですね。休眠中、植物の生長点は、殆どその動きをとめてしまいます。これって、かなりおおざっぱで適当な言い方になりますけれど、動物で言うならば、殆ど死んでいるような状態だと思っていいと思います」

「殆ど……死んでいるような状態……。明日香が、そうだった……」

「でも、死んでいる訳じゃ、ないんです。何より、休眠期をすぎれば、その植物、平気で活動を再開しますから。……えーと……どう説明すればよく判ってもらえるのか……あ、種子！　そう、種子なんて、絶好の、休眠の見本です」

「は？　しゅし……？」

「種《たね》のことです、植物の、種。あれ、生きているとはなかなか思えないでしょう？　畑にまかなきゃ何年だって何十年だってずっと種のままでいるし、仮に百年前の種だって、保存状態さえよければ、今、畑にまいても、すぐに芽を出す筈だし。種って、生きているとも思えない、でも、死んでいる訳でもない、不思議な生き物じゃありませんか？　あれって、植物の休眠の中でも、かなり完成された形態の一つです」

「種って……でも……種って、卵じゃないの？　鶏の卵は、卵だけじゃ生き物じゃないけど、でも、あっためれば生き物になる。種って、そういうものじゃないの？」

「違います。まず、鶏の卵は……他の何の動物の卵でも、百年はおろか、数年もほうっとけば、必ず腐ってしまうでしょ？　植物の種子にはそんなことがないし……それに、何より。種子は、赤ちゃんなんです。種子は、卵じゃなくて、赤ちゃんなんです」

「それって……どっか、違うの？」

「まるで違います。種子と動物の卵を同列に扱うのは、新生児と受精卵を同列に扱うようなもので、この二つはまるで段階が違うんです。動物の……鳥なんかの卵が、まだ生まれる前の生命だとしたら、植物の種子は、すでに生まれてしまった赤ちゃんが自分の成育に適した時期になるまで、自分自身を凍結している姿なんです」

「今は植物学の講義の時間じゃない！」

と。夏海の台詞に割ってはいったのは、信彦だった。

「明日香は……休眠中なら、明日香は、それでもまだ、生きているんだ。なら……なら……」

「悪いけれど、植物学の講義を続けさせてもらおう」

で、信彦のこんな台詞を、拓が引き取る。

「休眠は、普通、冬場の寒さ等、外的条件がその植物の生育にそぐわない場合に起こる。故に、冬、芽《が》りんだの冬芽《ふゆめ》だのを形成した植物は、春の到来と共に、休眠状態からさめ、再び元の生きている植物に戻るのだが……明日香の場合、春は決してこない。明日香の場合、休眠からさめる可能性はまるでない。……故に、今のままでは、明日香はもう、死んだも同じなのだ」

「い……今の状態じゃ、死んだも同じだなんて……拓さん、あなたは、よく、そんなことが言えますね！　明日香は、あなたの妹でしょう？　あなたは、妹が好きじゃなかったんですか？　あなたは、妹を愛していなかったんですか？　もし、愛していたのなら、何であなたはそんなことを言うんです！　死んだっていうのと、死んだも同じことっていうのとでは、まるで意味が違うでしょう？　あなたが、もし、明日香のことをほんのちょっとでも愛しているのなら……どうして、可能性に賭《か》けてみないんです。どうして？」

「どうしてって……はなはだ矛盾《むじゅん》したことを言うようだが、明日香が生きているからだよ」

「拓、あなた、あたし達に通じる日本語が話せないの？」

「話そうと思えば……話せる。だが……」

夢子の責めるような台詞を聞いた瞬間、拓、一瞬憮然《ぶぜん》とした表情になり……そしてそれから、ふっと中空に視線を飛ばし、何か、空中にただよっているものに微笑《ほほえ》みかける。ただよっているものからどんなメッセージを受け取ったのか、途端に拓の笑み、ぱっと顔中にひろがり――拓、台詞の後半を口にする。

「ああ、明日香、頼む。判る日本語で、説明してやってくれ」

と。

「お兄ちゃん、ずるい。説明のむずかしい処は、みんなあたしにおしつけた」

ふいに。

夢子の。信彦の。三沢の。松崎の。黒田の。夏海の心の中に、澄んだ、明るい、ちょっといたずらっぽい響きのある、女性の声が聞こえてきたのだ。

「明日香！」

「明日香！」

「明日香！」

そして。その声を聞いた――あるいは、感じた瞬間、夢子・信彦・三沢のトリオは思わずこう叫び――その叫びを聞いて、明日香の声を直接は知らない、あるいはあんまり知らない残り三人は、自分の心の中で聞こえた声が、どうやら明日香のものであるらしいって推測する。

「明日香！　生きているんじゃないか！　おまえ、生きているんじゃないか！」

信彦、もう、泣いている。泣きながら……洟《はな》をすすりながら、空中のどこに視点を定めていいのやら、どこに明日香がいるのか判らないまま、ただただ『生きているんじゃないか』って台詞を繰り帰す。

「明日香……明日香……」

夢子は、もう、言葉がでない。

明日香は、六人六様に混乱している彼らに――六人別々に、静かに、話をしだしたのだ――。

☆

「信彦さん……あなた」

明日香の、この声が聞こえた時点で、信彦の瞳には、もう何もうつらなくなった。いや、別に失明した訳ではないのだから、確かに信彦の網膜にはあたりの景色はうつっているのだ。だが、信彦の想いは、そのすべてを明日香の声だけで占められてしまって……信彦には、明日香以外の、外界ってものが存在しなくなっている。

「明日香。莫迦《ばか》野郎。この野郎。生きているなら……生きているなら、何でももっと早く、僕に声をかけてくれなかったんだ。どれだけ……どれだけ、おまえを喪《うしな》って哀しかったか……ああ、いや、いいんだ、ごめん、そんなことはいいんだ。おまえがいてくれさえすれば……おまえさえ生きていてくれれば、あとのことはどうでもいいんだ」

「信彦さん……ごめんね。あたしは、ずっと、死んでいる間もずっと、あなたのことを、あなたのことだけを想ってた。でも……あなたにあたしの声を届ける手段が、なかったの。今、この、世界樹の結界にまぜてもらって……世界樹の力を借りて、ようやくあなたに声を届かせることができたの。それも……お兄ちゃんに時間を稼《かせ》いでもらって、ここにいる人達の意識とあたしの思いを同調させて、それで、やっと。……信彦さん、知らなかったでしょう。あたし、今まで——死んでから今までずっと、死んでいる間ずっと、あなたのことを呼んでたの。あなたに話しかけてきたの。でも……今までは、どうしても、それが通じなかった」

「明日香？　死んでいる間って……おまえ、生きているじゃないか。おまえ、生きているんだろ？」

「……ごめんなさい。そういう意味では……あなたのいう意味では、あたしはとっくに死んでいるの。あなたがあたしのことを死んだって思った時、あの時あたしは、死んだのよ」

「嘘をつくな！　嘘を言わないでくれ！　だって、休眠っていったじゃないか！　おまえは単に休眠しているだけなんだろ？　な？　そうなんだろ？　ね？　時期が来れば……春が来れば、また、生き返るんだろ？」

「……確かにあたしは、休眠にはいった。あれが休眠ってものだって、実はあたしも、知らなかったけど。でも……その休眠は、決してさめることがない眠りだったの。あたしの体は、もう生涯、目覚めない。そういう意味ではあたしはすでに死んだのと同じで……」

「どうして！　どうしてあきらめるんだ、おまえも拓さんも！　……今のおまえの状態がどんなものだか、僕は確かに知らないよ。でも……休眠なら、死んではいないのなら、回復する望みだってある筈だろう？　千に一つでも、万に一つでも、どうかその可能性に賭けてくれよ」

「……ごめんなさい、信彦さん。あなたがそう言ってくれるのは、嬉しいわ。とっても、嬉しい。でも……でも、決してあたしは生き返らない。何故なら……あたし自身が、選んじゃったから。……死んでいるあたしを」

「明日香？　おまえ、何を……」

「あたしは、あたしとして……三沢明日香として、生きるのをやめたかわりに、この地球の生き物として生きることの方を選んでしまったの。……そういう意味では、確かにあたしは死んでないし、確かにあたしは不死身だわ。この地球って惑星がこの世に存在している限り、あたしもこの世に存在している」

「……明日香……？」

「今では、この地球の植物、そのすべてが、ある意味で、あたしよ。あたしは、そういう存在になって、地上に満ちるわ」

「明日香、おい、明日香」

「生命には、二つの相があるの。まず、それを理解してちょうだい。その二つって、生物学的な意味で生きている生命と、精神的な意味で生きている生命、ね。生物学的な意味で生きている生命には、必ず、終りがある。物質として生きている生命は、必ず、死ぬの。そして、これが、あなた達が普通に言っている、『生きている』ってこと。それから、もう一つ、あなた達は知らないけれど、世の中には、精神的な生命ってものがあるの。物理的な肉体の中で、必要なだけ成熟した想いは、物理的な肉体が死んだあとも、精神的な生命として、この地球で存在することが可能なの。こちらの生命には……ある意味で、終りがないのよ。決して、死なないの。この地球がある限り、地球でうまれた精神的な生命は地球で生きているでしょうし……もし、地球が滅んでしまっても、多分、あたし達は、この宇宙に想いとして満ちることができる筈」

「明日香！　僕には、おまえが何を言っているのか判らない」

「今はまだ、判らなくてもいいわ。ただ、このことだけ、覚えておいて。あたしは……肉体的に生きている、あなた達の言葉でいう『生きている』あたしになるかわりに、精神的に生きている、あなた達の言葉でいう処の『死んでいる』あたしになる方を選んでしまった。だから、あたしは、ここにいるけど、でも、死んでいるのよ。けれど……どうか、あたしが死んだことを、哀しまないで。あたしは……自分で選んで、死んだんですもの。生きるか死ぬかを選べる人なんて、まず滅多《めった》にいないわよ。普通は、なし崩しにどっちかになっちゃうんで……その点だけでも、あたしって、幸せな部類なんだと思う。そして……これだけあたしがあなたのことを好きなんだもの、これから先、すべての植物は……つまりあたしは……きっと、信彦さん、あなたのことを愛するわ。生涯あなたは、植物に愛され、祝福された人間として、生きてゆくことができる筈」

「それが何だっていうんだ！　え？　それが何だっていうんだよ、おい！　すべての植物に愛される？　そんな必要、僕にはまったくないんだ！　たとえすべての植物に怨まれようとも、明日香、おまえがいてくれる、その方がよっぽど僕にとっては必要なことなんだ！」

「……ありがとう。そう言ってくれるのは、嬉しい。でも……でも、そうじゃ、ないのよ。あたしは、人間じゃないし、もう死んでいるし、まっとうな意味では地球の生物でもないし……だから、あたし、あなたにお願いをしたかったの」

「え？」

「あの、ね、信彦さん……。最終的に、あなたは、人間の、それも健《すこ》やかで、優しい女の人を、お嫁さんにするべきなのよ」

「おまえがいるのに？　明日香、おまえがいるのに？」

「あたしがいるのに。それを言いたくて、あたしはあなたに声をかけてるの。……あなた、どうか、あたしのことは気にしないで、健康で、明るくて、優しいお嫁さんをみつけて。世間一般の、幸せな人生を歩んでちょうだい。それだけを……それだけを、お願いしたかった。あなたの幸せが、つまりはあたしの幸せなんだもの」

「お……おまえ、な」

「どうか、お願い。あなたが幸せになってくれなくっちゃ、あたし、それこそ不幸になってしまうもの」

「お、おまえな、あの、おまえな」

それから、信彦。思いっきり、大声で。

「おまえは、莫迦だっ！」

☆

「夢ちゃん。……お姉さん。あたしの、お姉さん」

さて。信彦とまったく同時に、こう声をかけられたのは、夢子。

「明日香？　生きているの、明日香？」

「夢ちゃん、あのね」

「明日香！　明日香！　いるのね？　今、ここにいるのね？　あたしはあなたを感じることができる。あなたがここにいてくれて……あたしがどんなに嬉しいか、今、あたしがどれ程幸せだか、あなたに判ってもらえるかしら。ううん、きっと、判らない。明日香、あなたが生きていてくれて……あたしはほんとに……あたしはほんとに……」

夢子。その第一声から、すでに涙ぐんでいる。目に見えない、明日香の気配は、まさかそんな夢子の肩を抱く訳にも背中を撫《な》ぜる訳にもいかず、しばらくの間、夢子をもてあます。そしてそれから、おずおずと。

「夢ちゃん、あのね」

「ああ、言わないでね。拓と仲直りしてくれだなんて」

ところが、意を決してしゃべりだした明日香の台詞を、いとも簡単に、夢子、さえぎってしまう。

「え？　……あの、夢ちゃん、何であたしの言いたいこと……」

「長いつき合いですもん、あんた達兄妹が何を言い出すか、あたしはよく知っているつもり。……あらかじめ断っておくけれど、嫌ですからね、あたしは。ええ、嫌ですとも。あたしは絶対に人類って奴を許してあげないし、拓とだって和解なんかしないわ。あたしが拓と和解するとしたら、それはたった一つの条件下のみで……その条件って、拓が考えを改めて、あたしと一緒に人類に対して復讐をする気になった時、だけよ」

「……夢ちゃん……。あなたはそう言うんじゃないかって、それがとっても怖かった。それだけが、不安だった。」

「明日香。あなたがいくらあたしにそう言ったって、駄《だ》目《め》。あたしは、決して、人間を許さない」

「あたしが許していても？」

「あなたが許していても。……確かにあなたは、人間に対して怨みを持ってはいないんでしょう。でも、あたしは、怨んでる。あるいは――ひょっとしたらあなたは、不幸せではなかったのかも知れない。でも、あなたを喪ったあたしは、不幸せだった。……わがままとでも、勝手だとでも、好きなだけあたしを軽蔑《けいべつ》していいわ。でも……今となっては、明日香、あなたを喪った哀しみは、あなたの哀しみじゃない、あたしの哀しみになっているのよ。人類への復讐は、あなたの復讐じゃない、あたしの復讐になっているのよ」

「………」

しばらくの間、明日香、夢子の心へと働きかけるのをやめ、軽くため息をつく。そしてそれから、意を決したように。

「夢ちゃん。じゃ、復讐の前に、お願いがあるの。少し、前へ進んで」

「え？　何で？」

「夢ちゃんに……見せてみようと思って。この地球の植物が、どんなことを考えているのか、それを」

「明日香……どういうこと？」

でも。こう言いながらも夢子、何となく熱にうかされたような風情で、数歩、前へ進む。と、今では夢子の目の前に、ほんの手を伸ばせば届く処に世界樹があり――。

「植物っていうのが――この地球の、『植物』っていう生命が、どんなものであるのか、夢ちゃんにも判って欲しいと想うの。そして……そのあとで、それでもまだ、夢ちゃんが復讐をしたいのなら……その時は、あたし、もう、とめない」

「……明日香？」

「そこでとまって。そのまま、両手をまっすぐ前へだして」

「え……だって明日香……そんなことしたら……」

「そう。触れて欲しいの。世界樹に。この地球って星の、植物の想いに」

「……?」

夢子、何だか不得要領《ふとくようりょう》な顔になり――それでも、ゆっくりと、両手を前へだす。その、夢子の両手が、おずおずと世界樹の幹に触れ――。

と。――と!

「何っ!」

次の瞬間、夢子、まるで世界樹の幹に感電したかのように、両手をそこから離そうとし――でも、どうしても、それができず――ただただひたすら、叫び続ける。

「何よっ! 何なのよ、これ、何なのよこれ、何なのよこれ!」

夢子の瞳からは、とまることなく涙が溢《あふ》れ続け……そして、夢子のこの叫びは、他の誰にも聞こえなかった――。

☆

「おじさま。ごめんね」

三沢は、意識するともなく、いつの間にか目をつむっていた。そして、目をつむったままの三沢の心に、明日香の声が響き――ああ、目をつむっていると、よく、判る。明日香の声には、何の悲惨さも哀しさもみじんもなく――昔、まだ明日香が自宅の二階に住んでいた時なら、きっと明日香、ベランダのお気にいりの場所に腰かけて、足をぶらぶらさせながら、こんな調子でしゃべったんだろうな。

「ごめんね、おじさま」

「明日香。――一体、何を謝ることがあるんだね」

不思議なものだ。目をつむって、今、ここが、自宅の明日香の部屋であるって思ったせいか、三沢の声、昔の、薬に溺《おぼ》れる前の、明日香達にしょっちゅうお小言を言っていた、父親の声になっていた。

「だって……ごめん。ごめんなさい。あたしのせいで……あたしとお兄ちゃんのせいで、おじさま、まっとうな生活ができなくなっちゃったんじゃない?」

「そんなこと、子供が心配するようなことじゃない」

不思議だ。時間がどんどん昔に返っているようだ。昔――岡田のおじさんの処から、拓達が逃げてきた時、恐縮する拓に、三沢は何度この台詞を言っただろう。

「それに……夢ちゃんは、あたしのせいで、人類に復讐する気になってしまった」

……ああ。それは、確かに、ショックだったな。

三沢、不思議と気楽に、そんなことを考える。

夢子は、土壇場《どたんば》で、考えてはくれなかったんだろうか? 夢子を育てた、三沢も人類の一員であるっていうことを。もし、夢子が人類に対して牙をむくことになったら、その夢子を育てた、三沢は人類に対する裏切り者になってしまうっていうことを。

だが……それもこれも、今となっては、何だかどうでもいいようなことのような気がする。

「あたしは時間を戻せない」

と、明日香は、目をつむっている三沢に、何だか至極当然のことを言った。

「あたしは、時間を戻すことができない。だから、あったことをなかったことにすることはできない」

「明日香、あの……」

「おじさまの経歴には、すでに傷がついてしまった。おじさまを、あたし達と知り合う前のおじさまに戻すことは、あたしにはできない。ただ、あたしにできることって言ったらば……」

「……明日香？　おまえ、一体何を言ってるんだい？」

「ごめんね、おじさま。ごめんなさい。あたしの判断がほんとに正しいのかどうか、実は自分でも自信がないのよ。こんなことをして、それでおじさまが幸せになれるって保証はないし……でも、これが、これだけが、あたしのできることなの。そして……ごめんなさい。……ごめんなさい……何百回も、何千回も……ごめんなさい」

この、明日香の台詞を最後にして。三沢の意識は、ふいに、闇《やみ》に呑まれた——。

☆

「あなたをどうするかが、最後までひっかかっていたのよね」

ふいに、明日香の声が聞こえ、松崎は、慌ててあたりを見回した。でも——どこにも、明日香の姿は、ない。

「ほっとこうかと思ったの、最初は。正直言って、あたし、あなたに好感情を抱《いだ》いているとはお世辞にも言えないし……だから、あなたがこの世界のどこかでどんなに悲惨な人生を歩んだって、知ったことかって気もするし……でも。でも、それって多分、あなたのせいじゃ、ないのよね」

「明日香？　明日香、いるのか？　いるとしたらどこに？　おい、明日香」

松崎は、明日香の台詞に何の頓着《とんちゃく》もせず、ただただひたすら、あたりを見回す。うろつきまわったりも、する。でも——どこにも明日香の姿はない。

「ある日、判ったの。あなたがこうもあたし達に固執《こしつ》するのは、多分、あなたのせいじゃなくて、あなたの業《ごう》なんだって。……だとしたら、あなただって、被害者よね。一概に、あなただけを責めてどうにかなるって問題じゃないって、ある日、あたしは判ったの」

「明日香？　せめて姿だけでも……明日香」

「それに、あなたには、奥さんも子供さんもいるんでしよ？　……どうやら離縁された恰好《かっこう》らしいけど。それも、あたし達のせいって言えば、せいよね。だとしたら……奥さんや子供さん達の為にも、あなたをほっとくのはいけないことのような気がするの。あたし達があなたに追い回されてとっても理不尽《りふじん》な思いをしたように、今、あなたの奥さんとお子さん達は、きっと理不尽な思いをしている筈。不幸な人を増やすのは、あたしの本意ではないんだもの」

「明日香？　どこだ？　どこにいるんだ？」

「幸いあなたは、黒田さんの研究所における要注意人物にはなっていないらしい。だから、あたしはここであなたを放り出すわ」

「え？」

「あるいはあたしの行動って、あなたの人生を信じられない程不幸にしてしまうものなのかも知れない。でも、その時は——どうせ全部忘れてるだろうから、思い出してねって言いにくいけど——判ってちょうだい。あなたのせいで、あたし達は、とんでもなく不幸な境遇に陥《おちい》ったのよ。あなたさえ、あなたさえ、岡田のおじいさまをみつけなければ、あたし達はこうも悲惨な運命を辿《たど》らずにすんだ筈だった。因果応報《いんがおうほう》って言葉を、どうか知ってね」

「あ？　あの？　明日香？　おい、明日香、どうか、姿だけでも……」

「さようなら。この後、あなたは、あたし達のことをすべて忘れて、普通の人生を歩んでください。もし、あなたがあたし達に固執するのが『業』のせいだとしたら、固執する対象がなくなった人生って、さぞ辛《つら》い、不幸せなものなのかも知れないけれど……でも、そこまで思いやってあげる必要性を、あたしは感じない。さようなら」

「……え？　あの？　明日香？」

「さようなら、松崎さん。二度とお目にかかることはないでしょう——」

☆

「ごめんなさいね、黒田さん」

明日香は、最初っからずっと、黒田に謝っていた。

「ごめんなさいね、黒田さん。あなたを完全に巻き込んでしまった。そして……あなたみたいな位置にいる人は、弁解がさぞ、むずかしかろうと思うし……」

「……ああ、成程《なるほど》。ようやく、構造が読めたよ」

だが、黒田は、そんな明日香の謝罪なんてまったく気にしていない様で、むしろ明るくこんな台詞を口にする。

「大丈夫だ。私は、完全に、構造を把握《はあく》した」

「え？　黒田さん？」

「おまえは私のことを何だと思っているのかい？　気がつくと、何か得体《えたい》の知れない状態に陥ってしまった民間人とでも？」

「あ……いえ……そうじゃないことはよく判っているんですけれど……」

　それにしても。黒田のこの妙な明るさは、何だろう。何か、心底ふっきれたって風情のこの明るさは。

「ディテールは、確かに、判らない。でも、今、私はおまえの考えの構造が見えたと思う。おまえ……明日香……良子……逃げる気だね？」

「え？」

「逃げるんだろう？　研究所から。……どういう方法を使ってかは、想像もできないが。そして、またこれまた想像もつかない方法で、今までのこと、おまえというエイリアンがいたって記録、そのすべてを反古《ほご》にしてしまうつもりなんだろう。……どうかね。私の想像は、違っているかね？」

「……本質的に……あってます……」

「だろ？　良子、莫迦にしちゃいけない。おまえの考えくらい、私には簡単に読める。そしてその上、そういう事態が発生した時、私がうまい言い訳ができるかどうかまで心配してくれるのは……ありがたいけれど、逆に私を莫迦にした行動だよ」

「……ええ……そうかも知れないなって思いますけど……でも……やっぱりさぞかし言い訳が大変だろうと……」

「くどいようだが、莫迦にしちゃいけない。物事で、一番重要で、一番大切なのは、その構造だ。構造さえ理解していれば、枝葉末節《しようまっせつ》の言い訳なんて、いくらでもできる」

「そう……なん……ですか？」

「そうなんだ。良子……あ、いや、明日香……さん」

「良子でいいです」

　最後の台詞になって、やっと、やっと、明日香、それまで黒田に呑まれっぱなしだった自分の調子を取り戻し——軽い感じでこう言ってみる。

「あたしのことは、呼びたければいくらでも『良子』って呼んでください。その呼ばれ方って、ある意味で、むしろ光栄ですから」

「いや、明日香、さん」

が。黒田、そんな明日香の台詞を、軽く無視して。

「あなたはやっぱり、良子じゃない。……そんなことくらい、もっとずっと前に、判っていなきゃいけなかったんだ……。良子、おまえ、いや、明日香さん、あなたを通して、私は一体何を見ていたんでしょうね。過去の幻——そういうものかも知れないし、もう二度と返ってこない若かった日の思い出、なのかも知れない。それが今、良子ではない、明日香さん、あなたの声を聞いて、きれいにふっ切れたような気がします。……だが、そんなことはおいておいて——今、私には、よく判ることが一つ、あります」

「?」

「あなたはやっぱり、不思議な程植物なんですね」

「え?」

「自覚していないのかも知れない、いや、おそらく、自覚することはないんでしょうけれど――植物って、不思議なものですよ」

「……あの?」

「あなたを――植物を見ていると、不思議な程、心が和《なご》む。不思議な程、幸せだった頃の記憶にひたりこんでしまう。……これが本当のことかどうかは知りませんけれど、あなたを見ている限りでは、あなたの影響をうけた限りでは――私は思いますよ」

「その……何て?」

「植物は――おそらくは、人間を、おそらくは、動物を――無条件に、愛しているのだと」

植物は――おそらくは、人間を、おそらくは動物を、無条件に愛しているのだと――。

☆

「……ごめんね」

明日香にとって。真実、謝らなきゃいけない人がこの場にいるとすれば、それは箕面夏海で――実際、明日香は、何度も何度も、できるだけしつこく、夏海に謝り続けていた。

「ごめんね、ごめんなさい。あなたは――独立した、人格を持つ、立派な人間なのに、なのにあたしは、あなたを勝手にチェスか何かの駒《こま》にしてしまった」

「……あの……意味が……」

また、一方。とにかく勝手に謝られても、夏海には、明日香が謝るその根拠がまったく判らなかったので――この二人の会話、別に非友好的って訳ではないにしろ、平行線をたどってしまう。

そして、それから。いつまでも、平行線の会話じゃしょうがないって思ったせいか、明日香、ふいに、こんなことを口にして。

「あなたは、『眼』なの」

「え?」

「あなたの役割は、眼、なのよ」

「……え?」

「誰かに、言いたいことがある訳じゃない。誰かに、言わなくっちゃいけないことがある訳じゃない。……ううん、誰にも、言うべきことを、あたしは持たない」

「……?」

「けれど、あたしは……見ていて欲しいのよ」

「?」

「あなた、どうか、見てて。ただ、見ていて。別にそれを誰に言わなくてもいいし、誰に言っても欲しくないいけれど……ただ、見てて」

「……あの？」

「今、あたしは幕を下ろすわ。あたしの想いが作りあげた、あたしの物語に。そしてその時――あなたには、判ることがあるでしょう。植物が、どんなことを思ってているのか、きっとあなたには判る筈。でも、その植物の想いを、誰かに言って欲しいとは、あたしは思っていないのよ」

「あの？」

「ただ――見ていて。そして、判って。ただ、見ていて。そして、判って」

「……え？」

そして――その瞬間。

まるで地震のような、大地の揺れが、この世界に満ちたのだった――。

8

その、瞬間。

屋久島で、世界樹の結界が揺れた、その瞬間、その原因となった事態が、埼玉の山の奥、黒田の研究所で起こっていた。

明日香の体がはいったガラスケース。そのガラスケースのまわりには、白衣を着た数人の男と、吉田という人物が立っていて、今、明日香を覆っているガラスが、完全に台座からはずされた処《ところ》。

「その……その生物は、確かに今は死んでいるのかも知れないが、あたりにいる植物にある種の影響を与えることができた生物、だったな」

白衣の男達が、まるで身をのりだすようにして明日香をのぞきこんでいるのとは対照的に、一人、こわごわと、まるで明日香が伝染病の病原体であるかのように、部屋の隅の方に避難していた吉田、いかにもいとわしそうな口調で、こう言う。

「ええ」

「なら、それを早く、君達の研究室に運んでしまうか、あるいはアメリカさんに渡してしまってくれ。私は……たとえ死体でも、伝染性のものを持つ生物とあまり長く一つ部屋にいたくはない」

「ええ、ええ、吉田さん、一刻も早く、明日香嬢は我々が連れてゆきますとも。黒田さんと違って、あなたが実に我々に協力的で、私達は本当に喜んでいます」

白衣の男達の中で最年長に見うけられる人物、今にも揉《も》み手でもしそうな風情《ふぜい》でこんなことをいい、それから、念の為《ため》にか、明日香の体にさわり、脈がないことや体温がないことを確かめてみる。

「あ、ただし、報告書は必ず、毎日提出してくれたまえ。解剖したのなら勿論《もちろん》、たとえその生物に何もしなくても、毎日報告書が必要だ。それは、判《わか》っているな？」

「ええ、勿論。今日、明日香嬢を連れて帰ったら、この足ですぐ、解剖にまわしますから……通り一遍の報告書なんてものじゃない、実に興味溢《あふ》れるレポートを送れると思いますよ。CIAの方にも、同じレポートを送っておきますし、ある程度の期間、我々に明日香嬢を完全に任せてもらえるのなら、上層部が思っているよりかなり早く、アメリカとの共同研究態勢にはいれるでしょう」

「……それは、助かる」

吉田、こっそり、安堵《あんど》のため息をつく。前任者の黒田は、一体どうやってごまかしてきたんだか、実の処アメリカからは、矢のような明日香の引渡し催促《さいそく》状がきていて……正直言って、これから先、それをどうかわしていいのか、吉田はかなり憂鬱《ゆううつ》だったのだ。

「では……おい、ストレッチャーだ」

白衣の最年長の男、他の白衣の男にこういい、その男は部屋の隅からストレッチャーをひっぱってきて……そして。

白衣の男、三人がかりで、明日香の体を持ち上げ、明日香をストレッチャーの上に乗せようとした瞬間——それが起こったのだった。

☆

「……動か……ない？」

その騒動の、第一自覚症状は、実に軽いものだった。

白衣の男、三人がかりでも、どういう訳か、明日香の体を持ち上げることができなかったのだ。

「仁内《じんない》、おまえちゃんと足を持っているのか？」

「は、はい、持ってます。でも……持ち上がらない……。京極《きょうごく》先生の方は、どうなんです？」

「腰がまるで持ち上がらない……。どうなっているんだ、これは？　瀬戸《せと》君、明日香嬢の体重は……」

「死亡時で三十七キログラムです。まさかこんな……」

「腰、です、京極先生！　腰に、何かがついてます」

「え？　仁内君、何を」

「腰に、何か明日香嬢を台座に固定するものがあるんです。ほら、爪先《つまさき》だの手だのは、簡単に持ち上がるでしょう？　腰が原因で、明日香嬢は台座から離れられないんです」

「だが……そんなものは何もない筈《はず》だぞ？」

そして、第二自覚症状。明日香のはいっていた、ガラスケースをのせていた、台座が急に破裂したのだ。

「え？　あ？」

「爆発物か？」

「いえ！　いえ、そうじゃありません。これは……これは……」

「台座自体が、破裂したんだ！　何か判りませんし、どうしてだかも判りませんが、台座の中に、急に何か大きなものが出現した様子です」

「何?」

「それも……明日香嬢の、腰のあたりから、発生した模様。現に破裂したのは、彼女の腰の下の台座です」

それから。最後の自覚症状――あるいは、クライマックス。

研究所の、最上階の、明日香をいれたガラスケースのある部屋の床が、まず、割れた。ついで、その下の階、更にその下の階、そのまた下の階……と、際限なく床が割れてゆき……。

「な……何だ?」

「おい、何事だ?」

「危ない! このビル、崩れるぞ!」

「根だ!」

「え?」

「判りませんか? 根、です。明日香の腰から、根が生えています! 根が、根が、どんどんビルを壊して伸びていって……」

「根? どうして? 彼女は死んだ筈じゃなかったのか? どうして根が生えるんだ!」

☆

研究所の外から、その様子を見ていると。その様《さま》は、何だかとっても喜劇的で――また、よく、判った。

最初。八階の壁が、妙に震えたのだ。そしてそれから、その震え、八階から七階、七階から六階へと降りてゆき……次の瞬間、ビル自体が、礎石《そせき》から、揺れた。それから、ビルのまわりのコンクリートに、ビルを中心にして、次々亀裂が走ってゆき……その亀裂からは、処々《ところどころ》、とんでもなく太い植物の根が顔をだす。

そう。外から見ている分には、事態はそれなりによく判ったのだ。

どうやら、このビルの中心に、とんでもない植物がいるらしいってこと。その植物は、最初八階で根をおろし、次々床を打ち破っては、とにかく大地にまで、その根を届かせた。今、そのとんでもない植物の根が、完全に地面へとおり、四方八方へと、はりめぐっている。そして、――そうなると。次に起こるのは。

建物から、わらわらと、人が転がり出てきだした。わらわらと――本能的な恐怖に駆られて、人が、どんどん、こぼれ出てくる。

そして――それから。そして、それから。

ばりんっ。

音がして、最初に割れたのは、六階の、窓だった。

そう。充分根をはびこらせた植物は、次に、幹を太らせ、葉をおいしげらせるのだ。

六階の窓が割れ、そこから見事に緑の葉をつけた植物の枝が突き出して――ここからは、もう、言わずもがな。

その間にも。人は出てくる。人は出てくる。下の方の階にいた連中は、気がつくといつの間にか駆けだしていたし、上の方の階にいた連中は、エレベータに乗らず、階段を通ろうってだけ理性があったものから順に、転がりでてくる。

出てくる――人が出てくる――枝が出てくる。

あっという間に、五階の窓が割れた。七階の窓が割れた。そして、その窓をつき破って、植物の枝が出てくる。

「く……崩れる！」

「どけっ！　危ない！」

今や。ビル自体が、震えていた。ビル自体の存続が、怪しくなってしまった。

そして。

「な……何だ、これは……。これは、一体、何事なんだ……」

逸早《いちはや》く避難した吉田が、やっと外へでた頃、音をたてて研究所のビル、崩れだす。

「これは一体何なんだ、何が起こったっていうんだ……？」

悩んでいる吉田を、見知らぬ男が転ばせる。

「あんた、何をしてるんだ！　こんな処にいちゃ、危ない！」

転んだ吉田のすぐ脇に、コンクリートの破片が降ってきて……。

「何だ、これは、一体何が起こったっていうんだ……」

まだ呆然《ぼうぜん》としている吉田を、男、かなり荒っぽく、落下する破片がかからない場所までひきずっていってくれる。その間にも、まるで呆然としている吉田をあざ笑うかのように、吉田と男の脇に、いろいろなものが降ってきて……。

化粧タイルが、降ってきた。次々に割れるガラスも降ってきて……そしてまた、コンクリートの塊《かたまり》も、降ってくる。

鉄筋コンクリート造りで、化粧タイルの外壁を誇っていた、あくまで近代的だった研究所のビルは――こうして、崩壊したのだった。

そして。後に残ったのは、一本の木。まだ処々、研究所の残骸《ざんがい》をまとわりつかせた、巨大な、木。吉田の乏しい知識では、それまで見たことがないような種類の――その巨大さといい、成長速度といい、また、不思議に風にしなる、やわらかな太い幹といい、とても地球の植物とは思えない、植物。

「これが……明日香、なのか。これが……ああっ！　記録！」

記録。今までの、松崎の明日香についての研究、松崎の研究室で根岸・宮本両名がおこなった実験の記録、明日香の細胞の標本、明日香の髪の標本、明日香により影響をうけた植物の標本、そしてその記録。その他、文書の形で、あるいはコンピュータのデータの形でとられていた、すべての記録。研究所が崩れる、そして、内部のコンピュータもおそらくは壊れたであろうこの状況では、明日香に関する記録の一切が、失われてしまう可能性がある。

「急がなければ、せめて標本だけでも確保したいし、コンピュータの内部記録にはいっているデータは、できるだけ……」

ところが、理性と落ち着きを取り戻し、できる限り急いで研究所の残骸の中から必要なものを回収しようとしだした吉田を、また、誰かがうしろからはがいじめにしてとめたのだ。

「君、火急《かきゅう》の用件なんだ。私はここの責任者で……」

おそらくは、吉田をはがいじめにしている人物には、悪意はあるまい。あくまで吉田の身を心配して、とめてくれているのだ。だから、その人物をどなりつけるのは好ましくない、それは判る、それは判るのだが、今は火急の時なのだ。

そんなことを考えながら、苛々《いらいら》と吉田は振り返り、自分をとめている人物の顔を見ようとし——見ようとし——ところが、あるべき位置に、顔が、なかった。

「きゃ……きゃあ、あああ！」

吉田、一瞬、自分の目に映ったものが、理解できなかった。殆《ほとん》どあっけにとられていた。そして、そんな吉田の脇で、吉田と吉田をとめたものを目撃した女が、おそらくは彼女にできる最大級の音量の悲鳴をあげて……。

「きゃあっ、きゃああ、何、あれ、嫌《いや》、あれ、きゃああああっ！」

吉田だって、悲鳴をあげたかった。自分をとめているのが何かを、はっきり確認したその瞬間から。でも、先に女にパニック状態に陥られてしまった為、逆に吉田、妙に落ち着いてしまい、自分がパニックになることができない。だから吉田、しょうがなしに、変な風に冷静な頭で、今の状態を分析して。

おそらくは、パニックになるな。それも、絵に描いたような、見事なパニック状態に。いや——もうすでに、なっていると言っていいかも知れない。こうなると、自分以外に冷静でいてくれる人間が存在するとは期待できないし……その場合、機密保持と記録の確保は、誰がやってくれるのだろう……？

「う……うわああっ！」

「な……何だあれはっ！」

「逃げろっ！　捕まるぞっ！」

ああ。吉田がそんなことをぼんやり考えている間に、そんな吉田の姿を目撃した人々の間で、すでにパニック状態が発生しているようだ。

一部分だけ妙に落ち着いた頭で、こんなことを考えたあと、吉田、自分をはがいじめにしているものから、何とか逃げることができないか、体の各部にできる限りの力を込めてみる。が——どうしても、吉田、彼をはがいじめにしているものから抜け出すことができない。そこで、しょうがない、吉田は。

「明日香……さん、だね。私は君が生きているとは今の今までまったく知らなかったし……その……こういう状態となった君とは、一体どうやれば意志の疎《そ》通《つう》が可能なのかも判らないんで……そこで、しょうがない、人間にやるように、今、こうして話しかけているのだが」

　彼をはがいじめにしているもの——地下から、突然出現した、植物の蔓《つる》、ないしは根としか見えないもの——に、声をかける。

「君は、この先、どうするつもりなんだね？　このまま……ここでこうして、私を殺すか？　……確かに、それも、一つの手だ。だが、可哀想《かわいそう》だが明日香さん、人類は、もう、止まらないよ。エイリアンがいると知ってしまった人類は、私一人を殺したって、決してあなた達を、夢子さん、拓さんって言ったっけ、あなたの仲間を捜す手を緩《ゆる》めないだろう。……こういう言い方は何だか、人類と関わってしまったこと、それがあなたの不幸なのだ。私を殺しても、事態はまったく好転しないし、おそらくは君だって逃げおおせまい。この事態を——君は、この先、どうするつもりなんだね？」

　と。その時、ふいに。

まるで、この吉田の台詞《せりふ》に対する返事のように。

どこからともなく、ピアノの音が、聞こえてきたのだ。

どこからともなく——いや。あの、木からだ。しなやかな枝が風もないのに揺れ、枝にびっしりと生えている、まるでりゅうのひげのような長い葉が細かく震え、震えている葉からはどういう仕組みかピアノのような音がして——そしてその音は、やがて一つのメロディになる。

明日香の——歌に。

　緩い、音階。

のぼる、旋律《せんりつ》。そして、同じフレーズで、おりる、旋律。リフレイン。また、のぼる、旋律、おりる、旋律、音が一つ、ずれた。そして、メロディは、そのあとひたすらのぼりつめて……。

「な……なに……」

　聞くともなしに、その旋律を聞きながら——吉田、気がつくと、涙をながしていた。気がつくと、泣いていた。何だろう、この旋律、何だろう。不思議になつかしい、不思議に昔のことを思わせる……。

　そしてまた。それと同時に。

　最初、吉田が声を出した時に、研究所の奥で、明日香が何をしたのか、ふいに火がでたのだ。そして、その火。明日香の紡《つむ》ぎ出すメロディが高まるのと一緒に、どんどん燃えひろがっていって……。

「火だ！」

明日香に捕まった吉田、そして、明日香のメロディに聞きほれていた吉田、気がつくのに随分時間はかかったが、やがてそれに気がついて。

「火だ！　燃えている！　記録が……コンピュータのデータが……いや、それよりも！　いや、それよりも、明日香さん、あなたが、あなたが燃えてしまう！」

そう。メロディと共に、どんどん大きくなる火は、当然、研究所の残骸だけではなく、まだ生木の明日香の体自体にもおよんでおり――今、明日香は、明日香がもととなってできた、研究所さえも内部から壊してしまうような、巨大な木は、炎に包まれつつあった。

「判っているのか？　明日香さん？　確かにデータはこの火で始末ができるだろう。でも、あなたも一緒に燃えてしまうんだぞ？　あなたも燃えてしまうじゃないか？」

が、明日香は――巨大な木は――こんな、吉田の台詞に、頓着《とんちゃく》しない。むしろ、以前にも増して、さながらピアノの音のように聞こえる音、大きくなって……。

「そうか。これが、あなたの答えなのか」

こう言った吉田、自分の体が、いつの間にか自由になっていることを知った。いつの間にか、吉田の腕や肩を抱きしめていた、蔓か根は、すっかり消えていて……。

「あなたは最初から死ぬ気だったんだ。最初から、死ぬつもりで、自分が死んで、その上自分に関するすべてのデータを葬《ほうむ》りさるつもりで……」

と、その時。

そら耳だろうか？

吉田の耳には、明日香の歌う声が――まるでピアノの音のように思われる音が――ふいに、大きくなったような気がしたのだ。

気のせいか――いや。実際、音は、大きくなっている。今や。

吉田のまわりの、すべての雑草、すべての樹木、すべての花が、不自然に揺れていた。それは、明日香の火事のせいで風が発生した為とはとても思えない動きで――そして、吉田は、その時何故《なぜ》か思ったのだ。

草達が、合唱している。

確かに植物には発声器官はない。だから、植物が歌を歌える訳がない。でも――それでも、まわりの植物は、みんな合唱しているのだ。葉ずれの音で――風に枝をゆすらせて――あるいは、想いだけをこめて、心で。

明日香は燃える。燃え続ける。そして――吉田の目の前で、最後に残っていた研究所の骨組みが崩れ――同時に明日香も燃え崩れる。

明日香は燃える。もう、ピアノの音のような最初に明日香がたてた音は、かすかに、とぎれとぎれにしか聞こえない。上部が燃え落ちてしまっても、それでも明日香は燃え続ける。

が。歌は、まだ聞こえていた。あるいはそれは、吉田の幻聴だったのかも知れないが、歌はまだ聞こえ続けていた。むしろ、大きくなったような気がする。

いまわの際の明日香の想いは——明日香がこの世に托した最後の想いは——あたりの植物の大合唱をひきおこし、そして、おそらくはその植物達に引き継がれてゆくのだ……。

☆

「これは、あの、今、実際に……」

夏海は、これだけ言うと、黙ってしまった。何故って、あたりの空気には、夏海にこれ以上の台詞を続けさせないような雰囲気《ふんいき》が満ちており……。

これは、今、実際に、現実の明日香がした経験なのだ。

夏海、誰に何と言われるのよりもはっきり、それを認識してしまった。

どういうトリックを使ったのだか。

世界樹の結界が、ふいに揺れた直後、夏海達の脳に直接、今見たような光景が映しだされ——そして、それは、今、埼玉のあの研究所で、実際に明日香が経験していることなのだ。

「タイム・リミットが、すぎましたね」

そのあとで。妙に落ち着いた声をだしたのは、拓だった。

「今のが——明日香の最後のシーンで、今のが、明日香の最後の言葉です。今の——音楽。グリーン・レクイエムに、よく似ているような」

「違う！」

とても強い声で、こう言ったのは、嶋村信彦だった。

「今のメロディと、グリーン・レクイエムは、まったく違う。グリーン・レクイエムが、ひたすら望郷の思いに満ちた、とにかく帰りたいって曲だとしたら、今のは、まるでそうじゃない。今の曲は……今の曲は……」

「愛してるって、言ってた」

そして、これは、夢子。

「愛してるって、言ってた。最後まで明日香は……最後まであの子は……愛してるって言ってたのよ。はん！　愛する？　何を？　はん！　愛する！　誰を？」

「人類を。人間ってものを。そして……すべての動物を」

この声。夏海が、初めて聞く、声。とすると——この声が、ひょっとして、世界樹のものなんだろうか？

「夢子。あなたに、教えてあげたい。夢子、あなたに、教えてあげなきゃいけないと思う。植物が……どんなに動物を愛しているのか」

声は、続く。夏海が、世界樹の声だって思った、声が。

「さっきあなたは私に触ってみただろう？　その時、判った筈」

「でも……あの……」

「心理的に、抵抗があるのは、よく判っている。でも、あなたは判った筈だ。植物は、みんな、動物を愛している。愛している。ほんとに、愛している」

「え……ええ」

「愛しているんだよ」

この言葉をきっかけにして、また、世界が一転する――。

☆

さて。

ここは不思議な、精神世界だった。

夏海の意識、ここでは、不思議な程ゆらいでしまう。あたりの空気があんまり優しくて――あたりの空気があんまり優しすぎるので、ここにいると、夏海、箕面夏海って人格を捨て、このままあたりの空気にとけこんでしまいたいような気に、なってくる。

ここは、どこなんだろう？　薄い黄緑の靄《もや》がかかった、暖かい、とっても居心地《いごこち》のいい世界。

が、やがて、海の中にぽっかり浮かぶ泡のように、夏海の心の中に、『認識』って泡が浮かんでくる。

ここは、植物の意識の中なんだ。何故そう思うのか、よく判らないけれど、でも、そうなんだ。

で――そう思ってみると。


黄緑の靄の中には、処々、濃い緑、ビリジアン、ダークグリーンなんていう色彩の点がにじんでいて、そのにじみが、大きくなったり小さくなったりしながら、おんなじことを呟《つぶや》いているのに気がついた。

愛している。

愛している。

愛している。

右を向いても左を見ても、夏海の脳裏《のうり》に響いてくるのは、その言葉だけ。

……愛している。

……愛している。

……愛している。

好きだって感情が、ここまで純粋で、ここまで剝《む》き出しで存在するのを、それまで夏海、見たことがなかった。それに、このにじんでいる緑達の想い、この『愛している』って言葉は、どうやらそれまで夏海が知っていた『愛』って言葉とは微妙にニュアンスが違うような気もしてくる。

…………愛している。

…………愛している。

…………愛している。

何だろう、この想い。『愛』って言葉には確かに含まれる想いなんだけど、でも、人間の――特に男女間の『愛』って言葉とは、含む内容が確かに違う。ぎらぎらする熱情も、ひたすら思い詰めるニュアンスも、独占欲も、嫉妬《しっと》心も、ここの『愛』の中にははいっていない。ただ、思いやりと、慈《いつく》しみと、優しさと、歓喜のみの、愛。夏海にはまだ子供がいないから、これは想像するしかないのだが——あるいは、子供を生んだ直後の母親の我が子に対する愛が、こんなものではないだろうか？——いや。それでも、まだ、違う。もっと動物的な要素が欠落した、もっと観念のみの、愛——。

「嘘《うそ》よっ！」

と、そんな、想いの中に。ふいに、鋭い声が響き渡る。そして、無条件に、夏海には判った。あれは——夢子の声。

「嘘よっ！　あんた達みんな、だまされているのよ！　あるいは、どっかおかしいのよ！　愛しているだなんて、どうして言えるの！」

夢子の声。とっても現実的な夢子の声。それが幻のように思えてしまうのは、一体どういう訳なんだか。

「だって、何で愛することができるの？　動物っていうのは、植物を食べるのよ？　植物の犠牲の上に、やっと生きている生物なのよ？　あいつら、人喰い鬼なのよ？　その鬼を、どうして植物が、犠牲になっている植物が、愛することなんてできるっていうの！」

この夢子の台詞を聞いて、緑色の点達の一部が、ちょっとざわめく。それから、その中の一つが、より大きなにじみになって。そのにじみから、意味のある言葉が紡ぎだされてゆく。

「どうしてって……動物は、他者、だから」

愛している。愛している。愛している。

その間も、世界を覆いつくしている、この合唱はとまらない。

「他者って、つまり、よそ者でしょ？　自分ではないよそ者を、それらあきらかに自分の利益には反するよそ者を、どんな酔狂《すいきょう》な生物が、愛することができるっていうの」

「植物は——他者を愛する、生物だからだ。たとえ動物が我々の利益に反しようが反すまいが、他者であるというだけで、植物は動物を愛している」

こんな声が聞こえてくる、その間も、周囲に満ちているのは、たった一つの想い。愛している、っていう……。

「な……何を莫迦《ばか》な。何だってそんな訳の判らない……」

「植物は——我々はみんな、原始の生物の思い出を持っている。原始の生物は、たまらなく他者を思慕《しぼ》した生物だった。原始の生物は、他者を愛する生物だった」

「？」

愛している……愛している……愛している……。

こんなやりとりが交わされる間も、バックグラウンドにずっと聞こえるのは、ささやくようなこんな想い。

「この星に初めて生物が誕生した時――それは、たった一人の生物だったのだ。確かに、その生物は、やがて増えた。でも、増えても増えても、その生物はたった一人の生物だったのだ」

「……?」

「細胞分裂で増える生物。雌雄《しゆう》の別がなく、分裂で増える生物は、しょせん、どれだけ増えたとしても、でも、一人の生物なのだ。最初の一人が際限なく増え……それだけの生き物なのだ。決して、二人にはなれない生き物なのだ」

「……だからって……何で……」

愛している……愛している……愛している……。

「最初のうちは、まだよかった。最初のうちは、意識などというものは存在せず、ただ生きているだけの生き物だったのだから。が、やがて、時がたつにつれ、意識というものができてきて――やがてその生物は認識するようになる。自分のことを、『私』だと」

「あの……それが何を」

愛している……愛している……愛している……。

「本当の不幸ってものを、君は知っているか? 生物にとって、本当の不幸は、死ぬことでも忘れ去られることでもない、世界に自分一人しかいないこと、なんだ。本当の、本当の不幸は、自分がたった一人で生きている生物だって認識することなんだ。この世にたった一人でほうりだされること――それに較《くら》べれば、自分が食べられてしまうなんてことの、一体どこが不幸なんだか、こっちが聞きたいくらいだ」

「………」

「一人でいること。この世の中に、たった一人の命であること。それがどんなに恐ろしく、それがどんなに怖いことなのか、君には判るのか? ……判るまい。今、生きている生物は――生まれた時から他者がいる生物には、決して、この想いは判らないだろう。……長い、長い、時間がかかった。最初の生物が発生してから――次の生物が発生するまで。その間、私達の祖先にあたる、植物の祖先にあたる生物は、ずっと、ずっと、祈っていたのだ。どんな形でもいい、どんな形でもいいから、私を一人のままにしておかないでくれって。どんな形でもいい、どんな形でもいいから、この世に、私以外の他者を――『私』に対する『あなた』を存在させて欲しいって。そして……その願いの果てに生まれた、新しい、『私』ではない生物が、たとえ自分を食べるものだったとしても……一体誰が、それに対して文句を言う気になれるのだ」

愛している……愛している……だから無条件に愛している……。

「でも……それは昔の話でしょ? 今ならもう、雌雄交配の末にできた植物だって一杯いる筈だし、植物にだって仲間は一杯いる筈。まさか未《いま》だに、例えばからまつと例えばたんぽぽが、同じ一人の人だって主張するつもりはないんでしょ?」

「だから私達は、動物を愛するのと等しく、植物のことも愛しているよ。……言っただろう? 植物とは、他者を愛する存在だって。別に、動物だけを選択的に愛しているつもりはないが」

愛している……愛している……愛している……。たとえ誰であったって、私ではないものを、他者を、私達は愛している……。

「だってそんな……でもそんな」

圧倒的な愛しているって想いの洪水の中で、それでも夢子は、まだがんばって抵抗していた。頑《がん》として、それだけは認めまいとしている子供のようだった。

「だって、動物だってそうじゃないの? 動物だって、その原始の生物とやらの子孫じゃないの? その論法で言うなら、動物もまた、植物のことを愛していなきゃ嘘だわ!」

「……愛しているのだろうと思うよ。動物もまた、他のすべての生物を」

「嘘っ! それこそ絶対嘘っ! 特に人間に関しては間違いなく嘘っ!」

「……ああそうだね、嘘かも知れない。我々には、正直言って動物が何を考えているのかなんてことは、判らない。想像してみることもできない。だが……我々としては、信じていたい。表現方法が多少違うだけで、動物もまた、我々のことを、無条件で愛していてくれるのだと」

「食べるのが……踏みつけにするのが……愛情だっていうの?」

「表現方法が違うだけかも知れない。……それにまた、動物には、おそらくは我々のような意識の共同体というものがないだろうし、また、個々の動物はある種の植物に較べれば驚く程短命なので、忘れてしまったのかも知れない。原始の生物の、あの孤独、あの寂しさ、あのやるせない想いを。……あと、正確を期す為につけ加えておくと、原始の生物の直接の子孫は、我々植物だ。動物ではない」

「でも……それでも……」

夢子、どうやらまだ抵抗する気らしい。夏海は、どこからともかく響く夢子の声を聞きながら、夢子という存在に、半《なか》ばあきれ、半ば感動していた。

実際の処。

この議論は、議論ではないのだ。議論になりはしないのだ。

植物が夢子を説得するとかしないとかって問題ではないのだ。説得も何もない——この世界に触れ、この世界で数分身をさらしただけで、もう、夏海には充分すぎる程判ってしまったのだ。

理屈はどうあれ。また、どんな事情があるにせよ。

植物は、愛していてくれるのだ。すべての動物のことを、無条件に。そしてまた、植物に対して、とんでもなく酷《ひど》いことをしているというのに――それでも植物は、人間のことも、愛してくれているのだ。理屈ではなく、とにかく愛してくれているのだ。

愛してる……愛してる……愛してる……。

聞こえてくる、緑の呟き。あれを直接心で感じて――その上、あの想いを疑ってみることなんか、夏海にはとてもできそうにない。

いや。

実は、夢子にだって、できないだろう。

何故って。

さっき、世界樹に触れた瞬間。夢子は、泣きだしたではないか。この世界樹に触れるまでもなく、世界樹に触れただけで、世界にひきずりこまれるまでもなく、泣きだしたではないか。

あの時、おそらく夢子は、決定的に悟ってしまったのだろう。決定的に、夢子には判ったのだろう。事情は理解できないにせよ、植物は動物のことを無条件に愛しているって。また、人間のことを無条件に愛しているって。

泣いてしまった――どんな言葉で言われるより強く、自分の感情ではっきりそれを知ってしまった夢子には、実の処、もう、この議論での勝ち目はない。夏海も、世界樹も、おそらくは夢子だって、そのことを知っていて……それでも夢子は、ひきさがらない。それでも夢子は、抵抗を続ける。

凄《すご》い、人だな。凄い……。事情は、とぎれとぎれにしか判らないけれど、そこまで人類が憎いんだろうか。こういう状態になってまで、それでもまだ世界樹に喰いさがれる程、そこまで人類が憎いんだろうか――いや。

いや。多分、逆。

そこまで、この夢子って人は、明日香って人が、好きだったんだ――。

☆

その世界にはいった時と同様、突然夏海の意識は、世界樹の結界の中に戻ってきた。見ると、どうやらあの植物の世界にはいったのは、夢子と夏海だけのようで、他の人々は、突然夢子が黙りこくってしまったのを、何やら不審そうなまなざしで見ている処だった。してみると、どうやら時間もあまり経過していないのかも知れない。

「夢……子？　どうしたんだ、突然黙りこくって……」

不自然な夢子の沈黙がどのくらい続いたんだか、三沢がおずおずと夢子に声をかける。が、夢子、まるで焦点のあっていないような目をして、ずっとぼんやり前を見つめている。どうやら夢子は、まだあの世界で、植物達と必死に議論をしているようだ。

「おじさん。夢子は大丈夫です。今、世界樹と話をしているんでしょう。しばらくの間、ほっといてあげて下さい」

「拓！　おまえさっきから何でも一人で判ったような口を利《き》いて……おまえがあんなことを言っている間に、明日香は……」

「そう、明日香は、死んでしまった。今度こそ、完全に、死んでしまったんだ。何せ燃えてしまったんだから……」

信彦が、まだ呆然としたままで、呟く。

「拓さん。僕をここへ呼んだのは……明日香が燃える処を僕に見せる為、ですか？　そりゃ……そりゃ確かに、僕は明日香に酷いことをしました。最後の瞬間、明日香を助けてやることができませんでした。だからって……でも……この仕打ちは、あんまりじゃないでしょうか……」

「莫迦ね、信彦さん」

と。信彦が、怨《うら》みのこもったような憤然とした様子でこんな台詞を言った途端、ふいに、さっきまで聞こえていた、あの、ちょっといたずらめいた、女性の声がまた聞こえてきたのだ！

「あ……明日香！　え？　だっておい……」

「ついさっき言ったばっかりじゃない。あたしは、物理的な生命体としては死ぬことになるけれど、精神的には不死になるって。今だってあたしはここにいるわ。今だってあたしは、信彦さん、あなたのことを見ている」

「明日香……だって……今燃えて……」

「あたしの言うこと、ちゃんと聞いてよね。ちゃんと聞いて、ちゃんと判ってくれてるの、信彦さん」

「おまえ……何だか、前より……その、変な言い方になるけれど、生きている時より明るくなってないか……？」

「うん。明るくなったし、自分に自信も持てるようになった。……この感じ、どう言えば判ってもらえるのかしら。あたしは今、生まれて初めて、心底幸せになったような気がするの。生きててよかったし――死んで、よかった。死んで――肉体が死んで――こうして、地球って星に心が受け入れてもらえて……あたしは初めて、ああ、あたしはここにいるのが許された存在なんだ、ここの生物に受け入れてもらえる存在なんだって、実感できたの」

「……明日香……おまえ……」

「今から先、この星のすべての植物は、あたしよ。これから先、あたしはこの世に満ちるわ。この世に満ちて、いつまでも、いつまでも、信彦さん。あなたのことを愛している。あなたのことを見守ってあげる。……あたしには、地球の植物みたいに、他者、そのすべてを無条件に愛することなんてできないけれど――信彦さん、あなたのことを愛してる。おじさまのことを愛してる。この想いを植物の想いに同調させて、いつまでもずっと、人々のことを愛してゆけると思う。……大地に、初めて、根をおろしてから、あたしには、いろいろなことが、判った。あのね、地面って不思議なもので、根をおろしているとあたりにいる生物の気持ちがみんな、大地へと流れこんでいるのが判るのよ。あの時あたし、生まれて初めて判ったの。それまでは、人間って、特定の人を除いてはみんな怖い存在だったけど——ほんとはそうじゃないんだって。ほんとはみんな、みんな誰かのことが好きで、みんな誰かに好かれたくて、それで生きている存在なんだって」

大地って不思議なもので、あたりにいる生物の想いがみんな大地へ流れこんでいるの。

夏海、そんな明日香の台詞を反芻《はんすう》して、不思議に思い当たることがある。

そう。子供の頃、はだしで地面にふれるのが、何であんなに快感だったのか。都会の、アスファルトやコンクリートで覆《おお》われた地面じゃない、田舎《いなか》の、剝き出しの地面を見ると、何であんなに心が安らぐのか。

あるいは。宿命的に、その大地に根をはやして生きていかなければならない生物だから、植物はあんなに優しいのかも知れない。

ふっと夏海、そんなことまで考える。

そうだ、思い出してみれば。子供の頃からずっと、植物を怖いと感じたことはなかった。子供の頃からずっと、どんな人でも人間は、植物があたりに満ちていると安心するのだ。人間はみんな、無意識のうちに、植物が本当に優しい生物であること、人間を愛してくれる生物であることを、きっと心のどこかで知っていて——だから、地面がない、アパートやマンションに住む人は、わざわざ植物の鉢《はち》植えなんかを栽培するのだろう……。

「それが判ったから、人間っておそろしい生き物じゃなくて、結局あたしと同じ、植物達と同じ、孤独がとっても怖い生き物だって判ったから、あたし、これから先ずっと、この地球って星に、『愛してる』って想いとして満ちることが可能だと想う。……覚えていてね、信彦さん。記憶の表層からは忘れてしまっても、でも、意識の奥底では、きっときっと覚えていてね。あたしは、ずっと、ずっと、あなたを愛してる」

「何を莫迦な。おまえのことを忘れる訳が……」

「それから、おじさま。おじさまの幸せも、あたしはずっと祈ってる。黒田さん、あなたの意識に触れてから——あなたがあたしのことを好きだって思ってくれたから、あたし、人間がそんなに怖くなくなったの。そのお礼の意味を含めて、あなたの幸せも、あたしはずっと祈ってる。……それから、箕面さん。あなたには、特別に、お願いがあるの」

「あ、はい」

　突然名前を呼ばれて——その上、特別なお願いなんて言われたもので、夏海、思わずどきっとする。と、明日香、そんな夏海の緊張ぶりがおかしかったのか、ちょっと笑って。

「あなたの部屋の、窓辺にある——研究所からとってきた雑草の鉢植え、あれを信彦さんにあげてくれない？　……本当に正直なことを言っちゃうと、おそらくあたし、あなたにそれをお願いしたいが故《ゆえ》に、あなたにここまで来てもらったようなものなの」

「は？　あの……鉢植え、ですか？」

「あれは、あたし。あれは、この星に根をおろしてこの星に帰化《きか》したあたし。あたしの意識はこの先この星中に満ちるけど……でもあれは、特別のあたしだから、あれだけは、あの鉢だけは、信彦さんのもとにいたい。……お願いできるかしら？」

「あ、ええ、その程度のことなら……」

「その程度のことじゃないかも知れない。あなたが思っているより、うっとうしいことなのかも知れない」

「明日香、何を莫迦なことを言ってるんだ？　もしこの箕面さんって方が、おまえが地球に帰化した、その植物の鉢を持っているなら、箕面さんが嫌だって言ったって、僕は必ず彼女にそれをもらいにゆくし、もしどうしても駄目《だめ》だって言われれば、たとえ盗みだしたって」

「信彦さん、黙って。お引き受けします。箕面さん、お願い」

「判りました」

　そして、夏海がこう言った途端、ふいにもの凄《すご》いいきおいであたりに霧がわきだして——。

「ごめんなさい、信彦さん。さようなら、なんてあなたの顔を見ながら言ったら、あたし、きっと泣いちゃうから。でも……さようなら……ある意味で。それから、これから先は、いつまでも一緒よ。いつまでも、いつまでも、あたしはあなたを見ている。あなたを愛してる。あなたを見ている……」

　同時に、明日香のこんな台詞がかすかに聞こえ——まるで突然、足許《あしもと》から大地が消失したような感じで、夏海達は落ちだした。どこへともなく、ただただひたすら、落下感が続き——やがて、夏海の意識、ふいにふっと遠くなる……。

☆

　顔に何か冷たいものがはりついて、夏海、気がついた。目を開けるとまず視界に飛び込んできたのは、抜けるように青い空と、そして木々の梢《こずえ》で、——夏海は、どうやら山道とおぼしい処に、仰向《あおむ》けに寝かされていたようだ。額の上には、どうやらぬらしたハンカチとおぼしき物がのっている。

「ああ、気がつきましたよ。お嬢さん、大丈夫ですか？」

と、そんな風に声をかけられたので、夏海、一瞬、誤解した。何かの事情があって、夏海一人があの世界樹の結界からほうりだされ、どこかこの辺で気絶しているのを、地元の人に見つけてもらったのかと思ったのだ。が、よく見ると、夏海にこんな声をかけてきたのは、松崎で。

「え、はい、大丈夫です」

「どうしたんでしょうねえ、私もついさっき、気がついたんですよ。あちらの人達も」

見ると、黒田に三沢、嶋村の三人の姿もある。

「山の中を散歩していた人間が、五人もそろって気を失ってしまうだなんて、そんな莫迦な話は聞いたこともないんだが……この辺で、有毒なガスがでるって話も、聞いたことがないし」

「え、あの、だって?」

松崎さん？　何言ってるんですか？

そう言おうとした夏海に、横から慌《あわ》てて黒田が声をかける。

「箕面君、ちょっと」

「ああ、あなた達はお知合いですか。なら……あちらの二人のことは、御存知ないですか？　あの二人、何でも気がついたら自分達の記憶がまったくないそうで……この辺に変なガスでもでるのかなあ、ほんとに」

……松崎さん？　だってあなただってその様子じゃ記憶がないんじゃ……。

殆どそんなことを叫びそうになった夏海だったが、黒田がやたらと手招きするので、とにかくまず黒田の話を聞いてみることにする。

「あの……」

「割と面倒な事態だ。嶋村と三沢には、過去の記憶がまったくない。明日香のことや私達のことはおろか、自分の名前すら覚えていないんだ」

「……！」

「松崎の方には、ある程度の記憶がある。だが、その記憶の中から、明日香にまつわる事実が、全部抜け落ちている。どうやら彼は、今の自分の状況を、研究に熱中しすぎたせいで妻子に逃げられ、その反省と心の整理の為に屋久島へ来、ついに決心して田舎へ妻子を迎えにゆくつもりになった男だ、と認識しているらしい」

「……ああ……」

「おまけに、記憶がない癖に、三沢も嶋村もとにかく一刻も早くこの場を去りたがって、とめるのが大変だった。二人共、記憶がないのを不安とも何とも思っていないようで……三沢の方は、記憶は全然ないようなのに、過去、自分は医者だったって認識だけがあるようで、たとえ治療行為ができなくても、このままどこかの過疎《かそ》の村か島にでも渡って、そこの医者の手伝いをして一生を過ごしてゆきたいっていうし、嶋村にいたっては、どこかの田舎で畑を作って生きてゆきたいと主張している」

「……まあ……でも……いいんじゃないですか？」

「え？」

「黒田さん、何で二人をひきとめているんです？　まさかもう――まさか、研究所も燃えてしまったっていうのに、あの、明日香さんの最後を見たっていうのに、二人を拉致《らち》して、明日香さんや夢子さんのことを調べたいって訳じゃ、ないんでしょう？」

「まさか。そこまで私が非情になれるんなら、私はもっと出世している。それに……今更《いまさら》あの二人を拉致したところで、肝心の件について完全に記憶を失っているなら、意味はまったくないじゃないか」

「なら……お二人のこれからの予定って、この先お二人が幸せに生きてゆく為には、いいことなんじゃないでしょうか。……確かに記憶がないのはいろいろ不便でしょうし、何より、どこかの地に受け入れてもらえるまで、当座の生活が大変でしょうけど……でも、このままお二人が、明日香さんや夢子さんのことを苦にしながら逃亡生活を続けるのより、ずっといいことだと思うし……」

「君はまったく判ってないな。私が二人をひきとめていたのは――主に、嶋村をひきとめていたのは、君の為だっていうのに」

「え？　あたしの？」

「そう。君は明日香さんに約束しただろうが。……嶋村が、このまま勝手にどこかへ行ってしまって、自分の名前も判らないまま、適当な偽名でどこかの農村で農業を始めてみろ。奴をどうやって見つけだすんだ。奴にどうやって鉢植えとやらを渡すんだ」

「あ……そうか……」

思わずこう呟いてしまい、それから夏海、黒田の顔をしげしげ眺める。

「かといって、今日この時点で嶋村を君の家に同伴して帰るのは、まずい」

「……どうして、ですか？」

「最終的には、研究所も燃えてしまったし、明日香さん達の資料も完全に燃えてしまっただろうから……この、エイリアン騒動は、なし崩しのまま、終ってしまうだろう。それに――これは明日香さんの意図だかどうだか判らないが、今回の事件は、吉田が着任するのとほぼ同時に起こった。だから、吉田の直接の責任にはならないだろうが……また、私の責任にも、ならない筈だ。むしろこうなってしまった今では、あくまで明日香さんの体を動かさなかった、私の判断が正しかったと、上層部は判断するだろう。ということは、私はまたあのプロジェクトの責任者に返り咲くことが可能だし、おそらくはそうなる。そうなったら私は、全力をあげて、このプロジェクト自体をなかったものにしてしまうつもりだ。が、それは、まだ、先の話だ」

黒田は、夏海がすべての事情を理解しているって思った上で、こうしゃべったのだが――あいにく夏海、すべての事情を理解している訳ではまったくなかった。故に、黒田のこの台詞も、半分くらいしか判らなかったのだが――でも、それでも。概《おおむ》ね、黒田が何を言いたいかは、判る。

「今、嶋村が君の家に――ひいては、研究所の近くにやってくるのは、それだけで、危険だ。それを考えると、このまま嶋村を東京へ連れていって、そこで鉢植えを渡すことは、不可能だ。充分時間がたち、嶋村が自分の新しい棲《す》み家《か》を確保した時点で、嶋村から君に連絡してもらうのが、ベストだろう」

「え……ええ。そうですね。それは判ります」

「とすると、嶋村をどこかへやってしまう訳にはいかないだろう？　で、それでは、さて。今度は君のお手並を拝見するかな」

「え？」

「君と嶋村は、偶然同じ島へ来ていて、どういう訳か偶然一緒に気絶しただけの他人って関係だ。彼は明日香さんのこともまるで覚えていない。そんな彼にどうやって、君の住所を完全に覚えてもらい、あまつさえ半年以上時がたった時に、君に確実に連絡してくれるよう、約束をとりつけるのかね」

「……あ」

　夏海、殆ど絶句する。そうだ、状況は、どう言い繕《つくろ》っても実に実に不自然だ。偶然同じ処にいて、偶然同じ時期に気絶した（これだけだって、超越的に不自然な話だ）、自分の名前も何も覚えていない男に、通りすがりの女が、自分の住所と名前を教える。教えるのみならず、必ず覚えておいて欲しいと懇願《こんがん》する。更にその上、今は連絡してもらっては困るのだけれど、半年以上たったら必ず連絡が欲しいと頼みこむ。そしてその理由といったら、とにかく渡したい鉢植えがある、としか言えない……。どうしよう。こんな不自然な話、嶋村に疑惑を抱かせないよう、うまくしゃべる自信、夏海にはまるでない。まるでないけど、約束した以上、何とかそれをしなければいけない。

　その程度のことじゃないかも知れない。あなたが思っているより、うっとうしいことなのかも知れない。

　明日香の台詞が、心の中によみがえる。

　そうだ、これは、とてつもなくうっとうしい事態だ。どうしていいのかまるで夏海には判らない事態だ。

「ねえ、最後のお嬢さんも気がついたことだし、早く移動をしませんか？　もしこの辺で妙なガスがでるんなら、早い処安全な場所へ移動した方がいいと思いますし」

　夏海がそんなことを悩んでいると、松崎が脇から脳天気な声をかけた。ほんっと、松崎って、夏海にとっては疫病神《やくびょうがみ》みたいな存在で――どうしていつもこう、夏海の邪魔をするんだろう。記憶を持っていた頃も、そして、記憶をなくしてしまった今も。

それから夏海、この松崎の台詞と共に、ゆっくり移動をしだした三沢と嶋村、そして、苦悩している夏海をにやにや笑いながら見ている黒田に、順に視線を走らせる。順に視線を走らせて――。

ああ。

嶋村のこととは別に、心の中でちょっと嬉《うれ》しいため息をついて。

ああ、やっぱり、あたし、間違ってなかった。

どうやら明日香さん、黒田さんと心で交流していたみたいだし、気がつかなかったけどあたしも明日香さんと心の交流なんてものをずっとしていたようだった。だからあるいは、あたしが黒田さんのことを好きだって思ってしまったのは、すべて明日香さんの影響なのかな、とも思ったけれど――そして、黒田さんのことが気になりだした時期と、あの鉢植えを自分の部屋に置いた時期のことを考えれば、それってておそらく事実なんだろうけれど――でも、それでも。やっぱり、あたしは、本質的な処で、間違ってなかった。

黒田さん。陰険《いんけん》ビルの主、陰険を絵に描いたような男。でも――この人もやっぱり、いい人じゃない。夏海が嶋村に鉢植えを渡す、そんな個人的な、そんなささいな用件を、それでも約束だからって守ってくれようとする――いい、人じゃない。

きっかけはどうあれ、この人を好いたのは、間違いじゃない。残念なことに、黒田さんとあたしには、年齢的なひらきがあり――この人をあたしが好きになった時には、すでにこの人は妻子がいる年で、だからこの想いは決して結実してはいけないし、また、悟られてもいけない想いだけれど――それでも、間違いじゃ、なかった。

また。黒田さん。陰険ビルの、主。この印象だって、多分、間違いじゃ、なかったんだ。今、夏海がこれだけ困っているのに、なのににやにやと夏海のことを見ているだけの黒田さんって、陰険とまでは言わなくても、でも、意地悪だわ。とっても意地悪だと思う。と、黒田、そんな夏海の視線に気がついて。

「どうしたんだね、箕面君。早く何とかしないと、嶋村は本当にどこかへ行ってしまうよ」

「……意地悪」

ここは、森の中。指紋錠がないと開かないドア、だの、カードの鍵がないと開かないドア、なんてものがない、自然のままの、森の中。だからだろうか、いつになく、夏海、素直に、夏海、正直に、こんな感想を言ってしまう。それにまた、黒田のことを好きだって本気で思ってしまったせいか、そして、その感情は間違ったものではないって思ってしまったせいか、幾分《いくぶん》、無意識のうちに黒田に甘えるような気分になっていたのかも知れない。

「あたしが困ってるのって、そんなに面白いですか?

……そんなことばっかりしてると、今に奥様やお子さんに、絶対愛想《あいそ》つかされますから。ええ、それは保証したっていいです」

奥さんや子供の話題が自然にでてきてしまうのは……やっぱり夏海、心の奥底では、それがひっかかっているのかな。と、黒田、いとも気軽に、いとも自然に。

「さいわい、奥様もお子さんもいないから、愛想を尽かされる心配はないんでね」

こう言いながら。黒田は黒田で、妙な感慨を味わっていた。自然なのだ、台詞が。裏の意味を考えたり、言質《げんち》をとられることを心配したり、妙にかんぐることもなく、自然に言葉がでてきてしまう。これは一体……どういうことなんだろうか。ここしばらく――ここ久しく、こんなに自然に他人と口をきいたことはなかったような気がする。まるでまだ全然屈折していなかった高校生の頃の自分に戻ったようで……。戻れるのだろうか？　自分さえ、自分の心の持ち方さえ変えれば、何も不必要に暗くなったり屈折したりしない、昔の、良子とすごした高校生の時のような、明るい自分に戻れるのだろうか？

不思議と心が軽くなった黒田、更に明るい調子で、こう台詞をつけ加えてみたりする。

「どうやら箕面君には、その手腕を発揮してくれる気がないみたいだな。それなら、後始末は、僭越《せんえつ》ながら私がやらせてもらおうか。私なら、何とか嶋村を言いくるめて、半年以上先に、君に連絡をとらせることができるかも知れない」

「……本当に？」

が。当の夏海は、黒田のこんな台詞をまったく聞いてはいなかった。

「疑うのかね？　私は、ずっと、こんな仕事をしてきた。自慢じゃないが……自慢にはまったくならないことだが……人をたばかるのは、得意だよ」

「じゃなくて……本当に、黒田さんには奥様がいらっしゃらないんですか？」

「箕面君？　あのね、今は私の家庭事情を云々《うんぬん》しているんじゃなくて……」

空が、青い。森は、朝降りた露《つゆ》のおかげで、適度な水分を含み、すべての葉がつやつやとみずみずしく輝き、下生《したば》え達のその下、地面の中で生きている、ミミズも、ダンゴムシも、今日は、元気だ。

そして――空が、青い。

空は、青い――。

決して投函されない手紙1
——箕面夏海の手記

どこから書けばいいんだろう。

とにかく今、あたしはこの手紙を書いている。

そして、この手紙を書いているあたし自身を、とってても不思議だなって、自分で思っている。

あああ。あたしって文才ってものが、おそらくはまったくないんだろうな。だってこれじゃ、この手紙を読んだ人、意味がまったく判《わか》らないよね。つまりあたしが何を言いたいのかっていうと。あたしには、この手紙を書く動機も、書く目的も、何か言いたいこともまったくないんだってことを、言いたいの。そして、書く理由がまったくない手紙を書いている自分のことを、自分でも不思議だなって思っているの。（……こう書き直してもやっぱり、意味、判んないかも知れない……。）

でも、それでも今、あたしはこの手紙を書いている。

この手紙には宛先がない。

また、この手紙は、投函《とうかん》されることがない筈《はず》。だって、あたしが、間違いなく投函しないから。（それに、宛先なしの手紙を投函したって、郵政省が困るだけのような気も、しないでもない。）


でも——なのに。

あたしは今、この手紙を書いている。

何でなんだろうか？

何でなんだろうか——その理由を考える時、思い浮かぶのは明日香さんのことだけだ。

おそらくは、あたしは、彼女の為《ため》に、彼女の想いの為だけに、この手紙を書いている。

あの時。明日香さんに見せられた——『眼』としてのあたしが見ることを義務づけられた、植物の想いを見てしまった、あの時から、あたしにとって、この手紙を書くことは必然だったのだろう。それも……できれば、今日のうちに。

明日あたしは黒田夏海になる。

だから。今日、あたしはこの手紙を書かなければならない。箕面夏海のうちに——あたしは、箕面夏海が経験したことを記した、この手紙を書かなければならない。

たとえ——宛先がなくたって。

☆

この手紙を読んでいる、あなた。

あたしの予定では、あなたは存在する筈のない人だ。

あたしは、お嫁に行く時、この手紙を一緒に持ってゆき、そして、生涯、この手紙を人に出すことはないだろう。あたしが死んだ場合でも、この手紙を発見した黒田は、間違いなくこの手紙を破棄《はき》してしまうだろう。(……あ。書いているうちに、気がついた。黒田の方があたしより先に死んでしまう可能性だって、あるんだよね。うん、年齢を考えると、そっちの方が、むしろ自然。うわわわ、どうしよ、あたしの方が黒田より長生きする可能性なんて、これまではまったく考えていなかったんだ。うーん、この問題については、早急に考えることにしよう。)

だから、あなたは、論理的には存在する筈のない人だ。でも、もし、この手紙を読んでいる人がいるのなら。あなたには、知って欲しい。

植物は、真実、愛しているのだ。

すべての他者を。動物を。

そして——人間を。

どうか、このことを判って欲しい。このことを、決して疑わないであげて欲しい。

また、更《さら》に、乞《こ》い願わくば。人間の方からも、そんな植物の想いに応《こた》えてあげて欲しい。植物を、愛してあげて欲しい。

何故《なぜ》って——だって。

だって、植物は、あんなにも純粋に、あんなにも心から、愛してくれているのだもの。たとえどんなことをしたとしても、それでもすべての人間を——。

☆

ここにすべてのあたしの経験を書いたとしても、でも、この手紙を読んだ人が、あの時のあたしの気持ちを判ってくれるとは思えない。だから、あたしは、あえて、あの時の経験をここには書かない。

でも。判って欲しい。特に——もし、この手紙を今読んでいるあなたが、あたしの子供や孫、つまりはあたしの子孫なら。

あの時の感動を、あの時の驚きを、今でもあたしはすべて、覚えている。

それまではあたし、思っていたのだ。植物は——おそらくは人間のことを憎んでいるだろうって。個々の植物、例えばあたしの部屋の鉢植《はちう》えなんかは、あるいはあたしのことを愛してくれているのかも知れないけれど、でも、植物全体は——きっと、人間のことを、憎んでいるだろうって。

だって。憎まれてもしょうがないようなことを、人間は、植物に対して——ううん、人間以外の生物に対して、いやいや、相手が人間だって、ずっとしてきたじゃない。人間は、勝手に森を切り拓《ひら》き、勝手にある種の生物を絶滅に追い込み、同じ人間同士でもひたすらいさかいを続け……とにかく、憎まれてもしょうがないようなことを、ずっと、ずっと、してきたじゃない。

でも。

あの時あたしは、実感した。

植物は——それでも、植物は、愛してくれているのだ、人間のことを、そして動物のことを、また、すべての生物のことを。

あの時。確かにあたしは、植物の結界に踏み込み、植物のじかの想いに触れたと思う。で、その、植物の想いったら、『愛してる』っていうことだけだって。

あんな、愛を、後にも先にも、あたしは見たことがない。

あんな、愛を、後にも先にも、あたしは体験したことがない。

——とにかく、愛している、愛している、愛している、すべてを。

あれは不思議な体験で——だから、誰に何を言いたいっていう訳ではないにせよ、でも、あたしは、あれを、記録しておかなければならないのだ。

☆

『惜しみなく愛は奪う』だったかな、昔、読んだ、本のタイトル。あれ、『惜しみなく愛は与える』だったたっけ？

この二つって。

意味はまったく逆なんだけど、でも、言ってることは多分同じなんだよね。

愛っていうのはとんでもないもので、与えるにせよ奪うにせよ、とにかく惜しみなく、ありったけのものを与えたり奪ったりしちゃうんだよね。

愛してるって言ったら最後、言った側の人間は、言われた側の人間が、どこまでも自分の陣地に進入してくるのを認めるしかないんだし……逆も、あり、なの。

でも。

植物の『愛』って、多分、また、違うんだよね。

確かに植物は、動物に——そして、自分の愛するものに、惜しみなく、すべてを与えてはいるの。なのに——植物は、決して動物から、すべてのものを奪おうとはしない。ただ、与えるだけ……。

植物は、何もかも、与えているだけ。

☆

最後に。

これ、この手紙を偶然に発見して読んだ人には、まったく意味が判らないことだろうけれど——でも、けじめとして、関係者のその後のことを書いておきたいと思う。

まず——黒田と、あたし。これは、書くまでもない。

嶋村さんとは、あの後一回だけ、会った。明日香さんに言われた鉢植えを渡す時。あの鉢植えを手にした嶋村さん、何だか一瞬、びくっと驚いたようで——あの人、一体何に驚いたんだろう。ただ、その後で、嶋村さんは、とてもとても大切そうに、とてもとても気を遣《つか》って、あの鉢植えを持って帰った。それ以降の嶋村さんの消息を、あたしは知らない。

三沢さん。彼の消息は、屋久島で別れて以来、まったく判っていない。

松崎さん。この間、ようやっと奥さんと復縁できたのだそうだ。めでたいことだと思う。

それから——あの、研究所。黒田さん（おっと、習慣で、『さん』なんてつけちゃった。あはは、夫のことだっていうのにね。おおっと、まだ、夫になってなかったっけ……って、これは、しゃれ、です）の研究所。

あれは、あの後すぐ、閉鎖された。あたしを含め、全職員には新しい勤務先が紹介されたし、それはそれでいいと思う。

黒田さん——あ、じゃなかった黒田は、研究所を閉鎖するにあたって、あたしにいろいろなことを説明してくれた。それって殆《ほとん》どはあたしには訳の判らないことで（黒田はどうやら、あたしが明日香さんの件について、すべてのことを知っているって誤解しているらしいのね。それって間違いなく誤解で、実の処《ところ》あたし、知っていることより知らないことの方が多いんだけど……それでも、ただ、「うん、うん」って言って、彼の話を聞いてあげている。それで黒田の気がすむのなら、このくらい、お安い御用だって思うし。）何でも、明日香さんの木のせいで、日本における明日香さん達の研究が殆ど不可能になったらしいの。（あの時いた連中は、怖がっちゃって二度と使いものにならなくなったんだそうな。それに、どういう訳か、昔研究所があった場所に立った人間は、どうしても明日香さん達のことをこれ以上探索する意欲をなくすらしく……これって、多分、あの時、明日香さんの最期《さいご》のあの時、明日香さんと一緒に歌っていた、あの植物達の影響なのかなって思う。）また、アメリカ側は、あまりの資料の少なさに、とてもじゃないけれど研究を続けていく意志をなくしたみたいで……。

でも、それでも。

そして。

しばらくの間は、三沢さんと嶋村さんは、まだ、手配中の人物だった。でも、それも黒田が、何とかごまかしたらしくて、最近はそんな話を聞かなくて……。

夢子さんと拓さんの消息は——あれから、全然、判らない。

あの二人はどうしたんだか、あたしには知る術《すべ》がまったくない。

ただ、あたしにできることと言えば。

祈るだけ。

祈るだけ——どうか、あの二人が、今、幸せでありますように。

どうか、あの二人が、今、幸せでありますように。

そして。

どうか、すべての人が、すべての動物が、すべての植物が——すべての想いが、しあわせになる日が、来ますように。

どうか、この世の中すべてが、幸せな想いで満ちる日が、来ますように。

あれだけあたし達を愛してくれている——あれだけすべての生物を愛してくれている——植物の想いに、報《むく》いる為にも。

決して投函されない手紙2
——三沢あるいは岡田拓の手記

私は今、手紙を書いている。

私は今、手紙を書いている。地面に、風に、空気に——そしてその他、この世の中にあふれる、すべてのものに。

私は今、手紙を書いている。だが、これは人間には読めない手紙だろう。そしてまた——植物と言うよりはどちらかと言うと人間に近いという、私の出自のせいで、植物にも、私の手紙は読めないだろう。

だから。これは、手紙ではないのだ。これは、ある意味で、日記。他人に読ませないことを前提とした、手記。だが。

人間というのは——そしておそらく、生物というのは、妙なもので、『誰にも読まれない』ことを前提としては、日記すらも書かないものだという。日記だって——日記という名前の、ごく私的な文書でさえ、後日誰かの目に触れることを意図して書かれているのが、普通だと言う。だとすると。私のとっている行動は、非常に妙なものになるだろう。

私が今書いているこの手紙、これこそは、決して、誰にも読ませるつもりはないものだからだ。そしてまた――では、何故《なぜ》、そんなものを書いているのかっていうと……問題が、私一人には、大きすぎるからだ。

あの日。

おじさんや松崎さん達が去っていったあの日、世界樹は私にとあることを話してくれた。

それは、決して誰にも言えない話で――そして、私がそれを誰にも言わないことを見越した上で、世界樹は私にその話をしたんだろう。

だが。

その話は、私一人が負うには重すぎた。

だから、今、私はそのことを書こうと思う。そして……風が吹くままに、空気が動くままに、大地が変動するままに、この手紙を自然に返してしまおうと思う……。

☆

「……なあ、拓」

世界樹のこんな台詞《せりふ》で、話は始まったのだ。

「……なあ、拓よ。おまえに……おまえにだけは、言っておきたいことがある。言っておかなければいけないことがあるんだ」

「あ、はい。……で……何です?」

「……嘘《うそ》なんだよ」

「は?」

突然、世界樹からこんなことを言われても、でも私は、それに対処することができなかった。大体が、世界樹が何を言っているのか、私には殆《ほとん》ど判《わか》らなかった。

「嘘なんだよ」

「……え……っと、言いますと?」

「嘘なんだ、すべてが」

「は?」

「私が夢子に言った台詞、そのすべてが嘘だって、今更《いまさら》おまえが知ったとしたら……おまえは私を許してくれるかい?」

「え? ……あの……?」

「私は、夢子に、言った。すべての植物は、動物を愛しているって。……これは、本当の話だ」

「え……ええ」

私は、ここ、屋久島の世界樹に至るまで、日本全国でいろいろな木々を相手に問答を繰り返してきた。だから、この世界樹の台詞が本当のことだと、これでも肌に染みてよく知っているつもりだ。

「だが、その、動機が、嘘だった。……あ、いや、確かに、一部は本当のことなんだよ。我々の祖先、原始の生物は、確かにこの世の中にたった一人の生物で、だからその生物が、誰であれ、自分を食べるものであれ、食べられるものであれ、他者を受け入れない筈《はず》はない、それは真実のことなんだ。だが……それは、所詮《しょせん》、言い訳だ」

「え？」

その時の私には、世界樹の言葉が、まったくと言っていい程、判らなかった。

「……拓よ。おまえ……今の人間のあり方をどう思う？　正直な処《ところ》」

と。世界樹は、一転して話を変えてしまう。

「正直な処と言われれば……ろくでもない状態だと」

「ろくでもない状態っていうのは？」

「植物の力を借りて、それでこの地球の主権者たる人間を倒すのは、よその星の生物である僕のするべきことじゃないって、今でも思ってます。だから、僕は今の地球のあり方に文句は言いませんけれど――でも、文句を言えた義理じゃありませんけれど――でも、人間っていうのは、とんでもないものだと思います」

「とんでもないものって？」

「あいつらは……人間は、何、考えてるんです？　何考えているんだか、僕にはどうしても判らない。判りたくもない」

「……というと？」

どうやら。この辺の会話は、世界樹によってある一定の方向へと導かれていたらしいのだが……だが、そんなことは、その時の私には、判らなかった。

「こんなに、素敵な星なのに……こんなに素敵な環境なのに……なのに、人間は、自ら、この素晴らしい環境を破壊しています。こんなことって……信じられない。どうして、人間って、ああも莫迦《ばか》になれるんです？　生態系を壊したら、自分もその生態系の一つである人間が被害を受けるって判りきっているのに、自然を壊したらそのむくいって全部自分に来るって判りきっているのに……なのに、何でそんな行動がとれるんです？」

「それが……答えだ」

「え？」

「それが。答えなんだよ。我々植物が、すべての動物を愛している、その真実の答えが、それだ」

「……え？」

「……人類の、今の、おまえの言う処のろくでもない行動を、同じ人類が何と言っているか、知っているかね？」

「え……いえ」

「『自然破壊』、と言っているんだよ。『自然破壊』……頭が痛いね。せめて『環境破壊』って言って欲しいものだ。……ま、実際、そういう言葉を使っている団体もあるが」

「え？　……あの？」

「自然というものは、破壊できるものではない。破壊するものがあるとしたら、それならば、破壊されたものが『自然』なのだ。人間が――生物が、自然の一員である以上、自然が自然を破壊することはできないだろう」

「……？」

「今の状態を素直に見れば、人類こそ、人類のやっていることの被害者だ。人類は、環境を破壊する。どんどん破壊する。確かに、そのせいで、絶滅においやられた種もあるだろうし、とんでもない憂《う》き目にあっている種もある。が――が、最終的に、最も酷《ひど》い被害を受けるのは、人類、それ自体だ」

「かも……知れません……」

「昔、同じことを、我々はやったかも知れないのだ……」

「え？」

「昔、我々がやったことは、あるいは今人類がやっているのと同じことだったのかも知れないのだよ」

☆

昔――ほんとの昔。原始の地球には。現在の大気の約二割程をしめている、分子状の酸素は存在していなかった。

「分子状の酸素を地球に作り出したのが、我々の祖先――ラン藻《そう》という、光合成生物だった。……ま、それは確かに、原始の地球の大気の中の水蒸気が紫外線によって分解され、分子状の酸素にならなかった訳ではないのだが、割合から言えばそれは微々《びび》たるものの筈で――非常に長い時間はかかったが、今の地球の大気を作ったのは、我々植物なのだ」

「……ええ。でも、それが何か」

「今人類がやっていることが、環境の破壊だとすれば、それ以上にすさまじい、この星のあり様《よう》そのものを変えてしまうようなことを、我々植物は、過去、やったことがある訳だ」

「でも……でも、それを、今の人類の環境破壊と同列に論じるのはおかしいでしょう？　植物のやったことって――大気の中に酸素ができたのって、むしろ、すべての生物の出現に役立った、ありがたいことの訳で……」

「話はまだ続くのだよ。……やがて、酸素濃度はある程度を越えた。人間達がパスツール・ポイントと呼んでいる点で、ここを越えて初めて、やっと酸素呼吸が可能なだけの酸素濃度になったのだ。この時期に、真核細胞生物が現れる」

「はあ……。でも、くどいようですけれど、それと人間達が今やっていることとを比較するのはおかしいんじゃ……」

「……この時点までに、他に生物が出現していなければ、そうも言えるだろう。が――この時にはすでに、生物が出現していたのだよ。酸素呼吸を行わない、ないしは行わなくてすむ生物が」

「……え」

これは本当に驚いた。私は不勉強だったので、この星の生物は、すべて酸素呼吸を行っていると思っていたのだ。

「嫌気性《けんきせい》細菌、と呼ばれる連中がいる。また、醱酵《はっこう》というのは、一種の無酸素呼吸だよ」

「……はあ」

「この時点で。酸素呼吸が可能な大気を我々が作りだしてしまった時点で、植物は、すべての嫌気性細菌の未来を閉ざしてしまったようなものなのだ。また、醱酵をする生物だって、あるいはもっと違った進化をとげる可能性があったし、もっと別な未来だってあった筈なのだ。……それから、まだ、ある。実は、生物が地上へと上陸することを可能にしたのも、また、植物なのだ」

「ええ、つまり空気中に呼吸可能なだけの酸素ができて……」

「違う。今の生物が地上で棲息《せいそく》可能なのは、オゾン層のおかげで紫外線を防げるからだ。オゾンというのが酸素でできていることは知っているね？　地表の酸素濃度がある程度を越えた処で、地球のまわりにオゾン層ができたのだ」

「……はあ。でも、でも、それこそ、いいことでしょう？　それこそ、誰の為《ため》にも役にたった、素晴らしいことで……」

「あるいは、今の生物にとって有害な紫外線の中で生きてゆける、別の生物が発生することを、決定的に不可能にしたことかも知れない。……我々のやったことだって、それは、おまえが今ここに生きている生物だから、言える台詞だ。今、ここに生きている生物じゃない、当時、我々が地球そのものを変えるようなことをしていた時に生きていた生物なら——あるいは、我々のやったことを、とんでもない環境破壊、自然破壊だって思ったかも知れない」

「でも……だって！　そこまで気にしてたら、何だってみんな悪いことになっちゃうじゃないですか！」

世界樹の話を聞いているうちに、私は段々苛々《いらいら》してきた。何だって今、そんな古い、それこそ昔の話をむし返さなければならないのか、今そんなことを言ってしまったら、今この地球で生きている、すべての生物を否定しなきゃならなくなるような、そんな話をしなきゃいけないのか、実の処私にはまったく判らなかったので。

「……ああ、拓。君が苛々しているのは判る。だが、どうか心を落ち着けて、私の言葉を聞いて欲しい。そして、これを判ってもらいたい」

「え？」

「つまり。我々植物は、その気もなかったしそんなつもりもなかったのだが、この地球って星の、かなり初期に、この地球って星に棲息する生物の未来を、ある程度に亘《わた》って限定してしまったのだよ。……こういう過去があるからこそ、今、人類がたとえ何をやったって、それのどこが『自然破壊』なんだかって、我々としてはつい笑ってしまう」

確かに植物は、地球の環境を破壊はしなかった。むしろ、今、地球に棲息している生物から見ると、環境を整備してくれたようなものだ。でも、環境をまったく変えたっていう意味では、人類のやっている姑息《こそく》な環境破壊とは較《くら》べ物にならないことを、植物はやってしまった。それは、判る。

「だから……自分達が、地球の環境をまったく変えたのだって認識した時から、我々植物は、今の地球の生物、そのすべての母になったつもりでいる。……ああ、母は、勿論《もちろん》、地球だな。だとすると、乳母《うば》、かな。そして……どこの乳母が、自分の育てた子を憎めるかね？　たとえその子にどんなことをされたとしても。だって、その子をそういう風に育てたのは、他ならない我々なのだよ？　……故《ゆえ》に、植物は、すべての他者を——この地球で生きている、すべての他者を、無条件に、愛している」

「…………」

「罪悪感は、持っていないつもりだ。地球って星を、こういう星にしてしまったことについての、罪の意識は。だが、責任感は、持っている。どんなにとんでもない生物が現れてしまっても、どんなに傍《はた》迷惑な生物が現れてしまっても、それは、すべて、我々の責任だ。だから、宿命的に、我々植物は、すべての生物を、すべての動物を、愛している」

「…………」

……そうか。

……だから。

だから、あんなにも純粋に、植物は他者を愛してくれるのか。

私は、何とかそれを納得したけれど……でも、これって、あんまり聞きたい話ではなかった。と、世界樹、更《さら》に続けて。

「今、我々は、人類のことが一番心配だ」

「え？」

だって。今さっき、人類のやっていることは自然破壊なんてもんじゃないってうそぶいていたのは誰だ？　言ってることが、違うじゃないか。と、世界樹、そんな私の思いを完全に裏切って。

「あ、心配といっても、人類が次に何をするのか、次にどんなことを他の生物がされるのかが心配って訳じゃなくて……人類は、愛してくれるのだろうか？」

「え？」

「今から先。我々は、人類のやることに、口だしをしない。過去、あれだけのことをしてしまった我々は、人類が何をやろうと、口を出す資格がないと思っている。……たとえ、今の生物から見て、どんなに地球の環境を破壊するようなことを人類がやろうと、それって、長い目で見れば、次に来る生物の為の環境整備なのかも知れないから」

　自然破壊。今の状態から見ると、自然破壊。でも、それって、ひょっとしてひょっとしたら、あとの世代から見れば、環境整備なのかも知れない。そう、例えばこのまま人類のせいでオゾン層が崩壊したとして……この後でてくるのが、オゾン層がなくても生きてゆける生物なら、あるいはそれって、未来から見れば、その生物の為の環境整備なのかも知れない。

「だから……心配なのは、我々植物が、無条件に、我々のせいで発生してしまったすべての生物を愛しているように……人間は、この先、自分達の棲息には適さない条件にこの地球がなり、そしてそれに適応した生物が現れた時……その生物を、愛してくれるだろうか？」

「…………」

「我々は、人類を、そしてすべての動物を、愛した。人類も、愛してくれるだろうか？　次にでてくる、次の生物を」

　おそらく。今の人類は、どういう根拠があるのだか、自分達が最高の生物だと思っているだろう。とすると、彼らが、世代交代を簡単に認めるとは思いにくいし、まして、次にでてくる次の生物を愛してくれるとはとても思えない。

　でも。

　でも――。

「人類は、愛してくれるだろうか？　我々にできることは、祈ることしかない。どうか、人類が、次にでてくる次の生物を愛してくれますようにって。そして……もし、人類が、次の生物を愛してくれないのなら。我々は、人類に対して、絶望してしまう。我々は、人類を、愛せなくなってしまう……」

　そして、こういう、世界樹からは。

　夢子に言った、原始の植物の想い、なんていうのも嘘、私に言った、植物の責任感なんていうのも嘘、ただただ、ただただひたすら、人類のことを好きでいてくれる、植物の想いがにじみでていて……。

「どうか、人類が、次にでてくる生物を愛してくれますよう、ただ、我々にできるのは、祈ることだけだ……」

　この、世界樹の台詞を聞きながら、私も、ただ、祈っていた。

　どうか、人類が、次にでてくる生物を愛してくれますよう。どうか、世界樹の希望を、裏切らなくてすみますよう。

☆

　どうか。

　今、私は、ただ、祈る。

　どうか。

どうか、人類が、次にでてくる生物を快《こころよ》く受け入れてくれますよう。そして、その生物を、愛してくれますよう。
どうか――お願いですから。

Ending

風が、吹く。

風が、なぶる。

嶋村信彦――いや、今はもうその名前はなくしていて、島田京介と名乗っていたが――は、風を見、自分の家の外に出していた、鉢植《はちう》えを屋内にしまった。この風では、この鉢植えの草には、辛《つら》いような気がする。

その、鉢の、草。

実の処《ところ》、島田京介には、その草が何なのか、判《わか》らない。ただ、大事な草だってことしか、知らない。

「京介さーん、畑、見た？」

向こうから声がかかる。その声の主は、この辺の地主で、田村総一郎という男の長女、香澄《かすみ》のもの。健康で、はちきれそうな肢体《したい》をした香澄は、いつの間にか京介を夫とするつもりにすっかりなっていて……そして、不思議な程、京介には、それに対して抵抗がなかった。

……健康で、明るい人を、お嫁さんにするのよ。

誰の声なんだろう、時々、京介には、そんな声が聞こえることがある。そして、香澄は、その条件に反していないと思う。

「京介さーん。ねえ、京介さん、ってばあ」

☆

「駐在さんの奥さん、大丈夫かねえ」

「単なる虫垂炎《ちゅうすいえん》——ああ、いや、盲腸ですってば」

三沢良介——あ、今の名前は、緑川良行《みどりかわよしゆき》、だが——は、半《なか》ばうんざりしたように、この台詞《せりふ》を言う。ここは、過《か》疎《そ》も過疎、ほんっきで過疎の村で、医者なんて一人しかいない（一人いたのがめっけものだ）。そして医者の助手をやりたいっていう緑川は、あっという間にこの村に受け入れられてしまったのだ。まして——緑川には、医師免許がないものの、でも、医療行為をかつてしたことがあるって知られてからは、殆《ほとん》ど熱狂的に。

「ねえ、緑川さん、うちの子なんだけど……先生の手術の邪魔をする程じゃないんだけれど、でも、頭が痛いんだって……」

「判りました、私がみてみましょう」

かくて、緑川良行の一日は、過ぎてゆく——。

☆

「あんたってば、ほんとの莫迦《ばか》よ。どうして判らないの」

さて。これは、夢子。

夢子は、ひたすら、怒っていた。

ひたすら——ひたすら——ずっと——ずっと。

夢子は、ひたすら、怒っていた。でも、その怒り方は、日がたつにつれ、少し変わってきたのだ。

もう、夢子は、すべてのことに対して怒っている訳ではない。

ずっと、ずっと、怒っているうちに、やがて、怒ることが——怒りながら植物達と会話することが——段々快感になってきたようなのだ。

「莫迦ね、あんた」

夢子がこう言うと。

「莫迦ではない、私には私の理由がある訳で……」

植物は、こう反論してきた。

今では、夢子は、植物の言っていた、本当の不幸は孤独であること、という言葉の意味が、おぼろげに実感できるような気がする。何度も何度も繰り返し怒り続ける夢子に、繰り返し反論をしてくれる植物。繰り返し言葉をかけてくれる生物がいるというのは——ひょっとしたら、とてもしあわせなことなのかも知れない。

「あんた達は、莫迦よ」

こう叫んだ夢子の側《そば》を、明日香の想いが、拓の想いが、通り抜けてゆく。

「莫迦だってば、あんた達は」

……こういうのも、いいんじゃないかな。

今。

夢子は、明日香を、拓を、すぐ身近に感じることが、できる。そして、植物達の想いも、身近に。でも、それでも、夢子はこう言ってしまう。

「あなた達って、莫迦じゃない？」「何でそういうことになるの」「だって……でも……やっぱり……あなた達って、莫迦だと思う」

植物をののしりながらも――夢子は、不思議と、充足していたのだ――。

☆

どこか遠い処に。この世ではない処に。

まるで天まで伸びようとしているかのような、巨大な木の根本に。

一つの、彫像がある。

その彫像は、昔はどうやら、祈っている男の姿をしていたらしい。男が、ひざまずき、祈っている像だったらしい。

果たしてその男は何を祈っていたのだろうか。今では、その像は、なかば以上緑に埋もれて。

だが。

不思議なことに、その木の根本には、他に草は何もはえていないのだ。その像を、なかば以上埋め尽くしている、この緑は、一体どこからでたものなのだろう――？

そして、この不思議な緑が、完全に像をおおい尽くしても――それでもまだ、その彫像は祈り続けるのだろう。

いつまでも、いつまでも、その彫像は祈り続けるのだろう――。

☆

信彦さん。

おひさまが、照ってる。

ここは、あったかいね。

いつまでも、いつまでも、あなたのことを見てるね。

いつまでも、いつまでも、あなたのことを愛してるね。

……好きだよ。


〈ＦＩＮ〉

付録　既刊全あとがき

あとがき

集英社文庫コバルトシリーズ版『いつか猫になる日まで』

えっと、あとがきです。

何とか無事、二冊めの本を出すことができました。それに、これは私の六つめの作品にあたりまして、右手親指分なのです（右手から数える人もいるけど――どうやらこっちが多数派らしい――私、左手から数えはじめるんです）。今までは、全作品数えるのに、左手の指だけで足りていたんだけれど、これでやっと両手使えるじゃありませんか！　次は、左足めざしてがんばります。

“いつか猫になる日まで”は、十九歳の春、書いた作品です。

……さて。あと、何を書こう。本文を書いている時は、あとがき書くチャンスがあったら、あれも書きたい、これも言いたいなんていう思いのたけが結構あったのですが、いざできあがってみると、不思議なほど、何もないのです。あ、一言あった。疲れたあ！

そう。疲れたの。本当に。

最初、目一杯明るい話を書こうと思ったんです。ひたすら後生楽《ごしょうらく》で、とっても脳天気で（本当は能天気って書くらしいけど、こっちの方が字面《じづら》がいい）、どうしようもなく莫迦莫迦《ばかばか》しく明るい楽しい話を。そうしたら、莫迦莫迦しいこと考えるのって、まともなこと考えるより、ずっとむずかしいのですね。

それに。ストーリィの設計図書く前に、なぜかタイトルができてしまったのも問題でした。私、タイトルつけるの本当に下手《へた》で、土壇場《どたんば》まで決まらないのが常なのです。それがまっ先にできちゃって……さあ、困った。はたして、中身がタイトルと一致してくれるかどうか、出来あがるまで不安でした。

大体、お話作る時何が楽しみって、タイトルスペースと名前書く処《ところ》あけといて、できあがったあとでFINマークいれて、タイトルつけて、新井素子って書くのが一番の快感なのですね。終始タイトルと中身が一致するかなんて変な不安持っていたので、できた時はまっ先に安堵《あんど》感がわいてきて……快感が目減りしてしまった……。

それから。登場人物が勝手なことばかりするのにも参りました。特に誠！　あんたが一番いけない。何のために私、苦労して設計図作ったのよ。設計図無視のアドリブばっかり連発してくれちゃって……いつかFINマークを打つ日が来るのかどうか、実に怖かったのです（ところで。誠ってわりといい名前でしょ。――自画自賛――もし私が男の子だったら、うちの両親は私をこう名づけるつもりだったそうです)。

　でも。何だかんだ言っても、結局、無事にFINマークを打てたんだから、やっぱりもう言うことないみたい。あー、良かった。

　あと。ちょっとばかりお礼を言いたいのです。

　まず、私の友人達に。本当にどうもありがとう。

　一冊目の本出した時のこと、忘れられないと思います。親戚や友達に本くばってくれたビッケ、近所の本屋にかけあって無理矢理あたしの本をおかせてくれたチャム、本屋に行くたびにこっそりあたしの本をめだつ場所に移動させてくれた章くん。一番すごいのは、自宅へ来たセールスマンに逆にあたしの本売りつけようとしたっていう美紀子ちゃん(さすがに売れなかったそうだけど)。何て言ったらいいのか本当に……。

　それに。編集の方よりよほどしつこく催促《さいそく》してくれるのはあきさんにアッコちゃん、授業中お話作ってる私にいつもノートかしてくれるけいこちゃんにえりちゃん。

　それから、美穂、コッコ、おーさん、坂田くん、博海、ノブ、佑子さん、中村くん、尋子ちゃん、正子姫、麗子ちゃん、手嶋くん。そして、昔、私の生原稿読んでくれた人全部。

　私、自分の文が活字になるまでずっと、原稿自分でとじて、表紙つけて製本して、友達の間まわしてたんですね。もし私に財産といえるものがあるなら、それは絶対、私の生原稿読んでくれた友人達と連中の感想、それから、出来たら読んでやるから早く書けって言ってくれる友人達だと思ってます。文章書いてて挫《くじ》けた時、よく、あなた達の感想文ひっぱりだします。あなた達がこれ読んで何て言うかな、なんて考えてみます。そうすると、もう、めげてる気になれない。あなた達が読んでくれる限り、おそらく私、いつまでもお話作れると思うの。活字になるかどうかは別として。

　だから。あなたに読んでもらいたくて書きました。

　それから、ファンレターとかいう気恥ずかしいものをくださるみなさんへ。本当にどうもありがとうございました。あなた方のおかげで、だいぶはげまされてます。

　あと。私にこれを書くチャンスを与えてくださった、集英社のコバルトシリーズ編集部の方々に。本当にどうもありがとうございました。

　そして。これを読んでくださったみなさんに。読んでくださって、ありがとう。気にいって頂けると嬉《うれ》しいのですが。

　もし、もし気にいってくれたとして、そして……。

　自分で自分の本作ってた時のあとがきの最後の言葉、大体同じ文句でした。二冊目の本なので、少しあつかましいけれど、それを書かせて頂きます。

　もし、御縁がありましたら、いつの日か、また、お目にかかりましょう――

一九八〇年五月

新井素子

あとがき

集英社愛蔵版『いつか猫になる日まで』

えっと、あとがきです。

これは私の二冊目の本にあたりまして、1980年、コバルト文庫で書き下ろしとして刊行していただいたお話です。

1980年。自分で書いて自分で驚いちゃった。うわー、今、何年だっけ？

時の流れって、もの凄《すご》く、早いかもしれない……。

☆

今回、このお話を新たに本にしていただく為《ため》に、一応手直しをしたのですが、もう、手直しの間中、私は絶叫をあげ続ける羽目になりました。

これ書いた時、私は、まだ多感な（ほんとにそうだったんだもん）十代でしたので……この年になって読み返すと、何というか、目を覆《おお》いたくなるような処《ところ》もありますし、何せ十数年も前のお話だ、「今こんな言葉遣《づか》い誰もしないよなー」って処は多々ありますし。それに、今、宇宙船の代表例としてアポロの名前をあげる人はまずいないだろうし、煙草《たばこ》を売っているのはとっくに専売公社じゃなくなってるし……。

(ま、この件については、古いお話はみんなそうだろうって御意見もありましょうが、『いつか猫に……』だけは、いささか、事情が違うんです。というのはこれ、文庫書き下ろし作品なんですね。普通の原稿は、まず、雑誌にのり、それが単行本になる処で一回直し、それが新書だの文庫だのになる時にまた直すんです。書いてから数ヵ月から一年後、四年後くらいで直しを入れる分には、絶叫する程古かったり目を覆いたくなったりする処はあんまりないのですが……これは最初から文庫だ、十六年間、手直しの機会がなかったんだもん)

ですが。結局私、言葉遣いと現実に反してしまった処以外、殆《ほとん》ど直しませんでした。

というのは、まあその、これ、他人様のあとがきなんかで時々見かける台詞《せりふ》ですけど、「下手《へた》なんだけど、十代でなければ書けなかった微妙な要素が確かにこのお話にはあって、それがこのお話のいい処なのかもしれない」から。あまり変に手を加えちゃうと、今となってはもう書けない、微妙な処が、ごっそり抜け落ちてしまいそうだから。

それにまた。

変な表現になっちゃうんですけれど……三十代の私、はるか昔に忘却の彼方に沈んでいて、もうろくに思い出せもしなかった、十代の私が考えていたことを、このお話を読んだ瞬間、見事に思い出しちゃったんです。とてもよく、判《わか》っちゃったんです。そして、十代の私のことが、結構好きだなって思えちゃって(同一人物だから当然だと言われれば、そのとおりなんですが)。

確かに、未熟だし莫迦《ばか》だ。時々、絶叫したくなる程恥ずかしい。青臭くって、現実ってものがまったく判ってなくて、日常生活の重大さをまったく認識していなくって、えーい、そういうのが、つまり、〝未熟〟か。

でも……私は、この、〝もくず〟って子が、〝もくず〟を書いた作者が、好きだ。

この子達が成熟するのを、どこか遠くから、応援してあげたいような気分になります。

……ただしその……あくまでも……どこか、遠くから、ですが(見てる分には好きだけど、こういう子と親友になったり、一緒に暮らしたいとは思わないわなあ)。

んでもって。十代の自分を、三十代の自分が、そういう風に思えるってことは……私、本当に、友達や家族に恵まれて、幸せな時を過ごしてこれたんだなって、あらためて思いました。

友達や家族や旦那《だんな》に、心から、感謝致します。

☆

それから。がらっと話を変えまして、このお話の舞台になっている石神井《しゃくじい》公園について、ですが。

これは、東京都練馬《ねりま》区にある、現実の公園でして、描写その他は、ほぼ正確です。石神井公園の第一印象が、「あ、ここなら、小っちゃめなUFOが落ちて来られるな」ってものだったので、日本のどこかにUFOを落とすことになった時、無条件にここを選んでしまいました。

えー、実は。私の通っていた高校は、石神井公園駅からバスで十分程度の処にあったのですが（作中のもくずちゃんの家が、ほぼ、私の通っていた高校です）、私、三年間、駅から三十分かけて、石神井公園つっきって、高校まで歩いていたんです。基本的には、バス代を節約して本を買う為にこんなことしてたんですが——いやあ、これ、やってよかった。三年毎日、自宅から最寄り駅まで徒歩十分、石神井公園駅から高校まで徒歩三十分、合計往復で一時間二十分歩くのって、スポーツの類《たぐい》をまったくやっていなかった私にとって、実によい運動になりましたし、おかげで、今でも、歩くのだけは得意です。それに……石神井公園っていうのが、とても素敵な公園なんだもの。

ですが。ここに出てくる石神井公園は、石神井公園の半分だけなんです。石神井池側（えーと、石神井公園っていうのは、とても横長の池を擁《よう》した公園でして、その池が、ど真ん中で道により区切られていて……石神井池側と、三宝寺《さんぽうじ》池側に、くっきり別れるんです。しかも、石神井池側と、三宝寺池側では、周囲の環境がまるで違う。石神井池側は、あくまで〝池のある公園〟ですが、三宝寺池側は、〝湿地帯〟です）。

そんで。

この間、旦那と二人で、石神井公園を散歩し、三宝寺池側へ来た時（運動不足を痛感している最近の私、休日にはできるだけ、旦那と二人で、練馬区内にある公園まで散歩をするようにしています）。

「この辺は、おまえ、全然小説の舞台にしてないんだろ？」

「あ、うん」

「じゃ、今度、モダン・ホラー書きたいって言ってたじゃない、三宝寺池側を舞台にしてみたら？　ここならモダン・ホラーの舞台になるような気がする」

「う、う、うーん」

そうかもしれない。

ちょうど夕暮れ時で、あたりは薄暗くなってきまして……三宝寺池側って、石神井池側に較《くら》べ、緑が野放図《のほうず》にひろがっているし、鳥はやたらいるし、湿地帯だし、UFOが落ちるのがあっちなら、こっちは化け物が出そうだって雰囲気《ふんいき》。

「……でも……湿地帯の化け物って言ったら……半魚人とか……。『石神井公園の半魚人』。これは、何か、ギャグにしかならないような気もするし……」

「え、半魚人？　何だってそんなもんが出てくるんだ。

そうじゃなくて、この雰囲気だと、サイコ・キラーとか、出しやすいんじゃないかと」

……ああ。旦那の言っていることは、判りました。でも。

私の区分ではね、サイコ・キラーが出てくるのは、あくまで、サスペンス、スリラー物であって、ホラーじゃないのね。〝ホラー〟という以上、何か化け物（ないしは、それを思わせるもの）が出てきてくれないと。それに、私の愛する石神井公園に、間違ってもサイコ・キラーなんか出したくはないわなあ。

ま、でも。

こんなことを言われた以上、いつか、石神井公園三宝寺池側を舞台にした、化け物が出てくるホラーを、書きたいと思っています（化け物は、出てきても、いいような気がする……）。

それに。練馬区内には、まだまだ公園は一杯ありますもの（とんでもない方向音痴の私ですが、練馬区内の公園にだけは、殆ど、歩いていけます。ただし、片道、徒歩四十分だの、一番遠い奴なんか、片道徒歩二時間弱かかりますけど）。

城北《じょうほく》公園。ここは、生まれて初めて四つ葉のクローバーをみつけた公園。

光《ひかり》が丘《おか》公園。隣の団地とのアンバランスさ加減が、特に夜になると凄いよなー。

武蔵関《むさしせき》公園。ここも大きな池がある公園で、なかなか味があるんだよね。

向山《こうやま》公園。ここは、公園というよりは庭園で……。

いえ、ま、その。

別に、練馬区公園シリーズって奴を作る気はありませんが……でも。

あ、やっぱり、これも、〝感謝〟ものかもしれない。

こんな素敵な公園がある、そして、片道、徒歩で二時間近くもある処まで、歩いてゆける（つまり、二時間の散歩をしようってくらい、閑静な住宅街、お庭が見える家が続き、処々に立派としかいいようがない楠《くすのき》やけやきが生えている）、練馬区って処を、私の家に選んでくれた、うちのお祖父《じい》ちゃんに。

うん、練馬は、いい処だよね。少なくとも、今は、まだ。

東京都なのに、田舎《いなか》。そんな部分が残っていて。

そして。請《こ》い願わくば。最近、どんどん、いい家がなくなって、マンションだのアパートだのが建っているけど、でも、請い願わくば。

いつまでも、練馬が、今のままでいてくれるといいのに……。

☆

それから。感謝と言えば。

最後に、感謝の言葉を書いて、このあとがきを終わりにしたいと思います。

このお話を読んで下さった方に。

読んで下さって、どうもありがとうございました。

このお話……気にいっていただければ、とても、とても、嬉《うれ》しいのですが。

そして、もし。

もしも気にいっていただけたとして、更《さら》に。

もしもご縁がありましたら、いつの日か、また、お目にかかりましょう——。

平成八年二月

新井素子

あとがき

集英社コバルト文庫新装版『いつか猫になる日まで』

あとがきであります。

これは、私の二冊目の本でありまして、私が十九の時に書いたお話です。

……そんでもって……えーと、それは………大分前のことになります。（正確にどのくらい前だかは、あんまり書きたくないなあ。まあ、調べればすぐ判《わか》っちゃうことなんだけれど。）

当時の私は、大学にはいったばっかりで、このお話の初期設定を思いついた時（東京の、それもできれば練馬《ねりま》のどこかに、UFOを墜落《ついらく》させようって奴）、殆《ほとん》ど何も考えないで、石神井《しゃくじい》公園をその舞台に選びました。何せ、そのちょっと前まで、高校時代の三年間、私、毎日のように石神井公園を歩いていましたから。しかも、やたら迷子《まいご》になっていたので、この公園の周辺で、私が歩かなかった道って、殆どないと思います。おかげで、土地勘《とちかん》だけは、売るほどあるんだ、この公園に関しては。（私、もの凄《すご》い方向音痴《おんち》で、土地勘がある処《ところ》って、殆どないんです。練馬の、生まれ育った処を除くと、土地勘があるって胸をはっていえるの、ほぼ、ここだけ。）

ま、それは、何のことはない、私が通っていた高校が、石神井公園にあったからなんですが（もくずちゃんの家の位置が、私の高校があったあたり）……うちの高校に通っている人で、毎日高校まで、石神井公園駅から歩いていた人って、私……実は、私以外、知りません。というのは、駅から高校まで、徒歩三十分かかるので。普通、この距離は、バスに乗るよね。（それに、駅からうちの高校の前を通るバスがでている。ご丁寧《ていねい》に、高校前っていうバス停まである。この条件で、あくまで歩く人は、珍しいと思う。）

　まあ、確かに、石神井公園をずっと歩くっていう通学路は（しかも、公園を出たあとも、団地の中だの何だの、緑豊かで車があんまり通らない道を歩ける。そのせいで、少し、遠回りすることになっちゃい、また余計に迷子になっていたんですけれど）、オールシーズン、とても素敵な散歩道って雰囲気《ふんいき》ではあるのですが……毎日は歩かないよなー、普通。春と秋はまだいいとして、冬は寒いし、夏は暑いし。

　勿論《もちろん》、高校時代の私、別に土地勘を養いたくて、毎日石神井公園を歩いていた訳ではありません。では、何故《なぜ》こんなことをしたのかっていうと……一つには、親から貰《もら》ったバス代をくすねて、それで本を買っていたっていう、家庭内横領をしていたせいもありますけれど、もう一つの理由は、〝私がとてもせっかちだから〟です。

せっかちだから、いっそバスに乗るくらいなら、歩く。

何か、矛盾《むじゅん》しているように見えますけれど、とある一つの要素をいれると、この方程式は簡単にとけます。はい、高校の脇に、開かずの踏み切りがあったんですね。踏み切りが開かなくて開かなくて、いっかな来ないバスを待つよりは、あるいは、高校生でぎゅう詰めで、座れもしないバスの中で、いっかな開かない踏み切りがあいてバスが動くのを待つよりは、三十分かかろうが四十分かかろうが、迷子になって二時間歩こうが、歩いた方が、せっかちさんにとっては、ずっとまし！

ただ。

今にして思えば、この高校の三年間、雨の日も雪の日も、毎日毎日高校まで、歩いててほんっと、よかったなあ。

　土地勘ができてて、現地取材一切なしでこのお話が書けたっていうのも、その、〝よかったこと〟の副産物ではありますが、何より。

　私はもう、典型的な家虫で、家にいるのが一番好き、用事がなければ夕飯の買い物以外一切外出せずに家の中で本を読んでいるっていう生活をしているのですが、そんな私が、こんな生活にもかかわらず、そんなに運動不足にならないでいられるのは、殆ど、ひとえに、高校の三年間、毎日歩き続けたおかげだと思います。（それも、非常に頻繁《ひんぱん》に迷子になったおかげで、一日三時間だの四時間だの、歩くの決して珍しくなかった。)

うん、高校時代、大学時代、この仕事始めてからはずーっと、まったく運動っていうものをしなかった私が、未《いま》だにある程度の体力を維持できているのは、〝歩くのが苦にならない〟故《ゆえ》だと思うんです。未だに立派な方向音痴《おんち》なので、知らない処へ行く場合、一時間や二時間、迷子になって歩き続けるのがザラ。それが全然苦にならない。だから、今でもしょっちゅう迷子になって、おかげさまで何の努力もしないでも、ある程度の体力を維持できています。


(そう言えば。大学の時は、美術部にいたんですけれど、その合宿で、私の足を見た友人が。

「新井さん、高校の時、何やってたの?」

「え? 何って?」

「スポーツ」

「何もやってないよー、体動かすの嫌いだよー」

「嘘《うそ》だ、それはない。そのふくらはぎは、定期的に運動をしていた人のふくらはぎだよ」

……うん。二、三日に一度、迷子になることを、〝定期的な運動〟っていうならば、確かに私は、定期的に運動をしていたって言えるわな……。一応、美術部にいる人に、こうも断定されるってことは、定期的になる迷子のおかげで、私、相当量の運動ができていたのでしょう。実際、只今、負荷さえかけなきゃ、スポーツジムで一時間やそこら、自転車こぐの、何でもないしなあ。本格的に迷子になるのに比べれば、こんなもん、運動でも何でもないと思えるしなあ。


と、言う、ことは。

多分、誰も認めてくれないだろうとは思うのですが……あるいは、〝迷子になる〟って、立派なスポーツ種目なのか? 迷子になって、家に帰るのに三時間かかるって、特に、小学生や中学生の頃は、必死になってしまう行動だから……うん、ある意味で、競技としてのスポーツより、よっぽどやっている人間は、切羽詰《せっぱつ》まっているかも知れない。)

☆

でも、まあ。

あれからかなりの時間がたったので……石神井公園も、ずいぶん、変わりました。

本文中で、駅から公園への道、とか、もくずの家から石神井公園までの道の話なんかがでてきますけれど……変わりましたねえ、これ。砂利《じゃり》の道はもうないし、今ならもくずちゃん、御飯を調達する時、ハンバーガーだのパンしか買えないってことはない。(これを書いた頃の石神井公園、および、石神井公園駅周辺には、ほんっとおに、商店の類《たぐい》が少なかったんだ。)

それに大体。多分、UFO、只今の石神井公園には、素直にストレートに墜落できないような気がする。（公園内の手入れ、どんどん行き届いてきて、それなりに大きくあいたスペースには、花壇《かだん》ができたり、野外劇場みたいなものができたり、彫刻がたっちゃったり……。）

その他にも。変わっちゃったことと言えば。

登場人物達は、みんな、携帯電話をもっていません。（だって、このお話を書いた頃はそもそも、そんなもんなかった。うん、ポケベルだってなかったんだもん。）

髪の毛が焦《こ》げ茶色で、陽《ひ》に透けると金色に見えることもあるっていうのは、地毛の話です。（この頃は、老人の白髪染め、あるいは特殊な事情がある人を除いて、髪を染めている人はいませんでした。）

……ああ。

ほんっとおに、時間が、たっちゃったんだ、なあ。

☆

そんでは。

最後に、お礼の言葉を書いて、このあとがき、終わりにしたいと思います。

読んでくださったあなたに。

読んでくださって、どうもありがとうございました。

このお話――気にいっていただけたら、本当に、本当に、嬉《うれ》しいのですが。

そして、そんでもって。

もしも、あなたが、このお話を気にいってくれたとして。

もしも、御縁がありましたなら。

いつの日か、また、お目にかかりましょう――。

2005年4月　新井素子

あと書き

奇想天外社版『グリーン・レクイエム』

えっと、あと書きです。

三冊めの本、です。高校三年の時、一冊めの本を出して頂き、で、今——三冊めの本を出して頂くことができたら——私は何と、二十歳になっていました。時のたつのは早いものです。

この本では、〝グリーン・レクイエム〟〝週に一度のお食事を〟〝宇宙魚顚末記《てんまつき》〟という順序で作品を並べてありますが、制作順序は、ちょうどこの逆です。〝宇宙魚〟は十九歳になったばかりの夏のおわりに、〝グリーン・レクイエム〟は十九歳のおわりの夏のはじめに書いたものです。一冊の本の中に、すっぽり私の一年間……。

☆

宇宙魚は、うちゅうざかなでもなく、ましてうちゅううおでもなく、うちゅうぎょと読みます。そもそもこの話を作ったきっかけが、〝何書こうかな、何も思いつかん、何かぎょっとするような話ないかな、えーい、面倒じゃ、ぎょっとする——魚の話でも書こ〟というものでしたから、うちゅうぎょでなければ困るのです。(しかし、何というい加減な発想だろう)

これは、私の四番めの作品になるのですが、三番めの作品とこれとの間に、約一年のブランクがあるのですね。その間何をしていたかというと……大学受験とその後遺症っていうの、やってました。受験で半年位文章書かなかったら、文章に対する勘《かん》みたいなものがひどく鈍ってしまい……。今までは、わりと楽に出てきてくれた文章が、まるで思いうかばなくなってしまったのです。

うー書けん、うー書けん、と呻《うめ》きつつ、書いた原稿は片っ端から破き。ひどくあせっていた時、大学の美術部の合宿がありました。

本当は行きたくなかったんですよね。ただですら書けないのに、五日も原稿放りだすなんて……。

でも、まあ、合宿へ行って。毎晩コンパがあって、毎朝二日酔。大体、それまで私、二日酔の経験って、なかったんです。そこへもってきて、五日連続二日酔。絵が描けたのが不思議な位。

などと言っているうちに、最終日がきました。何とか合評までに絵を仕上げなければいけない、というので、みんなこの日には凄《すご》く真面目《まじめ》に絵を描いてました。ところが私、昼頃絵を仕上げてしまったのですね。合評は四時から。暇になった私——普段だと、同学年の人なんかと遊ぶのですが、みんなその日はそれどころじゃなさそうで——一人で近くのゆるい坂を登ってゆきました。私は、その坂途中で折れた処《とこ》で絵を描いていたんですが、その日は、坂、折れずに。ずっと登って、しばらく行くと、キャンプ場に出喰わしました。

やわらかい草原。二日酔で、縦になっているより横になっている方が楽だったので、そこに寝っころがり。ぼけっと上を見ること、約、三十分。

空が青いな。遠いし。そんなこと考えてました。あ、鳥が飛んでる。それが妙に新鮮で。空は青い。何となく、思い出します。高校の時、友達と松本へ行ったことがありました。松本城から見た空。透きとおった青が、下へ下へと降りてきて。やがて、家の屋根や電柱に届くまで。青を地に、家々が浮きあがって見えました。

空は青い。遠いしね。何だかとっても、しあわせな気分。あ、また何か思い出した。

中学校で絵画部にいた頃。あと五分で絵の具かたずけて下校しなければいけないって時のことです。花描いていた私、かなり慌《あわ》てて絵の具塗ってました。その絵はもう殆《ほとん》ど完成していて、あとは細かい仕上げだけ。ここまできたんだ、今日中に仕上げちゃお、なんて思って。と。「うー、あと五分」とか言いながら葉を塗っていた私を、同じクラブの男の子が片目で見て、さも莫迦《ばか》にしたって表情したんです。「慌てて描いたって仕方ねえだろ」

人が一所懸命やってんのに。なんて言葉がでてきてもよかったのに。不思議な程、素直に納得しました。そうよね。何も今日中に仕上げる為に絵筆持ってる訳じゃない。描くの楽しいから描いてんだ。あせって描いても面白くないや。描きたかったから描いてんのに……。

空は青いし、二日酔っていいもんだな。そう思いました。精神的に、強制的に暇になるって、いいもんだわ……。

そのままずっと空を見て。しばらくしてのそのそ立ちあがり。突然、判《わか》りました。書きたかったから書いてんのよねえ。そうでなきゃ、誰が原稿用紙のます目埋めなんて面倒なこと、するもんですか。

とたんに。それこそとたんに、合宿抜けだして文房具屋へ走りだしたい気分。あ、ひさびさ、この衝動。

お話変えよう。実にすんなりと決まりました。坂を登り、わき道にそれ、お墓の中を歩いてゆく。一つ角をまがると急に展望がひらけて、正面に河口湖。そのむこうに富士山。少しかすんで。で、左にとうもろこし畑、右に空地。空地の前に電柱。つたがからまって。優しい黄緑。——これは、その合宿で描いた絵ですが——とにかくそういう話を書こう。

こうして〝宇宙魚顚末記〟はできました。従って、この話の正式な題は次のようになります。

〝宇宙魚顚末記——坂を登って右にまがると急に展望がひらける。左がとうもろこし畑で右が空地。そういうお話〟

☆

〝週に一度のお食事を〟は、少しとんで七作目のお話です。ショートショートなんていう、実に慣れていない形式のお話作りだったので、ひどく難儀でした。大体が、私の文から無駄を取ってしまったらあとは何も残らない、という無駄文の書き手ですから、十八枚でお話まとめるなんて……。結局、十八枚書くのに、百枚近い原稿用紙を消費してしまいました。

〝週に一度……〟は、吸血鬼のお話ですが、ここへたどりつくまでに、幽霊のお話二パターン、ドッペルゲンガーのお話二パターン。最終的には、二十二枚になってしまった吸血鬼のお話を、いかようにして十八枚におさめるかが正念場でした。かつおぶし風けずり作業（表現や接続詞 etc をかえて、原稿をけずることを、私、こう呼んでいます）をだいぶ練習する破目になりました。（もう少し早くこの技術を習得しておけば、受験楽だったのに……）

なお、ここに載せたものは、それをまた少し伸ばしたものですので、十八枚になっていません。

☆

〝グリーン・レクイエム〟は、八作目で十代最後の作品です。

これは、いつもの私の作品とは、少しばかり毛色が違います。何といっても明るくないし、ハッピィ・エンドではないのですから。

それに。これ、変な話ですが——私の〝二十歳記念作品〟なのです。極めて私的に。

〝二十歳記念作品〟という言葉の意味を説明する為、突然話はとびますが——私、今、ドイツ文学科、という処に籍をおいています。何故ドイツ文学なんていうのを選んだのかというと、理由は一つ。トーマス・マンを、原書で読みたかったから。

一年のドイツ語の授業の時でした。先生が聞くんですよね。何故ドイツ文学科に来たのかって。で、私が先程の答を言ったら。先生、驚いて。トーマス・マン？　あれ、面白いですか？　かったるくありませんか？（ドイツ人の先生がこういう表現をした筈《はず》がないから……正確に何ておっしゃったのかは覚えていないのですが、とにかくこういう意味のことです）

言われてかなりのショックでした。何となれば——あれ、本当に、かったるいのですよ。〝ブッテンブローク家の人々〟なんか、挫折しかけた程。（トーマス・マン好きな人、ごめんなさい）

一週間位悩みました。私、かったるいものをわざわざ原書で読む為に、ドイツ語というややこしい言語をやってるんでしょうか。そんな莫迦な。もっと他の理由がある筈です。もっと他の――あ！　ピアノ！

三歳の時から、ピアノやらされてました。ところが、私はピアノのおけいこするよりも、本を読んでいる方が好きな子で――有体《ありてい》に言えば、ピアノ、嫌いだったのです。それも単に嫌いじゃない。だいっきらい！

で。小学校の低学年になると、私も自分の意志を持つようになったので、遅ればせながら、母と交渉始めました。ピアノ、やめたい。ところがさすがは年の功。母、うまいのですよね。

「ママの家にはピアノがなくてね。お友達がピアノ弾《ひ》くの、とてもうらやましかったのよ……。そりゃ、あなたがそんなにピアノやめたいならやめてもいいけど……あとで後悔しても、知りませんからね」

こう言われると、ピアノやめたら最後、後悔の人生を歩みそうな気がしてきて……結局、ずるずる、四年の時までピアノ続けました。

ところが。私は好き嫌いのはっきりした子でしたから、嫌いなことはがんとしてやらなかったのです。従って、ピアノ習ってはいたものの、家で全然練習せずに……。七年間、怒られるためのみに、ピアノの先生の処へ通ったようなものです。（先生、ごめんなさい。ひどく教えがいのない生徒だったでしょう）

ついに。四年の時。母の怒りが爆発しました。とにかく私が、全然練習しないものですから。

「素子！　そんなにピアノが嫌いならやめちゃいなさい！」

ところが私、この台詞《せりふ》を待っていたのですよね。

「うん！　やめる！」

こうなると、母は慌てだしました。後悔するのは私だ、という台詞を連発して。でも、私にしてみれば、後悔しないよう七年も我慢してきたんです。いい加減、もう、限界。ついに我を通しました。母も仕方なしに――その時が確か冬でした――五年生になっても、それでもまだピアノをやめたいのなら、やめてもいいということになりました。

ところが。この話を聞いたピアノの先生が。

「何も五年生まで続けることはありませんよ。ぜひやめましょう」

先生だって、家で全然練習しない子に教えるの、うんざりしていたに違いありません。

かくて私はその日をもって、ピアノをやめることができました。ピアノの先生の方からくびにされた、世にも珍しい生徒という肩書きつきで。

やめて二年は何事もなくすぎました。ところが、中一の時、ショパンのノクターンのレコード聞いて。生まれて初めて、音楽に感激しました。何て旋律！　何て音！　知りませんでした。ピアノで感情を表現できるなんて。

心がふるえる。涙がでてくる……。

再び、私とピアノとの格闘の日々が始まります。他の曲は、この際、どうでもいい。ショパンのノクターン、作品九の一。あれだけ弾ければ……。

けれどまあ、世の中は甘くないもので、ピアノの先生からくびになったような生徒が、ショパンのノクターンなんて弾ける筈がありません。おまけに私、ピアノの練習がやはりどうにも嫌いで……。練習しなくて弾けたら化物ですね。

結局、私は再び――そして完全に――ピアノと縁を切ることになりました。

話をもとに戻しましょう。そんな訳で、私が、多少の未練を持ちながらも、ピアノと訣別《けつべつ》をした時期に――ちょうど、トーマス・マンを読んだのです。

例えば〝トリスタン〟。例えば〝神童〟。彼のピアノの描写は、私にとって、実に衝撃的でした。それまで私は、ピアノの描写といえば、次のような文章位しか思いつかなかったのです。〝彼女はピアノの前に坐ると、鍵盤に指を走らせた〟なのに。トーマス・マンったら……音を描くのですよ、音楽を。旋律を。

ほこりだらけの祖父の書庫の片隅で。昭和二十六年――私が生まれる約十年前――に出されたトーマス・マンの短篇集を、つっかえつっかえ読みました。何といっても昭和二十六年！　旧かなです。初めて旧かな旧漢字に接した私は、一語一語、ややこしい字を類推して判読しながら、ゆっくり頁《ページ》をめくり続けました。なつかしい大好きな古い本のにおい、端の方が茶色がかった、古い本。横書きの文字は、右から左へと書かれています。

思ったのでした。私、ピアノは弾けない。でも、原稿用紙の上にならば。ピアノを書いてみせることはできるかも知れない。私のショパン。私のノクターン……。

同時に、決心したのです。いずれ、ドイツ語習おう。トーマス・マンの文章。彼の描いたピアノ。絶対原書で読んでみせる。

で、まあ。中二の時に、〝グリーン・レクイエム〟の初稿を書こうとしたのですが……いかんせん、文章力がまるでおいつきません。ピアノのメロディなんか、これっぽちも伝わっていない！　仕方なく、その時は、〝グリーン・レクイエム〟書くのをあきらめました。そのかわり。二十歳になったら、あらためてこの話、書こう。二十歳っていったら大人でしょ。私の表現力、少しは向上しているかも知れない。

二十歳になった今でも、私の表現力、さっぱり向上していないようですが、一応、十四歳の私との約束です。かくて、私、二十歳の記念として、〝グリーン・レクイエム〟を書かなければいけないような心境になった訳です。

さて。ここで一つ、非常に現実的な問題がもちあがりました。その時、奇想天外の編集の方は、八十枚位の短篇を書いて欲しい、とおっしゃったのでした。ところが。〝グリーン・レクイエム〟は、素直に書けば三百枚なのです。いくら何でも三百枚を八十枚にちぢめることはできない……。

そこで私、考えます。このギャップを埋める為にはどうしたらいいのか。答は一つしか思いつけませんでした。〝グリーン・レクイエム〟を少し変えよう。では、どういう風に？　あ！　そうだ！　はじまる前を書こう！

本来の〝グリーン・レクイエム〟は、この話がおわった処から始まります。精神的に死んでしまった明日香、復讐《ふくしゅう》で心が一杯の夢子、そんな夢子をもてあます拓。植物をおいかけることをやめてしまった信彦、しだいに狂いだす植物、やっと来たむかえの船。そもそも主人公は夢子の筈でした。

その話の中の、ピアノのシーンと回想シーンばかり集め、視点を明日香に移し、新たに明日香と信彦のエピソード加えて。そして、現在の形となりました。

なのに。なのに……。うっ！

途中で一回、奇想天外社に電話いれました。

「あのう……今度の奴、百枚位になってもよろしいでしょうか」

次に、別な用事で奇想天外社へ行った時。

「あのう……どうも百二十枚越えそうなのですが……」

そして、原稿持って行った時。

「あのう……百七十枚、越えちゃったんです。……ごめんなさい」

八十枚におさめる為に、話を造り変えた筈だったのに。それが、どういう手違いでか、倍になってしまいました。その為、時間も予定を一月もオーバーして……。私のわがままをこころよく許して下さった奇想天外社のみなさま、本当にどうもすみませんでした。

☆

だいぶあと書きが長くなりました。

最後に、これだけ書いておわりにします。

この本を出して下さった、曽根編集長と小口宏氏に。どうもありがとうございます。

そして、この本を読んで下さった方に。本当にどうもありがとうございました。気にいって頂けると嬉《うれ》しいのですが。

もし。気にいって頂けたら。そして。もしも御縁がありましたら、いつの日か、また、お目にかかりましょう――。

昭和五十五年十月　　新井素子

三度目の正直　グリーン・レクイエム

別冊ＳＦイズム１「まるまる新井素子」（シャピオ）掲載

これは悲惨でした。

下書きが完成しまして、あとは清書するだけだーっていう段階で、原稿を全部なくしたんですね。世にもみじめだった。

電話ボックスに入って完成しましたと電話したんですよね。ほんで電話終って出て、駅に入って国鉄乗って、二駅くらい乗ってふっと気がついたら、手の中のバインダーノートがないの。

ひえー、あ、電話ボックスだーってあわてて、また電話ボックスに戻ったんですけれども、すでになくて、おまわりさんとこ行って、すいません落し物ですっつって。

当時のあたしはまだ大学生だったし、いかにも学生学生して見えたらしくて。何をなくしたんですか、ノートですっつったら、まあたぶん、試験のメモかなんかなくしたんだろう、というふうな感じで、おまわりさんも一所懸命探してくれたんですが、なくて。

ちび猫のバインダーだったんですよう!!　ちゃんと『ＬａＬａ』だったかを三ヵ月買って、ちゃんと応募券っていうの貼って送って、もらったちび猫バインダーを……。

でまあ、大あわてで急遽書直し。ほいで一ヵ月、よけいにかかったんですよね。下書きが全部終って、後は清書だけだっていう感覚と、最初から全部書直し、というのは違いますので。

逆に言うとでも、なくなってよかった。一稿よか、たぶん二稿の方がよかったみたいだしね。

☆

あ、「グリーン・レクイエム」、講談社文庫に入ること決定。これはもうしゃべってもいい。

本編を書こう、という予定もあるんですが、時間がなかったりして。というか、あっちの「グリーン・レクイエム」書いちゃったせいで、本編の方の回想シーンが根こそぎなくなっちゃったんですね。

つまりあっちの「グリーン・レクイエム」は、本編の回想シーンばっかしよせ集めて一個の話にしちゃったもんで、本編の方で回想すると、同じことを二度書くことになってしまうの。で、本編がわりと回想シーンの多い小説だったのに、それを全部分捕《ぶんど》られちゃったら、すかすかになってしまった。

という訳で、なかなか本編、書く気になれなかったんですが、このあいだその再構成がようやくできました。本編の方はでも、別の作品だと思ってくれた方がいいかもしんない。なんつったって明日香《あすか》さんは出てこないし、信彦《のぶひこ》くんは出てこないし。「グリーン・レクイエム」って、もともと夢子《ゆめこ》さんのお話なんですよね。なんていうのかな、あれはとにかく明日香を殺された夢子さんの、復讐譚《ふくしゅうたん》みたいな感じの話なんです。

　殺されたって言い方は変なんだけども、ともかく夢子さんにしてみると、信彦くんとか教授とかあのへんの、人間自体に対する復讐みたいな感じなわけ。

　それで夢子さんは、個人的に盛上がっちゃうんですよね。

　拓は、ちょっとそれは過激ではないか、ということを言って、なんだかんだなんだかんだあって、結局別個の道を歩むんですが。

　一方で、明日香さんも素直に死んだわけではないので、いろいろとなんだかんだ残っていて——意味がわからんかな。これはしかし、このへんのことをしゃべってしまうといけないいんですね。

　まあとにかく、本編がようやく書けるようになってよかったよかった、というか。いつになるかは、ちょっとまだ未定ですけど。

（著者注／談、です。この頃はまだ『緑幻想』書いていないので、まるで違う話のことを言ってるみたいな感じです。）

あとがき

講談社文庫版『グリーン・レクイエム』

　えっと、あと書きです。

　これは、あたしの三冊目の本にあたりまして、十九歳の時に書いたお話です——という文章を、ずいぶん前に書きました。ずいぶん前——でも、考えてみれば、まだあれからたったの三年しかたってないんですよね。とはいうものの。あたし、もう、二十三になってしまいました。

☆

　宇宙魚顚末記《てんまつき》。これは、あたしが十八のおわりから十九のはじめにかけて書いた作品です。

　当初の予定では。あたし、ちゃんとしたラヴ・ストーリーを、書きたかったのです。

　えー、何と言いますか、あたし、ラヴ・ストーリーはおろか、ラヴ・シーンですら、書くのがすごく、苦手なんです。苦手——なんてもんじゃないな。とにかくキャラクターが照れるのですよ。もう、筆舌《ひつぜつ》に尽しがたい程、照れて照れて照れまくる。

　で。あたしのキャラクターは、どいつもこいつも、照れた場合、大人しくまっ赤になって黙るような行動をとってくれないのです。照れて照れて照れまくって——場の、せっかくラヴ・シーン用に作者が盛り上げてやった雰囲気《ふんいき》を、ぶち壊すのですね。すぐにラヴ・シーンをコメディにしてしまう。

で。十九歳当時、あたしは自分のこの癖を改善したいという意欲に燃えていたのでした。今となっては、もう、どうせあたしはラヴ・シーンとは縁がないのよってひらきなおれることですが……当時は、今よか、もうちょっと、真面目《まじめ》だったので。

そこで。あーだこーだ考えた結果、無茶苦茶《むちゃくちゃ》なことを思いついたのでした。

キャラクター二人だすと、両方、あるいはどっちか片方が照れて、ラヴ・シーンぶち壊すというのなら。最初っから、片方しかださなきゃいいんだわ。いくらあたしのキャラクターがおそろしい程シャイだとしても、よもや、一人で照れまくって場をコメディにしてしまうような器用なことはできまい。

で、考えます。女の子一人でできるラヴ・ストーリー……。

でも。本当に女の子一人が、一人だけでラヴ・ストーリーをやると……これは、もの凄《すご》いナルシストのお話になってしまうのですね。

では、相手の男の子が女の子の気持ちに気づかなかったら——これは、片想《かたおも》いというべきもので、やはり、ラヴ・ストーリーとはいいにくい。

とすると。

ここで。あたし、とんでもないことをおもいついたのでした。

男の子は、女の子の気持ちをちゃんと知っていて、存在していなければならない。で、二人そろうと照れるというなら——男の子を、徹底して、画面からおいだしてしまえばいいのよ。

現代には。存在している人間を、映画であれ漫画であれ小説であれ、完全に画面の外へおいだす、とっても簡単な方法があるんですよね。つまり——男の子は、電話のむこう側にいればいいんです。

で。このお話では、ひろみの彼氏というのは、存在しているにもかかわらず、決して画面にはでてこず、ついでにひろみも照れてラヴ・シーンを破壊したりはしなかったのでした。

ただ。この計画には、たった一つ、誤算があったのですね。

つまり、こういう書き方すると、どこからどう見ても、ラヴ・ストーリーに見えないっ！　のでした。

ねー、どうしてあんな、構成的にはまったく必要性のない、ひろみの彼氏なんかのことが結構しつこくでてくるわけ？　っていう、友達の質問を聞きながら、一人、完全に失敗してしまったラヴ・ストーリーに、ため息をつくはめに、おちいったのでありました。

☆

さて、次。

週に一度のお食事を、は、十九歳の半《なか》ばに書いたものです。

吸血鬼とか、魔女とか、狼男とか、いわゆる西洋風の妖怪、あたし、好きです。

好き――っていうか、西洋の妖怪は、何か、あんまり、実感として怖くないんですよね。ああいうのは、ばかっ広いお屋敷とか、どこまでも続く森や野原、古城なんていうのがないと、怖くないんじゃないでしょうか。

早い話、団地サイズ三DKにドラキュラ伯が住んでたって、雰囲気として、怖い、じゃなくて、

「あ、ドラキュラさん、困りますよ、燃えるゴミは火曜日の朝にだしてくれなくっちゃ。そりゃ、朝おきられないのかも知れないけど……あれ、放っとくと、うちの方までにおっちゃって」

でしょ。

それに、日本におけるどこまでも続く野原は大抵水田になっているから、そういう処《ところ》を狼男さんが駆けてても、

「ちょっと！　うちの田んぼ、荒らさないでちょうだいね！」

だと思うんですよね。

古城に魔女さん――とはいっても。松本城の魔女、とか、岡山城の魔女、とか、あなた、怖いですか？　その点、日本の妖怪は、六畳のお部屋とか、柳の木の下の狭い空間とか、お手洗いとか、割と住宅事情にみあったせせこましいところにでてくるので――これは、怖いのです。

故《ゆえ》に。あたしのお話に出てくる、西洋風の妖怪さんは、みんな、ひたすら明るく、コメディに徹してくれるのです。

☆

グリーン・レクイエムは、十九のおわりから二十にかけて書いたお話です。

このお話は、大体、ショパンのノクターンを基調にして作ってあります。

ショパンのノクターン。あたし、これ、ピアノ曲の中では、今のとこ一番好きなのです。で――ショパンのノクターンを基調にお話を作ろうと思ったのは、中学生の時にさかのぼります。

中学の――何年の時だったのかな。音楽の宿題で、何か好きな曲について、感想文を書くように、というのがあったのですね。

で。友達は、大体この感想文を、二とおりの方法で片づけていたのでした。

まず、一つ。レコードの解説、その作曲家の伝記等を

調べて、その曲は、いつ、どんな風にして作られたのか、その頃その作曲家はどんなことをしていたのか、エトセトラを書く。

でも――これはね。その曲についてのレポートであって、感想とは違うでしょ。

それから、二つめ。音楽史とか楽典とか調べて、この曲の第何楽章のここは、これこれこういう形式で、この形式の特徴はなになにで、この曲においてもどこどこの和音が実に美しくて、どうのこうのって奴。

でも――これもね。たかが中学校の音楽で習ったことだけをもとにして、どの和声の響きがどうのこうの、なんてことが、もし、判るとしたら。あたし、今頃、音楽関係の仕事についていることでしょう。

で。あたしは、その両方共、やらなかったのでした。かわりに。

レコードに、針おとして――目をつむって。で、どんなものが見えたか、どんなイメージがわいたかを、次々書きつらねて文章になおして、提出したのでした。これ以外に感想といえるものはないと思ったし、あとは……はは、この方法だと、何ら参考文献がいらずに、楽だったのですね。

ま、当然のことながら、無残な点数と一緒に返ってきた音楽の感想文を眺めつつ、あたし、まったく別なことを考えていました。これもとにして――お話、できるかも知れない。

そのあと、文章力不足のせいや何やで、ずいぶん遅くなってしまいましたが――やっとできたのが、この、グリーン・レクイエムだったのです。

あ、あと、グリーン・レクイエムについては、もう一つ。

実は、本来のグリーン・レクイエムは、これじゃないんです。本当の、最初あたしの頭の中にあったものは、このグリーン・レクイエムがおわった後から始まります。明日香を殺されてしまった（……ま、ようなもんでしょ）、夢子さんの復讐《ふくしゅう》のお話。それも、そのうち、書きますので……。

☆

では、最後に。

これを読んでくださった皆様に。

読んでくださって、どうもありがとうございました。

気にいって頂ければ、嬉《うれ》しいのですが。

そして、もし、気にいって頂けたとして。

もしも、御縁がありましたなら、いつの日か、また、お目にかかりましょう――。

昭和五十八年九月

新井素子

あと書き

講談社愛蔵版『グリーン・レクイエム』

……えっと、あと書きです。

何て言っていいのかな、とにかくその、あと書きです。

まず、データ的な部分を書いちゃいますね。

この作品は、私の八作目のものでして、十九の時に書いたお話です――。

☆

さて。

この本は、実はとっても変な本なんです。変な本――というか、徹底的にコンセプトが論理矛盾《むじゅん》をおこしている本。

随分前のことになりますが、私、奇想天外社って処《ところ》から、この本と同題の『グリーン・レクイエム』って本を出しました。(そっちの『グリーン・レクイエム』には、表題作の「グリーン・レクイエム」だけじゃなく、「宇宙魚顚末記《てんまつき》」「週に一度のお食事を」っていう短編が二本、収録されております。)ですが、この本を出したちょっと後に奇想天外社は潰《つぶ》れ、今となっては事実上、単行本サイズの『グリーン・レクイエム』って本は、存在しなくなっています。

あ、ただ。今でもまだ、出版されているんですね。文庫版の『グリーン・レクイエム』は、講談社文庫から。(こっちには、短編二本もはいっています。)

つまり元の『グリーン・レクイエム』って本は、文庫はあるけど単行本はない、そういう状態になっていた訳です。

で、さて。この間私は、このお話の続編というか姉妹編にあたるような、『緑幻想』って本を出しました。実にその、何というか、最初に奇想天外社から『グリーン・レクイエム』をだした、十年程も、あとに。

その、『緑幻想』の中に、読者カードみたいなものを入れておいて、何かこの本について、要望だの感想だのを書いて欲しいって読者の皆様にお願いした処――「自分の持っている『グリーン・レクイエム』は文庫本で、『緑幻想』と並べた時、本棚の中の釣りあいがとれない」っていう意見が、あったんです。

そこで。何だかんだあった末、講談社の方、考えたんです。『緑幻想』とちょうど対になっている形の『グリーン・レクイエム』の愛蔵版を作ったらどうだろう? そんでもって、装丁は高野さんにお願いして、本棚に並べた時釣りあうだけじゃなく、横に二冊並べて高野さんの表紙を楽しめるような本を作ったらいいんじゃないかな。(ちょうど、と言ったら何ですけど、単行本サイズの『グリーン・レクイエム』はとっくになくなっている ことですし。）

もうお判《わか》りでしょうが、それが、この本です。こう見えても、この本は、実は『グリーン・レクイエム』の愛蔵版だったりするんです。

☆

さて。こんなことを書いちゃうと、いろいろな文句が殺到しそうな気がするなあ。殺到する前に、当然考えられる文句の代表的な奴について、弁解をさせていただきたいんですが……。

まず。愛蔵版っていうのは、普通もっと豪華な本の筈だ。皮表紙にしろ、とか、箱をつけろ、とまでは言わないけれど、せめてハードカバーなのが普通なんじゃない？　ぺらぺらの四六ソフトの愛蔵版なんて、あり？

これはもう、実にまったくその通りなんですねー。ただ、この本の第一の目的っていうのが、本棚の中で『緑幻想』と一対になるって処にありますもんで……『緑幻想』が四六ソフトカバーなのに、それと対になっているこっちばっかりハードカバーにする訳にいかないじゃありませんか。（そんなことしたら、また、ハードカバーの『グリーン・レクイエム』と対になっている『緑幻想』を出すことになっちゃって、で、まさかそんなことしたら、殆《ほとん》どの読者の方から呆《あき》れられて見放されてしまう……。）

ついで、それに付随して考えられる文句。（これは実際に『緑幻想』の読者カードの中にもあった意見でした。）なら、最初っから『緑幻想』をハードカバーで出せばよかったじゃないか。

これも、ある意味では、その通りです。ただ、『緑幻想』を出した時には、まだ、『グリーン・レクイエム』の愛蔵版を出そうって話がなかったんですね。で、『緑幻想』単体で見た場合、私、できることなら千円を越える本を作りたくなかったので、必然的にハードカバーにする訳にはいかなかったんです。（今、ハードカバーの本を出したら絶対千円は越えますし、まして『緑幻想』はどっちかっていうと厚めの本ですので、千数百円は確実にいっちゃってましたね……。もっとも、この、「できる限り千円を越す本は作らない」って私のポリシー、諸物価高騰《こうとう》の折りですし、消費税なんかもかかってきちゃうし、いつまでもつか、謎ですが。）

以上のことを総合した文句って奴も、考えられます。すなわち、先見の明がない。もっと大局的に自分の本のことを考えなさいね。

はい、これはまったくその通りです。どうもすみませんでした。（そう言えば読者カードの中には、「あんまり謝るな」って意見も結構あったっけ……。ああ、私はどうすればいいんだー。）

また。こんな文句も、あり得るな。『グリーン・レクイエム』の愛蔵版を出すっていうなら、文庫の『グリーン・レクイエム』に収録されてる他の作品もいれればよかったのに。どうしていれなかったんですか？

　この質問に対する基本的な答って、こういうものになります。この本は、あくまで『緑幻想』と対になっている本なので、『緑幻想』『グリーン・レクイエム』に直接関係のない作品は、省きました。

　ただ――この点をつっこんで考えると……この本、徹底的なコンセプトの論理矛盾を起こすのですね。すなわち――できるだけ安い本にしたかったんで、あとの二作品を省くとまだ安くしあがったんですう。

　さあ。凄《すご》いことになってきましたね。廉価《れんか》を目指す愛蔵版！　こりゃ一体、どんな本なんだ！

　ただ。一応もうちょっとこちらの考えを書かせていただきますと、この本を買う方の圧倒的大多数は『緑幻想』を買った方である。でもって、『緑幻想』を買った方のこれまた圧倒的大多数は、文庫版の『グリーン・レクイエム』を持っている方である。とすると、他の二作品はすでに文庫で読んでいらっしゃる確率が高いし、だとするとすでに文庫にはいっている『グリーン・レクイエム』とは直接関係のないお話をのせてちょっと高い本にするよりは、そういうものを省いちゃって少しでも安い本にした方がいいんじゃないかなって判断があったのですが……それにしても、やっぱり、この本って論理矛盾もはなはだしい本ですね……。

（一番の論理矛盾は、四六ソフトの安い――全然豪華でない――愛蔵版って処にありますね、やっぱり。安いっていうなら、文庫買っちゃった方が安いに決ってるんだから。だもんで、この論理矛盾の自覚があるものですから、本文の前に、余計な注意書きを載せさせていただいたのでした。あ、それと、あと書きがやたらと長いのも、一つにはその自覚のせいもあります。愛蔵版だっていうのに豪華でないんだから、せめてあと書きくらいは一杯書かせてもらおうっていう……。）

☆

と、まあ。以上ぐだぐだこの本は一体どういう本であるのかって趣旨説明をさせていただきましたが……何だかんだ言っても、やっぱり私、この本が好きなんです。『グリーン・レクイエム』って作品自体、割りと気にいっておりますし、単行本が出て文庫になった作品が、どんな論理矛盾を抱えていようと愛蔵版にしていただける、なんて聞いたら、生みの親の作者としては、やっぱりすっごく嬉《うれ》しかったりします。

　ですので。どうか、この本を気にいってくださる方が、いらっしゃいますように……。この本を買ってくださったあなたが、どうか「こいつも結構かわいい奴だ」って思ってくださいますように……。心から、祈っております――。

☆

さて、ここからが。いわゆる通常のあと書きになります。まずは、『グリーン・レクイエム』を書いていた頃の思い出話から。

『グリーン・レクイエム』。実は、このお話、私、二回、書いているんです。

これ、どういうことかっていいますと、当時は私、まずルーズリーフのノートなんかに下書きを書いて、それを推敲《すいこう》し、しかるがのちに原稿用紙に清書する、っていう原稿の書き方をしていたんです。(この頃は私、まだ学生だったもので……こうすると、授業中にも、ノートをとってるふりをして原稿がかけました。何せ高校の頃から仕事してましたから、勉強しているふりして原稿を書くっていうの、とってもうまくなっていたんです。あ、それと、高校の頃は、さすがに受験勉強もしないで原稿書いてるのってちょっと罪悪感があって……そのせいで、大学はいっても、堂々と原稿を書かずに、何となく勉強してるふりして原稿を書く癖がついていたのですね……。)

で、ルーズリーフのノートに書いてた『グリーン・レクイエム』の下書きがちょうど終った処で、確か渋谷の駅前から(授業中書く為《ため》にわざわざルーズリーフのノートを使っていた訳ですから、当然、学校がある日はどこへ行く時も、私、原稿と辞書を持ち歩いていたんです)当時のボーイフレンドの家に明るい気分で電話なんかいれ、「仕事一段落ついたからこれから行って夕飯作ってあげるね」なんてしゃべって……で、その、電話ボックスの中に、やっと終えた『グリーン・レクイエム』の下書きを、忘れてきてしまったのでした。

気がついたのは、ボーイフレンドの家へむかうべく、電車に乗った後でした。慌《あわ》てて次の駅でおりてひっかえして、その電話ボックスに行ってみたのですが、すでに原稿はかげも形もなく、隣の電話ボックスも、絶対ここじゃないと思った電話ボックスも、とにかくあたりにあるありったけの電話ボックスを捜しまわり、それでもやっぱり原稿は、どこにもなくて……。

完全なパニック状態になって、もよりの交番へ行きました。そこのおまわりさんは、随分懇切丁寧《こんせつていねい》に私の相手をしてくれたのですが、どこにもバインダー・ノートの紛失物はなく……。(どうもあの時、おまわりさん誤解をしてたみたい。大学生――化粧っ気が全然なかったので、あるいは高校生に見えたかも知れない――の私が、あせりまくって、「ノ、ノ、ノート、バインダー・ノートを忘れたんです、あそこの電話ボックスの中です、とっても大切なものなんです、なくなると困るんです、ほんっとに困るんです、あ、いえ、私以外の人にとっては特に貴重なものじゃありませんから、誰かが盗《と》るってことは殆《ほとん》ど考えられません、でもあれがなくなると私とっても困るんです」って泣きそうになって訴えたので……どうも、明日テストがあるか、提出するレポートをはさんであるか、そういうものだと思ったみたいですねえ、今にしてあの時のおまわりさんの反応を思いかえしてみれば。）

で、まあとにかく、遺失物届けを出して……その後、どうやってボーイフレンドの家まで行ったのか、実はまったくこの間の記憶がないんです。ふらふらふらふら、心ここにあらずって感じで、とにかく電車に乗ったみたい。その日は、夕飯を作ってあげるどころじゃなく、「どうしよう、間にあわない、どうしよう……」って、こればっかり言ってる私を、彼はひたすらなだめてくれました。（それが今の私の旦那《だんな》で……可哀想《かわいそう》に旦那は、結婚した直後、ワープロが壊れて三百枚程の原稿をぶっ壊してしまった私が、「どうしよう、間にあわない、どうしよう……」ってパニックになるのを、また、なだめる羽目に陥りました。歴史って、繰り返すもんですね。）

結果として。いつまでもパニックに陥っていてもしょうがないので、気をとり直した私、一からもう一回『グリーン・レクイエム』を書き直すことになりました。下書きと一緒に構想メモなんかもみんななくしてしまったので、こうして書いた二度目の『グリーン・レクイエム』（それがこのお話です）、最初に書いた奴とはずいぶん違うお話になってしまいました。

結局、この最初の『グリーン・レクイエム』は行方《ゆくえ》不明で……手ごたえ等からいって、おそらく二度目に書いた方ができはよかったと思うからいいんですが、今となっては、時々、最初に書いた方があったらなー、あれ今読みかえしてみたら、へー、こんな風なお話にするつもりだったのかって、ずいぶん面白い発見もあるんじゃないかなーって思います。この広い東京の中、最初の『グリーン・レクイエム』と、私のちび猫バインダー・ノート（大島弓子《おおしまゆみこ》さんのちび猫キャラクター・ノートだったんですね）は、今、どこにあるんだろう……？

☆

それから。ちょこっと映画の話も、させてください。

これ、あるいは御存知でない方の方が多いかも知れませんが、実は、『グリーン・レクイエム』は、実写で映画になってるんです。今関《いまぜき》あきよし監督作品、キャストはっていうと、明日香が引退前の鳥居《とりい》かほりちゃん、信彦が坂上忍《さかがみしのぶ》くん。（一応ビデオが出ています。発売元が東北新社で、販売元がバップ。時々貸しビデオ屋さんで見ることがあるな。）この映画の話も、私にとっては実に実に印象的なもんで、ついでにちょっと書かせていただきます。

☆

一番最初のことの起こりは、私がまだ高校生の時でした。当時の私、一応一冊目の本を出していて……時々、読者の方から、お手紙なんかいただきだした頃でした。

この手紙のことを、何故《なぜ》私がこうもよく覚えていたのかは謎なんですが、その当時の私、やはり高校生だった小林《こばやし》さんって方から、お手紙をいただいたんです。そのお手紙によると、何でも小林さんって、八ミリ映画を作っていらっしゃる方だそうで——お手紙の基本的な内容は、自分と一緒に八ミリをやっている仲間のうちに、とっても才能のある人がいる、いつかその人達と一緒に私の作品を映画にできたら嬉しい、ってものでした。で、このお話は、一回、ここでとぎれます。

そしてそれから、何年かして。大学生の私（世の中とは狭いもんです）、全然別のきっかけから、この時お手紙を下さった小林さんに実際にお会いすることになりました。で、その時に、今関さん（彼がその才能のある人です）を紹介してもらったのでした。

当時の今関さんは、まだ、八ミリしか撮っていらっしゃらなかったんですが——実は、私、その頃から、今関さんの作品が割りと好きだったんです。（今関さんと私って、ある意味で創作の基本ポリシーにとってもよく似た処がありまして……早い話、女の子を可愛《かわい》く描きたい！　二人共、この一点に情熱を燃やしてましたからねえ……。）

で、まあ、小林さん、今関さん、私、でもって、いつか私の作品を映画にできればいいな、なんておしゃべりをして——この頃は、これって、まだ、よた話でした。ここでまた、再び話がとぎれます。

さて、それから、また何年かして、社会人になった私、またまた、小林さんに出会います。この時には、今関さんは、すでに映画監督になっていました。そして——そして、ついに、よた話が実現してしまったんです。すなわち、監督・今関あきよし、脚本・小林弘利《ひろとし》、原作・新井素子。

そして、できたのが、映画の『グリーン・レクイエム』でした。

（そんでもってこの頃には、小林さんは小説家になっていたのでした。今、あちこちから本をお出しになっている、作家の小林弘利さんが、彼です。）

☆

と、まあ。

こんな、まるで出来すぎみたいなエピソードを持っている映画ですし、また、実は、完成したのはいいけれど、公開するまでがとても大変だった映画だっていう別の事情もありまして……私、この映画には、とってもいれこんでおります。率直に言っちゃうと、好きで好きでしょうがないんですね。

　あ、自分の原作だからそれはあたり前だろうって意見もあるかも知れませんが、正直言っちゃうと、私の場合、そんなことはないんです。私って相当冷たい原作者らしく、映画だろうが漫画だろうがTVだろうが、私の作品が小説以外のものになった場合、それって他人の作品だとしか思えず、別段愛着がわくってことはないんですね。（あ、だから、映画の『グリーン・レクイエム』も、自分の作品だとはこれっぽっちも思ってないんです、実は。あれは、今関さんの作品です。）

　むしろ、この映画にかんする限り、こう言わせていただいた方が、いいのかな。

　私、映画の『グリーン・レクイエム』がとっても好きで、エッセイだの何だので、そんなことを書きたかったんですけれど……なまじ自分が原作やってるものだから、逆に恥ずかしくて、どうしてもそういうことができなかったんですね。

　それが残念だったもので――どこかに、一回でいいから、「私はこの映画がとっても好きなんだー！」って書いておきたかったんです……。

（別に映画評をやろうって訳じゃないし、今となってはこの映画、見るのがなかなか困難だろうからあまりこの話をするのも何なんですが、とにかく、明日香がやたらと可愛かった。そんでもって、この映画の中では、いい大人の男女が逃避行をするっていうのに、その二人、せいぜいが川を渡る時手を握ることしかできないんですね。キスシーンすら一回もないっていう、とんでもなく初々《ういうい》しい恋物語の映画になっておりました。そこがね、とっても可愛くて、監督と私、二人して「キスシーンがないのは正しい」って主張してましたっけ。あと、原作にはない役で小林聡美《さとみ》ちゃんがでてまして、彼女もまた、可愛かった。ストーリー自体には、ラストで明日香がどうなったのかがよく判らないとか――これは、原作でも、よく判らないからしょうがないようなもんですが――、宇宙船の墜落《ついらく》にかんするエピソードを抜いちゃった為、何故《なぜ》宇宙人が地球にいるのか判らない、みたいな問題点かあったのですが……とにかく、女の子が可愛く描けていればいい、女の子の可愛いらしさに較《くら》べれば、他のことはささいな問題だ、っていう、監督と私の趣味が大変よく判る映画になってましたね……。）

☆

　さて。映画の話を間にはさみ、これから話題は『緑幻想』の方へと流れてゆきます。

　というのは。実はこれ、私が勝手に決めてしまったことなんですが、このあと書き、この本と対になっている、

『緑幻想』のあと書きをも、兼ねているからなんです。『緑幻想』っていうのは、あと書きから言うととっても不幸な本で、何せ、本文が伸びに伸びちゃったものですから（本文だけで、三百六十六ページもあるんですね……）、あと書きに、殆どスペースがとれなかったんです。そんでもって更に不幸なことに、その短いスペースの中で、謝らなきゃいけないことが一杯あって……結果として、謝ったら終わりって感じの、何だかさみしいあと書きになってしまったのでした。（あ、たびたび出てくる読者カードにも、「あと書きが短い」って御不満が、結構あったっけ。）

だから、その分も含めてここから先は、ちょっと『緑幻想』のことを書かせていただきます。それに、『緑幻想』の話って、ちょうど映画の話から続いていますから……。

☆

映画版『グリーン・レクイエム』には、明日香がとっても可愛いってことの他に、もう一つ、素敵な魅力がありました。音楽がね、実によかったんです。話が話なんだもんで、当然『グリーン・レクイエム』ってピアノ曲もでてきましたが、それ以外にも、映画のあちこちに挿入されている挿入歌、音楽が、何とも私好みで。

そんな訳で、四回目だか五回目だかの『グリーン・レクイエム』を見たあと（その頃はまだ、ビデオ版の『グリーン……』はできていませんでしたので、この映画が気にいっていた私、結構何回も映画館へ見に行ってたんですよね。一応ちゃんと切符買ってはいってるから、少なくとも観客動員数に何人か分は貢献できた筈《はず》です）、映画館で売っていた、CDを買って帰ったんです。『グリーン・レクイエム』の挿入歌を聞きながら仕事するのもいいかなって。

ところが。私ってかなりどじで、家に帰って聞いてみて初めて判ったのですが、私が買って帰ったCDは、『グリーン……』の音楽を担当なさっている久石譲《ひさいしじょう》さんって方のCDで、一応中に『グリーン・レクイエム』って曲ははいっているものの、でも、映画の『グリーン……』の挿入歌のCDではなかったんです。（久石さんって、宮崎駿《みやざきはやお》さんのアニメの音楽もやってらしたんですね。それをまったく知らなかった私、CDかけて、『風の谷のナウシカ』の回想シーンにかかったと覚えてるメロディや、『天空の城ラピュタ』のエンディング・テーマなんかが流れてきちゃったんで、相当驚いたもんでした。）

ただ。それでも私、間違ってCDを買ってしまった、損したって気分には、不思議な程なりませんでした。というのは――。

そのCDの中には、『The Wind Forest』って曲がはいってまして……この曲を聞いた途端、思ったからです。やっと、みつかった、って。

☆

突然話がとびますが、私は頭を使うのがあまり得意ではありません——というよりは、あまり好きではありません。チェスなんて、もう、カンだけで絶対頭を使わずにやっちゃうから、考える時間はかからなくてすみますけど、弱いの何の。

で、そんな私ですから、仕事をする時も、当然頭は全然使ってません。一応小説を書いているのに頭を使わないとは何事だって言われそうですけど……でも、使うのが嫌いなんだもの、しょうがないと思いません？（あ、だから。頭を使うのが好きじゃないから、どうしても私はミステリーが書けないのかなあ……。）

そんでは。頭を使わずに、何を使って小説を書いているのかっていうと……殆ど、本能のみでやっております。

私の場合、お話っていうのは、自分の頭を使って一所懸命構成を考えて作るものじゃなく、いつの間にかそこにできていたものに本能が気づいて、で、それをできるだけうまく、写して作るものなんです。

だから。『グリーン・レクイエム』には、続編というか本編があるって、最初っから書いておきながら、なかなかその本編が書けずにいたんです。

『グリーン・レクイエム』という作品は、私にとってはショパンのノクターンです。モラヴェッツって人が弾いたショパンのノクターンを、私なりに小説に翻訳したのが、この作品です。（この場合、ショパンのファンやモラヴェッツ氏のファンには、いろいろ文句や異論もあるでしょうが、無視させていただきます。）

そして、その続編である、『緑幻想』。これは……私にとっては、その頃、未だに私が知らない、何かのピアノ曲である筈でした。あるピアノ曲、私が知らないピアノ曲、それに触れさえすれば、必ず私がお話にする気になる、ピアノ曲。

これでも一応私、そういうことをあと書きに書いたからには、『グリーン・レクイエム』の続編というか本編を、一日も早く書きたかったんですよ。ストーリーの大まかな処は、すでに最初からできていました。でも……でも。

肝心の、その曲が判らなかったので……どうしても私、それを書くことができなかったのでした。

その、曲が。

ずっと、ずっと、長いこと、私が捜していた曲が、やっとみつかったってことが、そのＣＤを聞いているうちに、判りました。

どういう因縁でだか。『グリーン・レクイエム』って曲がはいっている久石さんって方のＣＤの中に、その曲があったのでした——。

そして、『緑幻想』は、やっと小説の形になります……。

☆

これは全然別の話なんですが、話のついでに。

あまり人が沢山いる処へ出てゆくのが苦手な私、『となりのトトロ』ってアニメをビデオになるまで待ってビデオで見たのですが（このことだけでも、私が『グリーン……』を見る為だけに何回も映画館へ行ったのがとっても特異なことだって判っていただけると思います……）、そのビデオを見ている際、何故か、途中で、泣けてしょうがないシーンがあったんです。

それは、どうってことのないシーンでした。まず、主人公達が、引越しをおえ、近所の大楠に挨拶にゆくシーン。それから、トトロっていう魔物とも何ともつかないものにもらった植物の種を庭にまいて、それがぐんぐん育ってゆくシーン。

これ、映画の流れでゆくと、泣く処じゃ、決して、ないんですよね。（ついでに言うと、映画自体、泣く映画じゃないんですけど。）

なのに。どうしても私、この二つのシーンで、泣かないでいることができませんでした。

これは正直言ってかなり不気味な経験でしたね。とある映画の、別に哀《かな》しい訳でも理由がある訳でもない、あるワンシーンを見ると必ず泣いてしまう。何かこう、この事実だけを見ると、私の無意識には私自身が覚えていない、何か異常な体験がかくされているみたいで。（殆ど恐怖映画のノリですが。）

二回目か三回目に、この映画を見た時、やっと答が判ってほっとしたのですが――御想像のとおり、このシーンのバックには『The Wind Forest』がかかっていまして、どうやら私、このシーンを見るたび、無意識で『緑幻想』のクライマックスのことを考えていたようです――、今度は逆の現象が、『緑幻想』を書いている時に、おこってしまいまして。というのは、トトロのこのシーンをこちらもまた無意識にとりこんでしまったらしい私、『緑幻想』を書いている間中、何故か世界樹は楠でなければならないって固定観念にとらわれることになり……世界樹を屋《や》久《く》杉《すぎ》にする為に、やたらと不必要な苦労を（精神的に）することになってしまったのでした。

☆

さて、さっきから何度となく何気なく書いてきた『緑幻想』というタイトルですが。これは、何と読めばいいのでしょうって問い合わせも、あったのですね。

『緑幻想』。素直に読めば、読み方は二つです。『みどりげんそう』か『りょくげんそう』か。また、『グリーン・レクイエム』との対比で、『グリーン・ファンタジー』なんて読んでくださっても、間違いじゃないんです。

というのは、このタイトルには決った読み方というものがないのです。ですので、背表紙は勿論《もちろん》、すべての広告エトセトラに、わざとルビはふりませんでした。これ、タイトルのつけ方としてはちょっとずるいかなって思わない訳じゃないのですが――漢字は、一応、表意文字ですから、時にはこういう、決った読み方のない、その日の気分、読者の方の気分で、何と読んでもいいいタイトルがあっても、いいんじゃないでしょうか……。（読み方は判らなくても、意味はおぼろげに判るでしょう、表意文字だから。あ、ただ、本屋さんの伝票なんかには、電話で注文うけたりする都合上、『みどりげんそう』ってルビがふってありますが、これはあくまで、都合上ふってあるだけのルビです。）

☆

さて、その他、『緑幻想』の思い出と言えば。私、これを書いている途中で、二回、のべにして一週間以上、一応取材の為に屋久島へ行ったのですね。これがなかなか笑える経験でした。

屋久島では私、滞在している間中、同じ旅館にとまったのですが、旅館には、宿帳ってものがあります。で、そこには、住所氏名だけじゃなく、職業っていうのを書く欄があって……私、そういう欄には一貫して、〝作家〟って書けずにいるんです。（どう見ても小娘にしか見えない人間が、〝作家〟だの〝小説家〟だのってえらそうに書くのは、なかなか恥ずかしくて抵抗があるものなんですよ……。）じゃ、何て書くのかっていうと、最近の私には、〝作家〟以外に立派な肩がきがありまして――主婦。

ですが。そもそもこう書いた時から、私、ちょっと疑いの目で見られだしてしまったようなのです。何故主婦が、平日、旦那をほっぽりだして、たった一人で何日も旅行をしているのか。

そしてまた。宿の人に紹介してもらったタクシーで島内めぐりをした私、次々と余計な疑いをまねくような発言をしてしまうのですね。すなわち。

「ここ、島の中央部の方へ行っちゃえば、まだ人が足を踏みいれたことのない原生林なんてあるんでしょうね」
「登山道からはずれちゃったら、意外と、まだ誰にも発見されていない大きな屋久杉があったりするかしら」
「あ、上の方にはまだ雪があるんですか……。だとしたら、一人で、登山の経験がまったくない人間が登っていったら、危ないかなあ」

で、こんなことを話していると、タクシーの運転手さんの話題、何故かどんどん殺伐《さつばつ》としてきちゃったんですね。やれ、遭難すると家族がとても大変だ、とか、捜索隊を出すことになると実に多額のお金がかかる、とか、この間も調査に来ていた何とか大学の関係者が一人行方不明になって大変だった、とか。最後の頃には、話題は白骨死体と変死体のオンパレードみたいになっちゃって。

聞きながら私、段々妙な気分になってきました。最初、屋久島っていうのはひょっとして変死体の特産地なのかなって思ってみたり（屋久島の人、ごめんなさい。でも、本当、そんな感じになってきちゃったんだよ）、ついで、ひょっとしてこの運転手さん、変死体と白骨死体が病的に好きな人なのかなって思ってみたり……で、やっと、気がついたのですが……ひょっとして私、自殺志願者だと思われていたんじゃないでしょうか。（とは言うものの、それが判っても、まさかこっちから「私には自殺するつもりなんてまるでないんです」何て急に言い出す訳にもいかず――そんなことしたら、余計怪しまれちゃうじゃない――、いやあ、なかなか困りました。）

主婦の取材旅行っていうのも、なかなか大変なもんです――。

☆

あ、それと。実はこれはとんでもない私のドジなのですが、『グリーン・レクイエム』と『緑幻想』とで、名前が違っちゃっている登場人物がいるんです。信彦の大学の人で、根津さんと宮村さんが、その問題の人です。この二人、『緑幻想』では、根岸さんと宮本さんになっちゃってます。あはは、何だってこんな間違いをしてしまったのかなあ……。これ、本来ならばあと書きなんかで書かないで、『緑幻想』の方を訂正するのが筋なのですが、すでに『緑幻想』はかなりの数、印刷されてますし、印刷したものをいちいち直してまわる訳にはいきませんし……。

直せる限りできるだけすぐ、『緑幻想』に手をいれるつもりですが……手のはいっていない『緑幻想』をお持ちの方は、お手数かけて申し訳ありませんが、根岸さんを根津さんだと、宮本さんを宮村さんだと思って、読んでいただけませんでしょうか……（と言っても二人共、『緑幻想』では名前が数回、でてくるだけですが……。）

☆

さて。この辺でいくら何でも、このいささか長いあと書き、終わりにしようと思います。で、最後に、いつもの決り文句だけ、書かせてください。

この本を読んでくださった皆様に。読んでくださって、どうもありがとうございました。気にいっていただけると、嬉しいのですが。

そして、もし。気にいっていただけたとして。

もしも御縁がありましたなら、いつの日か、また、お目にかかりましょう――。

平成二年四月

新井素子

あとがき

日本標準版『グリーン・レクイエム』

あとがきであります。

私が子供の頃、春になるとうちの庭にはやたらと花が溢《あふ》れだして、私は、栞《しおり》を作るのが好きでした。（えーと、適当にお花を摘《つ》んで、きれいにのばしてティッシュにはさむ。それを新聞紙にはさんで、下に大きな本を置き、上に重たい本を何冊か載せて、三日くらい放置。あ、途中、二回くらいティッシュ替えます。そんで、押し花ができた処《ところ》で、それを台紙にのせて、サランラップで包む。結構きれいな押し花の栞ができます。）

とはいえ、うちの庭、ガーデニングなんかをしていた訳ではなくて、花壇がある訳でもなくて……基本的に、雑草です。祖母が野菜を作るのが好きだったので、野菜畑の脇に、たんぽぽだの、紫露草《むらさきつゆくさ》だの、さくら草だの、ニラ（これは春先にきれいな白い花が咲くの）だの、むらさき大根だの、菫《すみれ》だのが適当に繁《しげ》って。

また、庭には小さな池があって、脇にはリュウノヒゲや蕗《ふき》が、これまた勝手にはえていました。そういえば（これは春じゃないですけれど）、柿の木やぐみなんかもあって、誰か面倒をみていたわけでもないのに、適当に実をつけていたなあ。あと、つつじの蜜なんかも吸った記憶があります。

なんか、思い返すと、下手《へた》にちゃんとした花壇があるお宅より、ある意味贅沢《ぜいたく》だったような気がします。野菜以外は、基本的に〝誰かが丹精したものではない〟から、花なんか摘み放題、しかもこの手の花って、摘んでも摘んでもすぐにはえてきてくれるし。（花の身になってみると、なんか酷《ひど》いこと言ってますね、私。）

また、近所には原っぱなんかも結構あって、クローバーがひたすら生えている処では、〝四葉のクローバー〟探しができたし（結構みつかるもんでした）、花冠なんかも作ったなあ。

そんな訳で、子供の頃、植物っていうのは、私にとって、非常に身近なものでした。身近で、大切で……ちょっと、怖い、もの。

大切は判《わか》るとして。ちょっと怖いっていうのは……自分だって、動物の一種ですから、植物がいっぱいいてくれないと困るのです。動物って、植物に養ってもらっている生き物ですからね。植物が機嫌を損《そこ》ねたり、いなくなってしまったら、動物は全滅してしまう。

そんないろいろなことを考えながら、このお話を書きました。

このお話、いかがでしたか？　読んでくれて、どうもありがとうございました。気にいっていただけると、とっても嬉《うれ》しいのですが。

そんで、もし。気にいっていただけたとして。

もしも御縁がありましたなら、いつの日か、また、お目にかかりましょう――。

平成十九年一月

新井素子

あと書き

講談社版『緑幻想　グリーン・レクイエムⅡ』

あと書きであります。

これは私の二十冊目の本で、平成元年十二月三十一日に完成したお話です。

☆

まず最初に、謝ってしまいます。

ごめんなさい。ほんっと、ごめんなさいでした。

おっと。突然こんなことを書いても、これを読んでいる人には意味が判《わか》らないよね。

解説をしますと、このお話は、実に沢山《たくさん》の方に迷惑をかけてしまった、とってもふとどきな作品なんです。早い話が締切りに遅れた訳で――ううん、遅れた、なんてもんじゃないな。最後の頃に決まってきた発売予定日（締切りじゃないんだよ、発売予定日）が平成元年の十一月、その前の予定が九月、その前の予定が春、その前の予定が昭和のうちで、その前の予定が……。あんまり考えたくないけれど、私、このお話を、少なくみつもっても三年はたっぷり、書いていたんじゃないでしょうか……。

そんなこんなで、編集の方には、やたらと御迷惑をかけてしまいました。何せ、これをやっている間に（あまりに時間がかかったもので）、配置転換だの出産退職だので、私の担当の方、三人も変わってしまったんだもの。

それにまた。最後の頃は、「九月中には何とか」「十月中に何とかしたいと私も心底思ってます」「いくら何でも十一月には」「何が何でも今年のうちには」って私の台詞《せりふ》で想像がつくような事態になってしまって……。（だから、このお話の脱稿年月日、私、暗記しているのです。何せ、平成元年十二月三十一日午前一時三十分すぎ、だもんね。）

原稿が遅れれば、迷惑を被《こうむ》るのは編集の方だけじゃ勿《もち》論《ろん》なくて、校閲《こうえつ》の方、宣伝の方、営業の方なんかにも多大な迷惑がかかりましたし……表紙を描いて下さった高野さんにも、とっても迷惑をかけてしまいました。その上、「何月頃にはでる筈《はず》です」っていう私の無責任な発言のせいで、読者の方にも迷惑をかけちゃったみたいだし。

とにかく。まとめて、一番迷惑をかけてしまった方々へ、お詫《わ》びをさせてください。

まず、この本を出そうって話をして、部署が変わってしまった、最初の私の担当だった小島さん、その節は御迷惑をおかけしました。それから、小島さんの次に私の担当になり、その間に結婚し、妊娠し、出産し、退職してしまった河合さん、河合さんが独身だった頃の仕事が、やっと終わりました。お子さんはもう一つになっているんですよね、すみませんでした。そして、高野さん、私の原稿が遅れたせいで、高野さんの締切りの日程がとってもきついものになってしまって、本当に申し訳ありませんでした。

それから。最後の——そして、結果から言えば、一番御迷惑をおかけした、担当編集者の福田さん。ほんとに、何とも、言いようがない程、申し訳ありませんでした。「次の章で終わります」「……すみません、もう一章できてしまいました」「今度こそこの章で終わります」「……また、一章増えました」「いくら何でもこの章で終わるんじゃないかと」「……増えました。その上エンディングの前に手紙が二本、はいります」なんて台詞を繰り返す、とんでもない作者をよく見捨てないでいてくださったものだと、ほんとにほんとに感謝しております。どうもありがとうございました。

☆

自己弁護って訳じゃありませんけれど。でも、一応、書かせてもらえれば、私、このお話を書いている間、決してさぼっていた訳じゃ、ないんです。私、このお話を書いている間——それこそずっと、書いていたんですよね。

　このお話の完成稿は、五百枚ちょっと、です。でも……私が書いた原稿って、何枚になるんだろ？

　このお話には、いろいろな別バージョンがあります。（というか、破いて捨ててしまったバージョンが、山のようにあります。）例えば、松崎に刺激されて夏海《なつみ》が自分で黒田の様子をさぐりだす箕面《みのお》夏海探偵バージョン、世界樹がメタセコイアで登場人物みんながアメリカへ渡ってしまう渡米バージョン、実際に宇宙船が来てしまうエイリアンバージョン。最初の頃に書いていた原稿なんか、オープニングで明日香が生きて動いてた明日香生存バージョンだの、オープニングですでに三沢が死んでいて松崎は正気なのに精神病院に監禁されていた悲劇バージョンなんて奴まであって……今、一応このお話が完成した後で考えると、そういう別バージョンの奴って、できていたらどんな話になったのやら。自分でも、何でそんなバージョンを書くことができたのか、今となっては不思議です……。

☆

　さて。いつものあと書きだと、大抵最後の位置にくる、お詫びとお礼を最初に書いてしまったので、普段とはちょっと毛色の違うお礼を書いて終わりにしたいと思います。

　今関《いまぜき》あきよし監督に。どうもありがとうございました。彼は、私の作品の『グリーン・レクイエム』を映画にしてくれたのですが、実は私、この映画がとっても好きなんです。それも、私の原作の映画化作品として好きなんじゃなくて、映画として、とっても気にいってるの。だから、その原作が自分の小説だってことが、嬉《うれ》しいんですね。

　で。ほんとに随分前の話になってしまうのですが、その映画を見て、あんまり嬉しかったものですので私、その前からいつか書こうって思いながらもなかなか踏ん切りがつかないでいたこのお話を突然書きたくなってしまって——結果から言えば、今、このお話が本になることができたのは、今関さんのおかげと言えないこともないと思います。どうもありがとうございました。

　そして、最後に。これはいつものパターンですが。

　このお話を読んでくださった読者の方に。読んでくださって、どうもありがとうございました。気にいっていただけると嬉しいのですが。

　そして、もし。もし、気にいっていただけたとして。

　もしも御縁がありましたなら、いつの日か、また、お目にかかりましょう——。

平成二年一月

新井素子

あとがき

講談社文庫版『緑幻想　グリーン・レクイエムⅡ』

あとがきであります。

これは私の二十一冊目の本にあたりまして、平成二年、四六判ソフトカバーで出して頂いた本の文庫版です。

☆

えーと、自分で言うのも何ですが、私は、かなり、ずぼらでいい加減で適当な奴です。何をやっても典型的な三日坊主《ぼうず》って奴でして、大抵のことは長続きしないし、根性はまるでない、努力は何より嫌い。〝何とかなるさ〟を座右《ざゆう》の銘《めい》にして、人生、生きてゆきたいもんです。

だから。時々、本の作者紹介で趣味についてふれてある奴とか、昔のインタビュー記事なんか見ると、自分でも驚いちゃうんですよね。

『趣味、水泳、刺繍《ししゅう》』。うーむ、そんな時代もあったな確かに。『趣味、絵を描くこと、お菓子作り』。嘘《うそ》じゃなかったんだよね、あの時は。『最近、英語の勉強を改めてやってます』。はい、やってたことはあるぞ。『手品を習いだしました』。はいはいはいはい、私のお稽古《けいこ》事《ごと》が長続きする筈《はず》がない。


いやー、もう、情けないったらありゃしません。もう数年泳いでないし、一時はあんなに凝《こ》ってた刺繍、すでに裁縫箱《さいほうばこ》の中に刺繍針がはいっているだけのていたらく（それ以外の刺繍の道具は、みんなどっかいっちゃった）。絵の具はまだ残っているけど、筆の手入れなんかまったくしてないもんなー、またいつか絵を描きたくなったら、まず筆から何とかしなきゃ。そういや、昔は旦那《だんな》とおそろいのベストだのマフラー、編んだこともあったっけ、でも今の家には編み棒なんかないぞ。

ですので。話が、こと、努力、根性、継続関係にいっちゃうと、もう私、ひたすら赤面して黙りこむしかできないんです。

ですが。こんな私にも、たった一つ、一つだけ、この方面で人に誇れる（……とまではお世辞にも言えない、何とか赤面しなくてすむ）ことがありまして——それが、つまり、本を読むこととお話を作ることなんですね。

これは、これだけは、三日坊主じゃなかったもんっ！　字を読めるようになってから今まで、読書にのめりこんでなかった時期ってまったくないし、字が書けるようになってから今まで、お話作っていなかったこともないぞ。この関係だけは、〝努力〟、〝根性〟、〝継続は力なり〟って奴を、きちんとやってる。（……まあ、まがりなりにも作家やってる人間としてはあたり前だっていう気もしますが……他には、何一つ、三日坊主にならなかったことがないんだもん、このくらい言わせてください……。）

んで。

　何だってこんなあたり前のことを強調して書いたのかっていうと……『緑幻想』って、この、唯一《ゆいいつ》継続しているお話作りの中で、私にとってちょっと特殊なお話だからなんです――。

☆

　ある日、ちょっとした事情があって、私、自分の著作リストを作ることになったんです。そしてこれが――ショック、でした。

　何故《なぜ》って、その著作リストでは、1989年、私には著作がないってことになり（はい、実際、ないんです）……ええええ？　嘘お？

　常日頃、〝何とかなるさ〟で人生をのりきっている私ですが、たった一つ、お話書きだけは、〝継続は力なり〟を座右の銘にしているんです。（どっちかっていうと書くのが遅い私、〝継続は力なり〟、〝たとえ三日かけて一枚しか書けなくても、四日目にそれ全部破いちゃっても、それでも、継続さえしてれば、いつか必ず書き上がる〟って思っていなきゃ、とても長編なんか書けませんもん。）そして……毎日ちゃんと、〝継続は力なり〟！っていって仕事をしてれば、最低でも年に一冊くらいは本を出せる筈で……まったく本がでていない年だなんて、ある筈がない。

　ところが。何度確かめても、やっぱり、絶対、1989年には私、一冊の本も出していないんですよね。日記をつける習慣がないので（何回もつけようとしたけれど、全部三日坊主でした……）断言できませんが、この年サボッていた記憶もない。

　おかしい。変だ。

　そう思いながらも私、リストを作り続け……1990年にでたのが、『緑幻想』だってことを知って、やっと、何ていうか、納得したのです。

　そうか、1989年は、『緑幻想』書いてたんだ……。

☆

　今年で私、この仕事を始めて十六年目になるのですが、今までの処《ところ》、このお話だけです、「げえ、これがスランプって奴かな、ひょっとして」って事態にたちいたったのは。

　原稿、書いちゃ破き、書いちゃ破くのは、私の場合、殆《ほとん》ど癖みたいなもんなんですが、このお話くらい破いちゃった奴も珍しいよなあ。それに、「げっ、どうしよう、まったく書けない」って気分を味わったのも、今の処、これだけ。

　暗くなりましたね、人生、この時は。何たってこれまで、〝うまく書けない〟〝思うように書けない〟って経験は何度もやってますけど、〝まったく書けない〟っていうのは初めてでしたから。

それにまた。作家っていうのは嫌《いや》な奴でして、それを観察している自分をも、感じるんです。（例えばねえ、初めて失恋した時とか、大切な家族が亡くなっちゃった時なんか、物も食べられない程悲しんでいる自分と同時に、〝失恋っていうのはこういうことか〟〝肉親が死ぬってこういうんだな〟って、じっと見ているもう一人の自分がいるんですよね。じっと観察して、感情の起伏のポイントを、心の奥深くに刻みこんで、「よし、これで失恋は書けるな」とか言ってる自分が。）

んで、その、もう一人の自分、じっくり〝スランプになった作家〟って奴を観察し、それに満足すると、やたら冷静に、自分で自分に客観的なアドバイスなんかしてくれちゃうの。「一ヵ月でいいから締切りのことも何もかも忘れたらいい。あ、あんたにはそれはできないな、なら、とにかく一ヵ月間、無理にでも原稿用紙に触《さわ》るのをやめる。そうすりゃ、あんたの性格と今までの人生からして、何か書かずにはいられない状態に自然になるぞ」。

このアドバイス、他人に言われたんならともかく……自分にされちゃうとねえ、かなり複雑なものはありますよ。「んなこと言ってる場合じゃない、所詮《しょせん》あんたには判《わか》らないんだ」って言おうにも、アドバイスしてんのは自分なんだし、私があせる気持ち、誰よりよく判っているのは、やっぱり自分なんだし。おまけに、その観察している自分、冷静な分、正しくて、多分一ヵ月原稿用紙に触らなきゃ、このスランプって治るだろうなって、納得できることだったし。（その上、本当に、原稿用紙に触らなかったら、治ってしまった……。それも、一月、待てなかった。十数日、意思の力でわざと原稿書かなかったら、自然治癒《ちゆ》してしまったのよ。それまでは、数十日、原稿用紙の前でうんうんうなって、まったく書けなかったのに。）

と、まあ。

『緑幻想』って、初めての本格的なスランプって奴を体験できたっていう意味で、私にとって特別なお話で、この先、もし、〝スランプになった作家〟のでてくるお話を作ることがあるのなら、実に役にたったお話なのですが――でも、そんな特殊な話、今の処書く気はないぞ。ということは、ああもう、こういう経験は二度としたくないっていう……お話なのでした。

☆

あと。このお話について書いておきたいことっていったら……。〝謎の根岸さん問題〟っていう奴が、あります。

えーと、本文中にほんの数ヵ所、名前がでてくる、根岸と宮本。（名前がほんの数ヵ所でてくるだけですから、つまりはその、物語の進行にはまったく関係のない、どんな名前でもいい、脇役さんです。）

　以前、私は、このお話の親戚にあたる、『グリーン・レクイエム』っていうお話を書きました。んで、『緑幻想』は、その続編っていうか、親戚筋のお話なので、当然、キャラクターの名前は同じにしようって思ったのでした。『グリーン・レクイエム』の明日香は、『緑幻想』でも明日香、『グリーン・レクイエム』の夢子は、『緑幻想』でも夢子。そんな主役級のキャラクターじゃない、『グリーン・レクイエム』で脇役だった根岸も宮本も、『緑幻想』では、根岸と宮本。

　と、そんなつもりで、自分では確認した気分で『緑幻想』を書き――そしたら、抗議のお手紙がきたのでした。すなわち、「『グリーン・レクイエム』では、信彦の同僚は、根津と宮村でした」っていう奴が。

　え。確か私、確認した筈なのに。あの人達は絶対、根岸と宮本なのに。

　大慌《あわ》てで私、もう一回確認します。そしたら――そしたら――確かに、信彦の同僚は、根津と宮村になってるうっ！

　『グリーン・レクイエム』は、大変運のいい本で、ハードカバーと文庫版以外に、ソフトカバーの愛蔵版って奴を作ってもらえまして、ですので、その本のあとがきで、私、この件にかんしてのお詫《わ》びを書きました。私の勘違いで、本来なら根津と宮村になる筈の名前が、根岸と宮本になってしまったって。

　んで、今回、『緑幻想』が文庫にはいる為《ため》のゲラチェックをしていて……私、またまたこの点が気になってしようがなくなったんです。

　だって、根岸さんは、絶対、根岸さんだったと思う。名前がでているだけのキャラだけど、この人は根岸さんだったって自信があるぞ。

　そこで。どうしてもこの点にだけは自信があったので、私、またまた前の本をチェックしました。したら……やっぱり、この二人、根岸さんと宮本さんなんだよおっ！

　な、な、なんなんだ、これは。じゃ、ソフトカバーの『グリーン・レクイエム』のあとがきに書いたことが、全面的に間違っていたのか？　いや、そんな、だって確かに、あの時だってチェックした。

　答えはとっても簡単でした。

　えーと、『グリーン・レクイエム』って話は、奇想天外社って会社から、まず、ハードカバーでだしてもらって、そののち、講談社から文庫をだしていただいたのですね。んでもって、ハードカバー版の『グリーン・レクイエム』では、この二人、根岸と宮本になっていて、文庫版では、根津と宮村になっていたのでした。んで、私、『緑幻想』を書く時、「これが原点だから」って、奇想天外版に準拠し、根岸と宮本って名前を書き、抗議のお手紙を下さった方は、文庫版の方を読んでいて、根津と宮村じゃないかって言ってきて……何せ奇想天外版は、今ではもう手にはいらない本、細かいチェックは文庫版の方でやっている私、そのお手紙であらためて文庫版の方を見て、「げっ、確かに根津と宮本じゃん」って思った訳です。

んで、何だってこんなこと（親本である単行本と、文庫版で、何故かキャラクターの名前が違う）になったかっていうと……あああ、事情を、私は、知ってる。こうやっているうちに、思い出しました。

奇想天外社からハードカバーを出してもらった『グリーン・レクイエム』を、講談社文庫にいれる時。その、文庫の担当編集者の方が、偶然にも根岸さんってお名前だったんです。んで。

「ああ、そう言えばこの本には、根岸っていう人物がでてくるんですよね」

「あ、はい」

「あんまりいい役じゃないですけどね」

文庫版を出す時。根岸さんは、軽い気分でこんなことおっしゃって……そうだ、私が余計な気を遣《つか》ったんだあっ！

このお話では、根岸さんも宮本さんも、はっきりいって脇役も脇役、名前なんかいらない役です。Aさんでも Bさんでも、まったく問題がない、新井さんだって綾小路《あやこうじ》さんだっていいんです。んで……なら。

何も、そんな、どうでもいい名前の人を、よりにもよって担当編集者の方のお名前にしなくたって、いいよなあ。

この時の私、軽くこう思いました。

んでもって、根岸を根津に変える時、ついでに宮本を宮村に変え……。

この時は。

『グリーン・レクイエム』を載せてくれた雑誌は潰《つぶ》れ、その本をだしてくれた出版社は倒産し、当然、予定していた続編である『緑幻想』なんて書ける予定もつもりも何もなく、軽い気持ちでやったことなんですが……ああ、それが将来、こんな形で響いてくるとは。

肝《きも》に銘じました。

たとえ、どんな事情があろうとも、将来、その作品の続編がでる予定なんてまるでなくても、あるいは、続編自体の構想がまるでなくても、でも、キャラクターの名前は絶対変えまい。

今後、この気持ちだけは、忘れずにゆくつもりです……。

（だもんで、このお話では、根岸さんと宮本さんがでてきます。何せ、基本大本がそうなってますから。すみません、こういう事情なので、御理解願います……。）

☆

と、まあ、こんなことを書いているうちに。あとがきに許された枚数を、あっという間に超過してしまいました。

ですので、最後に、感謝の言葉だけ書いて、このあとがきをお終《しま》いにしたいと思っています。

このお話を読んでくださった、あなたに。

読んでいただけて、とっても嬉《うれ》しかったです。どうもありがとうございました。

気にいっていただけたら、これ以上の喜びは、ありません。

そして、また、もし。気にいっていただけたとして。

もしも、御縁がありましたなら。

いつの日か、また、お目にかかりましょう――。

平成五年二月　新井素子

あとがき

創元SF文庫版『グリーン・レクイエム／緑幻想』

あとがきであります。

「グリーン・レクイエム」は一九八〇年に、「緑幻想」は一九九〇年に、出版されたお話です。（うわあ、どっちも、すっごく判《わか》りやすい年だ。）

☆

「グリーン・レクイエム」にも「緑幻想」にも、かなり特徴的な思い出があるのですが、それ、過去のあとがきに書いちゃったしな……あ、でも。後日談もあるので、それ、まとめてちょっと書かせてもらいます。

「グリーン・レクイエム」は、〝初稿がなくなった〟お話なんですね。その頃は、私、大体大学の喫茶室か何かで原稿書いてて（つまり、常時原稿を持ち歩いていた訳《わけ》）、「できあがった！」っていうんで、公衆電話から電話かけ、まんま、電話ボックスに、原稿それ自体を忘れてしまい、気がついてとりにいった時には、なくなっていたという、凄《すさ》まじい思い出があるんです。

この時のショックは、ちょっと凄《すご》かったのですが、まあ、第二稿（つまり、本作品です）が、初稿よりできがよかったので、いーかーって思っています。

「緑幻想」は、「多分これ、取材しても何も使わないだろうなあ」って思いながらも、一応、屋久島《やくしま》まで取材に行ったんですよね。まあ、でも、多分間違いなく本文中には屋久島の描写なんて出てこないだろうから（実際出てこなかったし）、個人でお宿を手配して、その場合、宿帳に〝作家〟なんて書くの嫌《いや》で、〝主婦〟って書いたんですね。で、まあ、一週間くらい、観光するでもなく、ハイキングするでもなく、毎日ぶらぶら、屋久島を散歩だけして。（えーと、私の〝取材〟って、その地方の気分が判《わか》れば、それでいいんです。何となく、雰囲気《ふんいき》だけを判りたい。だから、取材中の私のやることは、ただ、散歩だけ。）

……これは……考えるだに……怪しいです。〝主婦〟が、一週間、何もせず、ひたすら山や森を散歩し続ける！　途中から、もうひしひしと、「自殺志願者だと思われている？」って雰囲気を感じたのですが……今更《いまさら》、「作家です。取材です」なんて、言えたもんじゃない。（いや、何で〝自殺志願者〟だと思われたって感じたかというと……世間話で、自殺者の遺体の捜索がどんなに大変か、発見された遺体がどんなに酷《ひど》いありさまになっているか、特に海で死んだ場合なんか、どれ程悲惨かって話を、もの凄くされた。）

自分で言うのも何ですが、人騒がせな話です。けど……やっぱ今でも、仕事でどっかに行った時、職業欄がある宿帳には、絶対に私、〝主婦〟って書きますから。……だって、ねえ、他にどうしろっていうのよ。私、実際主婦だもん、嘘《うそ》ついてないもん。

それに、同業の女性作家の方に聞いた話では、別に職業が〝主婦〟じゃなくても、結構、〝女性の一人旅〟って、それだけで警戒されるみたいで……そんなもん、今更性別を変える訳にはいかないんだ、どうしろっていうんだ。（あ、でも、これ二十年近く前の話ですから、最近はそんなことないのかも知れませんが。）

☆

「グリーン・レクイエム」で、さすがに私もこりました。もう二度と、原稿をもって歩いたりしないっ！　二度と絶対、原稿をなくしたりするもんかっ！

……まあ……このおかげかどうか知りませんが、この後、〝原稿それ自体〟をなくすという事態は、なくなりました。

でも、そのかわり。

のちに私は、主にワープロやパソコンでお話を書くようになったので、原稿用紙がなくなる代わりに、ディスクの中の原稿がふっとんじゃう、なんて事態が……結構起こるようになりました。あと……ワープロが壊れる、とかね。（いや、うちのワーちゃんの名誉の為《ため》に書いておくと、これは、正しくは、〝私がワープロを壊す〟、ですね。さすがにワープロは、キーボードに一升瓶《いっしょうびん》がたおれかかったり、カップ一杯のコーヒーをぶちまけられると元気ではいられません。あ、こう書いているってことは、ワープロ壊した責任は私、自覚していますが……原稿がふっとぶのは、理由、謎。これは多分私のせいではない。)

いや、困るんですよ、これ。

全部ふっとんじゃうと、とても困るし、中がふっとぶともっと困る。

全部で四百五十枚の原稿の、最初の百枚と最後の五十枚は残っている、でも、途中の三百枚が、ふっとんじゃった。これはもう……中をどうやってつなげたらいいのか判らないから、本当に困りました。(と、書いているっていうことは、実際にあったんですねえ、こういう事態。)

今年で私、一応、作家生活三十年目ってことになるのですが、この三十年で、私、ものすごおく精神的にタフになったような気がします。

うん。作家が、原稿をなくすことに慣れてしまうと、これはもう、殆《ほとん》ど他に怖いものないぞ(一回、短いエッセイでしたけれど、人に原稿なくされたこともあったんですが、割と平気でした……って、なくされるのはやはり困るんですが。)

その上、たとえ原稿がふっとばなくても、書き直すのが趣味になっちゃった。

まあ……これはこれで、困ったもんだって気もします。(あ、あと一応、念の為。三回か四回、原稿がふっとび、ワープロを壊した結果、只今の私は、一章書いたらハードコピーをとるようにしてるし、キーボードには防水の為のキーボードカバーをつけてます。)

☆

あ、そういう意味では、「緑幻想」って、ターニング・ポイントのお話です。

「緑幻想」までは私、鉛筆書きとワープロ打ちが、半々くらいだったんです。(最初、調子が出てくるまでは、ずっと鉛筆で原稿書いてて、百枚を越したあたりで、それ、ワープロで打って、そこから先はワープロで書くってスタイルをとっていました。) そんで、「緑幻想」からは、最初から最後まで、ワープロで原稿を書くようになったんです。いや、よく覚えてはいないんだけれど、間違いなくそうな筈。

よく覚えていないのに何だってそんなこと断言できるかっていうと、このお話、箕面夏海《みのおなつみ》って登場人物がでてくるから。鉛筆で最初に原稿を書いていた時代は、間違いなく、こんな画数の多い名前を、主要登場人物につけたりしませんでした。(箕面夏海……いや、そんなに画数は多くないけれど、それまでの私の登場人物って、三《み》沢《さわ》だの、拓《たく》だの、水沢《みずさわ》だの、ひたすら画数が少ないことを目指してましたから。明日香《あすか》は、全部あわせると画数が多いけれど、どっちかっていうと、名前より〝あたし〟って表記の方が多いし。これ書いていてふっと思い出したのですが、初期の私の作中人物の名字における。〝沢〟って漢字の含有率、異様に高い気がします。この字、やたら書きやすいんだもん。ああ、そういう意味では、〝箕〟も〝面〟も、すっごく形がとりにくい字だよー。)

☆

あ、そういえば。

「緑幻想」、二回、取材行ってるんだ。最初の、自殺志願者だと思われたのが、書き出す前で、ラストを書く前にもう一回。

ただ、その時は、前回の反省もこめ、旦那《だんな》と二人で行きました。今度は、〝会社員〟の夫と二人で行っているんだ、〝主婦〟でOK。

とはいっても、二回目も私、ただあたりを散歩するだけ、つきあってくれている旦那もあきちゃったらしく、ずっと釣りをしてて……旅先で魚を釣ってしまうと、これは困るぞ。

結局、旅館に持ち込んで、お刺身と塩焼きにしてもらったのですが、今度は晩御飯の品数が多すぎて往生しました……。

(それに。普通、湯治《とうじ》でもないのに旅館に一週間も滞在する客ってあんまりいないらしくて、旅館の晩御飯、私だけ、他のお客さんと違ってた……。お宿の人も、御飯のローテーション、私の為にだけ考えるの、大変だったでしょうねえ。やっぱり、はた迷惑だったかな……。)

☆

と、まあ、こんなよもやま話を書いてきたのは、自作解説みたいなことをするのが好きじゃないからなんですけれど……最後に、ひとつだけ。

「緑幻想」を書いた時には、まだあんまり問題になっていなかった地球の環境問題、昨今、凄いことになってますよね。

勿論《もちろん》、私も人類の一人で、環境が壊れると人類もとっても困る訳ですから、ぜひとも地球環境には、人類に適した状態であって欲しいと思うのですが、それとは別に。

ラスト、世界樹が想ったことを……ずっと、想っています。

☆

それでは最後に。

この本を読んでくださったあなたに。

読んでくださって、どうもありがとうございました。
少しでも気にいっていただけると、本当に嬉《うれ》しいです。
そして、もし、気にいっていただけたとして。

もしも御縁がありましたなら、いつの日か、また、お目にかかりましょう——。

新井素子

平成十九年十月

あとがき

あとがきであります。

これは、以前出していただいた、『いつか猫になる日まで』『グリーン・レクイエム』『緑幻想』という作品を、一冊の本にまとめたものです。『いつか猫に……』だけで単行本一冊はある、『グリーン……』は長編ではないとはいえそれなりの枚数がある、『緑幻想』に至ってはかなり長い長編なので、この三作の合本は、かなり無謀かなって気もしたのですが、何せ、この本は、今どき珍しい二段組だ。この組み方をしますと、収録可能原稿枚数が、倍近くになります。だからまあ、この合本、不可能じゃないって最初は思ったんですが……。

おそろしいことに。

この本を編集してくださった日下《くさか》さんという方が、とっても真面目《まじめ》な研究者でもあったので（研究者って、妙に資料にこだわるんだよね）、なんと、過去、これらの本についていたあとがきをすべて収録するっていう話になっちゃいまして……。

いや。大体、あとがきって、普通そんなにあるものじゃないですから、これ、本来問題にならないと思うんですが。私の本の場合のみ、これ、問題になるんです。大問題です。というのは……私、自分の同じ作品が、判型が変わったり、出版社が変わったり、版行形態が変わったりした時、すべての本に、一々別のあとがきを書いてしまっているんですね。これを……これをすべて収録するとなると、そりゃ、あとがきだけで、凄《すご》い分量になってしまうのでは？

だから、私、反対したんですが。「そもそも本文がやたらと長いのに、あとがき三つも四つも収録してどーする」って言ったんですが。（今数えてみたら、何とあとがき、十個もあった。なんでー。なんで同じ本のあとがきが、こんなにあるのー。）日下さんは、あくまで絶対にすべてのあとがきを収録するっていう姿勢を崩さず。しかも、私が、そんな状況下にもかかわらず、「柏書房版をだしていただくのなら、新たにそれ用のあとがきを書く！」って主張しちゃったもので。

……この本の、あとがき部分、凄いことになってしまいました。下手《へた》したら（いや、今、ちゃんと計算すれば判《わか》るんだけれど、怖いから私はその計算だけはやりたくない）、『グリーン・レクイエム』本編より長いかも知れない、このあとがきの群れ。

真面目に。真剣に、言いますが。

この「あとがき」の群れ……読者の方は、読んでて楽しいのでしょうか？


でも。今回、まとめて、自分のあとがきを読んでみて、判りました。

『いつか猫になる日まで』を書いてから今までに、すでに四十年近い時間がすぎています。『緑幻想』からだって、三十年くらい？

したら、まあ、当事者である、作者である私だって、あの頃のこと、忘れているんですよねえ。時系列で並んでいるあとがきの山を読んだら、自分でそれ、思い出しました。というか、あとがき読むまで、自分でそんな時のこと、忘れていた。

成程《なるほど》。それに意味があるかどうか判らないけれど、過去のあとがきを時系列で収録するって、ある意味、資料的な価値、あるのかも。（しかも。ものが『いつか猫』と『グリーン』。私の二冊目と三冊目の本だ。あとがきが、初々《ういうい》しい。その上、あとになればなる程、あとがきが長くなってゆく――というか、あきらかに受けを狙っている――のが、自然に判ってしまうという構成だ。）


うん。

「奇想天外」版、「講談社」文庫版、「講談社」愛蔵版、「東京創元社」文庫版で発生した、〝根岸〟〝根津〟問題なんか、あとがきを時系列で並べただけで、ほぼ、正解が判る。（これは、嶋村さんの同僚が、根岸さんか根津さんか、その二パターンがあるって問題ですね。こーゆーの、江戸時代の小説だったりしたら、研究に足る問題だったんでしょうが、少なくとも、私の場合、そんなことはない。直《じか》に私に聞けばいいだけ。いや、その前に、研究する意味がないっていうか。でも、じゃ、今、もし、そんなことを聞かれたら。聞かれた私が正解を言うかっていうと……多分、そんなことは、ないんです。すでに忘れているから、適当なこと言うと思うんです。ただ、あとがきを時系列で読んだら、これ、正解が判るんですよね。私が覚えていないことなのに。成程。確かに、資料的な価値は、あるのかも知れない。……ま、ただ、その〝資料〟に、意味があるかどうかは、謎なんですが……つーか、ないと思うよ、ほんと。)


よおし。じゃ、ここで、資料的に価値がある文章、書いてみますね。(日下三蔵《さんぞう》資料です。)

うん。話はまったく変わるのですが。

私と日下さんの初対面って、実はかなり昔です。日下さんが高校生の時、彼が、図書委員会の行事として、私にインタビューに来たことがあったんです。もっとも、当時の私は、高校生の図書委員のインタビューをよく受けていたので(私自身が、高校生の時、図書委員で、平井《ひらい》和正《かずまさ》さんのインタビューなんかやっていたんだ)、私が、特に日下さんのことを覚えていたのには、事情があります。日下さんって、かなり変な高校生だったんです。

インタビューで、伝奇小説では、半村良《はんむらりょう》と山田《やまだ》風太郎《ふうたろう》が好きだって話になり、風太郎の忍法帖、どの出版社の何で読んだかって話になった瞬間、高校生の日下さん、無茶苦茶《むちゃくちゃ》喰いついてきたの。いや、山田風太郎を読んでいる高校生はいるだろう、けど、どの出版社のどの版で読んだかって話に喰いついてくる高校生って、何?(私は、講談社ロマンブックスで、最初に山田風太郎を読んだんですね。けど、この頃には、角川文庫から結構山田作品出ていた筈《はず》で、いや、待て、その前に。日下さんの年を考えると、彼がロマンブックスを読んでいるのは変。——私がこれを読んでいたのは、父が講談社の社員で、山田風太郎さんの担当をしたことがある編集者だからです。だから、うちにあったの——。うん、実は、私の年でも、普通だったら、角川で読むと思うんだ、山田風太郎。いや、その前に。親が編集だなんていう、特殊な環境の私と違い、普通の読者である筈の日下さん、何故《なぜ》、読んだ本の出版社なんか気にするんだ? 普通のひとは、好きな本は覚えていても、版元や出版形態なんて気にしないんじゃないのか?)

この疑問は、それからずいぶんたって、日下さんが編集者になって私の目の前に現れた時に、解消しました。

ああ、本マニアだ。高校の頃から、そうだったんだね。基本的に私も同じようなものだから、なんかよく判る。(ある作家が好き、とか、あるシリーズが好き、とか、ある分野が好き、とかじゃなくて。〝本〟それ自体が、もう好きで好きでしょうがないマニアが、ある数、います。多分、私は、それ。そして、日下さんも、きっと、それ。）

で、今では。日下さんは、出版社に所属している編集者を、いつの間にかやめて、そして、立派な、ＳＦ研究者でフリーの編集者になっていたのでした。


『グリーン……』のあとがきと、この文章を並べてみると、ちょっと驚きます。

映画の話なんかでも、以前、お手紙をいただいた方が作家になっちゃって……ってエピソード、出てきますが、実はこれ、今になって振り返ってみれば、ひとつや二つじゃない。映画の権利関係なんか話にすると、ほんとに、「昔、これこれこういう事情で関係を持ったあのひとが、今は」の、山。

何なんだろう、これ。

ま、基本、「この業界がとっても狭い」という言い方もできるのかも知れませんが……多分、違う。

好きなひとは、本当に、好きなんです。

好きなひとは、本当に好きだから、何があろうと〝それ〟をやっている。ずーっとやっているから、もう、十年も二十年も三十年も四十年もやっているから。そりゃ、途中で、人間関係、錯綜《さくそう》しちゃうよ。

多分、そういうことなんだろうなって、思っています。

うん。そういう意味でも、「あとがき」をひたすら時系列に並べるのって、ある意味、資料的な価値があるのかな？


んでは。

最後に、いつもの言葉を書いて、このあとがき、終わりにしたいと思っております。

まず。

読んで下さって、どうもありがとうございました。

このお話が、少しでも、面白いって思っていただければ、私にしてみれば、本当に嬉《うれ》しいのですが。

そして、もし。面白いって思っていただいたとして。

もしも、御縁がありましたのなら。
いつの日か、また、お目にかかりましょう——。

２０１９年６月１日

新井素子

編者解説

日下三蔵

新井《あらい》素子《もとこ》は高校在学中の一九七七（昭和五十二）年、SF専門誌「奇想天外」の第一回新人賞に「あたしの中の……」を投じた。「SFマガジン」のハヤカワ・SFコンテストは山尾《やまお》悠子《ゆうこ》やかんべむさしが候補になった七四年の第四回を最後に休止していたので、新たに創設された公募新人賞は千載一遇《せんざいいちぐう》のチャンスだと思ったという。

「あたしの中の……」は星新一《ほししんいち》の強い推薦を受けて佳作に入選、同誌の七八年二月号に選考座談会と共に掲載された。その年のうちに「いんなあとりっぷ」に「ずれ」、「奇想天外」に「大きな壁の中と外」（初出ではタイトルを「大きな壁の内と外」と誤植）を発表し、七八年十二月には早くも奇想天外社から三篇を収めた第一作品集『あたしの中の……』を刊行している。

「17歳の女性SF作家登場」「星新一氏激賞」と帯に書かれたこの単行本は、SF界のみならず、同時代の作家志望者たちに多大な影響を与えた。SF、ミステリ、ホラーなどのジャンルを問わず、現在第一線で活躍している昭和三十年代生まれの作家に話を聞くと、自分と同年代（あるいは年下）の新井素子が作家デビューして華々しく活躍していることにショックや刺激を受け、自分も作家を目指してみようと思った、という人が非常に多い。新井素子の登場は大げさでなく「衝撃のデビュー」だったと言っていい。

以後、四十年以上にわたって主にSFとホラーの分野で質の高い作品を書き続けてきた新井素子は、日本SF第三世代を代表する重要な作家である。ただ、活動期間の長さ故《ゆえ》に、特に初期の作品で品切れになるものが出てきてしまっていた。

ここ十年ほどで、創元SF文庫から『グリーン・レクイエム／緑幻想』『ひとめあなたに……』、ハヤカワ文庫JAから『……絶句』上・下、中公文庫から『おしまいの日』『くますけと一緒に』『結婚物語』、ハルキ文庫から『あなたにここにいて欲しい』、出版芸術社から〈星へ行く船〉シリーズなどが復刊されて新たな読者を獲得しているものの、まだまだ品切れの初期作品は少なくない。そこで、八〇年から九〇年にかけて刊行された著書のうち、現在、新刊書店で入手できない七冊を三冊に再編集してお届けするのが、この〈新井素子SF&ファンタジーコレクション〉なのである。

著者の十代から二十代にかけての作品群ということになるが、初めて読まれる方には新鮮な驚きを、かつて愛読していたというファンの方には懐かしさだけでなく、新井素子が最初期からいかに完成されたストーリーテラーだったのかを、改めて確認していただけると思っている。

第一巻に収録した長篇二本、中篇一本の初出は、以下のとおり。

いつか猫になる日まで　80年7月　集英社文庫コバルトシリーズ（書下し）
グリーン・レクイエム　「奇想天外」80年9月号
緑幻想　グリーン・レクイエムⅡ　90年1月　講談社（書下し）

『いつか猫になる日まで』は新井素子の二冊目の著書であり、最初の長篇小説である。九六年三月に集英社からハードカバーの愛蔵版、二〇〇五年五月に集英社コバルト文庫から文庫新装版が刊行されており、本書が四度目の出版となる。

『いつか猫になる日まで』
コバルトシリーズ版

『いつか猫になる日まで』
集英社愛蔵版

『いつか猫になる日まで』
コバルト文庫新装版

集英社は少女小説誌「小説ジュニア」とその単行本レーベル〈コバルト・ブックス〉を出していたが、七六年に集英社文庫コバルトシリーズ（九〇年から集英社コバルト文庫に改称）を創刊した。一般向けの集英社文庫の創刊が七七年だから、コバルトシリーズの方が先行していたことになる。

その初期のラインナップは、富島健夫《とみしまたけお》、佐藤愛子《さとうあいこ》、赤松光夫《あかまつみつお》、藤木靖子《ふじきやすこ》、平岩弓枝《ひらいわゆみえ》らの学園もの、恋愛もの、小泉喜美子《こいずみきみこ》、辻真先《つじまさき》らのミステリ、眉村卓《まゆむらたく》、豊田有恒《とよたありつね》らのSFであった。当然のことだが、大人の作家が少女向けの作品を寄稿していたのだ。

このコバルトシリーズに大改革が起こったのが八〇年であった。七七年に小説ジュニア青春小説新人賞の佳作を受賞していた氷室冴子《ひむろさえこ》が学園コメディー『クララ白書』を、新井素子が『いつか猫になる日まで』を、相次いで刊行、この二人が爆発的な人気を得たことによって、コバルトシリーズは二十代、三十代の作家が十代の読者に向けて作品を書く同時代性の強いレーベルになっていくのである。

それにしても、まだ十代だった新井素子に原稿を依頼したコバルト編集部の慧眼《けいがん》には恐れ入る。『いつか猫になる日まで』に続いて学研の学年誌に連載された『星へ行く船』を刊行してシリーズ化、デビュー単行本『あたしの中の……』を文庫化、「小説ジュニア」の後継誌「Cobalt」では〈ブラック・キャット〉シリーズを連載と、多くの作品を刊行していて初期新井素子のホームグラウンドといった観がある。『あたしの中の……』はSF専門誌の新人賞を受賞した作品集なのだから、例えばハヤカワ文庫あたりから出てもおかしくなかったはずだが、おそらくコバルト文庫に入ったことによって桁《けた》違いの読者に読まれたと思われる。

『グリーン・レクイエム』
奇想天外社版

『グリーン・レクイエム』
講談社文庫版

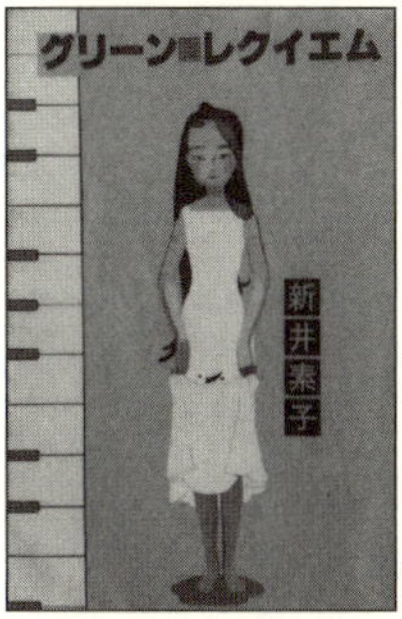

『グリーン・レクイエム』
講談社愛蔵版

中篇「グリーン・レクイエム」はＳＦファンの投票で選ばれる星雲賞の第十二回日本短編部門を受賞するなど、発表当初から高く評価されてきた新井素子の代表作ともいえる傑作である。

初出発表後の八〇年十一月、「週に一度のお食事を」「宇宙魚顚末記《てんまつき》」の二短篇（本シリーズではページ数の都合により第三巻に収録予定）を併録して奇想天外社から刊行され、八三年十月に初刊本と同じ構成で講談社文庫に収録された。九〇年四月、続篇『緑幻想　グリーン・レクイエムⅡ』の刊行に合わせて講談社から単体のソフトカバー単行本として刊行された。

〇七年にはコンセプトの違う単著に三回も収録されている。二月に出版芸術社の〈ふしぎ文学館〉から刊行された著者自選の再編集本『窓のあちら側』に収録。六月には単体で日本標準の児童向け叢書《そうしょ》〈シリーズ本のチカラ〉からＡ５判のハードカバー単行本として刊行された。さらに十一月には、創元ＳＦ文庫から続篇との合本『グリーン・レクイエム／緑幻想』が刊行されており、本書が通算で七度目の出版となる。

二度コミカライズされている。最初は文月今日子《ふみづききょうこ》の作画で講談社の少女マンガ誌「週刊少女フレンド」八四年八号から十一号まで四回連載され、八五年二月にＫＣフレンドから単行本化された。二度目は春名里日《はるなりか》の作画で講談社の少女マンガ誌「ザ デザート」〇三年三月号と四月号に二回分

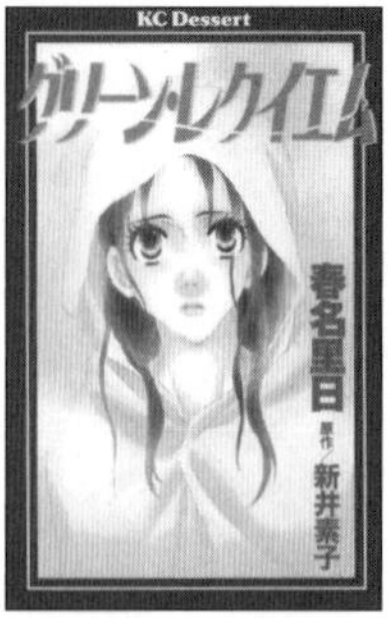

『グリーン・レクイエム』
ＫＣデザート版

『グリーン・レクイエム』
ＫＣフレンド版

『グリーン・レクイエム』
日本標準版

『グリーン・レクイエム』
講談社英語文庫版

イメージアルバムＣＤ
『グリーン・レクイエム』
キングレコード

載され、〇三年五月にKCデザートから単行本化された。

難波《なんば》弘之《ひろゆき》のプロデュースによるイメージアルバムが制作され、八四年四月にキングレコードから発売されている。このLPレコードは一〇年七月にキングレコードからCD化された。ナオミ・アンダーソンによって英訳され、八四年七月に講談社英語文庫から刊行された。いずれも講談社によるメディアミックスであるため（キングレコードは講談社の系列会社）、ジャケット、折込ポスター、カバー画などは文月今日子が描いている。

その他のメディアミックスとして、ラジオドラマ版と劇場映画版があった。ラジオドラマはNHK－FMの十五分ドラマ番組「ふたりの部屋」で放送。この番組は月曜から金曜までの帯番組だったため、全五回または全十回の作品が多い。「グリーン・レクイエム」は八五年二月十一日から十五日まで全五話が放送された。番組のタイトル通り、ほぼ信彦と明日香の会話とモノローグで進行する構成になっており、ドラマの後に主演の二人の感想が数十秒入る。スタッフは脚色・加藤直《かとうただし》、音楽とピアノ演奏・羽田健太郎《はねだけんたろう》、キャストは三沢明日香に荻野目慶子《おぎのめけいこ》、嶋村信彦に榎木孝明《えのきたかあき》、三沢拓と研究室の男（根津）に奥田瑛二《おくだえいじ》（二役）、三沢良介と松崎教授に柳生博《やぎゅうひろし》（二役）という布陣であった。なお「根津」は本書での「根岸」。変更の経緯については付録の「あとがき」群に詳しい。

劇場映画は東北新社の製作で八五年には完成していたが、三年後の八八年八月二十日に、ようやく公開された。スタッフは監督・今関《いまぜき》あきよし、脚本・小林弘利《こばやしひろとし》、音楽・久石譲《ひさいしじょう》、特殊造形・原口智生《はらぐちともお》、キャストは三沢明日香に鳥居《とりい》かほり、嶋村信彦に坂上忍《さかがみしのぶ》、井上和子に小林聡美《さとみ》、岡田善一郎に岡田英次《おかだえいじ》、三沢良介に北村和夫《きたむらかずお》、三沢夢子に蜷川有紀《にながわゆき》、三沢拓に塩野谷正幸《しおのやまさゆき》、松崎教授に佐藤慶《さとうけい》、町田老人に天本英世《あまもとひでよ》、という布陣であった。井上和子は映画版オリジナルのキャラクターである。なお、原作者の新井さんが通行人としてゲスト出演している。

『緑幻想　グリーン・レクイエムII』講談社版

『緑幻想　グリーン・レクイエムII』講談社文庫版

『グリーン・レクイエム／緑幻想』創元ＳＦ文庫版

『緑幻想　グリーン・レクイエムⅡ』は九三年四月に講談社文庫に収録され、〇七年十一月に創元SF文庫から中篇「グリーン・レクイエム」との合本『グリーン・レクイエム／緑幻想』が刊行された。本書が通算で四度目の出版となる。

奇想天外社版『グリーン・レクイエム』の著者あとがきにもあるように、もともとこの話は『緑幻想』の方が本篇として構想されていたが、雑誌の依頼枚数に収まらないため、回想シーン（過去のエピソード）だけを抽出して書かれたのが、「グリーン・レクイエム」であった。つまり、中篇「グリーン・レクイエム」は長篇『緑幻想』の前日譚に相当するので、本書のような合本で通して読んでいただくのが、本来の形ということになる。

付録パートの中に収めたエッセイ「三度目の正直　グリーン・レクイエム」は、シャピオのSF誌「SFイズム」の別冊として八三年五月に発行された「まるまる新井素子」に掲載されたもの。著者の自筆ではなく、談話をエッセイ風にまとめたものとのことである。


新井素子の単行本には必ず「あとがき」が付き、文庫版や新装版など版が変わるたびに新たなあとがきが書かれるのが通例である。そして旧版のあとがきは、新版には収録されないことの方が多い。

文庫本ならそれも仕方ないかと思えるが、今回の企画はコアな愛読者をメインの対象とした単行本での復刊であるため、思い切って収録した作品について過去に書かれたあとがきを、すべて収めることにした。刊行された時期の出来事を記したエッセイとしての要素もあり、まとめて読むと興趣は尽きないと思っている。

なお、「グリーン・レクイエム」が収録された出版芸術社〈ふしぎ文学館〉の『窓のあちら側』は「いろ」をテーマにした著者自選短篇集であり、あとがきも作品集全体について書かれているので、本書には収録していない。ただ、個別の収録作品に触れた箇所に「グリーン・レクイエム」についてのコメントもあるので、最後にその部分だけご紹介しておこう。


『グリーン・レクイエム』は、星雲賞っていう賞をいただきました。そんで、のち、『緑幻想』っていうお話を書かせていただきました。（続編……っていうと、ちょっと、違うか。夢子さんのお話。私、このお話の中では、夢子さんが一番好きだったんだけれど、この人、あんまりでてこないんだもん。）

底本

・いつか猫になる日まで
『いつか猫になる日まで』（二〇〇五年・集英社コバルト文庫）

・グリーン・レクイエム
『グリーン・レクイエム／緑幻想』（二〇〇七年・創元ＳＦ文庫）

・緑幻想　グリーン・レクイエムⅡ
『グリーン・レクイエム／緑幻想』（二〇〇七年・創元ＳＦ文庫）

新井《あらい》素子《もとこ》SF&ファンタジーコレクション 1

いつか猫《ねこ》になる日《ひ》まで
グリーン・レクイエム

二〇一九年八月八日　第一刷発行

著　者　新井《あらい》素子《もとこ》
編　者　日下《くさか》三蔵《さんぞう》
発行者　富澤凡子
発行所　柏書房株式会社
東京都文京区本郷二-一五-一三（〒一一三-〇〇三三）
電話（〇三）三八三〇-一八九一［営業］
（〇三）三八三〇-一八九四［編集］
印　刷　壮光舎印刷株式会社
製　本　小高製本工業株式会社

ISBN978-4-7601-5156-1